HISTOIRE SECRÈTE

<small>DU</small>

GOUVERNEMENT AUTRICHIEN

Châteauroux. — Typographie et Stéréotypie de A. Nuret et Fils.

ALFRED MICHIELS

HISTOIRE SECRÈTE

DU

GOUVERNEMENT AUTRICHIEN

ANCIENNE DEVISE DES HABSBOURGS
Austriæ Est Imperare Orbi Universo ($a\ e\ i\ o\ u$)
TRADUCTION
L'Autriche a le droit de commander à tout l'Univers.

QUATRIÈME ÉDITION
Revue et augmentée

PARIS
G. CHARPENTIER, ÉDITEUR
13, RUE DE GRENELLE-SAINT-GERMAIN, 13
1879

PRÉFACE

S'il y a des études sur le passé qui sont purement rétrospectives et n'intéressent que les savants, d'autres ont toute l'importance, toute l'actualité de l'histoire contemporaine ; elles expliquent le présent par ses origines, elles mettent le lecteur au seul point de vue d'où il puisse juger sainement les faits accomplis sous ses yeux, ou en train de s'accomplir. La situation de l'Autriche, le rôle qu'elle joue dans la politique européenne, l'avenir qu'elle se prépare, ont surtout besoin de cette lumière. Son histoire est la moins connue de toutes : maîtres du pays, les Jésuites l'ont subtilement et audacieusement falsifiée. Hormayr, directeur des archives de Vienne pendant vingt-cinq ans, appelle les livres publiés jusqu'à présent sur cette matière *un travail de commande et une fable convenue*. Le mensonge règne au bord du Danube. Les princes qui avaient gouverné par la ruse et par la force, voulaient encore tromper les générations futures. Ils imprimaient des actes frauduleux, destinés à leur faire illusion. Nul historien ne pouvait obtenir communication des pièces véritables ; les archives étaient scellées comme un tombeau. « Les impostures débitées depuis trois siècles, dit le même historien, sont devenues immuables, pareilles à des ossements fossiles. La multitude ne connaît pas autre chose, et s'étonne, s'indigne même, quand on veut rectifier des erreurs déjà vieilles ; il semble que l'on altère la vérité, que l'on dénature les événements par une manie d'innovation, par un hostile et aveugle entraînement [1]. » Et, plus loin, il compare les annales officielles de l'Autriche à une fabrique de fausse monnaie.

Si quelqu'un avait essayé de répandre le jour dans ces ténèbres volontaires, de dissiper ces erreurs systématiques, l'implacable censure, qui opprimait la pensée en Autriche, eût fait avorter l'entreprise dès son début.

Ailleurs, on ne s'occupait point, ou on s'occupait négligemment de ce royaume mystérieux. La passion de l'histoire, qui distingue notre époque, ne travaillait pas encore les esprits. Le livre de Schiller, consacré à la guerre de Trente-Ans, appela le premier, en 1791, l'attention sur l'Autriche, et le drame de *Wallenstein* augmenta bientôt la curiosité que ce récit avait fait naître. Malheureusement l'auteur n'a pas pénétré au fond du sujet, n'a pas saisi, repro-

1. *Anemonen.*

duit les caractères principaux de la lutte. L'*Histoire de la maison d'Autriche,* par William Coxe (1807), tourna aussi les regards vers l'empire des Habsbourgs ; mais le narrateur anglais n'a pas beaucoup mieux interprété les documents que Schiller, n'était pas mieux renseigné que lui sur une foule de points, et l'esprit de réaction qui enveloppe son livre, comme un froid brouillard, a souvent offusqué sa vue. Les Français ne pouvaient lire dans leur idiome que des ouvrages fragmentaires et insuffisants, l'*Histoire des Révolutions de Hongrie,* celle des *Troubles de Hongrie,* et les *Mémoires du comte Niklos.* Non-seulement les auteurs de ces différents écrits n'avaient point à leur disposition des pièces capitales, que le gouvernement autrichien dérobait au public, mais ils n'ont pas fait le meilleur usage possible des renseignements imprimés. Ils ne connaissaient point, par exemple, un ouvrage très important du cardinal Caraffa, nonce apostolique en Allemagne sous Ferdinand II, ou ils se sont dispensés de le lire. Ce volume énorme, intitulé : *Germania sacra restaurata* [1], contient une foule de révélations précieuses sur la politique autrichienne ; aux cinq cent quatre-vingt-treize pages de texte sont joints deux cent cinquante pages de lettres, décrets, rapports et autres documents officiels. On y voit partout racontés des faits atroces, pratiquées des mesures vio-

1. Francfort, 1641.

lentes et perfides, qui auraient dû éclairer sur le
véritable caractère de la lutte et sur le but que
poursuivait l'Empereur. Je l'ouvre au hasard et ce
passage me tombe sous les yeux (il s'agit d'un
ordre du prince concernant les schismatiques dans
les États héréditaires) :

« Le monarque déclarait, en outre, qu'au lieu d'un
juge ou prévôt, il fallait établir dans la Carniole, la
Styrie et la Carinthie, un chef militaire qui agirait
sommairement contre les prédicateurs que l'on pourrait saisir, attendu qu'on les avait déjà plusieurs fois
avertis ; il fallait donc les pendre au premier arbre,
sans aucun délai, comme des séditieux, des espions
et des criminels, châtier irrémissiblement par la
corde leur perversité opiniâtre. De si vigoureux décrets amenèrent peu à peu ce résultat, que l'on ne
voyait plus, dans les trois provinces, un seul homme
infecté d'hérésie, à moins qu'il ne fût venu clandes-
tinement de Hongrie. C'est pourquoi on interdit aux
habitants toute relation avec les Hongrois [1].»

Se félicitant des rigueurs déployées contre les
schismatiques, le nonce ne cache rien, et décrit les
scènes les plus hideuses avec une naïveté imperturbable. Un ouvrage du même auteur, *Relazione dello
stato dell' Imperio et della Germania,* publié d'abord
en 1628, était devenu si rare que l'on en connaissait
seulement trois exemplaires dans le monde. Il a été
réimprimé à Vienne, en 1860, par les soins de M. J. G.

---

1. Page 332.

Müller. C'est aussi un acte d'accusation indirect contre la cour d'Autriche, édité pour la seconde fois dans la capitale même de l'Empire.

Mais les renseignements tirés des archives de Vienne ont une importance bien supérieure. Léopold Ranke a eu communication d'un certain nombre de pièces, qu'il a utilisées dans son *Histoire de l'Allemagne à l'époque de la Réformation*. Nul homme néanmoins n'a rendu autant de services, sous ce rapport, que le baron Hormayr. Nommé, en 1803, directeur des archives de l'État et des archives domestiques des Habsbourgs, il occupa vingt-cinq ans ce poste, où il eut toutes les facilités imaginables pour approfondir l'histoire réelle de son pays. C'était un homme d'une curiosité insatiable, d'une activité toujours en haleine. Une mémoire prodigieuse secondait ses efforts, scellait dans le granit, pour ainsi dire, les faits et les dates qu'il recueillait. La nature l'avait tellement favorisé à cet égard, que son père ayant formé une collection de neuf mille portraits, Joseph Hormayr pouvait débiter l'un après l'autre, et sans se tromper, les noms de tous les personnages. Il savait par cœur une centaine de drames, dix ou douze mille vers en différentes langues. Il récitait les trois premiers livres de l'*Énéide* dans l'ordre naturel de la composition, puis les récitait de nouveau dans l'ordre inverse.

En 1828, le roi Louis de Bavière lui proposa de quitter l'Autriche et de venir habiter sa capitale. L'archiviste laborieux, que la cour avait mécontenté, passa la frontière, mais non sans butin : il emportait, comme dépouilles opimes, une foule de notes, d'actes précieux copiés sur les originaux. Une partie de ces documents furent imprimés dans l'*Annuaire historique (Taschenbuch für vaterlændische Geschichte)*, qu'il publia durant un espace de quarante-quatre ans. Les autres virent le jour dans ses *Anemonen*, quatre volumes édités à Iéna de 1845 à 1847, dans les *Lebensbilder aus der Befreiungskriege*, 3 volumes in-8°, et dans le fragment intitulé : *François et Metternich*, paru seulement après la mort de l'auteur. Son *Histoire de Vienne*, son *Plutarque autrichien* (20 volumes), ses *Archives historiques* (1810-1825), son *Histoire du Tyrol*, son *Histoire générale des temps modernes*, complètent la longue série de ses travaux. Ses immenses recherches, la sagacité de son esprit, son étonnante connaissance des hommes et des choses, rendent impossible d'écrire l'histoire d'Autriche, et même l'histoire d'Allemagne, sans sa participation. Il a malheureusement fait usage d'une forme tellement capricieuse, sauvage et embrouillée, qu'il faut des heures entières pour comprendre et analyser quelques pages de ses livres. C'est un torrent de science, qui se précipite à travers les abîmes du passé. Quiconque ne l'a point lu, ne peut imaginer une semblable intempérance de mémoire, un manque aussi absolu de méthode, un pareil tumulte d'idées. Chaque flot cependant roule

sa paillette d'or : il faut la recueillir, en luttant
contre la fougue et le désordre des vagues.

Pendant les années 1823 et 1824, on voulut débarrasser les archives de Vienne, et on vendit à la
livre une masse de papiers que l'on jugeait insigni-
fiants et inutiles. Mais ils contenaient plusieurs
pièces capitales. Des fureteurs les découvrirent, les
achetèrent aux débitants qui en avaient fait la première acquisition, et ces actes authentiques ont répandu la plus triste lumière sur l'histoire du gouvernement autrichien.

Le docteur Vehse, archiviste du royaume de Saxe,
dans son énorme travail sur toutes les cours allemandes, et même sur les princes médiatisés, a réuni
une foule de documents épars, avec un esprit judicieux, libéral, éclairé, qui donne à sa publication
une grande importance. Il méprise la forme, dit-il
lui-même, l'art de composer et d'écrire. Il a pourtant, çà et là, d'excellentes inspirations. La curiosité qu'il éveille ne laisse point d'ailleurs remarquer
la négligence du style.

Enfin, quelques panégyristes de la maison impériale, comme Hurter, nous ont fait de sinistres et
précieuses révélations. Craignant que des actes de
mauvaise mine ne fussent livrés à la publicité sans
commentaires, ou avec des commentaires hostiles,
ces amis maladroits les ont imprimés eux-mêmes,
en y joignant des réflexions qu'ils croient péremptoires, mais qui n'ont aucune valeur. Je me suis

emparé des pièces de conviction, et j'ai laissé aux avocats mercenaires leurs subterfuges et leurs sophismes.

Telles sont les sources diverses auxquelles j'ai puisé. Elles m'ont fourni une histoire *vraiment secrète* du gouvernement autrichien, de son ambition déloyale, de ses pernicieux manèges et de sa violence hypocrite. Mon œuvre ne contient pas une phrase, ni même un seul membre de phrase, qui ne soit appuyé sur une preuve. Le cabinet de Vienne le sait bien, car ses scribes n'ayant pu me réfuter, il a pris, en 1857, la mesure grossière d'interdire dans toute la monarchie le journal *Le Siècle*, où mon livre paraissait en articles, constatant par cette maladresse l'exactitude de mes renseignements et la fidélité de mes récits. Lorsqu'ils eurent été publiés en volume, la même mesure frappa l'ouvrage : un décret spécial lui ferma la frontière, l'empêcha d'éclairer les populations autrichiennes. Aussi l'éditeur de la traduction hollandaise a-t-il fait dessiner sur la couverture un billot et une hache, accompagnés de ces mots : *In Oostenryk verboden* (DÉFENDU EN AUTRICHE). Le billot et la hache sont pour moi. Mais si le gouvernement impérial avait pu me saisir, il aurait mieux aimé employer un de ces poisons mystérieux que les Jésuites ont découverts dans les Indes et dont ils lui ont transmis le secret.

Le livre que j'offre au public montrera l'origine du système autrichien, la manière dont il s'est con-

stitué, dont il a fonctionné depuis Ferdinand II.
Beaucoup de lecteurs seront étonnés de voir jusqu'où
il plonge ses racines dans le passé, comme d'apprendre qu'il est parvenu jus'à nos jours *sans la
moindre modification*. Le régime infâme sous lequel
s'est longtemps débattu l'Italie n'avait pas été inventé pour elle, ne lui était nullement particulier.
Toutes les provinces de l'Autriche ont été successivement ou simultanément traitées avec la même
hypocrisie sanguinaire, avec la même stupidité
implacable. Les archives de l'histoire n'offrent rien
de pareil. La démence des empereurs romains
pâlit elle-même à côté de la démence des Habsbourgs.

Plus d'une fois, nous avons frémi en écrivant ces
pages lugubres. Certes, il vaudrait mieux avoir à
conter de nobles actions, à peindre des caractères
magnanimes. Tacite a, je crois, exprimé un regret
analogue. Mais, quand on fouille les annales de l'humanité, on ne rencontre pas souvent des filons d'or.
Muse sévère, muse terrible de l'histoire, qui pro-
mènes la pensée à travers les ruines et les tombeaux, qui parles moins de vertus que de crimes,
de sagesse que de passions furieuses, de bonheur
que de calamités, de clairvoyance que d'illusions et
de folie, longtemps j'ai erré autour de ton tribunal
sans avoir le désir d'en approcher. Je racontais les
vicissitudes qu'ont éprouvées les beaux-arts et la littérature, en examinant de loin, comme d'un som-

met paisible, le cours tumultueux des événements,
les orages qui bouleversaient la plaine. Mais il est
passé le temps des beaux rêves, des tranquilles
études et des contemplations. Un âge sombre, un
âge de crises et de douleurs a commencé pour les
peuples : tous les vents nous apportent des bruits
de tempête. Je descends à mon tour dans la région
sinistre, et débute, comme le poète florentin, par
le monde infernal. L'Autriche est, bien plus que la
Russie, le chef-lieu du despotisme, une geôle funèbre où des nations entières sont mises à la torture, où la force viole tous les droits au nom de la
justice, profane toutes les maximes religieuses au
nom de la piété, abjure tous les sentiments humains
au nom de la clémence. Là règne une dissimulation sans bornes comme sans pitié. J'ai reproduit les
faits dans un style simple et sévère, je me suis
abstenu de déclamations et presque de réflexions,
parce que les documents nouveaux dont je me ser-
vais ont une éloquence terrible, qui annule toutes
les ressources de l'art humain, qui domine, comme
un tonnerre continu, la voix du narrateur.

N. B. La première édition de cette préface contenait une réclamation amicale, motivée par un
passage du livre de Michelet sur Richelieu et la
Fronde. Le grand écrivain, qui m'exhortait vivement à poursuivre mes travaux d'histoire, rectifia
ainsi son assertion première dans le volume inti-

tulé : *Louis XIV et la révocation de l'Édit de Nantes* : « La politique générale de ce temps reçoit une vive lumière de l'*Histoire secrète du gouvernement autrichien,* par M. Alfred Michiels. Je l'avais citée inexactement dans ma *Fronde,* ne la connaissant encore que par des articles de journaux et quelques faits (de 1624) qu'il doit à Hormayr. Il part de la guerre de Trente-Ans et va jusqu'à nos jours. C'est un travail immense et de premier mérite. Nulle part le système de la politique des Jésuites n'a été plus savamment exposé et mieux interprété. Il est déjà traduit en anglais, en hollandais, et le sera en toute langue. »

Peu de temps après la publication de cette note, l'ouvrage paraissait en allemand à Gotha, chez le libraire Opetz, et l'on m'affirme qu'une traduction italienne va être mise sous presse. Le volume, du reste, a pour les habitants de la Péninsule un intérêt capital.

Le succès européen qu'il a obtenu en prouve assez l'importance et l'utilité. La presse anglaise s'en est occupée tout un mois ; la presse hollandaise, plus longtemps encore ; un grand nombre de journaux français, à commencer par les *Débats,* l'ont recommandé aux esprits méditatifs. Il éclaire d'un jour absolument nouveau non-seulement l'histoire d'Autriche, mais toute l'histoire d'Allemagne, depuis la fin du XVI° siècle, et fait mieux comprendre bien des événements qui se sont accomplis en France.

La traducteur allemand d'un autre de mes ouvrages
(Histoire de la politique autrichienne depuis Marie-
Thérèse) juge ainsi la méthode que j'ai adoptée :

« Ce n'est pas seulement l'histoire politique, c'est
aussi et plus encore peut-être l'histoire de la civilisation, que raconte l'auteur. La manière dont il pénètre au fond des choses et l'indication des sources
montrent la solidité de ses études. L'art de capti-
ver le lecteur, possédé au plus haut point par Alfred
Michiels, nous donne l'espoir que ce nouveau livre
trouvera autant d'approbateurs que son *Histoire se-*
crète du gouvernement autrichien. »

Ce témoignage venu d'Allemagne ne saurait
être indifférent : c'est une attestation précieuse,
qui augmentera la confiance du lecteur. Et la nouvelle édition que je lui offre, édition revue et augmentée, est supérieure aux précédentes.

Paris, 3 novembre 1878.

HISTOIRE SECRÈTE

GOUVERNEMENT AUTRICHIEN

CHAPITRE PREMIER

L'Empereur Ferdinand II inaugure la politique autrichienne. — Installation des Jésuites en Autriche. — Premières persécutions.

Un des motifs principaux que les politiques autrichiens mettent en avant pour justifier les prodigieuses concessions faites au clergé du pays et à la cour de Rome, c'est la longue et inébranlable fidélité des Habsbourgs envers la religion catholique. Leur histoire, dit-on, les engage ; si leur piété ne les prosternait pas devant le Saint-Siège, les traditions de leur famille, le respect de leurs aïeux devraient leur imprimer cette humble attitude. Le jeune Empereur suit les traces de Rodolphe de Habsbourg, de Charles-Quint, et surtout de Ferdinand II. Les ordonnances, par lesquelles ce dernier prince inaugura sa lutte obstinée contre la Réforme, ont la plus grande similitude avec quelques articles du concordat [1]. Un seul monarque autrichien

---

1. Pacte conclu avec la cour de Rome le 18 août 1855, promulgué le 5 novembre. C'est en étudiant cette concession prodigieuse de l'Autriche au parti ultramontain que j'ai découvert peu à peu les documents de son histoire secrète.

ne voulut pas subir la domination de Rome. Que la mémoire, que le nom même de Joseph II soient voués à l'oubli !

Ne verrons-nous donc jamais les familles royales abandonner l'absurde principe qui cause ordinairement leur chute ? C'est au fond des tombeaux qu'elles cherchent leurs inspirations, quand elles devraient jeter les yeux autour d'elles, consulter les besoins, les opinions, les espérances des peuples, juger le présent et sonder du regard les demi-ténèbres où s'ébauche l'avenir. Toujours ce vieux système d'immobilité cadavéreuse ! toujours ce chant sépulcral sous un ciel plein de lumière, en face d'une vie exubérante, au milieu d'aspirations illimitées ! Quel ennui !

Mais, puisqu'on s'autorise du passé de la dynastie impériale pour étendre sur l'Autriche le linceul du moyen âge, la pierre tumulaire des réactions, pour lui dire tout bas : Dors d'un sommeil sans fin, — évoquons-le, ce passé, des profondeurs de l'histoire ; voyons par quels moyens la famille de Habsbourg a soutenu, restauré le catholicisme dans ses États héréditaires, par quels moyens elle a essayé de le rétablir dans toute l'Allemagne. La Terreur, dont on parle tant, les représailles et les vengeances populaires, contre lesquelles on déclame si fort, n'ont été qu'une idylle, un dialogue champêtre, comparées aux violences de Ferdinand II. Il y aurait aussi beaucoup à dire sur Charles-Quint, cet ambitieux sans portée, ce bigot sans cœur, cet insatiable glouton, qui, dans les Pays-Bas seulement, condamna trente mille réformés au supplice, qui faisait enterrer toutes vives les protestantes et fut le digne père de Philippe II. Mais débutons par le véritable fondateur de la politique autrichienne.

Il y a certains hommes, il y a certains événements qui exercent sur les destinées des nations une si prodigieuse influence, qu'on ne pourrait y croire, si elle n'était évidente et incontestable. Une seule victoire, celle d'Hastings, a livré l'Angleterre aux Normands, et, depuis l'année 1066, les familles conquérantes possèdent le royaume ; une seule défaite, celle de Zama, suffit pour précipiter Carthage dans cet abîme dont on ne sort point. Un seul empereur, Ferdinand II, une seule bataille, celle de la Montagne-Blanche, perdue par les protestants de Bohême, le 8 novembre 1620, ont changé complètement le sort de l'Allemagne, ont agi sur elle comme sur un fleuve dont on détourne le cours. En ce moment même, les effets en sont aussi graves, aussi manifestes qu'à l'époque de Wallenstein et de Richelieu. Et comme l'Allemagne joue un rôle immense dans la partie du globe que nous peuplons, toute l'histoire de l'Europe a été modifiée par ses malheurs. Il faut donc étudier le règne de ce prince fanatique et la lutte qu'il a commencée, il faut en suivre les conséquences depuis deux siècles et demi, pour comprendre les annales des populations germaniques et les annales des temps modernes. Bon nombre d'écrivains, Hormayr, Ranke, Vehse, Hurter, Silbert, Westenrieder, ont fouillé en ces derniers temps les archives de la maison d'Autriche, soit pour y trouver des motifs de louange, soit pour éclairer son histoire d'une lumière impartiale : ils y ont recueilli une foule de détails précieux que ne connaissait pas Schiller ; ils en ont tiré, les uns comme les autres, d'effroyables renseignements.

Dès l'année 1520, la Réforme avait pénétré dans les provinces autrichiennes. Charles-Quint employa contre la nouvelle doctrine le fer et le feu. En 1524, il fit décapiter, pour crime d'hérésie, le bourgeois Gaspard Tauber ; en 1528, il fit brûler Balthasar Hubmayer, professeur d'Ingolstadt, après l'avoir tenu longtemps incarcéré. Les exécutions se multiplièrent ensuite ; mais, comme d'habitude, elles restèrent sans effet.

En 1541, une députation luthérienne vint à Prague solliciter de l'archiduc Ferdinand Ier le libre exercice du culte évangélique et une complète égalité entre les deux croyances. Parmi les délégués on remarquait plusieurs citoyens de Vienne. La noblesse avait déjà pris l'habitude d'envoyer ses fils suivre les cours des universités protestantes.

Lorsque le traité de Passau eut donné à la Réforme une existence légale et que la paix d'Augsbourg eut confirmé cet acte de justice, la doctrine nouvelle gagna encore plus rapidement du terrain. Devenu empereur, l'archiduc Ferdinand Ier, qui avait toujours fait preuve d'une noble impartialité, ne changea ni de sentiments ni de conduite. Il trouvait criminel et impolitique d'employer la violence contre les dissidents, de martyriser, de détruire les corps par une prétendue sympathie pour les âmes. Telles étaient ses bonnes dispositions, qu'il essaya de déterminer le souverain pontife, l'opiniâtre Paul IV, à autoriser la communion sous les deux espèces et le mariage des ecclésiastiques. Ayant jugé trop rigoureuses certaines décisions du concile de Trente, il en fit l'objet d'une protestation régulière. Puisqu'on cherche toujours des exemples, voilà de glorieux antécédents que l'empereur François-Joseph aurait pu suivre, en marchant vers la lumière, au lieu de s'enfoncer dans les ténèbres.

Le rapport d'un ambassadeur vénitien, publié par Ranke, nous apprend que les neuf dixièmes de la population germanique avaient adopté les principes nouveaux, lorsque Ferdinand Ier monta sur le trône, en 1556, et que, dans les États héréditaires d'Autriche, la majorité appartenait également à la communion dissidente. Micheli, autre ambassadeur vénitien, écrivait douze ans plus tard : « On a pris l'habitude de se tolérer mutuellement. Là où les deux cultes sont mêlés, on ne s'occupe guère de savoir qui est protestant ou catholique. La même indulgence règne au sein des familles. Dans beaucoup de maisons, les parents professent une doctrine et les enfants une autre. Les frères ont des opinions religieuses différentes ; les catholiques et les huguenots se marient ensemble. Personne n'y fait attention ou ne s'en formalise. »

Montaigne, qui visita l'Allemagne pendant l'année

1580, dit en parlant d'Augsbourg : « Les mariages des catholiques aus luthériens se font ordinairement, et le plus désireus subit les lois de l'autre ; il y a mille tels mariages : notre hoste était catholique, sa femme luthérienne. » En Bavière, comme en Autriche, presque toute la noblesse avait adopté le système du libre examen.

Le fils et le successeur de Ferdinand Ier, Maximilien II, montra une tolérance plus grande encore. Il avait eu longtemps pour prédicateur officiel un théologien protestant, nommé Pfauser, qui lui enseignait toutes les doctrines de la Réforme. Ce ministre, étant devenu chef de consistoire à Lauingen, dans la seigneurie de Neubourg, demeura en correspondance avec le prince, lui envoya des livres et des renseignements jusqu'à sa mort, qui eut lieu cinq années après l'avénement de l'empereur. Dès que Maximilien fut monté sur le trône, il s'empressa d'ouvrir le cachot où languissait le noble et savant pasteur des Frères moraves, Jean Augusta, enfermé depuis seize ans pour cause d'opinions religieuses. En 1567, il octroya la liberté des cultes à la Bohême ; l'année suivante, à l'Autriche. Les nobles, qui étaient les chefs du mouvement, obtinrent même le droit d'amener dans Vienne leurs prédicateurs et d'y exposer publiquement leurs croyances. Tous les discours de l'Empereur attestaient ses bienveillantes dispositions ; il avait pour maxime : « Dieu seul gouverne les consciences. »

Aussi entretenait-il ouvertement les relations les plus intimes avec les princes luthériens d'Allemagne, notamment avec Auguste, électeur de Saxe, l'électeur palatin Frédéric III, le landgrave de Hesse, Philippe le Magnanime, et le généreux Christophe, duc de Wurtemberg. Une amitié d'enfance l'unissait d'ailleurs à celui-ci, car ils avaient été élevés ensemble dans la ville d'Inspruck, pendant que son père y tenait prisonnier le jeune Christophe. On possède encore certaines lettres que lui écrivait Maximilien, lettres où il lui apprend qu'il a déjà lu deux parties des œuvres latines

de Luther et cinq de ses œuvres allemandes ; il le prie
de lui envoyer toutes les publications du réformateur,
et aussi les travaux de Mélanchthon et de Brentius
pour qu'il puisse comparer ces ouvrages entre eux.

Une autre lettre, écrite par lui, le 12 février 1574, à
son ami intime le général Schwendi, homme éclairé, de
nobles sentiments, est une pièce capitale. Nous la traduisons tout entière.

« Mon cher De Schwendi,

» J'ai reçu votre lettre et j'en ai pris connaissance.
Je vous remercie vivement de la compassion chrétienne
que vous inspire mon état maladif. Que le Dieu éternel,
dont toutes choses dépendent, me traite comme il le
jugera convenable ! Les affaires de ce monde vont d'un
tel train, que l'on a peu de plaisir et peu de repos: on
ne trouve partout qu'obstacles, perfidie et manque
d'honneur. Ce ne serait pas un miracle si on en perdait
la tête. Combien de pages on pourrait écrire à ce propos !

» Quelle félonie, par exemple, que la conduite odieuse
de la France envers l'Amiral et les siens[1] ! Je ne puis,
certes, l'approuver, car j'ai vu avec une extrême douleur que mon beau-fils[2] s'était laissé entraîner à ce
honteux carnage. Je sais que d'autres gouvernent sous
son nom plus qu'il ne gouverne lui-même ; cela pourtant ne justifie rien, n'excuse rien. Plût à Dieu qu'il
m'eût demandé avis ! Je l'aurais conseillé comme un
père ; il ne se serait jamais comporté ainsi avec mon
assentiment. Il a souillé son écusson d'une tache qu'il
aura peine à effacer. Dieu pardonne aux auteurs de ce
crime, car j'appréhende fort que le temps ne leur
montre bientôt quelle belle œuvre ils ont faite ! Vous
avez raison de m'écrire que les affaires de religion ne
doivent pas se traiter avec l'épée. Aucun homme d'hon-

---

1. L'assassinat de Coligny et le massacre fameux du 24 août 1572.
2. Charles IX avait épousé en 1570 la seconde fille de Maximilien, Élisabeth d'Autriche, alors âgée de 16 ans.

neur, craignant Dieu et aimant la paix, ne s'exprimera
différemment. Le Christ et ses apôtres ne pensaient
point comme les persécuteurs de nos jours. Leur seul
glaive était l'enseignement, la parole divine et les
bonnes actions. Ces insensés, d'ailleurs, auraient dû
voir, depuis un grand nombre d'années, combien il sert
peu d'abattre des têtes et de brûler des victimes. Leur
système ne me plaît nullement et je ne l'approuverai
jamais, à moins que Dieu n'ait l'intention de me rendre
fou, malheur que je le prie instamment de m'épargner.

» Pour ce qui a eu lieu dans les Pays-Bas, je le con-
damne aussi énergiquement, car on en a trop fait. Je
sais du reste ce que j'ai conseillé au roi d'Espagne, et
combien de fois je lui ai écrit à ce sujet. On a mieux
aimé cependant les avis exprimés en Espagne que mes
franches observations. Et maintenant ils sont eux-mêmes
forcés de reconnaître leurs torts, d'avouer qu'ils ont
produit toutes ces catastrophes. C'eût été pour moi
une satisfaction que ces nobles pays ne fussent point
ravagés d'une manière aussi lamentable ; et, quoiqu'on
n'ait fait nul cas de mon opinion, que je doive craindre,
par suite, de donner des conseils, je ne laisse pas de
dire ce que je pense et d'exécuter mon devoir. Dieu
veuille que mes paroles produisent de l'effet et soient
utiles, que l'on s'arrête enfin, que l'on se contente du
sang versé ! Il y aurait beaucoup à dire sur ce chapitre et sur d'autres encore.

» Que la France et l'Espagne, au demeurant, agissent
comme il leur plaira : elles rendront compte de leurs
actions devant Dieu, le juge équitable ! Pour moi, je
veux, avec son aide, me conduire honnêtement, chré-
tiennement, comme un homme loyal et sincère. Et, en
agissant de la sorte, je m'inquiète peu de ce monde
méchant et impie.

» J'avais espéré pouvoir me rendre en Bohême, mais
les médecins me le défendent, à cause du froid excessif
que nous avons cet hiver. Si la grâce de Dieu m'assiste,
je ne négligerai point d'y aller pendant les beaux jours.

Les affaires de ce royaume ne peuvent rester comme elles sont : l'intérêt de la couronne et mon intérêt le plus pressant me commandent d'y mettre ordre. Car je vois bien ce qu'on fait et ce qui se passe. Recommandons nous à Dieu, afin qu'il arrange toutes choses en sa sagesse, au profit de la chrétienté et de nous tous.

» Écrit à Vienne le 12 février 1574 [1]. »

Cette même année, Henri III ayant passé par Vienne, après s'être évadé de Pologne pour retourner en France, Maximilien le dissuada de persécuter les hérétiques et lui adressa une mémorable exhortation : « Il n'y a pas de plus grand crime pour les princes que de tyranniser la conscience de leurs sujets, lui dit-il. Loin d'honorer le père commun des hommes en faisant couler le sang des réformés, ils provoquent le ressentiment de la justice divine, et, pendant qu'ils aspirent à gagner des indulgences dans le ciel, courent le risque de perdre leurs États sur la terre [2]. »

Ce même Maximilien II, ayant appris que son fils Rodolphe, plus tard empereur, avait projeté avec quelques Italiens et Espagnols d'assaillir un temple luthérien bâti par le seigneur de Roggendorf, maréchal de la province d'Autriche, lui donna un soufflet, quoiqu'il fût déjà roi des Romains. Le maréchal, instruit du complot l'avait révélé lui-même au prince, en ajoutant : « Vous devinez, Sire, quels malheurs auraient pu résulter d'une si folle attaque. Les Espagnols et les Italiens auraient été probablement égorgés comme des poulets, car presque tout le peuple de Vienne est luthérien, notamment dans la classe ouvrière [3]. »

Sous l'empereur Rodolphe, prince bizarre et à moitié fou, qui passait des mois entiers dans le palais du

1. Eduard Vehse : *Geschichte des œstreichischen Hofs und Adels,* t. II, p. 259 et suiv.
2. William Coxe : *Histoire de la Maison d'Autriche,* ch. XXXVII.
3. Gerlach : *Türkisches Jahrbuch,* p. 326.

Hradschin, à Prague, sans recevoir personne, les maximes anti-catholiques se répandirent plus facilement que jamais. Les seigneurs employèrent tout leur pouvoir, toute leur influence, pour convertir la population des villes et des campagnes. L'année même où Ferdinand II vint au monde, en 1578, son père, l'archiduc Charles, imita l'exemple de Maximilien, proclama la liberté de conscience dans la Styrie, la Carinthie et la Carniole. L'opinion nouvelle était si bien établie que ses partisans tenaient tête au monarque. La Réforme devenait peu à peu maîtresse du pays, et le moment où l'Allemagne jouirait enfin de l'unité religieuse semblait peu éloigné. Lorsque Ferdinand II célébra les fêtes de Pâques à Grætz, en 1596, il fut, pour ainsi dire, le seul habitant qui communia suivant le rite catholique. La ville ne renfermait que trois autres individus de cette confession. Il ne restait dans le duché d'Autriche que cinq familles nobles demeurées fidèles à l'ancien culte, sept dans la Carinthie, une seule dans la Styrie, celle des Herberstorf, qui s'éteignit en 1629. Tous les droits de collation aux bénéfices, toutes les charges importantes étaient entre les mains des novateurs; presque tous les journaliers recevaient d'eux leur salaire.

Cet immense succès de la Réforme prouvait assurément qu'elle était selon le cœur du peuple, en harmonie avec ses opinions et ses tendances. On aurait dû conséquemment la respecter comme l'expression de la pensée nationale. Mais, pendant que les doctrines nouvelles faisaient en Allemagne d'immenses progrès, un événement presque inaperçu avait eu lieu, d'où allaient sortir d'incalculables malheurs. Un petit souffle parti de l'extrême Orient pénètre, pendant la nuit, au milieu d'une ville qui sommeille. Les habitants continuent à goûter un profond repos. Le lendemain, ils agissent comme d'habitude, vont à leurs affaires, poursuivent leurs travaux ou leurs plaisirs: rien ne semble changé. Mais, avant la fin du jour, la consternation règne sur toutes les figures, l'anxiété accable toutes les familles.

L'haleine douce et lente qui est arrivée dans les ténèbres, qui a enveloppé les maisons d'une nouvelle
atmosphère, c'était la peste, cette fille aînée de la mort,
la plus agile et la plus redoutable de ses auxiliaires.
Ainsi se glissa dans l'empire d'Autriche l'ordre de saint
Ignace. Ce fut le 31 mai 1551, date sinistre et fatale,
que les Jésuites s'établirent à Vienne. Fondée depuis
onze ans, leur congrégation ne pouvait encore éveiller
l'inquiétude. Ferdinand Ier leur ouvrit les portes de son
royaume pour des motifs illusoires, qu'ils ont toujours
su exploiter depuis la naissance de leur compagnie.
Les moines astucieux lui avaient persuadé qu'ils étaient
d'excellents professeurs, qu'ils rendraient comme tels
de grands services. Le décret d'admission s'appuie sur
cette idée fausse : « Dans les funestes discordes de
l'Église et de la nation allemande, la Société de Jésus
enseignera les arts libéraux, les langues, les belles-
lettres, la philosophie et la théologie, formera la jeunesse à la vertu et aux bonnes manières, attendu que
sans personnes instruites on ne peut maintenir le gouvernement spirituel et temporel, ni même la profession
ecclésiastique ; or, non-seulement de nos jours il y a
peu de ministres pour desservir les autels, mais en
beaucoup d'endroits on ne trouve point de prélats convenables [1]. »

La nouvelle milice apostolique s'installa dans les provinces autrichiennes d'un air humble et modeste. Les
pauvres gens n'avaient guère d'ambition ! Ils voulaient
éclairer les âmes sans doute, mais principalement soulager les corps, diminuer les maux qui affligent notre
espèce ; ils se présentaient partout comme médecins,
et possédaient, à les entendre, un spécifique merveilleux, le quinquina, longtemps nommé poudre des
Jésuites. La peste ayant éclaté, elle facilita leur manœuvre. Ils faisaient aussi le métier de répétiteurs,
donnaient en ville des leçons particulières. Leur posi-

---

1. Hormayr, *Anemonen*, t. I. p. 79.

sition était d'abord si peu brillante, qu'ils n'avaient pas même de logis, et demeuraient à Vienne chez les dominicains. Mais leur chef, le père Bobadilla, eut · l'adresse de séduire l'Empereur, de l'agenouiller devant lui dans le confessionnal. Leur sort changea dès ce moment, aussi bien que leur attitude. Gouverner la conscience du maître, c'était gouverner indirectement la nation, exercer d'une manière occulte le pouvoir souverain. L'année même de leur admission, les moines redoutables élevèrent leur premier collège autrichien, sur l'emplacement du ministère actuel de la guerre, à Vienne: Loyola, qui vivait encore, y expédia lui-même onze Jésuites, d'après le vœu de Ferdinand et l'ordre du Saint-Siège. En 1556, ils bâtirent les maisons d'Ingolstadt et de Cologne, d'où ils essaimèrent peu à peu, comme des guêpes avides. L'Autriche, la Bavière, le Tyrol, la Franconie, la Souabe, la vallée du Rhin et la Bohême tentèrent spécialement leur convoitise, ou leur offrirent un accès plus commode.

Bientôt ils engagèrent leur protecteur Ferdinand à publier quelques édits, à prendre certaines mesures, ayant pour but soit d'arrêter les progrès du schisme, soit de lui arracher ses anciennes conquêtes. Mais les seigneurs qui auraient dû faire exécuter ces ordonnances, ou bien avaient adopté les maximes évangéliques, ou bien ne pouvaient comprimer la Réforme que dans leurs domaines. Tenue en échec sur un point, et pendant quelque temps, elle prospérait partout ailleurs: les fiefs de ces princes formaient comme des clairières éparses. Eux-mêmes se lassaient bientôt de la rigueur, et les prescriptions impériales tombaient en désuétude.

Pendant que Maximilien II, Rodolphe II, qui anoblit plusieurs schismatiques, et son frère Mathias gouvernaient l'Allemagne, les Jésuites continuèrent leur travail secret, sans parvenir à de grands résultats. Les Magyars avaient même obtenu du second prince la liberté de conscience, le 23 juin 1606, et avaient nommé palatins deux protestants sous le règne de son succes-

seur ; les États d'Autriche refusèrent à ce dernier le
serment d'allégeance, s'il ne leur accordait point l'égalité absolue des confessions ; en 1609, les Bohémiens
arrachèrent à l'autorité le même privilège, la forcèrent
de légaliser la possession des monuments religieux et
des écoles où ils s'étaient déjà établis, et de leur abandonner l'université de Prague. Mais, tandis que le pouvoir était ainsi contraint de fléchir devant l'opinion
publique, l'ordre espagnol avait trouvé dans le successeur de Mathias un instrument docile, un de ces
aveugles fanatiques, dont rien ne trouble la conscience,
dont rien n'émeut la pitié. Quoique Ferdinand II ne fût
pas destiné au trône d'Allemagne, des circonstances
heureuses pour lui, funestes pour sa patrie et pour
l'Europe, firent tomber entre ses mains toutes les possessions de sa famille et la couronne impériale. Les
deux branches aînées des Habsbourgs étant venues à
s'éteindre, il se trouva le légitime héritier de leurs
domaines, et put compter sur la voix des électeurs.
Avec son aide, les Jésuites formèrent l'audacieux projet de ramener l'Allemagne du midi au catholicisme
et d'assaillir l'Allemagne du nord, pour tâcher de la
soumettre à son tour.

Demeuré orphelin à l'âge de douze ans, le jeune
prince fut mis par sa mère sous la tutelle de Guillaume V, duc de Bavière, dont elle était la sœur. Les
Jésuites ne l'appelaient que le *pieux duc* ; sa dévotion
était si grande effectivement qu'il abdiqua, comme
Charles-Quint, et finit ses jours dans un cloître. Il
livra aux Jésuites son fils Maximilien et le futur empereur d'Allemagne. Cinq ans les disciples de Loyola travaillèrent, dans leur collège d'Ingolstadt, ces âmes
qu'on leur abandonnait, trempèrent, aiguisèrent avec
un soin sans pareil les deux épées de la réaction catholique. Vers la fin de l'année 1597, l'archiduc entreprit un pèlerinage à Notre-Dame de Lorette, et, après
s'être extasié devant l'image miraculeuse, alla demander
la bénédiction de Clément VIII, le même pape qui refusa

pendant deux ans d'absoudre Henri IV converti et blâma
hautement l'édit de Nantes. Aux pieds de l'ambitieux
pontife, le jeune prince fit le serment de rétablir, au
péril de sa vie, la foi catholique dans ses États héréditaires, et s'il le pouvait, dans toute l'Allemagne.
Les Jésuites devaient seconder l'accomplissement de
ce vœu redoutable. Ferdinand avait adopté pour
maxime : « Plutôt un désert qu'un pays peuplé d'hérétiques. »

Peu de temps après son retour, au mois de septembre 1598, il se mit à l'œuvre. Il publia en premier
lieu un décret dont le pacte signé le 18 août 1855 rappelle certaines dispositions. Cet acte enjoignait aux
pères de famille d'aller entendre la messe dans leur
église paroissiale, avec toute leur maison, de s'y con-
fesser, d'y communier suivant le rituel orthodoxe et
d'y accomplir toutes les autres cérémonies catholiques.
Ordre sévère de jeûner, de faire maigre aux époques
fixées par la discipline romaine. Écouter les ministres
hérétiques, travailler, acheter ou vendre les dimanches
et les jours de fête, lire les ouvrages protestants, ré-
citer ou chanter des satires contre le papisme, était
défendu comme un grave délit. Sous peine d'une
amende de cinquante ducats, tout imprimé contenant
des opinions schismatiques devait être remis sans
délai aux autorités, qui le feraient brûler en place publique. Une proscription générale frappait les ministres
luthériens : s'ils ne quittaient pas le pays, ou s'ils
avaient l'audace d'y revenir, on les menaçait d'une
prison perpétuelle.

L'édit commandait de fermer sur-le-champ les écoles
hétérodoxes. Pour donner à ses enfants un maître
particulier, il fallait le présenter d'abord au curé du
lieu et le faire examiner par lui. La même formalité
accomplie permettait seule d'obtenir un emploi. Ferdinand rétablissait les anciennes confréries et commu-
nautés, l'usage des processions et des cérémonies publiques. Nul dissident ne pouvait aspirer au droit de

bourgeoisie, siéger dans le conseil municipal ou occuper une place dépendant de la commune. Les gouverneurs et baillis devaient surveiller les régences,
assister à leurs délibérations et les empêcher de
prendre aucune mesure contre la foi catholique.

Publier un décret pareil, c'était braver la nation ;
mais Ferdinand voulait devenir le Philippe II de l'Autriche. On expédia partout son édit ; en quelques lieux
on l'afficha même sur une potence dressée tout exprès,
afin d'annoncer aux contrevenants le sort que leur réservait la clémence de l'archiduc.

Mais on ne se contenta point d'une vaine promulga-
tion : des moyens énergiques furent aussitôt mis en
œuvre, dans le but de faire exécuter immédiatement
l'ordonnance. On forma des escouades de prêtres et de
commissaires impériaux, on leur donna pour escorte
trois cents soldats, lansquenets ou trabans, puis on les
déchaîna sur le pays. Ces bandes sinistres arrivaient
inopinément dans les bourgs et les villages ; leur chef
ecclésiastique demandait aux autorités le nom de tous
les habitants. On installait ensuite au milieu de l'église
ou sur le marché, selon la température et la grandeur
des monuments, une espèce de tribunal : les soldats se
rangeaient alentour en demi-cercle. On amenait, on
poussait au milieu les paysans effarés. Le convertisseur
impérial débitait alors un discours sur les principes de
la foi catholique, et il était réputé convaincre tout le
monde. Chaque auditeur, appelé par son nom, devait
à l'instant même abjurer les doctrines hétérodoxes.
Une amende, une sentence d'exil ou des coups de bâton
punissaient le refus, selon les personnes. La moindre
hésitation coûtait souvent deux mille ducats. D'autres
individus obtenaient un répit : on leur accordait un
mois, six semaines ou un délai plus long ; au bout de
ce terme, on les questionnait de nouveau, et, s'ils persistaient dans leur croyance, on les bannissait pour
toujours, on confisquait le dixième de leurs biens. Il
va sans dire qu'on logeait les militaires chez les récal-

citrants, et que les hommes d'armes molestaient, bru-
talisaient, ruinaient leurs hôtes schismatiques.

D'autres rigueurs suivaient ces premières mesures.
On démolissait les églises protestantes, on les faisait
sauter avec de la poudre, on renversait les murs des
cimetières luthériens, on brisait ou dispersait les
pierres des tombeaux. Là où la tolérance croissante
avait induit à ensevelir les luthériens près des catholiques, on exhumait les corps des novateurs qui souil-
laient la terre sainte. Dans les villes, on brûlait sur la
place publique des milliers de volumes, des bibliothèques entières. A Grætz, le ministre évangélique
Simon Heusinger et sa femme Éva, ayant osé soutenir
ouvertement la supériorité de leurs principes, furent
arrêtés, mis au cachot, puis étranglés pendant la nuit.
Des roues et des potences désignaient le terrain qu'a-
vaient profané les temples hétérodoxes [1] Schiller a
donc commis une grave méprise en louant la douceur
de l'archiduc et en affirmant que cette première réaction avait été pure de toute violence [2].

Les timides Allemands se laissaient endoctriner par
la menace, le bâton et le glaive. A peine si quelques
rassemblements eurent lieu, que les troupes béates dispersèrent avec componction.

Pour ne pas provoquer à la fois trop de résistances,
d'ailleurs, pour disséminer les colères, le pieux despote n'agit pas simultanément contre toutes ses provinces. Il débuta par la Styrie, d'où les prêtres et les
lansquenets passèrent dans la Carinthie, dans la Carniole, dans le duché de Goritz. Quand les commissaires

---

1. J'emprunte tous ces détails à un panégyriste de Ferdinand II.
Voyez Hurter: *Geschichte Kaiser Ferdinands II und seiner Eltern*,
t. IV, ch. 39. Ce chapitre a quatre-vingts pages.

2. Une omission étrange, inconcevable, ôte à l'*Histoire de la
Guerre de Trente-Ans*, par Schiller, presque toute signification:
il n'a pas vu que c'était une lutte religieuse, il a négligé l'élément principal du drame. Que penserait-on d'un naturaliste qui,
faisant la description de la tortue, oublierait de dire qu'elle a une
carapace?

revenaient de leurs expéditions et qu'il était content de leurs services, il leur donnait quelques centaines ou quelques milliers de florins. Entre ces missionnaires belliqueux se distingua surtout l'évêque Martin de Seccau, qui ne tarda pas à obtenir la direction de toute l'entreprise. Il pouvait psalmodier un sermon pendant quatre heures de suite; après quoi l'on corrigeait ceux qui n'avaient pas été suffisamment convaincus et attendris.

L'œuvre de réaction dura cinq années. Presque toutes les grandes familles abandonnèrent un pays ravagé par le fanatisme; elles cherchèrent un refuge dans la Bohême et la Hongrie, où elles préparèrent de formidables insurrections. Parmi les fugitifs se trouvait le célèbre mathématicien et astronome Keppler.

Ferdinand possédait une volonté inflexible que les Jésuites s'étudièrent à endurcir, pour en faire une machine de meurtre. La débauche avait affaibli l'intelligence des Habsbourgs, mais leur santé ne trahissait point encore les effets de leur violent libertinage. L'archiduc était petit, robuste, gras et sanguin ; il recherchait peu les femmes, ne se laissait entraîner à aucun excès, ni dans la boisson ni dans la nourriture. Ses précepteurs lui avaient inspiré une telle vénération pour les membres du clergé, qu'il leur attribuait quelque chose de surnaturel et de divin. « Si je rencontrais simultanément un prêtre et un ange, disait-il lui-même, je saluerais d'abord le prêtre. » Un curé portant le viatique passait-il près de lui, Ferdinand le suivait à pied, dans la boue, jusqu'au seuil du malade, et le reconduisait avec les marques de la plus profonde piété. Il accompagnait tête nue, un cierge en main, les processions de la Fête-Dieu. Il entendait constamment deux messes les jours ouvrables, et une messe supplémentaire le dimanche. Nul motif n'aurait pu lui faire rompre le jeûne, toucher à des aliments prohibés, pendant les époques d'abstinence.

Les Jésuites exerçaient sur lui un empire sans bornes: jamais ils ne le perdaient de vue, jamais ils ne

lui laissaient la libre disposition de son esprit et de sa
volonté. Deux frères de l'ordre se tenaient invariablement dans son antichambre : ils avaient le droit d'entrer chez lui à toute heure, même pendant la nuit, et
de lui donner des conseils. Il allait souvent partager
leurs repas, écouter les dévotes lectures de leurs réfec-
toires. Ses directeurs et confesseurs étaient deux jésuites, le père Guillaume Lamormain et le père Jean
Weingartner ; ces pieux diplomates le guidaient par la
main, l'irritaient de leurs colères et le pénétraient de
leurs affections. Immuables comme un système, comme
les mystérieuses puissances que l'on appelle castes sa-
cerdotales, tribunaux secrets, ordres monastiques, s'inspirant du Dieu terrible de Moïse et non de l'Évangile,
sans pitié, sans responsabilité, ils méditaient déjà la
guerre de Trente-Ans, et n'eurent qu'à secouer les plis
de leurs robes pour déchaîner sur l'Allemagne des
fureurs sanguinaires, qui ont produit la plus cruelle des
luttes religieuses.

Après cinq ans de tournées militaires et de sermons
impératifs, les sujets de l'archiduc tombèrent dans cette
prostration morale où jettent infailliblement les réactions victorieuses. Les peuples ont conçu des espérances, formé des plans d'avenir, ont touché la frontière
d'un région idéale qui seule est en harmonie avec leurs
vœux, qui seule peut les rapprocher du bonheur, et
voilà que des sommets du mont Horeb, pendant qu'ils
contemplent la terre promise, on les chasse au fond
des vallées ténébreuses, on les pousse en des gorges
sinistres, on les parque sur des roches brûlantes ! Une
tristesse sans bornes les saisit. Que feront-ils désormais ? Quel but a leur existence ? Pourquoi lutteraient-
ils contre la mort intellectuelle, contre l'anéantissement moral qui les envahissent ? Quels moyens même
ont-ils encore pour lutter ? Comme les cataleptiques,
ils sentent, ils voient, ils écoutent, ils s'affligent, mais
restent immobiles dans leur douleur et muets dans
leur désespoir.

CHAPITRE II

Invasion de la Bohême par les troupes catholiques;
bataille de la Montagne-Blanche.

Ayant ainsi énervé, paralysé la population de ses
États héréditaires, Ferdinand put s'occuper à loisir de
manœuvres politiques et d'ambitieux projets. L'archi-
duché d'Autriche, la Bohême, la Hongrie, la couronne
impériale excitaient et entretenaient sa convoitise.
Mais Rodolphe II était maître de ces territoires, possédait l'autorité suprême ; et Mathias, son frère, devait
recueillir son héritage. Dans les sombres visions qui
tourmentaient son esprit, Rodolphe semblait voir parfois, comme entre deux nuages, les rayons d'une lumière supérieure. La grande et souveraine doctrine de
la tolérance, qui sera un jour le principe dominant de
la civilisation en toute matière, illuminait par intervalles
sa démence capricieuse. Il inquiétait peu les novateurs,
laissait leurs opinions gagner du terrain. Comme on l'a
vu, les Hongrois obtinrent de lui, en 1606, la liberté des
cultes ; les habitants de la Bohême la lui arrachèrent
par leurs menaces, le 20 août 1609. Mathias, qui, à
force d'intrigues, s'était fait céder la province d'Autriche, n'avait obtenu des États le serment d'obéissance
qu'après leur avoir accordé le même avantage et garanti aux diverses communions une entière égalité.
Hors des domaines où Ferdinand exerçait une action
immédiate, la marche des affaires contrariait donc ses
desseins. Mais il laissait passer les événements, se cui-
rassait d'opiniâtreté, guettait une occasion favorable, et
demandait à Dieu de pouvoir un jour ramener toute

l'Allemagne devant les autels catholiques, à la pointe de l'épée.

Rodolphe mourut, Mathias lui succéda, et le prince dévôt fut assez habile pour se faire nommer par anticipation roi de Bohême. Le couronnement eut lieu en 1617, avec une pompe insolite. Les États ne demandèrent que la confirmation de leurs privilèges et l'assurance que Ferdinand ne gouvernerait pas le pays avant la mort de l'Empereur. L'archiduc prêta le serment solennel. Mais les Jésuites, qui l'avaient suivi à Prague, comptaient bien l'empêcher de le tenir. Ils travaillèrent sous main le parti catholique et le peuple. Sur le passage de leur adepte, ils avaient fait dresser un arc de triomphe emblématique, où on voyait le lion de la Bohême enchaîné à l'écusson autrichien. Ils répandaient une foule de bruits inquiétants, soutenaient que l'édit de tolérance promulgué par l'empereur Rodolphe n'avait aucune valeur, puisqu'on avait effrayé le prince pour l'obtenir. « Nouveau roi, nouvelle loi, » disaient-ils. Des feuilles volantes, que distribuaient leurs complices, annonçaient le rétablissement de la foi catholique en Allemagne. Scioppius, renégat luthérien, d'un esprit acerbe, d'une rare impudence, tenait pour eux la plume. Ce que les Jésuites voulaient, c'était une insurrection, une lutte sanglante, qui permît d'abolir toutes les prérogatives politiques et religieuses, de commencer une persécution impitoyable. Ils y réussirent.

Les provocations, les manœuvres secrètes ou publiques de l'ordre déloyal, la ténacité avec laquelle Ferdinand II avait prosterné devant les autels catholiques ses sujets luthériens, excitaient dans toute la Bohême une sourde et profonde inquiétude. Les menaces de ses conseillers en robes noires ne laissaient aucun doute sur ses intentions. La première étincelle devait allumer un incendie et l'alluma effectivement. Les réformés, qui habitaient les domaines des abbayes de Braunau et de Grab, voulurent se construire de nouveaux temples ; or, l'édit de tolérance n'accordait la liberté religieuse qu'aux citoyens des villes impériales et aux vassaux des princes séculiers ; les hommes-liges des seigneurs ecclésiastiques ne pouvaient y prétendre. Le second monastère d'ailleurs était directement soumis à l'archevêque de Prague. Le suzerain mitré fit démolir les monuments hérétiques.

Aussitôt les luthériens s'émeuvent, se concertent, nomment des représentants, qui forment un comité de délibération et de défense. Ils envoient quelques-uns d'entre eux à la cour de Mathias, pour lui soumettre des observations. L'Empereur ne tint pas compte de leurs plaintes et ordonna de disperser leur assemblée. Croyant que les gouverneurs avaient pris d'eux-mêmes cette violente mesure, la noblesse utraquiste résolut d'en tirer vengeance. Le 23 mai 1618, les députés, portant presque tous des armes et suivis d'une nombreuse escorte, pénétrèrent dans le palais du Hradschin et envahirent la chancellerie impériale. Ils avaient à leur tête le comte Mathias de Thurn, un des proscrits réfugiés en Bohême pour se soustraire aux persécutions de Ferdinand II. Les membres du conseil les plus détestés, Martinitz et Slawata, furent jetés par les fenêtres après une explication orageuse, et eurent la chance de ne point se rompre le cou ; précipité de la même manière, le greffier tomba comme eux sur des immondices et eut comme eux la vie sauve, quoiqu'il eût fait une chute de soixante pieds. Les chefs luthériens ayant ainsi donné une première satisfaction à leurs ressentiments, le comte de Thurn parcourut la ville afin d'exhorter le peuple au calme. Des troupes indigènes occupèrent le château, les employés prêtèrent serment aux États, une commission exécutive de trente membres fut élue, et le comte de Thurn nommé général des forces qu'on allait réunir. Le premier édit publié par le gouvernement national décrétait l'expulsion des Jésuites, ces dévots intrigants qui ont pour complices la ruine, le désespoir et la mort. La guerre de Trente-Ans venait de commencer.

Le premier épisode de cette guerre est connu. On sait que les Bohémiens battirent d'abord les troupes dirigées contre eux, envahirent à leur tour l'Autriche et les États de Ferdinand. Le comte de Thurn parvint deux fois jusque sous les murs de Vienne ; mais, la première, il ne fit que s'y montrer ; la seconde, il entreprit le siège sans le conduire avec assez de résolution. Une défaite de l'armée auxiliaire commandée par Mansfeld le rappela en Bohême. Il pouvait affranchir à jamais l'Autriche et ne sut pas profiter de ses avantages [1]. Les Hussites toutefois proclamèrent la déchéance de Ferdinand, puis élurent à sa place Frédéric V, comte palatin, jeune homme étourdi, vaniteux, poltron, fainéant et incapable. Il avait épousé la fille de Jacques Ier d'Angleterre, et ce mariage lui donnait un grand prestige aux yeux des populations. Maximilien de Bavière, son parent, lui conseilla de ne pas accepter un dangereux honneur ; mais la vanité fut plus forte que la raison. L'amour-propre de sa femme exaltait le sien : fille d'un roi, ceindre la couronne royale était presque à ses yeux une question d'étiquette [2]. Le nouveau monarque pria seulement le duc de ne pas tirer l'épée contre lui, d'observer à son égard une bienveillante neutralité. Maximilien, l'élève des Jésuites, le compagnon de Ferdinand II à Ingolstadt, le chef de la Ligue catholique, repoussa ces instances ; son exaltation religieuse lui fit dédaigner les liens du sang, toutes les considérations humaines. Avec les vingt-six mille lansquenets et cinq mille cinq cents cavaliers qu'il avait réunis à Dillin-

---

1. Le récit le plus net de cet épisode se trouve dans Pelzel : *Geschichte der Bœhmen* (Prague, 1774).

2. Son portrait exécuté par Honthorst, décore en Angleterre le château de Hampton-Court. Elle est vue en pied. C'est une belle femme, au grand front, aux traits réguliers, aux yeux expressifs, d'une taille au-dessus de la moyenne : elle a l'air triste et soucieux, regarde le spectateur comme si elle voulait lui raconter sa sombre histoire. Son type réfléchi, mélancolique, est entièrement analogue à celui de son frère Charles Ier.

gen, il se mit en marche pour l'Autriche supérieure,
que la cruauté de Ferdinand avait réduite au désespoir
et qui préférait une lutte ouverte à une ruine silencieuse.
Neuf Jésuites, notamment le père Buslidius, confesseur
du général en chef, plusieurs capucins et carmes dé-
chaussés suivaient les pieux régiments, comme une
troupe auxiliaire, pour influencer les délibérations des
capitaines, dire la messe, exhorter les malades et imposer aux vaincus la foi orthodoxe. Devant le duc on
portait la grande bannière, où flottait une image bénie
de la Vierge.

Les populations opprimées de l'Autriche occupaient
les défilés des montagnes, gardaient les passages du
Danube. Mais la supériorité numérique de leurs adversaires fit échouer leur tactique et annula leur courage;
les champions de Rome les égorgèrent sans pitié, puis
envahirent la Bohême, où commença une guerre d'escarmouches, l'ennemi évitant une lutte générale, pour
fatiguer les troupes catholiques et les détruire partiel-
lement. Une lettre de Maximilien, adressée à l'Empereur le 28 octobre 1620, nous donne de curieux détails
sur les mœurs de ces nouveaux croisés, sur leur manière de traiter les populations : « Avec quelque chagrin
que je vous envoie ces renseignements, dit le général,
mon devoir et ma conscience ne me permettent pas de
cacher à Votre Majesté que mes avertissements continuels n'empêchent point vos soldats de piller, de saccager, ni surtout d'incendier, ce qui cause d'affreux dommages. Ils sabrent même les catholiques des deux
sexes, victimes innocentes qui comptaient sur notre
protection et attendaient, espéraient notre venue ; ils
rançonnent les gens soumis, déshonorent les femmes
et les filles. Ne faisant aucune distinction de lieux, ils
ne respectent pas plus les églises et les couvents que
les maisons particulières. Mes saufs-conduits ne protègent personne; bien mieux, les vauriens attaquent mes
gens et volent mes provisions. Ils ruinent totalement,
poussent au désespoir les simples citoyens, qui, pen-

dant plusieurs années, ne pourront sortir de la détresse
où ils les plongent. Si le Tout-Puissant nous accorde
la victoire, des pays si cruellement dévastés vous seront peu profitables ; vos fidèles sujets, les paysans inof-
fensifs auront essuyé d'irréparables malheurs, sans
compter que ces odieux, que ces perpétuels dégâts nuisent à Votre Majesté, nuisent aux troupes elles-mêmes
et aux chevaux, dont ils rendent l'alimentation très-
difficile : nos cantonnements épuisés ne peuvent plus
nous rien fournir. Je donne ces détails à Votre Majesté,
parce que je reçois des plaintes tous les jours et vois
de mes propres yeux commettre une foule de sévices [1]. »

La débauche, les excès de tout genre et les privations
qui en étaient les suites, se joignant aux fatigues et à
l'humidité de la saison, les hordes catholiques furent
décimées par les fièvres, la dyssenterie et le typhus. La
pluie, la neige et le froid les poursuivaient sans relâche ; aussitôt qu'elles se mettaient en chemin, les
loups festoyaient à leurs dépens, car elles jonchaient
leur route de cadavres. Les serviteurs même du général
tombaient morts autour de lui. C'était comme un châtiment du ciel. Maximilien cherchait à engager une action décisive, pour ne point laisser anéantir ses troupes sans combat. Mais les réformés le harcelaient et
l'évitaient. Furieux de cette tactique, de ses pertes
continuelles, il résolut de marcher sur Prague et de
l'enlever par un coup hardi. Le prince Christian d'Anhalt, qui commandait les protestants, lutta de célérité
avec le chef catholique, eut la bonne fortune de le
prévenir. Le 8 novembre, au matin, il arrivait sous les
murs de la capitale.

Le jour se levait à peine ; un brouillard opaque et
froid semblait vouloir éteindre ses rayons et ne laissait

---

1. L'original de cette pièce se trouve dans l'*Histoire de Maximilien Ier*, duc de Bavière, par Wolf, t. IV, p. 432-433, et dans
la *Correspondance impériale*, année 1620.

apercevoir les objets qu'à une faible distance. Le prince schismatique, pour ranger ses troupes en bataille, fut obligé d'attendre que la brume s'éclaircît ou fût emportée par un coup de vent. Or, les catholiques ayant suivi de près, pendant toute la nuit, les forces bohémiennes, étaient arrivés au bas de la côte, où venaient de se poster les luthériens. Ceux-ci entendaient à travers le brouillard les cris des officiers, le hennissement des chevaux et le bruit des tambours. Enfin les vapeurs se dissipèrent. Christian d'Anhalt put prendre à la hâte ses dispositions.

Devant Prague s'allonge un terrain en pente douce, qui a environ une lieue d'étendue et qu'on nomme la *Montagne-Blanche*. Vers l'occident, elle atteint les bords de la Moldau ; à l'orient, elle s'appuie aux futaies du parc royal ; vers le midi, de brusques escarpements la terminent sur trois points. C'était là qu'avaient fait halte, au premières lueurs du jour, les défenseurs de la Bohême. Ils ne comptaient guère que vingt et un mille hommes. Mais l'avantage de la position aurait pu largement compenser leur faiblesse numérique. On éleva des retranchements, on plaça du canon pour protéger les endroits accessibles ; un détachement alla s'embusquer dans le parc. Le général commit la faute de ne point occuper ou détruire un petit pont jeté sur la Moldau ; les catholiques s'en emparèrent, aussi bien que de quelques hauteurs situées à cinq cents pas tout au plus de leurs antagonistes. Ceux-ci étaient commandés par d'habiles capitaines ; non-seulement le prince d'Anhalt, qui dirigeait toutes leurs opérations, avait des talents militaires que reconnaissaient même les chefs de la Ligue, mais son fils aîné, les comtes de Thurn, d'Hohenlohe, de Solms, de Hollach, le prince de Saxe-Weimar s'étaient acquis sur les champs de bataille une juste renommée. L'union et la discipline manquaient, par malheur, dans le camp de la Réforme. Les Hongrois surtout, que Bethlen Gabor avait envoyés au secours des protestants, montraient un esprit séditieux et un mécontentement de mauvais augure. Ils n'aimaient pas les Bohémiens, se plaignaient de leur solde insuffisante ; un échec assez grave, que les Cosaques leur avaient fait subir le soir précédent, avait abattu leur courage. Ces dispositions fâcheuses s'étaient communiquées à une grande partie de l'armée.

Les légions ultramontaines, qui mouraient de faim, que la pluie, le vent, le froid, les maladies avaient exaspérées, demandaient la bataille avec impatience. Les généraux montraient moins de fougue ; l'excellente position des Réformés leur causait une vive inquiétude. Blessé à la cuisse peu de jours auparavant, Bucquoi jugeait téméraire d'attaquer l'ennemi, conseillait de le tourner, s'il était possible, et de se jeter sur Prague. Maximilien et Tilly voulaient faire sonner la charge. Au milieu du conflit des opinions, le père Dominique de Jesu-Maria, carme déchaussé que les ligueurs vénéraient comme saint, et qui était venu d'Espagne tout exprès pour les fortifier par ses prières, s'interposa entre les capitaines dissidents. Il portait à la main un bâton surmonté d'une croix, et une médaille de la Vierge s'étalait sur sa poitrine, médaille trouvée, disait-il, dans les ruines fumantes du château de Rakonitz, dévasté par les troupes impériales ; la sainte image avait les yeux crevés, mutilation que le moine attribuait à la fureur sacrilège des luthériens.

— « Fils de l'Église, s'écria-t-il, est-ce le moment d'hésiter, de délibérer ? Quoi ! lorsque le Seigneur livre entre vos mains ses ennemis et les nôtres, vous différez l'attaque ? Vous les épargnez, lorsque nous sommes sûrs de les vaincre ? O lutte heureuse que nous allons engager pour la cause du ciel ! Oui, messeigneurs, c'est la cause de Dieu que nous allons défendre. En avant donc ! soutenez-la courageusement et ne doutez point de la victoire. Nos adversaires n'ont d'autre appui que leur orgueil ; nous avons le Tout-Puissant pour auxiliaire. Voyez, ajouta-t-il en montrant le médaillon de la Vierge, comment ils ont traité la

mère du Sauveur ! Elle sera votre protectrice, et Dieu
vengera l'insulte qu'on lui a faite. Mettez en lui votre
confiance, marchez hardiment aux hérétiques. Le Seigneur combattra pour vous, le Seigneur vous donnera
la victoire.

— Eh bien ! puisque nous sommes les champions
du ciel, livrons la bataille, s'écrièrent à leur tour les
généraux, électrisés par ce discours pompeux. Que le
nom de la Vierge soit notre cri de guerre et notre mot
de ralliement ! »

Malgré ses pertes nombreuses, Maximilien avait encore sous sa bannière plus de trente mille hommes [1].
Bucquoi lui avait amené vingt mille reîtres et lansquenets, payés par Ferdinand II, l'Espagnol Verdugo un
corps de Wallons, et l'évêque de Wurtzbourg y avait joint
trois mille hommes de renfort. Le duc de Bavière disposa en carré les troupes orthodoxes, mêla les cavaliers
aux fantassins dans des proportions régulières, mit à l'aile
droite les Impériaux, à l'aile gauche les régiments de la
Ligue, au centre les Bavarois. Tilly commandait la première ligne de bataille. Sous ses drapeaux se trouvait
un jeune philosophe prédestiné à la gloire : Descartes,
réformateur bien plus hardi que Luther, car il devait
affranchir l'esprit humain de toutes les traditions, Descartes, le père intellectuel de Spinosa, combattait avec
les milices ultramontaines les défenseurs du libre examen ! Le général en chef et Bucquoi se tenaient à l'arrière-garde.

Il était midi ; le soleil venait de percer les nuages,
comme pour prêter sa lumière aux fureurs des hommes.
Les douze canons de Maximilien, qu'on nommait les
douze apôtres, donnèrent le signal de l'attaque.

Il avait à peine retenti que les premières phalanges
montent à l'assaut, car c'était une espèce de citadelle
qu'il fallait emporter. Un feu violent d'artillerie et de

1. Le prince d'Anhalt, dans son *Journal*, porte ce chiffre à
quarante mille, en donnant l'effectif de chaque division.

mousqueterie leur souhaite la bienvenue. Le combat
s'engage avec furie de part et d'autre; les deux armées
montrent la même fougue, et la victoire chancelle
pendant une demi-heure.

Le jeune prince d'Anhalt sembla sur le point de terminer la lutte en faveur des schismatiques. A la tête
d'un régiment de cavaliers hongrois, il se précipite dans
les rangs des troupes impériales, met en fuite le corps
de Tiefenbach, puis les lansquenets de Breuner, qu'il
fait prisonnier, force même les Croates d'Isolani à
tourner bride. Mais l'Espagnol Verdugo et ses Wallons
le tiennent en échec. Max et Bucquoi, qui commandent
la seconde ligne, repoussent les fuyards, l'épée à la
main. Un régiment de cuirassiers bavarois, demandé
par Tilly, fond sur la troupe du jeune duc et répare
complètement le désordre. Le colonel Breuner est déli-
vré ; mais les Hongrois soutiennent encore la lutte,
quand un lancier perce le cheval du prince ; le jeune
homme tombe et reste entre les mains de ses ennemis.
Cette catastrophe décide la bataille. Les Hongrois
prennent la fuite, la cavalerie allemande fait comme
eux, et l'infanterie les imite bientôt. Le Napolitain
Spinelli s'empare d'un retranchement, tourne contre
l'armée bohémienne deux pièces de canon qui la protégeaient. La déroute devient générale, les champions de
la bonne cause se dispersent. « Alexandre le Grand,
Jules César et Charlemagne, dit le prince Christian,
n'auraient pu ramener les troupes au combat. »

Dans le parc royal seulement, à l'endroit qu'on
nomme l'Étoile, deux mille fantassins moraves, commandés par les comtes de Thurn, de Schlick, et par
d'autres seigneurs, firent une résistance désespérée.
Ils voulaient vaincre ou mourir. Toute l'armée impériale fut contrainte de se grouper autour d'eux, pour
les accabler sous le nombre. Pas un seul ne lâcha
pied ; ils tombèrent l'un après l'autre, hormis vingt-
six. Le jeune comte de Schlick fut fait prisonnier ; le
comte de Thurn échappa aux balles, aux coups de

lance et de rapière, comme si un talisman le protégeait, et rentra dans la ville.

Parmi les mourants et les morts était couché un personnage qui devait bientôt jouer un rôle terrible, le fameux comte de Pappenheim, alors âgé de vingt-six ans. Il avait reçu, pendant le combat, six blessures dangereuses et quatorze moins graves. Toute la nuit, ce furieux adversaire des opinions nouvelles demeura sans connaissance ; le froid même de la saison ne put le ranimer. Le matin, un Croate qui butinait parmi les morts, vit un anneau brillant à son doigt et voulut en faire son profit. Mais comme il essayait vivement de le retirer, sans doute parce que la tuméfaction des chairs s'y opposait, il prit la bague entre ses dents et mordit par hasard le capitaine. La douleur fut assez forte pour lui rendre conscience de lui-même. Ouvrant des yeux effarés, il dit au spoliateur : « Que veux-tu, drôle ? » — « Tu as de riches vêtements, il faut que tu meures, » lui répliqua l'homme farouche. Dans son état d'extrême faiblesse, le jeune seigneur eut encore assez de vigueur et de résolution pour lui appliquer un soufflet, et lui promit une bonne récompense s'il allait chercher du secours. On le transporta dans la ville, où un chirurgien fameux le soigna : il eut la chance de guérir.

Telle fut cette bataille de la *Montagne-Blanche*, qui devait avoir d'incalculables suites, changer totalement le sort de l'Allemagne, dont l'Europe actuelle sent encore les effets et dont l'action fatale se prolongera peut-être encore pendant plusieurs siècles [1]. La lutte n'avait

1. Les contemporains eux-mêmes voyaient déjà l'influence prodigieuse de cette victoire ; le cardinal Caraffa en expose ainsi les conséquences : « Celeberrimam illam victoriam reportarunt, quæ, ut constans omnium fama vulgavit, Bohemiam subjugavit, Austriam coercuit, Moraviam reduxit, Silesiam repressit, Ungariam recuperavit, universam Germaniam stabilitavit, religionem catholicam ex captivitate in libertatem asseruit. » *Germania sacra restaurata*, p. 104. Le même écrivain constate d'une manière flagrante l'aversion générale des Bohémiens pour les théories ultra-

duré qu'une heure. Cet espace de temps suffit pour détruire quatre mille hommes de l'armée bohémienne.
Beaucoup de fuyards, spécialement des Hongrois, se
noyèrent en voulant traverser la Moldau. Les troupes
catholiques perdirent tout au plus quatre cents hommes.
Dix canons, cent étendards, un butin considérable et
cinq cents prisonniers restèrent entre leurs mains.

Le roi de Bohême dînait gaiement avec l'ambassadeur
d'Angleterre et une foule de dames, lorsque André von
Habernfeld, député vers lui par Christian d'Anhalt, vint
lui annoncer le commencement de la bataille et le solliciter d'y prendre part. Il s'y montra peu disposé, ne
voulant point abandonner la fête. Le messager ne le
décida qu'à force d'instances. Il monta enfin à cheval
et courut vers la porte de Strahow : elle était déjà
fermée. Du haut des murs, le jeune étourdi put alors
voir ses soldats en pleine déroute ; il fit ouvrir la porte
que cherchaient leurs yeux effrayés. Retournant ensuite
au palais, il ne prit aucune mesure pour défendre son
trône et sa capitale [1]. Ayant demandé à Maximilien un
armistice de 24 heures, le duc de Bavière ne lui en accorda que huit. Le lendemain, il monta en voiture et
s'éloigna de cette Bohême où il ne devait jamais rentrer.
S'il avait eu de l'esprit et du cœur, il aurait pu longtemps encore soutenir la lutte. Dix-sept bataillons
étaient demeurés dans Prague, les seize mille hommes
qui restaient de l'armée défaite eussent rejoint leur

---

montaines : « Catholica religio roborata est ; et quæ passime
Bohemia exulaverat, vel ita depressa fuerat ut dedecus esset viro
nobili catholicam fidem profiteri, cujus sectatores ad instar fœcis
habebantur, omnium derisui et opprobio expositi, emersit tandem,
faciemque pudore jam antea obductam erigere læta potuit. »
Ibid., p. 105. Ainsi, d'après le cardinal Caraffa, un gentilhomme
allemand, avant la bataille de la Montagne-Blanche, aurait eu
honte de manifester des opinions catholiques.

1. Le docteur Vehse a mis en doute cet excès d'incapacité ;
mais Habernfeld raconte lui-même l'épisode dans son livre publié
à Leyde en 1646 : *Bellum Bohemicum, recensente Andrea ab Habernfeld, ab anno* 1617. In-12.

bannière au premier son du tambour, huit mille Hongrois, envoyés par Bethlen Gabor, venaient d'arriver à Brandeiss, et Mansfeld tenait douze mille hommes cantonnés sous les murs de Pilsen. Mais la sottise perd toutes les causes, annule toutes les forces. On a surnommé Frédéric V *le roi d'hiver*, parce qu'il ne porta la couronne que pendant une saison [1].

Ferdinand, revêtu de la dignité impériale l'année précédente, se trouva maître absolu de la Bohême. Il y poursuivit sans obstacle et sans pitié la réaction catholique depuis longtemps accomplie dans ses provinces héréditaires. Le prince de Lichtenstein fut nommé gouverneur de Prague, Tilly chargé d'y maintenir le calme et l'obéissance avec six mille fantassins et quinze cents cavaliers. L'oppression politique s'installa ouvertement auprès du despotisme religieux [2].

---

1. *Geschichte Maximilians I und seiner Zeit*, par Philipp Wolf, t. IV, p. 424 et suiv. — Heinrich Zschokke : *Baierische Geschichte*, t. IV, p. 165 et suiv. — Martin Pelzel : *Kurzge fasste Geschichte der Bœhmen*, p. 457 et suiv.

2. *Vollstændige Geschichte der Hussiten*, p. 401 (Leipsig, 1873, 1 vol.).

CHAPITRE III

Le système autrichien appliqué en Bohême ; les quarante-sept martyrs de Prague.

Pendant plus de trois mois Ferdinand resta immobile, n'exerça aucune vengeance et parut avoir oublié ses griefs comme ses desseins. Une amnistie générale avait été publiée, garantissant aux vaincus le pardon de leur défaite, la sûreté des biens, des personnes et de l'honneur. Quelques nobles profitèrent de ce délai pour se mettre en sûreté au-delà des frontières; mais la majorité ne soupçonna pas le piège. L'Empereur attendait que Mansfeld et ses douze mille hommes eussent quitté la Bohême. Tout à coup, le 28 février 1621, quarante-huit personnages importants de la noblesse et de la bourgeoisie sont arrêtés, mis au cachot. Ce parjure avait été décidé dans une réunion d'ecclésiastiques, secrètement tenue par les deux confesseurs du prince, par quatre chefs de l'ordre des Jésuites et par les supérieurs des ordres religieux fixés en Autriche. Comme l'Empereur manifestait des scrupules et demandait s'il pouvait, sans faillir, sans compromettre son salut, imiter le duc d'Albe, le père Lamormain lui dit d'un ton irrité : « J'en fais mon affaire et prends tout sur ma conscience. » Le lendemain, le courrier portant l'ordre fatal partait pour la Bohême.

Dès que ce perfide commentaire sur l'amnistie fut parvenu à Prague, le gouverneur, Charles de Lichtenstein, rassembla les commissaires impériaux dans une salle du Hradschin, tendue de noir et garnie de soldats.

On y fit paraître l'un après l'autre les détenus, pour leur annoncer leur condamnation à mort. Beaucoup d'entre eux n'étaient pas destinés seulement au gibet et à la hache ; on avait voulu rendre leur fin plus cruelle : les uns devaient avoir d'abord la langue arrachée, la main droite coupée ; les autres devaient être écartelés vivants. La sentence déclarait confisqués leurs biens meubles et immeubles, ce qui ruinait pour toujours leurs familles. Tous entendirent cet odieux décret avec une héroïque fermeté : pas un seul ne demanda grâce.

« Déchirez notre corps en mille morceaux, fouillez nos entrailles, dit le comte de Schlick, père du jeune seigneur fait prisonnier pendant la bataille de la *Montagne-Blanche*, vous n'y trouverez rien que ce que nous avons nettement et sincèrement expliqué à la face du monde dans notre *Apologie*[1]. Ce n'est pas l'ambition qui nous a poussés. Nous n'avons pris enfin les armes que pour défendre notre religion honnie, notre constitution violée, notre indépendance nationale foulée aux pieds. Frédéric a été vaincu, Ferdinand a remporté la victoire ; mais l'issue de la guerre n'a point amélioré sa cause, n'a pas rendu celle de la Bohême moins équitable. Dieu nous a livrés entre vos mains. Que sa volonté s'accomplisse ! que son nom soit béni ! »

Cette lugubre audience dura depuis six heures du matin jusqu'à deux heures de l'après-midi. Les captifs, nobles et bourgeois, furent alors reconduits dans leurs prisons.

Le lendemain, comme le prince Lichtenstein traversait la ville pour se rendre à la messe, les femmes, les enfants des condamnés, leurs parents les plus proches l'environnèrent, tombèrent à ses pieds, l'implorèrent avec des larmes et des sanglots.

---

1. Hormayr a imprimé cette apologie tout entière dans ses *Anemonen* t. II.

« La seule faveur que je puisse leur accorder, dit le prince d'un ton sec et d'un air froid, c'est de les faire ensevelir honorablement. »

Et aussitôt, devant les malheureux qui le suppliaient, il envoya un de ses serviteurs annoncer aux victimes qu'on exécuterait leur sentence le surlendemain matin, au lever du soleil ; que chacun d'eux pouvait appeler un jésuite, un capucin ou un ministre de la confession d'Augsbourg, mais qu'on ne les laisserait point communiquer avec des pasteurs utraquistes. La plupart d'entre eux suivant les principes de Jean Ziska, cette décision leur fut très-pénible. On voulait par là faire croire à l'électeur de Saxe qu'on ne persécutait pas les luthériens, mais seulement les hussites. Sans avoir été demandés, les jésuites et les capucins se glissèrent dans les prisons pour tâcher de convertir les dissidents ; ils échouèrent tous, quoiqu'ils promissent aux condamnés leur grâce et la restitution de leurs biens. Le soir seulement, et de guerre lasse, on introduisit auprès des vaincus les seuls ministres dont ils voulussent accepter les consolations [1]. Les pasteurs les fortifièrent de leur entretien jusqu'au moment redoutable, les firent communier sous les deux espèces, et chantèrent avec eux des hymnes stoïques.

Le dimanche, on dressa l'échafaud sur la grande place de la vieille ville, nommée le *Ring*, où avait commencé la guerre des Hussites, et on l'appuya au frontispice de la maison commune. Il était entièrement couvert de drap rouge. Contre la façade on éleva un trône et un baldaquin pour le gouverneur, on disposa des sièges pour les commissaires et pour les greffiers du tribunal. Sur la place, une potence allongeait son bras hideux. Une fenêtre de l'hôtel de ville donnait directement accès sur l'échafaud.

Ce même jour, les proscrits, nobles et bourgeois,

---

1. L'un de ces prêtres, Jean Rosacius, a écrit une relation de tout ce qui se passa dans les cachots.

furent menés de leurs prisons respectives au palais
municipal. Tandis qu'ils cheminaient à pied dans les
rues, ils chantaient les paroles du quarante-quatrième
psaume. Tout le monde accourait aux fenêtres, et le
peuple fondait en larmes sur leur passage.

Les martyrs ne fermèrent pas un instant les yeux.
Ils prièrent, ils s'exhortèrent toute la nuit, se donnant
l'un à l'autre des témoignages de leur foi inébranlable,
et attendant l'aurore qui devait être pour eux la dernière. Comme le jour paraissait, un arc-en-ciel dessina
dans les nuages sa courbe radieuse. Ils tombèrent à
genoux et louèrent le Seigneur ; l'un d'eux s'écria d'un
ton inspiré :

« C'est le signe de l'alliance que Dieu a contractée
avec le genre humain ; c'est l'arche sur laquelle repose
son trône glorieux, suivant les paroles de l'*Apocalypse*.
Jésus nous ouvre le ciel : il est la voie, la vie et la vérité! »

A ce discours ingénu répondit la voix du canon, qui
tonnait sur la plate-forme du château royal. Il était
quatre heures du matin, et ces sons lugubres annonçaient le commencement du sacrifice. Plusieurs escadrons de hulans occupèrent la grande place et l'embouchure des rues voisines ; un triple rang de chasseurs
et d'arquebusiers environna l'échafaud. De forts pelotons, pourvus d'artillerie, s'installèrent au milieu des
principales voies de communication ; des patrouilles
de cuirassiers se mirent en marche et sillonnèrent la
ville pendant toute la cérémonie.

Le prince de Lichtenstein monta sur son trône, et les
commissaires impériaux s'assirent près de lui. Des
hallebardiers leur servaient de gardes. La place, les
rues, les fenêtres, les toits fourmillaient de spectateurs.
Tous les visages exprimaient la consternation ou la pitié.
On eût dit que c'était le dernier jour de la Bohême qui
éclairait ces odieux préparatifs. A cinq heures, les rau-
ques accents du canon retentirent de nouveau : la funèbre scène allait commencer. Les victimes s'embrassè-
rent et se firent mutuellement leurs adieux.

Le premier qui parut sur l'estrade fut le comte de Schlick, un des plus puissants, des plus riches et des plus nobles seigneurs du pays. L'électeur de Saxe, chez lequel il avait cherché un refuge, l'avait livré à l'Empereur. C'était un homme de cinquante-trois ans, d'une taille et d'une figure majestueuses, qui avait encore une grande beauté. Les Jésuites le poursuivirent jusque sur l'échafaud. « Je vous prie de me laisser en paix, » dit-il au père Sédécius d'un ton imposant. Et comme le soleil, dans toute sa splendeur, vint à dépasser les toits de la ville, le martyr leva la main vers le ciel : « Soleil de la justice divine, s'écria-t-il, ô Jésus ! daigne me conduire à la lumière éternelle par delà les ténèbres de la mort ! » Puis, d'un air calme et digne, il parcourut plusieurs fois l'échafaud. Sa condamnation portait qu'il serait écartelé vivant, et que ses membres seraient cloués à des poteaux dans divers carrefours. « Pensez-vous que je regrette une fosse creusée de vos mains ? » avait-il répondu au tribunal. Mais la clémence de l'Empereur lui ayant fait grâce de ce supplice atroce, il devait seulement périr par la hache. Il s'agenouilla enfin devant le billot et reçut le coup mortel. L'exécuteur lui trancha ensuite la main droite. Des larmes brillaient dans tous les yeux, des sanglots s'échappaient de toutes les poitrines. Sous le bloc de bois on avait étendu une pièce de drap rouge. Quand le bourreau eût fini sa besogne, des individus masqués enveloppèrent les restes du comte dans le morceau d'étoffe et les emportèrent. Sa tête et sa main, comme celles de ces compagnons, devaient être suspendues dans une cage de fer, à la tour qui dominait le pont de la Moldau. Le comte de Schlick avait fait de profondes études, parlait couramment le latin et le grec.

Celui qui parut après lui sur la scène sanglante, Wenceslas de Budowa, était un érudit célèbre dans toute l'Europe. Il avait été ambassadeur de l'Empire à Constantinople, connaissait à fond les langues orientales, la littérature grecque et la littérature romaine. Ses talents et son savoir ne le rendaient que plus odieux aux Jésuites, qui craignent et abhorrent toute influence étrangère à leur ordre. Il avait soixante-quatorze ans lorsqu'il fut amené devant les juges et condamné. On lui offrit sa grâce. Il sourit avec dédain : « Vous êtes altérés de notre sang depuis un si grand nombre d'années, dit-il aux membres du tribunal, que je ne veux pas vous empêcher d'éteindre votre soif ; j'aime mieux mourir que de voir mourir ma patrie. *Malo mori, quam patriam videre mori.* »

Son cadavre fut enveloppé, comme celui de toutes les autres victimes, dans un morceau de drap rouge, et emporté par des hommes masqués.

Le général Christophe de Polzicz lui succéda. C'était lui qui, pendant le siège de Vienne par le comte de Thurn, avait canonné le château impérial, où tremblait Ferdinand, et avait lancé des boulets dans ses fenêtres. Avoir effrayé l'Empereur était un crime impardonnable. Les connaissances du général en histoire naturelle, ses voyages en Asie, en Afrique, l'avaient d'ailleurs rendu célèbre. Le bourreau hésitait à frapper cet homme illustre : « Les Juifs ont bien attaché sur la croix le fils de Dieu ! » lui dit le vétéran ; et il lui fit signe de remplir son ministère.

On vit alors un spectacle capable d'exciter une éternelle indignation. Un chevalier de quatre-vingt-dix ans, Gaspard Kaplizz, arriva d'une allure chancelante sur le théâtre du meurtre. Le malheureux vieillard avait craint de faiblir au moment suprême, et, en quittant le vestibule de l'échafaud, il avait murmuré cette prière : « Mon Dieu, fortifiez mon cœur pour que je ne perde point courage devant mes ennemis, et que je ne meure pas comme un homme timide ! » Quand il fut arrivé près du billot, ses genoux roidis par l'âge avaient peine à se plier : « Dès que vous me verrez en posture, dit-il au bourreau, exécutez-moi sans délai, car je ne pourrai garder longtemps cette pénible attitude. » Et il courba ses membres avec effort, il inclina sa tête blanchie.

Mais le pauvre vieillard s'était placé de façon à gêner le maître des hautes œuvres et à rendre l'opération difficile. Le bourreau le pria de soulever sa tête. Le ministre Rosacius, qui l'accompagnait, lui dit alors : « Mon noble seigneur, vous avez recommandé votre âme à Dieu ; offrez-lui encore joyeusement cette tête blanche, et redressez-la vers le ciel. » Le vieillard sourit, leva son front en appuyant ses mains sur le billot, et le large glaive de l'exécuteur lui trancha le cou.

L'affreuse scène continua. Si l'un des martyrs essayait de parler au peuple, un roulement de tambours, une fanfare de trompettes couvraient sa voix. L'opérateur sinistre arrachait la langue à quelques-uns avant de leur asséner le coup mortel. Parmi ces derniers se trouvait le plus fameux des vaincus, Jean de Iessen, que les anatomistes regardent comme un des fondateurs de leur science. On respectait dans toute l'Europe cet ami de Keppler et de Tycho-Brahé, successivement choisi pour médecin par les empereurs Rodolphe et Mathias. Ferdinand lui portait une haine mortelle, parce qu'il avait contrarié ses manèges en plusieurs circonstances. Originaire de Hongrie, Iessen avait la taille élevée, la force musculaire de la race magyare. Quand il eut fait quelques pas sur l'estrade, il se retourna vers le prince et vers les juges, se redressa de toute sa hauteur et, dominant de sa voix sonore les tambours et les trompettes, il s'écria :

« C'est en vain que Ferdinand assouvit sa rage sanguinaire ; Frédéric V, le roi élu par nous, montera de nouveau sur le trône de Bohême. »

L'exécuteur s'approcha pour lui arracher la langue, comme le portait sa condamnation. « Je m'afflige, dit le savant docteur, de perdre si outrageusement cette langue, qui a parlé tant de fois, et non sans gloire, à des empereurs, à des reines et à des princes. Mais ni ce traitement honteux, ni le dépècement de mon corps ne m'empêcheront de ressusciter pour la vie éternelle. Des patriotes viendront d'ailleurs enlever nos têtes de

4

leur cage de fer et leur rendre pieusement les derniers
devoirs. » Quand la mutilation fut accomplie, le héros
essaya encore de parler ; malgré le sang qui lui remplissait la bouche, qui coulait sur ses lèvres jadis élo-
quentes, il priait en balbutiant avec effort, en tenant
ses mains levées vers le ciel. Bientôt il s'agenouilla,
et l'exécuteur mit fin à son supplice. Après la mort de
toutes les victimes, on transporta son corps sous le
gibet, on le coupa en quatre parties, et l'on cloua ces
membres sanglants sur des poteaux.

Parmi les condamnés, un seul professait la religion
catholique. Il descendait d'une ancienne famille royale,
et se nommait Czernin de Chudenitz. Avant la guerre,
il commandait en sous-ordre le château de Prague.
On l'accusait d'y avoir introduit les rebelles. Il réfuta
victorieusement cette imputation en montrant un
ordre écrit de son supérieur, qui lui enjoignait d'ouvrir
les portes. Son crime réel était d'avoir vu le jour dans
une famille protestante et d'avoir longtemps prié Dieu
avec les luthériens. Les Jésuites ne lui pardonnaient
pas sa tolérance à l'égard de ses anciens coréligionnai-
res, les avis qu'il donnait en toute occasion de les prendre par la douceur. Un motif politique l'avait en outre
fait désigner pour l'hécatombe. Ferdinand et ses conseillers ne voulaient pas que cette boucherie eût l'air
d'une persécution religieuse, et ils avaient décidé qu'un
personnage catholique mourrait avec les protestants et
servirait à déguiser les véritables intentions de la cour.
Ses vastes domaines enfin excitaient de basses convoitises : on l'avait choisi de préférence à beaucoup
d'autres, afin de recueillir ses dépouilles. Il était dit
dans sa sentence qu'on lui couperait les doigts de la
main droite, *qui auraient dû mieux tenir les clefs du
château.* Il s'unit de cœur aux pieux exercices de ses
compagnons d'infortune, repoussa le jésuite qui le suivait sur l'échafaud, et s'écria : « Vous pouvez prendre
mon corps ; mon âme se rit de vos vengeances. »
Quelques secondes après, il avait cessé de vivre.

Chaque fois qu'un ministre protestant revenait de l'estrade où il avait exhorté une victime, il rendait témoignage à son inflexible constance et fortifiait ainsi la résolution des survivants. Lorsque tous les nobles eurent péri, on procéda au meurtre des chefs bourgeois. Quarante-sept personnes furent mutilées, décapitées, de cinq heures à neuf heures. Quel spectacle pour le prince de Lichtenstein et ses auxiliaires impériaux ! quelle scène touchante pour les âmes dévotes ! Les têtes d'un bon nombre furent fixées sur des pieux plantés devant leur demeure : on cloua la tête et la main de Léandre Ripel contre la porte même de la maison commune. Wodnyansky fut pendu au gibet dressé sur la place ; deux sénateurs, le beau-père et le gendre, éprouvèrent le même sort ; leurs cadavres oscillèrent à un balcon de l'hôtel de ville.

Un seul, parmi les vaincus, obtint une commutation de peine, au moment où il allait s'agenouiller devant le billot : il se nommait Sixt von Ottersdorf, et survécut plus de trente ans à ses compagnons.

Pendant que la fleur du royaume tombait ainsi sous le glaive, Ferdinand s'occupait d'eux et leur donnait à sa façon des marques d'intérêt. Le pieux empereur avait entrepris pour ses victimes un pèlerinage à Mariazell, lieu de dévotion alors célèbre. Là, prosterné devant la statue de la Vierge, il priait sans relâche la sainte madone « d'implorer Dieu en faveur des rebelles, pour qu'il daignât éclairer leur intelligence et les faire rentrer dans le sein miséricordieux de l'Église catholique, la seule qui puisse sauver les âmes. » Il avait pourtant donné des ordres féroces, choisi des agents implacables. Dix des martyrs ne comptaient pas entre eux moins de sept cents ans.

Les têtes et les mains des suppliciés restèrent dix ans dans leur cage de fer, sur la tour qui dominait le pont de la Moldau. Après la bataille de Leipzig, les proscrits revinrent en Bohême, avec l'armée suédoise ; Prague fut encore gouvernée par le comte de Thurn.

On enleva les ossements blanchis des martyrs, et un cortège solennel les transporta au Vatican de la Bohême, à l'église de Stein. On y célébra l'office, on y prononça une oraison funèbre; mais comme la guerre continuait, que le pays pouvait retomber sous la domination de l'Empereur, on n'osa point les ensevelir pendant le jour. Des hommes déguisés les prirent au milieu de la nuit, et les enterrèrent secrètement, pour que la haine opiniâtre des Jésuites ne fouillât point leur tombeau.

Ce premier sacrifice n'était que le début de la persécution, un faible avant-goût des cruautés, de la terreur que préparait Ferdinand. Le lendemain de l'exécution, les trois avocats municipaux furent fouettés publiquement par le maître des hautes œuvres, le premier devant l'ancien hôtel de ville, le second devant la Monnaie, le troisième devant l'auberge du *Cerf-Vert*. Le greffier communal, qui avait reçu Frédéric V, le jour de son entrée solennelle, dans le vieux costume en usage à l'époque de Jean Ziska, eut la langue clouée au gibet, et ne fut relâché qu'après l'avoir ensanglanté deux heures.

Mathias Borbon, médecin de trois empereurs, devait être décapité ; mais le prince de Lichtenstein le sauva, et son innocence fut mise hors de doute. Chrysostome Schrepel, un des juges ou, pour mieux dire, un des commissaires qui l'avaient condamné, entra dans une violente fureur ; il avait à la cour et avec les Jésuites des relations importantes, dont le gouverneur lui-même devait se préoccuper. Or il convoitait le splendide hôtel de Borbon. Pour décharger sa bile, ce drôle fit un jour attaquer le médecin au moment où il quittait le prince : des hommes apostés le bâtonnèrent si cruellement qu'il faillit rester sur place et eut toutes les peines du monde à s'échapper. On l'obséda ensuite dans le but de le convertir. Las de ces persécutions, il se rendit en Pologne, où il fut accueilli, employé par le roi Ladislas et où il mourut dans l'exercice de ces hautes fonctions.

Après le supplice des quarante-sept martyrs, des échafauds et des gibets se dressèrent sur tous les points de la Bohême. Les sentences de confiscation, d'exil et d'emprisonnement perpétuel se suivaient sans relâche. Les persécuteurs en aggravèrent les conséquences par une invention diabolique : un décret de l'empereur condamna tous les fils et petit-fils des individus traités en criminels, sous un prétexte ou sous un autre, à porter au cou un cordon de soie rouge imitant le passage de la hache. Cet emblème avait pour but de les faire constamment souvenir que, s'ils avaient encore la tête sur les épaules, c'était par la tolérance du souverain. Il les désignait, en outre, à la surveillance des Jésuites. Quelles idées devait entretenir dans l'esprit des jeunes gens cet abominable signe, qui leur rappelait la captivité, le désespoir ou la mort de leur proches, le supplice dont ils étaient eux-mêmes menacés ? Ils erraient comme des ombres, tenant à peine à une existence si précaire, lisant dans tous les regards la pitié ou la haine, et portant déjà la marque du coup fatal. Les dévots ont parfois de singulières inspirations !

La Bohême perdit toutes ses libertés politiques et religieuses, le droit d'élire ses propres souverains : la noblesse ne put même transmettre ses biens sans avoir obtenu le consentement de l'Empereur. Après la bataille de Prague, Adam de Waldstein avait apporté à Ferdinand l'édit de tolérance et les autres chartes, où se trouvaient constatés les privilèges du pays. « Voilà donc, s'écria le monarque, les griffonnages qui ont causé tant de soucis à mes prédécesseurs ! » Et il déchira les titres sacrés, dont il jeta les débris au feu. Ce qu'il voulait, c'était cette usurpation des droits de tous par un seul homme, cette confiscation de la vie d'un peuple, qu'on nomme le pouvoir absolu.

La langue et la littérature indigènes furent aussi proscrites, anéanties pour jamais. Tous les livres bohémiens, tous les manuscrits précieux du temps de Charles IV, Georges Podiebrad et Rodolphe II, périrent

comme la bibliothèque d'Alexandrie. On les déclara en
masse sacrilèges et hérétiques ; transportés, empilés
à la voirie, où ils formaient des monceaux énormes,
ils furent solennellement brûlés avec une joie sauvage.

Les édifices, les biens, les privilèges, la bibliothèque
de l'université de Prague furent livrés aux Jésuites.
C'était pour eux une affaire capitale que d'éteindre ce
grand foyer de lumière, qui les eût empêchés de répandre dans les esprits les ténèbres dont ils font toujours
leurs complices. Depuis près de deux cents ans, il occupait au-delà du Rhin la première place parmi les établissements de ce genre. Il était d'ailleurs le plus ancien de tous. Fondé le 7 avril 1348, par le roi Charles IV,
sur le modèle de l'université de Paris, où le prince
avait fait ses études, il avait bientôt conquis la faveur
publique et une renommée extraordinaire. Les étudiants accoururent non-seulement de toutes les provinces du royaume, mais de l'Allemagne entière, de la
Pologne et de la Hongrie. Pour les loger, il fallut bâtir
une ville nouvelle, aussi importante à elle seule que les
deux quartiers anciens de la métropole [1]. La célébrité
même dont jouissait l'Académie Caroline envenimait la
haine des Jésuites, stimulait leur désir de s'en rendre
maîtres, pour en faire une citadelle de l'obscurantisme.

Après l'entrée des régiments autrichiens et bavarois
dans Prague, l'Université, imitant la noblesse et la
bourgeoisie, implora la clémence du vainqueur par la
bouche de son plus illustre membre, le docteur Jesenius,
celui-là même qui devait bientôt périr sous la hache
(son nom vulgaire était Jessen). Maximilien reçut la
députation avec bienveillance ; le général Bucquoi promit, moyennant une indemnité assez forte, de ne point
loger des troupes dans le bâtiment de l'université, ni
dans les collèges qui en dépendaient. Les Jésuites le
harcelant de leurs manèges, il ne tint pas longtemps
sa parole ; au bout de quelques semaines, une escouade

1. Pelzel : *Geschichte der Bœhmen*, p. 187.

prit possession de l'Académie, pour empêcher, disait-
on, qu'il ne s'y formât de dangereux conciliabules et
pour prévenir un essai de rébellion. Les villages voisins
de Prague, qui appartenaient au corps enseignant et lui
fournissaient la plus grande partie de ses revenus, furent
pillés, comme toute la banlieue, quelques-uns même
réduits en cendres.

Bientôt, par l'ordre du prince de Lichtenstein, on
mit sous sequestre les archives de l'Université. Les professeurs inquiets résolurent de demander à l'Empereur
lui-même le maintien de leurs privilèges et de leur
institution : ils expédièrent à Vienne un des leurs,
nommé Georges Schultis, et le notaire de l'Académie,
Jean Cezbivius. S'ils s'étaient fait illusion sur les résultats de leur démarche, leur espoir fut promptement
déjoué. Le 20 mars, ils présentèrent au grand chancelier, Popel de Lobkowitz, un mémoire très-humble,
acompagné d'une lettre où ils le priaient d'intercéder
pour eux. Le haut dignitaire les reçut avec une mine
rébarbative, qui les frappa de crainte.

« L'Académie pour laquelle vous sollicitez ma protection, leur dit-il, n'a commis que des fautes, depuis l'Édit
de tolérance, promulgué par Rodolphe II le 9 juillet
1609 ; vous avez changé ses statuts, aboli la congrégation universitaire et déclaré inutile le célibat ; vous
avez livré aux hussites la chapelle de Bethléem, adressé
des félicitations et des vers de circonstance à l'Électeur
palatin, souffert sans protester la réunion des États de
Bohême dans votre local. Votre institution a été fondée
par un souverain catholique, au profit des catholiques ;
on les en a injustement dépossédés [1] : il faut qu'ils
recouvrent leur bien. »

C'était un arrêt définitif. Les docteurs firent encore
plusieurs tentatives pour sauver le glorieux établissement, d'où ils répandaient dans toute l'Allemagne
les doctrines nouvelles : leurs opinions schismatiques

1. Voyez plus haut, p. 12.

devaient annuler leurs efforts. Ordre leur fut donné
d'aller chercher fortune ailleurs. Le 10 décembre 1622,
un décret du gouverneur Charles de Lichtenstein livra
en toute propriété aux Jésuites le bâtiment universitaire, les biens qui en dépendaient, le mobilier, les
archives, la bibliothèque de l'Académie. Les moines
avides réunirent à l'institution transformée leur collège
de Saint-Clément, et nul désormais ne put enseigner
dans toute la Bohême une seule maxime propre à inquiéter leur fanatique ambition. Quand les ultramontains parviennent à organiser la terreur, ils ont cet
avantage qu'ils la font durer des siècles.

On s'acharna contre tout ce qui rappelait aux Bohémiens les glorieux souvenirs de leur histoire. Le jeudi
saint de l'année 1622, le grand calice d'or, qui figurait
symboliquement la doctrine des hussites, et la redoutable épée de Jean Ziska, devant laquelle tremblaient
les rois et les empereurs, furent enlevés l'un et l'autre
de l'église de Stein, où on les gardait religieusement ;
le 6 juillet, jour anniversaire du supplice de Jean Huss,
on ferma tous les temples hétérodoxes.

Cependant les rigueurs contre les personnes prenaient chaque jour une intensité nouvelle et multi-
pliaient le nombre des victimes. Ce qu'il y avait de plus
effrayant dans ces persécutions, c'était leur complète
irrégularité. La participation à la résistance et le degré
de cette participation ne fixaient nullement la peine :
les sévices dépendaient absolument des relations personnelles, des opinions en matière religieuse, surtout
de la fortune que l'on possédait, car les hommes bien
pensants témoignaient une grande avidité pour les
châteaux, les domaines, les splendides mobiliers des
vaincus. Dans une lettre fameuse adressée à l'empereur
Mathias, Ferdinand lui avait déjà vanté les confiscations comme une ressource admirable. « Les biens des
rebelles servent ainsi à payer les frais de la guerre,
disait-il ; la soumission que produisent les châtiments
et les supplices a un avantage de même nature, car

dans les assemblées des Etats et dans toutes les circonstances analogues, elle fait voter d'abondants subsides. »

On installait donc partout, comme juges et commissaires, des fanatiques ultramontains ou des protestants
renégats: on leur abandonnait sans contrôle les luthériens et les hussites. D'insatiables parvenus; sortis
de la dernière fange, réglaient le sort des personnages
les plus nobles, les plus considérés. Toute dénonciation passait pour un fait incontestable ; le rebut de
l'espèce humaine témoignait devant les tribunaux qui
avaient usurpé les fonctions de la justice. Martin de
Huerda, ancien garçon tailleur, après avoir servi comme
laquais dans plusieurs familles bohêmes, était devenu
espion et enfin soldat. Par sa résolution et sa souplesse,
il obtint dans la cavalerie le titre de capitaine ; par ses
intrigues avec les femmes, celui de baron. Une grande
dame, dont il avait porté la livrée, l'avait longtemps
entretenu, car il était joli garçon, amusant et robuste.
Ce fut lui qu'on expédia pour annoncer à Ferdinand la
victoire de Prague. Comme l'Empereur causait avec lui
des mesures qu'on allait prendre : « Faites tout tailler
en pièces, sans distinction de rang et de personnes,
lui dit le gredin, pour qu'il ne reste ni bras ni jambe
de ce peuple hérétique. » Martin publia lui-même son
odieux propos, en se glorifiant de l'avoir tenu. Le monarque lui répondit: « Malheureusement, l'Électeur de
Bavière a déjà fait espérer leur grâce aux rebelles. Mais
on trouvera d'autres moyens pour abaisser ce peuple
présomptueux, pour détruire l'hérésie, et pour tout
ramener dans le sein de l'Église catholique, seul port
du salut. »

Un aventurier, Paul Michna, émettait des vues différentes sur la marche qu'il fallait suivre. C'était le fils
d'un boucher de Budin, qui, dès son adolescence, avait
servi comme laquais chez les Jésuites. Une prompte
élévation avait été la récompense de son zèle sanguinaire contre sa patrie. On l'avait gorgé de biens,
nommé d'abord chevalier, puis baron, puis élevé au

rang de comte. Il jugeait inhabile, ou du moins pré-
maturé, le système d'extermination et d'expulsion en
masse. La noblesse dissidente possédait encore, suivant lui, trop de choses précieuses qu'elle pouvait
emporter, qui adouciraient son exil. Mieux valait la
ruiner peu à peu de fond en comble, l'épuiser adroitement et la bannir ensuite. Ce procédé obtint l'adhé-
sion du gouvernement.

Comme Prague et les autres villes importantes
s'étaient livrées sans condition, vu la promesse d'amnistie, et se trouvaient sans défense, on permit aux
soldats d'envahir pendant la nuit les maisons des
riches citoyens et de les piller. Ne voulant point perdre
leur part de butin, les officiers se masquaient ou se
déguisaient pour ces expéditions infâmes, et donnaient
à leurs soldats l'exemple de l'avidité. Les larrons en
uniforme se vantèrent d'avoir ainsi soustrait plusieurs
tonneaux d'or. Le pays ouvert fut rançonné avec la
même audace et la même violence par des bandes
farouches,   composées   d'Allemands,   d'Italiens,   de
Français, de Cosaques, d'Espagnols, de Polonais et de
Wallons, qui se faisaient un jeu du meurtre et de
l'incendie. Maximilien, au surplus, leur avait donné
l'exemple : à peine en possession de Prague, où il
installa le comte de Tilly avec une troupe de fantassins et de cavaliers, il regagna la Bavière, emmenant à sa suite quinze cents voitures chargées de
butin [1].

Les soldats qu'on logeait chez les particuliers ne
les traitaient guère mieux : ils poussaient au delà de
toutes les bornes l'insolence et la prétention. Le simple
paysan devait leur servir des repas somptueux, et
encore refusaient-ils de se mettre à table, si leur hôte
ne plaçait un beau thaler sous leur assiette (le thaler
vaut trois francs soixante-quinze centimes). Or, on en
installait quinze et vingt dans une seule maison : ils y

---

1. Pelzel : *Geschichte der Bœhmen*, p. 473.

restaient aussi longtemps que les locataires n'avaient
pas embrassé ou promis d'embrasser la doctrine catholique. Alors le curé du lieu marquait la porte d'une
croix blanche, et les troupiers allaient ailleurs remplir
leur mission évangélique. Ils changeaient ainsi de
demeure jusqu'à ce que tous les habitants fussent
convertis [1].

Ce brigandage autorisé devint le prétexte de mesures
non moins ruineuses. Partout furent lancées des commissions impériales qui promettaient à un chacun le
repos, la sécurité, moyennant finance ; pour s'affranchir
des logements militaires, des pillages nocturnes, il
suffisait de payer une somme, mais la somme était
exorbitante. Frappés de terreur, les nobles, les bourgeois, les campagnards s'empressèrent de la donner.
Aussitôt, nouvel artifice. Dans l'intérêt même du
peuple, on voulait former des approvisionnements militaires, et les achats, bien entendu, exigeaient des
fonds, beaucoup de fonds. Puis c'était des régiments
qu'il fallait vêtir et armer : on payait encore. A peine
étaient-ils pourvus qu'on les dirigeait ailleurs et qu'on
les remplaçait par des bandes de gueux en haillons.
Force était de les habiller comme les autres, de vider
sa bourse. Les vainqueurs n'acceptaient que des pièces
de bon aloi.

En 1622, lorsqu'on crut avoir soutiré du pays tout le
numéraire, on l'inonda d'une monnaie de cuivre ar-
genté, que l'on déclara illégale deux ans après. Elle
perdit sur-le-champ les neuf dixièmes de sa valeur :
le commerce fut anéanti, la misère générale portée au
comble. Michna, l'ancien garçon boucher, s'applaudis-
sait fort de cette tactique. «La monnaie convention-
nelle, disait-il, a plus ruiné la Bohême que dix ans
d'occupation militaire et que si on l'avait à moitié réduite en cendres. »

Plusieurs milliers de familles se sauvèrent dans les

1. *Vollstændige Geschichte der Hussiten,* p. 403.

bois, dans les hautes montagnes, avec leurs bestiaux, avec ce qu'elles pouvaient emporter de leurs biens ; mais là, elles périrent presque toutes de faim, de misère et de froid [1]. C'est depuis cette persécution acharnée, impitoyable, que le nom de *bohémiens* a été appliqué dans toute l'Europe aux proscrits sans feu ni lieu, qui n'ont pas une pierre pour reposer leur tête.

Bientôt parut un décret des plus bizarres : il portait que quiconque avait prêté une somme d'argent pendant la guerre et pris part à la rébellion n'en serait jamais remboursé ; que, si la somme avait été prêtée avant les troubles, il en perdrait une moitié avec les intérêts ; quant à l'autre moitié, il ne la toucherait que dans dix ans. Le fisc recevait les fonds aux lieu et place des créanciers.

Mais des mesures générales ne satisfaisaient pas la rancune de Ferdinand. Neuf mois après la terrible exécution du 21 juin, il proclama une amnistie d'un nouveau genre : c'était un piège qu'il tendait à ses adversaires. Pour jouir de la faveur annoncée, tous les hommes compromis devaient se signaler eux-mêmes, se faire inscrire sur la liste des graciés. Sept cent vingt personnes de l'aristocratie eurent foi dans la parole du prince, et, désirant sortir d'inquiétude, s'avouèrent coupables de rébellion. Aussitôt leurs biens furent confisqués en totalité ou en partie ; ceux que l'on ne dépouilla point complètement perdirent le tiers, la moitié ou les deux tiers de leurs possessions. Cet acte de clémence rapporta au pieux élève des Jésuites quarante-trois millions de florins, somme prodigieuse pour le temps. La liste des confiscations remplissait un gros volume in-folio.

Les mêmes violences, les mêmes déloyautés passèrent comme une peste sur la Moravie ; car la Moravie s'était associée à la résistance de la Bohême, et le comte de Thurn avait essayé d'y prolonger la lutte

1. Pelzel, p. 474.

après la soumission du dernier pays. Toute la noblesse, à la tête de laquelle se trouvait la famille du futur chancelier Kaunitz, perdit ses biens et dut aller vivre sur la terre étrangère. C'était dans la maison d'Ulric de Kaunitz, à Brünn, que Frédéric V avait été acclamé roi ; une sentence capitale fut rendue contre son fils, mais l'Empereur lui accorda sa grâce. « Quand même il y aurait parmi vous des innocents, disait la noire milice de saint Ignace, ils n'en seraient pas moins punissables, ayant au front la tache originelle de l'hérésie et sur la conscience la possession d'une trop grande fortune. »

La partie la plus riche, la plus active de la population fut ainsi exterminée ou mise en fuite. Hormayr, conservateur des archives de Vienne pendant vingt-cinq ans, a dressé une liste effrayante, où l'on voit figurer parmi les bannis les chefs de toutes les principales familles [1]. Un célèbre historien du temps, Paul Stransky, chassé de Leitmeritz avec une brutalité farouche, se sauva dans le nord de l'Allemagne, puis en Hollande, où il écrivit un livre pour dépeindre les souffrances de ses compatriotes. Le fameux Comenius, après avoir vu saccager ses biens, détruire sa vaste bibliothèque, et, douleur plus grande encore ! brûler ses manuscrits, trouva un refuge en Pologne ; il publia un travail philologique bien connu des érudits et intitulé : *Janua linguarum*. En Angleterre, il fit paraître son *Orbis pictus*, qui sert encore de modèle à des compositions analogues [2]. Quant il mourut octogénaire à Amsterdam, il avait passé cinquante ans hors de son pays. Les exilés peuplèrent la Hongrie supérieure, qui ne fut jamais si florissante, les magnats de ces cantons les ayant reçus avec une généreuse hospitalité. La Pologne fut encore un lieu d'asile pour les proscrits ;

1. *Taschenbuch für die vaterländische Geschichte*, Jahrgang 1836.

2. M. Gailer vient justement de publier un livre de cette espèce : *Neuer Orbis pictus für die Jugend, nach Comenius.*

la famille Radzivill et le palatin de Belcz leur témoignèrent le plus noble intérêt. Le Danemark, l'Angleterre, la Hollande ne les accueillirent pas moins favorablement. Comme nos calvinistes après la révocation
de l'édit de Nantes, les réformés bohêmes et moraves
semèrent toute l'Europe de leurs groupes fugitifs. Plus
de trente-six mille familles quittèrent la Bohême, parmi
lesquelles 185 appartenaient à la haute noblesse ou à
la classe des chevaliers. Le duc de Brieg en Silésie, les
margraves d'Anspach et de Bayreuth, l'électeur de
Saxe, leur ouvrirent leurs États. Ils enrichirent de leur
industrieuse activité non-seulement la Hongrie, comme
nous le disions tout à l'heure, mais la Poméranie et le
Brandebourg. A elle seule, la ville saxonne de Pirna
reçut trois mille exilés. Un certain nombre changèrent
même de continent; ils allèrent en Asie, en Amérique,
chercher la liberté de conscience. On trouve au delà
des mers quelques villes qui portent les mêmes noms
que les villes bohêmes et moraves, Fulnek, Prerau,
Herrenhut : c'étaient des souvenirs de la patrie que les
malheureux transportaient dans le désert.

Ces souvenirs furent, pour beaucoup d'entre eux, une
cause de douleurs nouvelles et un arrêt de mort. Les
armées suédoises et saxonnes pénétrèrent plusieurs fois
au cœur de la Bohême, pendant la guerre de Trente
Ans. Ainsi la victoire d'Iankau, remportée par le vaillant
Torstenson sur les bandes impériales, lui livra cette
terre ensanglantée. Chaque fois, de nombreux bannis
accouraient pour revoir leur sol natal, les châteaux de
leurs aïeux où se prélassaient des familles étrangères,
le ciel qui avait éclairé leur enfance, les campagnes où
s'était passée leur jeunesse. Chaque fois, les revers de
leurs protecteurs les faisaient tomber entre les mains
des Jésuites ; ils mouraient dans les tortures, ils languissaient dans les cachots, victimes de leur indomptable espérance, de leur foi aux représailles de l'éternelle
justice.

Les plus avisés seulement, les plus flegmatiques, se

tenaient sur leurs gardes. L'Empereur fit offrir sa grâce
à Frédéric de Roggendorf, ex-gouverneur d'une province autrichienne, s'il voulait revenir dans son pays. —
« Quelle grâce ? demanda-t-il. Est-ce la grâce accordée
aux nobles de la Bohême : la mort par la hache ? A ceux
de Moravie : une prison perpétuelle ? A ceux d'Autriche :
la confiscation de tous leurs biens ? »

Traitant de cette manière les personnages le plus considérables, on épargnait encore moins les bourgeois, les
ouvriers et les paysans. Les moyens employés contre les
malheureux étaient de véritables outrages à la nature
humaine. Ainsi, l'on conduisait les villageois, leurs
femmes et leurs enfants à la messe en lançant sur eux
des bouledogues, en les lacérant avec des fouets de pi-
queur. Non-seulement on exigeait d'eux une abjuration
formelle et publique, mais on les forçait à cracher sur
le calice, symbole de leur croyance, et à le fouler aux
pieds. Beaucoup de seigneurs apostats, comme Mit-
trowsky, Guillaume Klenau, Slavata et Martinitz, em-
prisonnaient, torturaient leurs vassaux, les rouaient de
coups, soit avec des bâtons, soit avec le plat de leurs
sabres, pour les faire agenouiller devant le saint-sacrement, ou suivre les processions. Ceux qui refusaient de
communier sous une seule espèce, on les contraignait
d'ouvrir la bouche, en leur frappant la tête, les épaules,
les joues et les dents, de telle sorte que leur visage était
inondé de sang et de larmes, puis on leur introduisait
l'hostie au bout d'un pistolet, au bout d'une escopette,
ce qui prouvait indubitablement la présence réelle, et
les infortunés, en dépit de leurs bourreaux, communiaient sous les deux espèces, puisqu'ils mêlaient leur
sang au pain eucharistique [1]. Un noble, appelé Kinko
Czernohorsky, et bien digne de porter ce nom barbare,

---

1. Hormayr, *Taschenbuch für die vaterlændische*, année 1836. —
Un livre de l'époque, publié en 1647, donne les détails les plus
précis : « Nonnullis reluctantibus, hostia, pistoletis, inter verbera
» capitis, humerorum, genarum, dentium percussiones, in ora,
» copioso sanguine ac lachrymis stillantia, vi intrusa, nimirum

entra à cheval dans l'église de Kerxzin, galopa vers
l'autel, saisit la coupe pleine du vin consacré, puis
versa le liquide dans la bouche de sa monture, en s'é-
criant: — « Mon cheval vous vaut bien; il est comme
vous utraquiste 1. » — Après cette insolente parole, il
tomba l'épée à la main sur les fidèles, en blessa un grand
nombre, en tua plusieurs, et en traîna quelques-uns
hors de l'église comme des prisonniers de guerre.

Quand les menaces, les coups, les spoliations, les tortures ne suffisaient pas pour convertir les hétérodoxes,
on les attaquait par le plus noble et le plus profond des
sentiments humains ; on prenait leurs enfants, on les
martyrisait sous leurs yeux, afin de dompter leur résistance et d'accabler leur courage. Les parents ne pouvaient sans fléchir voir tenailler, mutiler leurs fils et
leurs filles. Un prêtre leur dictait alors la formule d'abjuration. Deux officiers, dans une de ces expéditions
féroces, saisirent un enfant nu et, le tenant chacun par
un pied, le partagèrent avec leurs sabres, puis offrirent
au père, à la mère, les moitiés sanglantes. — « Le voilà
sous les deux espèces, » dirent-ils d'un air jovial et
comme charmés de leur plaisanterie [2].

Qu'on se figure le sort des prêtres dissidents au milieu d'une telle persécution. Ils étaient livrés sans
défense à la bestialité des troupes. Les soldats entrèrent chez le curé de Bistritz, vieillard de soixante-
dix ans, que la maladie tenait couché, pillèrent sa
maison, puis le fusillèrent dans son lit ; le prédicateur
Paul Moller fut tué d'une balle pendant qu'il était en
chaire ; on poignarda, on éventra chez lui le ministre
Capito. Certains ecclésiastiques mouraient d'une mort
plus lente et plus affreuse: les soudards entassaient

» reali praesentià et concomitantià sanguinis, comesta simul et
» hausta fuit. » *Consideratio causarum hujus belli*, p. 91.

1. On nommait ainsi les hussites, du mot latin *utraque*, parce
qu'ils communiaient sous les deux espèces.

2. Hormayr, *Taschenbuch für die vaterlændische Geschichte ;*
Jahrgang 1836.

leurs livres, leurs manuscrits, les suspendaient au-
dessus et y mettaient le feu. Ils en rôtirent d'autres
sur des charbons ou devant un brasier, comme Laurent Kurzius, Jean Bereneck, Moses, Antecœnius, pour
leur extorquer de l'argent. Après avoir garrotté un
prêtre du nom de Maresch, ils violèrent devant lui ses
deux filles, le lapidèrent ensuite, le percèrent de leurs
lances, le hachèrent de leurs sabres. A d'autres ils
tranchaient la main droite, puis la tête ; un certain
nombre, comme Mathias Ulisky, furent coupés en
quatre morceaux. Jean Buffler, attaché à un arbre,
servit de cible aux protecteurs du dogme ultramontain. Quand les soldats passaient près d'un ministre réformé, ils tiraient sur lui comme sur une bête fauve,
et laissaient là son cadavre. Un édit parut enfin, qui
ordonnait à tous les prêtres hussites de quitter la Bohême et la Moravie dans l'espace de huit jours. On
réservait le même sort aux ecclésiastiques luthériens,
mais on attendait un moment favorable, et l'on cherchait un prétexte pour ne pas scandaliser l'Électeur de
Saxe.

Les morts eux-mêmes n'étaient pas tranquilles dans
leurs tombeaux. Les restes du glorieux Jean Ziska, de
l'éloquent Rockyczana furent arrachés de leurs sépulcres et dispersés sur la terre comme des immondices. Aucun prêtre hétérodoxe, aucun hussite, ne put
désormais être enseveli avec les honneurs funèbres.

« Ces mesures ne doivent ni vous surprendre ni vous
irriter, » allaient partout prêchant les Jésuites ; « nous
ne travaillons que pour votre bien. Les hérétiques sont
comme des enfants ou comme des malades en proie à
la fièvre chaude, dont on éloigne tous les objets avec
lesquels ils pourraient se blesser. Faut-il leur enlever
un couteau, une rapière, on les cajole, on les gagne
par des promesses que l'on ne veut point tenir. Féli-
citez-vous donc de ce que l'on vient au secours de vos
pauvres âmes, et témoignez votre gratitude à l'Empereur, soutenez-le de tous vos biens, secondez-le de

tous vos efforts. Si le dogme catholique pouvait renfermer quelque erreur, si l'on pense courir des dangers en l'embrassant, eh bien ! nous prenons tout sur
notre conscience : nos âmes répondront de nos paroles. » — Des motifs si pieux autorisaient les plus
violents procédés ; on établit, en conséquence, une véritable inquisition, nommée la Contre-Réforme, que l'on
arma de pouvoirs illimités, dont les jugements étaient
sans appel, et que dirigeait l'archevêque de Prague.

Il semble que nous ayons atteint les dernières limites de l'hypocrisie et de l'horreur, que nous ne puissions rien ajouter : ce qui nous reste à dire est pourtant plus effroyable encore. Pendant deux siècles, le
gouvernement autrichien a défendu d'écrire sur ces
matières, a tenu fermées les archives de Vienne. Le
courage d'Hormayr, la Révolution de 1848, l'adresse
de quelques savants, la gauche servilité des panégyristes, l'ignorance probable du jeune Empereur, ont enfin ouvert la sinistre catacombe : il en sort des milliers
de fantômes accusateurs. Il est temps de les nommer,
de faire connaître leur histoire. Je dresse, sans doute,
un affreux inventaire, mais il le faut : il faut que l'humanité sache ce que lui a coûté le droit de libre examen, ce droit sans lequel les garanties politiques, les
lois civiles, ne préservent ni de la persécution, ni de
la ruine, ni du bannissement, ni de l'échafaud ; car
en vertu de principes métaphysiques, on les viole
toutes, et l'on fait rétrograder les nations vers la barbarie, sous prétexte de les ramener dans la bonne voie.

Implacable et astucieuse, la réaction avançait pas
à pas, frappant l'une après l'autre les diverses classes
de citoyens, entretenant la terreur, graduant la persécution, et inventant chaque jour des fléaux pour
accabler un peuple sans défense. Ignoraient-ils donc,
ces bourreaux fanatiques, les belles paroles de saint
Luc[1] : .« Ne jugez point, et vous ne serez pas jugés ;

---

1. Chap. VI, versets 37 et 38.

ne condamnez point, et vous ne serez pas condamnés : car on vous appliquera la mesure dont vous aurez vous-même fait usage. » Ou bien n'avaient-ils réellement ni foi ni loi, et poursuivaient-ils seulement un but terrestre, en invoquant toujours le ciel que révoltait leurs maximes, en priant comme d'autres blasphè-ment, en consacrant l'hostie avec des mains ensanglan-tées ?

Le 28 septembre 1622, tous les memnonites et ana-baptistes furent sans distinction expulsés du pays, sous prétexte que l'un d'eux avait reçu dans sa maison Frédéric V, *le roi d'hiver*, comme on l'appelait par moquerie. Au mois d'octobre vint le tour des ministres luthériens. Le nonce du pape, le sieur Caraffa, trouvait lui-même cette mesure précipitée. Ferdinand répon-dit : — «Ma conscience ne me permet pas de souffrir un seul hérétique dans un pays que je gouverne. » — Dure parole, soufflée au prince bigot par le père Lamormain et qui annonçait de nouvelles proscriptions. D'autres édits accompagnèrent, en effet, la sentence d'exil. Au-cun bien ne put désormais figurer sur le cadastre comme appartenant à un sectateur de la Réforme; aucun protestant n'eut le droit de siéger dans un con-seil municipal. Chez ceux qui ne voulaient pas se con-vertir, on logeait des soldats croates, espagnols ou wal-lons, cruels comme des fanatiques et insolents comme des vainqueurs.

Dans quelques parties du royaume, le désespoir des populations atteignit ce degré de violence, où l'homme ne garde plus aucun ménagement, brave tous les périls, veut s'affranchir de la douleur par un triomphe héroï-que ou par une prompte mort. Les habitants de Lissau, ville construite au bord de l'Elbe, qui étaient unani-ment dévoués à la Réforme, prirent chez eux ce qu'ils pouvaient transporter, incendièrent leurs mai-sons puis montèrent sur une colline, d'où ils aper-cevaient toute la commune. Là, dans une muette exas-pération, ils regardèrent les flammes envelopper les

demeures qui leur étaient chères, où ils avaient passé
leurs jours les plus heureux, où leurs pères étaient
morts, où étaient nés leurs enfants. Puis, secouant
la poussière de leurs pieds sur cette terre maudite,
ils la quittèrent pour jamais. Quel spectacle devaient
offrir ces malheureux proscrits s'acheminant vers des
pays inconnus, ne sachant où ils reposeraient leur
tête, et songeant avec amertume au passé, avec une
morne tristesse à l'avenir !

Dans le cercle de Kaurzim, les paysans ne purent
contenir leur indignation ; ayant pris les armes, ils
se réunirent au nombre de quelques milliers, puis envahirent le chef-lieu de la province, par un jour de
marché. Les bourgeois qui voulurent défendre la ville
périrent dès le commencement de la lutte. Les vainqueurs pillèrent le logis du principal ministre catholique. De là ils se répandirent à travers le canton de
Kœnigsgrœtz, prirent d'assaut quelques manoirs et
en tuèrent les possesseurs. Otto von Wartemberg et sa
femme, notamment, payèrent de leur vie, dans le château de Markesdorf, leur attachement à la cause des persécuteurs. Enfin on dirigea contre les champions inhabiles des troupes régulières. Les protestants furent battus et dispersés. Tous ceux qu'on put saisir expièrent
cruellement leurs représailles. Les uns furent rompus
et couchés sur la roue ; au plus grand nombre, les
soldats de Ferdinand coupèrent le nez et les oreilles ;
ils marquèrent au front d'un fer rouge ceux qu'ils voulaient traiter avec indulgence [1].

L'Autriche proprement dite ne faisait point partie des
États héréditaires de Ferdinand ; il n'avait commencé
à l'administrer, au nom de l'Empereur, qu'en 1613,
et n'y exerçait l'autorité souveraine que depuis la mort
de Mathias, en 1619. Il n'avait donc pas eu le temps
d'y rétablir le catholicisme par la perfidie et la violence.
Les décrets tyranniques lancés contre la Bohême et la

---

1. *Vollstændige Geschichte der Hussiten*, p. 404 et 405.

Moravie, où l'on s'autorisait d'une bataille gagnée pour commettre tous les crimes, eurent bientôt force de loi dans une province demeurée longtemps fidèle, que l'excès de la persécution avait poussée à bout et que Maximilien venait de désarmer. Ainsi le voulait l'ordre tout-puissant de Loyola.

Seule, la Silésie obtint de meilleures conditions, verbalement du moins. L'électeur de Saxe avait donné aux habitants sa parole qu'on leur accorderait la liberté religieuse, s'ils faisaient volontairement leur soumission. Mais à peine eurent-ils quitté les armes, qu'on viola cette promesse solennelle. Le comte Annibal Dohna fondit sur les villes et sur les hameaux avec les célèbres dragons de Lichtenstein, les Jésuites et les capucins. Il allait de maison en maison, menaçant, pillant, torturant ceux que l'Évangile lui ordonnait d'épargner. Nul ne se montra plus cruel. Ce misérable, que n'attendrissaient ni l'enfance ni la vieillesse, plaisantait lui-même sur sa férocité : il se nommait le *faiseur de bienheureux* (SELIGMACHER).

Au mois de juillet 1624, le prince de Lichtenstein réunit les gouverneurs des différents cercles, et ces profonds politiques rédigèrent ensemble le décret suivant :

« ARTICLE PREMIER. Tout individu qui ne professe pas la religion catholique ne pourra exercer aucun commerce, aucune industrie, aucune profession lucrative, ne pourra faire aucun travail payé.

» ART. 2. Quiconque prendra chez lui à demeure un prêtre évangélique mourra sur l'échafaud et perdra tous ses biens ; quiconque laissera prêcher, baptiser ou bénir un mariage dans sa maison, payera 100 florins d'amende.

» ART. 3. Les ministres orthodoxes n'accompagneront point au lieu de leur sépulture les cadavres des hérétiques ; on les payera néanmoins comme s'il les avaient escortés. Par une grâce toute spéciale, les protestantes mariées à des catholiques seront tolérées en Bohême tant que vivront leurs époux ; mais elle devront quitter le pays aussitôt qu'elles seront veuves, et, dès lors, ne pourront plus hériter. Il leur est défendu d'assister aux noces, festins et réjouissances ; quand elles y paraîtront, dans certains cas, elles devront être placées après la dernière de toutes les femmes catholiques, sans égard pour leur naissance ou pour leur rang. Si quelque émigré bohémien rentre secrètement dans sa patrie, on enjoint comme un devoir de le dénoncer, de l'assaillir et d'aider à le mettre aux arrêts. »

Nous ne donnerons pas tout le texte de cette longue ordonnance ; qu'il nous suffise de signaler les dispositions les plus remarquables. L'article 6 et l'article 7 condamnent au bannissement, à la perte de tous leurs biens, ceux qui feront gras les jours maigres, ceux qui tourneront en ridicule le service catholique ou le prêtre de leur paroisse. Si quelqu'un instruit secrètement la jeunesse, on le dépouillera de tout ce qu'il possède, et les sergents le chasseront de la ville à coups de fouet. Les catholiques seuls ont le droit de tester. La culture des beaux-arts est interdite aux luthériens, comme l'exercice des métiers. Quiconque raillera Dieu, la sainte Vierge ou les cérémonies du papisme, encourra la peine de mort et la confiscation de tous ses biens. Les images suspectes et les caricatures seront anéanties.

L'ordonnance se termine par une abominable prescription ; la voici traduite littéralement :

« ART. 15. Les pauvres soignés dans les hôpitaux devront embrasser la religion catholique avant la Toussaint, faute de quoi ils seront jetés dehors, *quel que puisse être leur état physique*, et l'on ne recevra plus désormais que des orthodoxes. TELLES SONT LES INTENTIONS ET L'IMMUABLE VOLONTÉ DE SA MAJESTÉ CATHOLIQUE.

» Signé :

» CHARLES,

» Prince de Lichtenstein. »

Jeter dans la rue au mois de novembre, par le froid, par la bise, par la neige, des malades et des mourants, sous un prétexte religieux, cela ne s'était pas encore vu. Que la gloire en demeure tout entière à la maison de Habsbourg !

Mais ces décrets, ces mesures législatives, ces exécutions, ces violences partielles, ne faisaient que mettre en goût le pieux monarque et lui semblaient d'une lenteur désespérante. « Nous n'avançons guère, » lui disaient sans doute les Jésuites. Pour expédier la besogne, on envoya dans les marchés les plus importants des hommes travestis, des agents provocateurs, qui se mêlaient à la foule, cherchaient querelle aux paysans, excitaient du tumulte. Apostés près de là, les troupes impériales se ruaient alors sur la multitude, frappaient sans relâche, massacraient tous les indigènes qu'elles estimaient avoir plus de douze ans. Chaque soldat portait une baguette, qui avait la hauteur moyenne d'un enfant de cet âge. Quiconque dépassait la mesure était égorgé, sabré ou fusillé. *Omne jugularetur a duodecim annis*, dit en concluant l'avis formulé par les Jésuites. Que l'on se représente ces hideuses scènes : des cultivateurs, des bourgeois sans armes, surpris par une milice féroce, au milieu de transactions pacifiques ; les hommes, les femmes, les adolescents égorgés; les marchandises répandues sur la terre et couvertes de sang ; les cris d'épouvante, les fuyards, les malédictions et la vaine résistance des plus braves ; le désespoir des mères, le râle des mourants, puis un silence funèbre, une place vide et morne, les cadavres jonchant le sol, les dernières victimes se débattant dans les crispations de l'agonie !

CHAPITRE IV

Résistance partielle des populations ; Ferdinand II
complète l'asservissement de l'Autriche.

Une seule tentative de résistance populaire fut assez
grave pour inquiéter la réaction, mais cet effort désespéré eut lieu dans l'Autriche proprement dite. La
partie supérieure de la province, une des régions
les plus poétiques créées par la nature, avait été
donnée en gage à Maximilien de Bavière, pour les frais
de sa campagne contre la Bohême. Le dur électeur
confia le gouvernement du district à un homme
aussi dur et aussi impitoyable que lui-même, le
comte Adam Herberstorf. La noblesse avait abandonné
le pays, et le jour de Pâques de l'année 1626 était fixé
comme le moment où les dernières traces de l'hérésie
devaient avoir disparu. Les paysans, presque tous luthériens, résolurent de combattre avec désespoir pour
obtenir la liberté de conscience. Réunis au nombre de
quatre-vingt mille hommes, ils prirent pour général
Étienne Fadinger, chapelier de son état, qui joignait
à beaucoup de finesse une grande fermeté. Avec ce
chef plébéien commandait un personnage mystérieux,
un étudiant, mort depuis sur le champ de bataille et
dont l'histoire n'a jamais pu découvrir le nom. Le roi
de Danemark envoya aux insurgés un ambassadeur.
Venise, Bethlen Gabor, prince de Transylvanie, et le
comte de Mansfeld se mirent en communication avec
eux par de secrets émissaires. L'Europe tournait les
yeux vers ces champions de la justice.

Fadinger avait habillé de noir, pour exprimer le

deuil national, un régiment d'élite qui marchait à la tête des cohortes populaires. Herberstorf s'avança contre eux, persuadé qu'il triompherait sans peine de ces bandes rustiques ; mais elles le mirent deux fois en déroute. Les paysans avaient écrit sur leurs bannières : « De son joug, de sa tyrannie, de ses extorsions, délivre-nous, Seigneur ! Donne-nous un courage intrépide, car il y va de notre âme et de nos biens, de notre corps et de notre sang ! *Il le faut! Il le faut!* » Les vainqueurs s'emparèrent de Wells, de Kremsmünster, de Gmünden, de Vœklabruck ; leur nombre allait croissant de jour en jour. Tilly essaya vainement d'arrêter leur progrès ; Freistadt, Enns tombèrent entre leurs mains, et ils campèrent bientôt sous les murs de Lintz.

Là, ils eurent le malheur de perdre leur général. Comme il faisait le tour de la ville avec son régiment de sombres gardes, le 28 juin 1626, un boulet lui fracassa la jambe et tua son cheval. Il mourut le 8 juillet, à Ebersberg. Les paysans lui donnèrent un noble pour successeur, Wiellinger von der Au. Il essuya deux défaites, mais peu importantes, puisque les troupes impériales ne dégagèrent Lintz qu'à la fin du mois d'août, quoique les Bavarois l'eussent ravitaillée, eussent même rompu la chaîne que les assiégeants avaient tendue en travers du Danube.

Des commissaires autrichiens conclurent un armistice avec eux dans la ville d'Enns. Mais Maximilien ne voulut pas en tenir compte : il lança sur les luthériens le duc de Holstein et le général Lindlo. Tous deux furent complètement battus, perdirent leurs canons et leurs bagages ; le duc se sauva même en chemise. Le colonel Lœbl essuya une déroute non moins sanglante près de Wells.

Maximilien furieux voulut mettre un terme à ces échecs : il fit assaillir les paysans par le **comte de Pappenheim**, général d'une audace, d'une ruse et d'une célérité extraordinaires. Cet habile capitaine employa

la tactique la plus raffinée pour surprendre la vigilance
des paysans. Par des marches nocturnes, par de longs
détours, il rejoignit les Autrichiens à Lintz et attaqua
les dissidents à Efferding. C'était le 9 novembre. Les
campagnards montrèrent une vaillance héroïque. Pappenheim lui-même raconte dans une lettre qu'il n'avait
jamais vu semblable furie. Chantant des psaumes, invoquant le Seigneur, poussant des cris terribles, ils se
précipitaient sur les cavaliers, les tiraient à bas de leurs
montures, les frappaient avec des massues, des épieux,
des masses d'armes. Embusqués dans les ravins, dans
les bouquets d'arbres, dans les buissons, derrière les
haies et les murs, d'autres montagnards entretenaient
un feu roulant, qui décimait les bataillons papistes.
Plusieurs fois les troupes orthodoxes reculèrent. Pappenheim avait besoin d'efforts inouïs pour rétablir le
combat. Il fut blessé lui-même, ainsi que presque tous
les généraux. Mais enfin le sort, l'aveugle sort, se
déclara pour la mauvaise cause, et les défenseurs du
libre examen furent terrassés. Le 13 novembre, l'armée
impériale reprit Gmünden ; le 19 et le 30, elle remporta
deux autres victoires. Quelques jours après, Pappenheim enveloppait l'agreste milice, pénétrait de vive
force dans ses retranchements, et massacrait avec
une pieuse rage les cultivateurs poussés à bout par
une impitoyable tyrannie. On s'empressa d'occuper
militairement la province, admirable pays que la nature semblait avoir créé pour le bonheur de l'homme,
et qu'un gouvernement stupide a frappé de malédiction [1].

Faits prisonniers pendant la bataille, les chefs des
vaincus, et notamment leur général Wiellinger, furent
conduits à Lintz, où on les sépara en deux troupes.
L'une périt sur l'échafaud, le 26 mars ; l'autre, le 23
avril 1627. Toujours du sang, toujours le carnage, la

---

[1]. Il y a un récit détaillé de cette lutte dans la biographie de
Pappenheim par Schweigerd (*Ostreichs Helden und Heerführer*).

torture et la mort ! Quelle dévotion, quelle charité
chrétienne, quelle douceur évangélique !

Pappenheim avait lui-même une si haute idée de
son pénible triomphe, qu'il suspendit son épée dans
l'église de Gmünden, la consacrant à ce Dieu qu'on a
grossièrement nommé le Dieu des batailles. Une
plaque de marbre, avec une longue inscription, témoigne encore de sa joie et de son orgueil.

La province subjuguée par son habile tactique et par
son audace conserve de lui le plus terrible souvenir.
Les paysans croient que c'était le diable en personne.
Un vieux chant populaire, imprimé il y a vingt-cinq
ans, déplore le malheur de ses victimes et semble,
après deux siècles, invoquer sa pitié. Ces strophes
mélancoliques rappellent aux montagnards des jours
de détresse, qu'a suivis une longue oppression ; tandis
que les pauvres villageois vont à la messe écouter une
fastidieuse homélie, elles évoquent autour d'eux les
ombres des martyrs, elles leur montrent le sentier qui
mène au temple catholique tout rougi du sang de leurs
aïeux.

La victoire de Pappenheim sembla autoriser de
nouvelles persécutions. Le 21 juillet 1627, jour consacré à saint Ignace de Loyola, un décret impérial expulsa de Bohême et d'Autriche tous les dissidents. Tel
était l'aveugle fanatisme du prince, qu'il disait à son
entourage d'un air convaincu : « Je m'étonne que les
réformés me détestent ; ils ne voient donc point que je
les persécute par affection, uniquement pour assurer
leur bonheur éternel ? » Légitimant ainsi sa cruauté,
Ferdinand ne ménageait personne et répandait tous
les fléaux sur les populations qu'un hasard malheureux
lui avait soumises. Dans sa nouvelle ordonnance, il
accordait un répit de six mois aux protestants des
hautes classes, pour se faire instruire des dogmes
catholiques et abjurer leur croyance entre les mains
de commissaires patentés. Si, après ce laps de temps,
ils ne voulaient point renier leur foi, ils étaient tenus

de vendre leurs biens à des orthodoxes et de quitter le pays, où ils ne pouvaient plus rentrer sans avoir d'abord changé de communion. L'édit bannissait même les veuves, même les femmes protestantes mariées à des catholiques ; les premières devaient laisser dans leur patrie ou y renvoyer leurs enfants mineurs, faute de quoi on saisissait toutes leurs possessions actuelles, on confisquait d'avance tous leurs héritages futurs.

Un grand nombre d'enfants nobles, et même de jeunes gens, de jeunes filles nubiles, furent donc enlevés, jetés au fond des monastères, pour y être convertis par les Jésuites. On arrachait l'administration de leurs domaines à leurs tuteurs, et on les confiait à d'avides bigots, qui s'y engraissaient par charité. Ces droits de surveillance lucrative excitèrent les débats les plus scandaleux entre de célèbres personnages, qui se disputaient les dépouilles des opprimés, entre les princes de Lichtenstein et de Wallenstein, entre Nachot et Slawata, par exemple. Les incalculables malheurs que devaient produire ces persécutions domestiques sont faciles à deviner. Tous les liens de la nature se trouvaient rompus, tous les principes de la famille audacieusement violés. De jeunes personnes délicates, timides, parées de leurs vingt ans et des grâces que l'éducation ajoute à la nature, étaient abandonnées sans surveillance aux plus hypocrites, aux plus sensuels des hommes ; ni les larmes, ni les prières, ni la résistance, ni la fuite ne pouvaient détourner d'elles les outrages, et les filles des victimes, tremblantes, éplorées, assouvissaient la luxure des bourreaux.

Les ministres de l'Église officielle ne se contraignaient pas davantage. Le nouveau doyen catholique de Bœmischbrod persuadait à ses paroissiennes que leurs complaisances pour lui seraient la meilleure preuve de leur piété, car il était le représentant de Dieu sur la terre. Mais le séducteur fut bientôt séduit : comme on l'avait fait venir de Pologne, la femme d'un boulan-

ger,' charmante créature d'ailleurs, lui proposa de fuir
ensemble et de gagner son pays. Elle s'habilla en
homme et les deux amants s'évadèrent. Le chevalier
Capun ayant adressé des reproches au curé de Bac-
kow sur ses mœurs licencieuses, l'indigne prêtre
en fut si exaspéré qu'il assembla une troupe de vauriens, pénétra de nuit dans le château du seigneur,
le roua de coups, le laissa pour mort, puis alla briser
les fenêtres de quelques bourgeois qui l'avaient aussi
désapprouvé. Quant aux jeunes garçons, la langue
française ne permet pas d'exprimer les traitements
qu'on leur faisait subir. Lorsque les Jésuites eurent
chassé les pasteurs protestants des diverses communions, ils se partagèrent toutes leurs cures ; mais,
leur personnel ne suffisant pas, à beaucoup près,
pour les remplir, chaque membre de l'Ordre se trouvait chargé de sept ou huit paroisses [1]. Il fallut donc
appeler des auxiliaires ; on les tira de Pologne, où
les prêtres catholiques étaient tombés dans une profonde dégradation et avaient contracté les plus odieuses
habitudes. Ils corrompirent effrontément la jeunesse
des campagnes [2].

D'autres désordres mettaient en relief la vertu, le
désintéressement du clergé orthodoxe. Comme on de-

---

1. La compagnie avait alors une nombreuse milice, mais elle
était disséminée dans le monde entier. En 1609, lorsque les princes orthodoxes fondèrent en Allemagne la Ligue catholique, la
Société comptait dix mille membres et occupait trente-deux provinces, quatre en Asie, cinq en Amérique, vingt-trois en Europe.
Les vingt-trois provinces européennes se trouvaient situées dans
les quatre *régions* ou *assistances*, dont la géographie n'avait
aucune proportion logique : l'Espagne, l'Italie, le Portugal formaient les trois premières ;la France et l'Allemagne étaient
réunies, je ne sais pourquoi, en une seule division territoriale et
cléricale. On a vu plus haut les humbles débuts de la Société.

2. Meist kamen unwissende Mœnche aus Polen und die aller-
verruchtesten Menschen, die insonderheit in der Pæderastie in
Bœhmen Epoche machten. HORMAYR : *Taschenbuch für vaterlændische Geschichte ;* Jahrgang 1836.

mandait aux réformés des témoignages écrits de leur zèle pour le catholicisme, les prêtres ultramontains exploitèrent sans vergogne leur répugnance et leur terreur. Ils vendirent des billets de confession le prix qu'ils voulurent. Un ecclésiastique de Neustadt, Laurent Nizbursky, gagna par cette manœuvre une si grande quantité d'or qu'il put en remplir un tonneau. On jugea le scandale trop violent : il fut arrêté avec plus de cent bourgeois, qui l'avaient enrichi malgré eux. Tous furent condamnés à mort. Les laïques évitèrent la hache en abjurant les doctrines de la Réforme; mais le simoniaque eut la tête tranchée, le 7 avril 1631, sur la place du Ring.

Dans toute la monarchie autrichienne, il ne resta que trente familles de l'ancienne noblesse : les unes n'avaient pas abandonné la foi catholique, les autres y étaient revenues à propos. Ainsi les Lichtenstein avaient renié les droits de l'intelligence humaine en 1600. La province d'Autriche n'en conserva que treize. Les patriciens émigrèrent dans le Nord de l'Allemagne, dans toute l'Europe. Beaucoup se mirent au service de la France, de la Suède, du Danemark, du Brunswick, de la Hesse, de la Hollande, de la Transylvanie, de la Pologne, et même du Sultan. Plusieurs moururent sur la terre étrangère dans le dénûment et l'abandon.

Pendant qu'il dépouillait toute la vieille aristocratie nationale, Ferdinand mettait à la place une aristocratie nouvelle et lui donnait les biens des persécutés. Un troupeau d'hommes serviles, de laquais féroces, envahit les domaines, les châteaux des anciennes races. Italiens, Hongrois, Polonais, Espagnols, Wallons, Croates, se précipitaient à la curée. Un tourbillon de diplômes tomba sur le pays. L'élève des Jésuites créa trente princes du Saint-Empire, soixante-dix comtes, cent barons, d'après la liste qu'on trouve dans le *Status regiminis Ferdinandi*, publié par les Elzeviers. Mais il s'en faut bien que cette liste soit complète, suivant la remarque du docteur Vehse. Il y manque des per-

sonnages importants et célèbres, comme les princes
de Lichtenstein et d'Eggenberg, les comtes de Gallas,
de Colloredo, de Maradas, les meurtriers de Wallenstein, Lesslie et Butler, le feld-maréchal Illo, Slawata,
Martinitz, Brenner et une foule d'autres. Quatorze
comtes, parmi lesquels on distingue Illo, Tilly, Pappenheim, obtinrent le droit d'ajouter à leur titre la pom-
peuse épithète d'*illustrissime*. Ce fut alors qu'on vit sortir
de l'ombre la famille la Tour et Taxis.

Cette noblesse du lendemain fut complètement dévouée à la maison de Habsbourg et aux Jésuites. Elle
fonda en Autriche, avec l'active coopération de l'ordre
espagnol, un régime moitié militaire, moitié clérical.
Le goupillon et le sabre ont, depuis cette époque,
remplacé le sceptre et la main de justice dans le palais impérial de Vienne. Formée d'éléments divers,
sans liens avec le passé, sans traditions domestiques,
sans caractère national, cette aristocratie n'a jamais
pu être utile à la civilisation. Les parvenus de race
étrangère n'aiment point le peuple chez lequel ils s'en-
graissent et se pavanent.

Si cruel pour les autres, Ferdinand était plein de
sollicitude pour lui-même. Il tremblait à l'apparence
du moindre danger. Tout son règne ne fut qu'une
longue guerre, et pourtant il ne sut jamais tenir une
épée. Une seule fois, pendant la lutte de Rodolphe II
contre les Ottomans, il se laissa induire à paraître devant les troupes impériales, campées sous les murs
de Kanisza, en Hongrie. Mais si grande était son émotion, qu'il voulut, avant de partir, faire son testament
et invoquer l'aide de Dieu. Paré avec un luxe inouï,
le futur empereur quitta ensuite la ville de Grætz.
Lorsqu'il approcha du camp, on y amenait un troupeau de bœufs et de cochons, qui soulevaient une
épaisse poussière. Ferdinand crut que c'était un escadron de spahis en maraude : il fut saisi d'une terreur
panique, et son épouvante gagna le corps d'armée
qui le suivait. Tous ces braves, prenant la fuite, pi-

quèrent des deux, malgré les efforts du comte de Trautmannsdorf pour rassurer le prince, traversèrent la Hongrie, la Styrie, franchirent la Mur et ne revinrent à eux que sur l'autre bord [1]. Ce fut la seule campagne de Ferdinand. Depuis lors son courage ne s'exerça que dans les bois, contre les bêtes inoffensives; comme Falstaff transperçant les morts, le funèbre empereur tuait des animaux timides pour se persuader qu'il avait un cœur de héros.

Fier de s'entendre appeler par les Jésuites *catholicæ fidei acerrimus de fensor* (le défenseur le plus ardent de la foi catholique), le prince opiniâtre voulut fonder un monument qui rappelât aux générations futures sa victoire sur l'hérésie. Le lieu désigné pour la nouvelle église fut la Montagne-Blanche, où un seul combat malheureux avait décidé du sort de la Bohême. L'archevêque de Prague en posa la première pierre devant la famille impériale, le 25 avril 1628.

« Quoi qu'il arrive, disaient Ferdinand II et Maximilien de Bavière, nous avons combattu pour Dieu, préféré les choses éternelles aux choses passagères, la justice à l'iniquité, le positif à l'incertain. Avec l'aide du Créateur, nous n'avons rien fait qui ne mérite l'approbation, car il n'y a plus d'hérétiques sur le sol de nos États, et notre croyance est délivrée de toute souillure. » — Voilà comment ces aveugles fanatiques s'applaudissaient d'avoir inauguré une Saint-Barthélemy bien autrement cruelle que la première, une Saint-Barthélemy qui dura trente ans ! Vingt millions d'hommes égorgés, martyrisés ou proscrits, des familles innombrables plongées dans la misère et le désespoir, le commerce ruiné, les champs incultes, l'affreuse dépravation des mœurs, tant de maux, tant de larmes, tant de sang étaient comptés pour rien. Ne croirait-on pas voir le sourire d'un monomane devant les cadavres de ses victimes ?

---

1. Vehse: *Geschichte des œstreichischen Hofs*, etc., t. III, p. 134

CHAPITRE V

Tentative pour subjuguer l'Allemagne du Nord et de
l'Ouest. — Wallenstein.

Mais ce n'était pas assez pour Maximilien et pour
Ferdinand d'avoir répandu le catholicisme sur leurs
États comme un fléau destructeur : ils voulaient promener le même souffle de mort, entasser les mêmes
ruines, causer les mêmes souffrances et arracher, par
les tortures, les mêmes abjurations dans toute l'Allemagne. Les farouches convertisseurs avaient oublié le
doux et pâle visage du Christ au jardin des Oliviers,
au sommet du Calvaire : c'était l'esprit d'intolérance
qui les animait. Leur zèle agressif les mettait en con-
travention avec les lois de l'Empire, votées par la
diète d'Augsbourg et sanctionnées par Charles-Quint ;
mais les champions du Siège apostolique n'y regardent pas de si près !

Pendant que la Bohême, la Moravie et l'Autriche
subissaient les fureurs d'une impitoyable réaction, la
Ligue catholique, inspirée, commandée par Maximilien
de Bavière, anéantissait les dernières forces des protestants, mettait en fuite leurs généraux. Son plus
habile capitaine, le célèbre Tilly, battait la même
année (1622) le duc de Brunswick sur le Mein et le
margrave de Baden sur le Neckar ; il occupait le Palatinat, domaine héréditaire de l'ambitieux et incapable Frédéric V. Ne pouvant plus lui tenir tête, Mansfeld errait çà et là, puis prenait le chemin de la Hollande, pour y servir la Réforme contre l'Espagne.
L'heure semblait venue où l'empire germanique allait

enfin se reposer de ses longs troubles, voir fleurir
ses campagnes sous les haleines printanières d'une
paix générale. Mais les princes catholiques avaient
d'autres desseins. L'Empereur voulait rendre au clergé
orthodoxe les possessions épiscopales du Nord et de
l'Ouest, sécularisées depuis longtemps par les luthériens, voulait faire prévaloir dans toute l'Allemagne
sa volonté souveraine et les doctrines des Jésuites.
Tilly reçut donc l'ordre de ne point quitter sa position,
d'où il menaçait les États réformés. Le duc de Brunswick, ayant alors repris les armes, essuya une nouvelle défaite à Stadtloo, dans la province de Munster.
La cause du libre examen semblait définitivement perdue en Allemagne, et les noires milices de Rome ap-
prêtaient déjà leurs bannières, pour envahir au son
monotone du plain-chant le territoire des hérétiques.

Les princes luthériens s'émurent de leur périlleuse
situation : ils jugèrent insensé d'attendre immobiles
l'orage qui grondait au loin. Ayant demandé le rappel
de Tilly et ne pouvant l'obtenir, ils se préparèrent au
combat. Pour chef de l'union protestante, ils choisirent le roi de Danemark, souverain allemand par
son duché de Holstein. Christian accepta la direction
de la lutte, promit d'importants secours ; l'Angleterre,
la Hollande devaient prêter main-forte aux luthériens,
la France leur envoyer des subsides. Les nuages s'é-
paississaient à l'horizon, la guerre était inévitable.

Jusque-là cependant, la Ligue catholique avait seule
tenu l'épée ; elle seule avait réduit la Bohême, terrifié
l'Allemagne septentrionale, découragé Mansfeld. L'Empereur profitait de ses victoires et trempait commodé-
ment ses mains dans le sang des vaincus. Cette position inférieure ne pouvait satisfaire ni son orgueil ni
son ambition ; il aspirait à se créer une force militaire,
à mettre en campagne une armée autrichienne, quand
un sombre personnage lui offrit de réaliser gratuitement ses vœux.

C'était encore un élève des Jésuites. Né le 15 sep-

tembre 1583, de parents protestants et même utraquistes depuis plusieurs générations, Wallenstein
perdit sa mère en 1593, son père en 1595. Son oncle,
Albert Slawata, lui fit d'abord fréquenter les écoles
des hussites ; mais un autre oncle, Jean de Ricam,
le plaça dans le collège fondé à Olmütz par les Jésuites
dont il était l'admirateur dévoué. Le père Pachta entreprit la conversion du jeune hérétique, et devait
facilement réussir avec une âme inexpérimentée, incapable de résistance. Ses maîtres ne lui marchan-
dèrent pas leurs soins, car c'était une conquête importante pour l'ordre de Loyola. Les moines espagnols
formaient alors toute une génération de meurtriers
ambitieux et impitoyables. Ils avaient préparé à la
lutte Maximilien, Tilly et Ferdinand : Wallenstein fut
une machine de guerre non moins terrible, et ceux qui
l'avaient montée tremblèrent plus d'une fois devant
leur ouvrage, finirent même, dans leur épouvante, par
le détruire de leurs propres mains.

Le futur général montra bientôt la résolution et les
talents militaires qui devaient effrayer toute l'Europe
politique. Après avoir parcouru la France, l'Italie,
l'Angleterre et la Hollande, pour achever son éducation, il alla en Hongrie combattre les Turcs dans
l'armée de Rodolphe, servit Ferdinand II contre les
Vénitiens, et fit la campagne de Bohême. Il porta ensuite les armes contre Bethlen-Gabor. Créé successivement baron, comte, duc et prince, il possédait, en
1625, une immense fortune et une grande popularité.

Ferdinand le chargea d'enrôler vingt mille hommes.
— « Ce n'est pas assez, lui dit Wallenstein ; quarante
ou cinquante mille, à la bonne heure ; une armée de
cette force se nourrira et s'entretiendra elle-même. »
— Le prince entra dans ses vues, et lui donna une
autorité sans limites sur ses troupes, avec le droit de
nommer à tous les grades militaires.

Quelques mois après, le duc de Friedland avait
réalisé sa promesse : parmi les volontaires rassemblés

autour de lui se trouvaient les plus grands personnages. Il commença, au nom de l'Église et du
pape, cette guerre inhumaine qui violait tous les principes religieux, toutes les lois civiles et morales.

Son plan était de nourrir son armée aux dépens des
populations amies ou ennemies, réformées ou catholiques. Dans les provinces luthériennes, la différence
des opinions lui servait de prétexte ; dans les pays bien
pensants, il invoquait la nécessité. L'Allemagne entière
fut de la sorte mise au pillage. Comme il avait enrôlé
sous ses drapeaux des aventuriers, des soudards de
toutes les croyances, les uns se faisaient une joie
d'opprimer les hérétiques, les autres ne ménageaient
point les orthodoxes. Dévastant les campagnes, ruinant
les bourgeois et les cultivateurs, ils ne laissaient
derrière eux que la famine, l'indigence et la mort.
Mille plaintes s'élevèrent jusqu'au trône de l'empereur, mais Ferdinand avait besoin de cette armée sauvage ; il demeura sourd comme le Destin.

Le duc de Friedland exerçait autour de lui un ascendant prodigieux, qui tenait à plusieurs causes. Des
chances singulières avaient accumulé dans ses mains
une fortune royale. Pendant sa jeunesse, une vieille
veuve extrêmement riche, Lucretia von Landeck, s'é-
tait éprise de lui, au point de lui verser un philtre
amoureux, dont il faillit périr. Wallenstein l'épousa et
fut bientôt maître de son héritage. Après la soumission de la Bohême, il obtint en récompense, il acheta
pour un prix dérisoire soixante-sept domaines, esti-
més huit millions de florins, mais d'une valeur réelle
bien plus considérable. Ferdinand lui avait donné,
entre autres possessions, le duché de Friedland, qui
contenait neuf villes, cinquante-sept châteaux et villages. Il était devenu ainsi le plus riche propriétaire
foncier de la Bohême, l'Empereur excepté. Un second
mariage accrut son opulence, et les impôts arbitraires
qu'il levait sur les populations hostiles ou fidèles, lui
procurèrent des sommes immenses. C'était lui qui

prêtait de l'argent à la cour. La seigneurie de Priebus,
le duché de Sagan, en Silésie, et le duché de Mecklembourg payèrent les dettes de l'Empire. Le général
touchait annuellement six millions de florins, que lui
comptaient les banquiers d'Amsterdam et de Venise,
ses vassaux et ses fermiers.

Les immenses richesses de Wallenstein, sa profonde
réserve et ses manières théâtrales, furent les principaux moyens dont il se servit pour exalter l'imagination de la multitude. Il ne se montrait qu'environné
d'une pompe extraordinaire, et faisait participer à son
luxe tous ceux qui l'approchaient. Ses officiers vivaient
somptueusement à sa table, où l'on ne servait jamais
moins de cent plats. Il récompensait avec une libéralité excessive. Non-seulement la foule, mais les plus
grands personnages se laissaient éblouir par ce faste
asiatique.

Six portes donnaient entrée dans son palais de
Prague, et il avait abattu cent maisons pour lui faire
place. Des châteaux semblables s'élevèrent par ses
ordres sur ses nombreuses propriétés. Vingt-quatre
chambellans, issus des plus nobles familles, se disputaient l'honneur de le servir, et quelques-uns avaient
renvoyé à l'Empereur la clef d'or qui était le signe de
leur grade, pour remplir les mêmes fonctions auprès
de lui. Wallenstein entretenait soixante pages, vêtus
de velours bleu brodé en or, qu'il faisait instruire par
les meilleurs maîtres ; cinquante trabans gardaient
jour et nuit son antichambre ; six barons et autant de
chevaliers se tenaient constamment à portée pour
transmettre ses ordres. Son maître d'hôtel était un
personnage de marque. Mille individus formaient le
train ordinaire de sa maison ; plus de mille chevaux
peuplaient ses écuries, où ils mangeaient dans des
crèches de marbre. Lorsqu'il se mettait en route,
cent voitures à quatre et six chevaux contenaient
ses domestiques et ses bagages ; soixante carrosses,
cinquante chevaux de main portaient les gens de sa

suite ; dix trompettes, avec des clairons d'argent,
précédaient ce cortège. La richesse de ses livrées, la
pompe de ses équipages, la décoration de ses appartements étaient en harmonie avec le reste. Dans une
salle de son palais, à Prague, il s'était fait peindre sur
un char de triomphe, la tête ceinte de lauriers, avec
une étoile au-dessus de lui.

Gustave-Adolphe, qui avait une mince opinion de
ses talents, le nommait un fou : c'était un profond
politique. Il savait stimuler fortement les passions des
hommes, se les attacher à la vie et à la mort. Tous
les excès que pouvaient commettre ses troupes, il
feignait de les ignorer, ne leur demandant autre chose
que le respect de la discipline. La joie et le plaisir
régnaient dans son camp : il y tolérait une multitude
de valets, de palfreniers, de musiciens, de jongleurs et
de femmes perdues ; sous les murs de Nuremberg, son
armée entretenait quinze mille courtisanes. Ce chef
catholique ne détestait que les prêtres, et n'en admettait aucun parmi ses soldats. On aurait plutôt pris
ces bandes sauvages pour une milice de l'enfer que
pour les champions du ciel.

Tout volontaire sans peur et sans scrupules était
le bienvenu sous ses drapeaux ; mais ce qu'il aimait
de préférence, c'était la cavalerie légère, les Croates
aux manteaux rouges, les avides et intrépides Cosaques du Don. Son œil pénétrant distinguait à coup sûr
les hommes d'élite, les tirait de la foule, les élevait
rapidement : le moindre troupier pouvait obtenir les
premiers grades. Quiconque faisait preuve d'audace
militaire, recevait ses éloges publics ; toute action
éclatante valait à son auteur un avancement immédiat
et une généreuse gratification : Wallenstein ne donnait
jamais moins de cent thalers. Il n'exigeait de ses
troupes qu'un courage imperturbable et une aveugle
obéissance. Des châtiments rigoureux punissaient les
moindres fautes contre la discipline ; les lâches étaient
mis à mort ; pour la plus légère insubordination tom-

bait de sa bouche une sentence irrévocable : « Pendez
cette brute ! » Méprisant la race humaine, comme
beaucoup d'orgueilleux qui ne lui sont pas supérieurs,
il ne voyait dans les hommes que les instruments de
ses desseins, et les traitait en conséquence. Avant de
l'assaillir dans son camp, près de Nuremberg, Gustave-
Adolphe lui envoya faire la proposition d'épargner les
vaincus ; le général autrichien lui répondit brutale-
ment : « Que les soldats triomphent ou crèvent ! »

L'extérieur seul de Wallenstein suffisait déjà pour
inspirer la crainte et le respect. Sa haute taille, sa
maigreur, sa fière attitude, l'expression toujours sérieuse de son pâle visage, son grand front qui semblait
commander, ses cheveux noirs, durs et ras, ses petits
yeux sombres où brillait la flamme de la volonté,
son regard hautain et soupçonneux, ses moustaches
épaisses et sa barbe touffue causaient, au premier abord,
une vive sensation. Il portait, pour costume ordinaire,
un justaucorps de peau d'élan, que recouvraient un
pourpoint blanc et un manteau ; une fraise espagnole
entourait son cou ; sur son chapeau ondoyait une grande
plume rouge ; un pantalon écarlate et des bottes en cuir
de Cordoue soigneusement fourrées, parce qu'il était
podagre, complétaient son habillement journalier.

Pendant que son armée se livrait au plaisir, un silence profond l'environnait toujours. Il ne pouvait
supporter ni le bruit des charrettes, ni les dialogues
à haute voix, ni même de simples rumeurs. Un de ses
chambellans fut pendu pour l'avoir éveillé sans ordre,
et un officier mis secrètement à mort pour s'être
approché de lui en faisant retentir ses éperons. Ses
domestiques erraient autour de lui comme des fantômes. Douze patrouilles circulaient sans interruption
dans le voisinage de sa tente et de son palais, afin d'y
entretenir un calme perpétuel. Des chaînes, que l'on
tendait en travers des rues, le prémunissaient également contre le bruit. Wallenstein était toujours absorbé en lui-même, toujours préoccupé de ses plans et de

ses desseins. Jamais on ne le vit sourire, et son orgueil
le rendait inaccessible aux plaisirs des sens. Il avait le
fanatisme de l'ambition.

Ce chef étrange méditait, agissait sans relâche, ne
prenant conseil que de lui-même, dédaignant les avis,
les inspirations étrangères. Donnait-il des ordres ou des
explications, il ne pouvait supporter qu'on le regardât
d'un œil curieux ; traversait-il les avenues de son camps
les soldats devaient feindre de ne pas l'apercevoir. Il
éprouvaient cependant un frisson involontaire, lorsqu'ils
le voyaient passer comme un être surnaturel. Il y avait
en lui quelque chose de mystérieux, de solennel et d'in-
quiétant. Il marchait enveloppé de cette magie comme
d'une auréole lugubre. Ses troupes croyaient fermement
qu'il était en relation avec les esprits de ténèbres, que
les étoiles n'avaient point de secrets pour lui, que le cri
des coqs, les aboiements des chiens n'atteignaient pas
son oreille, que les balles, les sabres et les lances ne
pouvaient lui faire de blessures, qu'un talisman lui soumettait la fortune. Elles le suivaient comme une per-
sonnification du Destin.

Champion de Rome contre les novateurs, le sombre
capitaine n'avait foi qu'aux rêveries des sciences occultes.
Tout jeune, il s'était fait escorter dans ses voyages par
le mathématicien et astrologue Verdungas, qui lui apprit à déchiffrer le grimoire du ciel nocturne. Pour entendre un autre professeur lui expliquer le langage des
étoiles, il avait quelque temps habité Padoue. Les salles
de son château, à Prague, étaient couvertes d'emblèmes
divinatoires et de figures allégoriques. Son ambition eût
voulu pénétrer les secrets de l'avenir. L'astrologue italien Seni demeurait sous le même toit, et ce couple vi-
sionnaire passait fréquemment la nuit dans de chiméri-
ques études. Jamais Wallenstein ne commençait une
entreprise sans avoir demandé avis aux lumineuses py-
thonisses du firmament. Ces muettes conseillères lui tenaient lieu de Bible et d'Évangile. Un paysan ne se fût
pas autrement comporté.

Sous une apparence calme, sous une froideur simulée, il cachait des passions violentes, un orgueil sans limite et une ambition insatiable. Ses ordres étaient brefs et péremptoires. Jamais homme ne fut plus taciturne, plus avare de paroles : ses moindres discours, prononcés d'un ton imposant, allaient droit au but. On lui obéissait avec une déférence superstitieuse, et nul n'éprouvait la tentation de lui répliquer. Il gardait sur lui-même, sur ses affaires, un silence absolu. Comme c'était un maître en fait de dissimulation, personne ne pouvait pénétrer ses desseins, prévoir ce qu'il allait résoudre. Il traitait sans écrire une ligne les négociations les plus importantes. Cette réserve continuelle, ce mystère invariable augmentaient sa force, lui permettaient d'atteindre son but dans les ténèbres. Mais s'il déguisait habilement ses intentions, il ne ménageait rien pour découvrir celles des autres. Comme plus tard Eugène et Malborough, il entretenait un grand nombre d'espions, qu'il payait richement et qui trouvaient moyen de lire jusqu'au fond des consciences.

Son amour-propre avait de singuliers retours. Georges Zriny, ban des Croates, lui dit un jour en lui apportant la tête d'un musulman de distinction, qu'il venait de décapiter lui-même : « Voilà comment il faut traiter les ennemis de l'Empereur. » — « J'ai vu beaucoup de têtes coupées, lui répondit Wallenstein, mais je n'en ai jamais coupé une seule de ma propre main. » Et, quelque temps après, il fit empoisonner le chef croate dans un repas. Quoique la vie des hommes fût sans valeur à ses yeux, l'office de bourreau le dégoûtait.

Loin de diminuer avec le temps l'oppression qui pesait sur l'Allemagne, le terrible capitaine l'augmentait chaque jour et grossissait constamment son armée. Elle atteignit peu à peu le chiffre de cent mille hommes. En 1629, cent cinquante mille l'environnaient de leurs bandes impitoyables.

Les griefs allaient croissant comme le nombre des soldats. La terreur et le prestige de sa merveilleuse fortune

7.

rendirent muettes, pendant quelque temps, les populations désolées. Mais quand le général, qui passait pour
invincible, eut assiégé vainement Stralsund, où il ne
perdit pas moins de douze mille hommes, cet échec
donna du courage aux victimes. Son intolérable oppression fut de nouveau dénoncée à l'Empereur. Malgré la
détresse universelle, la faim qui torturait des millions
d'hommes, qui en détruisait littéralement des milliers,
ses troupes vivaient dans l'abondance et la profusion.
Lui-même déployait un luxe inouï, que ses généraux
et ses officiers imitaient à proportion de leurs grades.
Le moindre capitaine vivait plus fastueusement que le
duc de Poméranie et les autres princes, dont l'armée
impériale occupait les domaines. Nombre de villageois
et de campagnards néanmoins se donnaient la mort pour
échapper à la misère. En Silésie, où Wallenstein s'était
emparé de tous les grains, les parents égorgeaient leurs
fils et leurs filles pour se nourrir. Le Brandebourg estimait à vingt millions de florins le dommage que lui
avaient causé ses impôts tyranniques et le séjour de ses
hordes sans frein ; Hesse-Cassel l'évaluait à sept millions.

Nous avons, sur la manière dont ses troupes se comportaient dans leurs marches et campements, un témoignage de la plus haute gravité. C'est une lettre de l'archiduc Léopold, frère de Ferdinand II, adressée par lui
à l'Empereur. Wallenstein avait fait partir une division
de vingt mille hommes, pour soutenir en Italie les prétentions des Habsbourgs sur le marquisat de Mantoue.
Quand cette armée approcha du Tyrol, que gouvernait
l'archiduc, celui-ci ne put contenir son indignation. —
« Votre Majesté ne saurait croire les dévastations que
ces troupes commettent sur leur passage. J'ai vu faire
la guerre pendant plusieurs années, mais, quoiqu'elle
ne puisse avoir lieu sans dégâts, j'assure à Votre Majesté
impériale que jamais rien d'analogue ne s'est passé en
ma présence. Les officiers pourraient y mettre ordre : leurs
soldats brûlent, violent, massacrent, coupent les nez et

les oreilles, brisent les fenêtres et les poêles, martyrisent
les pauvres gens et gaspillent leurs ressources. Je sais bien
qu'on voudrait vous donner le change sur ces abomina-
tions : mais je ne vous annonce rien qui ne soit vrai,
je vous jure ; beaucoup d'électeurs et de princes pourraient en témoigner comme moi. Vous devez en croire
un frère fidèle et loyal, plutôt que des personnes inté-
ressées à vous faire illusion, qui n'épargnent, pour s'enrichir, ni la sueur, ni le sang du peuple. Je pourrais
vous nommer beaucoup d'officiers supérieurs, qui, naguère encore très-mal vêtus, possèdent maintenant
trois et quatre cent mille florins d'argent comptant,
qu'ils n'ont pas enlevés à l'ennemi, mais extorqués aux
sujets catholiques des électeurs et des princes. Songez
comment ils vont traiter l'Italie, où règne partout l'a-
bondance ! La majorité des soldats, des officiers même,
sont luthériens et calvinistes. Que Dieu protège les couvents de femmes, si nombreux dans ce pays ! Un bon
avertissement de votre part au duc de Friedland ne saurait nuire. »

Mais Wallenstein ne se souciait pas plus des remontrances que des préceptes moraux et des maximes chrétiennes. En 1629, le Pape s'étant ligué avec la France
et la Bavière contre Ferdinand, dont le pouvoir les inquiétait, le hardi routier offrit à l'Empereur de marcher
sur Rome : « Elle n'a pas été pillée depuis un siècle,
dit-il, et doit être maintenant beaucoup plus riche. »

Cette guerre entreprise pour la religion, qui ne peut
se passer de la morale, avait donc bientôt anéanti la
piété comme la moralité. L'impudence d'une part, de
l'autre un vain cérémonial et une tremblante dissimulation les remplacèrent. Une hypocrisie sans bornes mit
un masque sur tous les visages, faussa tous les sentiments, avilit tous les caractères. Jamais la corruption
ne fut plus audacieuse, les vices plus horribles, la
cruauté plus impitoyable ; jamais on ne vit tant d'exécutions, de pillages, de tortures, jamais on ne répandit
tant de larmes et de sang. Il ne restait dans les cœurs

ni amour de la justice, ni pudeur, ni compassion, ni foi réelle : on se battait, on s'entre-dévorait comme des bêtes féroces, et l'on avait tellement abaissé la nature humaine, sous prétexte de détruire l'hérésie, que les populations croupissaient dans la fange, cherchaient ainsi que des brutes à satisfaire leurs besoins matériels, ne songeant même plus au Dieu pour lequel on avait élargi le domaine du crime !

CHAPITRE VI

Dévastations commises par les Autrichiens en Allemagne : assassinat de Wallenstein ; mort de Ferdinand II.

En 1629, l'Allemagne, dévastée depuis onze ans par la guerre, la persécution et le pillage, eut encore une lueur d'espérance. Le roi de Danemark, après avoir subi mainte déroute, avait été contraint de demander la paix et avait obtenu d'assez bonnes conditions. Mansfeld, le duc de Brunswick étaient morts ; les autres princes luthériens ne pouvaient plus tenir la campagne. L'Empereur triomphant n'avait qu'à dire un mot pour rendre à sa malheureuse patrie le calme et les beaux jours. Il épaissit au contraire les nuages qui lui voilaient le soleil, il l'accabla de nouvelles infortunes. Le 6 mars 1629 parut le fameux *Édit de restitution*. Cette ordonnance prescrivait de rendre immédiatement au clergé catholique tous les droits, tous les biens qu'il avait perdus depuis le traité de Passau, en 1552, ce qui faisait un intervalle de soixante-dix-sept ans.

Dans le nombre des domaines réclamés se trouvaient deux archevêchés, ceux de Magdebourg et de Brême, douze évêchés, une foule de monastères avec leurs possessions territoriales et un grand nombre de villes opulentes. C'était un coup d'État aussi furieux que si on exigeait maintenant chez nous la restitution des biens du clergé saisis pendant la Révolution. Et cette terrible sentence, deux armées sauvages se tenaient prêtes à la faire exécuter. Les lansquenets et les tra-

bans poussèrent des cris de joie : ils flairaient un nouveau butin, comptaient sur de nouvelles saturnales.

Charité bien ordonnée commence par soi-même.
L'Empereur distribua aux membres de sa famille les
plus importants des domaines revendiqués. Son second fils, Léopold-Guillaume, nommé déjà évêque de
Strasbourg, de Passau, de Breslau et d'Olmütz, pourvu
de trois autres sièges ecclésiastiques, obtint en partage
l'évêché d'Halberstadt, les archevêchés de Magdebourg
et de Brême. Or c'était un enfant de quinze ans.

On agit avec le même sans-façon à l'égard des monastères. Les Jésuites firent main basse sur les anciennes propriétés des bénédictins, des augustins, des divers ordres religieux. Ils ne se souciaient guère de
savoir qui les avait possédées autrefois.

Dans toutes les villes libres, les soldats rétablirent
par la force le culte du moyen-âge et l'autorité absolue de Rome. Augsbourg surtout fut soumise avec une
joie maligne au prince ultramontain, parce que c'était
là qu'on avait rédigé la célèbre confession du protestantisme germanique et signé la paix avec les luthériens. Un évêque orthodoxe s'y installa en triomphe,
et les temples hérétiques furent solennellement fermés.

Les biens laïques n'échappèrent pas à l'avidité des
réactionnaires. Le système des confiscations envahit
l'Allemagne. Tout noble qui avait porté les armes pour
Frédéric V, couru les chances de la guerre avec Mansfeld, le duc de Brunswick et le roi de Danemark, fut
dépouillé de ce qu'il possédait.

Sous prétexte de faire exécuter le décret impérial,
les troupes de la Ligue et de Ferdinand s'établirent
à demeure dans les provinces hétérodoxes, qu'elles
ravageaient et accablaient d'impôts arbitraires. Les
habitants se plaignaient-ils, on leur répondait avec
dédain ou avec ironie. Alors fut proclamée la dure
maxime des Habsbourgs : « L'Empereur aime mieux
voir en Allemagne des mendiants que des rebelles. »

Tous les princes luthériens furent obligés de se soumettre et de sanctionner à contre-cœur l'édit de restitution.

La cause de la Réforme semblait perdue pour toujours dans la patrie de Luther et d'Œcolampade ; mais le génie de l'humanité, la sainte cause du progrès lui suscitèrent un défenseur près du pôle, chez une nation jusque-là isolée, qui n'avait point encore pris part aux débats de l'Europe et que l'on regardait comme une peuplade sans importance. Gustave-Adolphe débarqua sur les grèves de la Baltique avec une poignée de soldats intrépides. La situation de l'Allemagne changea bientôt comme par l'effet d'un talisman.

Une seule ville, Magdebourg, avait osé tenir tête au fossoyeur couronné, qui semblait vouloir mettre dans la tombe une nation entière. Elle avait déjà montré un invincible héroïsme un siècle auparavant. Cette fois encore, Wallenstein la fit vainement assiéger pendant sept mois. Mais on avait résolu d'abattre son courage. Elle s'était distinguée, dès l'origine, par son zèle pour la Réforme ; elle venait, la première, de saluer avec enthousiasme le roi de Suède comme le sauveur du protestantisme. Non-seulement elle l'exhortait à marcher sur l'Elbe et promettait de lui ouvrir ses portes, mais elle recrutait des volontaires afin de le soutenir. Les catholiques jurèrent d'étouffer dans le sang son ardeur luthérienne. Pendant l'hiver de 1630, Pappenheim, le plus fougueux des capitaines impériaux, amena dix mille hommes sous ses remparts. Gustave envoya aux citadins un brave officier allemand, Dietrich de Falkenberg, pour prendre les mesures nécessaires à la défense de la ville. Dietrich s'habilla en pêcheur et traversa le camp de Pappenheim. Guidés, stimulés par lui, les habitants déjouèrent tous les efforts de l'implacable et artificieux général. Tilly vint donc, en mars 1631, presser le siège avec trente mille hommes. Les bourgeois ne se laissèrent pas

intimider ; ils construisirent même des ouvrages exté-
rieurs, et baptisèrent deux redoutes de noms sarcas-
tiques : l'une s'appelait *Nargue-Tilly*, l'autre, *Nargue-
Pappenheim*.

Mais les deux capitaines disposaient de forces supérieures. Malgré le courage des protestants, on vit bientôt que les troupes et le génie militaire de Gustave-
Adolphe étaient seuls capables de les sauver. Les
bourgeois comptaient sur son aide, car trois jours de
marche pouvaient le conduire sous leurs murs. Aussi,
lorsque le 19 mai l'artillerie papiste cessa de tonner,
lorsque les canons furent même enlevés des retranchements ennemis, les assiégés pensèrent que leur libérateur était proche.

Ce silence, au contraire, annonçait leur ruine, l'assaut qu'on devait leur donner le matin suivant. Tilly
leur envoya un trompette pour les sommer de se rendre. Ils croyaient si bien le roi de Suède dans le voisinage, qu'ils retinrent le parlementaire jusqu'au lendemain. Dans la nuit, le général en chef convoqua son
état-major : il voulait différer l'attaque, parce que les
boulets n'avaient pas encore ouvert de brèche dans les
murs ; l'impétuosité de Pappenheim, qui votait pour
l'escalade, entraîna les suffrages. Il savait que les bourgeois veillaient toute la nuit sur leurs remparts, mais
les abandonnaient au petit jour, et allaient prendre du
repos. Vers cinq heures, il fit dresser les échelles, et peu
de temps après, malgré une nouvelle indécision de Tilly,
les soldats pénétraient dans la place.

Falkenberg venait justement de reconduire à l'autre
bout de la ville le parlementaire des assiégeants, avec
une réponse négative. Il accourt au bruit de la fusillade :
une balle l'étend roide mort. Déconcertés par cette
perte, effrayés de la véhémence des ligueurs, les citadins prennent le parti funeste de se retirer dans leurs
maisons pour s'y défendre. Les catholiques les poursuivent et mettent d'abord le feu à plusieurs endroits de
la ville. Les assiégés tirent par les fenêtres, pendant que

les femmes précipitent sur l'ennemi des meubles et des pierres. Tout à coup un vent rapide propage l'incendie, qui vole de maison en maison, de rue en rue. La crainte que le butin ne leur échappe transporte de rage les soldats impériaux. Hommes, femmes, enfants, vieillards sont égorgés ou repoussés dans les flammes. Pas d'action barbare qui ne se commette. On outrage les femmes sous les yeux de leurs maris, les filles aux pieds de leurs mères. Les Croates se divertissent à jeter les enfants au milieu du brasier; les Wallons de Tilly clouent les nourrissons avec leurs lames sur le sein de leurs mères. Les massacreurs et les victimes, les mourants et les cadavres, les débris, les tourbillons de fumée, le sang qui rougit la terre, forment une scène d'horreur si effroyable, que plusieurs capitaines ne peuvent en soutenir la vue. Ils courent vers le général et le supplient de mettre un terme au carnage.

« Il faut bien que le soldat trouve une compensation à ses fatigues et à ses dangers, leur répond froidement Tilly du haut de son petit cheval blanc. Que dirait Pappenheim, si je vous écoutais? Revenez dans une heure, nous verrons ce qu'il faudra faire. »

L'incendie cependant avait gagné toute la ville, qui ne formait plus qu'un vaste brasier. Force fut aux vainqueurs d'abandonner leur proie et de se retirer dans le camp. A dix heures du soir, l'opulente Magdebourg n'était plus qu'un monceau de ruines et de cendres. La cathédrale, l'église Notre-Dame et quelques huttes de pêcheurs, situées sur les bords de l'Elbe, avaient seules échappé au feu.

Le lendemain, Pappenheim écrivait à Munich : « Magdebourg a perdu sa virginité. Hier, à neuf heures du matin, nous avons combattu quatre heures, mis la main sur l'évêque [1], tué Falkenberg et tous les hommes de guerre, tous les bourgeois qui portaient les armes.

1. L'administrateur du diocèse, qui avait pris la place de l'évêque.

8

Comme la férocité du soldat se lassait, la justice et la colère divines ont terminé son œuvre. Le feu s'est déclaré en plusieurs endroits, quelques mines ont sauté ; peu d'heures ont suffi pour réduire en cendres la ville et toutes ses richesses. Ce que l'on avait enfoui dans le sol ou dans les caves se trouve perdu. J'estime que plus de vingt mille hommes ont été sacrifiés ; jamais, depuis la destruction de Jérusalem, on n'a vu pareille catastrophe ni un plus terrible châtiment de Dieu. Tous nos soldats sont devenus riches. » — Le 25, Pappenheim écrivait à l'Empereur une autre lettre, où l'on remarque ces mots : « Dans une si admirable victoire, moi et mes fidèles auxiliaires nous n'avons regretté que de ne pas avoir pour spectateurs Votre Majesté Impériale et son auguste compagne. »

De trente-cinq mille habitants, cinq mille seulement eurent la vie sauve. Le général ne fit sa première entrée dans Magdebourg que le 23 ; plus de six mille cadavres avaient été jetés à l'Elbe pour débarrasser le passage. Le lendemain on ouvrit la cathédrale, et on y trouva mille personnes qui venaient d'y passer trois jours sans nourriture, dans d'affreuses angoisses, examinant la flamme qui éclairait les vitraux de l'église, pendant que la faim leur tordait les entrailles. Tilly ordonna de leur distribuer des vivres. La nef de Notre-Dame contenait cinquante-trois femmes décapitées par les troupes apostoliques. Le 25, on chanta en chœur un *Te Deum* pour célébrer ce glorieux triomphe [1].

Voilà comment la bigoterie de Ferdinand II interprétait l'Évangile. Mais si, par toute l'Allemagne, ce n'était

---

1. La destruction de Magdebourg a laissé en Allemagne de profonds souvenirs. La porte par laquelle entra Tilly est restée murée, et sur la maison du commandant de la ville on lit encore ces mots :

Souvenez-vous du 20 mai 1631.

Nous empruntons ce détail à l'excellent guide de M. Joanne pour l'Allemagne du Nord, qui est un traité complet de géographie et de statistique.

qu'un gémissement, la Bohême souffrait plus que les autres provinces de ce malheureux pays. Outre les décrets frénétiques, les mesures sanguinaires dont on l'accablait avec une persistance infatigable, les armées catholiques venaient sans cesse y prendre leurs campements. Les Wallons de Tilly, les Croates de Wallenstein achevaient de l'épuiser, saignaient la nation aux quatre membres. Dans un seul jour, ils détruisaient les provisions de toutes sortes qui avaient coûté de longs travaux, qui eussent suffi pour des mois entiers. De vastes districts devenaient solitaires. Presque partout les herbes sauvages, les forêts naissantes prenaient la place des moissons.

Les ultramontains se rappelaient que le schisme était né sur le sol de la Bohême, que Jean Huss avait proclamé, bien avant Luther, le droit de libre examen, dans cette contrée magnifique, entourée de hautes montagnes, qui semblaient devoir la protéger contre la tyrannie et le malheur ; que Jean Ziska et ses intrépides sectaires avaient longtemps vaincu les champions du Saint-Siège, fait trembler l'Empereur et tous les partisans de Rome ; ils lui portaient donc une haine systématique, implacable, infatigable, châtiaient en elle avec fureur le crime d'avoir donné l'exemple aux adversaires de la Papauté.

Des historiens catholiques, dévoués à la maison de Habsbourg, racontent eux-mêmes que les populations affamées ne dédaignaient ni les charognes de la voirie, ni les cadavres pendus aux gibets ; qu'il fallait, durant la nuit, mettre des postes de soldats dans les cimetières, pour qu'on ne vînt pas déterrer les corps fraîchement ensevelis ; que des bandes d'individus, exténués par le jeûne, allaient à la chasse aux hommes, les tuaient comme des bêtes fauves, les dépeçaient et les faisaient cuire. Souvent les milices impériales voyaient au loin une troupe d'hommes accroupis, sur la tête desquels ondoyait une fumée de branchages. Elles accouraient, elle dispersaient le groupe mystérieux ; que trouvaientelles alors ? Un chaudron où bouillaient des membres humains [1]. La prétendue piété de la maison d'Autriche avait obtenu ce grand résultat, produit ce merveilleux effet de ramener les populations à l'anthropophagie !

Sous un si affreux régime, la Bohême perdit les deux tiers de ses habitants. Un registre de 1529, où sont constatées les franchises que possédait la vieille ville, à Prague, la Chronique de Hagek, publiée en 1541 ; deux manuscrits, l'un rédigé au quatorzième siècle, l'autre en 1510 ; un mémorial de l'année 1475, nous renseignent sur l'état du pays avant la bataille de la Montagne-Blanche. Parmi ces documents, le plus modéré porte au delà de trente et un mille le nombre des communes bohèmes. Elles devaient donc atteindre au moins ce chiffre, quand la réaction leva sa hache ; quelques années après, le cadastre en comptait moins de onze mille. Tout le reste avait disparu. Jamais on n'a si cruellement abusé d'une seule victoire.

Un acte de justice cependant devait avoir lieu. Le conseiller le plus cruel de l'ambition impériale devait être châtié, comme il arrive souvent, par le prince même pour lequel il avait violé toutes les règles du droit, tous les principes de la morale. Ainsi le veut cette logique des faits qu'on nomme la Providence. Wallenstein était un scélérat, car les scélérats seuls, quel que soit le but qu'ils poursuivent, tiennent aussi peu compte de la vie, des intérêts, du bonheur des hommes ; mais son intelligence valait mieux que son cœur, et il avait de grandes vues. Il se proposait de faire en Allemagne ce que Charles VII, Louis XI avaient commencé en France, ce que Richelieu y terminait à la sueur de son front : abaisser tous les nobles, tous les seigneurs laïques ou ecclésiastiques, devant la puissance royale. Les divers États germaniques, soumis à l'autorité d'un seul chef, eussent alors composé un im-

1. Hormayr : *Tdschenbuch für die vaterlændische Geschichte,* Jahrgang 1836, page 300.

mense et redoutable empire. Ferdinand II n'en eût été
que le souverain fictif. Dominé par Wallenstein, comme
Louis XIII par son premier ministre, il aurait laissé le
ténébreux capitaine exercer en son nom le pouvoir.
Une fois maître de l'Allemagne, celui-ci comptait mettre sur pied des forces irrésistibles pour chasser d'Europe les Mahométans. Il serait alors devenu l'arbitre du
monde. Quel prince, quel monarque aurait osé lui
faire opposition ? Ces vastes projets ont été méconnus
par Schiller et par les vieux historiens, faute de documents. L'image de Friedland est restée, sous leur
plume, vague et terne : le sinistre général, même dans
les trois pièces baptisées de son nom, n'a pas la
grandeur imposante qu'il devrait avoir.

Trop d'obstacles empêchaient la réalisation de ses
plans gigantesques. Ferdinand d'abord n'avait pas assez
d'intelligence pour les comprendre, dans ce que le duc
pouvait lui en laisser apercevoir; il agissait par bigoterie
plutôt que par politique. En second lieu, les princes luthériens et orthodoxes étaient trop forts pour disparaître tout à coup devant un seul homme. Mais Richelieu,
le Pape et les Jésuites furent les principaux instruments
de sa ruine. Le Cardinal pénétra ses desseins, devina la
suprématie européenne que convoitait son ambition ; il
ne voulut point laisser réduire la France à l'état de vassale. La politique gigantesque de Friedland alarma le
Saint-Siège. Maîtres de l'Empereur et gouvernant l'Autriche, dominant l'Allemagne par l'entremise de cet automate couronné, les Jésuites défendirent leur position
et ne lâchèrent point leur docile créature. Wallenstein,
qui appréciait leur force, qui leur disputait la souveraineté, nourrissait contre eux une profonde haine ; le plus
secret et le plus périlleux de tous ses rêves consistait à
les chasser d'Allemagne, aussitôt qu'il serait en mesure
de le faire.

Dans cette lutte de géants, Wallenstein succomba. Le
Cardinal soutint les réformés, poussa Gustave-Adolphe
sur le champ de bataille, effraya les princes catho-

liques. Ameutés contre Friedland à la diète de Ratisbonne, ils obsédèrent Ferdinand de leurs plaintes. Les
Jésuites firent parler la conscience de l'Empereur, éveillèrent ses scrupules sur les extorsions, sur les barbaries, au moyen desquelles le duc soutenait son armée.
Le P. Joseph, envoyé par Richelieu, exécuta les manœuvres que lui prescrivait son maître, et la destitution de
Wallenstein fut résolue.

Après vingt mois d'inaction, la nécessité força l'Empereur de lui rendre le commandement, avec une autorité plus absolue que jamais. Il reprit le cours de ses artifices, l'exécution interrompue de ses projets ambitieux.
Mais le Cardinal, le Pape et les Jésuites le suivaient du
regard. Cette fois il jugèrent opportun de se débarrasser de lui pour toujours. Un soir donc (le 25 février
1634), les traîtres qui avaient accepté la mission de
mort soupaient avec les fidèles généraux du dictateur,
invités par eux. On apporte une fausse lettre de l'électeur de Saxe, où il repoussait des propositions imaginaires de Friedland, hostiles à l'Empereur. « Vive la
maison d'Autriche ! vive Ferdinand ! » s'écrient les assassins. Et trente-six dragons irlandais envahissent la
pièce, culbutent la table, fondent sur les victimes. En
quelques minutes, les partisans de Wallenstein sont sa-
brés ou percés de coups. On ferme la salle, et Butler va
investir le palais du généralissime.

Il était neuf heures. Par un singulier hasard, une
tempête affreuse grondait sur la ville d'Eger, où s'ac-
complissait le drame. Un linceul de nuages enveloppait
le ciel, le vent tourbillonnait dans les rues, gémissait
sous les portes. Une pluie fine mouillait les croisées.
Deveroux pénètre avec douze trabans dans la demeure
de Wallenstein. Le duc avait entendu quelque bruit,
des lamentations de femmes pleurant les individus sacrifiés ; il avait ouvert sa fenêtre, interrogé la sentinelle,
puis il s'était assis, en robe de chambre, devant sa table. Tout à coup le meurtrier brise la porte, s'élance
vers lui en criant : « Ton heure est venue, scélérat ! »

Friedland veut courir à la fenêtre, appeler ses gardes : Deveroux lui barre le passage, le frappe de sa pertuisane en pleine poitrine. Le duc, les bras levés, reçut le coup sans prononcer un mot ; il tomba silencieusement comme il avait vécu, emportant dans la tombe ses mystérieux projets, que l'histoire a enfin découverts.

Assurément les complices de Wallenstein, les instruments de ses crimes et de ses déprédations, qui travaillaient pour leur compte et pour le sien, ne méritent ni pitié ni sympathie. La maison d'Autriche néanmoins, par l'excès de sa cruauté, a su rendre intéressant l'un d'entre eux, le général Schafgotsch, commandant militaire de la Silésie. Colloredo le fit arrêter et désarmer à Ohlau ; on lui arracha ses éperons, et ses gardiens l'accablèrent d'outrages, pendant qu'ils le menaient à Glatz, puis dans la ville de Ratisbonne. Mis à la question, il en supporta les tourments avec une fermeté inébranlable et soutint qu'il n'avait pas conspiré. Une sentence de mort par la hache fut prononcée contre lui. Mais, comme on espérait encore lui arracher des aveux, on demanda au conseil aulique si on ne pourrait pas de nouveau lui faire subir tous les degrés de la torture. « Sans doute, répondit le funèbre cénacle. Puisque de graves indices ont motivé sa condamnation à mort, ce n'est plus un homme, c'est un esclave de la question (*servus pœnæ*), un cadavre inerte (*cadaver mortuum*) ; on doit l'envisager et le traiter ainsi. » Pendant la seconde épreuve, le malheureux ne prononça que des paroles incohérentes. Il fut décapité à Ratisbonne, le 23 juillet 1635.

Enfin, le bourreau le plus impitoyable qui ait encore persécuté la race humaine, Ferdinand II, mourut à son tour. Il expira le 15 février 1637, avec les signes d'une profonde dévotion, tenant en main un cierge allumé que lui avait remis son confesseur. Nul remords ne troubla ses derniers moments. Douze millions d'hommes, pour le moins, avaient péri par son ordre ; mais la gloire, l'intérêt de l'Église souffrante et militante, n'exigeaient-ils pas ce sacrifice ? Dans une seule expédition au bord du Danube, les Cosaques avaient pillé cinq cents villages, exterminé toute la population masculine ; les femmes, les enfants, saisis de terreur, s'étaient réfugiés dans les îles du fleuve ; ils y moururent de faim et de désespoir. Ferdinand, le pieux assassin, avait toujours vécu entouré de prêtres et de femmes. C'était moins qu'un sot : c'était un homme médiocre. Son intelligence ne servait qu'à l'égarer, qu'à le conduire au crime.

Ses portraits permettent de deviner les tendances, les ressources et les vices de son esprit : le valet couronné du Saint-Siège avait le front assez large, assez haut ; mais sa tête carrée, ses lourdes mâchoires, le roide toupet qui se dresse sur son crâne, son énorme fraise espagnole où il est pris comme dans un carcan, son épais manteau brodé, en forme de chape, indiquent ou symbolisent l'obstination et la dureté du caractère. Ses précepteurs avaient fait de lui une espèce de machine, qui fonctionnait aussi régulièrement qu'une horloge. Le P. Viller, son premier confesseur pendant qu'il habitait Grœtz, l'avait accoutumé à prendre ses conseils en toute chose, afin de mettre sa conscience à l'abri. Jamais personne ne le trouva inoccupé ; le grand-maître du palais, Léonard Hettfried, comte de Meggau, lui a rendu spécialement témoignage à cet égard. Quoiqu'il eût souvent l'occasion d'entrer dans son cabinet, il ne le vit point oisif une seule fois. Il disait fréquemment : « J'ai reçu de Dieu cette grâce particulière que j'aime le travail et y prends plaisir. » Le soir même qui précéda sa mort, il lut un grand nombre de pétitions et signa je ne sais combien d'actes officiels. Il y avait entre lui et Philippe II une ressemblance frappante d'habitudes et de caractère.

Un jour, pendant qu'il portait un cierge dans une interminable procession, la lassitude fit fléchir son bras et sa main, qui ne tardèrent pas à enfler. Comme une cérémonie du même genre devait avoir lieu le lende-

main, il y parut le bras droit en écharpe et tenant
son cierge de la main gauche. « Vous feriez bien de
vous ménager, lui avait dit un haut fonctionnaire, et de
ne pas suivre la pieuse promenade, ou tout au moins
de ne pas y porter de luminaire. » — Ferdinand lui répliqua : « Grâce à Dieu, il me reste une main, avec laquelle je puis l'honorer. »

Quand il lui arrivait un malheur, qu'il se trouvait
dans la perplexité, il avait coutume de dire pour toute
réflexion : « Dieu est au ciel ! »

Se mettait-il en voyage, un de ses confesseurs le
suivait partout ; il voulait sans cesse l'avoir près de
lui et affirmait que sa présence lui était aussi agréable
que celle d'un ange gardien [1].

Cet homme si timide se figurait posséder un courage
à toute épreuve. On l'entendit répéter bien des fois
qu'il endurerait les plus cruels supplices, et même la
mort, pour chacun des articles de la confession romaine.
S'attribuant une héroïque volonté, il jugeait pouvoir
faire subir aux protestants, hommes ou femmes, les
tortures qu'il se croyait prêt à braver. Quand un général, un gouverneur ou un dignitaire de l'Église ouvrait
une de ses lettres, il était sûr d'y trouver un ordre sanguinaire. Le prince cependant lisait tous les jours un
chapitre au moins de l'*Imitation !*

---

1. Voyez le livre de son principal confesseur, le P. Lamormain :
Virtutes Ferdinandi secundi (1647), ch. XVIII, p. 69, et le curieux
volume : *Sinnreiche Reden und merckwürdige Thaten der funffze-
hen rœmischen Kayser,* par George von Schœbel et Rosen-
feld, p. 331-342 (Breslau, 1672, in-12).

CHAPITRE VII.

Ferdinand III imite son père; bataille d'Yankau et siège de Brünn. Effets de la guerre de Trente-Ans.

La mort de Ferdinand II ne termina point la guerre, ne fut d'aucun avantage pour l'Allemagne. Son fils aîné, Ferdinand III, prince maladif et obtus, avait hérité de son fanatisme et continua son œuvre. L'immaculée conception de la Vierge était son dogme favori, sa préoccupation habituelle. Une loi spéciale, publiée sous son règne, interdisait de conférer le grade de docteur à quiconque ne témoignerait point, par serment, de sa foi dans cette donnée mystique. Son enthousiasme pour la fille de David, comme l'appelle le Nouveau Testament, lui inspira une mesure encore plus singulière: il fit dresser à Vienne une colonne en marbre, au sommet de laquelle on posa une statue de la Vierge, entièrement dorée. Sur le fût on lisait l'inscription suivante:

A LA VIERGE IMMACULÉE,
MÈRE DE DIEU,
PATRONNE DE L'AUTRICHE,
QUI A POUR ELLE UNE VÉNÉRATION PARTICULIÈRE,
FERDINAND III, EMPEREUR,
FAIT DON DE SA PERSONNE, DE SES ENFANTS,
DE SES PEUPLES, DE SES ARMÉES,
DE SES PROVINCES, DE TOUTES SES MARCHES,
ET, AFIN D'EN CONSERVER ÉTERNELLEMENT LA MÉMOIRE,
A ÉLEVÉ CETTE STATUE,
PAR SUITE D'UN VOEU,
EN 1647.

La consécration solennelle eut lieu le 19 mai. Un ca-

deau si important dut flatter beaucoup la Juive de Bethléem, et nul doute que l'Autriche n'ait eu à se féliciter de lui appartenir comme un domaine inaliénable [1].

Sous Ferdinand III, le besoin de son intervention
se faisait cruellement sentir. L'assassinat de Gustave-
Adolphe, tué en trahison, pendant la bataille de Lutzen,
par François-Albert de Saxe Lauenbourg, qui, au moment même du crime, portait sous son justaucorps l'é-
charpe verte des troupes impériales et passa deux jours
après dans l'armée catholique [2], le meurtre de Wallenstein, si ingratement sacrifié aux soupçons de la cour
d'Autriche, ne lui profitèrent à aucun égard, les biens
saisis de ce dernier ayant une importance minime en
de tels événements. On ne trouva point pour remplacer
le duc de Friedland un général aussi bien doué par la
nature ; ses successeurs, Gallas, Piccolomini, Melander,
Hatzfeld, n'étaient que des hommes médiocres. Ils furent habituellement vaincus. Les dissidents, au contraire, suivirent toujours dans la mêlée de grands capitaines. Banner, Torstenson, Wrangel, qui les comman-
dèrent l'un après l'autre, étaient dignes de faire gronder
sur les champs de bataille les canons victorieux légués
à leur bravoure par Gustave-Adolphe et le duc de Wei-
mar. Comme si leur mérite supérieur avait besoin d'aide,
plusieurs généraux français vinrent les soutenir ; Gué-
briant, Condé, Turenne facilitèrent les opérations des
troupes suédoises et obtinrent eux-mêmes de bril-

---

1. Voici les termes mêmes de l'inscription : Deo opt. max. Vir-
gini Deiparæ immaculatæ, in Austriæ patronam singulari pietate
susceptæ, se, liberos, populos, exercitus, provincias, omnia
denique *confinia* donat, consecrat, et, in perpetuam rei memoriam,
statuam hanc ex voto ponit Fernandus tertius augustus. » De
grandes lettres formant chronogramme composaient la date de
1647. Vingt ans après, Léopold *le Pieux* remplaça la colonne de
marbre par une colonne de bronze, qui existe encore sur une place
de Vienne, nommée *der Hof*. Le monument n'a aucun mérite
comme œuvre d'art.

2. Voyez la dissertation placée à la fin de l'*Histoire de Gustave-
Adolphe*, par Arkenholtz, p. 572 (Amsterdam, 1764, in-4°).

lants avantages. Sans doute Gallas eut d'abord la chance inespérée de battre les protestants à Nordlingen, victoire qui les affaiblit pour plusieurs années ; mais ce triomphe accidentel ne fut point l'avant-coureur d'autres succès. Plongé dans une violente débauche, le comte donnait aux soldats un si triste exemple, il leur faisait si mal observer la discipline, que les régiments fondaient autour de lui ou perdaient leurs qualités guerrières. Aussi l'appelait-on, en Allemagne, le *gaspilleur d'armées*. Piccolomini étalait au grand jour des mœurs non moins brutales. Gœtz, un luthérien apostat, qui commandait plusieurs régiments d'arquebusiers, fameux par leurs déprédations, comme les chasseurs de Holk, aimait tant les boissons fortes, s'enivrait d'une telle manière, qu'il lui était souvent impossible d'articuler une seule parole. Dans l'île de Rügen, il fit mettre toutes nues les religieuses d'un couvent de femmes nobles et les livra aux Croates en sa présence [1].

On en était venu à ce point que l'on continuait la guerre pour occuper les troupes et pour les nourrir, que l'on se battait presque uniquement pour obtenir des quartiers d'hiver, et que l'on préférait au gain d'une bataille un cantonnement avantageux. Presque toutes les parties de l'empire germanique étaient ruinées et saccagées ; les vivres, les bestiaux, les hommes manquaient [2]. Les paysans, qui, à l'approche des troupes, fuyaient dans les bois et les montagnes, étaient forcés, après leur passage, de traîner eux-mêmes leurs charrues, faute de bœufs et de chevaux, les soldats les ayant tous tués ou emmenés [3].

La barbarie et la dépravation des armées catholiques ne leur portaient pas bonheur. Presque toujours vaincues, elles finirent par essuyer une mémorable défaite.

---

1. Vohse : *Geschichte des œstreichischen Hofs und Adels*, t. IV, p. 166.
2. Schiller : *Histoire de la guerre de Trente-Ans*, liv. V.
3. Pelzel : *Geschichte der Bœhmen*, p. 523.

Peu s'en fallut que la bataille d'Yankau ne fît équilibre à la déroute de la *Montagne-Blanche*. Torstenson venait de conduire Gallas, l'épée dans les reins, depuis le Holstein jusqu'à Bernbourg, en Thuringe, avait alors passé la Saale, coupé aux régiments apostoliques le chemin de la Bohême et de la Saxe. Une grande partie des troupes impériales était morte de faim, et ce qui restait de l'infanterie ayant voulu se retirer sur Magdebourg, pendant que les mousquetaires essayaient de gagner la Silésie, ce double mouvement n'améliora point leur position. Les Suédois atteignirent la cavalerie près de Jüterbock et la dispersèrent ; les lansquenets, ayant tenté de s'ouvrir un chemin à travers les bataillons schismatiques, furent presque anéantis. De toutes ses forces, Gallas ramena seulement quelques milliers d'hommes sur le territoire autrichien. Jamais le capitaine dissolu n'avait mieux justifié son sobriquet de *gaspilleur d'armées*.

Son adversaire était trop habile pour ne pas mettre à profit cette victoire. Pendant qu'un de ses généraux inquiétait l'électeur de Saxe, qu'un autre lieutenant soumettait le pays de Brême, il traversa les Montagnes de Fer (*Erzgebirg*), puis envahit la Bohême avec seize mille hommes et quatre-vingts canons. Ferdinand chargea aussitôt Hatzfeld de réunir les forces autrichiennes et bavaroises qui subsistaient encore, et d'empêcher les Suédois de pousser plus loin. L'Empereur, justement inquiet, se rendit lui-même à Prague pour surveiller les opérations militaires, pour animer les troupes par l'idée qu'il se tenait dans le voisinage, et remédier autant que possible à la désunion de ses généraux. Le 16 mars 1645, ses derniers régiments, espoir suprême de la monarchie, s'arrêtèrent devant l'armée suédoise, à Yankau. Bien qu'il eût trois mille cavaliers de plus que les protestants, Hatzfeld ne voulait point livrer bataille. Le souverain lui en expédia l'ordre formel. Deux causes inspiraient une grande confiance à l'Empereur : le nombre de ses chevaux et une promesse de la Vierge, qui lui était apparue en songe et lui avait annoncé une victoire infaillible. Cependant les généraux, Hatzfeld, Gœtz et Jean de Werth, ne purent s'entendre. Dès le commencement de la lutte, le second fourvoya ses cuirassiers sur un terrain semé de bois et d'étangs, où l'aile qu'il conduisait fut presque détruite, pendant qu'une erreur faisait charrier vers le même lieu la plus grande partie des munitions, qui devenaient la proie de l'ennemi. Le rapport d'Hatzfeld sur cette bataille attribue à la fougue indocile de Jean de Werth la déconfiture qui l'a terminée. Il lui reproche d'avoir, par méprise ou volontairement, occupé avec des fantassins, des reîtres et des canons, une autre éminence que celle où il lui avait ordonné de se poster. Le général en chef voulait suspendre la lutte jusqu'au soir, pour laisser effacer la mauvaise impression que la défaite et la mort de Gœtz avaient produite sur les troupes. Mais la véhémence de Jean de Werth fit échouer ce sage dessein. Quoique la pente de la hauteur où il avait pris position fût coupée en gradins qui lui donnaient l'air d'un escalier, il s'y précipita comme un furieux, à la tête de sa cavalerie, et, par la violence du choc, renversa d'abord tout ce qui lui faisait face. L'opulent bagage de l'ennemi tomba entre ses mains, et la femme du général Torstenson eut le même sort.

Pendant que les orthodoxes pillaient avidement, les Suédois se remirent, formèrent de nouveau leurs colonnes et attaquèrent la troupe victorieuse qu'ils dispersèrent bientôt. La mêlée devint alors générale. Les champions du vieux dogme paraissent avoir combattu avec acharnement, puisque la lutte, commencée à huit heures du matin, ne finit que le soir à quatre heures. Sept mille morts couvraient le champ de bataille. Les légions ultramontaines en avaient perdu quatre mille, au nombre desquels se trouvaient le feld-maréchal Gœtz, le comte de Waldeck et le général Broyi; quatre mille étaient prisonniers des Suédois, notam-

ment le chef de l'armée catholique, les généraux
Zahradetsky, Kœnigseck, Mercy, et une foule d'officiers supérieurs. Tous les canons, tous les bagages,
et soixante-dix étendards, qui furent envoyés à Stockholm, formèrent le butin des troupes victorieuses. Jean
de Werth conduisit ses lanciers dans le haut Palatinat.
Les régiments de Piccolomini, de Pompejo et de Bas-
sompierre ne composaient plus qu'un effectif de quatre
cent cinquante hommes. D'un même coup, Ferdinand III
avait perdu son général le moins inhabile et ses dernières troupes : il fallait s'occuper sur-le-champ de lever une autre armée. Pendant la bataille néanmoins,
le pieux Empereur, tenant un cierge à la main, avait
visité l'une après l'autre les églises de Prague, non
pas tout à fait pieds nus, mais n'ayant point de bas
dans ses souliers [1].

Aussi fut-il saisi d'étonnement lorsqu'il reçut la nouvelle de cette catastrophe. Le 8 mars, il prit le chemin
de Vienne, en faisant un énorme détour par Pilsen, Ratisbonne et Linz, ayant pour toute escorte deux cents
mousquetaires. Le 19, il atteignit sa capitale, vers laquelle marchaient aussi les troupes victorieuses.

Leur général ne leur avait laissé que le temps de se
reposer sur le champ de bataille même, et de se partager le butin ; les trompettes donnèrent ensuite le signal du départ pour Vienne. Le 15 mars, Torstenson
franchissait à Retz, près de Znaïm, les frontières de
l'Autriche proprement dite ; le 9 avril, l'armée suédoise
enveloppait la redoute qui protégeait le pont du Danube. Ils emportèrent ce retranchement, et les Viennois
durent aussitôt briser les ponts jetés, les uns à la suite
des autres, sur les différents bras du fleuve ; ses eaux
rapides et un petit nombre de soldats réunis à la hâte,
que l'archiduc Léopold-Guillaume, le second fils de
l'Empereur, avait postés dans l'île de Sainte-Brigitte,

---

1. *OEsterreichs Helden und Heerführer,* par Schweigerd, t. I,
p. 844 (Vienne, 1853).

arrêtaient seuls les envahisseurs. La famille impériale
et toute la cour s'enfuirent à Grœtz ; on y transporta
les archives, les finances publiques ; des seigneurs, des
prélats se sauvèrent même jusqu'à Salzbourg et à Venise ; Ferdinand seul resta dans Vienne. Les étrangers
prirent sous ses yeux, en quelque sorte, les petites villes de Korneubourg et de Krems. Torstenson avait établi son quartier général à Mistelbach.

D'une autre part, le prince Rackoczy, allié des Suédois depuis l'année précédente, conclut un traité avec
les Français le 22 avril, et conduisant lui-même ses
farouches Transylvains, leur adjoignant les Hongrois
des comités septentrionaux qu'il possédait, il marcha
sur Presbourg, afin d'unir ses régiments aux bataillons
scandinaves. Son fils leur avait amené un renfort avant
même qu'ils eussent quitté la Moravie.

La position de Ferdinand III était d'autant plus dangereuse que l'insubordination régnait parmi ses troupes. Léopold-Guillaume, prince peu guerrier, qui aimait
mieux les beaux-arts que la vie des camps, ne leur imposait point et ne savait pas se faire obéir. Pendant son
voyage de Linz à Vienne, les militaires placés sous ses
ordres s'étaient déjà mutinés ; à Saint-Polten, près du
Riederberg, ils l'avaient entouré avec de grands cris, et,
le menaçant de leurs armes, lui avaient réclamé leur
solde. Ayant si peu de respect pour leur chef, ils n'observaient aucune discipline et se croyaient tout permis.
Les effrontés soudards pillaient sur les routes, volaient
dans les maisons et ne se firent pas scrupule de
dévaliser les nobles personnages, qui fuyaient comme
une bande de chevreuils ; le carrosse même de l'Impératrice dut leur payer tribut. La cour de Vienne,
toujours féroce et inhabile, crut que des châtiments
affreux pourraient seuls mettre à la raison ces troupiers indociles. Elle ne garda aucune mesure. On
décima des régiments entiers ; les chefs de la sédition furent enterrés vivants ou subirent de hideuses
tortures. On écartela les officiers par douzaines sur

les grandes places de la ville ; on les empala devant les portes[1].

Cependant les soldats ralliés par Gallas en Bohême et les recrues levées en Hongrie par le comte Jean-Christophe de Puchheim, accouraient précipitamment vers la ville assiégée. Ces troupes suffirent pour empêcher les Suédois de passer le Danube en face de Vienne et à Durrenstein. Mais Rackoczy venait d'atteindre Presbourg avec vingt-cinq mille hommes, et la cour tremblait que ce nouvel assaillant ne mît la capitale entre deux feux, quand la Sublime-Porte, sans doute à l'instigation de Ferdinand, lui adressa une lettre impérieuse, où elle lui commandait de cesser la guerre, s'il ne voulait pas apprendre qu'une armée turque avait envahi ses États. Les Islamites étaient trop puissants alors pour que le prince électif osât ne point obéir[2].

1. Cette prodigalité de sang humain, à une époque où l'Allemagne était dépeuplée, où la cour avait tant besoin de défenseurs, cause une extrême surprise. Mais la barbarie était passée dans les habitudes. La mort semblait avoir perdu toute son horreur, toute son effroyable importance. Les plus faibles motifs paraissaient excuser, demander des massacres. Wallenstein, après la bataille de Lützen, fit saisir, pour calmer sa mauvaise humeur, vingt officiers, dont quelques-uns étaient colonels et chevaliers teutoniques. On les jugea sommairement, c'est-à-dire qu'on feignit de les juger, puis on les mena au palais du prince Lichtenstein, comme les quarante-sept martyrs de Prague, et on leur signifia leur sentence. Le lendemain, ils eurent tous la tête tranchée sur le *Ring*, devant la maison commune, au lieu même où avaient péri les nobles bohémiens. Le dépit du général battu n'étant point calmé par une si absurde exécution, il fit mettre à mort de simples cuirassiers, pendre plusieurs Croates. Parmi ces victimes innocentes se trouvait un jeune homme d'un vrai mérite, d'une rare beauté, d'une physionomie spirituelle, qui se nommait Stas von Warnestein ; quoiqu'il n'eût que dix-neuf à vingt ans, il était déjà capitaine de cavalerie. Les personnages les plus influents de Prague et de l'armée sollicitèrent en vain sa grâce ; le tyran, aigri par sa défaite, ordonna de le décapiter. ARKENHOLTZ, *Histoire de Gustave-Adolphe* p. 568 (Amsterdam, 1764, in-4°).

2. Wels: *Geschichte der Länder des œstreichischen Kaiserstaates,* t. IX, p. 133. Presque tous les historiens omettent ce fait capital.

Mais ce fut un capitaine français, un huguenot de La Rochelle, qui sauva la monarchie en péril. Après avoir courageusement bravé la mort pour défendre sa ville natale, investie par Richelieu, il avait quitté la France et servi en qualité de colonel dans les troupes suédoises. Une querelle très grave et un duel avec le général Stalhans le firent mettre sous les verrous. S'étant échappé de sa prison en 1642, il vint offrir son épée à l'archiduc Léopold-Guillaume, qui lui donna un régiment de dragons[1]. Ce vaillant capitaine se nommait Raduit de Souches, et avait vu le jour en 1608. Soit que le désir de la vengeance étouffât dans son cœur tous les autres sentiments, soit que l'ambition lui fît oublier ses principes religieux, il abandonna le grand air de la libre pensée pour les catacombes du vieux dogme. C'était le meilleur moyen de réussir en Autriche. Un acte de courage merveilleux, accompli pendant le siège d'Olmütz, qu'on voulait enlever aux Suédois, lui acquit les bonnes grâces et la confiance de l'Empereur. Lorsque Brünn se trouva en danger, on crut que personne ne défendrait mieux cette ville importante par sa situation. Elle occupait le centre d'une ligne de forteresses, au moyen desquelles Torstenson désirait mettre la Bohême en communication avec les provinces septentrionales de la Hongrie, où la population lui était complétement favorable, où dominait son associé, le prince Rackoczy. Toutes les autres places fortes lui appartenant déjà, il fallait que Brünn subît la même destinée. La cour d'Autriche avait donc le plus grave intérêt à l'empêcher d'en prendre possession.

Quelques jours après que Raduit de Souches y fut entré, il écrivit à Ferdinand III (le 26 mars 1645) que son souhait le plus vif était de remplir tous les devoirs d'un bon militaire, de vivre et de mourir pour l'Empereur,

---

1. Puffendorf: *Commentaria de rebus suecicis, ab expeditione Gustavi Adolphi usque ad abdicationem Christinæ*, p. 144 (Utrecht, 1686).

pour sa famille, et qu'il ne rendrait la place à aucune
condition, si les bourgeois de la ville, en sujets loyaux
et fidèles, le soutenaient de toutes leurs forces, comme
il n'en doutait pas, aussi bien que le commandant du
Spielberg, occupé à fortifier la citadelle suivant ses
indications, et le gouverneur de la province, qui lui
paraissait animé d'un grand zèle.

Le premier personnage ayant bientôt donné des preuves d'inaptitude manifeste, on concentra l'autorité dans
les mains du général français. La résistance ne pouvait
être utile qu'à cette condition. La ville et la citadelle
n'avaient point, à beaucoup près, la garnison et les dé-
fenses qui eussent rendu le succès probable. Quoique
de Souches ne fût pas ingénieur, il dut organiser le travail des fortifications et apprendre par instinct les secrets
d'un art compliqué. Pour tenir en échec les troupes
suédoises et leur habile général, il avait cinquante et
un hommes de cavalerie, trois cent vingt-trois fantassins, mille cinquante volontaires, bourgeois, étudiants ou
manœuvres. Quatre cent soixante-dix-sept chevaux furent d'abord le seul supplément de force que put lui expédier la cour de Vienne. Le commandant fit raser tous
les faubourgs de la ville, tous les cloîtres, monuments
religieux et autres, situés à quelque distance des murs.

Cependant Torstenson approchait, menant son armée
entière contre la place, pour en finir plus vite. Le 3 mai,
son avant-garde, qui avait pris en passant la forteresse de Selowitz, parut au midi de Brünn ; le lendemain, le gros des bataillons suédois campait alentour.
Dans une proclamation, le chef luthérien exhorta ses
vieilles bandes à se souvenir de leur gloire passée, à
montrer une fois de plus leur bravoure intrépide, et
leur promit que dans trois jours elles seraient maîtresses de la ville, dans huit de la citadelle. Et presque
aussitôt, il envoya un trompette, en qualité de parlementaire, pour sommer le bourgmestre et les échevins
de se rendre. Le capitaine français lui renvoya sa lettre,
en lui annonçant qu'il formait à lui seul le conseil mu-

nicipal, qu'il fallait employer avec lui un autre langage,
attendu qu'il se souciait très peu des discours.

Torstenson ordonna d'ouvrir la tranchée, de dresser
les batteries, et, le 5 mai, commença un feu terrible.
Avec cet esprit français qui brave la mort en se jouant,
de Souches répondit aux premières volées par une
fanfare, lancée comme un défi du haut d'une éminence.
Quelques jours plus tard, la brèche était ouverte, les
Suédois montaient à l'assaut ; mais ils furent accueillis
d'une si rude manière, qu'après avoir perdu beaucoup
de monde, il leur fallut se retirer. Le commandant se
montrait partout, animait les soldats et les volontaires
d'un courage indomptable. Chose merveilleuse et qu'on
aurait peine à croire, s'il n'existait une chronique
du siège, où tous les événements se trouvent relatés
jour par jour, la faible garnison de la ville faisait des
sorties, et même des sorties meurtrières pour les
assiégeants ! Elle détruisait leurs ouvrages, tuait un
grand nombre d'entre eux, enlevait du bétail, des munitions, et rentrait dans Brünn non-seulement avec un
précieux butin, mais avec des prisonniers de guerre.
Les sorties du 15 et du 26 mai portèrent surtout le ra-
vage parmi les Suédois. La nature même parut seconder les efforts des assiégés. Une horrible tempête
assaillit le camp de Torstenson, le 15 juin, et y lança
des grêlons énormes, qui tuaient les soldats et les chevaux, y versa une pluie torrentielle, qui, dans les tranchées, submergea les travailleurs jusqu'à la ceinture.
Trois mois et demi cette lutte inégale fut soutenue avec
un bonheur inouï, avec un héroïsme prodigieux par de
Souches et ses compagnons d'armes. Pendant les deux
premiers mois, ils ne reçurent d'autre renfort que cinquante lances et deux cent cinquante fantassins. La
poudre, les boulets et les balles leur manquèrent souvent. Ils furent trois semaines sans pouvoir tirer un
coup de canon. Les détails du siège ont presque tous
un caractère sublime. L'énergie française animait si bien
cette troupe de braves, qu'ils narguaient et raillaient

leurs antagonistes. Les assauts les plus furieux étaient
accueillis au son des trompettes et des cymbales ; et
quand les agresseurs découragés battaient en retraite,
la garnison les saluait de la même musique. Un drapeau
hissé par moquerie sur la maison commune servant de
point de mire aux Suédois, qui ne le touchaient jamais,
on enleva la bannière flottante et on mit une cible à la
place, pour les avertir de mieux diriger leurs coups.

Désespéré de voir tous ses efforts inutiles, de voir
que son armée, jusque-là victorieuse, échouait devant
un nid de rats, comme il appelait Brünn, Torstenson
voulut en finir et prépara un assaut décisif. Le 15 août,
dès cinq heures du matin, une effroyable canonnade
foudroya les bastions situés entre deux portes et les
remparts qui défendaient la colline de Saint-Pierre. La
pluie de boulets dura jusqu'à six heures du soir. La
chute d'une tour, des brèches énormes, des éboule-
ments considérables ayant alors comblé en partie les
fossés, les meilleures troupes suédoises attaquèrent la
ville et la forteresse par six côtés différents. Mais aussitôt qu'ils approchèrent, un feu terrible, continuel,
renversa morts ou blessa un grand nombre d'entre eux,
et déconcerta le reste. Les instances, les menaces de
leurs chefs ne purent les empêcher de fuir, ni les ramener à la charge, sauf devant la colline de Saint-Pierre.
En cet endroit, les murs, complètement tombés, offraient
aux agresseurs un libre chemin. Deux cents hommes
seulement, debout sur les ruines des fortifications, leur
barraient le passage ; mais de Souches les commandait
en personne. Trois fois leurs antagonistes s'élancèrent
pour les renverser ; les capitaines frappaient les soldats
qui ne montraient pas assez d'ardeur. Tout fut inutile : les balles, les grenades, les pierres même qu'on
leur lançait de la brèche, des palissades, des demeures
voisines, presque toutes habitées par des chanoines,
décimèrent les bataillons étrangers ; le sabre abattait
les plus hardis. La lutte dura pourtant deux heures entières. Les assaillants perdirent alors courage et prirent

la fuite. De Souches avait eu le collet de son pourpoint
traversé, les cheveux éclaircis par des balles.

Cette mémorable journée sauva Brünn, comme la
longue résistance de ses défenseurs avait sauvé la monarchie. Le 20 août, les Suédois plièrent leurs tentes,
brûlèrent tous les villages voisins de leur camp et se
retirèrent. Dans son dépit, le général Torstenson dit
à ses officiers supérieurs qu'il donnerait trois tonneaux
d'or pour n'avoir pas entrepris ce siège malencon-
treux [1].

Pendant son absence, l'archiduc Léopold-Guillaume
avait réuni toutes ses forces pour prendre l'offensive :
il attaqua la redoute qui commandait l'ancien pont du
Danube, en chassa les envahisseurs, puis marcha vers
la Bohême. Le général Puchheim fit rentrer sous la
domination autrichienne Korneubourg, Krems et autres
lieux voisins de la capitale. Après avoir quitté Brünn,
Torstenson revint à son quartier-général de Mistelbach, au nord de Vienne. Mais persuadé bientôt qu'il
n'obtiendrait plus aucun avantage, il leva le camp et
se retira en Bohême. Torturé par la goutte, comme
presque tous les capitaines de cette affreuse guerre,
il quitta le service le 5 décembre de la même année.
Il mourut à Stockholm en 1651.

Wrangel, son successeur, n'était pas un homme d'un
moindre mérite. Secondé par Turenne, soutenu par la
conscience de sa force et par l'exaltation de la victoire,
il poussa les Autrichiens de défaite en défaite, sans ar-

---

1. L'héroïque défense de Brünn est en Autriche un des sujets
les plus populaires de l'histoire nationale. Elle a inspiré je ne
sais combien de poèmes et d'ouvrages dramatiques, notamment :
les Suédois devant Brünn, par Schickaneder (1807) ; Bravoure et
fidélité ou la Légion des Étudiants à la redoute de Saint-Thomas,
le 15 août 1645, par Frey (1818) ; le 15 août 1645, ou l'Intrépidité
des citoyens de Brünn, par Hall (1839). Gloeggl, directeur du
théâtre de la ville, a mis plusieurs fois cet épisode au concours et
distribué des prix aux écrivains qui avaient su lui donner la forme
la plus vive et la plus intéressante ; on jouait leurs pièces en
fêtant l'anniversaire de la retraite des Suédois.

river cependant sous les murs de Vienne. Il fallut négocier, car l'Empereur était à bout de ressources. Mais
une guerre qui durait depuis si longtemps, où presque
toutes les nations de l'Europe avaient combattu, ne
pouvait se terminer aisément. Elle avait préparé aux
plénipotentiaires une tâche difficile. Les délibérations
traînèrent, comme on devait s'y attendre ; les motifs
de dissidence fourmillaient, les objections arrivaient
en foule. Le 6 août 1648 seulement, la paix fut conclue
à Osnabrück, entre l'Empire et la Suède, avec les auxiliaires et adhérents de l'un et de l'autre ; le 24 octobre,
le même pacte eut lieu à Münster entre Ferdinand III
et le roi de France, y compris les alliés de chacun
d'eux.

On venait de signer les dernières stipulations, acte
miséricordieux qui allait enfin mettre un terme à des
douleurs si effroyables que nul historien ne peut les décrire, lorsqu'un homme portant une robe rouge, un
large chapeau rouge et des souliers rouges, comme
s'il était le génie même de cette lutte sanguinaire,
entra dans la salle. Le mécontentement et l'indignation
étaient peints sur son visage. C'était monseigneur Fabio,
évêque de Nardi, nonce extraordinaire du Pape, qui venait protester contre la cessation d'une effroyable guerre,
où l'Allemagne orthodoxe avait éclipsé toutes les barbaries maudites par l'histoire. Au nom du Souverain
Pontife, il déclara le traité de paix nul, téméraire, impie, sacrilège, attentatoire aux doctrines de l'Église et
aux droits de la cour romaine, dangereux pour le salut
des âmes, proclamant ses articles sans valeur et sans
force, enjoignant aux fidèles de ne pas en tenir compte
et de ne pas les observer. Et comme on ne voulait
point lui donner acte de son opposition, il quitta la salle
avec un regard menaçant et un geste de colère.

Un mois après, le 26 novembre, Innocent X lançait un
bref circonstancié, où il détaillait sa protestation. Il regardait comme autant de crimes d'avoir accordé aux
protestants le libre exercice de leur religion, le droit de

bâtir des édifices pour y célébrer leur culte, celui de remplir des fonctions publiques, de leur avoir restitué les biens autrefois possédés par eux ; il improuvait encore plus énergiquement peut-être qu'on eût sécularisé bon nombre d'archevêchés, évêchés, monastères et autres fondations ecclésiastiques, supprimé les Annates, les droits de Pallium et de Confirmation, les taxes mensuelles en faveur du Saint Siège et autres revenus apostoliques. La perte de ces biens éphémères, pour lesquels le Sauveur témoignait un si grand mépris, courrouçait, exaspérait le chef de son Église et l'interprète de sa parole. Quant aux motifs de charité, d'humanité, qui commandaient d'approuver un pacte salutaire et nécessaire, il n'y fait pas même allusion. Pour tant de souffrances, de maux inouïs, pas un regret, pas une larme, pas un mot de pitié, pas une marque d'attendrissement ! Les flots, les lacs de sang, qui avaient coulé, qui allaient couler de nouveau, si les plénipotentiaires avaient tenu compte de son opposition, n'étaient rien à ses yeux : les intérêts de sa caisse, les domaines, les prébendes, les revenus de ses subordonnés, la haine du schisme, voilà ce qui lui semblait dominer toutes les questions morales et sociales, tous les principes de justice et de charité. Les paraboles du Lévite et du Samaritain, du Bon Pasteur, de l'Enfant prodigue, étaient pour lui lettre morte ; les préceptes d'amour, d'indulgence, d'abnégation et de dévouement, qui rayonnent comme une voie lactée dans presque toutes les pages de l'Évangile, la perpétuelle exhortation du martyr volontaire à pratiquer les maximes de la fraternité chrétienne, ne touchaient pas ce prêtre sans cœur, et il demandait de nouveaux massacres, de nouvelles persécutions, de nouvelles tortures [1].

1. Le texte de la *Protestation* du pape Innocent X se trouve dans plusieurs recueils de traités ; il fait spécialement partie des actes relatifs à la fin de la guerre de Trente-Ans, publiés en un volume in-12, à La Haye, par Adrien Moetjens, en 1683.

Sa voix mourut sans échos. Dans les stipulations qui eurent lieu à Nuremberg, le 2 juillet 1850, pour régler et assurer l'exécution du traité de Westphalie, l'opposition d'Innocent X n'est pas même mentionnée. L'Empereur, le roi de France et les autres princes chrétiens, qui venaient de terminer une guerre atroce, ne pouvaient lui témoigner un plus complet mépris. Leur conscience donnait une leçon à l'apôtre infidèle de la morale évangélique. Le Saint-Père ne souffla mot.

La paix de Westphalie est particulièrement glorieuse pour la France, dont elle faisait triompher la politique. Elle avait voulu empêcher l'Autriche de conquérir l'Allemagne du nord, en la ramenant au catholicisme, et de former ainsi un vaste empire, homogène dans sa croyance ; pour atteindre ce but, deux cardinaux de la sainte Église romaine, Richelieu et Mazarin, s'étaient alliés aux protestants, avaient soutenu le principe de la liberté de conscience et fait accepter les droits de la Réforme par ses adversaires les plus obstinés. Elle avait donc réalisé son dessein, contenu et abaissé la trop puissante famille des Habsbourgs. Elle obtenait en outre une augmentation de territoire sanctionnée par toute l'Europe. Au moment où la fatigue et la nécessité imposaient silence aux canons, la France occupait non-seulement l'Alsace, mais le duché de Bade et la Forêt-Noire, possessions autrichiennes, une partie du Wurtemberg enlevée au duc de ce nom, les évêchés de Metz, Toul et Verdun. Il fut stipulé entre les deux couronnes que la maison de Bourbon restituerait à l'Autriche les territoires qui lui avaient précédemment appartenu, au duc de Wurtemberg les districts dont on l'avait expulsé, payerait en outre, dans les trois années suivantes, une indemnité de trois millions de livres, laquelle fut régulièrement soldée. En compensation, l'Autriche et l'Allemagne octroyaient à la France la propriété perpétuelle, indiscutable, de la haute et basse Alsace, du Sundgau et des dix villes impériales' situées dans la province, des évêchés de Metz, Toul et Verdun.

L'exécution de cette clause fut garantie par les serments les plus solennels [1].

Les Jésuites n'avaient pas atteint complètement l'objet de leur ambition; l'Allemagne du nord n'était pas agenouillée, dans le sang et dans la boue, devant le Souverain Pontife, rêve ardent de l'ordre perfide; mais une précieuse compensation pouvait calmer leurs regrets: l'Autriche était devenue, comme la Bavière et le Portugal, un fief de leur société, fief que gouvernait en suzerain leur général. Les moines cauteleux approchaient rapidement de leur but: « *Dominer le monde au moyen du catholicisme.* » En 1609, quand la Ligue catholique fut fondée, ils avaient un personnel de dix mille hommes, dix mille combattants armés pour l'intrigue, et occupaient trente-deux provinces, quatre en Asie, cinq en Amérique, vingt-trois en Europe. Ils nommaient provinces de grands royaumes, qui n'étaient pour eux que des divisions territoriales de leur empire. Philippe II, un prince selon leur cœur, disait

---

1. Voici un des passages du traité de Westphalie qui la concernent: « L'Empereur, l'Empire et l'archiduc d'Inspruck, Ferdinand-Charles, respectivement, délient les Ordres, magistrats, officiers et sujets des dits pays et lieux, *des engagements par lesquels ils avaient été jusqu'à présent liez à eux et à la Maison d'Autriche;* les remettent et obligent à rendre la sujétion, l'obéissance et la fidélité au Roy et au Royaume de France; et ainsi ils établissent la *Couronne de France en une pleine et juste Souveraineté, propriété et possession sur eux;* renonçant dès maintenant et à perpétuité à tous droits et prétensions qu'ils y avoient; ce que l'Empereur, le dit Archiduc et son frère, pour eux et pour leurs descendants selon que la dite cession les regarde, confirmeront par des lettres particulières; et feront aussi que le Roy catholique des Espagnes donne la même renonciation, en forme authentique; *ce qui se fera aussi au nom de tout l'Empire,* le propre jour qu'on signera le présent traité. » — C'est ce pacte absolument légal et normal que la Prusse, avec une effronterie toute germanique, a déclaré nul et sans valeur pendant la guerre de 1870, mensonge par suite duquel le prince de Bismark a réclamé pour la Prusse des territoires qui ne lui ont jamais appartenu. Voyez ma brochure intitulée: *Les Droits de la France sur l'Alsace et la Lorraine,* dont je prépare la sixième édition, avec une réponse péremptoire à M. de Sybel.

avec une sourde inquiétude : « Je devine les secrets de
tous les ordres ; les Jésuites seuls demeurent impénétrables. » Le chef de l'Église était lui-même forcé de
compter avec eux, tremblait en mainte occasion devant ces terribles auxiliaires. Pendant les disputes pro-
voquées par le système du jésuite espagnol Molina sur
le libre arbitre, leur supérieur menaça Clément VIII
d'en appeler à un concile. « Rien n'étonne leur audace ! » s'écria le Souverain Pontife. La compagnie
avait alors pour chef le célèbre Aquaviva, qui unissait
une adresse consommée, un flegme imperturbable, les
manières les plus engageantes, à un esprit méditatif,
à une volonté inflexible comme le destin. Il régna
trente-quatre ans, de 1581 à 1615, et accrut dans une
effrayante proportion le pouvoir de son ordre. On l'avait
surnommé l'Infatigable. Aussitôt après son élection,
il fit, comme le pape et l'empereur, baiser sa main aux
personnes qui le visitaient[1]. Combien l'humanité devait
payer cher ses talents funestes, sa pernicieuse obstination !

Lorsque les hérauts, la trompette en main, quittèrent la Westphalie pour aller, dans toute l'Allemagne,
annoncer aux villes saccagées, aux populations maigres
et hâves, la paix enfin conclue, leurs yeux ne virent
que scènes de désolation. Ce n'était plus ce beau pays
où florissaient, trente ans auparavant, des cités indus-
trieuses, des villages sans nombre, des plaines soigneusement cultivées ; où les chants de fête succédaient
au bruit du travail ; où prospéraient le commerce, l'é-
tude et les beaux-arts. On ne rencontrait partout que
villes en ruine, dont les derniers habitants brûlaient,
pour se chauffer, les boiseries et les charpentes des
quartiers solitaires ; que bourgades abandonnées, ter-
tres funèbres ou ossements épars. Des provinces entières étaient devenues désertes. Ici un marécage, avec
ses légions de roseaux, avec ses nuées d'insectes, avec

---

1. *Monarchie des Solipses*, p. 23.

ses miasmes fiévreux, remplaçait les moissons bienfai-
santes ; là une forêt sauvage avait peu à peu conquis
les prés, les vignobles, effacé les routes. L'Allemagne
semblait livrée, comme une proie, aux loups, aux renards et aux corbeaux.

Le brigandage avait pris d'effrayantes proportions.
Exaspérés par la détresse, une foule d'hommes vivaient
de meurtre et de pillage. Les soldats licenciés, ou dé-
pourvus de tout, leur donnaient eux-mêmes l'exemple,
et ces voleurs en haillons, ces bandits en uniforme ac-
croissaient la misère générale. Le gouvernement fut
obligé de recourir à des mesures exceptionnelles. Il
inventa les passe-ports, rendus nécessaires par l'état du
pays. La diète de Bohême publia, en 1650, un édit caractéristique. Cette ordonnance prescrivait d'enlever à
tous les citoyens leurs fusils et autres armes offensi-
ves : quiconque en porterait à l'avenir, malgré la prohi-
bition, serait poursuivi criminellement. L'article 2 enjoint aux autorités d'abattre les bois, à droite et à
gauche des grandes routes, aussi loin que peut porter
une balle de pistolet, de faire couper tous les ans les
rejetons et les broussailles qui se seraient développés dans
le même espace, tant les assassinats étaient nombreux,
tant on courait de dangers hors de chez soi ! Les autres dispositions ne méritent pas moins d'être citées.

Art. 3. Les brigands condamnés à mort devront être
exécutés sans délai.

Art. 4. Tout paysan qui livrera aux autorités un
bandit vivant ou mort, recevra la moitié de ce que possédait le criminel. Si celui-ci n'avait rien, on donnera
au campagnard six cents groschen [1].

Art. 5. Dans toutes les villes et sur tous les marchés
se tiendront deux agents, qui délivreront aux voyageurs des passe-ports, sans lesquels on n'y admettra
personne.

Art. 6. Les autorités surveilleront de près les chas-

---

1. Le groschen vaut deux sous et demi.

seurs, vignerons et métayers, pour qu'ils ne commettent point de délits et ne donnent point asile aux brigands.

ART. 7. Attendu que les colporteurs vendent de la poudre, du plomb aux bandits et leur achètent les objets volés par eux, le colportage est désormais interdit, sous peine de confiscation et autres châtiments.

Une ordonnance de 1634 revient sur ce triste objet et recommande de faire disparaître les bois qui longent les routes [1], afin qu'on ne puisse pas tirer impunément sur les voyageurs et sans être vu.

Une dernière circonstance suffirait pour peindre la situation de l'Allemagne à cette époque. L'excès du désespoir avait si profondément ulcéré les cœurs, les avait si bien détournés de tous les sentiments affectueux, que les hommes s'abstenaient de leurs femmes, vivaient dans une sombre et tragique chasteté. On excitait en France le maréchal de Gassion à renoncer au célibat. « Je n'estime pas assez la vie, répondit-il, pour en vouloir faire part à quelqu'un. » Toute la Bohême, toute la Moravie, presque toute l'Allemagne semblaient pénétrées du même dégoût pendant cette affreuse lutte. On ne voulait pas léguer une misère sans bornes aux générations futures, et la race germanique avait en quelque sorte résolu de se laisser périr. Un peuple entier aspirait au suicide. Il fallut que du haut des chaires on exhortât les gens mariés à faire usage de leurs droits, à ne point contrarier les intentions de la nature. Bien mieux, la diète de Franconie, avec l'approbation des archevêques de Bamberg et de Würtzbourg, prit à Nuremberg, le 13 février 1650, une décision législative qui permettait le mariage des prêtres et autorisait la polygamie. J'ai sous les yeux le texte de ce décret, et je vais le traduire, car une pièce de cette importance doit être communiquée tout entière au lecteur.

1. Rieger : *Materialen zur bœmischen Statistik.* — Vehse : *Geschichte des œstreichischen Hofs*, etc.

ART. 1er. Pendant un laps de dix ans, à partir de ce jour, il est défendu de recevoir dans les monastères aucun homme qui n'aurait pas atteint soixante ans.

ART. 2. Tous les prêtres et curés qui ne font point partie d'une maison religieuse ou d'un chapitre, sont tenus de se marier sans délai.

ART. 3. Il est permis à tout homme d'épouser deux femmes, mais on recommande aux maris, et on le rappellera souvent en chaire, que si on leur confie le sort de deux personnes, il doivent en échange se comporter avec discrétion et prudence, les pourvoir suffisamment d'abord, et ensuite prendre leurs mesures pour que la haine ne se glisse pas entre elles.

Voilà où en était réduite l'Allemagne ! Comme la Bohême, elle avait fini par perdre les deux tiers de sa population[1]. En supposant qu'elle eût trente millions d'habitants au début de la guerre (elle en compte maintenant plus du double), c'étaient vingt millions d'hommes qui avaient péri de détresse ou de mort violente. Les hordes barbares n'avaient point commis de tels désastres dans l'empire romain.

Qu'on vienne ensuite nous parler des excès de 93 ! Les Jésuites et les Dominicains ont, à eux seuls, fait plus de victimes que tous les révolutionnaires ensemble depuis le commencement du monde.

La persécution organisée par Ferdinand II, sous l'influence suprême des Jésuites, a retardé la civilisation de cent cinquante ans au delà du Rhin. Quand elle commença ses ravages, l'Allemagne possédait une brillante école de peinture, des graveurs fameux, des savants, une littérature naissante ; lorsque la réaction démolit ses échafauds, encloua ses pièces, essuya son épée, les talents avaient disparu comme un songe ; l'ignorance et l'engourdissement tenaient compagnie à la misère. Le génie ne put refleurir sur cette terre dévastée qu'au milieu du dix-huitième siècle ; les arts ont repris seule-

---

1. Kohlrausch : *Deutsche Geschichte,* page 552.

ment de nos jours leur ancienne vigueur. Contrariés, arrêtés par la France dans leurs manœuvres ambitieuses, les Jésuites transportèrent chez nous leur funèbre attirail, se vengèrent en obtenant la révocation de l'édit de Nantes. Les dragonnades et tout ce qui les accompagnait, n'ont été qu'une imitation de leurs procédés dans les États autrichiens.

CHAPITRE VIII

Introduction de la Réforme en Hongrie.

Quand la Réforme, s'appuyant sur l'Évangile, contesta les dogmes de l'Église romaine, ses principes n'éveillèrent pas moins d'attention, ne firent pas moins de prosélytes parmi les Magyars que parmi les Allemands. C'était comme une aurore qui se levait dans les intelligences, après la sombre nuit du moyen-âge : elle excitait toute la joie, toutes les espérances, toute l'activité des heures matinales. Ces premiers rayons annonçaient la vraie lumière, la lumière de la philosophie, que l'on devait attendre un siècle encore.

A peine les premiers écrits de Luther avaient-ils été publiés, que des marchands et des colporteurs les introduisirent dans les plaines de la Hongrie, dans les montagnes de la Transylvanie. Ces âpres opuscules y excitèrent une grande fermentation, y convertirent de pieux orateurs, qui enseignèrent bientôt publiquement la nouvelle doctrine. Michel Siklosi l'expliqua le premier du haut de la chaire à une assemblée hongroise. Un Silésien nommé Ambrosius, un ex-dominicain appelé George, eurent l'initiave de cette prédication dans la Transylvanie ; tous deux annoncèrent aux habitants d'Hermannstadt le christianisme régénéré. Un grand personnage, le comte Marcus Pemphlinger, homme intelligent, expérimenté, les seconda d'une manière très-active, n'épargna pour les aider ni ses peines ni son influence. On leur prêta une oreille d'autant plus attentive que la commune était en lutte avec l'archevêque de Gran. Les citadins rompirent en visière au fanatique

prélat ; ils évoquèrent toutes les causes civiles des ecclésiastiques devant les tribunaux séculiers, forcèrent les
pasteurs à remplir leurs fonctions, malgré l'interdit lancé
par le doyen [1]. Bravant l'autorité de ce despote clérical,
ils expulsèrent le curé d'un village situé dans la banlieue, et installèrent à sa place un ministre de leur
choix. Bien mieux, ils annulèrent sa juridiction et l'empêchèrent de punir les personnes qu'il croyait répréhen-
sibles. Pour compléter leur insubordination, ils refusèrent de payer la dîme.

L'archevêque adressa une plainte au roi Louis II [2].
Par un édit sévère, le prince commanda aux habitants
d'Hermannstadt de respecter toutes les décisions du
prélat, d'exécuter tous ses ordres. Les citadins demandèrent un sauf-conduit pour leurs ministres, puis les
envoyèrent à Gran plaider leur cause. Mais le dignitaire
ecclésiastique mourut sur ces entrefaites. Son successeur étant cardinal et s'étant rendu au conclave afin
d'élire un nouveau pape, le débat fut naturellement suspendu en son absence.

La Réforme cependant gagnait du terrain. Hermannstadt devenait un second Wittemberg. Les ministres catholiques avouaient eux-mêmes que la doctrine nouvelle n'était pas plus puissante dans la ville où résidait
Luther. La diète ordonna de confisquer à domicile tous
les ouvrages protestants et de les brûler en place publique. Ces auto-da-fé littéraires ne suspendirent point les
progrès de l'hérésie. La violence fut donc appelée au
secours du système défaillant : les États décrétèrent la
peine du bûcher contre tous les luthériens. Mais com-

---

1. On nommait *doyens ruraux*, ou simplement doyens, des espèces de grands vicaires qui inspectaient les cures de campagne
et exerçaient une autorité très étendue.

2. Louis II, roi de Hongrie et de Bohême, avait succédé à son
père, Ladislas VI, en 1516 ; il épousa, en 1521, Marie, sœur de
Charles-Quint. Battu à Mohacz, par Soliman II, en 1526, ce prince
très jeune encore, se noya dans un marais à travers lequel il
essayait de fuir.

ment mettre à exécution une pareille loi dans un pays
hérissé de montagnes, couvert de forêts, entrecoupé de
marécages et de fondrières, où les proscrits pouvaient
toujours échapper aux sbires, où la justice n'était pas
mieux organisée que l'administration? Les ordonnances les plus utiles demeurant des lettres mortes, les
édits pernicieux ne pouvaient avoir plus de résultat:
aussi la nouvelle sentence ne fut-elle point exécutée. Le
nombre des protestants continua de s'accroître; ils se
sentirent bientôt si forts, qu'ils troublèrent par des
huées, par des rires, par des clameurs, les processions,
les cérémonies publiques de l'Église ultramontaine. A
Bude, sous les yeux du roi, deux orateurs proclamèrent
en public le droit de libre examen : ils furent chassés de
la ville.

Après la déroute de Mohacz et la fin tragique de
Louis II, Jean Zapolya, son successeur, bannit tous les
dissidents. Mais ce décret ne put être exécuté au milieu
de la lutte que les Habsbourgs engagèrent pour s'installer en Hongrie. Louis II avait épousé l'intelligente Marie
d'Autriche, sœur de Charles-Quint et de Ferdinand Ier.
Celui-ci, à l'âge de dix-huit ans, s'était marié avec la
sœur de Louis II, Anne Jagellon, qu'il adora d'un constant amour. Profitant de cette double relation, il aspira
au trône de Hongrie, dès que la mort de son beau-frère
l'eut rendu vacant. « Puisque la monarchie hongroise,
ce boulevard de l'Europe chrétienne, tombe en dissolution, écrivait-il à sa sœur, je te prie, dans l'intérêt de
mes propres États menacés par l'invasion ottomane,
d'employer tous les moyens en ton pouvoir pour me
faire obtenir la couronne de saint Étienne. » La veuve
seconda très habilement les projets de son frère, et l'année même où elle avait perdu son mari, la diète de
Presbourg offrit au jeune archiduc l'autorité souveraine.
Mais Jean Zapolya, qui l'exerçait avec l'assentiment
d'une partie de la nation, ne voulut point y renoncer.
De là une guerre civile que compliquaient les irruptions
perpétuelles des Musulmans. Les hostilités durèrent

un grand nombre d'années, pendant lesquelles les prétendants eurent des soucis plus graves que les affaires de religion. La doctrine nouvelle n'étant ni inquiétée ni surveillée, gagna promptement du terrain, parfois même usa de représailles. Ainsi, dès la première campagne, Zapolya vaincu ayant été obligé de prendre la fuite, les luthériens se vengèrent de leurs persécuteurs. Là où ils avaient la majorité, comme à Hermannstadt, ils donnèrent trois jours aux catholiques pour embrasser leurs opinions ou quitter le pays.

La lutte continua de la sorte, avec des fortunes diverses, mais en somme elle profitait aux ennemis de la papauté. Les plus grands personnages se déclaraient l'un après l'autre contre l'évêque de Rome, bâtissaient des temples luthériens, ouvraient des écoles, envoyaient même leurs fils étudier à Wittemberg, dont l'Université prenait alors un développement rapide [1]. Le palatin Nadasty fut au nombre de ces importantes recrues [2]. Il favorisa tellement les adversaires de l'Église romaine que l'Allemagne tourna vers lui les yeux. Mélanchton lui adressa un jeune orateur croate, voué à l'affranchissement de l'esprit humain, et lui recommanda d'utiliser sa ferveur apostolique. Nadasty possédait une imprimerie particulière ; il y fit composer en hongrois le Nouveau Testament, traduit par Jean Sylvestre, que le rédacteur de la Confession d'Augsbourg lui avait également adressé. Enfin, le protestantisme parcourait la Hongrie d'une marche si triomphante, que les prêtres catholiques abandonnaient eux-mêmes leurs autels et venaient grossir son cortège. Les évêques de Neutra, de Weszprin, déposèrent le rochet et

1. Trois jeunes docteurs appartenant aux premières familles de la noblesse autrichienne devinrent successivement recteurs de cette Université.

2. On nommait *palatin* un fonctionnaire élu par la diète pour faire exécuter, avec l'assistance d'un conseil, les lois que votait l'assemblée nationale. Chaque comitat de Hongrie avait en outre un palatin spécial.

la mitre pour prêcher la foi chrétienne dans sa pureté primitive.

Le luthéranisme travaillait d'abord seul à ébranler l'empire de Rome dans ces contrées lointaines. Plusieurs députations vinrent consulter le moine d'Eisenach sur des points douteux. Mais aussitôt que Calvin eut formulé son système, il fit de nombreux prosélytes aux bords de la Theiss et du Danube.

A la suite de ces deux grandes doctrines, qui ouvraient la marche, se précipitèrent une foule de sectes moins puissantes : les anabaptistes, les mennonites, les zwingliens, les sociniens. Attaquées simultanément par les catholiques, les luthériens et les calvinistes, elles succombèrent toutes, sauf la dernière. La théorie de Socin avait en elle-même une importance capitale : elle annonçait longtemps d'avance le déisme du dix-huitième siècle et la profession de foi du Vicaire savoyard. Cet énergique penseur niait la Trinité, d'où vient à ses disciples le nom d'*unitaires*, la transsubstantiation, le péché originel, l'existence de l'enfer ; il ne reconnaissait pas la divinité de Jésus, ne voyait dans les mystères que des symboles plus ou moins obscurs. Nul hérésiarque ne fit, à son époque, tant de chemin vers les idées modernes.

Ferdinand 1er, comme nous l'avons dit, ne put d'abord mettre obstacle aux progrès des nouvelles doctrines. Quoique sincèrement catholique, c'était d'ailleurs un prince sage et modéré. Partout les haines théologiques se calmaient, les ultramontains et les réformés vivaient en bonne harmonie, se fréquentaient, se mariaient ensemble, lorsque la fondation de l'ordre des Jésuites[1] ranima la discorde. Cette milice de la mort devait produire en Allemagne de telles infortunes, qu'elles détruisent, jusqu'à un certain point, la moralité de l'histoire, parce qu'elles font douter des principes qui passent pour gouverner le sort des nations.

---

1. En 1540.

Mais l'époque de son triomphe n'était pas encore venue.

Maximilien II laissa les catholiques et les protestants lutter comme bon leur semblait, suivant leurs forces respectives, sans protéger ni les uns ni les autres. Les controverses religieuses ne lui inspiraient que de l'ennui. Presque tous ses généraux témoignaient ouvertement leur dédain pour la papauté, leur enthousiasme pour la foi nouvelle. Un de ses capitaines, Lazare Schwendi, accepta la présidence d'un synode hérétique et n'eut point à s'en repentir. Horvath, prieur de Zips, qui avait abandonné la communion romaine et embrassé le protestantisme, ne craignit pas de nommer Maximilien tuteur de ses enfants. Le prince consentit à remplir ces fonctions.

Au moment où Rodolphe II monta sur le trône, l'Église réformée s'était si bien établie dans les provinces occupées par les Mahométans, que ses ministres espéraient déjà convertir les Infidèles eux-mêmes. Les Turcs ne se mêlaient pas des différends qui agitaient les chrétiens; pourvu que ceux-ci payassent régulièrement le tribut, ils se souciaient peu de leurs opinions et de leurs croyances. La parole du Prophète dominait pour eux ces débats. Dans les provinces conservées à l'Allemagne, neuf cents communes étaient luthériennes, un plus grand nombre calvinistes : seize gouverneurs, presque tous les dignitaires du royaume, avaient abjuré le vieux dogme. On pouvait prévoir le moment où la Hongrie entière serait protestante.

Étienne Bathory, élu roi de Pologne et prince de Transylvanie, jugea que des moyens nouveaux étaient nécessaires pour limiter les progrès de la Réforme. Il jeta les yeux sur la noire milice de Loyola, qui inspirait aux ultramontains une grande confiance. Appelés en Transylvanie, les Jésuites s'installèrent dans l'abbaye déserte de Kollos-Monostra, donnée à leur ordre avec tous les biens qui en dépendaient, et fondèrent une autre maison dans la ville de Karlbourg. Le prince

désirait qu'ils s'occupassent uniquement d'instruire
la jeunesse. Quoique protestante, la majorité de la
diète, influencée par lui, ratifia cette mesure. Pendant
tout son règne et pendant tout le règne de son frère
Christophe, les champions du catholicisme et les réformés parurent vivre en bon accord. Les Jésuites
marchaient d'un air humble, les yeux tournés vers la
terre ; le soin de leurs écoles semblait absorber tout
leur temps et toute leur intelligence ; les renards s'é-
taient couverts d'une peau de brebis. Mais les protestants ne s'abusaient pas sur leurs dispositions : ils les
détestaient cordialement et ne les ménageaient que par
égard pour deux princes d'un mérite exceptionnel.
Après la mort de ces chefs illustres, les dissidents ne
cachèrent plus leur aversion : les Jésuites furent expulsés, puis rappelés au bout de cinq ans et bannis de
nouveau par le socinien Moïse Szekely. Mais ils ne se
décourageaient pas et trouvaient toujours le moyen de
rentrer.

Ils se glissèrent pour la première fois dans la Hongrie
proprement dite en 1561, sous les auspices de l'archevêque Olahy et avec l'approbation du gouvernement.
Ils n'étaient d'abord que quatre prêtres et un frère lai.
On leur assigna des revenus importants. Ils s'établirent dans la ville de Tyrnau, où ils commencèrent à
bâtir un collège. Mais avant qu'il fût terminé, un incendie effroyable consuma une partie de la ville ; les
flammes dévorèrent le monument en construction, et
les Jésuites n'avaient pas les moyens nécessaires pour
réparer le désastre. Le général de l'ordre, François
Borgia, regardant cette catastrophe comme un avis du
ciel, ordonna aux frères de quitter la Hongrie[1].

Treize ans s'écoulèrent sans qu'on y vît reparaître
aucun membre de la sinistre communauté. Mais, en
1579, l'évêque de Raab, Georges Draskovics, appela de

---

1. Fessler: *Geschichte der Ungern und ihrer Landsassen*, t. VII,
p. 520.

Vienne un fort habile prédicateur de la congrégation. Il obtint dans la chaire des succès tellement décisifs, opéra tant de conversions, qu'au bout de sept ans son protecteur, devenu cardinal, sollicita de l'empereur Rodolphe l'établissement des Jésuites en Hongrie, pour soutenir la communion orthodoxe et terrifier ses adversaires. Le prince à moitié fou donna son consentement. L'abbaye de Thurocs leur fut assignée pour résidence, un décret leur livra la patrie de Mathias Corvin et de Jean Hunyade. Ils eurent d'abord de grandes difficultés à vaincre, de grandes luttes à soutenir ; mais, par l'adresse et la persévérance, ils consolidèrent leur position et gagnèrent chaque jour du terrain.

Voilà quelle était la situation religieuse de la Hongrie, lorsque l'Empereur voulut la ramener brusquement à la foi catholique et changer comme par miracle les idées de tout un peuple. Les adversaires de Rome mirent leur espoir dans la diète de Presbourg, qui devait bientôt se réunir et que l'archiduc Mathias devait présider. Rodolphe comptait aussi, pour sa part, sur les décisions de cette assemblée. Mais l'archiduc, favorable aux protestants, dirigea de telle manière les séances, que nulle mesure ne fut adoptée concernant les affaires religieuses. Il écouta même les griefs des dissidents, avec l'intention de plaider leur cause auprès du souverain. Le sombre empereur fut saisi d'un violent accès de colère. Vingt et un articles avaient été votés par la Diète ; traitant comme une lettre morte la constitution magyare, Rodolphe ajouta au procès-verbal des délibérations un vingt-deuxième article. Les plaintes des protestants y étaient déclarées absurdes, injustifiables, leurs réclamations nulles et non avenues, leur conduite pendant les débats irrégulière et scandaleuse. Il leur reprochait d'avoir noué des intrigues secrètes avec les villes libres de l'Empire, et confirmait toutes les lois promulguées en faveur du dogme ultramontain, ordonnait de punir tous ceux qui mêleraient,

sous un prétexte quelconque, les dissidences religieuses
aux questions politiques.

Cet acte d'usurpation et d'arbitraire souleva en Hongrie une indignation générale. Une foule de magnats
déclarèrent qu'ils n'obéiraient plus ni à l'Empereur ni à
ses délégués, s'il ne révoquait pas son vingt-deuxième
article. Le prince n'eut garde de revenir sur une décision injuste et sur une entreprise coupable ; les
hommes mettent surtout leur amour-propre à ne point
avouer leurs fautes, à ne point réparer leurs torts. Une
insurrection éclata, insurrection terrible qui trouva
immédiatement un chef. Étienne Bocskai n'eut besoin
que d'un manifeste pour soulever les nobles et le peuple. Le drapeau national flotta sur les donjons des seigneurs, les paysans s'armèrent dans les villages, des
troupes de plus en plus nombreuses s'acheminèrent
vers Szerenes, où une grande réunion était convoquée.
On affranchit d'abord de toute contrainte le luthéranisme et le calvinisme, puis la guerre commença. Était-
ce réellement une guerre? La campagne de l'armée
hongroise ressembla plutôt à une marche triomphale.
Abandonnée par les légions de l'Empereur, la Transylvanie se déclara pour le prince Bocskai ; les forteresses de
la Hongrie, mal approvisionnées, mal défendues, tombèrent entre ses mains ; les faibles détachements de
troupes impériales qui osaient courir les chances d'une
lutte, ne pouvaient soutenir le choc de leurs redoutables
ennemis. Toutes les provinces magyares, que ne possédaient pas les Turcs, obéirent bientôt à l'éminent capitaine choisi par les réformés. Un seul général, Basta,
défendit la ville de Gran contre les Islamites, qui secondaient les mécontents. Sous les murs de Bude, où
campait le chef des insurgés, le Grand-Seigneur lui envoya une couronne d'or, une épée d'honneur et une
bannière, en le saluant roi de Hongrie ; mais il eut la
prudence de ne jamais porter ce titre.

Sans armée, sans serviteurs fidèles, sans numéraire
et sans force morale, l'Empereur fut incapable de tenir

tête aux Hongrois. La nécessité, reine du monde, l'obligea à négocier avec eux. Il le fit de mauvaise grâce, comme on pense bien. La capitulation traîna jusqu'en 1605. Un pacte fut alors conclu, d'après lequel les luthériens et les calvinistes purent librement professer leur religion ; les églises et les temples démolis pendant la guerre devaient être relevés, les tribunaux ecclésiastiques surveillés par la Diète et maintenus dans les limites de leur juridiction. Bocskai obtint comme fiefs héréditaires la Transylvanie, les comtés de Bihar, de Zarand, de Szolnok et de Marmaros ; trois autres comtés, la seigneurie et le château de Tokay lui furent octroyés sa vie durant.

L'archiduc Mathias, qui avait conduit ces négociations, qui employa les Autrichiens et les Magyars à détrôner son frère, ne put sévir contre les partisans de la Réforme et ne le désira point. Le protestantisme, déjà si répandu en Hongrie, opéra tous les jours des conversions.

Enfin, le Tibère du christianisme, Ferdinand II, monta sur le trône impérial. La guerre de Trente-Ans était commencée. Les Hongrois avaient pris parti pour les Bohémiens. Comme le monarque revenait de Francfort, où il avait ceint la couronne, il apprit que les Magyars, sous la conduite de leur prince Bethlen-Gabor, s'avançaient contre ses États héréditaires. Ils parvinrent jusque sous les murs de Vienne, et le prodigieux bonheur des Habsbourgs sauva seul la dynastie, en même temps que la capitale. Que l'inquisiteur couronné gardât de cette tentative une profonde rancune, c'est ce qui ne saurait éveiller le moindre doute ; mais il ne pouvait alors satisfaire sa haine, ni rétablir en Hongrie l'autorité du pape. Trois fois Bethlen lui déclara la guerre, et trois fois il dut conclure avec lui des traités de paix, en 1622, 1624 1626. Dès cette époque néanmoins, un plan général de conversion, d'assujettissement par la ruse et la violence, fut dressé à Vienne.

CHAPITRE IX

Projet pour l'asservissement de la Hongrie ; l'empereur
Léopold Ier.

A la fin de l'année 1626, plusieurs personnages réunis
dans le palais Eggenberg, à Vienne, délibéraient sur
une grave question. Autour de la table se trouvaient
assis Ferdinand II, l'implacable dévot, Eggenberg, son
premier ministre, que la goutte et des coliques habituel-
les empêchaient presque toujours de quitter sa chambre,
si bien que c'était l'Empereur qui venait chez lui par un
secret passage ; le cardinal Dietrichstein, un des plus
ardents ennemis du protestantisme ; le comte Ognate,
ambassadeur d'Espagne, ou, pour mieux dire, secret
émissaire de Madrid ; l'envoyé de Florence, le conseiller
intime Harrach, et enfin le sombre Wallenstein, avec
quelques officiers supérieurs. Le problème à résoudre
était de savoir quels moyens permettraient de supprimer
la Réforme en Hongrie. Comme on émettait des opinions
diverses, le ministre d'Espagne se leva et, d'un air majestueux, débita ces paroles infâmes :

« Pour extirper de Hongrie jusqu'aux racines d'une
opinion damnable, mon auguste maître offre par ma
bouche de fournir, cette année même et quand on
voudra, quarante mille hommes de troupes d'élite par-
faitement armés ; il promet de les entretenir pendant
quarante ans. Si on leur adjoint les Cosaques de Pologne,
on sera en mesure d'exterminer cette race perfide, si
souvent criminelle de lèse-majesté, si souvent coupable
de rébellion envers la puissance impériale, et on préser-
vera pour toujours l'Autriche du fléau de ses invasions.

» Vous me dites que les Hongrois sont un peuple courageux, habitué aux armes, redoutable par sa cavalerie
légère ; que la Turquie, leur voisine, peut sans cesse
leur donner des secours. Je réponds qu'il faut gagner les
Mahométans à prix d'or, les détourner des Magyars et
de Bethlen qui les commande, les leur faire même suspecter, et conclure avec le Grand-Seigneur une paix
perpétuelle. Vous n'aurez ensuite qu'à imiter la cour
d'Espagne, qu'à employer les moyens dont elle a fait
usage pour obtenir un pouvoir absolu. Envoyez chez
cette nation barbare des gouverneurs étrangers, qui
lui imposeront des lois toutes nouvelles et complètement
arbitraires, sans qu'ils aient aucun moyen de recours.
Opprimez-les de mille manières ; s'ils adressent des
plaintes à la cour de Vienne, on leur répondra que Sa
Majesté ignorait entièrement ces vexations et les apprend
avec un extrême déplaisir. Les brutes, qui ont la vue
courte, croiront l'Empereur innocent de leur maux, et
feront peser tout leur ressentiment sur les gouverneurs.

» Malgré les réclamations et les périls, que ces derniers poursuivent invariablement l'exécution de leur
système, qu'ils emploient tous les artifices possibles
pour rendre les Hongrois comme insensés ; que des
châtiments inouïs punissent la moindre tentative de
désobéissance. N'étant point accoutumés à un joug si
dur, ayant, au contraire, les sentiments de fierté que
donne l'indépendance, les Magyars se soulèveront infailliblement. Ce sera l'occasion, le prétexte attendu
pour sévir contre eux ; sans les juger, sans observer
aucune forme légale, on leur fera subir de cruelles tortures, on les punira de mort comme criminels de haute
trahison. Les corps d'armée, que l'on tiendra prêts, en-
vahiront alors le pays : la moisson sera en pleine ma-
turité. On abattra d'abord les têtes des seigneurs les
plus illustres et les plus recommandables, qui seraient
pour nos desseins des obstacles sérieux. Si les quarante
mille hommes ne suffisent pas, s'ils se trouvaient en
péril, le roi mon maître les fortifierait de vingt mille

autres, comptant fonder ainsi une paix solide et agréable à Dieu [1]. »

Ce discours effroyable, qui aurait dû exciter la plus
vive indignation, fut accueilli avec transport par l'assemblée. Tous les auditeurs s'agitèrent comme une
bande de loups et de renards, dont les yeux sont animés
par la soif du meurtre. On dressa un procès-verbal de
la déclaration que venait de faire l'ambassadeur, et
toutes les personnes présentes le signèrent. On s'occupa même sur-le-champ de l'exécution. Wallenstein
et Caraffa, espèce d'aventurier napolitain, reçurent l'ordre d'envahir la Hongrie au premier murmure, au premier mouvement populaire. On leur signala, comme
une occasion de tumulte, le grand marché qui devait
prochainement avoir lieu à Sintau, sur la Waag. Pour
peu qu'un désordre vînt à se produire, là ou ailleurs,
on leur recommanda de cerner la population et de tuer
tout individu âgé de plus de douze ans, qui parlerait
hongrois ; et comme on ne pouvait deviner la date de
leur naissance, on les mesurerait avec une aune : ceux
qui dépasseraient cette taille seraient impitoyablement
massacrés. La boucherie devait continuer sans relâche
jusqu'à ce que tous les hommes puissants et courageux,
tous les chefs probables d'une insurrection fussent tués,
bannis, démoralisés ou captifs. Peu importait qu'on
finît par dépeupler le territoire : on y installerait des
étrangers d'un caractère humble et docile, comme on
avait fait en Bohême, en Moravie et en Silésie, avec
l'aide de l'Espagne.

Les Jésuites appuyaient ce plan de toutes leurs forces
et en pressaient l'exécution. Mais les événements ne
permirent point à l'Empereur de satisfaire leur impatience. Occupé d'une lutte mortelle contre l'Allemagne
du nord, la France, la Suède, le Danemarck et ses pro-

---

1. On trouvera le texte latin de cette allocution dans Cornélius :
Historia hungarica, et dans Mailath : *Geschichte der Magyaren,*
t. V, p. 161.

pres sujets, le bon sens le plus vulgaire lui conseillait de ne pas irriter une nation belliqueuse. Elle avait pour défenseur un héros prêt à seconder ses ressentiments : Bethlen-Gabor effrayait la cour de Vienne. L'Europe n'avait pas vu depuis longtemps un pareil chef militaire. Judicieux et brave, prompt et infatigable, éloquent et humain, sobre et fier, aimable, instruit, magnanime, il était adoré des nobles et des paysans, des bourgeois et des ouvriers, mais surtout des soldats, qui l'admiraient comme un glorieux modèle. Bethlen-Gabor avait plusieurs fois secouru les princes luthériens ; mais Ferdinand II savait le gagner, avait adroitement conclu avec lui plusieurs traités de paix. L'intrépide capitaine néanmoins sentait toujours son épée frémir dans le fourreau. Le Margrave de Brandebourg lui ayant fait don d'une caisse pleine de verrerie précieuse, et lui ayant demandé quel vase il trouvait le plus beau, le prince, qui tenait le coffre, le laissa tomber volontairement: « Ce n'est que du verre, » lui dit-il en latin. Et il lui offrit à son tour un sabre avec une poignée d'or garnie de diamants. « Voilà, reprit-il, un joyau qui ne craint pas les chutes. » En 1629, il se préparait à fondre sur l'Autriche et armait secrètement, lorsqu'il fut pris d'une indisposition. Feignant de vouloir se concilier ses bonnes grâces, l'Empereur lui envoya un médecin choisi par les Jésuites. Bethlen-Gabor ne soupçonna point le lugubre docteur, et sentit tous les jours augmenter son mal. Ce héros, qui avait pris part à quarante-deux batailles sans recevoir une blessure, mourut bientôt des soins qu'on lui donnait [1].

Une cure si adroite et si opportune ne fit pas tomber la Hongrie entre les mains de Ferdinand II. Pendant bien des années encore, on ne put tenter la réalisation du hideux programme. L'Empereur descendit du trône dans le tombeau, Ferdinand III, son fils, prit le même

---

[1]. **Vehse** : *Geschichte des œstreichischen Hofs und Adels*, t. IV, p. 71.

chemin, sans qu'une occasion se fût offerte de lancer sur
le pays les bandes catholiques, précédant les bourreaux
de l'Inquisition. L'heure approchait néanmoins où les
Habsbourgs, au nom de ce Christ qui pardonnait à la
femme adultère, qui donnait en exemple le bon Samaritain, allaient employer contre les Hongrois hérétiques
la hache et la corde, le feu et le glaive, la roue et le chevalet. Une créature des Jésuites, un empereur formé de
leurs propres mains, devait porter le sceptre et commander pour leur obéir.

Léopold était né en 1640, et, son frère devant hériter
du trône, on l'avait destiné à l'état clérical. Il eut pour
précepteur le jésuite Eberhard Neidhard (appelé souvent
Nitardi par les historiens), que la sœur de son élève
emmena plus tard en Espagne, où il devint cardinal,
puis grand-inquisiteur. Neidhard versa, comme un poison, dans l'âme du jeune prince, la sombre et inquiète
bigoterie espagnole ; enfant, on l'occupait, pour le diver-
tir, à nettoyer les statues des saints, à élever de petits
autels. Mais, son frère étant mort en 1654, il se trouva
l'héritier présomptif de la couronne. Son père Ferdinand III le fit nommer, en 1655, roi de Hongrie, en 1656,
roi de Bohême ; il mourut l'année suivante, et Léopold
n'eut plus qu'à exercer humblement le pouvoir souverain, au gré de ses maîtres.

Les Jésuites avaient en lui un prince selon leur cœur.
Tous les matins, il entendait trois messes l'une après
l'autre, pendant lesquelles il restait invariablement à
genoux, sans lever une seule fois les yeux. Il semblait
comme engourdi dans la prière. Par intervalles seulement, il regardait l'un ou l'autre des livres pieux étendus devant lui sur le sol. Les jours de fête, la triple cérémonie était accompagnée de musique. Léopold exigeait
que tous les ambassadeurs y fussent présents. Il y avait
de quoi leur faire quitter leur poste, la tâche devenant
parfois accablante : ainsi, pendant le carême, ils étaient
tenus d'assister à quatre-vingts offices. Des prêtres et
des moines abordaient-ils l'Empereur, il ôtait respec-

tueusement son chapeau et leur donnait sa main à baiser. Toute sa conduite témoignait d'un flegme imperturbable. Soumis aux volontés du ciel ou aux combinaisons de la fortune que l'on en regarde comme les indices, l'empereur automate ne laissait jamais voir ni trouble ni émotion. Un jour qu'il venait de s'asseoir pour dîner, le tonnerre tomba dans la chambre. Pendant que tout le monde courait et s'agitait, Léopold dit d'un air calme et froid : « Puisque Dieu nous donne un signe tellement manifeste que ce moment serait mieux choisi pour le jeûne et la prière que pour les plaisirs de la table, emportez les mets. » Et il se rendit à la chapelle sans terminer son repas.

Sur sa blanche et petite tête de gnome pesait une vaste perruque. Il était très-faible des jambes et paraissait toujours chanceler. Sa taille, au-dessous de la moyenne, la gaucherie de ses gestes, la roideur de ses manières, ne prévenaient point favorablement. Sa mâchoire était si proéminente, sa lèvre inférieure dépassait tellement la lèvre d'en haut, que ses incisives se trouvaient à nu : exagérée en lui, cette conformation particulière aux Habsbourgs le gênait pour parler, au point que ses discours ressemblaient à un grognement. Avec cette bouche difforme, il jouait néanmoins de la flûte, ce qui achevait de le rendre burlesque. Représentez-vous l'étrange grimace qu'il devait faire. Une barbe noire, mais clair-semée, couvrait imparfaitement son prodigieux menton. Il écrivait si mal, que peu de secrétaires pouvaient lire son écriture ; quand il adressait une lettre autographe à une tête couronnée, force était d'y joindre une copie de l'indéchiffrable barbouillage.

La noblesse de cour et les Jésuites régnaient sous son nom, expédiaient toutes les affaires. Les conseillers intimes, les officiers du palais et quelques généraux formaient une puissante coterie ; mais les confesseurs du prince, Balthazar Müller et Boccabella, aidés à Vienne par deux cent cinquante Jésuites, exerçaient une influence plus redoutable encore. L'action politique de l'Empereur se bornait, en grande partie, à signer des actes qu'on lui présentait tout rédigés. Il n'en lisait qu'un très-petit nombre, et corrigeait çà et là une phrase irrégulière. Il parafait les autres comme une machine. Dans l'année malheureuse de 1683, où les Turcs assiégèrent Vienne, il mit son nom au bas de huit mille deux cent soixante-cinq pièces officielles.

La chasse, la musique et le théâtre, les curiosités, le jeu et l'art du tourneur avaient pour lui un attrait bien plus grand que les affaires d'État. Il exécutait des coupes d'ivoire, travaillait même à des montres, à des automates, et aimait passionnément la numismatique. La nature lui ayant donné un certain talent musical, il composait d'une manière agréable. Dans un accès d'admiration vraie ou simulée, son maître de chapelle lui dit un jour : « Quel dommage qu'au lieu d'être empereur vous n'ayez pas été un simple musicien ! — Bah ! lui répondit ingénument Léopold, mon sort vaut peut-être mieux. » L'alchimie d'une part, la divination de l'autre, occupaient le reste de son temps. Les adeptes du grand œuvre et les thaumaturges étaient sûrs de trouver en lui un complaisant auditeur, un patron libéral. Non-seulement il croyait aux prédictions, mais il croyait posséder lui-même le don prophétique. Dans des circonstances très-graves, quand il fallait choisir entre la guerre et la paix, il se laissa déterminer par des motifs empruntés au monde des chimères. Les Jésuites lui avaient tout appris, excepté l'art de gouverner, pour tenir par ses mains les fils moteurs de la politique. Aussi trouva-t-on plusieurs fois collée aux portes du palais une affiche contenant ces mots : *Leopolde, sis Cæsar et non musicus, sis Cæsar et non jesuita !* (Léopold, sois empereur et non musicien, sois empereur et non jésuite !)

Ce prince confit en dévotion n'était pas belliqueux. Pendant un règne d'un demi-siècle, où il eut à soutenir cinq grandes guerres, à vaincre trois insurrections formidables, il ne se montra jamais dans un camp, il ne

parut jamais sur un champ de bataille. Un très petit
nombre de revues, passées dans des occasions solennelles, suffirent pour contenter ses goûts militaires.
La plus célèbre eut lieu en 1663, devant le général
Montecuccoli, au moment où l'audace des invasions
mahométanes commençait à le frapper de terreur.
Pendant le siège de Vienne par les Infidèles, le timide
autocrate se sauva le plus vite et le plus loin qu'il put.
Les Jésuites néanmoins, pour récompenser leur élève
de son obéissance, l'ont surnommé Léopold le Grand,
titre que nul empereur germanique n'avait obtenu depuis Charlemagne.

Regardez maintenant cet homme petit, frêle et blême,
aux allures languissantes, coiffé d'une vaste perruque,
portant un chapeau qu'ombrage une plume noire, un
manteau espagnol, des souliers et des bas rouges,
comme s'il avait marché dans le sang jusqu'aux genoux.
Est-ce une apparition? Est-ce une de ces curiosités
naturelles que l'on montre pour de l'argent? Vous seriez
tenté d'en rire ou d'en avoir pitié. Voilà cependant la
créature que le système monarchique et la fiction du
droit divin appelaient à gouverner des millions de sujets, dont la fortune seconda toutes les entreprises,
qui, d'un signe, devait condamner à mort des centaines
de mille hommes bien supérieurs par leur constitution
physique et par leur intelligence. Cela rappelle un magnifique passage du vieux Balzac, où la noblesse du
style égale l'élévation des idées:

« C'est le moyen de faire souvent injustice que de
juger du mérite des conseils par la bonne fortune des
événements. Ne nous laissons pas éblouir à l'éclat des
choses qui réussissent. Ce que les Grecs, ce que les Romains, ce que nous-mêmes avons appelé une prudence
admirable, c'était une heureuse témérité. Il y a des
hommes dont la vie a été pleine de miracles, quoiqu'ils
ne fussent pas saints et qu'ils n'eussent pas le désir de
l'être; le ciel bénissait toutes leurs fautes, le ciel couronnait toutes leurs folies.

» Il devait périr, cet homme fatal, il devait périr, dès le premier jour de sa conduite, par telle entreprise ; la raison concluait qu'il tombât d'abord par les maximes qu'il a tenues. Mais Dieu voulait se servir de lui pour punir le genre humain et tourmenter le monde. Il pensait exercer sa passion, et il exécutait les arrêts de la Providence. Avant que de se perdre, il a eu le loisir de perdre les peuples et les États, de mettre le feu aux quatre coins de la terre, de gâter le présent et l'avenir par les maux qu'il a faits, par les exemples qu'il a laissés.

» Ces grandes pièces qui se jouent sur la terre ont été composées dans le ciel, et c'est souvent un faquin qui doit en être l'Atrée ou l'Agamemnon. »

CHAPITRE X

La réaction catholique en Hongrie. — Bataille de Saint-
Gothard. — Traité honteux conclu avec la Porte.

Ce fut en 1661 seulement que l'odieux projet tramé
en 1626 par l'ambassadeur secret de Madrid, par Ferdinand II et ses conseillers, put recevoir un commencement d'exécution. La guerre contre la Porte servit de
prétexte. On déclara que la Hongrie n'était pas capable
d'arrêter seule les invasions turques, et on l'occupa militairement ; on pourvut les places fortes de garnisons
autrichiennes. Aussitôt qu'elles eurent pris possession
du pays, les troupes impériales commencèrent à vexer,
à piller et à maltraiter les habitants. Les généraux et
les officiers donnaient l'exemple aux soldats. Les courtisans ne se gênèrent pas pour dire qu'on allait enfin
humilier l'orgueil des Magyars, les faire passer sous les
fourches caudines du pouvoir absolu. « Les plumes de
héron qu'ils portent si fièrement sur leurs têtes,
disaient-ils, seront arrachées par nos lansquenets ; aux
agrafes d'or et d'argent qui maintiennent leurs pelisses
on substituera des agrafes de plomb ; les misérables
vêtements dont les Bohémiens sont réduits à se couvrir,
depuis leur soumission définitive, remplaceront le fas-
tueux costume des Hongrois. »

Tant que dura la guerre, les Magyars furent contraints de subir cette oppression et cette insolence. Les
Turcs, maîtres d'une grande partie de leur territoire,
s'entendaient avec les Autrichiens pour accabler un
peuple belliqueux dont ils redoutaient le courage. Dès
l'année 1577, David Ungnad, ambassadeur de la cour de

Vienne à Constantinople, s'entretenant avec un pacha,
lui fit cette question : « L'Empereur n'a-t-il pas le droit
de châtier des sujets rebelles comme ceux qui habitent
la Hongrie ? — Sans doute, lui répondit le pacha ; nul
n'y mettra obstacle. Mais il faut procéder par la ruse,
agir dans l'ombre, tendre des pièges aux séditieux et
leur couper ensuite la tête. » Les Habsbourgs n'étaient
que trop disposés à suivre ce conseil.

La guerre dura trois ans. Dès la seconde année, elle
devint tellement sérieuse, les Turcs mirent si bien à profit la connivence déguisée de la Cour de Vienne, que
l'Autriche, que l'Empire même se trouvèrent en péril, et
que Léopold effrayé implora le secours des princes d'Allemagne et du Souverain Pontife, sollicita humblement
l'aide de la France. Il se voyait pris dans le piège tendu
de ses propres mains. Il avait en face de lui un homme
redoutable par son énergie, sa finesse et son activité,
le grand-vizir Achmet Kiuperli. Albanais de race, vigoureux et décidé comme un montagnard, il s'était élevé
de la condition la plus humble au premier poste de
l'Empire. Ce ministre audacieux laissait ruser Léopold :
ignorant, selon toute probabilité, les plans secrets du
prince fanatique et de ses conseillers en robe noire, ou
jugeant opportun de les mettre à profit dans l'intérêt
de l'Islam, il ne ménageait pas ses coups, il frappait
comme un exterminateur. En 1663 donc, il remplit
d'anxiété le morne conciliabule. A la tête de 170,000
hommes, il poussa devant lui les forces impériales,
franchit le Danube près de Gran, battit les milices hongroises soutenues par la garnison de Neuhæusel ; ses
hordes tartares, passant comme la tempête sur leurs
chevaux rapides, avaient sans opposition ravagé le
Marchfeld, canton de l'Autriche proprement dite, situé
au nord de Vienne, mis à feu et à sang les frontières
de la Styrie, saccagé la Moravie jusqu'aux portes de
Brünn et d'Ollmütz, puis s'étaient retirées, emmenant
vingt mille captifs, hommes, femmes et enfants, pour
les vendre comme esclaves. Posté dans l'île de Schutt,

formée par les deux branches du Danube qui se sépa-
rent au-dessous de Presbourg pour se rejoindre près de
Komorn, le général en chef Montecuccoli [1] essayait,
avec quatre mille hommes seulement, de couvrir la première place de guerre, que menaçaient quinze mille
cavaliers. Le 22 septembre, après une résistance opiniâtre, Neuhæusel tomba entre les mains des Turcs,
et le grand-vizir, au lieu d'accabler ses ennemis sans
défense, battit en retraite, pour aller prendre ses
quartiers d'hiver. Nicolas Zriny, ban des Croates, qui
avait précédemment arrêté le pacha de Bosnie, amenant
des renforts à l'armée principale, eut encore l'honneur
d'inquiéter et de harceler Kiuperli dans son mouvement
rétrograde. Les Infidèles emmenaient, comme butin,
plus de cent mille captifs, qui allaient peupler les harems,
servir les Musulmans ou recruter les Janissaires, troupe
formée en grande partie de jeunes chrétiens enlevés pendant leur bas âge. Voyant le péril s'éloigner, le conseil
aulique respira [2].

Toute la mauvaise saison fut employée en démarches,
en négociations et en prières, pour obtenir des diverses
puissances européennes de l'argent ou des troupes. Les
grands politiques de Vienne tremblaient devant la tempête qu'ils avaient eux-mêmes déchaînée. Le 4 février
1664, la diète de Ratisbonne accorda un subside ;
Louis XIV, un peu plus tard, envoya le comte de Coligny
et le duc de La Feuillade avec six mille hommes d'élite :
le pape Alexandre VII offrit 700,000 florins d'or et permit de lever le dixième des revenus ecclésiastiques
pour les frais de la guerre : les Génois donnèrent
400,000 florins : la Suède promit deux mille cinq cents
fantassins : les divers États de l'Empire avaient mis

---

1. C'est là son vrai nom, tel qu'il l'orthographiait lui-même et
comme il se trouve imprimé sur les deux volumes de ses œuvres.

2. Schels: *Geschichte der Lænder des œsterreichischen Kaiserstaates*, t. IX, p. 179. — Schweigerd : *OEsterreiches Helden und
Heerführer*, t. II, p. 167.

sur pied un contingent, qui fut commandé par le margrave Léopold de Bade ; les princes du Rhin fournirent 6,520 soldats, que le comte Jules d'Hohenlohe amena en plein hiver. C'était une sorte de croisade contre les Mahométans, qui menaçaient une fois encore l'Europe chrétienne. Mais l'Autriche n'eut pas le loisir d'attendre l'arrivée de ces subsides et de ces renforts : les hostilités commencèrent dès la fin de janvier [1].

Les principales opérations de la nouvelle campagne eurent lieu sur un terrain peu étendu, situé au midi de Vienne. Des montagnes de la Styrie et de la Carniole descendent trois rivières torrentueuses, la Drave, la Mur et le Raab, qui coulent de l'est à l'ouest, comme le Danube, et finissent par se jeter dans son lit, quand le grand fleuve, après avoir fait un coude, chemine vers le sud, pour reprendre plus tard sa première direction[2]. Ces trois cours d'eau protègent la capitale de l'Autriche contre un ennemi venant des régions qu'illumine le soleil. Les Turcs étaient maîtres de la Drave, dont ils parcouraient librement les bords. Le grand-vizir Kiuperli ayant le dessein de pénétrer au centre même des possessions impériales, il fallait emporter les places fortes qui commandaient les deux autres rivières et les franchir. Par la ville de Kanisza, qui leur appartenait, les Mahométans eussent dominé le cours de la Mur, si la forteresse de Zrinywar, construite en face, ne les avait tenus en échec. C'était donc sur ces deux places et sur le passage du Raab qu'allaient se concentrer les efforts des armées rivales. Les chrétiens prirent l'offensive.

Malheureusement le général Montecuccoli, dégoûté de la malveillance jalouse du ministère, avait donné sa démission. Trois chefs le remplaçaient, qui ne parvin-

---

1. Schels : *Op. cit.* t. IX, p. 180.

2. La Mur, à proprement dire, ne parvient pas jusqu'au Danube : quelques lieues avant de l'atteindre, elle verse ses flots dans la Drave, qui les porte au fleuve.

rent pas à s'entendre. Au mois de mars, ils entreprirent le siège de Kanisza ; mais les opérations avancèrent lentement. Kiuperli eut le temps de réunir des forces considérables, pour secourir la place investie. Les champions du Christ abandonnèrent leurs lignes en désordre, le 1er juin.

Afin de dominer complètement la vallée de la Mur, qui traverse la Styrie et passe à Grætz, le chef islamite n'avait plus qu'à prendre Zrinywar : il enveloppa la forteresse et occupa une île voisine, importante par sa situation. Le comte Strozzi, un des trois généraux, voulut l'en expulser : une lutte terrible s'engagea, et les bataillons autrichiens venaient de remporter la victoire, lorsque leur chef, atteint d'une balle en pleine poitrine, tomba mort sur le front de l'armée.

Kiuperli activa le siège de Zrinywar : une fois maître de cette place, il n'était plus qu'à trente lieues de Vienne ; il passait le Raab et marchait droit sur la capitale. Dans ces périlleuses circonstances, il fallut rendre au général Montecuccoli l'autorité suprême : il arriva au camp des Impériaux le 15 juillet, comme les Turcs venaient d'emporter la forteresse, de massacrer toute la garnison et pressaient le pas pour gagner les bords du Raab. Débutant par un coup de maître, il leur fit éprouver un sanglant échec. Mais la faiblesse numérique de ses troupes ne lui permettait point de leur barrer le passage en pleine campagne. Il devait laisser aux contingents auxiliaires le temps d'arriver, puis attendre les forces ennemies sur les bords du Raab, les empêcher de le franchir. C'était donc dans la pittoresque vallée, où roulent ses eaux bruyantes, que les efforts des deux armées rivales allaient se concentrer. Des collines d'une médiocre hauteur et d'une pente assez douce encadrent la rivière, laissant un faible intervalle entre leur base et ses flots. Vers l'est, leurs sommets s'abaissent de plus en plus ; à l'ouest, au contraire, ils montent jusqu'aux cimes neigeuses des Alpes styriennes, qui forment de ce côté un fond de tableau sévère et magnifique.

Le grand-vizir s'arrêta un moment pour concentrer ses forces sous les murs de Kanisza et livrer ensuite une bataille décisive. Son armée forma bientôt une masse imposante : on y comptait 12,000 Janissaires, 35,000 Asiatiques, 25,000 Turcs d'Europe, 18,000 Hongrois du pachalik de Temeswar, 15,000 Moldaves et Valaques, 10,000 Tartares, 5,000 Transylvains, en tout 128,000 combattants, servis par 30,000 esclaves ; 20,000 chameaux, 10,000 mulets portaient ses bagages. Elle incendiait les maisons, ravageait les champs, ne laissait derrière elle que la solitude et la mort.

Il s'en fallait bien que Montecuccoli pût leur opposer des forces égales. Aucun auteur n'indique le nombre des soldats qu'il avait sous ses ordres ; mais j'estime qu'il devait atteindre à peine le chiffre de 60,000, quand tous les contingents furent réunis. Le 17 juillet 1664, les troupes des Cercles, commandées par le margrave de Bade, rallièrent l'armée impériale ; le 21, le comte de Coligny et le duc de La Feuillade amenèrent six mille Français, que Louis XIV, malgré la longue inimitié des maisons de Bourbon et d'Autriche, envoyait généreusement au secours de Léopold ; un peu plus tard, le maréchal de camp Gassion les rejoignit avec sa brigade de cavalerie légère. C'était la fleur non-seulement des troupes françaises, mais de la haute noblesse du royaume : un grand nombre de gentilshommes s'étaient enrôlés comme volontaires, presque toutes les grandes familles de l'aristocratie étaient représentées. Le 24, les diverses forces que Montecuccoli pouvait espérer se trouvèrent au complet. Il franchit le Raab et s'installa sur la rive septentrionale, pour disputer le passage aux troupes islamites. Une défaite des Allemands leur livrait le chemin de Vienne ; le triomphe des chrétiens forçait les envahisseurs à commencer une pénible retraite.

Le 25 juillet, quinze mille cavaliers turcs essayèrent vainement de traverser le Raab, près de Kœrmend. Le 27 et le 28, le grand-vizir renouvela en personne la tentative, mais fut repoussé avec une grande perte comme ses lieutenants. Le 29, les troupes ottomanes remontèrent le courant ; les chrétiens imitèrent leur marche sur la rive gauche, ne les perdirent pas un moment de vue. Au confluent du Raab et de la Laubnitz, dans une île verdoyante, s'élève un monastère de Citeaux, le couvent de Saint-Gothard, que les Islamites rencontrèrent et dépassèrent. La pieuse retraite allait donner son nom à la grande lutte qui devait bientôt ensanglanter le voisinage. Un peu plus haut, les confédérés atteignirent le village de Moggersdorf, qui occupe le centre d'une petite plaine, où ils s'arrêtèrent. Devant eux, la rivière formait en serpentant une espèce d'hémicycle : entre ses flots et le pied des collines l'intervalle n'était que de mille mètres. Ce fut là que les troupes germaniques et les bataillons auxiliaires établirent leur camp, au milieu duquel se dessinait le village.

En face d'eux, sur une langue de terre et sur la pente des collines méridionales, les Musulmans déployèrent leurs tentes aux mille couleurs [1]. Elles occupaient une lieue et demie de terrain et formaient comme une grande ville, où flottaient l'étendard du général en chef, les enseignes à queues de cheval des pachas, les bannières des officiers. On y voyait partout briller les étoffes de soie et d'or, les riches tapis, les somptueux costumes chers au faste oriental. Dès qu'ils furent arrêtés, les Mahométans dressèrent une batterie de quatorze pièces.

C'était le 30 juillet. Aussitôt les troupes ennemies se saluèrent mutuellement à coups de canon. Elles étaient si peu éloignées l'une de l'autre que les flèches même des Tartares volaient dans les rangs chrétiens. La rivière, en cet endroit, n'a que dix ou douze mètres de large. Un pareil obstacle ne pouvait arrêter longtemps les hordes musulmanes, si une bravoure intrépide ne formait contre eux un second rempart. Montecuccoli plaça les régiments autrichiens à l'aile droite, dont il se réserva

---

1. Meynert : *Geschichte œsterreiches,* t. V.

le commandement, les troupes de l'Empire au centre, les Français et les divers auxiliaires à l'aile gauche. Quelques bataillons d'élite formèrent l'arrière-garde. Le savant capitaine se trouva forcé d'étendre beaucoup son front de bataille, pour ne pas être débordé en amont ou en aval. Les ordres les plus sévères furent communiqués de vive voix dans tous les rangs, distribués par écrit aux officiers : il était enjoint de les observer sous peine de mort ou d'infamie. La gravité des circonstances donnait aux moindres préparatifs un caractère solennel.

Les deux armées passèrent le 31 juillet à se surveiller, à escarmoucher. Un nombreux détachement de cavalerie turque, ayant trouvé un gué en amont, le franchit aussitôt ; mais les dragons de l'Empereur fondirent sur les escadrons musulmans et les taillèrent en pièces. L'ombre survint pendant cette première lutte, et le général en chef recommanda de faire bonne garde au milieu des ténèbres.

Les lourdes milices de l'Allemagne, par malheur, n'observèrent pas fidèlement la consigne : leurs avant-postes s'endormirent, et leur sommeil fut si pesant qu'un gros de cavalerie turque passa la rivière, surprit, égorgea les sentinelles, travailla aussitôt a élever des fortifications en terre. Montecuccoli avait eu le tort de trop compter sur la vigilance des Cercles. Toute l'armée reposait dans une sécurité profonde, comme si l'ennemi était à cent lieues. Exemple inouï de négligence, qui aurait eu les suites les plus désastreuses, sans un accident de la nature impossible à prévoir.

Quand le soleil dissipa enfin l'obscurité de la nuit, grande fut la surprise des bataillons chrétiens, en voyant les première lignes mahométanes si rapprochées d'eux. Et la batterie de quatorze canons leur joua une sérieuse aubade. A neuf heures, le général ottoman dirigea ses principales troupes vers la rivière, et comme l'eau était peu profonde, comme son avant-garde occupait déjà l'autre bord, tout passa sans obstacle. Aussitôt les spahis, les Albanais et les Janissaires fondent, en poussant des cris effroyables, sur les bataillons alliés. Les molles recrues de l'Allemagne, qui manquaient d'expérience et étaient accablées de fatigue, se démoralisent aussitôt et commencent à fuir. Le comte de Hollach et le comte de Waldeck font des efforts héroïques pour les retenir : la peur gagne jusqu'aux officiers, qui abandonnent leurs postes. Les soldats jettent leurs armes, tendent les mains aux Turcs pour leur demander grâce : les Turcs les massacrent sans pitié. Vainement une partie des forces autrichiennes, la cavalerie de Schmidt, l'infanterie de Nassau et de Kilmanseck, détachées par Montecuccoli, essayent d'arrêter les Islamites, de ranimer la lutte ; elles sont taillées en pièces. Le comte de Nassau tombe mort ; le colonel Schmidt est blessé, pendant que le reste de ses cavaliers se dispersent : le général de l'artillerie Fugger, accouru au secours, périt dans une lutte corps à corps avec un des pachas. Les Janissaires arrivent jusqu'au village de Moggersdorf, s'en emparent et s'y établissent.

Un général, que Montecuccoli refuse de nommer, se précipite alors vers lui, l'épée à la main. « Les soldats se comportent d'une manière indigne, s'écrie-t-il ; notre ligne est coupée, tout est perdu. Donnez le signal de la retraite, ou vous ne sauverez pas un seul homme. » — « Comment ! tout est perdu, lui répond le général en chef, et je n'ai pas encore tiré mon épée du fourreau, les braves qui m'entourent n'ont pas encore pris part au jeu ! Attendez-donc ; vous allez voir que c'était un accident prévu. »

Aussitôt, prenant trois régiments autrichiens d'infanterie, les régiments à cheval de Lorraine et de Schneidau, secondé par les troupes du centre qui n'avaient pas donné, il s'élança sur le flanc gauche des Turcs, les rompit, les mit en désordre et les força de reculer, tandis que les cavaliers de Schmidt et les autres corps débandés se reformaient. On chasse les Janissaires du village de Moggersdorf, on y brûle vivants ceux qui ne veulent pas sortir des maisons. Les chrétiens poussent sans relâche les Musulmans vers la rivière.

Mais Kiuperli envoyait constamment des renforts, et ces troupes nouvelles prenaient un tel accroissement, que Montecuccoli jugea bientôt nécessaire d'employer pour les combattre tout son effectif et toutes les ressources de son expérience. Il fit donc prier le général français d'attaquer la droite des Turcs. Coligny lança immédiatement contre eux seize cents chevaux, commandés par le duc de La Feuillade, et mille fantassins sous les ordres de Beauvezé. Lorsque le grand-vizir aperçut de loin les Français qui se mettaient en marche, avec leurs élégants costumes et leurs grandes perruques bouclées, il demanda naïvement : « Quelles sont donc ces demoiselles qui arrivent ? » A peine avait-il dit ces mots que les prétendues jeunes filles, répondant aux cris d'*Allah ! Allah !* par les cris : *En avant ! en avant ! Tue, tue !* portèrent le carnage dans les rangs islamites. Leur attaque fut si terrible que les Barbares ne l'oublièrent de longtemps ; ils traduisirent le nom de *La Feuillade* par le mot turc *Fuladi,* qui veut dire « homme de fer. »

Pendant qu'on ensanglantait avec une opiniâtreté implacable une arène large seulement d'un kilomètre, les Infidèles essayaient une double diversion qui menaçait les chrétiens d'une ruine totale. A une demi-lieue au-dessus du champ de bataille, une nombreuse cavalerie turque passait la rivière, et un autre corps de spahis tentait de la franchir une demi-lieue au-dessous. S'ils avaient réussi à prendre l'armée germanique par les deux flancs, les défenseurs de l'Europe eussent éprouvé un mémorable désastre. Mais le général en chef vit le danger : il envoya son propre régiment de cavalerie et les trabans de Spork en amont, chargea les Français, les Suédois et autres auxiliaires demeurés à l'aile gauche d'arrêter les Spahis en aval. Une lutte acharnée commença donc sur deux autres points du vallon, et l'artillerie, la mousqueterie, les clameurs des deux armées, les cris des blessés et des mourants, les échos des montagnes formèrent dans un si étroit espace un effroyable concert.

Cependant la nature avait préparé un coup de théâtre, qui allait changer l'aspect de la lutte. Depuis le matin, dans les hautes montagnes de la Styrie, une pluie abondante grossissait les ruisseaux et enflait les torrents; le Raab lui-même finit par monter, par couler à pleins bords, accident heureux pour les Chrétiens, car ses flots profonds rendirent tout passage impossible.

Cet auxiliaire inattendu arrivait à propos. Il était quatre heures de l'après-midi ; on se battait sans interruption depuis neuf heures du matin, et les troupes des Cercles, fatiguées, harassées, commençaient à faiblir de nouveau. Le général en chef comprit le danger d'une seconde panique. N'ayant plus à craindre les renforts des Ottomans, il résolut de cerner les troupes qui avaient franchi la rivière et de les accabler dans un suprême effort. Il dispose donc toute l'armée en demi-cercle, ordonne de pousser des cris terribles, à la manière des Barbares, et de fondre sur eux d'un même élan. Ce programme est exécuté avec un ensemble magnifique : les Autrichiens de l'aile droite, les Souabes et les autres Allemands du centre, les Français et les divers alliés de l'aile gauche se précipitent sur les Musulmans. Tout tombe devant eux : le sabre et les balles jonchent le terrain de cadavres, sur lesquels marchent les vainqueurs. Les Ottomans reculent donc peu à peu vers la rivière. Bientôt, ne pouvant plus soutenir les attaques furieuses et sans cesse renouvelées des Chrétiens, ils se débandent, ils s'élancent jusqu'au Raab. Mais ce n'était plus l'humble rivière qu'ils avaient franchie le matin ou dans l'après-midi : c'était un fougueux torrent, qui leur barrait le passage et commençait à déborder. Ils s'y jettent néanmoins, essayent de gagner la rive droite. Vain espoir ! l'onde implacable roule les hommes, les chevaux, comme des feuilles mortes, submerge tout, dévore tout. En quel-. ques minutes, le Raab n'est plus qu'un *cimetière flottant*, suivant la belle expression de Colligny dans ses Mémoires. Ceux qui n'osent point braver le torrent, tiennent tête aux vainqueurs ; pas un ne demanda merci: on fut contraint de leur brûler la cervelle ou de les massacrer.

Sur la rive méridionale, on voyait le grand-vizir qui s'abandonnait à des transports de colère et de douleur, arrachait son turban, déchirait ses habits, frappait le petit nombre de fuyards que n'engloutissait point la rivière. Il tua de sa propre main un des pachas, qui avaient réussi à la franchir. Trente mille cavaliers ottomans, dont le secours pouvait changer le caractère et le dénouement de la lutte, regardaient avec désespoir leurs compagnons d'armes emportés par les flots ou exterminés par les Giaours. Ils restaient là, immobiles comme les spectateurs d'un théâtre, devant une scène affreuse qui les navrait. Un accident de la nature avait réparé une faute capitale de leurs ennemis, celle d'avoir laissé traverser le Raab dans l'obscurité.   •

Seize mille Turcs périrent, la fleur des armées ottomanes, janissaires, Albanais et spahis, désastre immense, car la perte des troupes d'élite se répare difficilement et lentement.

La bataille finissait à propos : les Chrétiens avaient épuisé leurs munitions : il leur restait seulement quelques livres de poudre. Un butin considérable tomba entre leurs mains, armes de luxe, vêtements précieux, joyaux, numéraire, harnais brodés d'or et d'argent, richesses de toutes sortes : et, pendant plusieurs jours, les soldats trouvèrent encore leur bénéfice à dépouiller les cadavres que les flots poussaient vers la rive, ou qu'ils y attiraient eux-mêmes avec des gaffes. Le Raab, continuant à grossir après la bataille, finit par déborder : il fallut reculer les avant-postes.

Le lendemain, 2 août 1664, les alliés rendirent des actions de grâces solennelles, au Dieu des armées d'abord, suivant l'expression des livres saints, puis à

la vierge Marie, que l'on supposait avoir contribué par
son intercession au désastre des mécréants. Jamais victoire, du reste, n'eut une apparence plus miraculeuse.
Cette pluie imprévue qui tombe dans les montagnes,
qui grossit les cours d'eau, fait enfler le Raab, protège
les Allemands contre des forces supérieures, puis voue
à la mort l'élite des Infidèles, a tous les caractères d'un
incident merveilleux produit par une action divine [1].

Les Turcs, bien loin de prendre la fuite, demeurèrent cinq jours en face des Chrétiens ou à peu de distance ; Kiuperli espérait sans doute que le Raab cesse-
rait de former entre lui et les Allemands un obstacle
infranchissable. Mais la pluie tombait toujours dans les
montagnes, la rivière continuait à rouler des vagues
écumantes et finit par emporter les ponts. Il fallut
songer à la retraite. L'armée ottomane s'achemina dans
la direction de Stuhlweissembourg, longeant le Raab
sur la droite, pendant que les Autrichiens le côtoyaient ·
par la gauche et surveillaient tous les mouvements de
l'ennemi.

Le 9 août, les forces impériales étant parvenues à
Kœrmend, y trouvèrent des ponts. Le général en chef
proposa de passer la rivière et d'attaquer les Infidèles.
L'état-major n'ayant pas voulu tenter ce coup hardi, le
général italien essaya de l'y déterminer le 11. Mais
les objections se renouvelèrent et se multiplièrent. Les
autres officiers lui répondirent unanimement: « Nous ne
pouvons traîner dans des pays marécageux, que les
pluies menacent de rendre impraticables, nos soldats
harassés, malades, blessés, démontés ; nous manquons
de pain et de fourrage ; nous avons perdu beaucoup de
monde, et il nous faut avant tout délasser, approvi-

---

1. Le récit qu'on vient de lire a pour base le rapport publié par
le général en chef lui-même, qui était non-seulement un grand
homme de guerre, mais un habile écrivain. Les narrations faites
avec d'autres documents sont pleines de confusion et d'erreurs.
Opere di Raimondo Montecuccolli, t. II, p. 74 et suivantes (To-
rino, 1821).

sionner, renforcer nos troupes ; il convient donc de
marcher vers le nord jusqu'à OEdenbourg, lieu favorable pour donner aux piétons et aux cavaliers le repos
qui leur est nécessaire, pour se procurer les ressources
dont ils ont le plus pressant besoin. »

Or, pendant qu'on délibérait ainsi sous les tentes autrichiennes, un envoyé secret de l'Empereur, qui s'était
glissé depuis quelques jours parmi les Infidèles, y signait
une paix honteuse pour l'Allemagne et pour ses auxiliaires. Le 10 août, à Vasvar, où campaient les hordes ottomanes, le délégué Simon Reiniger stipulait d'abord un
armistice, puis, le 20 du même mois, une paix de vingt
ans. D'après ce traité, Michel Apaffi, créature et agent
des Turcs, nommé par leur influence prince de Transylvanie, docile instrument qui les aidait à piller et opprimer la population, gardait son pouvoir d'emprunt et,
quoique feudataire de Léopold, devait payer chaque année
aux Islamites un tribut de soixante mille florins ; l'Autriche demeurait en possession des comtés de Zathmar
et de Zabolcs, des villes haïdoniques, mais abandonnait
aux vaincus les importantes forteresses de Grosswardein,
Neograd et Neuhæusel. Des conditions si avantageuses
pour l'ennemi, le lendemain d'une cruelle défaite, em-
barrassaient la cour elle-même et lui inspiraient un sentiment de honte. Elle n'osait les publier. Tels étaient
son inquiétude et son trouble qu'elle laissa la guerre
se prolonger en apparence. L'armée chrétienne ne reçut
pas le moindre avis du pacte décisif qui venait d'être
conclu, qui aurait dû terminer subitement les hostilités.

Le 12 août, les régiments impériaux prirent le chemin d'OEdenbourg, marchant à petites journées vers
le nord, en suivant la Pinka et la Gunz, pendant que les
Infidèles s'éloignaient d'eux, prenant la direction du
nord-est, pour gagner Stuhlweissenbourg et Gran. Le
conseil aulique porta si loin la dissimulation qu'il envoya
des renforts à l'armée autrichienne[1]. Celle-ci, reposée,

---

1. Montecuccoli, t. II, p. 92

accrue, ravitaillée, ne tarda point à poursuivre les vaincus, harcelés déjà dans leur retraite par le général Nadasty et les Hongrois. Pour rendre inutiles les efforts de
ses troupes, le gouvernement autrichien paralysait toutes
leurs opérations, en les laissant manquer de pain,
de fourrage, de voitures, d'ambulances, de toutes les
ressources indispensables à la guerre. Montecuccoli ne
pouvait revenir de l'étonnement que lui causait cette
insidieuse négligence, dont il ne devinait pas le motif.
« Ce qu'il y avait de plus extraordinaire, dit-il, c'est
que les autorités ne la punissaient pas, quoique les auxiliaires se plaignissent hautement, déclarassent qu'ils
ne mettraient pas un pied devant l'autre, si on ne leur
fournissait d'abord du pain, du fourrage, des voitures
de transport, et n'établissait des ambulances pour recevoir les malades [1]. » Il déclare lui-même qu'il était parfois sur le point d'en perdre la raison ou de tomber dans
le désespoir [2]. Pour le calmer, pour lui rendre la patience, Léopold lui écrivait de sa propre main les lettres les plus flatteuses.

Le général continua donc la campagne la plus extraordinaire qu'on ait peut-être jamais faite. Les Turcs
avaient franchi le Danube à Gran ; les Chrétiens le franchirent à Presbourg et allèrent se poster sur les bords
du Waag. L'émissaire de la cour de Vienne cependant
suivait partout les bandes musulmanes. Au moyen des
avis qu'il expédiait ou qu'il recevait du conseil aulique, on prévenait ou empêchait une rencontre des deux
armées. Si habile pourtant que fût ce manège, il ne
pouvait réussir toujours, et un moment arriva où les

1. Montecuccoli, t. II, p. 94.

2. « Cose tutte da rendere un capo di guerra frenetico e dis-
perato, e nulla meglio sariami successo, se alle piaghe dell'a-
nimo, al trasportamento degli spiriti quasi deliranti non fossero
del continuo stati opposti preziosissimi balsami, ... cioè a dire,
se le clementissime lettere di proprio pugno di Cesare non avessero
ogni nuvolo di rammarico dissipato dal cuore, e'l sereno e la
calma in lui rimenato. » Opere, t. II, p. 98.

forces ennemies se trouvèrent en présence. L'état-major
chrétien décida, le 1er octobre, qu'on allait passer la
rivière pour tomber sur les mécréants. Les soldats
étaient pleins d'ardeur ; leur physionomie, leurs discours exprimaient leur impatience guerrière ; ils voulaient donner aux Barbares une nouvelle leçon, quand
on vit tout à coup arriver du camp islamite un messager impérial.

C'était Reiniger qui l'envoyait. Dans quel but ? Pour
empêcher la collision imminente. Il annonça que les
Islamites demandaient la paix, que le grand-vizir Kiuperli venait d'interdire à ses régiments tout acte d'hostilité, qu'il fallait par suite imiter son exemple. Bientôt on remit au général en chef un ordre de l'Empereur,
qui lui commandait de publier la suspension d'armes.
Le 3 et le 4 octobre, les deux armées levèrent leur
camp, s'éloignèrent l'une de l'autre et allèrent prendre
leurs quartiers d'hiver [1].

La lutte entre les deux nations devait pour longtemps
faire place au repos ; mais la Cour impériale n'osait
révéler à l'Allemagne, à la Hongrie, à la France, à l'Europe, les honteuses concessions qu'elle avait offertes
le lendemain d'une victoire. Ce fut seulement au début
de l'année 1665 que Léopold convoqua une assemblée
officielle de princes, de grands seigneurs et de hauts
dignitaires ecclésiastiques, pour leur apprendre ce qu'il
avait fait [2]. Un étonnement général, mêlé d'indignation, accueillit cet étrange aveu. L'abandon seul de la
forteresse de Grosswardein installait si bien les Turcs
dans la Transylvanie, gouvernée par un feudataire de
l'Autriche, que la cavalerie musulmane y passa dès
lors la froide saison, au lieu d'aller, comme d'habitude,
hiverner en Asie. Pour conclure cet indigne traité, la
cour n'avait d'ailleurs observé aucune forme, n'avait

1. *Opere di Montecuccoli*, t. II, p. 96.

2. Schels : *Geschichte der Lænder des œsterreichischen Kai-
sertaates*, t. IX, p. 182.

consulté ni les princes de l'Empire, ni les états de Hongrie, quoique le droit public de l'Allemagne l'exigeât rigoureusement.

Les souverains et la diète protestèrent : l'assemblée magyare déclara qu'elle refuserait les contributions et le service militaire, si l'on négociait avec les Infidèles sans convoquer ses ambassadeurs et sans qu'elle fût instruite de ce qui avait lieu dans les séances. Tout le monde se perdait en conjectures : on ne pouvait expliquer des stipulations si désavantageuses pour l'Allemagne, après une victoire si éclatante.

CHAPITRE XI

Motifs secrets du traité de Vasvar. — Insolence et tyrannie des Turcs. — Asservissement de la Hongrie.

Le but secret du dévot Léopold était de préparer la conversion de la Hongrie. En l'exposant presque sans défense aux coups des Turcs, en leur livrant trois forteresses de premier ordre, il voulait mettre les Magyars dans la dépendance de l'Autriche, les obliger de recourir à sa protection. Pour obtenir ce résultat, nul sacrifice d'intérêt, d'honneur ou de pouvoir, ne lui semblait trop pénible. Quand les Turcs avaient menacé l'existence même de l'Empire, il avait laissé combattre ses troupes sans arrière-pensée ; maintenant qu'une victoire décisive bannissait toute inquiétude, il reprenait son œuvre souterraine [1]. Les Islamites abusaient étrangement de ses concessions et de son humilité.

1. Contenir la Hongrie par la crainte des Islamites, chercher à l'asservir par une entente secrète avec eux, était la politique traditionnelle de la cour impériale. Aussi, dans le manifeste publié par les Hongrois en 1704, après la médiation inutile de l'Angleterre et de la Hollande, remarque-t-on le passage suivant :

« On nous fait un crime de ce que, dans les guerres antérieures, pour nous délivrer de la tyrannie allemande, nous fûmes contraints d'appeler les Turcs à notre secours. Mais qu'avons-nous fait que les princes de la maison d'Autriche n'eussent fait avant nous ? Pour peu que l'on connaisse l'histoire de la Hongrie, on n'ignore pas que Ferdinand Ier avait sollicité l'aide des Ottomans, dans l'espoir de conquérir notre pays, espoir qui se trouva déjoué. Il leur céda Bude, Fünfkirchen, Gran et Albe-Royale, pour les frais de la guerre, et avait même promis au Sultan de lui faire payer par nous une capitation annuelle d'un florin. »

Lorsque le comte de Leslie, envoyé en ambassade à Constantinople après la signature de la paix, alla prendre congé de Sa Hautesse, le résident autrichien, vieillard d'un grand âge, ne pouvant s'incliner aussi bas que l'exigeait l'étiquette musulmane, un huissier lui courba la tête vers le sol avec une telle violence, qu'il lui fit deux trous au front. La Cour impériale ne se plaignit point, ne demanda pas raison de cet outrage ; elle était entièrement gouvernée par les Jésuites, et ces hommes énervés pour toute autre chose que pour l'intrigue, portant des robes, des guipures, des dentelles, des broderies comme les femmes, ont aussi peu le sentiment de la patrie que le sentiment de la dignité nationale.

Quant à la manière dont les sectateurs du Coran traitaient les populations, quelques pièces officielles nous permettent d'en juger. On conserve à l'hôtel de ville de Ketskemet un grand nombre de lettres, écrites par les gouverneurs turcs à leurs subordonnés. Je n'en traduirai que deux. Voici la première :

« Moi, Abdi Rahman, par la grâce de Dieu pacha
» d'Offen.

» Aussitôt que vous aurez vu cet ordre muni de mon
» sceau et de mes armes, cadis et jurés de Ketskemet
» et Koros, je vous commande et vous prescris, sur votre
» tête, d'ouvrir les yeux, car si vous portez un seul pieu
» à Szolnok, j'en serai instruit ; connaissant votre des-
» sein, j'ai fait aiguiser quatre cents pals, qui serviront
» à vous punir. En outre Ketskemet doit préparer des
» logements et des écuries pour 5,000 Tartares, et
» Koros pour un nombre égal. Obéissez sans délai,
» sinon vous mourrez certainement.

» 2 décembre 1683. »

L'autre missive est écrite du même style.

« Nous, par la grâce de Dieu, Kaïmakan du puissant
» pacha d'Offen pour toutes ses affaires, notamment

» pour la construction de ses châteaux, Hatzi Sziaus
» Aga.

» Aussitôt que vous aurez vu cet ordre péremp-
» toire, vous, cadis de Ketskemet et de Koros, je vous
» charge et vous commande sous peine de mort, atten-
» du que le puissant pacha d'Offen assiège Gran, de lui
» envoyer immédiatement des chariots attelés (Ketske-
» met 20, Koros 15), avec des provisions pour quinze
» jours. Ne tardez pas une demi-heure après avoir reçu
» cet ordre, si vous voulez garder vos têtes. Que les
» chariots ne soient pas à Offen demain, à midi, et
» vous sécherez sur des pals. Pour chaque voiture,
» nous payerons quatre thalers, au cadi ou au conduc-
» teur, comme vous le désirerez. N'ayez point l'audace
» de désobéir, sinon vous mourrez. »

ADRESSE :

« Que cette lettre soit portée aux cadis de Ketskemet
» et de Koros en toute hâte, dût le cheval tomber
» mort [1]. »

Permettre à des barbares de parler un tel langage,
d'exercer un despotisme si brutal chez une nation chrétienne, c'était une infamie et une lâcheté ; mais la
gloire de Dieu l'exigeait, l'ambition des Jésuites et de
la cour romaine trouvait cet expédient nécessaire, et
ils livraient aux mécréants une moitié de la population,
pour être en mesure d'opprimer et de convertir l'autre.
Le fanatisme espagnol, qui combattait les Maures sans
trève ni merci, avait plus de dignité.

Dès que l'alliance conclue avec les Infidèles eut laissé
à la Cour la libre disposition de ses forces, le prince
Lobkowitz réunit les magnats, au nom de Léopold, dans
la diète de Presbourg. Il leur demanda des subsides
destinés aux nouvelles troupes impériales qu'on allait

---

1. Dominique Teleki : *Reisen durch Hungarn und einige an-
grænzende Länder aus dem ungrisch uebersetzt,* p. 115 (Pesth,
1805).

loger dans le pays, aux nouveaux forts qu'on allait
construire sur les frontières, et leur recommanda de ne
point harceler, suivant leur habitude, les pachas voisins
de leurs districts. Les états répondirent par de violentes récriminations. La charte hongroise défendait d'introduire des soldats étrangers dans le royaume. Le
service militaire devait y être fait uniquement par les
indigènes. En outre, la bulle d'or du roi André II, que
tous les souverains hongrois avaient sanctionnée à
l'époque de leur couronnement, les Habsbourgs comme
les autres, depuis l'année 1222, reconnaissait aux
Magyars le droit de prendre les armes, quand on violait
leurs franchises et privilèges. La Diète réclama donc
l'éloignement des troupes impériales, qui vexaient et
rançonnaient la population. Le général promit de les
contenir, mais déclara ne pouvoir les retirer tant que
l'ordre ne serait pas mieux rétabli, les provinces hongroises plus tranquilles. Loin de diminuer l'oppression,
il posa bientôt la première pierre d'un nouveau fort,
nommé Léopoldstadt, voulant ainsi raffermir l'autorité
impériale, accroître ses moyens de gagner le cœur des
peuples, comme les cours aiment à le gagner... par la
ruse et la violence. Les Hongrois songèrent à la bulle
d'or du roi André ; mais leur ruine était écrite dans le
livre du destin, et ils devaient souffrir, pendant un
demi-siècle, toutes les tortures que peut imaginer le fanatisme, pour imiter les démons en invoquant le Dieu
de miséricorde.

La persécution, en effet, ne tarda point à se déchaîner sur la Hongrie. Impatients de réaliser le projet depuis longtemps conçu, les Jésuites avaient trouvé un de
ces rampants scélérats, un de ces laquais sanguinaires,
qui arrivent toujours à point nommé quand un grand
crime va s'accomplir, quand une besogne atroce demande d'impitoyables ministres. Le prince Eusèbe de
Lobkowitz fut pour la Hongrie ce que le prince de Lichtenstein avait été pour la Bohême. Son père s'était
assuré les bonnes grâces de Ferdinand II en secondant

la pieuse cruauté du monarque, pendant la guerre de
Trente-Ans. Son ardeur servile et farouche avait été
récompensée par le titre de prince et par de vastes
possessions. Grandie dans le sang, cette famille devait
maintenir dans le sang sa prospérité. Eusèbe possédait
une fortune immense, qu'on estimait à douze millions
de florins [1], et une seule de ses charges, le commandement militaire de la Silésie, valait sept cent cinquante
mille francs.

La mort de George Lippay, archevêque de Gran, fut
une occasion avidement saisie par les catholiques pour
inaugurer l'œuvre implacable. L'Autriche promut au
siège vacant un adversaire fougueux des croyances nouvelles, une sorte de barbare nommé Szeleptsényi. Son
zèle à soutenir une impérieuse bigote, la veuve Sophie
Bathory, suzeraine de fiefs immenses, où elle malme-
nait sans relâche les protestants, avait déjà conquis au
prélat ultramontain la faveur des Jésuites, et, par
contre-coup, celle de Léopold. Comme on opposait de
la résistance aux deux persécuteurs, les lansquenets et
les trabans reçurent l'ordre de leur venir en aide. On
sait avec quelle douceur, avec quel respect humain, les
milices se comportent dans ces occasions.

Exaspérés d'une telle conduite, les nobles hongrois
tinrent une assemblée secrète à Neusohl et délibérèrent
sur le parti qu'il fallait prendre. L'avis général fut de
rompre avec l'Empereur, de lever des troupes et de se
mettre sous la protection des Turcs, en reconnaissant
pour suzerain Mohammed IV. Un émissaire nommé Ladislas Balla, fut expédié au grand-vizir, qui assiégeait
alors Candie. Deux intimes du général musulman assis-
tèrent seuls à l'entrevue : il ne se lia point par une promesse positive, mais fit une réponse encourageante,
et le négociateur, ne pouvant rien obtenir de plus, se
prépara au retour. Parmi les personnes qui l'avaient
écouté se trouvait malheureusement un espion de

---

1. Le florin d'Autriche vaut 2 fr. 50 c.

l'Autriche, le Grec Panajotti. Son premier soin fut d'écrire à Léopold ce qu'il venait d'entendre. Le vaisseau sur lequel l'émissaire monta pour quitter l'île emporta la lettre de dénonciation. Elle arriva au palais impérial en même temps que Ladislas atteignait la Hongrie. Comme un oiseau de nuit embusqué dans les ténèbres, le prince de Lobkowitz eut dès ce moment les yeux sur les conjurés.

Peu de temps après, le palatin [1] Vesselenyi, chef des mécontents, fut pris d'une fièvre soudaine ; il ne tarda point à mourir, dans son poétique château de Murany, au milieu des Carpathes. C'était un homme beau, riche, brave et intelligent: il avait conquis ce château, non par la force, mais par la ruse et l'amour. Il appartenait à une jeune veuve, charmante et spirituelle, qui, dans une rébellion précédente, s'était déclarée contre l'Empereur. Vesselenyi, alors sous les drapeaux du souverain germanique, fut envoyé contre la belle séditieuse, pour lui imposer l'obéissance. Mais le manoir occupait le flanc d'une haute montagne, couronnait d'une part des rochers à pic, et de l'autre, vers les cimes, était presque inabordable. Le capitaine magyar vint camper sous les murs de la forteresse, l'examina sans prévention et jugea qu'il serait bien difficile de s'en rendre maître. Il chercha donc le moyen d'y pénétrer par l'adresse. Ayant connu la veuve en des temps meilleurs, il lui fit demander une entrevue. Tous deux, suivis d'un cortège égal, se rendirent dans un lieu fixé d'avance. Les premières paroles furent échangées devant la double escorte, puis les hommes d'armes s'éloignèrent, pour laisser les deux personnages principaux traiter la question sans auditeurs. Dès que le capitaine put s'exprimer librement, il dit à la rebelle, Maria Szecsy, qu'une intention secrète lui avait fait solliciter ce rendez-vous, qu'il

---

1. On nommait *palatin*, comme nous l'avons déjà dit, un fonctionnaire élu par la diète pour faire exécuter, avec l'assistance d'un conseil, les lois que votait l'assemblée nationale.

ne songeait à lui parler ni de guerre ni de politique, mais voulait lui jurer un éternel amour et lui demander sa main. Les charmes de la veuve le rendaient probablement sincère, et l'éloquence de la passion animait son regard. Il était beau comme nous l'avons dit, et portait le somptueux costume des magnats, qui ne pouvait nuire à ses avantages naturels. La veuve fut émue, si émue qu'elle n'essaya même point de cacher son trouble. Elle objecta seulement au prince la difficulté de lui livrer le château, la garnison n'ayant aucun désir de se rendre, et les soldats étrangers, qui la composaient en grande partie, ne lui obéissant point sans réserve. Son beau-frère, chargé d'organiser la défense, serait un obstacle plus grave encore. Il fallut chercher un expédient. Maria Szecsy, étant rentrée dans le manoir, donna un splendide festin, où elle enivra son parent et les hommes qui lui étaient le plus dévoués. Quand ils eurent perdu la conscience d'eux-mêmes, la jeune veuve, profitant de l'obscurité, suspendit à la fenêtre une échelle de corde, par où le général et une troupe choisie pénétrèrent dans le fort. Ayant garrotté les convives trop bien repus, ils demeurèrent en possession de la place. Peu de temps après, l'éclat des flambeaux et les sons joyeux de la musique égayaient la roche escarpée : on célébrait les noces de Maria et du palatin.

Cette union si poétiquement résolue et célébrée, qui a le charme d'un épisode légendaire, devait se terminer, comme on vient de le voir, par un crime politique ; et maintenant l'inaccessible château des Carpathes, où retentissaient naguère les mélodies nuptiales, était en proie au deuil, n'entendait plus que des gémissements et des sanglots. Le chef vaillant, qui s'y croyait à l'abri de tout péril, était couché sur son lit de mort.

Un autre seigneur non moins redoutable, Nicolas Zriny, ban des Croates, homme d'une vaillance à toute épreuve et surnommé le second Scanderbeg, ne lui survécut pas longtemps. Il fut trouvé dans les bois, près de son manoir, le corps sillonné de profondes blessures. On fit répandre le bruit qu'un sanglier lui avait labouré les chairs. Mais il avait à la tête un coup de feu qui rendait l'explication improbable. Quel drame s'était accompli sans témoins ? qui avait préparé cette lugubre catastrophe ? Les soupçons ne se trompèrent pas de route.

Pendant que ces morts mystérieuses envenimaient le ressentiment des Hongrois, une scène étrange produisait à la cour le même effet. Léopold tomba malade, et ses douleurs furent accompagnées de symptômes si bizarres, qu'ils déconcertèrent les médecins. Tous les genres de traitement échouaient l'un après l'autre ; on commençait à craindre pour la vie de l'Empereur, et l'on multipliait les neuvaines, les patenôtres, les attouchements de reliques. Un poison inconnu minait rapidement ses forces. Comme il était dans cette situation critique, on amena prisonnier à Vienne le chevalier milanais François Borri, célèbre alchimiste. L'indépendance de son caractère et la liberté de ses opinions avaient excité contre lui la haine du Saint-Siège et des tartufes de Loyola. Le pape avait promis trente-cinq mille francs à qui le livrerait. Le proscrit s'était réfugié en Danemark ; voulant passer dans un climat plus doux et aller vivre à Constantinople, il eut l'imprudence de traverser la Moravie, où le nonce apostolique le fit arrêter. Quand le prince, engoué d'alchimie, sut qu'il était à Vienne, il témoigna le désir impérieux de le voir ; il fallut satisfaire ce caprice.

Le 28 avril 1670, comme la nuit tombait, le chevalier fut introduit dans la chambre du malade. Deux bougies l'éclairaient à peine et lui donnaient une lugubre apparence. Le teint hâve, les joues creuses de Léopold, sa langueur, son état d'oppression, la soif qui le tourmentait et que rien ne pouvait calmer, frappèrent le visiteur. Il cherchait quel poison avait pu produire ces effets, lorsqu'il remarqua, dès les premiers mots de l'entretien, la nuance rouge et la vivacité de la flamme qui couronnait les bougies ou les cierges (car c'étaient de véritables cierges) ; une vapeur blanchâtre s'en exhalait et avait formé un dépôt visible au plafond. Une odeur singulière était aussi répandue dans la chambre.

« Vous respirez un air empoisonné, dit le chimiste au malade. Veuillez faire appeler votre médecin. »

Le docteur s'empressa d'accourir, et le chevalier dirigea son attention sur les phénomènes insolites que produisaient les bougies. On alla en chercher d'autres dans l'appartement de l'Impératrice : elles donnaient une lumière plus douce, brûlaient d'une façon plus calme, sans émettre de vapeur et sans craquer. Un cercle d'or distinguait par en haut et par en bas les cierges du patient ; on avait voulu sans doute éviter les méprises. Depuis la Chandeleur, on n'en brûlait pas d'autres pour éclairer les pièces qu'habitait Léopold. Il restait encore trente-cinq livres de ces sinistres luminaires. On les analysa, et on découvrit que la mèche avait été trempée dans une dissolution d'arsenic, puis entourée de cire pure. Un chien, auquel on fit avaler un petit morceau des mèches délétères, mêlé avec de la viande, mourut au bout de trois heures. Les cierges non employés contenaient deux livres et demie d'arsenic.

Le chevalier Borri et le médecin, ayant fait immédiatement porter le malade dans une autre chambre, le traitèrent d'un commun accord, et le chimiste, gardé à vue, ne quitta point le palais. Le premier remède qu'ils administrèrent au patient agit de la façon la plus heureuse et donna l'espoir de le sauver. Le 25 mai, Léopold était guéri. Le chevalier fut alors remis entre les mains du nonce apostolique, emmené dans la ville des Césars et condamné à la rétractation de ses théories sur Dieu, sur la nature, puis à une prison perpétuelle. Le souverain préservé par lui d'une mort infaillible ne fut pas assez puissant pour l'arracher aux serres de l'Inquisition romaine : il ne lui prouva sa gratitude qu'en lui faisant une pension annuelle de deux cents ducats. L'ingénieux physicien termina ses jours dans le château Saint-Ange, après quinze ans de captivité [1]. Son buste, peint par J. Ovens, gravé par Van Schuppen en 1675, nous le montre entouré de médaillons, qui contiennent des figures symboliques et des maximes relatives à ses opinions sur les phénomènes de la nature. On ne peut rien imaginer de plus inoffensif ; mais les oppresseurs catholiques s'effrayaient de tout, auraient voulu anéantir la raison humaine. Pour avoir cherché à comprendre le travail perpétuel des causes physiques et des lois chimiques, dans le monde mystérieux qui nous entoure, l'infortuné savant fut privé d'air et de soleil, languit pendant quinze ans au fond d'un cachot. C'était un homme d'une beauté admirable : la mère commune des êtres n'a jamais dessiné un type plus mâle, plus fier et plus élégant ; ses yeux magnifiques rayonnent d'intelligence, ses traits aux lignes vigoureuses et pures expriment la force de la volonté. On croirait voir en même temps l'idéal du héros et l'idéal du penseur. J'ai comparé ce portrait avec les plus parfaites créations des grands peintres : il les éclipse toutes par la noblesse du style et la grandeur du caractère.

A qui fallait-il attribuer la tentative de meurtre que Borri avait déjouée ? Il semble naturel d'en accuser les Hongrois. On empoisonnait, on assassinait leurs chefs ; ils auraient pu vouloir employer les mêmes moyens. Mais nul indice ne les désigne au soupçon. Le père procureur des Jésuites de Vienne avait fait apporter les cierges. Quand le Milanais eut signalé leur nature pernicieuse, le fournisseur disparut, et depuis lors on n'a jamais eu de ses nouvelles. Pourquoi, d'une autre part, ce dignitaire d'un ordre ambitieux, qui régnait sur l'Empereur, eût-il comploté sa mort ? Quelque ressentiment personnel l'animait-il ? C'est un problème que l'histoire n'a pu résoudre. Un auteur allemand, Fessler, a supposé

---

1. Il a laissé un journal de sa résidence auprès de l'Empereur. Voyez aussi Fessler : *Geschichte der Ungern*, t. IX, 182 et suiv.

le moine inspiré par Louis XIV, attendu que Léopold
n'avait pas alors d'enfant mâle et que son décès eût
permis au roi de France de revendiquer, dès cette
époque, et dans des circonstances propices, la couronne
d'Espagne. Cette explication subtile me paraît peu
vraisemblable. Quoi qu'il en soit, le pieux Empereur
n'osa soupçonner, encore moins poursuivre un ecclésiastique. Du danger qu'il avait couru on fit contre les
Hongrois un nouveau chef d'accusation ; et les Hongrois étaient condamnés d'avance. Le procès-verbal de
1626 attendait son exécution, comme un arrêt de mort
imprescriptible.

Les magnats cependant avaient fini par s'apercevoir
que l'on connaissait leur plan, qu'ils étaient surveillés.
De la Bohême, de la Moravie, de la Silésie et de l'Autriche s'avançaient vers la Hongrie des régiments
épars, qui devaient former en se réunissant une armée
imposante, et qui marchaient la nuit ou prenaient les
voies les moins fréquentées. Le prince de Lobkowitz,
pour gagner du temps, berçait les Hongrois de vaines
promesses. Il fit néanmoins arrêter dans son château le
conjuré Tattenbach ; on fouilla toute sa résidence et
l'on y trouva des armes, des munitions, de quoi équiper
six mille hommes. Au même moment, dix-huit mille
fantassins et cavaliers entraient en Croatie. Les mécontents étaient surpris, devancés ; il n'y avait plus moyen
de réunir des troupes suffisantes. Alors commença une
de ces déroutes affreuses que nul combat ne précède,
où les uns frappent toujours, où les autres sont toujours frappés, sans pouvoir même faire une tentative
de résistance.

Pierre Zriny avait succédé à son frère Nicolas dans
sa dignité de ban des Croates et dans ses projets de
délivrance nationale. Frangipani, son beau-frère, le
secondait. A la nouvelle que le général de Spantkau
marchait sur eux, la plus grande partie de leurs soldats
les abandonnèrent. Les pachas du voisinage ne firent
pas un mouvement pour les secourir. Ils n'eurent que

le temps de se réfugier, avec deux mille Morlaques'
dans le château-fort de Czaktornia, déterminés à soutenir un siège en cas de nécessité absolue. Zriny députa son confesseur, le moine Augustin Forstall, vers
le prince de Lobkowitz, pour témoigner de sa fidélité à
l'Empereur, garantir ses intentions pacifiques et demander le rappel du général Spantkau ; ses préparatifs militaires, devait dire le religieux, étaient uniquement dirigés contre les Infidèles et contre les ennemis
de la Cour. Le prêtre lui rapporta un acte signé par
Lobkowitz et par le grand chancelier, où on lui promettait de ne pas le traiter comme un rebelle, de respecter sa vie, ses biens, sa liberté, son honneur et ses
privilèges, s'il faisait sa soumission en temps opportun,
livrait comme otage son fils âgé de dix-sept ans, remettait au prince un blanc-seing et abdiquait sa charge de
ban des Croates. On lui donnerait en échange la capi-
tainerie générale de Carlstadt ou celle de Warasdin. Les
conventions étaient stipulées au nom de l'Empereur.
Zriny se hâta de les accepter, envoya son blanc-seing,
livra son fils, promit de se rendre à Vienne dès que
Léopold l'exigerait. Sur la feuille de papier, le prince
fit écrire par le moine que Zriny s'engageait à recevoir
des garnisons dans tous ses châteaux, à dénoncer tous
les mutins. Puis le général Spantkau s'approcha de la
résidence, où il se croyait en sûreté. Grande fut la
consternation des deux seigneurs, quand ils entendirent gronder l'artillerie, sans qu'on leur eût fait une
sommation préalable. Les Morlaques se défendirent
courageusement ; mais la supériorité numérique des
troupes impériales leur donna bientôt la certitude que
leur résistance serait vaine. Zriny et son beau-frère
prirent la résolution de quitter le fort pendant la nuit,
de courir droit à Vienne.

Les portes de la citadelle s'ouvrirent après leur
départ ; on saisit, on emprisonna la femme du ban des
Croates ; les joyaux, la vaisselle d'argent, les meubles
précieux, furent chargés sur des voitures et acheminés

vers la capitale. A peine les deux chefs y étaient-ils descendus à l'hôtel du Cygne qu'on vint leur demander leur épée.

Tandis que leur province était ainsi contenue, Charles de Lorraine et Jean de Spork envahissaient la Hongrie proprement dite avec neuf mille lansquenets. En chemin, ils arrêtaient un grand nombre de personnes, mais principalement des huguenots et des ministres réformés, qu'ils traînaient à leur suite. Beaucoup de familles importantes s'étaient réfugiées au-delà des montagnes, dans la Transylvanie. Prendre possession des villes et y laisser garnison, s'emparer des châteaux, confisquer les biens des prétendus rebelles, formaient les seuls exploits des troupes impériales. Charles de Lorraine fut détaché, avec quelques bataillons, vers le manoir fortifié de Murany, que la veuve du palatin habitait sans inquiétude, grâce à une lettre de sûreté obtenue de l'Empereur. Elle ouvrit sur-le-champ les portes de la citadelle au général, lui en fit les honneurs et accepta même une garnison allemande. Mais à peine eut-il quitté le château, qu'on vint arrêter la princesse, trahie et dénoncée par son propre secrétaire. En fouillant sa demeure, on trouva toute la correspondance de Vesselenyi avec les mécontents, depuis la honteuse paix de Vasvar.

Les lettres, la veuve et le délateur furent conduits à Vienne. On exigea du perfide employé qu'il interprétât les billets écrits en chiffres ; dans le but d'obtenir d'autres renseignements, on le mit plusieurs fois à la torture ; et, lorsqu'on eut tiré de lui tout ce qu'il savait, on lui trancha la tête pour n'avoir pas révélé plus tôt la conspiration. Juste châtiment de sa bassesse. Les papiers étaient de nature à compromettre la moitié de la Hongrie ; on usa de cette ressource avec une impitoyable dextérité. Nadasty, le plus riche des Magyars, ne pouvait échapper aux agents de la cour : il fut arrêté un matin dans son lit, puis incarcéré à Vienne. Trois cents nobles eurent le même sort. Quelques soulèvements populaires, provoqués surtout par l'arrestation des magnats, furent réprimés avec une joie féroce.

On avait désarmé la Hongrie, capturé ses chefs, prévenu toute résistance. Il ne s'agissait plus que de déchirer sa constitution et d'en jeter aux vents les lambeaux ; il ne s'agissait plus que de décimer l'aristocratie protestante. L'Église orthodoxe convertirait ensuite sans peine la bourgeoisie et le peuple, recueillerait d'amples moissons sur une terre fécondée par le sang. Les cœurs dévots se dilataient de joie.

CHAPITRE XII

Exécutions capitales ; mesures tyranniques.

Les prétendus coupables furent traduits devant des juges exceptionnels, arbitrairement nommés par l'Empereur. La commission avait pour président un certain Paul Hocher, qui joua dans toute cette conspiration du gouvernement autrichien un rôle cruel et infâme ; on y remarquait aussi un Windischgrætz ; mais aucun de ses membres n'appartenait à la Hongrie, contrairement aux lois du royaume. La charte nationale défendait de citer les indigènes hors du territoire et de faire examiner leur conduite par des étrangers. Or le tribunal servile siégeait à Vienne, sous les yeux de Léopold. La législation du pays se trouvait doublement violée. Quoique les provinces échappées au pouvoir des Mahométans fussent inondées de soldats autrichiens, elles rédigèrent une protestation en forme, où elles déclaraient que, tous les droits des nationaux étant méconnus, la sentence n'aurait aucune valeur morale. Les états de Hongrie pouvaient seuls juger les accusations de révolte et de lèse-majesté. On ne tint pas compte de cet acte courageux. Zriny, Frangipani et Nadasty adressèrent à l'Empereur des suppliques pour prouver leur innocence et implorer sa commisération. Le prince de Lobkowitz ne les laissa point arriver à leur adresse [1].

Nadasty avait peut-être murmuré secrètement, mais

1. Franz Wagner : *Historia Leopoldi*, t. I, p. 251. — Fessler : *Geschichte der Ungern.*

il avait tenu une conduite irréprochable, il avait même
secondé le fanatisme de l'Empereur. Dans tous ses domaines il avait persécuté les protestants, les avait dépossédés de leurs temples et de leurs écoles. On n'avait
donc nul argument à faire valoir contre lui. Ses fiefs
immenses, ses huit ou neuf millions de fortune, somme
considérable pour l'époque, le rendaient seuls criminels.
Aussi une question singulière fut-elle agitée par le tribunal : les juges n'avouaient pas, ne pouvaient reconnaître le manque absolu de charges à son égard ; il
avait résisté aux mécontents plutôt qu'il ne les avait
secondés : enfin il s'humiliait et sollicitait la clémence
de l'Empereur. On fit donc cette demande : — « Est-il
juste et utile de pardonner au confident, au complice
d'une révolte, qui non-seulement témoigne du repentir,
mais a empêché autant que possible l'exécution du projet, si d'ailleurs l'inculpé possède de grands biens, de
nombreux partisans et un renom mérité ? »

Ce point douteux fit naître une violente discussion,
après laquelle on résolut le problème dans un sens né-
gatif, à la majorité des voix. L'opinion dominante fut
qu'il vaudrait mieux gracier un homme plus coupable,
mais moins riche, moins habile et moins influent, qui
ne pourrait pas servir de centre et de chef à un peuple
séditieux.

Dans cet inique procès, non-seulement on ne confronta
pas les témoins avec les prévenus, mais on ne dai-
gna pas même leur citer les noms de leurs accusateurs.
Ce fut l'objet d'un nouveau débat au sein de la commission. Les juges les plus acharnés soutinrent que la com-
parution des témoins ne devait pas avoir lieu dans les
affaires de haute trahison. Les dissidents invoquèrent
les règles du bon sens, le droit naturel. On leur répondit que le droit naturel n'avait jamais été reçu en Hongrie ! (Ast contra responsum *jus naturæ nullo tempore
in Hungaria fuisse receptum* [1].)

1. *Anemonen*, t. I, p. 129. — Vehse, t. V, p. 212. Les actes de

La délibération se termina, comme on pouvait le prévoir, par une sentence capitale, prononcée contre tous les magnats suspects à la cour de Vienne. Pierre Zriny, enfermé dans un cachot souterrain, essaya de s'évader ; mais une servante qui l'aperçut donna l'alarme. On le resserra plus étroitement et on le surveilla de plus près. L'intercession du pape, que les Hongrois avaient obtenue avec peine, échoua contre l'influence et la volonté des Jésuites. La ruine d'un peuple belliqueux était nécessaire à leurs plans ; comme les idoles de Tyr et de Carthage, l'Ordre attendait ses victimes.

Le soir qui précéda l'exécution, Nadasty fut solennellement rayé du livre de la noblesse autrichienne. On le conduisit en voiture, à dix heures, dans l'hôtel des états provinciaux. Un discours lui fut adressé par le gouverneur, qui lui donna d'abord les titres de magnat et de comte, mais termina ainsi sa harangue : « Ces qualités précieuses, tu les as perdues pour jamais ; tu n'es plus qu'un traître, un criminel de lèse-majesté ; domaines, privilèges, dignités, tu ne possèdes plus rien dès ce moment, pas même ton nom, que ta famille n'aura plus le droit de porter. »

Nadasty avait onze fils. Le sentiment paternel l'emporta sur tous les autres, et il s'écria en latin, langue habituelle de l'aristocratie hongroise : « *Vitam, honores et bona tolle, saltem liberis salva famam.* — Prenez ma vie, mes titres et mes biens, mais conservez l'honneur à mes enfants. »

On lui répondit que ses fils seraient appelés désormais *Von Creutz* et que l'Empereur, dans sa haute clémence, leur assignerait une pension alimentaire.

On effaça ensuite son nom du livre d'or : puis une odieuse et grotesque cérémonie compléta son humiliation. Le questeur le jeta hors de la chambre, un domes-

---

cet odieux procès, enfouis longtemps dans les archives, ont été mis au jour par suite d'un hasard singulier. En 1823 et 1824, on les vendit comme pièces de rebut, avec des monceaux de paperasses, où un curieux eut la chance de les trouver.

tique le pourchassa le long des escaliers, le gouverneur
de l'hôtel le fit outrageusement sortir par la porte de
derrière. Là, plusieurs membres de la régence l'attendaient avec une voiture, des hommes munis de torches
et cinq cents cavaliers. On le mena ainsi à l'hôtel de
ville, où on l'incarcéra pendant que l'on préparait son
supplice.

C'était le lendemain, 30 avril 1671, que devait avoir
lieu l'assassinat juridique. On prit pour les nobles hongrois les mesures militaires qui avaient précédé, cinquante ans auparavant, la tuerie des nobles bohémiens.
Toutes les portes des maisons, toutes les boutiques
étaient fermées par ordre supérieur ; des soldats gardaient toutes les rues, des patrouilles de cuirassiers y
cheminaient pour prévenir le moindre trouble ; à peine
laissait-on circuler de rares habitants.

Nadasty eut la tête tranchée, à dix heures du matin,
dans une salle basse de l'hôtel de ville, sans autres témoins que les conseillers municipaux, quelques gentilshommes et l'ambassadeur turc, assisté d'un drogman,
qui lui donna toutes les explications nécessaires pour
qu'il pût rapporter fidèlement à Sa Hautesse le tragique
épisode. La sentence portait que le prévenu aurait
d'abord la main coupée ; mais l'Empereur lui avait fait
grâce de cette barbare opération. Il mourut comme un
homme qu'un si injuste supplice étonnait encore sous
le glaive du bourreau. On laissa le peuple examiner le
cadavre pendant une heure, ces hideuses scènes étant
le spectacle favori de la multitude. Elle vit le prince
couché dans un cercueil, vêtu à la hongroise, la tête sur
la poitrine, entouré de flots de sang, qui remplissaient
à moitié la bière [1].

Au moment même où la politique impériale le sacri-
fiait, Zriny et Frangipani étaient exécutés dans l'arsenal

---

1. Édouard Vehse : *Geschichte des œstreichischen Hofs*, t. V,
p. 213 et 214. On montre encore à Vienne le glaive fatal et le
billot sur lequel Nadasty avait posé sa tête.

de Neustadt-la-Viennoise. Le bourreau s'y reprenait à
plusieurs fois pour les décapiter ; Frangipani principalement eut à souffrir de cette cruelle maladresse. Le premier coup que lui donna le maître des hautes œuvres
lui ayant abattu l'épaule droite, il fit un effort terrible,
en essayant de se relever. Mais comme il criait : *Seigneur Jésus !* l'exécuteur lui trancha la tête. On les mit
l'un et l'autre dans des cercueils enveloppés de drap
noir, et on les porta solennellement à la cathédrale, où
tout le clergé vint les recevoir, cierge en main. Après
qu'on eut chanté l'office des morts, les deux victimes
furent inhumées suivant le rite habituel [1]. Frangipani
était le dernier membre d'une ancienne famille romaine,
qui avait jadis fait monter sur l'échafaud le célèbre
Conradin, le dernier des Hohenstauffen. Un auteur d'Allemagne prétend qu'il expia par son supplice la mort
de ce prince, comme une faute originelle. C'est faire
descendre bien loin la responsabilité.

Deux autres décollations avaient lieu simultanément
à Presbourg. André Nagy de Fuged, le plus intrépide
des chevaliers hongrois, payait de sa vie son renom glorieux et la frayeur qu'il causait. François Borris éprouva
le même sort. Les Jésuites avaient obtenu de lui
l'abjuration du protestantisme ; quand il eut renié la foi
nouvelle, on lui trancha la tête. Ce n'était pas, en effet,
une simple persécution religieuse : si le fanatisme entrait pour une part dans la conduite du gouvernement
autrichien, ses ambitieux projets, son ferme désir de
soumettre la Hongrie aux caprices du pouvoir absolu,
n'y entraient pas pour une moindre part. On le voyait
donc tuer les uns sous prétexte d'hérésie, tuer les autres
malgré leur croyance orthodoxe. Ses intérêts politiques,
son avidité financière le guidaient seuls ; il multipliait
les sentences de mort pour multiplier les confiscations,
livrait au bourreau les plus illustres personnages pour détruire des influences. Les deux crimes se prêtaient main

---

1. *Histoire des troubles de Hongrie*, t. Ier, p. 209 et 210.

orte : la persécution politique facilitait la persécution religieuse, la persécution religieuse facilitait la persécution politique. Borris marcha vers le lieu de l'exécution avec la tranquillité d'un juste, en récitant des prières ; Fuged mourut comme un héros qui sacrifie sans regret son existence pour la liberté d'un peuple malheureux.

Tattenbach ne périt, à Grætz, que le 1er décembre 1671. Cet homme, encore fidèle au mois de mars 1670, mais que l'on voulait perdre absolument, avait été provoqué, irrité de toutes les manières, conduit par la main au bord de l'abîme. On avait envoyé, pour le compromettre d'abord, l'accuser ensuite, un misérable nommé Thurn, catholique ardent, voué à toutes les débauches, criblé de dettes et harcelé de besoins, un de ces hommes qui ont la conscience large comme l'enfer, suivant la belle expression de Shakspeare. Un ex-chapelain de Tattenbach, Michel Ferri, alors pasteur à Craybourg, lui servait de compère dans cette œuvre ignoble. Les deux scélérats inspirèrent au comte des démarches ambiguës, lui firent prononcer des paroles imprudentes, puis le dénoncèrent et le livrèrent. Pour que la mystification fût complète, on débuta par emprisonner Thurn avec le seigneur, le mouchard avec sa victime, et par les interroger ensemble. Mais on lâcha bientôt l'agent provocateur, pendant que l'on dressait l'échafaud du crédule gentilhomme. Le malheureux, qui avait imploré la grâce d'être fusillé, avait fait partir exprès un courrier pour Vienne. Léopold lui refusa cette dernière et sinistre faveur. Le bourreau lui donna aussi trois coups avant de terminer son supplice [1].

Sur les biens confisqués des victimes le monarque préleva une somme, dont il paya trois mille messes pour le salut de leurs âmes, suivant l'exemple donné par Ferdinand II après l'égorgement des nobles bohémiens et l'assassinat de Wallenstein.

Les domaines étant grevés de dettes assez nom-

[1]. *Anemonen*, t. I, p. 135.

breuses, on convoqua de toutes parts les créanciers, en leur intimant l'ordre d'apporter leurs titres. On ne voulait pas les satisfaire ; bien loin de là, on voulait annuler leurs réclamations, affranchir les propriétés d'un seul coup et sans dépense. Grandes furent donc leur surprise et leur douleur, quand l'agent impérial déclara faillite au nom du gouvernement. Ils croyaient toucher du numéraire, et on ne les avait réunis que pour leur imposer silence, pistolet en main [1]. Quelle scène de haute comédie !

Les fils et héritiers légitimes des magnats décapités furent réduits à la misère. Pour comble d'infortune, on leur enjoignit de porter autour du cou le cordon de soie rouge, qui simulait le passage d'une hache.

Les femmes n'obtinrent pas plus de commisération. La veuve du palatin Vesselenyi fut jetée dans une étroite cellule, où le désespoir et la souffrance domptèrent son courage. Héroïque tant qu'elle avait eu son mari à ses côtés, elle fit retentir sa prison de ses cris et de ses sanglots. Le fisc la dépouilla de ses vastes domaines. Son trésor avait été enfoui dans l'hôpital des Franciscains, à Kremnitz ; elle devait le croire en sûreté ; mais son propre chapelain, le père Jean Schaumbourg, trahit pieusement le secret. De son immense fortune, la prisonnière n'obtint qu'une rente de cent thalers par mois. La femme de Pierre Zriny, ban des Croates, subit le même traitement ; obsédée par d'affreux souvenirs, elle perdit la raison et mourut bientôt après. Plusieurs autres femmes, plusieurs filles des premiers personnages languirent sous les verrous autrichiens, à Vienne et à Neustadt-la-Viennoise, soit dans les cachots ordinaires, soit dans les oubliettes des couvents.

Le seul homme que le cabinet épargna, ou eut l'air d'épargner, fut le plus compromis, le seul qui eût fait un acte positif de rébellion. Ayant invité Starhemberg, le gouverneur de Tokay, à un festin, Rakoczy l'avait

---

1. Hormayr: *Anemonen*, t. I, p. 127.

arrêté, mis sous bonne garde ; puis, avec une troupe nombreuse, s'était approché de Tokay, dans l'espoir de s'en rendre maître par un coup hardi. La garnison ne s'étant pas laissé surprendre, la tentative échoua. Une autre expédition du même genre ne fut pas plus heureuse: le prince alla mettre le siège devant le château de Munkacs, où résidait sa propre mère, la veuve Bathory, célèbre par son zèle fanatique pour la cour de Rome. Elle ne lui ouvrit point les portes, aimant mieux sa croyance que sa patrie, sa religion que sa famille. Rakoczy s'acheminait une seconde fois vers Tokay, lorsqu'il apprit l'arrestation de Zriny, Frangipani et Tattenbach. Il se jeta aussitôt dans les bras de sa mère, implora son aide et celle du général Starhemberg : tous deux le préservèrent du supplice, mais il dut payer une amende de 400,000 florins, promettre de livrer, *autant que possible*, les actes de la conspiration, et recevoir dans ses châteaux des garnisons allemandes. Ayant accepté, rempli toutes ces conditions, il se crut sauvé ; peu de temps après néanmoins, il fut frappé d'un mal mystérieux qui l'emporta. Il laissait une veuve, fille de Pierre Zriny, et un enfant au berceau : la cour les mit hors d'état de lui porter ombrage [1].

On ne peut lire sans indignation les actes des tribunaux exceptionnels qui fonctionnaient à Presbourg, Vienne et Leutschau. Il suffisait de posséder une grande fortune mobilière ou territoriale, d'exercer une influence plus ou moins étendue, pour être classé parmi les hommes suspects, pour être incarcéré sous un prétexte quelconque. Les spacieuses prisons de la capitale ne pouvaient plus contenir la foule des gens qu'on arrêtait ; en désespoir de cause, on les logeait dans les hôtels, avec une escorte de gardiens.

Ceux qui évitaient la mort, qui sauvaient même leurs

---

1. Mailath : *Geschichte der Magyaren*, t. V, p. 19 et 20. — *Histoire des Révolutions de Hongrie*, par l'abbé Breuner, t. I, p. 275 et 276 (La Haye, 1739, 2 vol. in-12).

biens, en abjurant le protestantisme, n'évitaient pas
une forte amende qu'on leur imposait.

La cour de Vienne semblait avoir adopté pour règle
de conduite ces vers de Corneille :

> Aussitôt qu'un sujet s'est rendu trop puissant,
> Encor qu'il soit sans crime, il n'est pas innocent.

On mit à la torture dans les cachots le pasteur Nicolas
Brabitz, le prédicateur Drabitzki. Les procès de Gaspard
Balloch, Martin Banchy, George Chernel, George Sooss,
de l'intrépide chevalier Szekely, de Bartowitz et de
quelques autres luthériens, ont l'air d'une impudente
ironie. Étienne Kattay, Étienne Tzegledi furent préser-
vés par la peste de la mort sur l'échafaud. Contre
Étienne Boxa, on fit valoir, comme des griefs sérieux,
sa haute expérience militaire et le grand nombre de
ses partisans ou subordonnés. On viola les articles de
la capitulation faite par le général Starhemberg avec
François et Étienne Barkoczy, lorsque les deux frères
lui avaient livré leur château ; les conventions stipulées avec les autres capitaines ne furent pas davantage
respectées. Les Jésuites ne menaient-ils point cette
grande affaire, et ne connait-on pas leur tortueuse
morale, qui est la destruction de toute moralité ?

Il fut inutile à Ladislas Fay d'avoir connu, d'avoir
traversé les projets de Vesselenyi ; à Ladislas Szemere,
vice-gouverneur du comté de Zemplin, d'avoir abandonné Rakoczy aussitôt après le manifeste publié par
l'Empereur, de s'être joint aux bandes autrichiennes,
de les avoir approvisionnées dans un moment difficile,
et d'avoir rendu d'autres services éminents. Pouvait-on
leur pardonner leur richesse ? *Pauperes fiant et exigui*,
répétait le cabinet de Vienne à ses agents.

Le résultat suprême auquel on voulait arriver, c'était
de détruire la constitution magyare. Aucune violence
ne fut épargnée pour atteindre ce but. Le prince de
Lobkowitz avait été muni à cet effet de pouvoirs sans

bornes. Ses féroces lieutenants ne le secondaient que
trop bien. Spantkau, Spork, Heister et Kopp von Neu-
ding poussaient le zèle jusqu'à la fureur, luttaient d'activité dans leur cruelle besogne. Les arrestations des
magnats, des seigneurs, des chevaliers, des pasteurs
protestants, les sévices, les fausses accusations, les
rapines et les meurtres paraissaient être pour eux un
divertissement. Le dernier capitaine faisait pendre et
empaler avec une sorte d'ardeur fiévreuse et d'inspira-
tion sanguinaire [1]. Plus de trois cents nobles et autant
de prêtres schismatiques étouffaient dans les cachots de
Presbourg. On traitait comme rebelles tous les membres
de l'Église réformée. Les Jésuites et leurs créatures ne
laissaient aux protestants aucun répit. André Zirmay
fut traduit en jugement pour avoir dit qu'il fallait éviter
les renards de Loyola. Des motifs aussi frivoles étaient
regardés comme suffisants pour légitimer toutes les
rigueurs, sentences d'exil, confiscations, emprisonne-
ments perpétuels et supplices.

Le comte Jean de Rothal et Gottfried de Heister sié-
geaient à Presbourg, en qualité d'arbitres souverains :
ils avaient ordre de procéder sommairement, d'éviter
les lenteurs juridiques ; l'édit portait *qu'ils eussent à
punir les conspirateurs sans observer aucune forme
légale.* Parmi les prisonniers, beaucoup achetèrent du
tribunal même leur élargissement ; la plupart d'entre
eux et tous les contumaces perdirent leurs biens, furent
condamnés à l'exil ; d'autres, frappés d'une sentence
qui les retenait pour la vie au fond de leurs cachots.
Une multitude de pasteurs réformés, vendus cent cinquante livres par tête, allèrent ramer sur les galères de
Venise et de Naples, ou travaillèrent en Hongrie même
aux fortifications des citadelles. Un certain nombre périrent par le glaive du bourreau. On pendit un vieillard
de quatre-vingt-trois ans, Nicolas Drabicius, pasteur à
Varanno, pour avoir publié un livre de prophéties

---

1. Szirmay: *Notice historique sur le comté de Zemplin,* p. 222.

intitulé : *La lumière au milieu des ténèbres*. On lui coupa la main droite avant de l'étrangler, puis on brûla son cadavre sous le gibet avec ses prédictions ; ignoble et inutile cérémonie.

Un décret du 6 juin 1671 trahit enfin ouvertement les intentions de la cour. L'Empereur y déclare que la force des armes l'a rendu maître absolu du pays. La charte nationale est par suite déclarée nulle ; la volonté du prince sera désormais la seule loi. Les troupes occuperont militairement les forteresses, les villes et même les bourgades ; les habitants logeront les capitaines et les soldats, leur fourniront de la lumière, du bois, du sel, de la paille, du foin et de l'avoine. Les hommes de toute condition, nobles, bourgeois ou campagnards, devront payer dorénavant des taxes personnelles, et les taxes désignées sont énormes ; des impôts également lourds frappent les objets de consommation.

L'évêque de Waitzen, les archevêques de Gran, de Colocza, de Neitra (ce dernier, Thomas Palffy, était chancelier de la province), adressèrent à Léopold les observations les plus pressantes et les plus courageuses[1]. Le prince demeura sourd comme une machine politique, montée secrètement par d'habiles mécaniciens. Trente mille lansquenets, répandus dans toute la Hongrie, étouffèrent les plaintes, comprimèrent l'indignation, firent régner la terreur et la servitude sur un sol qu'elles n'avaient pas encore profané.

---

1. La lettre du clergé hongrois est pleine d'éloquence ; nous ne la citons point à cause de sa longueur, mais on peut la lire dans Mailath, t. V, p. 23 et suivantes.

CHAPITRE XIII

La Hongrie au pillage, les dragonnades et les conversions forcées.

Toutes ces mesures étaient ou directement prescrites, ou tacitement approuvées par Léopold. Comme les bêtes fauves, dont les yeux somnolents ne s'animent qu'à l'idée du meurtre, l'Empereur ne s'éveillait de sa léthargie habituelle que pour prendre des résolutions violentes, pour donner des ordres sanguinaires. Il frappait alors dans ses mains, disait-il lui-même, et les têtes sautaient. Il y avait d'ailleurs en lui, comme chez tous les princes autrichiens, une affectation de bonhomie et de paternité, que le baron Hormayr compare aux gémissements des crocodiles sous les roseaux des fleuves. Le 22 mars 1670, il écrivait : « Les affaires de Hongrie vont bien ; je profiterai de la circonstance et organiserai autrement les choses dans ce pays. » L'ordre ultramontain qui le menait en laisse, qui ne respectait ni les lois divines ni les lois humaines [1], employait d'ailleurs toutes les ruses, tous les mensonges pour l'influencer. Un hôtel, qu'il se faisait bâtir, ayant été dévoré par les flammes, on attribua l'incendie aux Hongrois et aux Juifs. En nettoyant la fontaine du palais, on y trouva plusieurs charognes : n'était-il pas évident que les Magyars les y avaient jetées pour empoisonner la famille impériale ? Le manque de récoltes, la cherté des vivres, la mortalité croissante provenaient d'eux seuls, étaient des puni-

---

1. Omnia fere gererentur cleri, jura humana et divina juxta tementis et violantis, nutu, consilio, arbitratu. (*Historia Ecclesiæ evangelicæ in Hungaria*, p. 35.)

tions que leurs damnables maximes attiraient sur l'Autriche. On laissait donc les capitaines allemands violer
toutes les règles de l'humanité. Non-seulement le général
Kopp faisait empaler, comme nous l'avons dit, les réformés du sexe masculin, mais les femmes, les enfants
périssaient dans le même supplice. Un renégat françis,
le comte de Souches, qui avait si héroïquement défendu
la ville de Brünn, imaginait toutes sortes d'inventions
pour accroître les souffrances et prolonger les tortures
des victimes [1]. Oubliant sa foi première, il noyait sa
gloire dans le sang des malheureuses créatures. Le
peuple affirmait que Belzébuth s'était emparé de son
âme dès ce monde, et, suivant une légende, on ne put
chanter la messe des morts près de son cercueil. Les
Juifs furent expulsés ; on en décapita plusieurs et on
démolit toutes leurs synagogues.

Et saint Paul qui faisait de la charité la première des
vertus chrétiennes !

A ces affreuses violences se mêlaient des scènes ignobles, de comiques et abjects débats. Les traîtres, les dé-
nonciateurs, les agents de la tyrannie impériale se disputaient bassement les dépouilles des opprimés, les
faveurs de la cour. Les archives de Vienne fournissent
à cet égard de curieux et tristes renseignements. Georges
et Michel Bori, par exemple, se plaignent au grand chancelier Hocher de n'avoir encore reçu que cent ducats,
pour avoir livré les secrets de Vesselenyi et engagé
l'évêque de Waitzen à détruire un mémoire que le palatin avait rédigé peu de temps avant sa mort. Les frères
Nagy témoignent un mécontentement analogue. La
veuve de Pierre Zriny accuse le moine Augustin Forstall, que nous avons vu député par le ban des Croates
vers le prince de Lobkowitz ; elle lui reproche d'avoir
calomnié, trahi et volé son mari d'abord, son frère Frangipani ensuite. Une clameur générale s'élevait contre
les impostures, contre les déprédations de Thomas

1. *Anemonen*, t. 1er, p. 123,

Palffy, chancelier provincial, et de son auxiliaire Adam
Forgats. Eh bien ! celui-ci dénonce son camarade de
pillage, dans une lettre fort longue adressée à un membre du conseil secret, Albert Zinzendorf. Il assure que
Palffy invente des griefs imaginaires pour avoir le droit
d'étendre partout ses rapines ! On lui avait fait à lui-même
des promesses que l'on n'a pas tenues. Comment veut-
on qu'il vive, et quelle figure veut-on qu'il fasse, puisque les Turcs se sont installés dans sa maison ? Ce drôle
donne à l'Empereur les conseils les plus pernicieux ; il
nous apprend que beaucoup d'individus, absous par les
tribunaux persécuteurs, n'étaient pas mis en liberté, à
cause de leur fortune ; on les traînait de prison en prison,
à la suite des commissaires ; on leur enlevait une partie
de leurs biens, et on les forçait d'échanger des domaines
importants contre de moindres propriétés. Les généraux
ne se comportaient pas avec plus de retenue ; ils prenaient pour eux les maisons de ville et les maisons de
campagne, faisaient main basse sur l'orfévrerie, sur les
voitures et les chevaux, sans parler du numéraire ; c'é-
taient des loups ravisseurs, qui ne laissaient échapper
aucune proie. Le père jésuite Cornélius Gentilotti se dé-
sole de ce que les espions domestiques employés par
lui pour surveiller Zriny et Frangipani ne sont pas encore récompensés.

Ainsi ces bêtes dévorantes s'attaquaient l'une l'autre,
ainsi la cruauté se trouvait, comme d'ordinaire, jointe
à la bassesse, la cupidité à la trahison, une vanité ma-
ladive à une impudence sans bornes ! Les oppresseurs
s'arrachaient non-seulement les dépouilles, mais en
quelque sorte des lambeaux de leurs victimes.

Les Magyars néanmoins ne sont pas, comme les Allemands, un peuple timide, facile à décourager. La tyrannie ne pouvait s'établir chez eux sans alternatives de
succès et de revers. Au moment même où le despotisme germanique semblait pousser en Hongrie de profondes racines, un point noir se formait à l'horizon, qui
devait un jour déchaîner sur les envahisseurs une

effroyable tempête, ébranler la maison d'Autriche jusque dans ses fondements.

Parmi les hommes que poursuivaient l'ambition et la perfidie impériales, se trouvait le palatin du comté d'Arva, Étienne Tékéli. Assiégé dans son château-fort par les généraux Spork et Heister, il tomba malade pendant le siège et comprit bientôt que toute résistance serait inutile. Voyant la fortune le trahir et la vie l'abandonner en même temps, il ne songea qu'à sauver son fils. Le jeune Émeric, alors âgé de treize ans, fut habillé en pauvre villageois et confié au dévouement de deux gentilshommes. Ceux-ci le conduisirent sans mésaventure au château de Likava, dans le comté de Lipto. Trois jours après cette évasion, le chef des montagnes expirait, croyant son héritier hors d'atteinte et consolé par cette croyance. Le général Heister prit possession du manoir, tandis que le général Spork se mettait à la poursuite du fugitif. Il arriva sous les murs de la forteresse où il avait cherché asile, bien persuadé que, pour cette fois, il le tenait. L'enfant lui échappa de nouveau, déguisé en jeune Polonaise, et traversa le camp autrichien. Il finit par atteindre la Transylvanie, ce lieu de refuge, cette citadelle de granit et d'argile construite par la nature en faveur des Hongrois persécutés.

Or, l'adolescent aux lèvres roses, à l'œil ingénu, qu'on faisait passer pour une jeune Polonaise, c'était le futur vengeur de ses compatriotes. Tous les périls s'éloignaient de sa tête, afin qu'il pût un jour accomplir de sanglantes représailles. Il devait amener sous les murs de Vienne deux cent quatre-vingt mille hommes, porter à la maison d'Autriche des coups si terribles, qu'elle aurait depuis longtemps disparu, sans une de ces chances merveilleuses qui l'ont toujours sauvée, qui la protègent contre ses fautes et ses crimes, et par leur nombre, par leur retour perpétuel, forment le prodige le plus étonnant de l'histoire.

Pendant que le jeune comte grandissait sous la pro-

tection de Némésis, la Cour impériale gagnait du terrain
et fortifiait chaque jour son despotisme. Bon nombre
de protestants disparurent à jamais dans les cachots
de la Bohême. Cette province, jadis libre et florissante,
où débordait l'activité morale et matérielle, était habi-
tée maintenant par une population d'esclaves, si pauvres, si sombres, si muets, si désolés, qu'on pouvait
tout se permettre chez eux, y ensevelir tout vivants
les proscrits dont on voulait se défaire.

La crainte des Turcs modéra seule, pendant quelque
temps, l'impatience tyrannique du prince et de ses conseillers en robe noire. On appréhendait toujours qu'ils ne
s'entendissent avec les mécontents. Après trois années
de siège, Candie venait de tomber entre leurs mains,
et ils pouvaient disposer de leurs troupes. Ils faisaient
d'ailleurs de mystérieux préparatifs, dont on ne connaissait pas le but. Ces armements se tournèrent contre la Pologne, où Jean Sobieski reçut les envahisseurs
à la pointe de l'épée. Sans inquiétude désormais, Léopold ne garda plus de ménagements.

Le système de conversion pratiqué en Autriche fut
dès lors appliqué en Hongrie. Les Jésuites, qui avaient
inventé cette méthode, la jugeaient excellente et ne
voulaient point s'en départir. Les pérégrinations
armées commencèrent le 2 juin 1672, époque où
Louis XIV envahissait la Hollande, avec l'intention de
la soumettre au Pape. Les sermonaires catholiques se
répandirent dans les provinces magyares, pour éclairer
les âmes par des moyens plus dignes de Tibère que du
Juste mort sur la croix. Szeleptsenyi, archevêque de
Gran, l'archevêque de Colocza, Léopold Kolonicz, évêque de Neustadt-la-Viennoise et président du tribunal
réuni à Presbourg, l'évêque de Grosswardein et l'évêque
d'Erlau montrèrent surtout un ardent prosélytisme.
Trois ou quatre cents dragons escortaient chacun d'eux,
munis d'arguments peu chrétiens, mais irrésistibles, et
une escouade de Jésuites les suivait partout. Aussitôt
qu'ils arrivaient dans un pays, on réunissait de force

tous les habitants, un Jésuite psalmodiait ou déclamait un sermon, auquel les sabres nus des trabans prêtaient une éloquence militaire ; pour péroraison, les soldats armaient leurs carabines, et les pauvres villageois, réputés convaincus par le talent de l'orateur, devaient abjurer, séance tenante, les doctrines de la Réforme. Les ultramontains opéraient ainsi de nombreuses conversions ; qui peut en douter ? Quel triomphe de propager si rapidement leurs maximes, et comme ces changements d'opinions, comme cette piété catholique devaient être sincères ! Bannis à perpétuité, les récalcitrants allaient chercher un asile dans la Transylvanie et dans l'empire turc, où les Infidèles les traitaient moins durement que les apôtres de Rome. Tous leurs biens devenaient la propriété du fisc, cela va sans dire. Quant aux édifices religieux, temples, écoles, presbytères, construits par les protestants à leurs frais et avec l'autorisation de l'assemblée nationale, on y installait des Jésuites, comme en pays conquis.

Les magnats et seigneurs orthodoxes secondaient ces généreuses expéditions, entreprises pour le salut des âmes. Dans tous leurs domaines, ils enlevaient aux réformés leurs temples et leurs écoles, chassaient les ministres, les instituteurs, ou les jetaient dans des cachots, s'emparant avec une pieuse sollicitude de leurs propriétés, de leurs fonds et de leurs meubles.

L'hypocrisie se mêlait, comme toujours, à la violence et à la rapacité. Un jésuite nommé Kellio écrivit une brochure pour justifier l'invasion apostolique, et eut l'effronterie d'attribuer son libelle au secrétaire d'un archevêque, Jean Lapsansky. Un autre essaya de démontrer que toutes les lois, que toutes les chartes hongroises n'avaient aucune valeur, ne devaient pas être respectées. Un troisième voulut donner le change à l'opinion publique de l'Europe ; il tâcha de faire croire que la Hongrie ne souffrait pas pour cause de religion, mais était simplement châtiée comme rebelle [1].

Dans les villes, on armait la population catholique pour seconder les troupes, et l'on prenait possession par la force des temples luthériens et calvinistes.

Si les dissidents refusaient d'ouvrir les portes, on les enfonçait ; à Presbourg même, on employa cette méthode persuasive. Deux cents hommes convaincus s'étant réunis dans une église pour la défendre, on ordonna de faire jouer contre eux l'artillerie du château : cette menace abattit leur résolution. A Kaschau, le pasteur n'ayant pas voulu donner la clef de la cathédrale, magnifique monument consacré à sainte Élisabeth, l'évêque d'Erlau, qui dirigeait avec ses chanoines la mission guerrière, commanda de briser les portes. Les menuisiers, plus calmes, témoignèrent de la répugnance. Pris alors d'une soudaine fureur, un chanoine se précipite sur l'un d'eux, lui enlève sa hache et attaque les panneaux, fait voler des éclats de bois, en criant de toutes ses forces : « Imitez mon exemple ! A bas l'hérésie luthérienne ! » On l'imite, en effet, et les coups de cognée font retentir le lieu saint, où les fanatiques entrent bientôt comme dans une ville assiégée.

A Komorn, le zèle des prêtres catholiques se laissa emporter plus loin encore. On saisit le pasteur réformé Jean Szaki, homme doux et innocent; on lui rasa d'abord la tête par manière de plaisanterie, après quoi on le fit rôtir devant un feu modéré, en lui lardant le corps de petites flèches qu'on avait enduites de poix et de soufre [2]. Les Hurons n'eussent pas fait mieux.

---

1. Voici le titre de son opuscule : *Extractus brevis et verus, quo candidè demonstratur acatholicorum prædicantium e regno Hungariæ proscriptionem et degradationem factam esse respectu rebellionis, non autem religionis* (Tyrnaviæ, 1675). C'est un in-4° de trente-cinq pages.

2. Fessler : *Geschichte der Ungern*, t. IX, p. 227. Ce fait est prouvé par un grand nombre de témoignages.

Si la résistance était parfois énergique, doit-on s'en étonner ? George Barsonyi, évêque de Groswardein, et son frère Jean, protonotaire du comté de Neitra, ayant assailli avec quatre cents dragons un district du comté de Thurocs, les paysans se soulevèrent, mirent.les Croates en fuite, arrivèrent jusqu'aux deux prélats, étendirent roide mort le pronotaire Jean, et auraient de même tué l'évêque, déjà blessé en plusieurs endroits, si le pasteur protestant Daniel Kesmann ne l'avait abrité de son corps et ne lui avait sauvé la vie. Les prêtres catholiques ne montraient pas autant de générosité, eux qui guidaient les bandes impitoyables de la réaction.

Ils n'épargnaient même aux dissidents ni les humiliations, ni les avanies. Le 18 juin 1672, les sectateurs de la Réforme durent assister, avec leurs corporations et sous les bannières de leurs métiers, à la brillante procession catholique organisée par l'archevêque de Gran.

La persécution politique suivait pas à pas la persécution religieuse. On se servait du désespoir manifesté çà et là pour donner quelque vraisemblance à la fausse imputation de révolte, si cruellement exploitée contre la Hongrie. En 1672, le conseil impérial résolut d'abolir officiellement la dignité de grand-palatin, abolie déjà de fait. Celui qui en était revêtu exerçait une autorité incommode pour le despotisme autrichien. La mort seule la faisait cesser, ou une condamnation devant les tribunaux du pays, condamnation très-difficile à obtenir. On jugea donc opportun de remplacer ce magistrat électif par un gouverneur dépendant et révocable, de lui adjoindre une chambre souveraine, composée de huit conseillers et de deux secrétaires, qu'il présiderait et qui tiendrait lieu de la diète nationale. Jean-Gaspard Ampringen, Hongrois de naissance, prince du Saint-Empire, et grand-maître de l'Ordre teutonique, obtint la préférence du gouvernement. On estimait que son origine le rendrait moins odieux aux populations. Le

23 mars 1673, il fut installé à Presbourg. C'était un homme dur et sanguinaire, comme les aimaient Léopold et les Jésuites. Peu lui importait d'opprimer ses compatriotes, pourvu qu'il s'assurât les faveurs de la cour. Chef religieux et guerrier, il maniait tantôt le sabre, tantôt le goupillon, et convenait sous tous les rapports à un ordre ambitieux, à un prince déloyal, qui n'épargnaient pas plus le sang que l'eau bénite.

Dès son arrivée, le sort de la Hongrie empira. Tous les luthériens et calvinistes furent désarmés. Chaque bourgeois protestant dut recevoir, nourrir dans sa maison trois ou quatre soudards allemands, c'est-à-dire loger des maîtres impérieux. On révoqua de leurs fonctions les échevins qui n'étaient pas catholiques, et on leur substitua des hommes bien pensants. A Karchau, on emprisonna les membres de l'ancienne municipalité jusqu'à l'élection d'une nouvelle régence. Les libertés communales périssaient partout, en même temps que la liberté religieuse et la liberté politique.

Mais c'était principalement contre les ministres et instituteurs réformés que l'on s'acharnait. Ceux de Presbourg, jugés en mai 1673 par la commission impériale de Tyrnau, furent condamnés à mort.

Trois chefs de consistoires, avec les anciens et quelques pasteurs des comtés de Zolls, Thurocs et Lipto, parurent en septembre 1675 devant le tribunal exceptionnel de Presbourg. George Szeleptsenyi, archevêque de Gran et lieutenant du royaume, gouvernait le sinistre aréopage. Les inculpés durent renoncer par écrit à leur ministère, promettre de n'entretenir aucune relation avec les séditieux, ou quitter le pays dans les quinze jours.

Enfin, tous les pasteurs, maîtres d'école et chantres hérétiques furent sommés de comparaître à Presbourg, le 5 mai 1674. L'archevêque de Gran présidait encore le tribunal, formé de vingt-trois membres. Ils avaient eux-mêmes instruit l'affaire, portaient la parole comme accusateurs et devaient décider comme juges ; tous

catholiques, tous dévoués au gouvernement, ils souf-
flaient dans la même trompe, pour employer l'expression d'un auteur latin. Ceux qui ne se présentèrent pas
furent condamnés instantanément, et l'on mit leur tête
à prix. Quatre cents malheureux obéirent au décret [1].
On leur reprocha des crimes sans nombre ; mais les
principaux chefs d'accusation leur imputaient d'avoir
négligé le culte des saints, offensé la Vierge Marie en la
comparant à leurs viles épouses (*fœdis uxoribus suis*),
foulé aux pieds le Saint-Sacrement et le vénérable corps
de Jésus, fomenté une révolte par leurs discours, violé
ainsi les droits du souverain. L'orateur les divisait en
deux classes : les criminels d'État, contre lesquels il
demandait une sentence de mort et de confiscation ;
les sacrilèges, qu'il estimait dignes de périr dans les
flammes, après avoir eu les pieds et les mains coupés.
On tâchait d'appuyer le grief de conspiration sur des
lettres fausses, censément adressées par Étienne Wittnyedy de Musai, l'une à Nicolas Bethlen, en mai 1669 ;
la seconde, à Ambroise Keczer, familier de la maison
Tékéli, le 30 décembre de la même année, toutes deux
datées de Presbourg. Quoique l'on n'eût pas d'autre
preuve, quoique Étienne Wittnyedy et Ambroise Keczer
fussent à peu près inconnus, même de nom, à tous les
ministres ; quoique le fabricateur des lettres eût trahi
son secret en désignant les pasteurs évangéliques par
le nom de *prédicants*, dont les luthériens ne se servent
jamais pour désigner leurs chefs spirituels ; quoique
les lois magyares défendissent de condamner sur le
témoignage d'un seul individu, comme leur sort avait
été fixé d'avance, on les déclara coupables de lèse-majesté. Le tribunal les pressa même de reconnaître leur
faute et de solliciter leur pardon. Mais, ne pouvant obtenir d'eux qu'ils calomniassent ainsi leur propre inno-

---

1. Erat vero eorum numerus 400, quanquam adversarii non nisi
250 fuisse intendant (*Historia Ecclesiæ evangelicæ in Hungariá*
p. 30).

cence, on leur présenta deux lettres réversales, l'une desquelles devait être signée par ceux qui voulaient demeurer dans le pays, l'autre par ceux qui préféraient aller vivre en exil. Les deux actes avaient cela de commun que l'on s'avouait criminel d'Etat, en y apposant son nom, et sujet aux peines portées par le code. Les deux catégories d'opprimés acceptaient des conditions différentes. Les uns juraient d'abandonner leurs fonctions religieuses, d'être fidèles au prince et de révéler toutes les machinations de ses ennemis : ceux-là obtenaient la faveur de rester sous la main de leurs tyrans. Les autres promettaient de quitter le pays avec leurs familles et leurs bagages, dans un laps de quinze jours, et de n'y jamais rentrer. On leur délivrait aussitôt un passe-port.

Une centaine de religionnaires, pour éviter de plus grands malheurs, signèrent l'un ou l'autre des actes perfides, malgré le témoignage de leur conscience. Mais le reste, comptant sur la pureté de leur cœur et sur la protection divine, ne voulant point renoncer à leur ministère et paraître approuver, quoique indirectement, la ruine de leurs temples, l'abolition de leur culte, repoussèrent toutes les instances, bravèrent toutes les menaces. Ils se faisaient illusion sur le caractère de leurs juges. Ces valets impitoyables, qui prétendaient soutenir la cause de Dieu, prononcèrent un arrêt de mort contre les pasteurs, le 4 du mois d'avril ; contre les autres prévenus, le 6 du même mois.

Un reste de pudeur empêcha néanmoins d'exécuter la sentence : on retint à Presbourg les dissidents et on leur octroya un nouveau délai pour signer les déclarations. Comme ils persistaient dans leurs refus, quatre ministres et un instituteur furent conduits à la citadelle, les mains chargées de fers, pour intimider leurs compagnons. Cet acte de rigueur n'ayant produit aucun effet, on sépara les luthériens et les calvinistes, et on les dispersa dans les prisons de six forteresses. Ils y furent traités plus durement que les assassins et les voleurs. On les accablait de travaux pénibles ou rebutants ; on leur distribuait en petite quantité une maigre nourriture, qui ne pouvait réparer leurs forces ; leurs amis n'obtenaient pas la permission de les voir ; il leur était défendu d'accepter ni argent ni dons d'aucune espèce. Meurtris de coups, privés d'aliments et de boisson, exposés à la rigueur de l'hiver, sous le moindre prétexte on les torturait encore de mille autres manières. Cette méthode fut bientôt appliquée, dans nos bagnes, aux protestants de France. Sous le poids d'une intolérable douleur, vingt-six captifs abjurèrent la foi nouvelle. Une partie des autres, qui demeuraient inébranlables dans leur conviction, furent dirigés en mars 1675, par les frontières de la Moravie, de l'Autriche, de la Styrie et de la Carniole, vers la mer Adriatique, pour y être vendus comme forçats et aller ramer sur les galères de Venise ou de Naples. Une seconde chaîne partit en juin, et fut menée à Trieste, à Buccari, plus loin encore. Est-il nécessaire de dire qu'on les traitait pendant la route avec une impitoyable barbarie ? Un grand nombre portaient de lourdes chaînes, et sentaient le bâton des gardiens sur leurs épaules dès qu'ils ralentissaient leur marche. Comme on leur avait enlevé le peu de numéraire qu'ils cachaient dans leurs habits, les malheureux ne pouvaient se procurer le moindre soulagement. Plusieurs succombèrent en chemin à la fatigue et aux violences de leurs conducteurs [1].

Parvenus dans le port de Trieste, ceux qui ne voulurent pas endosser le costume de forçats furent condamnés à un jeûne de trois jours. Quelle épreuve pour des gens exténués de lassitude, amaigris par la marche et les privations ! Dix prévenus faiblirent en atteignant Buccari, abjurèrent le protestantisme et obtinrent quelque adoucissement à leurs maux. Un petit

---

1. L'ambassadeur hollandais à Vienne, Hamel Bruyninx, a raconté dans un livre spécial les souffrances des martyrs de 1674.

nombre eut le bonheur de s'enfuir ; d'autres furent
relâchés sur les instances de l'électeur de Saxe ; il y
en eut que des hommes compatissants achetèrent pour
leur rendre la liberté.

Le reste ayant été vendu cent cinquante livres par
tête, mais le prix n'étant pas régulièrement payé, les
chefs et les soldats, qui les avaient conduits, voulurent
les reprendre et les fusiller. Les agents du vice-roi de
Naples s'y opposèrent. Au commencement de février
1676, vingt-huit martyrs seulement portaient la casa-
que rouge dans la dernière ville [1]. Le 11 de ce mois,
l'amiral Ruyter vint les réclamer sous son pavillon
triomphant, et on n'osa point les refuser à ses belliqueuses sollicitations.

1. *Histoire des Révolutions de Hongrie,* t. I, p. 173.et 174.

CHAPITRE XIV

Première tentative de résistance à l'oppression cléricale :
chute du prince Lobkowitz. Insurrection de la Hongrie.

Les Jésuites cependant ne pouvaient toujours remporter des succès, toujours voir leur fortune s'épanouir sous
un ciel sans nuages. Un premier essai de résistance au
despotisme clérical ne tarda point à se produire. Le
chef du ministère, le prince de Lobkowitz, nourri dans
l'intrigue et dans les camps, se fatigua bientôt d'obéir
à des maîtres en soutane. Nous l'avons durement qua-
lifié : l'oppresseur des Hongrois ne mérite aucun ménagement. L'histoire n'a que des paroles amères, que des
châtiments impitoyables pour quiconque provoque de
tels malheurs. Mais ce n'était pas un traître de mélo-
drame, un sombre et taciturne personnage, comme
l'étaient encore les malfaiteurs politiques du seizième
siècle. Le prince de Lobkowitz représente le scélérat moderne. Ce nouvel acteur dans le drame historique ne
porte point de sifflet au côté, de pistolet à la ceinture,
de plume noire à son chapeau, ne fronce pas les sourcils
d'un air rébarbatif. Non, il a du linge blanc, des gants
blancs ; il sourit aux dames, fait les honneurs de sa maison ; il aime le luxe, la musique, les tableaux, les festins,
les vers et les danses ; mais il n'a ni foi ni loi, ni pitié ni
scrupules. Il vend aux enchères son opinion, comme une
marchandise et un objet de trafic ; les souffrances, le désespoir d'autrui le laissent impassible : pour un mince
avantage, il sacrifierait des populations entières. On le voit
toujours adorer la force ou l'astuce victorieuses, outrager
et malmener les vaincus ; le succès et l'or sont ses idoles,

l'ambition et la cupidité lui tiennent lieu de conscience.
Il rédige des articles infâmes pour demander des proscriptions, et de ses mains ensanglantées va en recevoir le prix. Cet homme a une femme, des enfants ;
il parle d'eux avec intérêt, avec affection, mais il les
livrerait au plus offrant si la spéculation lui paraissait
bonne. On admire son élégance, ses manières, la délicatesse de son goût. Son cœur est cependant un bagne,
où gisent pêle-mêle, dans une ombre infernale, les plus
gnobles pensées.

Wenceslas-Eusèbe de Lobkowitz était né en 1608, et
appartenait à la branche cadette d'une ancienne famille
bohème, dont la branche aînée, convertie au protestantisme et inébranlable dans sa croyance, avait été exterminée par Ferdinand II. Son père, ayant embrassé la
cause du fanatisme orthodoxe, s'était élevé sur la ruine
de sa patrie et sur la ruine des siens. En 1624, l'Empereur lui donna le titre de prince. Eusèbe continua sa
marche ascendante vers les honneurs, l'influence et la
richesse. A trente-deux ans, il présidait pour Ferdinand III la diète de Bohême. Son opulence devint extraordinaire, puisqu'il finit par posséder vingt-cinq millions de francs, somme prodigieuse pour l'époque. En
1665, Léopold l'avait nommé majordome ou grand-
maître de la cour ; à ces fonctions, qui lui assuraient une
pleine autorité dans le palais, il joignit, en 1670, celles
de premier ministre, qui lui donnaient la haute main
dans les affaires de l'État. La honte du complot tramé contre l'indépendance de la Hongrie doit être partagée entre
le prince et les renards de saint Ignace. Mais ces associés d'un caractère si différent ne pouvaient rester longtemps d'accord.

Lobkowitz aimait, comme nous l'avons dit, les bals
et les festins, les aventures galantes, les libres manières
et les jeux d'esprit. Les pharisiens de Loyola avaient
importé en Autriche la morgue, la roideur, l'étiquette
espagnoles. Les façons du prince scandalisaient leur
gravité hypocrite. L'ingénieux diplomate témoignait

une grande prédilection pour la France, pour les mœurs
et pour la littérature françaises, et conseillait de s'unir
avec Louis XIV. Les sombres moines abhorraient, au
contraire, les sujets du grand roi, fomentaient la vieille
haine de la maison d'Autriche envers sa race. L'antagonisme de ces deux pouvoirs politiques se manifesta
même avant le succès de leurs plans. Les Jésuites auraient eu bientôt raison de leur adversaire ; mais le su-
perstitieux monarque, dont il égayait la vie monotone
et la somnolente apathie, le faisait demander à toute
heure. La verve, les bons mots, le ton joyeux du ministre ranimaient l'albinos impérial, versaient un peu
de chaleur dans son sang glacé comme celui des reptiles.
Malheureusement le général était né indiscret, sans
retenue, et sa verve moqueuse n'épargnait personne. Il
dit un jour au marquis de Gremonville, ambassadeur de
France : « Nous n'avons pas un prince comme le vôtre,
qui fait tout par lui-même ; l'Empereur est une statue
que l'on porte où l'on veut, que l'on déplace de nouveau
quand on le désire. »

Une fois en lutte avec l'ordre astucieux, Lobkowitz
ne le ménagea guère. Les traits les plus acérés tombaient
comme la grêle sur les béats personnages. Sitôt qu'ils
découvraient quelque point vulnérable, le ministre les
perçait de coups. Tantôt c'était la confrérie entière qui
avait à souffrir de son humeur belliqueuse, tantôt c'était
un de ses membres. Il employait pour les harceler non-
seulement la parole, mais les arts du dessin. Il faisait
graver, répandre des caricatures qui dévoilaient leurs
manèges apostoliques, leurs intrigues de cour, leurs
captations d'héritages, leurs négociations matrimonia-
les. Une mésaventure des révérends pères défraya longtemps son esprit satirique. Ayant embauché des soldats
quelconques, ils avaient essayé de surprendre le château
de Riegersbourg, dans la Styrie inférieure, qu'ils réclamaient frauduleusement comme leur propriété. Les
mercenaires se glissent donc, pendant la nuit, vers la
forteresse, où le portier, corrompu par les Jésuites,

devait leur donner accès. Le gouverneur de la place
avait heureusement découvert le stratagème. Comme
la bande sournoise approchait, le gardien perfide, attaché
à la porte même du manoir, fut fouetté sans miséricorde et remplit le vallon de ses hurlements ; quelques
volées de canon, tirées au hasard dans les ténèbres,
accompagnèrent ces notes lugubres. Il n'en fallut pas
davantage pour disperser les héros de saint Ignace. Ils
prirent la fuite à qui mieux mieux, s'évitant l'un l'autre
et croyant trouver partout des ennemis. Une planche,
que fit exécuter Lobkowitz, popularisa cette prouesse
nocturne.

Le trésor impérial étant toujours vide, les soldats ne
pouvaient se nourrir qu'en pillant les provinces. Les
Jésuites n'en convoitaient pas moins tous les fonds que
recevait Léopold, et le monarque avait la faiblesse de
leur donner sans mesure. Le ministre combattit plusieurs fois cette libéralité inopportune, déchira même
des actes de donations, celui notamment qui octroyait
à l'ordre espagnol le comté de Glatz, en Silésie, et leur
remettait comme gage d'une somme promise la ville
de Grætz, en Styrie. Les insatiables apôtres étant venus
trouver le chef du cabinet et lui ayant demandé le par-
chemin officiel, il leur montra les lettres de J.N.R.J.,
placées au-dessus d'un crucifix, et les interpréta de la
manière suivante : *Jam Nihil Reportabunt Jesuitæ*, c'est-
à-dire : *Les Jésuites n'emporteront rien.* Il avait poussé
la malice jusqu'à écrire son testament, qu'il montrait
à tout le monde. Cette pièce railleuse débutait sur un
ton humble, contrit, lamentable, puis léguait aux révérends pères, en signe d'affection et de repentir, quatre-
vingt-deux mille... — ici on arrivait au bas d'une page,
et il fallait tourner le feuillet ; le haut de la page suivante expliquait la donation du prince : — quatre-vingt-
deux mille clous pour bâtir une nouvelle maison !

Quelle haine ces taquineries allumaient dans le cœur
des prêtres ambitieux, on le devine aisément. C'était
jouer avec des poisons que de narguer ainsi un ordre

implacable, et le ministre devait tôt ou tard succomber. Une femme vint en aide à la sombre milice du Vatican. L'Impératrice mourut au commencement de l'année 1673. Quand il fallut la remplacer, Léopold eut le choix entre deux princesses, Claudia, du Tyrol, Éléonore de Neubourg. Lobkowitz jugea la dernière préférable ; mais ce fut l'autre qui obtint le diadème. L'ancien ministre Auersperg, ennemi mortel de son successeur, ne laissa point ignorer à la jeune impératrice les conseils du diplomate régnant. Ce fut le principe d'une aversion que les Jésuites eurent soin d'entretenir, qu'une imprudence de Lobkowitz changea en profonde rancune. L'Empereur avait témoigné secrètement des doutes à son médecin sur la chasteté de la princesse avant son mariage ; l'homme d'État inconsidéré alla partout ébruitant le scepticisme de Léopold, racontant les amours de la Tyrolienne et du comte Ferraris, à Inspruck.

Le ressentiment d'une femme et la haine des Jésuites, c'était plus que n'en pouvait supporter un seul homme. On fit croire au souverain qu'il était las de son ministre. Une commission eut ordre de décider comment on le traiterait. Le 16 octobre 1674, elle délibéra toute la nuit et fut surprise par le jour. A dix heures du matin, comme le ministre sortait pour aller chez l'Empereur, son carrosse fut enveloppé par un détachement de soldats, et le prince-général Pio, capitaine des hallebardiers, lui déclara sans plus de cérémonie que toutes ses charges, que tous ses honneurs lui étaient retirés. Dès ce moment il fut gardé à vue dans son propre hôtel. Un décret impérial, que lui signifia le grand-chancelier, lui ordonnait de quitter la ville dans un délai de trois jours, lui assignait pour résidence son château de Raudnitz, en Bohême, avec défense d'en sortir, d'y recevoir ou d'y expédier aucune lettre. Quant aux motifs de cette disgrâce, il ne devait point les demander ni chercher à les découvrir, sous peine de mort et de confiscation.

Le matin du troisième jour, comme il ne se pressait point de partir, on le mit dans une calèche découverte,

autour de laquelle chevauchaient trois escadrons de
hulans ; on lui fit traverser la ville, le pont du Danube,
à la vue du peuple stupéfait, et on le mena, ainsi escorté,
au château de Raudnitz. On y installa en même temps
que lui une garde commandée par le comte de Martinitz,
qui ne le laissa causer, entretenir de correspondance
avec personne, qui ne laissa même aucun livre à sa
disposition. Il fut bientôt oublié, pendant que les Jésuites
régnaient sur l'Empire en maîtres absolus.

La verve railleuse du proscrit ne l'abandonna point
dans son isolement. Il fit décorer la moitié d'une salle
avec une pompe extraordinaire, pendant que l'on ar-
rangeait l'autre moitié comme une pauvre cabane : la
première lui retraçait, disait-il, sa grandeur passée ;
la seconde, son infortune présente. Il écrivit sur les
murailles une foule d'épigrammes contre les Jésuites,
d'aventures scandaleuses arrivées aux bons pères.
Ces sarcasmes étaient-ils de leur goût ? On peut en
douter. Leurs ennemis, au surplus, ne vivaient pas
longtemps. Le prince mourut après deux ans d'incarcé-
ration ; mais son âge permet de croire sa fin naturelle.
Que nous importe, d'ailleurs ? Il avait sur la conscience
les larmes de tout un peuple, le sang de nombreuses
victimes.

Cependant les proscrits, les fugitifs, devenaient
chaque jour plus nombreux dans les montagnes de la
Transylvanie. Par tous les vallons, par tous les défilés,
par toutes les hauteurs, on voyait arriver des nobles,
des ministres du saint Évangile, des ouvriers, des laboureurs, des femmes et des enfants, que l'oppression
politique, l'insolence des troupes et la persécution religieuse chassaient de leur patrie. Les renseignements
qu'ils apportaient avec effroi augmentaient l'indignation de leurs coreligionnaires et leur désir de vengeance. Ils se comptaient, ils rêvaient une lutte acharnée, où la valeur pourrait du moins punir le crime. Le
souverain électif de la principauté, Michel Apaffi, était
heureusement dévoué de cœur à la Réforme. Non-seu-

lement les exilés vivaient sans inquiétude sous sa protection, mais il sympathisait avec leur colère et secondait tacitement leurs desseins. Il autorisa même un de
ses grands feudataires, le comte de Kovar, Michel
Teleky (autre personnage que Tékéli), à lever des
troupes pour renforcer les mécontents. Bientôt il
paya une solde aux bannis qui prenaient les armes.
Le général Spantkau, chef des bandes impériales
dans la Hongrie supérieure, écrivit au prince pour
se plaindre, et sa lettre différait peu d'une déclaration de guerre. Soutenant la religion et la cause de
l'humanité, le vaïvode n'y prit pas garde ; l'Autriche ne
pouvait d'ailleurs le poursuivre dans ses abruptes
montagnes, où une population belliqueuse vivait comme
dans une forteresse inaccessible.

Dès le mois d'août 1672, les proscrits furent en état
de tenir la campagne ; le 29, sous la conduite de
Petroczy et de trois autres capitaines, ils entrèrent en
Hongrie par les hauteurs du comté de Marmaros et
pénétrèrent dans la province d'Ugocz, au nombre de
douze mille. Dès que la nouvelle de cette irruption parvint à Kaschau, le général autrichien et les gouverneurs
des treize comtés mirent à prix les têtes des mécontents ; on offrait deux thalers pour celle d'un simple
soldat, mille pour celle des chefs ou de quelques seigneurs désignés nominativement ; deux mille, si on
livrait vivant un de ces personnages. Mais l'édit de
proscription demeura sans effet ; pas un homme ne fut
tenté par le prix du meurtre, par la récompense de la
trahison.

Les proscrits se séparèrent en deux troupes, pour
soulever sur différents points du territoire la population
mécontente. Les uns marchèrent vers le nord, les
autres vers le midi. Le pacha de Grosswardein amena
aux derniers cinq cents spahis. Un grand nombre de
bourgeois et de paysans s'armèrent avec enthousiasme.
La division méridionale fut bientôt forte de quinze
mille hommes ; elle rejoignit l'autre division en suivant

les bords de l'Hernad, et toute l'armée campa dans
une plaine, sans beaucoup d'ordre et sans avoir un
chef unique. Si les Hongrois n'avaient point commis
cette déplorable faute, la domination autrichienne était
anéantie du premier coup dans les provinces magyares.
Ils étaient à quatre lieues seulement de Kaschau (en
français : Cassovie), et le généralissime impérial ne
connaissait point leurs forces. Le 13 septembre, il
envoya deux cents chevaux à la découverte, et les suivit
avec deux mille hommes ; toute son armée venait derrière. L'avant-garde donna sur la gauche du camp
hongrois ; Petroczy la reçut, la mit en fuite et la pourchassa très-loin. Mais, dans leur course furieuse, les
vainqueurs ne tardèrent point à rencontrer le général
Spantkau, amenant toutes ses forces sur le champ de
bataille.

Une lutte terrible s'engagea, où les proscrits montrèrent la fougue, l'impatiente ardeur d'un courage
stimulé par le ressentiment. Au bout de trois heures
néanmoins, ils commençaient à fléchir, lorsque les
cris, les exhortations de leurs chefs ranimèrent leur
bravoure. Un héroïque effort changea l'aspect de la
lutte : les Allemands fatigués reculent à leur tour. Mais
Spantkau fait donner son arrière-garde, et les Magyars
cèdent de nouveau. Jean Szæts, capitaine de brigands,
qui s'était joint à eux, tente alors une diversion par
l'aile gauche, se précipite sur les troupes impériales,
les culbute avec une irrésistible fureur. Les Autrichiens
ne se défendent plus ; le carnage commence. Leur chef
s'estima heureux de pouvoir échapper au massacre avec
un petit groupe de cavaliers, dans l'ombre du crépuscule [1].

Tel fut le premier engagement où les persécuteurs
et les persécutés se trouvèrent en présence. Kaschau
serait tombée entre les mains des patriotes, leur victoire aurait eu pour eux les plus brillants résultats, s'ils

1. Fessler : *Geschichte der Ungern,* t. IX, p. 225.

avaient su en tirer avantage, et si le manque de direction suprême ne les avait aussitôt éparpillés. Ils ne
tardèrent point à essuyer une défaite, puis la fortune
se déclara pour eux de nouveau. Un grand nombre de
villes, Bartfeld, Zeben, Zaros, Eperies, Kœsmark, leur
ouvrirent joyeusement leurs portes. L'insolence et la
cruauté des soldats autrichiens poussaient dans les
rangs des troupes nationales beaucoup de volontaires.
Les Impériaux traitaient aussi mal les populations amies
que les populations hostiles. Partout ils prenaient ce
qui était à leur convenance, notamment les chevaux
dans les écuries ; on forçait les voituriers à transporter
gratuitement les bagages pendant plusieurs jours de
suite. Le même impôt était levé trois et quatre fois.
Les soudards exigeaient la nourriture la plus délicate,
et gaspillaient sans vergogne ces aliments coûteux. Les
paroles les plus blessantes, les outrages les plus immé-
rités accompagnaient d'ailleurs les extorsions. Quiconque voulait résister ou ne se hâtait point d'obéir, quiconque osait proférer le moindre murmure, recevait
des coups, était menacé de mort. Les chefs militaires
formaient des cours martiales, où ils jugeaient suivant
leur bon plaisir. Les lansquenets allemands devinrent
un objet d'universel effroi ; pour intimider les enfants,
pour obtenir d'eux le silence et arrêter leurs larmes,
il suffisait de leur crier : « Voilà l'Autrichien ! »

Les causes premières de ces innombrables malheurs,
les agents tonsurés du pape, les Jésuites surtout,
n'étaient point ménagés par les proscrits et ne devaient
pas l'être. En 1674, les Hongrois ayant capturé vingt-
deux prêtres orthodoxes, leur coupèrent d'abord les
oreilles et le nez; puis les tuèrent à coup de sabre. En
général cependant, ils se contentaient de bâtonner, de
fustiger les pieux industriels, après quoi ils les chassaient du territoire que venait de conquérir leur bravoure. Leurs représailles n'égalaient donc point les
barbaries commises envers les réformés et les prétendus rebelles. Les hommes qui combattent pour la

justice, pour l'indépendance des nations, pour l'affranchissement de l'esprit humain, pour l'abolition de la misère et de la servitude, ont presque toujours plus de douceur, de clémence et de charité que leurs adversaires. Les nobles maximes qu'ils invoquent, dont ils parent leurs drapeaux, modèrent même leur ressentiment. L'égoïsme, la cupidité, la suffisance, la haine de toute innovation, qui inspirent leurs antagonistes, les rendent, au contraire, violents, féroces, impitoyables comme la sottise et le crime. Le moment n'était pas loin où les Jésuites allaient trouver une occasion de vengeance. Ils la saisirent avec une fureur, ils en abusèrent avec une cruauté si grandes, ils inventèrent de si affreux supplices, que nous serons embarrassés pour les décrire, même après les hideuses scènes qu'il nous a fallu peindre.

Un puissant allié secourut bientôt les proscrits, fortifia leur courage et entretint leurs espérances. Absalon Lilienberg, tuteur du jeune comte Émeric Tékéli, homme habile dans toutes les négociations, influença en faveur des émigrés le marquis de Béthune, ambassadeur de France auprès du roi de Pologne ; le marquis, à son tour, leur obtint la protection de Louis XIV et de Jean Sobieski. Un grand nombre d'émissaires et d'officiers français vinrent d'abord seconder les Magyars. Dès l'année 1675, les troupes impériales en capturaient souvent parmi les généreux bannis et les traitaient comme des espions. Le comte de Dampierre tomba ainsi entre leurs mains. C'était un homme d'un aspect farouche, que la nature semblait avoir spécialement destiné à la guerre. Une épaisse barbe lui couvrait la poitrine, et il avait tant de poils sur la figure qu'il paraissait plutôt un sauvage qu'un officier français. On le conduisit à Vienne, où on le mit à la torture ; il en supporta tous les degrés, tous les raffinements, avec une héroïque intrépidité. Lorsque son courage eut lassé les bourreaux, il fut emprisonné à Neustadt. On lui réservait sans doute de nouvelles épreuves. Mais il ouvrit avec ses dents les veines de ses bras, et ne permit à aucun chirurgien de le panser. Cette mort stoïque fut une menace pour les Autrichiens, car elle leur annonça ce que pouvaient faire les Français et les Hongrois réunis.

Malheureusement, Louis XIV n'envoya point de troupes. Le marquis de Béthune expédiait seulement, par son ordre, du numéraire, des armes et des provisions. Les lansquenets de Léopold trouvaient fréquemment sur les prisonniers de l'argent français. La Pologne fournit aux patriotes des soldats. Jean Sobieski ayant conclu la paix avec les Turcs, en 1676, laissa les officiers français recruter des milices dans ses États. Le capitaine normand Forval enrôla de cette manière six mille hommes, payés par le roi de France, que l'on dirigea aussitôt vers la Transylvanie. Louis XIV solda en outre sept ou huit mille Magyars, et donna pour chef à ce corps d'armée Christophe Ballenduy, comte de Boham. Deux mille Transylvains le grossirent. La promesse faite par le prince qu'il soutiendrait invariablement les Hongrois, ne les laisserait jamais manquer ni d'hommes ni d'argent, attira de nombreux volontaires.

Louis XIV reçut en outre Gaspard Czandor, envoyé des Hongrois, comme l'ambassadeur d'une puissance régulière. Il fit frapper des médailles où il s'intitulait le libérateur de la Hongrie, continuant de la sorte la judicieuse politique suivie par François Ier, Henri IV et Richelieu, qui voulaient surtout abaisser la perfide maison d'Autriche.

Le premier acte du comte de Boham fut un succès. Ayant trompé par de faux avis le général Schmidt, il l'attira dans une embuscade avec quatre mille hommes, enveloppa cette troupe et en massacra la moitié. Le commandant eut toutes les peines du monde à s'enfuir, après avoir perdu son cheval ; il gagna la ville de Zathmar, escorté seulement de quelques légionnaires.

La victoire du comte de Boham transporta de fureur le général Kopp. Il chercha impatiemment le capitaine français, et les deux armées se trouvèrent bientôt en

présence. Mais beaucoup de Hongrois, enrôlés par force,
marchaient à contre-cœur dans les rangs des Autrichiens. Au moment où le chef réactionnaire croyait
livrer bataille, quinze cents Magyars quittèrent ses lignes,
et, musique en tête, bannières au vent, s'allèrent placer
en face des Impériaux. Malgré sa rage, Kopp dut abandonner son projet et commencer devant l'ennemi une
retraite pénible et dangereuse. Il y perdit toute son
arrière-garde, dont le commandant resta entre les mains
des proscrits.

Une fois rentré à Kaschau, sa violence ne connut plus
de bornes. Il fit courir de village en village, dans les
treize comtés hongrois, de sombres messagers, qui portaient une lame tachée de sang, une roue et un pal, avec
une proclamation adressée aux magnats, gentilshommes, bourgeois et paysans, où on les menaçait d'employer un de ces trois moyens pour les mettre à mort,
s'ils avaient la moindre relation publique ou secrète,
par eux-mêmes ou par leurs subordonnés, avec ces
voleurs, ces brigands, ces incendiaires de rebelles. Les
patriotes lui répondirent énergiquement : « Puisque tu
menaces les voleurs du gibet, les assassins du pal,
commence donc par te faire pendre toi-même, ignoble
scélérat, ou par te faire empaler sur un pieu, le long
d'une route, pour que ton cadavre serve de leçon aux
passants. » Cet avis n'était point de nature à calmer le
général : aussi fit-il sur-le-champ fermer les portes de
Cassovie, désarmer les bourgeois, emprisonner deux
échevins, conduire au supplice six prisonniers de guerre.
Ces malheureux, quoique de sang noble, périrent dans
les tourments. L'un fut traîné à la queue d'un cheval ;
on lui enleva des lanières de peau, et on termina son
supplice en le faisant rôtir tout vivant. Un second subit
les mêmes tortures, après avoir eu d'abord la main
droite coupée. La barbare invention du pal termina
l'existence des quatre autres. Kopp envoya dans toute
la Hongrie l'ordre de suivre son exemple. C'est par ces
moyens, dignes des cannibales, que la maison d'Autriche

voulait gagner le cœur des Magyars, introduire dans
un royaume électif et constitutionnel le pouvoir absolu
et héréditaire ! Mais qui ne sait que l'ambition, forme
prétentieuse de l'égoïsme, de l'amour-propre et de la
cupidité, est une sorte d'aveugle rage, contre laquelle
on n'a pas encore trouvé de spécifique ? Si horrible que
fût la lutte, envenimée par de tels excès, les proscrits
en acceptèrent les conditions. Il y a des moments où les
héros même n'ont pas le choix des armes, où, s'ils ne
veulent abandonner au crime une victoire d'une incal-
culable portée, il leur faut descendre avec lui dans la
fange et dans le sang, pour lui arracher le succès, futur
instrument de ruine, d'oppression et de meurtre. Les
mécontents traitèrent leurs prisonniers comme les
Allemands traitaient ceux qui tombaient entre leurs
mains. Les Turcs, gagnés à leur cause depuis la mort
du grand-vizir Kiuperli, en novembre 1675, et son rem-
placement par Kara-Mustapha, secondèrent leur juste
animosité. Le pacha de Bude prescrivit aux beys des
frontières, qui envahissaient constamment la Hongrie,
de ne plus emmener captif un seul Autrichien, mais de
massacrer et d'empaler tous les vaincus.

La guerre ayant atteint ce paroxysme de violence,
les troupes orthodoxes ménagèrent moins que jamais
les populations catholiques ou réformées. L'Empereur,
qui ne payait point les soldats, leur laissait commettre
tous les forfaits : le pillage, l'assassinat et le viol étaient
leur principale occupation. Les chefs même ne se
gênaient guère pour prendre dans les châteaux, dans
les maisons bourgeoises et dans les fermes, les meubles,
les chevaux, les provisions de bouche. Tout voyageur
allemand se faisait nourrir, coucher, voiturer gratuitement par les nationaux. Une inquiétude perpétuelle
obsédait les malheureux indigènes. Quand on annonçait
le prochain passage d'un corps d'armée, d'un simple
régiment, tout le monde fuyait, tous ceux, du moins,
qui pouvaient se traîner. Ils cherchaient un asile dans
les bois, dans les montagnes, dans les cavernes. La

population émigrait en masse au delà des frontières turques, où, à la honte des chrétiens, ils trouvaient plus de justice et d'humanité. Des villages, des territoires entiers devenaient déserts. Les plaintes et les réclamations étaient ou inutiles ou dangereuses: c'était aux oppresseurs armés qu'on les renvoyait, et ils les punissaient comme des actes de rébellion.

Ces détails, et d'autres plus affreux que je passe sous silence, ne me sont point fournis par des Magyars, par des écrivains hostiles à la cour de Vienne : ce sont deux Jésuites, deux persécuteurs, deux partisans de la maison d'Autriche, qui les racontent : Wagner, dans son histoire latine de l'empereur Léopold ; Jean Korneli, dans sa Chronique turco-hongroise. Ne désapprouvant point ces horreurs, ils n'ont pas cru nécessaire de les cacher : la réaction a porté ainsi témoignage contre elle-même.

L'excès du mal en abrégea la durée. Les sanglantes représailles des bannis effrayèrent les Allemands: les soldats, les officiers, tremblaient de tomber entre les mains de leurs adversaires, et le général Kopp était battu dans toutes les rencontres. L'Empereur voyait le moment où personne ne voudrait s'exposer aux chances d'une si horrible guerre. Il fut contraint de rappeler son lieutenant et de lui substituer le comte de Würben, en prescrivant de respecter désormais la vie des prisonniers.

CHAPITRE XV

Le comte Tékéli. Invasion de l'Autriche par les
Hongrois et les Turcs ; siège de Vienne.

Cependant le jeune comte Tékéli avait fait ses premières armes dans les rangs des patriotes. Vers la fin
de l'année 1677, il leur amena deux mille hommes, et
prit, en passant, la ville de Nagibania, que les Impériaux avaient abandonnée. Ce nouveau champion était
un homme distingué sous tous les rapports : sa haute
taille, sa belle figure, son esprit, son agilité, sa bonne
grâce fixaient l'attention, prévenaient en sa faveur. A
ces dons naturels, au courage, au sang-froid, il unissait une expérience précoce : grandi dans l'infortune et
le ressentiment, il avait fait, dès sa plus tendre jeunesse, le dur apprentissage de la vie militaire. Il connaissait et parlait avec la même facilité le hongrois, le
latin, l'allemand et le turc. Des biens immenses que sa
famille possédait dans la Hongrie septentrionale et dans
la Transylvanie, les derniers n'avaient pu être saisis par
Léopold et lui assuraient l'influence toujours précieuse
d'une grande fortune. Sa conception rapide, son esprit
organisateur, une fermeté de caractère indispensable
au milieu des batailles, le destinaient à exercer partout
un ascendant irrésistible.

Dès qu'il parut sous les drapeaux hongrois, il devint
l'objet de toutes les espérances. Il n'avait que vingt et
un ans, lorsque la retraite de Teleky, par suite de son
désaccord avec les capitaines français, détermina les
proscrits à le nommer leur général en chef. Son pre-

mier soin fut d'augmenter ses forces, de pousser la
guerre avec une ardeur nouvelle et des moyens décisifs.
Une proclamation appela aux armes tout individu capable de tenir une épée ou un fusil ; les bandes éparses,
qui combattaient sans discipline, eurent ordre de le rejoindre. En très-peu de temps, vingt mille hommes
accoururent, et des pelotons ralliaient sans cesse l'armée de l'indépendance. Tékéli voulut diriger seul ces
masses belliqueuses, sachant bien que la décision, l'u-
nité, la rapidité sont indispensables dans les luttes sanglantes.

Les milices qu'il commandait se trouvaient alors
bien supérieures en nombre aux légions impériales. Le
jeune chef parcourut triomphalement tout le nord de
la Hongrie, toute la chaîne des Carpathes. Les villes
s'empressaient de l'accueillir, l'aidaient à chasser leurs
garnisons, ou lui ouvraient leurs portes après un simulacre de résistance. Immobile dans un camp retranché,
non loin d'Éperies, le général Würben n'osait tenter le
sort des batailles avec une armée trop inférieure. Il
laissait ravager la campagne autour de lui, jusque sous
les murs de Kaschau, et regardait d'un œil morne la
fumée des incendies par lesquels les Hongrois signalaient leur marche. Bientôt les émigrés fondirent sur
Kremnitz, ville que les mines d'or et d'argent exploitées dans le voisinage rendaient importante, et s'y installèrent sans peine. Outre les lingots, ils y trouvèrent
cent quatre-vingt mille ducats de métal monnayé, ce
qui leur fut d'un grand secours. Par les vallées des
quatre fleuves hongrois, ils dominaient le chemin des
plaines et menaçaient déjà Presbourg, quand Léopold
conclut un armistice avec eux ; mais les négociations
qu'il entama, n'étant pas conduites avec sincérité, n'a-
menèrent point la paix. La guerre recommença plus
effrayante qu'auparavant. Les excès de tout genre qui
s'y commirent ne tardèrent point à faire éclater la
peste, et le mystérieux fléau joignit ses ravages aux
destructions des hommes. Pendant quatre années, la

malheureuse Hongrie endura de telles souffrances que
le tableau seul en révolte l'imagination. Quel effet de-
vaient-elles produire sur les contemporains ? Quels remords ces calamités inouïes auraient dû faire naître
dans l'âme des persécuteurs, s'ils avaient été capables
de pitié ! Les Jésuites, les conseillers de Léopold, demeurèrent impassibles comme les sphinx du désert.

En 1682, le chef des mécontents se ligua donc avec
les Turcs, pour abattre enfin l'orgueil et punir la
cruauté de la maison d'Autriche. Le grand-vizir Kara-
Mustapha, d'une part, Emeric Tékéli, de l'autre, firent
des préparatifs effroyables, mirent sur pied trois cent
mille hommes, et le fanatique Empereur trembla dans
les murs de Vienne.

Dans l'hiver de 1682-1683, les hordes musulmanes
se rassemblèrent à Andrinople. Il en arrivait de l'Asie,
de l'Afrique, des extrémités de l'Empire. Mais l'Europe
fournissait le contingent le plus redoutable, les Janissaires et les Kalmouks. On sait au juste quel était
l'effectif de l'armée, d'après le rôle trouvé dans la tente
de Kara-Mustapha. Deux cent soixante mille hommes
de troupes régulières finirent par camper autour du
belliqueux vizir. Un nombre immense de pourvoyeurs,
de valets, de chameliers, accompagnaient cette foule
bruyante, aux costumes splendides. Le Grand-Seigneur
lui-même arriva bientôt, environné d'une pompe
extraordinaire. On concevra son luxe, quand on saura
que cent voitures portaient les femmes du sérail.

Après un pluvieux hiver, le Sultan accompagna l'armée
jusqu'à Belgrade, où elle arriva le 12 mai. Soixante mille
hommes la rallièrent à Esseg, sous la conduite de Tékéli :
trente-trois mille Hongrois, douze mille Tartares, quinze
milles spahis et janissaires de la Hongrie mahométane
composaient ce renfort, qui seul aurait pu effrayer l'Autriche. Quand elle eut dépassé la frontière, la belliqueuse
multitude s'avança comme une trombe, exerçant partout d'effroyables ravages : elle incendiait les maisons,
coupait les arbres, massacrait les hommes, capturait,

pour les vendre, les jeunes filles et les enfants. Des colonnes de flammes et de fumée signalaient en tous lieux son passage.

Quelles forces pouvait opposer l'Empereur à une si terrible invasion ? Léopold n'avait sous les armes que trente-trois mille soldats commandés par un général français, le brave et habile Charles de Lorraine. Dans une diète tenue à Œdenbourg, les magnats dévoués à l'Autriche avaient promis que le peuple hongrois se lèverait en masse : il leur fut difficile de recruter trois mille hommes. Une partie de ces troupes dut former les garnisons de Raab, Komorn, Léopoldstadt. Le reste, c'est-à-dire environ douze mille fantassins et onze mille chevaux, alla se poster au sud-ouest de la première ville, épiant l'approche d'un ennemi tellement supérieur en nombre que sa force rendait absurde tout espoir de résistance. Le vizir laissa l'armée autrichienne à sa gauche et alla mettre le siège devant Raab, pour suivre l'avis de son conseil de guerre ; mais ce fut une simple démonstration, car il aurait voulu marcher droit sur Vienne, et saisit la première occasion venue d'effectuer son dessein. Charles de Lorraine, qui le surveillait, détacha son infanterie vers la capitale par l'île de Schutt, terrain spacieux qu'isolent deux bras du Danube. Engager ces troupes dans une lutte inégale aurait été les conduire à la boucherie : mieux valait cent fois les abriter derrière les murs de Vienne et renforcer la garnison. Lui-même se retira lentement avec la cavalerie, par Altenbourg et Kitsee. Mais, non loin de Petronell, un détachement de quinze mille Tartares l'assaillit à l'improviste. Frappés de terreur, les Allemands rompirent leurs lignes : beaucoup d'entre eux prirent la fuite. Les Kalmouks enlevèrent aussitôt une partie des bagages, notamment la vaisselle plate, que le duc de Saxe-Lauenbourg, le duc de Croy et le général Caprara traînaient après eux, suivant l'habitude de l'époque. Charles de Lorraine et son état-major, désespérés de cette catastrophe, se jetèrent au milieu de leurs troupes, et, par leur énergie, leur acti-

vité, leur sang-froid, parvinrent à rétablir l'ordre. Les
Musulmans furent d'abord tenus en échec, puis vaillamment repoussés ; mais un jeune duc d'Aremberg et Louis
de Savoie, frère aîné du célèbre prince Eugène, restèrent morts sur le champ de bataille. Le détachement
victorieux dut continuer sa retraite.

Le jour même, quelques fuyards atteignaient la capitale et répandaient le bruit que les Infidèles avaient
exterminé tous les régiments autrichiens. Léopold,
conseillé, dit-on, par un de ses ministres, résolut immédiatement d'abandonner la ville ; sa seule préoccupation fut d'accélérer son départ. L'auguste évasion commença le soir, à huit heures. L'impératrice, Éléonore
de Neubourg, qui se trouvait dans une situation intéressante, accompagnait l'Empereur avec l'héritier présomptif de la couronne, alors âgé de cinq ans, les conseillers auliques et tout le personnel de la cour. La
camarilla tremblante avait été, les larmes dans les yeux,
prendre congé du bourgmestre Liebenberg. L'immense
cortège traversa le Danube pour suivre la rive gauche,
et se dirigea vers Linz. Deux cents cavaliers galopaient
autour du carrosse impérial. L'effroi du monarque ayant
gagné toute la noblesse, toute la bourgeoisie, sauf
quelques exceptions, les hautes classes ne songeaient
qu'à fuir. Pendant six heures, les voitures qui empor-
taient l'aristocratie viennoise défilèrent sur le pont du
Danube. Un certain nombre de personnages, préoccupés
uniquement de leur salut, ne prenaient rien avec eux ;
d'autres surchargeaient leurs véhicules, et, dans leur
frayeur, poussèrent tellement les chevaux que les malheureux quadrupèdes tombèrent morts. Surpris par les
Turcs, ces avares perdirent leurs biens avec la vie. Tous
ceux qui se dirigeaient vers le sud éprouvèrent le même
sort. En deux jours, soixante mille personnes abandonnèrent la ville. Comme il n'y restait plus aucun moyen
de transport, bon nombre d'hommes timides furent
contraints de se résigner, d'attendre l'ennemi dans la
prière et les larmes. Tels étaient les sentiments d'hé-

roïsme que les Habsbourgs savaient propager autour d'eux [1].

A sa première étape, dans la petite ville de Korneubourg, la famille régnante put voir au loin les flammes dévorer le monastère des Camaldules, situé sur le Kahlenberg et incendié par des fourrageurs turcs. Séparée de ses bagages, elle eut peine à se procurer assez d'œufs pour déjeuner, tant la confusion était grande. Le deuxième jour, elle atteignit Krems au milieu de transes perpétuelles : des escadrons tartares pillaient la campagne avec une audace inouïe ; les paysans s'attroupaient sur le passage du monarque et lui adressaient les plus insultants reproches. Le lendemain de son départ, le prince Charles de Lorraine entra dans la ville, à la tête de la cavalerie, au son des trompettes et des cymbales ; son arrivée, le secours qu'il amenait, relevèrent le courage abattu des Viennois. Peu de temps après, le trésor impérial fut embarqué sur le Danube et conduit à Linz.

La fuite précipitée de Léopold, son état d'humiliation et de détresse, qui auraient dû le faire compatir aux maux d'autrui, ne l'empêchèrent point de commettre un acte injuste et féroce. Antoine Zriny, fils du comte exécuté à Neustadt, homme doux, spirituel et honnête, démoralisé d'ailleurs par l'excès de l'infortune, obéissait fidèlement à la cour, portait les armes pour elle et soutenait sans dissimulation ses intérêts. Le hasard l'ayant fait tomber entre les mains de Tékéli, son beau-frère, il ne voulut point combattre sous ses drapeaux, demeura sourd aux paroles de vengeance que la haine dictait à sa sœur. Plaidant toujours la cause du souverain, le conseil aulique l'employa dans les fréquentes négociations qu'il entamait avec le chef des patriotes. Remis en liberté, le jeune homme continua de montrer le même dévouement au prince autrichien. Quand il sut qu'il était parti pour Linz, il crut devoir le rejoindre

1. Mailath : *Geschichte der stadt Wien*, p. 192 et 193.

par le chemin le plus court, en suivant la rive droite
du Danube. Mais comme les dernières pluies avaient
gonflé les torrents qui descendent des montagnes, il
était souvent contraint de les faire sonder par son valet,
ou de les sonder lui-même, avant de se hasarder au
milieu des flots. Ayant été vu occupé de cette manière,
on supposa qu'il voulait frayer le passage aux Kalmoucks,
et les mettre en mesure d'arriver jusqu'à l'Empereur.
Ce soupçon dénué de preuves suffit pour qu'on l'arrêtât,
pour qu'on le descendît, comme un criminel régulièrement jugé, dans les oubliettes du château de Kuffstein.
Il y demeura vingt ans, et périt à soixante pieds sous
terre, sans avoir revu la clarté du soleil. Il était comme
son père, d'une si haute stature qu'il lui fallait se pen-
cher vers ses interlocuteurs, même quand ces derniers
avaient une taille ordinaire [1]. Ainsi, avec la maison
d'Autriche, la soumission n'était pas moins dangereuse
que l'indépendance et la fierté. On périssait en lui
obéissant, on périssait en luttant contre son despotisme.
Ne valait-il pas mieux, dès lors, courir les chances de
la guerre ?

Le 12 juillet, toutes les forces turques parurent en
vue de la capitale. Les flammes, qui se rapprochaient et
formaient presque un cercle autour de la ville, annonçaient depuis quelques jours leur arrivée. Le 13 au
matin, les spahis s'avancèrent en demi-lune, cernèrent
Vienne au sud et à l'ouest. Comme midi sonnait, un fort
détachement arriva jusqu'aux faubourgs. Starhemberg,
le gouverneur, avait tout préparé pour y mettre le feu ;
il donna l'ordre de les livrer aux flammes et dirigea en
même temps une vive canonnade contre les Turcs.
Toutes les constructions suburbaines furent sacrifiées,
malgré l'importance de quelques-unes ; mais ce sacrifice nécessaire faillit causer la ruine de la ville. Un fort
vent d'ouest poussa tout à coup les flammes vers l'en-

---

1. *Histoire des révolutions de Hongrie*, t. Ier, p. 309 et suivantes. — *Mémoires du comte Niklos*, p. 145.

ceinte de palissades et vers les monceaux de poutres accumulés derrière, jusqu'aux murailles ; une activité prodigieuse put seule les empêcher d'atteindre les maisons. Le soir de ce même jour, l'infanterie du prince Charles entra dans la ville par le nord.

Le matin du 14, le soleil levant éclaira les vingt-cinq mille tentes qui formaient le camp des Infidèles. On remarquait dans le milieu, à son éclat et à ses dimensions, la tente du grand-vizir. Elle était verte et contenait plusieurs salles pour les repas, le sommeil, la prière, les fêtes, les délibérations ; de riches tapis en couvraient les parois et le sol ; on y voyait des fontaines jaillissantes, des bains, une ménagerie, un parterre ; la soie, le velours, l'or et l'argent y brillaient en profusion ; les diamants et les perles, qui en brodaient quelques parties, valaient un million de florins. Le même luxe distinguait les tentes dressées pour l'aga des janissaires, les principaux émirs d'Europe, d'Asie et d'Afrique, les hospodars des provinces danubiennes, le vaïvode de Transylvanie, et, enfin, pour le premier instigateur de cette formidable expédition, Émeric Tékéli.

Ce spectacle répandit dans la ville l'inquiétude et l'effroi. La garnison, supputée homme par homme, ne formait que vingt et un mille neuf cent soixante combattants. Tous ceux qui pouvaient porter les armes s'étaient cependant unis aux troupes régulières. Les étudiants composaient une légion de sept cents miliciens, commandée par le recteur de l'Université. La bourgeoisie supérieure avait fourni deux mille huit cent trente-deux volontaires ; les cordonniers, les hôteliers, les bouchers et les brasseurs, les divers états enfin, des bataillons proportionnés à leur importance. Les serviteurs de la cour, en fonctions ou en retraite, réunirent sous les drapeaux un corps de mille individus. Mais ces contingents étaient la faiblesse même, en comparaison des forces qui bloquaient la ville, les Turcs ayant une armée seize fois plus nombreuse.

Dès le commencement de l'année, cependant, on avait

pris des mesures, en souvenir du siège de 1529. Un
impôt du centième avait été mis sur la noblesse et le
clergé. Chaque maison, dans Vienne et dans la banlieue,
avait dû fournir un homme pour travailler aux fortifications. Il était enjoint à chaque habitant de se procurer des vivres pour une année entière, sinon d'aller
demeurer ailleurs. On avait nivelé les buttes, rasé les
monuments qui dominaient la ville, fait préparer trente
mille pieux à palissades. L'arrivée des barbares stimula
le zèle et augmenta l'activité de la population. Elle
s'élança vers les remparts. Le bourgmestre Liebenberg
donna l'exemple, et roula un des premiers une brouette
pleine de terre. Dès le 16, deux cents pièces de canon
hérissèrent les murailles. Les moines abandonnaient
leurs couvents, négligeaient leurs psaumes, pour
mettre la main à l'œuvre. On eût dit l'équipage d'un
navire battu par la tempête et menacé d'une ruine
prochaine. Toutes les toitures en bardeaux furent
démolies, quatre cents bourgeois enrôlés pour éteindre
les incendies qu'allumeraient les bombes et les obus.
On enterra la poudre dans des caveaux, dans les cryptes
des églises, et on mura toutes les ouvertures qui n'é-
taient pas absolument indispensables. Les Jésuites, se
relayant à tour de rôle, entretinrent nuit et jour deux
vedettes dans la cathédrale, pour observer les mouvements de l'ennemi. Eux, qui étaient les premières
causes de l'invasion, purent constater ainsi par leurs
propres yeux les détestables effets de leurs cruelles
manœuvres.

Les Turcs cependant continuaient leurs opérations
hostiles. Le général Schulz occupait, avec un détachement, le faubourg de Leopoldstadt. Le 17, les Infidèles
l'en expulsèrent, et la capitale, dès lors, se trouva complètement investie. Les sectateurs du Prophète avaient
amené avec eux une artillerie considérable : ils étaient
fort habiles d'ailleurs dans l'art de creuser les mines.
Tous les deux jours au moins, une explosion faisait
sauter quelque ouvrage extérieur. Aussitôt les Islamites

s'élançaient vers la brèche, escaladaient les ruines fumantes, et parvenaient en haut des murs, où ils plantaient souvent leurs étendards à queue de cheval. Une lutte acharnée, une indomptable bravoure étaient nécessaires pour les tenir en échec, pour les culbuter des remparts. Le 23 août, ils pénétrèrent dans le bastion du château (Burgbastei) ; le 26, quarante Janissaires ayant fait irruption dans la ville, furent tués par le général Scharfenberg.

Le gouverneur déployait heureusement un courage personnel à toute épreuve et une fermeté invincible. Le jour, la nuit, on le voyait partout : il prenait à peine quelques heures de repos entre deux levers de soleil. Il avait un admirable auxiliaire dans Léopold Kolonics, ancien chevalier de Malte, qui, après avoir étonné par son héroïsme au siège de Candie, s'était dégoûté des luttes militaires, avait reçu les ordres et portait la mitre comme évêque de Neustadt. A l'approche des Musulmans, l'odeur de la poudre ayant ranimé son ardeur guerrière, il courut s'enfermer dans Vienne. Il y remplissait les fonctions de gouverneur civil, administrait les hôpitaux, soignait les blessés, fortifiait le cœur des mourants jusque sous la mitraille, veillait aux approvisionnements, dirigeait les secours contre les incendies, employait les femmes, les vieillards, les enfants à des travaux indispensables, mais sans péril, enfin répandait autour de lui sa calme et intrépide valeur. La situation de la ville n'en était pas moins des plus précaires : elle semblait même irrémissiblement perdue. Dans ces heures d'anxiété suprême, le gouverneur montait à la flèche de Saint-Étienne et y trouvait les Jésuites en observation. Le gardien montre encore la pierre où il avait coutume de s'asseoir, d'où il examinait avec tristesse le camp prodigieux des Turcs.

La population était peu favorable aux disciples de Loyola. Elle les accusait d'avoir décidé, organisé la persécution, réduit les Hongrois au désespoir, amené sous les murs de la ville cette formidable invasion, qui menaçait, en même temps que l'Autriche, toute l'Europe occidentale.

Mais Vienne ne devait pas tomber au pouvoir des Infidèles, les Habsbourgs ne devaient pas perdre leur couronne : leur empire et eux-mêmes furent sauvés par une des chances miraculeuses, qui étonnaient déjà les politiques, il y a deux cents ans, et qui ont depuis lors retenu vingt fois sur le bord de l'abîme le gouvernement autrichien.

CHAPITRE XVI

Délivrance de Vienne par Charles de Lorraine et Jean
Sobieski ; ingratitude de la cour impériale.

Après avoir organisé la défense de la capitale avec
Starhemberg, Charles de Lorraine en était sorti pour
rassembler des troupes et venir la dégager. Dès le mois
de mai, une alliance avait été conclue entre l'Empereur
et le roi de Pologne : celui-là promettait de fournir
soixante mille combattants, celui-ci quarante mille.
Jean Sobieski avait été déterminé à cette union politique par sa femme, Marie-Casimire de la Grange, fille
du marquis d'Arquien, lequel était capitaine des
gardes de Monsieur. Ayant demandé pour son père à
Louis XIV le titre de duc et pair, et n'ayant pu l'obtenir,
elle se vengea en tournant les armes de son mari
contre les Turcs, au profit de Léopold. Tous les électeurs et princes d'Allemagne avaient été sommés de
secourir leur suzerain. Le marquis de Brandebourg
était seul resté indifférent à cet appel, malgré son renom militaire. L'Autriche réunit sous ses drapeaux
vingt-sept mille soldats ; la Pologne, vingt-six ; la Saxe
en fournit onze mille quatre cents ; la Bavière, onze
mille trois cents ; les cercles de Franconie et de Souabe,
huit mille quatre cents. Ces troupes diverses formaient
un total de quatre-vingt-quatre mille huit cents hommes,
dont trente-huit mille sept cents fantassins, quarante-
six mille cent cavaliers, avec cent quatre-vingt-six
bouches à feu. L'armée fédérale tenta heureusement
plusieurs opérations avant de marcher sur Vienne.
Que faisait Léopold, tandis que le sort de l'Empire
et celui de sa famille étaient livrés aux chances d'une

effroyable guerre? Essayait-il de conjurer les malheurs
qui le menaçaient? Déployait-il une activité digne de
sa haute fortune? Veillait-il au salut, aux intérêts des
populations que, depuis son couronnement, il gouvernait d'une manière chaque jour plus impérieuse? Non,
toute sa sollicitude était pour son auguste personne. Il
venait d'atteindre Linz, quand une estafette lui apporta
la fausse nouvelle que les Turcs avaient dépassé Vienne
et s'avanceraient, selon toute apparence, jusqu'au lieu
de refuge où il se cachait. Reprenant sa course effarée,
le vaillant despote ne fit halte qu'à Passau, sur le territoire de la Bavière. Pendant deux mois, qui furent pour
lui comme un temps de loisir, il se promena au bord
du lac de Traun, dans le magnifique pays qu'on nomme
Salzkammergut; il s'occupa de médailles, d'horlo-
ges, de curiosités, suivant ainsi l'exemple de son aïeul
Rodolphe II; il modelait et guillochait des cierges de
luxe, rédigeait enfin des chronogrammes. Un peu rassuré le 25 août, il retourna dans la ville de Linz, avec
sa femme et ses conseillers auliques.

Cependant l'heure était venue de secourir Vienne,
si on désirait empêcher les Islamites de s'en rendre
maîtres. Les alliés franchirent le Danube à Tuln, que le
général musulman avait eu la sottise de ne point occuper. C'était le 7 du mois de septembre. Les montagnes du Wienerwald, qu'il fallait traverser, auraient
été funestes aux Chrétiens, pour peu que les Mahométans eussent posté des troupes dans leurs gorges
étroites, braqué de l'artillerie sur les hauteurs. Avec
l'insouciance des barbares, ils n'avaient pris aucune de
ces mesures. Le soir du 11, l'armée fédérale atteignit
donc, sans avoir perdu un homme, le front des collines. Ils déployèrent au sommet du Léopoldsberg un
vaste drapeau rouge, orné d'une croix blanche, qui fut
salué par les Viennois comme une promesse de délivrance.
Une joie inexprimable régnait dans toute la ville, les
habitants se pressaient sur les remparts. L'anxiété, les
fatigues, les maladies enlevaient tous les jours trente

ou quarante bourgeois ; la garnison avait perdu six mille hommes, le prix des vivres était quadruplé, les Turcs gagnaient tous les jours du terrain ; il fallait en finir.

Comme la nuit tombait, un cavalier traversa le Danube à la nage pour porter un billet au duc de Lorraine. « Ne tardez pas, cher seigneur, lui écrivait Starhemberg, ne perdez pas une minute. » Des fusées, qui partaient de la cathédrale, semblaient répéter cette prière dans leurs splendides hiéroglyphes. D'autres fusées sillonnèrent le ciel, en guise de réponse, et trois coups de canon résonnèrent sur les montagnes. La batterie la plus voisine rendit aux libérateurs ce salut militaire. Plusieurs centaines de mille hommes passèrent la nuit dans une attente inquiète et solennelle.

Lorsque le jour parut, le matin du 12 septembre, un épais brouillard d'automne voilait à demi les crêtes des montagnes, devenait plus dense sur les flancs, cachait les terres basses et le Danube. Le clocher de Saint-Étienne dessinait une vague silhouette dans ce brumeux océan. A mesure que s'éclaircissaient les vapeurs, un majestueux tableau frappait le regard des Alliés. Ils apercevaient au loin les murs ruinés de la ville, les tranchées des Infidèles, qui continuaient les travaux de siège comme s'ils avaient la certitude de repousser les bataillons germaniques, et, plus près, sur les buttes, dans les vallons, cent mille hommes rangés en bataille.

Tous les princes fédérés entrèrent dans la chapelle du Léopoldsberg, où le capucin Marco Aviano, confesseur et ami du monarque régnant, célébra la messe. Outre Jean Sobieski et son fils Jacques, qui fut armé chevalier par son père après le service divin ; outre Charles de Lorraine, l'électeur de Saxe, le margrave Louis de Bade, qui devint si fameux plus tard, le comte Sylvain Caprara, le prince de Salm, on y voyait un jeune seigneur d'une petite taille et d'une faible complexion : il n'avait pas encore vingt ans, et allait, ce

jour-là, faire ses premières armes, lui qui devait commander pendant un demi-siècle toutes les forces de
l'Autriche, acquérir une gloire immortelle, et briller
dans l'histoire comme le plus habile général que cette
puissance ait mis à la tête de ses troupes : c'était le
prince Eugène de Savoie. Louis XIV lui ayant refusé un
régiment, il venait de passer au service des Habsbourgs.
Comme Charles de Lorraine, qu'une injustice du roi de
France avait aussi attaché à Léopold, il avait fait ses
études pour entrer dans l'Église. Les trois personnages
les plus importants de l'armée, les trois libérateurs de
l'Empire, se trouvaient donc réunis sur le Wienerwald
par suite d'une triple faute commise à Versailles.

Quand toutes les cérémonies préalables furent termi-
nées, cinq coups de canon donnèrent le signal de l'attaque, et les régiments, les escadrons descendirent les
croupes des montagnes dans la lumière rose du matin.
Avec leurs drapeaux, leurs costumes variés, ils formaient un spectacle imposant et pittoresque. L'aile gauche était commandée par le duc de Lorraine, le centre
par l'électeur de Bavière et le prince de Waldeck, l'aile
droite par Jean Sobieski. Les trompettes et les cymbales
faisaient retentir l'air, éveillaient tous les échos des
montagnes.

Une vive canonnade et le bruit de la mousqueterie
annoncèrent bientôt que l'action s'engageait près du
Danube, sur la gauche des Alliés. Les Musulmans occupaient Nussdorf, s'y étaient retranchés dans les maisons
et les jardins. Les troupes impériales les délogèrent, les
contraignirent à se replier sur Heiligenstadt. Ils en furent chassés comme de leur précédente position. Vainement le pacha de Mésopotamie, Osman-Oglou, qui menait l'aile droite des Turcs, fit cinq charges désespérées
contre les lansquenets et les trabans ; les chrétiens repoussèrent avec énergie les hordes musulmanes. Eux-
mêmes, cependant, se trouvaient tenus en échec par une
énorme batterie dressée près de Dœbling, au-dessus
d'un chemin creux. Elle foudroyait les bataillons alle-

mands, jonchait la terre de cadavres. La lutte ne dura pas moins de sept heures. Les Impériaux et les Saxons enlevèrent à la fin ce poste redoutable. L'aile droite des Islamites fut alors culbutée, mise en déroute ; il était cinq heures du soir, quand les Infidèles renoncèrent au combat et cherchèrent leur salut dans la fuite.

Les vainqueurs poussèrent droit devant eux, s'élancèrent jusqu'aux murs de la ville. Le margrave de Bade atteignit la porte écossaise (Schottenthor) à la tête des dragons et au bruit des fanfares. Le gouverneur Starhemberg vint l'y saluer, et promit d'exécuter immédiatement une sortie sur un autre point du champ de bataille.

Les Bavarois du centre, les Polonais de l'aile droite avaient eu à vaincre des difficultés de terrain, à traverser des forêts.. Ils commencèrent donc l'attaque seulement vers le milieu du jour. Sobieski se trouva en face d'une redoute importante, qui l'arrêta tout court. La cavalerie célèbre, qui formait la plus grande partie de son armée, ne pouvait tenter une escalade, emporter des retranchements: elle recevait immobile la mitraille musulmane. Il fallut que des régiments autrichiens, que les Bavarois, conduits par le prince de Waldeck, lui prêtassent main-forte : ils enlevèrent la grande redoute turque, et les escadrons polonais, délivrés de cet obstacle, se précipitèrent sur l'ennemi avec une double fureur. Ils pénétrèrent dans le camp des Islamites, où ils se rencontrèrent avec les Impériaux, vers six heures du soir.

La déroute des Mahométans était devenue générale. Saisis de terreur, ils fuyaient dans toutes les directions. Leur chef résista encore une demi-heure près de Saint-Ulrich, puis fut entraîné. Les soldats qui occupaient les tranchées, ayant voulu tenir ferme, tombèrent sous l'épée ou les balles des vainqueurs. Les dragons impériaux et les lanciers polonais poursuivirent les bandes éparses jusqu'aux premières ombres du crépuscule.

Sobieski et Charles de Lorraine firent rester leurs milices sous les armes pendant toute la nuit, pour être en mesure de repousser une attaque, si les forces encore nombreuses de l'ennemi tentaient un coup désespéré. Le lendemain, on livra le camp des Infidèles aux troupes victorieuses.

Elles y firent un butin inouï. Trois cent soixante-dix canons, une multitude d'étendards, quinze mille tentes, dans un bon nombre desquelles le dernier repas était encore servi, cent mille mesures de blé, dix mille bœufs, dix mille moutons, cinq mille chameaux tout chargés, d'immenses provisions de bouche et de guerre, devinrent la proie des Allemands et des Polonais. L'or, l'argent, les parures, les objets de prix abondaient tellement, que les milices abandonnèrent le reste aux Viennois. Ceux-ci accouraient en foule par les portes, par les brèches, pour piller à l'envi. Beaucoup cherchaient, au milieu des décombres, les restes de leurs maisons, et avaient peine à en trouver la place ; mais les caves regorgeaient de denrées, qui fournirent aux propriétaires les moyens de les reconstruire. Jean Sobieski obtint en partage les tentes de Kara-Mustapha, qui occupaient, dit-il lui-même, un espace grand comme Varsovie ou Léopol. Il y trouva des richesses sans nombre, entre autres des harnais splendides, des ceintures, des carquois ornés de rubis et de saphirs. Cinq cents enfants chrétiens, que les Turcs avaient arrachés à leurs parents et n'avaient pu emmener dans leur retraite, furent le lot de l'évêque Kolonics. Le prêtre courageux leur donna des soins paternels.

Ce qui abondait le plus dans le camp islamite, c'était le café. L'usage depuis lors en devint général parmi les Viennois. Un Polonais, appelé Kollschutzky, ayant bravé plusieurs fois la mort pendant le siège pour porter des messages au duc de Lorraine, fut autorisé à ouvrir une boutique, où les amateurs vinrent boire la décoction toute préparée.

Le soir même de la bataille, Charles de Lorraine

députa le comte Auersperg, son adjudant, vers Léopold, pour lui annoncer la victoire : depuis le 25 août, l'Empereur, moins effrayé, habitait Linz. Il s'embarqua sur le Danube et prit terre à Nussdorf. Le matin du 14 septembre, il monta un cheval de luxe et fit une entrée solennelle dans la capitale, après avoir traversé le camp islamite au bruit des cloches et au grondement du canon. Devant la porte Stuben (Stubenthor), la même par laquelle il s'était enfui le 7 juillet, le conseil municipal vint lui offrir les clefs de la ville. Léopold alla ensuite remercier Dieu d'un triomphe auquel il avait lui-même si peu contribué : le vaillant Kolonics chanta le *Te Deum* à la cathédrale. L'électeur de Bavière et l'électeur de Saxe dînèrent avec l'Empereur.

Le roi de Pologne n'assistait pas au festin. Lui aussi avait fait la veille son entrée dans la capitale et entendu la messe dans l'église des Augustins. Mais il avait dû immédiatement conduire son armée loin de la ville. La malpropreté des Turcs, les immondices de tout genre, les nombreux cadavres et la chaleur excessive de l'automne avaient empesté la banlieue ; la vermine et les mouches y pullulaient. Sobieski alla prendre position au bourg de Schwechat. Le duc de Lorraine fut aussi contraint de fuir le mauvais air et de camper ses troupes à Mansdorf.

Le 15 devait avoir lieu l'entrevue des deux monarques. Mais Léopold éprouvait à cette occasion de graves scrupules. Sobieski, après tout, n'était qu'un roi électif, et pour ne pas compromettre sa dignité, un souverain héréditaire ne pouvait agir avec trop de circonspection. « Comment l'accueillerai-je ? » demanda le prince au duc de Lorraine. — « Et comment l'accueilleriez-vous, si ce n'est à bras ouverts, lui répondit le général français, puisqu'il vous a sauvé ? » Mais l'étiquette l'emporta sur la reconnaissance. Un point tourmentait spécialement Léopold ; donnerait-il la main droite à son libérateur ? Le cérémonial lui permettait cette condescendance avec les rois héréditaires, mais les empereurs d'Allemagne n'avaient jamais honoré ainsi un monarque électif. La prévision de ces ridicules simagrées avait en partie contribué au prompt éloignement du souverain polonais. Il fut enfin décidé que les princes se rencontreraient à cheval, ce qui les dispenserait de se serrer la main. Ils avancèrent effectivement l'un vers l'autre au petit galop ; tous deux portèrent en même temps la main à leur coiffure. Une lettre de Sobieski à sa femme contient une description de l'entrevue, et son témoignage, dans un cas pareil, doit faire autorité.

« L'électeur de Bavière, dit-il, accompagnait seul Léopold, l'électeur de Saxe l'ayant déjà quitté. Cinquante personnes à cheval, ministres et fonctionnaires de la cour, formaient sa suite. Des trompettes le précédaient ; une compagnie de gardes et dix serviteurs à pied marchaient derrière lui. Je ne vous ferai point le portrait de l'Empereur, il est bien connu. Il montait un cheval bai d'origine espagnole, portait un justaucorps brodé, un chapeau à la française, orné d'une agrafe, ainsi que de plumes rouges et blanches, un baudrier où étincelaient des rubis et des diamants, une épée non moins riche. Je lui adressai mes compliments en latin et d'une manière concise. Il me répondit dans le même idiome des phrases toutes préparées. Nous trouvant ainsi face à face, je lui présentai mon fils, qui s'avança et le salua. L'Empereur ne porta même pas la main à son chapeau. Je demeurai comme terrifié. Léopold s'est montré aussi roide envers les sénateurs et hetmans, bien mieux, envers son parent, le prince palatin de Betz. Pour éviter le scandale et les propos de la foule, j'adressai encore au souverain quelques paroles, puis je tournai mon cheval : nous nous saluâmes et je repris le chemin du camp. Le vaïvode de Gallicie montra mon armée à l'Empereur, suivant son désir, mais nos soldats furent irrités de sa contenance : ils se plaignent amèrement de ce qu'il n'a pas daigné leur témoigner la moindre gratitude pour leurs fatigues et leurs privations, même par un simple coup de chapeau. Depuis son départ, tout a soudain changé : il semble qu'on ne nous connaisse plus. On ne nous donne ni fourrage ni provisions. Le Pape a envoyé, à cet effet, de l'argent, que l'abbé Buonvisi a reçu ; mais le prêtre se trouve retenu dans la ville de Linz. »

Levons tous les voiles de cette monstrueuse ingratitude. Sobieski ajoute : « On nous traite comme des pestiférés ; tout le monde nous évite, au lieu qu'avant la bataille, mes tentes, qui, grâce à Dieu, sont cependant assez vastes, contenaient avec peine la foule des visiteurs. Ce n'est pas une des choses les moins curieuses qui nous soient arrivées ici, que nous ne sachions point où nous en sommes, ni ce que nous allons faire. Il aurait été dans l'ordre, je crois, de me demander comment je me propose de continuer la guerre. Mais on ne s'adresse pas à moi. Tout le monde est découragé : nous voudrions n'avoir pas secouru l'Empereur et que cette race hautaine fût confondue à jamais. » Non moins blessé que le roi de Pologne, l'électeur de Saxe était parti avec ses troupes.

Starhemberg, le défenseur de Vienne, fut seul traité comme ses services le méritaient. L'Empereur le nomma feld-maréchal, ministre d'État et membre du conseil aulique ; le vaillant capitaine reçut en don un hôtel, une bague précieuse et 100,000 thalers ; il fut d'ailleurs autorisé à mettre dans ses armes la flèche de Saint-Étienne, un mur et une L dorée, initiale du mot Léopold. Le roi d'Espagne lui envoya le collier de la Toison-d'Or, le Pape une lettre de félicitations. Kolonics obtint, en récompense de son zèle et de son courage, la pourpre romaine.

L'ingratitude révoltante de Léopold fut sans doute l'œuvre du parti clérical. L'ordre espagnol voulait rester maître du monarque et ne permit à aucune influence de dominer la sienne. Les libérateurs de l'Autriche en fussent devenus les personnages les plus importants, si le prince leur avait témoigné la reconnaissance qu'ils avaient le droit d'espérer. Starhemberg seul n'était pas redoutable ; on l'élevait soudain d'une position médiocre à une position éminente ; les Jésuites, par l'étendue même des grâces qui lui étaient accordées, s'en faisaient une créature.

On accusait le héros polonais d'ambitionner pour son fils Jacques le trône de Hongrie, et cette imputation calomnieuse l'affligeait vivement. Mais qui l'avait imaginée? Dans quel dessein faisait-on courir un pareil bruit? On s'en servait comme d'une arme de guerre pour atteindre un but secret. Le duc de Lorraine, contre lequel on ne manifestait aucun soupçon, n'était pas mieux traité. « Le pauvre diable, écrivait le roi de Pologne, n'a ni dépouilles de l'ennemi, ni gratification de l'Empereur. »

CHAPITRE XVII

Retraite des Turcs ; leur expulsion de Hongrie.

Les Hongrois n'avaient pris qu'une part très indirecte au siège de Vienne. Profitant de l'occupation que les Turcs donnaient aux Allemands, Tékéli essaya d'étendre ses conquêtes dans son pays natal. Avec vingt mille Magyars et huit mille Mahométans, il voulut enlever le château de Presbourg, énergiquement défendu par les Impériaux ; quoique la ville fût au pouvoir de l'ennemi, Charles de Lorraine secourut à propos la forteresse, déjoua l'entreprise des Turcs et des patriotes. Ceux-ci se jetèrent alors sur la Moravie, la pillèrent et la saccagèrent de telle façon qu'elle ne put se remettre de longtemps. Mais la déroute du grand-vizir força Tékéli à battre en retraite, à chercher un asile sur le sol musulman.

Les vaincus s'étaient sauvés tout d'une traite jusque sous les murs de Raab : laissant derrière lui ses bagages et ses richesses, Mustapha n'avait emporté que le costume dont il était vêtu. Il s'arrêta enfin près de Gran, où il rassembla les débris de son armée, puis adressa un rapport au Chef des croyants. Il y attribuait sa défaite à la lâcheté, à l'ineptie du pacha de Bude, beau-frère du Grand-Seigneur, et à la trahison de Tékéli. Pour se dispenser de prouver cette accusation, il fit étrangler Ibrahim et cinquante autres chefs militaires. Le même supplice aurait terminé les jours de son allié, si le Hongrois n'avait eu la précaution de se tenir sur ses gardes. Tékéli réfuta, dans une lettre à Mohammed IV, les imputations calomnieuses du vizir, expliqua toutes les

fautes qu'il avait commises, et lui laissa toute la responsabilité de la catastrophe. Sa justification, appuyée
par l'aga des janissaires et par d'autres capitaines, obtint une entière créance : la veuve d'Ibrahim demanda
le châtiment du meurtrier. Le divan prononça contre lui
une sentence capitale, et, le 25 décembre, il fut étranglé
à Belgrade, où il réunissait des troupes pour une nouvelle expédition. La mosquée qu'il avait fait bâtir avant
son départ, dans le but de se concilier la faveur du ciel,
abrita ses restes.

Cinq ans après, lorsque les Autrichiens emportèrent
Belgrade, les Jésuites convertirent en église le temple
musulman. Une nuit, sept soldats chrétiens y pénétrèrent, ouvrirent le tombeau du général, afin de dérober
ses vêtements et ses bijoux. Deux révérends pères les
ayant surpris, les lansquenets ne déguisèrent pas leur
intention. Les Jésuites ne firent pas d'esclandre, laissèrent les maraudeurs enlever leur butin, mais gardèrent
pour eux le crâne du supplicié. Kara-Mustapha, pendant le siège de Vienne, avait juré qu'il trancherait la
tête de Kolonics et l'enverrait au Grand-Seigneur. Ce
fut la sienne qui servit de présent. Les Jésuites l'offrirent à l'évêque de Neustadt, qui la donna lui-même aux
Viennois. La régence la fit déposer dans l'arsenal, où
les curieux l'examinent encore.

La fuite même des Turcs avait été désastreuse pour
les populations chrétiennes. Pendant leur séjour sur le
sol autrichien, ils avaient détruit quatre mille quatre-
vingt-douze villages autour de Vienne et huit cent soixante et onze dans les environs de Presbourg ; quatre
mille voitures apportant des vivres, expédiées de Bude
et arrivées au camp le 29 juillet, n'avaient repassé la
frontière musulmane que chargées de femmes, de jeunes filles et de jeunes garçons réduits en esclavage.
Tous ceux que les hordes mahométanes purent saisir
durant leur fuite éprouvèrent le même sort. D'après
un manuscrit contemporain, cinquante-sept mille deux
cent vingt personnes de tout âge furent emmenées par

les Turcs : six mille vieillards, onze mille deux cent
quinze femmes mariées, quatorze mille neuf cent vingt-
deux jeunes filles, parmi lesquelles deux cent quatre
appartenant à la haute noblesse, et vingt-six mille
quatre-vingt-treize enfants des deux sexes, âgés de
quatre à cinq ans, formaient cette troupe lamentable,
cette armée de l'exil et de la servitude[1]. Les romanciers
cherchent des sujets dramatiques : où en trouver de
plus frappants, de plus variés que dans l'histoire ?
Quel motif, par exemple, que la destinée de ces jeunes
filles nobles, charmantes, délicates, élevées avec soin,
entourées de luxe et de prévenances, puis soudaine-
ment arrachées à leur famille, conduites dans un pays
lointain, vendues dans un bazar, livrées au caprice
d'acheteurs ignorants, stupides et impérieux ! Que de
scènes pathétiques, originales, depuis le moment de l'invasion ! Que de misères, que d'insultes, que de catastrophes douloureuses et inattendues ont troublé le cœur,
bouleversé l'existence de ces pauvres femmes !

Léopold ne fit pas un long séjour dans sa capitale
délivrée. Le 16 au matin, il prit la route de Linz, où il
passa dix mois, pendant qu'on effaçait les traces de
l'invasion, nettoyait les rues, enlevait les décombres,
rebâtissait les maisons et hôtels, mettait à neuf le
château. Il n'acceptait de la royauté que les joies, le
faste, le commandement et les adulations. L'idée ne
lui venait point que son titre lui imposât des devoirs.
Loin de se considérer comme le serviteur de la nation,
comme le plus haut fonctionnaire public, vingt millions
d'hommes lui paraissaient nés pour satisfaire son orgueil, flatter ses passions, pourvoir à son bien-être et
à ses plaisirs. Cela seul motivait leur existence.

Les manœuvres des Jésuites, leur système de conversion et d'oppression, avaient attiré sur l'Autriche
l'effroyable tempête qui avait failli renverser la maison
de Habsbourg. Une chance prodigieuse venait encore

---

1. Auguste Schimmer : *Les sièges de Vienne par les Turcs.*

de la sauver. Mais cette chance, ce bonheur inouï, on ne devait pas y compter, le miracle pouvait ne pas avoir lieu ; et alors la famille impériale eût été punie, la responsabilité de sa ruine eût pesé tout entière sur l'ordre cruel qui la conseillait. Cette remarque importe à la moralité de l'histoire. Bien des crimes réussissent, sans le moindre doute ; mais ces crimes sont toujours des actions téméraires, des coups désespérés, que le sort ne favorise pas constamment. S'ils échouent, la honte et le malheur châtient les coupables ; ni l'estime ni la pitié n'adoucissent leur chute ignominieuse.

Six jours après la délivrance de Vienne, Jean Sobieski, Charles de Lorraine et le comte de Starhemberg se mirent en marche, pour continuer les opérations militaires. On s'étonnera sans doute que le roi de Pologne continuât de servir l'Empereur. L'ingratitude et la sécheresse de Léopold eussent dégoûté les cœurs les plus généreux, les âmes les moins sensibles, eussent complètement justifié son départ. La reine de Pologne insistait pour qu'il abandonnât le stupide monarque. De hautes considérations, qu'il a exposées lui-même dans une lettre à sa femme, l'empêchèrent de remettre au fourreau son épée. « Notre intérêt, dit-il, nous ordonne premièrement de combattre un ennemi qui nous attaquerait en Pologne, s'il n'était pas occupé ici. Secondement, nul n'a fait un serment aussi solennel que le mien, lorsque j'ai juré au cardinal-légat de ne point abandonner mon allié. Troisièmement, si je m'éloignais, l'Empereur s'arrangerait avec les Turcs à mes dépens. Quatrièmement, les armées chrétiennes m'ont élu pour leur généralissime, et même si l'armée polonaise m'avait quitté, je serais resté seul ; j'aurais fini la campagne avec les troupes impériales, bavaroises, allemandes. Ils sont bien malintentionnés ceux qui veulent nous faire rentrer dans notre pays ; c'est vouloir le dévaster et le mettre hors d'état de payer les impôts. » Les bandes mal disciplinées de l'époque avaient effectivement pour habitude de piller amis et ennemis, d'épargner aussi peu leurs provinces natales que la terre étrangère.

L'armée chrétienne se dirigea vers Gran, la place de guerre la plus forte de toute la Hongrie. Elle commande le Danube, et, par un pont jeté sur le fleuve, communique avec un faubourg fortifié, seconde citadelle qui en rend l'approche difficile ; on la nomme Parkany. Le roi de Pologne marchait à l'avant-garde. Il rencontra plus tôt qu'il ne pensait les hordes musulmanes, combattit seul des forces bien supérieures en nombre, fut obligé de fuir après avoir perdu deux mille hommes, et n'échappa aux cimeterres des Ottomans que par un merveilleux hasard. Mais il ne lui fallut pas longtemps pour prendre sa revanche. Le surlendemain, les confédérés s'avançaient en lignes profondes vers Parkany. Une armée considérable les attendait dans la plaine. La mêlée fut terrible ; partout les Infidèles eurent le désavantage. Peu à peu les chrétiens les enveloppèrent, les adossèrent au fleuve, et commencèrent une boucherie effroyable. Parkany, emporté de vive force, ne pouvait abriter les vaincus. Ils se précipitèrent sur le pont de bois, qu'une charge énorme eut bientôt rompu. Les cadavres entassés formaient au bord du Danube une sorte de parapet haut d'une toise : ceux que les piles du pont arrêtaient composèrent à leur tour une jetée sanglante, par laquelle trois ou quatre mille hommes se sauvèrent. Vingt mille Turcs avaient péri le jour où les Allemands et les Polonais dégagèrent Vienne : un plus grand nombre furent massacrés le 9 octobre.

Comme l'action finissait, Tékéli parut sur les montagnes avec quarante mille Hongrois. Il ne put que vérifier par ses propres yeux le triomphe de ses ennemis.

Après quatre jours de siège, Gran se rendait le 28 octobre, et le roi de Pologne faisait aussitôt célébrer la messe dans la cathédrale de Saint-Étienne, où l'on invoquait Allah depuis cent quarante ans. Il s'étonnait lui-même qu'une place si forte eût si vite capitulé. Ce prompt succès en amena d'autres. Une foule de Magyars renon-

cèrent à la lutte : les comtés de Trentschin, de Tyrnau,
de Neitra, firent leur soumission. De nombreux châteaux
arborèrent successivement les couleurs autrichiennes.
La ville forte de Levens reçut le général Dunewald.
Neuhæusel, séparé des Turcs, était une proie infaillible
réservée pour le printemps. La mauvaise saison ne permettait pas de prolonger la campagne. Durant le siège
même, les pluies avaient détrempé les chemins ; la
neige tombait à présent d'un ciel gris et morne, tourbillonnait dans les rafales d'un vent glacé. Il fallait
prendre ses quartiers d'hiver. Les Impériaux s'établirent au bord du Danube : les Polonais campèrent sur
les rives de la Theiss, eurent pour résidence les comtés
d'Éperies et de Tokay. Sobieski essaya vainement de réconcilier les Hongrois et leur chef Tékéli avec l'Empereur. L'exigence d'une part, la méfiance de l'autre,
rendaient presque impossible la conclusion d'une paix
durable.

Pendant la négociation, l'armée de Lithuanie arriva
comme un flot de barbares. Elle ne s'était pas mise en
marche assez promptement pour être utile, et aux services qu'elle n'avait pu rendre substituait le pillage et
la destruction. La Hongrie fut mise à sac avec autant de
cruauté que si des Infidèles en avaient peuplé les provinces. Irrité de ces violences, de ces déprédations,
Tékéli se jeta sur les Polonais, ne leur laissa ni trêve
ni repos. De chaque village, de chaque buisson, les
paysans ou les soldats faisaient feu. Sobieski se désolait.
Pressé par sa femme de revenir, menacé d'un complet
abandon par ses troupes, en butte aux vengeances des
Hongrois qu'il aimait, révolté de l'ingratitude de l'Empereur, il finit par reprendre le chemin de son pays,
où il arriva dans les derniers jours du mois de décembre.

Charles de Lorraine d'abord et ensuite le prince Eugène
de Savoie continuèrent sa glorieuse entreprise, pendant
qu'il les secondait de loin, en attaquant les troupes musulmanes par la Bessarabie et la Moldavie. Les deux gé-

néraux prirent Bude, écrasèrent l'armée ottomane à
Mohacz en 1687. Les Turcs se relevèrent pourtant de
ce coup terrible, gardèrent l'espoir d'en tirer vengeance. La guerre continua jusqu'en 1697. Mais alors,
dans l'après-midi du 11 septembre, le prince Eugène,
malgré les ordres contraires qu'il avait reçus de
Vienne, livra bataille aux Islamites sur les bords de la
Theiss, près de Zenta. Le Sultan lui-même et le grand-
vizir commandaient les troupes musulmanes. Les
chefs et les soldats comprenaient que cette lutte avait
une importance suprême, qu'elle allait décider pour
jamais de leur domination en Hongrie et de leur
influence en Europe. Si donc l'attaque fut impétueuse,
la résistance fut acharnée. Le combat pourtant, grâce
aux habiles dispositions du général chrétien, ne dura
que deux heures. Les Turcs éprouvèrent une sanglante et mémorable défaite : les champions de l'Islam
qui ne furent point détruits par le canon, la mousqueterie et le sabre, périrent dans les flots de la Theiss :
le pont de bois, par où fuyaient les vaincus, se rompit
sous leur poids et sous une pluie de projectiles. Les
deux camps des Infidèles, celui du grand-vizir sur la rive
septentrionale et celui du Commandeur des Croyants
sur la rive méridionale, devinrent la proie des troupes
germaniques. Là encore elles firent un immense butin ;
100 canons, 900 chariots de guerre, 15,000 tentes,
7,000 chevaux et un nombre bien plus considérable
de têtes de bétail, 7 étendards de pachas, 60 bannières
d'autres chefs et trois millions en monnaie d'or tombèrent entre leurs mains avides. Mais cette perte matérielle fut peu importante, comparée à l'effet moral produit par un si grand désastre. Les ennemis du Christ
sentirent que leur puissance déclinait, que le Croissant allait pâlir pour toujours devant le signe de la
Rédemption : dans les nombreuses déroutes qu'ils
venaient de subir, le fatalisme oriental vit un arrêt du
destin et un avertissement du Prophète. La paix de
Carlowitz, signée par les plénipotentiaires le 26 janvier

1699, les expulsa définitivement de Hongrie, leur laissant à peine, comme souvenir de leur domination
éteinte, quelques places frontières qu'ils ne devaient
pas garder. L'Europe fut à jamais délivrée de la crainte
des Turcs, mais elle devint la proie des Jésuites.

La malheureuse Hongrie n'avait plus d'alliés. Le roi
de Pologne se croyait obligé envers la maison d'Autriche par le serment qu'elle lui avait fait prêter ; les
Islamites, sans cesse battus, ne pouvaient la secourir ;
Louis XIV avait eu la sottise et la bassesse de la sacrifier.
En juillet 1684, il conclut avec les deux branches de la
maison d'Autriche, l'allemande et l'espagnole, la trêve de
Ratisbonne, qui devait durer vingt ans. Le père La Chaise,
son confesseur, les Jésuites et Louvois offusquaient
son intelligence, le métamorphosaient peu à peu en docile instrument. Une année après cette déplorable victoire, ils en obtinrent une seconde, la révocation de l'édit
de Nantes. Le système autrichien fut appliqué en France.
La démolition des temples, l'exil des ministres, les
dragonnades, les garnisaires, la défense d'émigrer sous
peine de confiscation, les enfants arrachés à leurs familles,
la lente mort du bagne pour les récalcitrants, le fouet
et la marque pour les femmes ; la ruine, la menace et
la mort employées comme moyens de persuasion, le
gibet, la hache et la roue, comme moyens d'exécution,
prouvèrent que les Jésuites trouvaient leur méthode
excellente et voulaient en faire profiter tous les peuples,
s'ils n'étaient point arrêtés par des obstacles invincibles.
Douze cent mille Français quittèrent leur patrie, allèrent indigner l'Europe du spectacle de leur malheur,
l'enrichir de leurs talents et de leur industrie. En même
temps, l'ordre perfide excitait Jacques II, qui venait
de monter sur le trône, à essayer dans les Iles-Britan-
niques l'œuvre infernale que l'on commençait en
France, qui avait déjà réussi en Autriche. Le prince
n'agissait que par les conseils des intrigants tonsurés.
L'ambassadeur d'Espagne lui fit un jour des représentations à cet égard : « Mais, lui répondit Jacques, n'est-

ce point l'usage en Espagne que le roi prenne toujours avis de son confesseur? — Sans doute, lui répartit le Castillan. et c'est pour ce motif que tout va si mal chez nous. » Mais la résolution était prise : les bûchers s'allumèrent, le fanatisme aiguisa sa hache, les meurtres juridiques déshonorèrent les tribunaux et enrichirent les magistrats.

Ce fut en Hongrie néanmoins que la cruauté des Jésuites se donna surtout libre carrière. Aussitôt que les victoires des généraux français et du roi de Pologne eurent livré ce malheureux pays, comme un champ de carnage, aux funèbres opérateurs, on n'y entendit plus que le grincement des verrous, le bruit du glaive qui décapitait les hérétiques et les seigneurs, les cris des jeunes filles que l'on violentait, les plaintes et les malédictions des familles épouvantées.

Les talents, la bravoure, le renom de Tékéli, l'attachement que lui témoignaient les Hongrois, pouvaient encore, d'un moment à l'autre, le rendre formidable. On se débarrassa de lui par un tour des plus adroits, qui révèle une expérience consommée. L'importante forteresse de Neuhæusel était tombée entre les mains des Allemands, Éperies venait de se rendre, les troupes impériales marchaient sur Cassovie. Les Turcs avaient reçu des coups si terribles que leur alliance devenait peu profitable. Ils n'avaient d'ailleurs jamais voulu employer Tékéli que pour agrandir leur territoire ou fortifier leur domination. Le vaïvode de Transylvanie menait une conduite équivoque, tergiversait entre les Hongrois et le cabinet de Vienne. Le chef magyar se laissa tomber dans un profond découragement. Tout espoir de vaincre l'ayant abandonné, il prit le parti de se réconcilier avec l'Empereur, si on lui offrait des conditions honorables. Précédemment il avait obtenu un sauf-conduit pour ses négociateurs. La nouvelle démarche exigeait le plus grand mystère. Étienne Szirmay, le confident et l'ami du jeune héros, qui l'avait député d'autres fois vers Léopold, entreprit de conduire secrètement cette affaire, en échap-

pant à la surveillance des espions turcs et aux soupçons
des capitaines hongrois.

Pour éloigner toute idée de la mission qu'il allait
remplir, il s'entendit avec le général autrichien Caprara.
Un soir donc, près de Samos, il tomba volontairement
dans une embuscade et fut mené à Vienne comme
prisonnier de guerre. Il y présenta la lettre de Tékéli,
où le chef magyar promettait de servir désormais l'Empereur ainsi qu'un autre Scanderbeg, de prouver par
ses actions que du sang chrétien coulait dans ses veines.
Il était prêt, disait-il, à rompre solennellement avec les
Turcs, à se séparer des proscrits, à livrer les places de
guerre qui étaient entre ses mains. On ne devait
craindre désormais de sa part ni dissimulation ni ver-
satilité ; car une si éclatante démarche ouvrirait un
abîme entre lui et la Sublime Porte. Son plénipoten-
tiaire ne doutait pas que cette proposition ne fût accep-
tée sur-le-champ, que l'affaire ne prît la plus heureuse
tournure ; mais l'astuce cléricale l'avait attiré dans un
piège et devait tromper cruellement son espoir.

La lettre de Tékéli, avec les instructions et la procu-
ration de Szirmay, furent envoyés à Mahomet IV. Par
cette perfidie, on voulait du même coup rompre l'alliance des insurgés et des Turcs, disperser les bataillons
magyars en les privant de leur chef. La soumission de
la Hongrie supérieure deviendrait une affaire certaine.
Pendant que cette redoutable manœuvre produisait
son action délétère, on gardait prisonnier à Vienne le
généreux Szirmay. Lorsqu'on sut que le poison avait
opéré, on enleva pendant la nuit le mandataire du
comte ; il fut mené d'abord à Prague, puis à Brünn,
en Moravie, et finalement à Glatz. Sans lui faire subir
d'interrogatoire, on le jeta dans une obscure prison :
toutes ses demandes, toutes ses prières n'obtenaient
qu'une réponse : « Votre chef n'existe plus ; attendez
sous les verrous le bon plaisir de l'Empereur. »

Cependant le pacha de Grosswardein recevait l'ordre
d'arrêter le jeune comte, n'importe par quels moyens,

et de l'envoyer à Andrinople, chargé de fers. N'ayant aucun soupçon, le hardi général courut au-devant du malheur. Le 13 octobre 1685, Énée Caprara ayant cerné Kaschau, Tékéli emmena derrière la Theiss les débris de ses troupes et alla camper à un mille de Grosswardein. Il se rendit ensuite, avec trois officiers supérieurs, chez le pacha, qui guettait l'occasion de mettre la main sur lui : le comte voulait lui prouver la nécessité de secourir sans délai la ville investie. On le reçut de la manière la plus honorable, aussi bien que ses compagnons ; ils furent invités à un banquet royalement servi ; mais, comme on se levait de table après le café, l'aga des janissaires prononça quelques mots, et les convives, saisis, enchaînés par des soldats, furent conduits à Andrinople sous bonne garde. Quelles tristes réflexions durent accabler le malheureux jeune homme, pendant qu'on l'entraînait loin de sa patrie et de son armée !

Personne ne connaissait les raisons qui avaient déterminé les Turcs ; on ignorait également le sort de Szirmay ; la captivité du jeune chef sembla donc le résultat d'une perfidie atroce, et causa parmi les siens la plus vive indignation. La Porte ayant offert de le livrer à la cour autrichienne, si on acceptait enfin des propositions de paix plusieurs fois repoussées, la colère des Magyars atteignit son paroxysme. Une fermentation extraordinaire agitait les troupes cantonnées près de Grosswardein. Jean Szuts et François Deak abandonnèrent avec leurs régiments l'armée de l'indépendance, marchèrent en droite ligne vers Kallo, et y firent leur soumission à l'Empereur. Les autres insurgés, formant un corps de sept mille hommes, furent volontairement conduits par leur chef, Petnehazy, dans le camp d'Énée Caprara, où ils abjurèrent tout sentiment d'hostilité envers la cour. Si grande était leur exaltation, que leur commandant voulut ouvrir aux Autrichiens les portes de Cassovie assiégée. Il entra dans la ville avec l'autorisation du général, instruisit les bourgeois et la

garnison du perfide traitement que venait de subir Tékéli, leur démontra l'inutilité de la résistance, puisqu'ils ne pouvaient plus espérer le moindre secours, et
obtint d'eux qu'ils se rendraient. Le 25 octobre, ils reçurent les troupes impériales, auxquelles s'unirent les
soldats de l'indépendance.

Le ressentiment et l'indignation égarèrent partout les
défenseurs de la cause nationale. Les citadelles de Re-
gecz, Tokai, Patak, Unghvar, se livrèrent elles-mêmes
avec un morne empressement. La cour n'avait garde
d'éclairer les populations. Elle exploitait habilement
l'erreur qu'elle avait fait naître. L'aveugle colère des
Hongrois devait leur causer plus de préjudice que toutes les persécutions et toutes les défaites, les jeter pour
longtemps sous les pieds de la tyrannie. La femme
du prisonnier, la fille du ban des Croates mort sur l'é-
chafaud, Hélène Tékéli, demeura seule inflexible dans
le château de Munkacz. Sa haine, son amour, son héroïque fermeté n'étaient pas des ennemis que l'on pût
vaincre, et l'inexpugnable forteresse bravait les armées
impériales [1]. Cependant les Turcs, attaqués partout dans
la Hongrie ottomane, éprouvaient partout, comme nous
l'avons raconté, de sanglants échecs ; saisis de terreur,
ils ne savaient même plus se défendre et ne prenaient
que de fausses mesures.

La captivité d'Émeric ne dura guère que trois mois.
Un nouveau vizir comprit la faute que l'on avait faite
en irritant les Magyars, en secondant les artifices du
cabinet de Vienne. Il relâcha le comte et ordonna de le
traiter avec les mêmes honneurs qu'autrefois, comme
prince souverain de Hongrie. Mais cette réparation ve-

---

1. Hélène avait épousé en premières noces le prince Rakoczy,
dont nous avons rapporté plus haut la fin mystérieuse. Sa mère,
la femme du ban des Croates Pierre Zriny, étant devenue folle dans
sa prison, n'avait pas tardé à mourir. Son frère Antoine, incarcéré
au château de Kuffstein, dans le Tyrol, y languit vingt ans et y
termina ses jours. Hélène pouvait-elle oublier tant d'affreux malheurs ? (*Mémoires du comte Niklos,* t. I, p. 145.)

nait trop tard. Tékéli n'avait plus de soldats, plus de
capitaines, plus d'armes ni de numéraire : les Autrichiens occupaient les forteresses, les provinces, où il
commandait jadis. En vain adressa-t-il à ses compatriotes les manifestes les plus éloquents, les proclama-
tions les plus vives : pas un homme de quelque importance ne répondit à son appel. Les troupes, les fonds
que lui avaient promis les Mahométans, ne purent lui
être confiés, car le Grand-Seigneur était déjà réduit à
faire monnoyer sa vaisselle d'or et d'argent pour sub-
venir aux frais de la prochaine campagne. Les nobles
qui témoignèrent imprudemment leur joie de sa délivrance, périrent sur l'échafaud dans la ville de Debreczin. Le comte ne se releva jamais du coup terrible que
lui avait porté l'astuce autrichienne. Il fit encore une
guerre de partisans, de tirailleurs, avec des bandes peu
considérables, mais perdit toute importance militaire
et politique.

CHAPITRE XVIII

Vengeances de la cour impériale et des Jésuites ; le carnage d'Éperies.

L'heure de la vengeance était arrivée pour l'ordre de Saint-Ignace. Il en confia l'exécution à un de ces drôles sans pitié qui déshonorent la race humaine, le Napolitain Antoine Caraffa. C'était un ancien chevalier de Malte, que son cousin et homonyme, le cardinal Caraffa, nonce apostolique en Autriche, avait placé comme chambellan près de Léopold, dans l'année 1663. Il avait donc les plus intimes relations avec l'Église. Forcé de prendre part à la guerre, il y montra peu de mérite, car en 1685, malgré toutes les occasions de se distinguer qu'offraient ces temps orageux, il était encore simple colonel. Mais aussitôt que les Jésuites l'eurent enrôlé parmi leurs agents, il fit un chemin rapide. En 1686, on le nomma commandant de la Hongrie supérieure, général, commissaire des guerres, conseiller aulique, conseiller militaire de la cour. Les faveurs et les distinctions pleuvaient sur cet homme médiocre, sinon incapable. Il récompensa ses protecteurs par la haine qu'il témoignait contre les Magyars. Il s'appelait emphatiquement le Fléau de Dieu, l'Attila des Hongrois. Sa bassesse donnait à la cour impériale les conseils les plus atroces. Comme on allait réunir dans la ville de Presbourg une diète de magnats, pour leur extorquer par la force et la ruse les derniers privilèges de la nation, il proposa un système de terreur, où les confiscations, la torture et les supplices dompteraient tout d'abord les courages, préviendraient les résistances. Non moins avide que féroce, il voulait

s'enrichir aux dépens des opprimés. « Si je croyais
avoir dans tout mon corps, disait-il, une seule goutte
de sang favorable aux Hongrois, je me ferais ouvrir
les quatre veines. Que l'on m'emploie donc à les soumettre ; je me moque de leurs immunités, de leurs lois,
de leurs formes judiciaires et de leur constitution. »
Un pareil homme était bien choisi pour exécuter cette
parole de l'Empereur : *Faciam Hungariam captivam,*
postea mendicam, deinde catholicam (Je rendrai la Hongrie esclave, puis mendiante, puis catholique). On lui
donna comme auxiliaires dans cette œuvre infâme deux
Jésuites, l'adroit Peritzhof, célèbre par sa haine contre
les protestants, et son frère en Dieu Kellio, moins
hypocrite, mais plus féroce.

Un tribunal, composé de valets impériaux, d'officiers
ignorants, d'un auditeur militaire que distinguait une
violence perpétuelle, et d'apostats huguenots, fut constitué à Éperies, ville forte des montagnes, dévouée au
libre examen, qui avait été longtemps la place d'armes
principale de Tékéli, s'était vaillamment défendue
contre les bandes impériales et n'avait enfin ouvert ses
portes qu'après avoir obtenu un décret d'amnistie et la
liberté de conscience. Le motif allégué pour réunir
cette troupe sanguinaire, ce fut l'éternel prétexte de la
maison d'Autriche : un complot inventé par elle-même.
On accusa les protestants, la haute noblesse, d'entretenir des intelligences avec Tékéli, avec sa femme,
l'intrépide Hélène, qui, non loin d'Éperies, canonnait
les régiments orthodoxes. Le temps n'était plus où elle
suivait à cheval son mari dans toutes ses expéditions et
jusqu'au milieu des batailles !

Pour soutenir sa mensongère accusation, le favori
des Jésuites employa des instruments aussi vils que
lui-même. Deux prostituées du camp autrichien pré-
tendirent avoir servi d'émissaires aux conspirateurs,
avoir fait correspondre la châtelaine de Munkacz, les
nobles et les protestants hongrois à l'aide des messages
qu'elles portaient. Quoiqu'elles ne montrassent aucune

lettre, ne donnassent aucune preuve, on regarda leur témoignage comme suffisant. Une de ces créatures se distingua surtout par son effronterie, par son acharnement contre les Hongrois ; digne auxiliaire du général d'antichambre, elle le soutenait de ses impostures et secondait sans relâche ses ignobles desseins. L'histoire lui a dressé un poteau infamant où on lit son nom : Élisa Ujhely.

Aussitôt que la machine meurtrière fut organisée, on s'occupa de remplir les prisons. Des hulans parcoururent les provinces, pour arrêter les personnes que leur désignait Antoine Caraffa ; on les enlevait dans les rues, dans les maisons, à l'église, à la chasse, partout où on les trouvait. On ne surprit pas un seul indigène qui fût armé ou en état de défense, preuve surérogatoire de leurs pacifiques intentions. Ils furent entassés dans les cachots d'Éperies, de Debreczin et d'autres villes. Sur la grande place de la première, le général fit dresser un échafaud devant les croisées mêmes de l'hôtel qu'il habitait. Par une sorte de funèbre luxe, il avait habillé de vert trente bourreaux, qui allaient ponctuellement et régulièrement exécuter ses victimes.

Les prévenus paraissaient devant le tribunal plutôt pour la forme que pour subir un examen sérieux. Élisa Ujhely servait d'accusatrice et de témoin. Ladislas Szentivanyi, un de ces laquais officieux qui épousent les haines, travaillent aux forfaits des hommes puissants, et un misérable de même nature, Étienne Geczy, remplissaient des fonctions analogues ; quoique au nombres des juges, ils dénonçaient les accusés, dont ils réglaient ensuite le sort. Aucune loi magyare n'était observée. A peine laissait-on aux proscrits le loisir de se défendre. Les Hongrois, qui demandaient à se justifier, recevaient du jésuite en uniforme cette réponse abominable : « On vous fera votre procès après l'exécution [1]..»

1. Vehse, t. V, p. 272. — *Histoire des révolutions de Hongrie*, t. Ier, p. 385. — D'après le manifeste publié par Tékéli en 1688,

Le 20 février 1687, la pieuse boucherie commença. Tout indigène qui refusait d'avouer un crime chimérique, était aussitôt mis à la question. Les tortures les plus raffinées ne semblaient pas trop cruelles pour vaincre leur résistance et lasser leur courage. Les témoins oculaires nous ont transmis d'affreux détails que nous ne pouvons laisser dans l'ombre. L'horreur et le dégoût inspirent mieux que toutes les réflexions la haine de l'intolérance et de la tyrannie. On connaît le beau passage de Tacite : « *Prima est historiæ lex ne quid falsi discere audeat : deinde ne quid veri non audeat.* — Que l'historien n'ose rien dire de faux, c'est son premier devoir ; le second, c'est d'oser dire toute la vérité. » Ayons donc le courage d'assister sans faiblir aux tourments des patriotes et des réformés hongrois.

Les plus nobles personnages, les hommes les plus recommandables, de vaillants capitaines qui avaient fait la guerre de l'indépendance, étaient amenés sur l'estrade, ensemble ou séparément, avec les victimes d'une classe inférieure. On en tirait, allongeait quelques-uns, sur des échelles faites exprès pour disloquer les membres ; à d'autres on serrait la tête avec des cordes ou des cercles de métal, jusqu'à ce que leurs yeux sortissent de leurs orbites[1]. On les suspendait par les mains à des potences, et on leur attachait aux pieds des poids énormes. Les bourreaux, cependant, leur brûlaient les aisselles avec des cierges, secouaient sur les infortunés des torches de poix et de résine, qui les arrosaient d'une pluie de feu. On les torturait avec des tenailles ardentes, on leur introduisait sous les ongles des pieds et des mains des lames de fer rougies, des clous chauffés à blanc. Plusieurs, à moitié rôtis, à moitié lacérés, expiraient pendant la question. Le délégué de Léopold avait promis six cents florins à quiconque inventerait un nouveau supplice. Une de

cette réponse atroce et dérisoire fut faite à plus de deux cents personnes.

2. *Histoire des révolutions de Hongrie*, t. I, p. 349.

ces tortures, la plus atroce parmi toutes celles que rapportent les historiens, fait dresser les cheveux sur la tête. Après avoir dépouillé les victimes, on leur introduisait dans l'urètre et le fondement de gros fils de fer rougis au feu !

Si l'excès de la douleur faisait fléchir leur courage, s'il leur échappait la moindre parole dont on pût se servir contre eux, on procédait immédiatement à leur exécution définitive, malgré l'ancienne loi qui exigeait (loi d'un code barbare pourtant !) que les prévenus confirmassent leurs aveux hors des mains du bourreau. On leur tranchait d'abord le poignet droit, puis on les décapitait ou on les étendait sur la roue, on les empalait, on les écartelait, suivant le caprice des juges et de leurs sanglants auxiliaires [1].

Les Jésuites, les hommes de Dieu, approuvaient ces horreurs, contemplaient d'un œil tranquille ce hideux carnage.

Antoine Caraffa, lui, poussait encore plus loin la férocité. Pendant que les victimes gémissaient, imploraient sa clémence, ou hurlaient, agonisaient devant ses fenêtres dans d'intolérables douleurs, il s'égayait avec des filles perdues, sablait des vins fins, jouait aux dés, se livrait à la joie et au plaisir. Il faut avouer que la scélératesse humaine est la plus parfaite création de la nature !

Quelques malheureux obtenaient leur grâce ; mais à prix d'argent, et l'achetaient par des sacrifices énormes.

Plusieurs Magyars, doués d'une force et d'une volonté surhumaines, soutinrent jusqu'au bout la fureur des cannibales, sans témoigner contre eux-mêmes, sans seconder les projets de leurs persécuteurs par le moindre signe de faiblesse. Entre ces héros se distin-

---

1. Vehse : *Geschichte des œstreichischen Hofs,* t. V, p. 270 et 271. — Hormayr : *Anemonen,* t. I, p. 138 et 139. — Fessler : *Geschichte der Hungern,* t. IX, p. 391 et suivantes. — *Historia Ecclesiæ evangelicæ in Hungaria,* p. 43.

guèrent François Berthaly et Martin Kende. On les mit
à la question pour leur faire accuser deux personnages
importants, Étienne Csaky et Ladislas Karolyi, hommes
irréprochables, contre lesquels on n'osait point sévir
en l'absence de toute preuve. Quoique les victimes
pussent s'affranchir d'horribles tortures en sacrifiant
d'autres personnes, ils ne voulurent point calomnier
l'innocence, et des supplices qui font frémir ne tirèrent
pas de leur bouche un mensonge !

Pour que les bourreaux ne perdissent pas leurs peines,
les martyrs invincibles n'étaient point relâchés gratuite-
tement ; on leur imposait une forte amende, ou on
confisquait tous leurs biens. Les amis d'un gentilhomme,
Michel Roth, payèrent pour lui dix mille thalers. Il se
rendit à la diète de Presbourg, montra aux députés les
cicatrices de ses affreux tourments.

Quelques individus devenaient fous pendant la torture, ou après qu'on les avait reconduits en prison.
David Faja, homme intègre et juge de paix à Cassovie,
endura intrépidement l'effroyable épreuve : mais, rentré dans son cachot, il perdit la raison et ne tarda point
à mourir. On pendit son cadavre, on le coupa en quatre
morceaux, que l'on exposa sur des pieux. Indigné de
ce que sa victime lui échappait, le tribunal fit saisir un
maître boucher de la même ville, Samuel Lanyi, et,
sans l'interroger, sans l'entendre, on lui coupa la tête.
Simon Feldmeyer, qui avait combattu sous les drapeaux de Tékéli, mais s'était plus récemment distingué
au siège de Bude, dans les troupes impériales, ayant
été arrêté par les émissaires du proconsul, ne voulut
point paraître devant l'abjecte cour et trompa sa fureur
en se poignardant. Son corps fut traité comme celui de
David Faja.

Les supplices de quelques personnes, des nobles principalement, ont frappé davantage et laissé plus de
souvenirs. Le 15 mars, quatre seigneurs eurent la main
coupée, la tête tranchée ; on divisa leurs cadavres, afin
d'en exposer les morceaux sur la voie publique. Le 22

mars, cinq nobles eurent le même sort. Le 9 mai, six gentilshommes périrent à leur tour de la mort des criminels.

On exécutait de préférence les calvinistes ; mais les seigneurs orthodoxes, qui possédaient de grands biens et l'affection du peuple, n'étaient pas mieux traités. Leurs richesses devenaient la proie du fisc et des juges. Quelques malheureux se laissèrent induire par la terreur, par les promesses du général, à s'accuser eux-mêmes ; ils se croyaient certains d'obtenir leur grâce : mais avec une ironie barbare, le proconsul ordonna de leur trancher la tête et de la déposer à leurs pieds, comme s'il la leur rendait, pour tenir sa promesse qu'ils ne la perdraient point.

Les femmes, les mères, les sœurs, les parents, les amis des prisonniers couraient à Vienne, se jetaient aux pieds de Léopold, lui demandaient, avec des larmes et des sanglots, la vie de leurs proches. L'Empereur les recevait d'un air paternel, accueillait leur prière, leur donnait des lettres de pardon. Le cœur plus léger, ils précipitaient leur retour ; mais en leur absence, on avait exécuté les prévenus, ou le Napolitain, d'un air sardonique, mettait dans sa poche l'acte libérateur et faisait décapiter ceux-là mêmes que l'on croyait hors de péril. La clémence impériale semblait accroître sa fureur. On eut bientôt le secret de son étrange conduite. Fatigué des pièces qu'on lui apportait, il montra une lettre autographe de Léopold, où il était écrit : « Qu'on ne pouvait interdire aux suppliants tout recours à la pitié du souverain, mais que les recommandations, lettres de grâce et contre-ordres n'auraient aucune valeur, que le délégué du prince poursuivrait son but sans trêve et sans miséricorde. » Tartufe, en vérité, semble bien pâle à côté de cette auguste hypocrisie. La cour de Vienne eût trouvé le pauvre homme d'une maladresse primitive et d'une simplicité patriarcale.

Ainsi autorisé, le proconsul napolitain se souciait peu de l'humanité, encore moins de la justice. La hache du bourreau frappait ses ennemis personnels, aussi bien que les adversaires de la tyrannie. Le margrave Hermann de Bade, le comte de Draskowitz, chancelier de Hongrie, deux colonels de distinction, lui étant odieux, il voulut les faire calommier par des hommes de bien, et, pour obtenir ces faux témoignages, mit les honnêtes gens au cachot, les menaça de la torture s'ils refusaient de mentir ! Quelques-uns cédèrent, puis coururent à Vienne protester contre la violence qu'ils avaient subie, réfuter leurs propres déclarations. Inutile effort d'une conscience indignée ! Le margrave Hermann de Bade fut envoyé à Ratisbonne dans une espèce d'exil honorable, malgré l'intervention et la colère du prince Louis de Bade, son cousin, habile général dévoué à l'Autriche.

Cependant les chefs de l'aristocratie magyare étaient réunis à Presbourg. Léopold voulait obtenir d'eux l'abandon de toutes les garanties nationales. Il sommait la Diète d'abolir le droit d'insurrection, établi en 1222 par bulle du roi André, attendu que résister au prince, c'était violer toutes les lois divines et humaines, et que le ciel ordonnait de lui obéir, même quand il abusait tyranniquement de son pouvoir. L'Empereur exigeait en outre que la couronne élective de Hongrie fût transformée en couronne héréditaire, au profit des Habsbourgs. Le carnage d'Éperies formait comme une sinistre argumentation, qui devait prévenir les répliques, terrifier les mécontents ; l'horreur servait d'expédient politique. Pour frapper encore davantage les esprits, Léopold présidait l'assemblée en personne, avec son fils Joseph à ses côtés. Très peu de seigneurs l'osèrent contredire : un seul demeura inébranlable dans son opposition, Nicolas Draskowitz, chancelier du royaume. Léopold, se tournant vers lui d'un air menaçant, lui dit d'une voix irritée : « Ainsi donc, toi seul méprises mon fils au point de lui refuser la couronne ? » Ces paroles tombèrent sur le député comme un coup de tonnerre. Le chagrin de voir la liberté, les garanties, le bonheur des Magyars sacrifiés par le vote de la Diète, accrut son émotion, et le lendemain on le trouva mort dans son lit. Telle est du moins l'explication des historiens favorables à la cour. Les Jésuites obtinrent de l'assemblée leur naturalisation en Hongrie, pour y exercer les mêmes droits que les indigènes.

C'était le 31 octobre que cette mémorable séance avait eu lieu. Les plus grands personnages s'entremirent alors pour faire cesser les hécatombes journalières d'Éperies. Le sanglant échafaud, où étaient mortes tant de victimes, fut démoli en novembre. Léopold témoigna une feinte horreur pour les cruautés de son représentant : il accueillit même avec une apparente émotion les veuves des plus illustres martyrs. Les égorgements, les supplices n'avaient pas duré moins de neuf mois ! Mais l'impitoyable exécuteur ne tomba point dans la disgrâce. Le prince lui laissa commander les forteresses de la Hongrie supérieure ; bien mieux, il déshonora le collier de la Toison-d'Or en l'étalant sur cette poitrine infâme. Singulier usage des signes de distinction que de les prostituer au crime et à la bassesse !

Le 9 décembre 1687, le fils aîné de Léopold, alors âgé de huit ans, fut couronné comme roi héréditaire de Hongrie. La maison de Habsbourg était arrivée à ses fins.

Hélène Tékéli cependant résistait encore, dans son château de Munkacz, à toutes les forces du gouvernement impérial. Son intrépidité survivait au naufrage des siens, ne se laissait même point abattre par les revers de son mari. Ce fut seulement en 1688, après plusieurs années d'une résistance opiniâtre, qu'elle livra son fort aux Impériaux. Mais elle avait obtenu auparavant une capitulation honorable et digne de son grand cœur [1]. Cette capitulation, cependant, où on lui promettait, lui garantissait la libre disposition de sa personne, ne fut pas observée. On la conduisit à Vienne avec ses enfants et on lui donna pour prison le monastère des Ursulines.

---

1. *Mémoires du comte Niklos*, t. II. p. 183. — *Franz Rakoczy II, Fürst von Ungarn und Siebenbürgen*, par J. E. Horn, p. 57.

Elle y demeura trois ans, comme une proscrite, sans savoir quand elle pourrait aller rejoindre son mari. En 1691, seulement, l'indomptable Emeric ayant fait prisonnier en Transylvanie le général Heisser, la cour de Vienne consentit à lui rendre sa femme, en échange du captif. Hélène partagea douze années encore avec l'homme qu'elle aimait la tristesse et les chagrins de l'exil. Le 18 février 1703, elle mourut à Constantinople, pendant que son fils Rackoczy II, qu'elle avait eu d'un premier mariage, renouvelait la guerre contre la maison de Habsbourg. Deux ans après, Tékéli s'endormait à son tour dans la tombe, au moment où il pouvait aller combattre en Hongrie, avec son beau-fils, la déloyauté de la politique impériale.

Quand Hélène avait livré, en 1688, l'imprenable château de Munkacz, tout semblait terminé, la cause nationale semblait perdue à jamais; pendant quinze ans, les Hongrois vaincus, décimés, appauvris, tenus sous le joug, demeurèrent immobiles. Mais les souvenirs du passé comptent parmi les forces actives du présent. Ils planent sur les nations comme des esprits vengeurs ou d'affectueux conseillers, influencent l'opinion, disposent les cœurs, préparent les événements futurs. Les bonnes actions d'une race, d'un gouvernement, leur profitent longtemps encore après l'époque où elles ont été accomplies ; leurs crimes pèsent sur eux pendant toute leur durée, sèment leur route de continuels embarras, déterminent souvent leur chute. Les ombres de leurs victimes les suivent partout, les maudissent sans relâche, soulèvent contre eux la terre et le ciel.

En 1703, pendant que la guerre de la succession d'Espagne fatiguait et ruinait l'Autriche, les Magyars prirent de nouveau les armes pour la liberté, à la voix du jeune Rakoczy, que sa mère, la noble et charmante Hélène Tékéli, avait élevé comme le futur vengeur des Hongrois. En 1704, ils parvinrent jusque sous les murs de Vienne, déchargèrent leurs mousquets sur les portes de la ville et sur les fenêtres du château, caracolant avec les peaux des lions, et des léopards de la ménagerie impériale, qu'ils avaient tués dans le Thiergarten, et dont les dépouilles couvraient leurs montures. Deux ans après, ils fourragèrent encore autour de la capitale. Épuisée par sa lutte contre la France, l'Autriche conclut avec eux, en 1711, le traité de Zathmar, qui leur rendait leur constitution politique, leurs lois civiles, la liberté religieuse, et confirmait le droit d'insurrection, auquel tenait tant la Hongrie. Les Magyars se sont depuis lors gouvernés, administrés eux-mêmes jusqu'en 1848. Leur indomptable patriotisme leur valut cent trente-sept ans de repos et de dignité [1].

Les cinq premières insurrections n'avaient pu les affranchir, mais avaient tenu le despotisme en échec ; la sixième leur permit de fouler aux pieds les prétentions impériales, de rétablir leur diète, leurs tribunaux, le libre vote des impositions, et de marcher au feu sous la bannière nationale. Preuve manifeste qu'un peuple ne doit jamais abandonner ses droits, ni perdre l'espérance ! Ou il triomphe dès le début, comme les Hollandais, ou il finit par exercer de consolantes représailles, par obtenir une glorieuse victoire, comme les Hongrois. Le respect de soi-même, un courage intrépide, l'amour de la liberté, la haine de l'injustice sont, pour les opprimés, d'inépuisables ressources.

---

1. L'histoire de cette insurrection victorieuse serait très-intéressante à raconter ; mais l'espace me manque dans un volume déjà si rempli. Un auteur allemand, J. E. Horn, lui a consacré en 1861 un livre très bien fait, auquel je renvoie le lecteur : *Franz Rackoczy II, fürst von Ungarn und Siebenbürgen.* (Leipsig, Otto Wigand ; in-8 de 306 pages.)

CHAPITRE XIX

Le Manuel des Inquisiteurs devenu le code politique de l'Autriche.

Dans les faits nombreux et incontestables que nous avons jusqu'ici vus passer devant nous, règne un esprit de système, une subtilité cruelle, qui étonnent l'historien le plus habitué à la sophistique du crime. On se demande avec effroi d'où est venue cette scolastique meurtrière, si impitoyablement pratiquée par les Habsbourgs. Quel fléau pour les nations ! Quel spectacle révoltant pour la conscience humaine ! Le despotisme autrichien a une physionomie spéciale que l'on ne retrouve nulle part, ni sous la vile domination des empereurs romains, ni sous la brutale oppression des empereurs turcs. Sans doute la casuistique de saint Ignace n'y est pas étrangère. Mais cette dialectique de la souplesse et de la ruse ne suffit point pour expliquer l'acharnement féroce, la déloyale et envahissante tyrannie de la cour de Vienne. Il a dû s'y joindre une influence occulte, l'action d'une doctrine secrète.

Cette doctrine, les Jésuites nous l'ont eux-mêmes révélée dans une circonstance mémorable. Nous savons maintenant qu'ils avaient adopté les maximes de l'Inquisition et les pratiquaient sans les avouer ; ils frappaient d'une arme terrible qu'ils cachaient sous leur manteau et se gardaient bien de laisser voir. Né dans la caverne pestilentielle de l'Espagne, sur le même sol que les Dominicains, à une époque de luttes sanglantes, l'ordre cauteleux avait tout naturellement accepté leur théorie pénale, leur système de réaction et de propa-

gande. Ce qu'on va lire ne laissera aucun doute à cet
égard. Les Jésuites observaient de point en point les
lois formulées, dès le milieu du quatorzième siècle, par
Nicolas Eymeric, grand-inquisiteur d'Aragon. Ce livre,
déposé dans tous les établissements du Saint-Office,
réglait la procédure criminelle des pères de la foi. Il
était gardé avec soin, étudié avec respect, suivi scrupu-
leusement, comme une bible du meurtre et de l'oppression.

Stimulé par l'estime que témoignaient pour le *Direc-
toire des inquisiteurs* les prélats ultramontains, François
Pegna, docteur en théologie et canoniste, résolut de le
publier, d'y joindre même un commentaire: il obtint
un privilège du pape Grégoire XIII, lui dédia le code
mystérieux et le fit imprimer au Capitole (*in ædibus
populi romani*), pendant l'année 1558, en un volume
in-folio. Mais on ne le communiqua point aux profanes.

L'ordre de Loyola venait d'être fondé : il adopta la
jurisprudence de l'Inquisition et l'appliqua sur une
grande échelle ; seulement, avec la dissimulation profonde de l'Ordre, il ne souffla mot du livre sépulcral où
il puisait ses inspirations.

Mais en 1761, lorsque toute l'Europe se soulevait
contre les moines artificieux, les Dominicains se laissèrent entraîner par l'opinion publique et par la haine du
marquis de Pombal pour leurs collègues. Ils firent arrêter un jésuite, le père Malagrida, le condamnèrent
au feu et le brûlèrent à Lisbonne, le 21 septembre. On
devine la fureur, l'indignation que cette nouvelle excita
dans toute les maisons professes. L'ordre entier poussa
un cri de vengeance : brûler un confrère, un champion
de l'Église, c'était trop fort ! On chercha des armes,
et l'on pensa porter un coup terrible aux Dominicains
en divulguant leur code sinistre. Mais ce bréviaire de
l'intolérance ne pouvant circuler aisément, à cause de
son étendue, ni être popularisé par le bas prix, les Jésuites se hâtèrent de l'abréger, d'en extraire la substance. Leur précis forma un volume in-12, qu'ils pu-

blièrent avant la fin de l'année ; il avait pour titre : *Manuel des Inquisiteurs*, et les révérends pères y signalaient avec soin l'origine du livre. L'abbé Morellet le traduisit sur-le-champ du latin : il parut dans notre idiome au commencement de l'année 1762.

Quand on étudie ce résumé authentique, on y voit successivement défiler toutes les maximes odieuses de la politique autrichienne, et on s'aperçoit que les deux ordres espagnols ont été aussi mal appréciés l'un que l'autre. Non-seulement on a établi entre eux de fausses distinctions, mais on n'a pas vu toute la portée de leurs principes.

Aux Dominicains on attribue, comme signe caractéristique, le goût du sang, une implacable férocité ; les Jésuites passent pour être la finesse, la ruse, la dissimulation en personne, pour marcher vers leur but par des routes sinueuses et des voies souterraines. Dans le conclave des puissances funestes, les uns représentaient la violence, les autres la perfidie. Eh bien ! cette différence n'existe pas : l'histoire, les documents s'opposent à ce qu'on l'admette. Les Dominicains aux blanches robes, au noir manteau, employaient, comme les Jésuites, la feinte et la supercherie ; la mielleuse troupe de saint Ignace employait, comme les Dominicains, la terreur et les supplices. Les derniers en firent même un usage plus étendu, gaspillant les populations, prodiguant le meurtre et la ruine. Ils ne tenaient pas dans leurs mains la croix du salut et de la rédemption, mais une hache nouvellement affilée. Les Capucins les précédaient, couraient devant eux comme des limiers, ou marchaient à leur suite, exécutaient leurs sentences, ramassaient les débris de leur proie. Sous une apparence de fanatisme religieux, ils cachaient des plans mondains, une ambition effrénée, une avarice plus insatiable encore. Ils voulaient, d'une part, établir le règne absolu du clergé ; de l'autre, faire main-basse sur les richesses. Dominer les princes, asservir les peuples, dépouiller la race humaine, tels étaient leurs plus chers

désirs, et les théologiens de la cour pontificale ne cherchaient pas à le dissimuler.

« Celui qui assimile le Pape à Dieu même est bien
vu du Pape, mais celui qui veut égaler les princes au
Pape, écrit un auteur du dix-septième siècle, le Pape
le fait traîner en prison. Celui qui imprime que la
majesté des princes doit fléchir devant le Souverain
Pontife, est récompensé par le Souverain Pontife ; mais
quiconque publie que le pouvoir des princes n'a rien à
démêler avec l'autorité du Saint-Siège, est persécuté
par le Saint-Siège. Quiconque soutient que la suprématie
du Pape est absolue, indépendante, illimitée, ne rele-
vant que de Dieu, acquiert les bonnes grâces du chef
de l'Église ; mais celui qui veut mettre au-dessus de
lui les conciles, éveille sa haine et sa fureur. Celui qui
enseigne que le Pape peut excommunier, déposer les
rois à sa guise, est défendu par lui contre la vengeance
des rois ; mais celui qui réfute ce système meurt sous
a hache, malgré la protection des rois [1]. »

Ouvrez maintenant le *Manuel des Inquisiteurs*, ce livre
dont chaque lettre a coûté la vie à un millier d'hommes,
qui a partout répandu la désolation et le malheur,
comme un évangile de mort. Les chapitres X et XI
révèlent manifestement le but de l'institution ; ils
raitent *des amendes, de la confiscation des biens, de la
privation de tout emploi, bénéfice, dignité, pouvoir, autorité, prononcées contre les hérétiques, leurs enfants et
descendants.*

« Outre les pénitences, dit le *Manuel*, l'inquisiteur
peut infliger des amendes, par la même raison qu'il
peut commander des pèlerinages, des jeûnes, des
prières et autres expiations. Les amendes doivent être
employées en œuvres pies, comme au soutien et à l'entretien du Saint-Office. Il est juste effectivement que les
frais de l'inquisiteur retombent sur ceux qui sont traduits devant son tribunal, parce que, suivant saint Paul,

[1]. *Il Cardinalismo, parte prima, libro I,* pages 113 et 114.

nul n'est obligé de faire la guerre à ses dépens (*nemo cogitur stipendiis suis militare*). Les inquisiteurs peuvent aussi recevoir des présents, pourvu qu'ils ne soient pas trop considérables : ils doivent craindre que leur avidité ne scandalise les laïques. »

Voilà donc les amendes introduites parmi les châtiments pieux, parmi les moyens de correction, et le premier usage qu'on leur assigne est d'enfler la bourse des inquisiteurs. Charité bien ordonnée commence par soi-même. Ces apôtres du bûcher annoncent, en outre, qu'ils recevront des présents ; mais ils ne veulent point qu'on leur apporte des dons trop considérables : cela pourrait faire suspecter leur bienveillance, leur désintéressement, leur charité. Ils sont modestes, les bons pères ! leur cupidité fait la prude et baisse les yeux : ils savent que la terreur des supplices et de la mort ouvrira toutes les mains, tous les coffres, tirera de l'obscurité les trésors enfouis depuis des siècles.

Ils allèguent des motifs, du reste : les motifs ne manquent jamais pour soutenir les mauvaises causes. « De toutes les œuvres pies, continue le *Manuel*, la plus utile étant l'établissement et le maintien de l'Inquisition, les amendes peuvent être employées sans inconvénient à l'entretien des inquisiteurs et de leurs familiers ; et il ne faut pas attendre qu'ils aient de ces fonds un besoin pressant, car il est très profitable et très nécessaire à la foi chrétienne que *les inquisiteurs aient beaucoup d'argent*, pour nourrir et payer leurs familiers, pour la recherche et l'emprisonnement des hérétiques, pour accomplir leurs autres fonctions. » Le secrétaire du Saint-Office n'a point osé mettre : pour solder les tortionnaires qui étendent sur le chevalet, grillent, tenaillent de pauvres créatures, souvent aussi orthodoxes que le grand-inquisiteur. Mais il ajoute une réflexion qui lui paraît concluante au dernier point : « Après tout, le public paye bien des bouchers, des médecins et des maîtres ès-arts libéraux ou mécaniques ! Pourquoi ne payerait-il pas les inquisiteurs, qui supportent de plus

grands travaux et qui sont plus utiles? Les Égyptiens
nourrissaient les prêtres de leurs idoles, et le peuple
ne nourrirait pas les censeurs de la foi, qui maintiennent
l'observation de la loi divine et la pureté des dogmes
catholiques ! »

L'argumentation est victorieuse : les peuples doivent
rétribuer, grassement solder les espions qui les surveillent, les délateurs qui les calomnient, les sbires qui les
arrêtent, les geôliers qui les emprisonnent, les bourreaux qui les torturent, et, par-dessus tout, les prêtres
qui commandent les rigueurs. Ces professions deviennent
ainsi lucratives, et l'on sert Dieu en travaillant à sa
fortune. Quant au bon pasteur sauvant la brebis égarée,
au Samaritain versant l'huile sur les blessures, il n'y
faut point songer : ces paraboles se trouvent dans
l'Évangile et non dans le *Manuel des Inquisiteurs !*

Toucher du numéraire, emplir sa caisse par dévouement religieux, c'est fort agréable, sans doute ;
mais une si mince aubaine ne peut suffire à des hommes
que dévore le zèle du Seigneur. Les terres, les maisons,
les forêts, les mobiliers ne laissent pas d'avoir des
charmes pour une âme sainte et pour un cœur d'apôtre.
Aussi le *Manuel* a-t-il pris en considération leurs vertueux
désirs. Tout hérétique perd ses biens, même lorsqu'il
se repent, même lorsqu'il se convertit après la sentence
prononcée : à plus forte raison le tribunal confisque-t-il
les propriétés mobilières et immobilières des hérétiques
impénitents et relaps. Si l'on ne dépouille pas les dissidents qui s'humilient et se convertissent avant la sentence, c'est par pure bonté, dit le secrétaire du Saint-
Office, car ils ont mérité le dénûment et la mort, une
seule erreur entraînant de fait ces conséquences.

Les biens capturés de la sorte revenaient naturellement aux inquisiteurs. Leur abnégation n'avait point
de bornes. Dans les premiers temps, le fisc s'en empa-
rait, après que les Dominicains avaient largement pré-
levé leurs dépenses. Mais on changea bientôt une méthode si contraire à la vraie piété. Sur les terres de

l'Église, l'ordre espagnol garda tout ce qu'il pouvait garder ; sur les terres laïques, il fit trois portions des domaines, joyaux et meubles saisis : la première était livrée aux seigneurs temporels, la seconde aux inquisiteurs, la troisième formait un fonds de réserve pour la poursuite et l'extermination des hérétiques, ou, si l'on aime mieux, les Dominicains se l'attribuaient comme la seconde. Innocent IV avait ainsi réglé les parts. Mais le tiers qu'obtenaient les pouvoirs mondains troublait la conscience des moines. Cet empiétement sur les conquêtes de l'Église leur inspirait de profonds remords. Ils travaillèrent donc à l'abolir, et leur pieuse entreprise fut couronnée de succès. Les pharisiens de la nouvelle loi débitèrent force patenôtres pour célébrer leur triomphe.

Mais les femmes, les enfants des condamnés, que devenaient-ils ? Les chassait-on de la demeure paternelle ? Les réduisait-on à mendier leur pain ? L'Évangile de l'Antechrist ne leur témoigne aucune pitié. « La commisération pour les enfants du coupable, que l'on réduit à la mendicité, ne doit point adoucir la rigueur du tribunal, puisque, d'après les lois divines et humaines, les enfants sont punis pour les fautes de leurs pères. » Le secret motif de cette disposition se devine aisément. Si on avait témoigné de la compassion aux familles, si on avait craint de les précipiter dans la misère, il serait devenu impossible de les dépouiller, il aurait au moins fallu leur laisser une partie de leurs biens. Or, si on ne les dépouillait pas, le Saint-Office perdait à gagner, comme disent les trafiquants ; si on leur laissait une portion de leur domaines, on écornait d'autant les bénéfices des révérends pères. Leur cœur se révoltait à l'idée d'un pareil abus.

Aussi leur livre de négoce ajoute-t-il : « Les enfants orthodoxes des schismatiques ne sont point exemptés de cette peine, et on ne doit rien leur laisser, pas même la légitime qui semble leur appartenir de droit naturel. Cela est indispensable pour détourner les pères

d'un crime aussi grand que l'hérésie. » Voilà le prétexte : le véritable but, c'était d'emplir la caisse et d'a-
grandir les propriétés des Dominicains. Les charitables
personnages ! ils étaient susceptibles d'attendrissement.
« Les inquisiteurs, dit le *Manuel*, pourront cependant,
par grâce, pourvoir à la subsistance des enfants des
hérétiques ; on fera apprendre un métier aux garçons,
et on mettra les filles au service de quelque femme
honorable de la même ville. Pour ceux que leur âge ou
leur faible santé rendraient incapables de gagner leur
vie, on leur donnera quelques petits secours. » Très
petits, en effet : comment les moines avides se seraient-
ils montrés généreux ?

On croira peut-être que la dot des femmes était à
l'abri de leur cupidité. Ils l'avaient reconnu en principe, et elle leur échappait quelquefois. Mais comme
les renards tournaient autour de ce butin et le flairaient ! C'était un crève-cœur pour eux que d'en être
privés. Aussi avaient-ils établi une exception et une res-
triction : « On peut confisquer la dot, lorsque la femme
en se mariant a su que son mari était schismatique. »
Or, la plupart du temps, elle protestait en vain de
son ignorance. « La dot non sujette à confiscation n'est
pas celle que désigne le contrat de mariage, mais celle
que des témoins et la déposition d'un notaire démon-
treront avoir été réellement apportée. » Quelle vigilante avarice ! quelle crainte de perdre un denier ! Les
Juifs que brûlait la Sainte-Hermandad montraient-ils
pour la richesse une plus opiniâtre convoitise ? Dé-
pouillaient-ils aussi cruellement la veuve et l'orphelin ?

Mais voici bien autre chose ! La mort même et une
réputation intacte de piété n'étaient pas une sauve-garde
contre les rapines de l'Inquisition. « Après la mort d'un
schismatique, on peut encore déclarer ses biens sujets
à confiscation, dit le *Manuel*, et en priver ses héritiers,
quoique cette déclaration n'ait pas été faite du vivant de
l'hérétique. » Dans toute l'étendue de l'Espagne conséquemment, depuis les côtes de la Galice jusqu'aux som-

mets de la Sierra-Nevada, depuis l'embouchure de l'Ebre
jusqu'aux plages du Portugal, nul ne pouvait dormir en
sécurité sous le toit de ses pères, nul n'avait la certitude
de ne pas être réduit le lendemain à la besace et au
bâton du mendiant ! Si on ne le traînait pas devant les
juges encapuchonnés du Saint-Office, comme un libre
penseur, sans preuves, sans confrontation de témoins,
sur la secrète délation d'un misérable, c'était son père,
son aïeul, que l'on inculpait, et une troupe d'alguazils
venait l'arracher de sa maison, de ses terres, du seul
endroit où il pût vivre et nourrir sa famille, lieux chers
et sacrés où il espérait terminer ses jours ! Que dit, en
effet, le sombre code ? « Les enfants et les héritiers des
schismatiques ne jouiront du bénéfice de la prescription, pour les biens à eux transmis, qu'après un
espace de quarante années, pourvu cependant qu'ils les
aient possédés de bonne foi durant ce temps-là, car
s'ils avaient découvert dans cet intervalle que le défunt
était hérétique, les inquisiteurs peuvent s'emparer des
biens de celui-ci, même après les quarante ans ré-
volus. »

Quels étaient les malheureux dont on troublait ainsi
les ossements, au fond de leur tombeau fermé depuis
un demi-siècle et davantage, dont on flétrissait la mémoire par une sentence posthume ? Ai-je besoin de le
dire, et cette tactique ne laisse-t-elle pas échapper son
secret ? Tout homme qui n'attribuait point aux moines
rapaces un legs important, vu sa fortune, devenait
suspect d'hérésie. Son omission mettait en danger l'a-
venir, le pain de sa famille. L'ordre implacable se tenait
debout près de son lit de mort, un sac à la main, et
lui ordonnait, par un geste impérieux, d'y verser une
large offrande. Le malade tremblant proportionnait ses
dons à son amour pour les siens, et les dépouillait en
partie, de crainte qu'ils ne fussent totalement ruinés.
C'était une manière triomphante de capter les héritages.

Aucune garantie, on le voit, ne protégeait contre l'a-
vidité du Saint-Office. Pas un acre de terre ne pouvait

lui échapper, quand il voulait s'en rendre maître. Et pour
que ses propres sentences ne devinssent pas un obstacle à sa cupidité, le livre de sang ajoute une clause si
subtile qu'elle eût émerveillé Tartufe. « On doit juger
rapidement les causes de cette nature et ne pas tenir
les héritiers en suspens, lorsqu'on manque de preuves
contre le défunt accusé, à moins que l'on ne compte
avoir sous peu de nouveaux indices. Mais l'accusé défunt
ayant été absous, cela n'empêchera pas de reprendre le
procès, si de nouveaux témoins viennent déposer, parce
que, en faveur de la foi, une sentence d'absolution, dans
les causes d'hérésie, ne doit jamais être considérée
comme un jugement définitif. » Quel abîme ! et comment éviter ces innombrables pièges ! Comment ne pas
s'engloutir dans ces chausse-trapes, tendues l'une sous
l'autre jusqu'à des profondeurs incommensurables ?

Il va sans dire que les contumaces perdaient leurs
biens par le fait même de leur émigration. S'ils revenaient en Espagne, s'ils se présentaient aux moines
sournois, on les recevait à pénitence; mais on ne leur
rendait pas une obole. Il est si doux de prendre et si
cruel de restituer !

Le chapitre des confiscations se termine par l'examen
d'un problème merveilleux. L'inquisiteur demande si
un schismatique, dont on ne soupçonne pas les opinions, qui n'a été ni dénoncé ni inquiété, ne doit pas
en conscience venir de lui-même offrir tous ses biens
aux défenseurs de l'Église. Cela lui semble dur, car
enfin le pauvre hérétique se dénoncerait lui-même. Il
hésite donc, il établit des distinctions ; il voudrait, par
exemple, qu'un schismatique renvoyé absous, mais
réellement coupable, livrât de son propre mouvement
toute sa fortune à la Sainte-Hermandad. Pour parler
sans détour, c'était la Péninsule entière que convoitaient les moines jaloux. O profondeur de l'abnégation
cléricale ! Avais-je tort, quand j'attribuais aux Dominicains la même dextérité qu'aux Jésuites ?

Le système de spoliation universelle organisé par

eux ne pouvait encore satisfaire leur ambition. Les
terres, les maisons, les fermes, les châteaux, la vaisselle, les meubles, les bijoux sont sans doute bons à
prendre et bons à garder ; mais il y a une autre source
de revenus et d'influence que les moines astucieux voulaient enclaver dans leur domaine. Les bénéfices, les
places, les dignités, impalpables de leur nature, donnent de la considération et rapportent des émoluments.
Les spéculateurs en soutane déclarèrent qu'un schismatique, par le fait même de son hérésie, encourait la
perte de tout office ; une sentence n'était nécessaire
que pour destituer les fauteurs des hérétiques. Or, si
peu de chose vous faisait mettre hors la loi chrétienne,
qu'on était à moins de rien déclaré partisan des libres
penseurs. Quant aux enfants des impies, on devine
qu'ils étaient immédiatement expulsés de leurs emplois, et que toute autre fonction publique leur devenait inaccessible. On tuait le père par l'excès des tortures, par la flamme du bûcher, par une détention
interminable ; on tuait les descendants par la faim.

« Quelques auteurs prétendent que cette peine, dit le
livre de l'Inquisition, est restreinte aux enfants nés
depuis que le père a embrassé de fausses doctrines ;
mais leur distinction ne repose sur aucun fondement
solide, et on peut la combattre par cette raison décisive :
que la punition ayant été imaginée pour contenir les
pères à l'aide de l'amour qu'ils portent à leurs enfants,
elle doit tomber sur tous, puisqu'ils aiment ceux qui
ont précédé leur crime autant que ceux qui ont vu le
jour après. » L'excommunication politique et civile atteignait la seconde génération du côté paternel, mais ne
franchissait point la première du côté maternel : le fils
et la fille, le petit-fils et la petite-fille d'un schismatique ne pouvaient donc obtenir aucun bénéfice, exercer aucun emploi ; mais si c'était la mère qui se laissait égarer par Satan, la malédiction épargnait les têtes
innocentes de ses petits-fils et de ses petites-filles. Les
contumaces, les relaps convertis, que l'on brûlait mal-

gré leur repentir, car le feu ne perdait jamais ses droits,
causaient aussi la ruine de leur postérité. Un homme
convaincu ou soupçonné d'opinions douteuses portait
donc autour de lui la famine et le désastre : il répandait sur les siens, avant de mourir, une influence pestilentielle. Rien n'échappait : les associés confisquaient
le présent, distribuaient des haillons à toute la famille
et stérilisaient l'avenir. Mais aussi quelle puissance !
quels gains ! quels coups de filet ! Places, bénéfices,
domaines, châteaux, mobiliers, diamants et numéraire,
tout tombait entre leurs mains. C'était un encaisse-
ment, une expropriation perpétuels. Les trafiquants
homicides entonnaient chaque jour des *Te Deum* pour
remercier Dieu de leur prospérité. Ah ! si l'on avait pu
mettre en actions la Sainte-Hermandad, quelle bonne
affaire ! quels dividendes auraient touchés les sous-
cripteurs !

Pour compléter l'œuvre de spoliation et de persécution, les agioteurs encapuchonnés frappaient un dernier
coup sur leurs victimes. Le prétendu crime d'hérésie
entraînait la perte radicale de toute espèce d'autorité :
les serfs et domestiques ne devaient plus l'obéissance à
leurs maîtres, les sujets à leur roi, les soldats à leur général, la femme à son mari, les enfants à leur père. Les
serments faits aux schismatiques n'obligeaient point ;
ils n'avaient pas le droit de tester, ni celui de réclamer
un dépôt. Bien mieux, dit le *Manuel des Inquisiteurs*,
« une femme catholique n'est point tenue de *rendre
le devoir* à son mari devenu hérétique ». Un triple suaire
couvrait donc le libre penseur ; il était enfoncé plus
avant dans les régions de la mort que tel homme enseveli depuis trente ans.

Des garanties de justice et d'impartialité environnaient-
elles au moins les sentences qui produisaient de si
affreux châtiments ? Allons donc ! Toute garantie accordée
aux inférieurs limite le pouvoir des supérieurs, et les
ambitieux rêvent généralement un despotisme sans
bornes. La plainte même les importune. « On veut un

esclavage muet, suivant l'expression de Chateaubriand, et non pas d'insolents opprimés qui oseraient dire qu'on les écrase. » La procédure de l'Inquisition dépasse toutes les iniquités judiciaires amoncelées dans l'histoire en couches si profondes ; elle traverse ces lugubres gisements du crime, et s'élève au-dessus comme une pyramide sépulcrale, comme un édifice de terreur et de mort.

Pour être arrêté dans son domicile, traîné dans les cachots de l'Inquisition, il suffisait d'un seul délateur, qui venait secrètement déposer, sans avoir besoin de faire appuyer sa déposition par des témoins. Il suffisait encore de la rumeur publique, des vains propos de quelques flâneurs, qui supposaient tel ou tel peu attaché au dogme catholique. Le juge les citait alors devant son tribunal, afin de les questionner. *En faveur de la foi*, dit le *Manuel*, on recevait la délation et le témoignage de quiconque voulait parler ou ne pouvait faire autrement. La liste imprimée dans le sombre code est édifiante au dernier point. Il déclare dignes de renseigner le tribunal : les excommuniés, les complices de l'hérétique, *les infâmes et les personnes coupables de n'importe quel crime*, les schismatiques, les idolâtres et les juifs, les parjures qui ont trahi la vérité dans la cause même et au détriment du prévenu. « Si un témoin, fait observer le pieux rédacteur, vient de se parjurer, il peut corriger sa première déposition, et alors les juges s'en tiendront à la seconde, pourvu qu'elle charge l'accusé ; car si elle lui est favorable, on s'en tient à la première. » Le tribunal ne se souciait donc pas de la vérité, ne montrait donc nul égard pour l'innocence : il ne cherchait que des coupables ou plutôt des victimes.

L'Inquisition admettait encore parmi les témoins la femme, les enfants, les alliés naturels et les domestiques d'un suspect : le frère pouvait déposer contre le frère, le père accuser son fils et le fils dénoncer ou charger son père, attendu, disait-elle, que l'obéissance envers Dieu passe avant l'obéissance envers les parents, et que,

si l'on peut tuer son père comme ennemi de la patrie,
on peut à plus forte raison dévoiler ses crimes contre
la majesté suprême. Aussi le fils qui trahissait les opinions schismatiques de son père était-il, en faveur de sa
délation, soustrait aux peines édictées contre les enfants
des coupables. « Les dépositions des témoins domestiques, dit le *Manuel* sépulcral, sont très nécessaires, parce
que le crime d'hérésie se commet ordinairement dans
le secret des maisons. » Quelle sécurité de pareilles lois
assuraient aux familles ! L'inquiétude venait, comme un
oiseau de nuit, se loger sous les toits les plus respectables. Les maîtres et les serviteurs, les pères et les fils se
craignaient mutuellement ; les frères se regardaient
avec anxiété. A Toulouse, un père, qui avait accusé son
fils, ayant été mis à la question, en 1312, avoua qu'il
s'était laissé emporter par la haine, qu'il avait calomnié un innocent.

Les dépositions des consanguins et des schismatiques, reçues avec empressement lorsqu'elles pouvaient conduire au bûcher, ne rencontraient que du
dédain lorsqu'elles justifiaient le prévenu. Les inquisiteurs les déclaraient alors inadmissibles, la ressemblance des opinions et les liens de la parenté devant
les faire tenir pour suspectes.

On ne confrontait pas les témoins avec les inculpés,
cela eût été trop équitable ; on ne leur citait même pas
les noms de leurs accusateurs. La défense était un vain
simulacre ou une lugubre dérision. Le tribunal choisissait lui-même l'avocat du patient, bigot dévoué au
Saint-Office. « Son principal soin, dit naïvement le
Manuel, sera d'exhorter le prévenu à faire des aveux
et à demander pardon de son crime, s'il est coupable. »
Le pardon, c'était la mort dans les flammes, la mort
en grande cérémonie. Deux témoins ou délateurs,
fussent-ils le rebut de l'espèce humaine, suffisaient
pour motiver une condamnation. Une victime de plus
ornait le prochain auto-da-fé, ou allait pourrir à vingt
pieds sous terre.

On le voit donc, rien ne garantissait de l'Inquisition, ni pendant la vie, ni après la mort, pas même la foi la plus vive, pas même l'innocence la plus manifeste. Le monstre pouvait toujours vous envelopper de ses tentacules, vous attirer doucement et refermer sur vous sa mâchoire. Et comme le persécuté n'y tombait pas seul, comme la confiscation des biens suivait toute sentence, l'effroyable tribunal disposait sans contrôle des propriétés en même temps que des personnes. La fortune qui attirait les regards des sombres moines était une cause incessante de péril. Combien d'hommes riches, au moment où on les affublait du *san-benito*, auraient pu s'écrier, comme le proscrit romain : « Malheureux ! c'est ma maison d'Albe qui me perd ! »

Une institution pareille dominait de beaucoup la justice civile, les corps politiques et l'autorité même du roi. C'était une machine d'oppression irrésistible : Caligula, Néron, Héliogabale n'eussent pas rêvé mieux dans leurs mauvais jours. Mais c'était aussi une machine d'extorsion, un polype dévorant, qui, placé n'importe où, devait pomper toute la substance d'un pays. Jamais entreprise de négoce ne fut si adroitement combinée. En cent ans, un royaume livré aux inquisiteurs ne pouvait manquer de leur appartenir comme propriété de main-morte, s'ils ne limitaient eux-mêmes leurs rapines, ou si le gouvernement ne leur opposait point d'obstacles.

Le clergé espagnol devint en conséquence d'une richesse prodigieuse. A la fin du dix-septième siècle il possédait, dans les vingt-deux provinces du royaume de Castille, douze millions d'arpents de terre, qui rapportaient cent soixante et un millions de réaux. C'était la cinquième partie du sol. Il fallait y joindre des valeurs immenses en édifices et un casuel entretenu par la terreur. L'archevêché de Tolède rapportait tous les ans deux cent mille ducats, qui équivaudraient de nos jours à trois millions de francs ; l'archevêque de Compostelle avait soixante mille ducats, c'est-à-dire huit cent mille

francs de revenu ; l'archevêque de Séville, un million et
demi ; l'archevêque de Valence, sept cent mille francs.
Un homme prescrivait-il en mourant quelques milliers
de messes pour le salut de son âme, le clergé retirait
d'abord de la succession la valeur arbitraire de ces
offices, sans avoir égard aux créanciers du défunt, qui
souvent ne touchaient pas un maravédis [1]. Les propriétés, les revenus spéciaux du Saint-Office n'ont
jamais été connus, un mystère impénétrable enve-
loppant toutes ses opérations : le san-benito, les appa-
reils de torture, la strangulation octroyée comme une
faveur aux schismatiques repentants, prévenaient,
effrayaient d'ailleurs la curiosité.

Tant d'influence, de richesse et de pouvoir ne satis-
firent pas l'Inquisition. Elle forma le projet de se créer
une armée toujours prête à soutenir ses ambitieuses
manœuvres. Ces troupes auraient composé un nouvel
ordre militaire, Sainte-Marie de l'Épée blanche, qui
aurait eu pour grand-maître l'inquisiteur général d'Espagne. Quarante familles nobles, les représentants de
tout le clergé monastique, de toutes les églises, et le
conseil de la Suprême, louèrent ce formidable dessein,
approuvèrent les statuts déjà dressés. Il ne manquait
au Saint-Office que l'autorisation de Philippe II. Mais le
roi comprit que laisser organiser une pareille force,
mettre des bandes fanatiques à la disposition d'une
société puissante et implacable, c'était abdiquer la couronne. Maîtresse des esprits par la superstition et la
terreur, elle eût bientôt dominé militairement la Péninsule, et de là porté la guerre au dehors, dans l'intérêt du
catholicisme ou dans son propre intérêt. Le prince ter-
giversa, demanda si cet ordre était bien nécessaire,
prétexta qu'il lui fallait le temps de réfléchir, et ne se
décida jamais, heureusement pour lui, pour sa famille
et pour son peuple : l'Épée blanche se serait teinte avant
peu dans le sang des rois et des nations.

---

1. *L'Espagne depuis Philippe II,* par Ch. Weiss, seconde partie,
chap. 1er.

Les Dominicains et les Jésuites furent d'abord ennemis, les premiers craignant de voir rogner leurs bénéfices
et diminuer leur influence ; mais les deux ordres s'entendirent bientôt à merveille. Les moines hypocrites se
chargèrent d'énerver, d'obscurcir les intelligences que
devaient terrifier les moines sanguinaires. Dans les pensionnats, dans les collèges, dans les universités, ils
répandirent ou épaissirent les ténèbres de la scolastique, et noyèrent la raison sous les vaines subtilités de
leurs docteurs. L'Inquisition opprimait les adultes ; les
Jésuites mutilèrent l'enfance, paralysèrent la jeunesse,
engourdirent les esprits.

Cette œuvre si importante pour eux était loin d'absorber toute leur attention et d'occuper toutes leurs
forces. Ils avaient secrètement adopté les principes des
Dominicains, mais visaient plus haut, étendaient plus
loin leur ambition, voulaient procéder d'une manière
plus expéditive. Chez eux, l'adresse des inquisiteurs
s'était changée en insondable tactique, leur cupidité en
avarice sans bornes, leur goût du meurtre en barbarie
implacable. On a toujours laissé dans l'ombre, et pour
ainsi dire méconnu, la férocité des Jésuites, pendant
qu'on étalait au jour leurs rapines et leur astuce. Mais
leur cruauté l'emportait sur leur talent pour dresser des
embûches : l'histoire n'offre rien de comparable aux
boucheries organisées, présidées par eux, et, pour trouver une secte analogue, il faut aller jusque dans l'Inde
chercher les adorateurs de Siva.

Les Dominicains avaient des tribunaux, des gardes,
des prisons, des tortionnaires, des geôliers, des mou-
chards, un personnel coûteux, une administration
étendue. Ils condamnaient dans l'ombre, mais brûlaient en public, répondant ainsi de leurs actes, montrant leurs victimes et dévoilant leurs secrets. L'ordre
de Saint-Ignace préféra envelopper ses manœuvres
d'un impénétrable mystère : il ne voulut ni arrêter,
ni juger, ni brûler, ni étrangler lui-même. Il n'essaya
point d'enrôler sous sa bannière une armée de fanati-

ques ou d'intrigants, qu'il aurait fallu solder. Son
système révélait une adresse plus profonde : s'attacher
aux grands de la terre, spécialement aux rois, servir
leur ambition, chatouiller leurs vices et leurs faiblesses, obscurcir leur esprit, les plonger dans un abîme
d'illusions, affecter un dévouement sans bornes pour
les mieux assujettir, augmenter leur puissance pour en
profiter eux-mêmes, c'est-à-dire fortifier l'instrument
façonné de leurs mains, pour qu'il fût d'un meilleur
usage. Ne pouvant occuper les trônes, ils escamotèrent
l'autorité des princes et régnèrent sous leur nom.
Deux routes menaient à ce but : l'enseignement et la
confession. Ceux qu'ils avaient formés enfants ne sortaient jamais de tutelle, demeuraient enchaînés sous
leur joug par la contrition et la pénitence.

Le duc de Saint-Simon rapporte un fait qui met en
pleine lumière la politique des Jésuites. À la fin du
règne de Louis XIV, quand une profonde misère ron-
geait toutes les classes de la société, que le peuple flé-
chissait sous le poids des impôts, Desmarest, contrô-
leur général des finances, crut nécessaire de lever une
dîme sur tous les biens du royaume. Cette nouvelle
extorsion affligea, inquiéta le prince. Il ne put cacher
sa tristesse aux regards des valets, qui s'en effrayèrent.
Son abattement durait depuis huit ou dix jours, lorsqu'on vit soudain sa contenance s'égayer, son calme
habituel reparaître. D'où venait ce soudain changement?
Il l'expliqua lui-même à Maréchal, son premier chirurgien, qui l'avait questionné sur sa mélancolie. La nécessité, où il se trouvait, d'augmenter l'indigence de la
nation, lui ayant inspiré des scrupules et même des
remords, il s'en était ouvert à son confesseur, le
P. Le Tellier, qui lui avait demandé le temps d'y réfléchir. Ses réflexions n'avaient pas été longues : ayant
réuni les principaux docteurs de la Sorbonne, il leur
avait fait rédiger une consultation « qui décidait nettement que tous les biens de ses sujets étaient à lui en
propre, et que, quand il les prenait, il ne prenait que

ce qui lui appartenait ». Cette déclaration avait mis la conscience du roi fort au large, apaisé tous ses scrupules, fait rayonner sur son front la joie et la sérénité.

Voilà le système : anéantir les peuples devant les rois, dominés eux-mêmes par les Jésuites ; répandre partout la servitude morale et politique, pour mettre le pied sur la tête des nations ; courber celles des rois et, au besoin, les faire disparaître, s'ils ne veulent pas accepter la suprématie de l'ordre impérieux. Hessius, Marianna, Azor et Suarèz ont assez ouvertement exposé les maximes meurtrières de la société à l'égard des souverains. Le second n'a-t-il pas écrit un livre pour disculper et vanter l'assassinat de Henri III ? Donc si les princes n'étaient pas dociles, n'exécutaient pas ponctuellement les ordres de la Compagnie, elle jugeait nécessaire et méritoire de terminer subitement leur règne. Il faut lire dans Saint-Simon la scène tragique, où le père De La Chaise mourant explique à Louis XIV, sans la moindre précaution oratoire, que sa vie ne sera pas en sûreté, s'il commet l'imprudence de choisir, pour le remplacer, un confesseur qui n'appartiendrait pas, comme lui, à l'ambitieuse congrégation. Il osa lui dire qu'il lui donnait cet avis « par attachement pour sa personne, qu'un mauvais coup était bientôt fait, » Louis XIV obéit, s'agenouilla devant l'atroce Michel Le Tellier, qui lui imposa comme un devoir la destruction de Port-Royal.

Ainsi, sans avoir de tribunaux à eux, les Jésuites faisaient fonctionner dans leur intérêt toutes les cours judiciaires d'un royaume ; sans avoir ni sbires, ni prisons, ils faisaient arrêter, mettre sous les verrous quiconque leur portait ombrage ; sans avoir ni tortionnaires ni bourreaux, ils appliquaient la torture, ils décapitaient, brûlaient, pendaient, écartelaient, dépeçaient les hérétiques ; sans avoir d'armée, ils combattaient en rase campagne, assiégeaient dans leurs châteaux, exterminaient par l'épée les adversaires de la cour romaine et les adversaires de leur monstrueuse ambition. Ils gouvernaient ainsi les rois et les peuples sans bourse délier. Avec son adresse proverbiale, l'ordre cauteleux unissait la terreur et l'oppression à l'économie.

Les Dominicains se proposaient l'anéantissement des schismatiques dans les pays orthodoxes ; les Jésuites poursuivaient la même épuration, mais voulaient en outre assaillir l'hérésie dans ses lieux de refuge, dans les contrées où elle formait l'opinion dominante, où le droit de la majorité la consacrait. La hache à l'intérieur, le glaive et le canon au dehors, tels étaient leurs moyens de propagande. Tenant le calice d'une main et la croix de l'autre, ils organisaient une boucherie effroyable, devant laquelle l'historien demeure stupéfait.

Il leur fallut aussi un code criminel, un évangile du meurtre et de la spoliation. Mais comment faire mieux que les Dominicains, dresser un plus habile manuel de proscription, de négoce, d'artifices et de mort ? Le génie même de Loyola fut contraint de s'humilier devant cette œuvre sinistre. L'ordre espagnol adopta le livre noir des inquisiteurs. Toutes les subtilités qui serpentent à travers, toutes les rigueurs qui en tachent les pages, concordaient avec leurs intentions, leur signalaient la voie la plus directe pour atteindre leur but. Ils le substituèrent au Décalogue, aux maximes chrétiennes, et en modifièrent seulement la pratique, pour l'ajuster à leurs moyens d'action.

La procédure déjà si rapide, si tortueuse et si cruelle du Saint-Office, ils l'abrégèrent. Les Dominicains espionnaient, traquaient, supprimaient des individus ; quand, par hasard, ils brûlaient deux cents personnes à la fois, c'était un auto-da-fé monstre, une cérémonie extraordinaire. Deux cents personnes, qu'est-ce que cela pour les Jésuites ? Quelle importance pouvait avoir une semblable exécution, dans les pays où le protestantisme était légalement reconnu, comme en France ; où il comptait le plus grand nombre de sectateurs, comme en Bohême, en Autriche, en Hongrie ; où il exerçait l'autorité sou-

veraine, comme dans l'Allemagne du Nord ? Là c'était
des populations entières qu'il fallait détruire, des
milliers de bourgs, des villes opulentes, des capitales
qui devaient flamber pour la gloire du Seigneur.
L'Inquisition jugeait sans confronter les témoins avec
les prévenus, admettait les dépositions des gens les
plus infâmes ; les Jésuites condamnèrent les cités, les
provinces, les nations dans leurs mystérieux conciliabules ; puis les missions armées, les dragonnades, les
massacres à outrance portaient la ruine et la mort là
où le tribunal sans appel l'avait ordonné. Le nombre
des victimes ne les inquiétait guère, la solitude créée
par le meurtre ne les effrayait pas. C'était de vastes
domaines qui tombaient entre leurs mains, c'était de
splendides épaves qui récompensaient leurs créatures
et leurs bourreaux. Les confiscations d'ailleurs allaient
leur train, n'étaient qu'un jeu pour ces hardis spéculateurs.

Lorsque des jugements particuliers devenaient
nécessaires pour terrifier d'avance les populations et
prévenir les révoltes, ou, après une victoire, pour en
consolider les résultats, pour répandre partout l'inquiétude et la frayeur, le code ténébreux de l'Inquisition
jouait son rôle. Toutes les garanties, tous les moyens
de défense étaient supprimés : on mettait à néant le
droit naturel, on bravait les principes les plus élémen-
taires de la justice, sous prétexte que l'importance de
la foi demandait une exception [1]. Une exception aux
règles immuables, universelles de l'équité, aux lois de

---

1. Toutes ces subtilités féroces ont passé dans la législation
actuelle de l'Autriche. Voici, par exemple, l'article 337 du Code
pénal : « Comme la défense de l'innocence est un des devoirs du
juge criminel, le prévenu ne peut demander ni qu'on lui accorde
un avocat ou défenseur, ni qu'on lui communique les indices qui
sont à sa charge .» Quelles révoltantes arguties ! Un peu plus
loin, l'article 377 exige que « dans les affaires d'État, et sous
peine de complicité, la femme dénonce son mari, le frère son
frère, le fils son père, et ainsi de suite pour tous les membres de

la morale, aux préceptes de l'Évangile, l'argutie est curieuse ! Et la torture fonctionnait, tordait les membres, tenaillait les chairs, disloquait les os des schismatiques et des libres penseurs ; et des familles entières mouraient sous le glaive, disparaissaient dans les flammes, dans les impénétrables abîmes des cachots surveillés par l'astuce cléricale.

Non-seulement le *Manuel des Inquisiteurs* a été le guide secret des Jésuites, leur bréviaire et leur charte, mais cette bible de la servitude, des pleurs et du carnage est devenue le code politique d'un grand pays, où ils ont longtemps parlé en maîtres absolus. Quiconque voudra lire attentivement l'histoire d'Autriche et comparer les actes du gouvernement impérial avec les préceptes du *Manuel*, verra que les Habsbourgs n'étudiaient pas ailleurs l'art de conduire les hommes. Leur sombre fanatisme prenait au sérieux toutes les maximes du livre d'extermination, et ils ont poussé la tyrannie à un degré de fureur qu'elle n'avait jamais atteint. Odieuse fécondité du mal ! Les instructions rédigées pour un ordre cauteleux, avide et farouche, ont inspiré un ordre plus déloyal, plus cupide, plus sanguinaire encore; installé la persécution sur le trône, et fini par créer un enfer politique, dont il ne sortait que des plaintes, des gémissements, des prières et des malédictions, bientôt transformés en bégaiements d'idiotisme !

Ils étaient loin les temps de la primitive Église, où saint Ambroise arrêtait l'empereur Théodose sur le parvis de la cathédrale de Milan, pour lui reprocher le carnage de Thessalonique et lui rappeler qu'il n'était que cendre et poussière, comme les autres hommes ; où il lui imposait une pénitence publique et lui faisait décréter que l'exécution de toutes les sentences capitales prononcées par les souverains serait à l'avenir ajournée pendant un mois, afin qu'ils eussent le temps

---

la famille ». Ne croirait-on point lire un passage du *Manuel des Inquisiteurs* ?

de reconnaître leur faute, si la colère avait égaré leur jugement. Les prêtres ne secouraient plus les orphelins, ne consolaient plus les affligés, ne visitaient plus les captifs, ne vivaient plus, hélas! dans l'abstinence et l'humilité!

CHAPITRE XX

L'influence française en lutte contre l'oppression cléricale.

Une influence étrangère, cependant, allait combattre et annuler peu à peu l'autorité absolue des Jésuites sur les bords du Danube. On ne sait pas généralement à quel point les idées françaises pénétrèrent en Allemagne au dix-huitième siècle. Elles s'infiltraient, elles montaient, elles descendaient partout ; mais c'était dans les hautes classes qu'on leur témoignait le plus de faveur. Les rois, les ministres, les princes, l'aristocratie entière dirigeaient, accéléraient le mouvement. Nos systèmes philosophiques, notre littérature, nos modes, notre langage, nos manières envahissaient les États germaniques l'un après l'autre. Les brises du printemps, qui fécondent toute une région, ne soufflent pas avec plus d'accord et de régularité. Si la transformation de 89 ne s'était pas accomplie chez nous, si même elle avait tardé dix ans, elle eût rajeuni l'Allemagne avant de nous infuser une vie nouvelle, et, au lieu de se tourner contre la France, au lieu de s'enfoncer dans les voies ténébreuses de la réaction, les peuples germaniques nous eussent devancés dans la route du progrès.

L'influence française trouva un accès plus facile aux bords de l'Elbe et de l'Oder qu'aux bords du Danube. Le rôle important et salutaire que Henri IV se préparait à jouer au delà du Rhin, quand un meurtre inspiré par de mystérieuses manœuvres termina ses jours, avec un si cruel à-propos ; l'heureuse intervention du cardinal de Richelieu et du cardinal Mazarin dans la guerre de Trente-Ans, les pensions que reçurent alors de nos ministres les princes luthériens ligués contre la maison d'Autriche, l'intelligente activité du marquis de Feuquières, du comte d'Avaux, d'Abel Servien et du duc de Longueville ; les nombreux avantages que le traité de Westphalie assurait aux protestants, nous avaient acquis la faveur de l'Allemagne septentrionale et des populations qui avoisinaient nos frontières. Les prospérités, le luxe et les conquêtes de Louis XIV éblouirent les souverains germaniques des mêmes divisions territoriales. Ce fut une mode d'imiter la pompe de ses fêtes et la splendeur de ses constructions, autant que le permettaient les ressources de chaque État. Christian, duc de Mecklembourg-Schwerin, montrait pour la France une telle prédilection, que durant l'année 1663, il vint à Paris abjurer le protestantisme, et adopta le nom de Louis. Sur toutes ses ordonnances, il mettait pour qualification, après sa signature : « Chevalier des ordres du roi très-chrétien. » L'année même de sa soumission au pape, il conclut avec la France un traité, où non-seulement il l'autorisait à faire des enrôlements dans ses terres, mais s'engageait à lui livrer, en cas de besoin, la forteresse de Dœmitz. Quand Louis XIV voulut anéantir la Hollande, pour quelques articles de journaux qui avaient offensé son amour-propre, le gallomane lui amena des troupes, malgré son conseil d'État et son chancelier.

A la même époque, l'électeur de Bavière, Ferdinand-Marie, peuplait sa cour de Français, et, richement soudoyé par la France, déclarait tout haut qu'il ne prendrait part à aucune guerre contre elle. L'électeur de Cologne tenait une conduite semblable. L'électeur de Mayence, l'électeur de Hanovre, le duc de Wurtemberg suivaient sans scrupule leur exemple, acceptaient la protection et les libéralités de Louis XIV.

Un grand nombre de mariages, conclus entre les princes allemands et de jeunes Françaises, accrurent notre influence dans les pays teutoniques. En 1648, le duc Georges de Wurtemberg-Mœmpelgard avait épousé Anne de Coligny ; le duc de Mecklembourg-Schwerin prit pour seconde femme, pendant que la première vivait encore, Angélique Montmorency de Botteville, mariée précédemment au feu duc de Châtillon ; le duc Maximilien-Philippe de Bavière s'unit avec une demoiselle de la Tour, fille du duc de Bouillon. La reine mère, par ses habiles manœuvres, avait fait accepter à l'électeur de Brandebourg la guerrière mademoiselle de Montpensier, que Louis XIV appelait un gendarme. D'un autre côté, l'Allemagne nous envoyait quelques princesses. Le roi lui-même choisissait pour le dauphin Marie-Anne de Bavière ; Élisabeth-Charlotte, princesse palatine, remplaçait contre son gré, en 1671, la première femme du duc d'Orléans. La liste des alliances internationales, au dix-septième siècle, serait aussi longue que fastidieuse ; nous nous garderons bien de faire défiler devant le public tant de couples amoureux.

Ces relations intimes et l'ascendant de la France, qui prenait chaque jour une nouvelle force, engageaient une multitude de Français à chercher fortune au delà du Rhin. Ils y occupaient les positions les plus diverses, ils y faisaient tous les métiers. Chambellans, valets, cameristes, palefreniers, servantes, cuisiniers, joueurs heureux, femmes galantes, chevaliers d'industrie s'abattaient sur l'Allemagne comme une nuée de sauterelles. On donnait aux jeunes princes des gouverneurs français, aux jeunes princesses des gouvernantes de la même nation. Notre idiome, nos mœurs, notre costume passaient des châteaux dans la bourgeoisie, de la bourgeoisie dans le menu peuple. Le luxe augmentait à proportion, et la vieille rudesse allemande se métamorphosait en amour des plaisirs sensuels, en molles et délicates habitudes.

La révocation de l'édit de Nantes, qui aurait dû affaiblir entre l'Elbe et la Baltique l'influence française, puisque c'était une persécution dirigée contre la Ré-

forme, soutenue avec tant de zèle, avec de si douloureux sacrifices par les populations septentrionales, eut
un effet tout opposé, augmenta sensiblement l'action que
notre patrie exerçait au delà du Rhin. La fleur de la
nation traversait la frontière : elle ne pouvait qu'exalter
de plus en plus les imaginations, accroître l'estime publique pour la race française. On ne confondait pas les
victimes avec le persécuteur, les sujets avec le gouvernement. Les États luthériens s'empressèrent d'accueillir
les émigrés ; le Brandebourg, le Hanovre, la Hesse, le
Brunswick, la Saxe, le margrave de Bayreuth, les villes
libres leur témoignèrent un vif intérêt, cherchèrent par
tous les moyens à leur faire oublier leur malheur. Fré-
dérick-Guillaume, électeur de Brandebourg, leur montra
la plus ardente sympathie. Une foule de nos compatriotes ornaient déjà sa cour ; il avait fait donner à sa fille
une éducation toute française ; les bannis furent émer-
veillés de l'entendre parler leur idiome sans aucun accent.
L'Électeur ayant organisé un corps de troupes entièrement composé de nobles, les proscrits en formèrent
trois régiments. Les Français obtinrent, dans diverses
cours luthériennes, les premiers emplois. Les fonctions
diplomatiques surtout leur furent réservées, leur adresse
naturelle leur donnant un avantage considérable sur les
négociateurs indigènes. Parmi eux furent également
choisis les gouverneurs et précepteurs des jeunes
princes, auxquels ils enseignaient l'art de se conduire et
les belles manières. Toute la noblesse leur confia même
bientôt ses enfants. La bourgeoisie ne voulant pas rester
en arrière, des collèges, des pensionnats, pour l'un et
l'autre sexe, ne tardèrent point à se fonder dans les
grandes villes. On adjoignit aux institutions allemandes
des professeurs de français. Nos livres, bons ou mauvais,
se répandirent de plus en plus. A Berlin, les fugitifs ouvrirent des librairies, créèrent des imprimeries françaises. Quelques journaux et revues en sortirent, comme
la *Bibliothèque germanique,* dont la publication ne dura
pas moins de trente-neuf ans, depuis 1720 jusqu'à 1759.

Les proscrits s'étaient groupés sur plusieurs points de l'Allemagne et avaient formé des communes entières, notamment celles de Friederichsdorf et de Dornholz-hausen, dans la Hesse, où l'on continue à parler notre langue.

Tant d'avantages matériels, une influence morale si étendue, ne pouvaient manquer de faire naître l'envie, d'exciter même la haine. Les hideux ravages commis par les troupes françaises dans le Palatinat, en 1689, leur lutte de huit années contre l'Allemagne, jusqu'à la paix de Ryswyck, la guerre de la succession d'Espagne, qui renouvela les hostilités trois ans après, furent des occasions et des prétextes qui permirent aux rancunes de se déchaîner. De nombreux, de venimeux pamphlets circulèrent dans tous les États germaniques. Ces livres et brochures, destinés à combattre notre influence, révèlent l'extension qu'elle avait prise. Un des énergumènes qui les rédigeaient épanche ainsi sa mauvaise humeur :

« Quel est celui d'entre nous, Allemands fourvoyés et dégénérés, qui a su se mettre en garde contre l'éclat trompeur de nos voisins ? Qui n'a porté en France son argent et sa fortune héréditaire, le sang de nos campagnards et de nos bourgeois, qui ne l'y a point jeté par les fenêtres, pour rapporter en échange des chiffons semblables aux toiles d'araignée, l'art de courber le dos comme les chats, de débiter maints compliments vulgaires, mais surtout un esprit faux et léger, une bourse vide et, ce qui est plus fâcheux encore, une très mauvaise conscience ? Depuis je ne sais combien d'années, on ne pense, on ne dit, on ne rime, on ne chante, on ne désire, on n'ambitionne, on ne voit, on n'écoute, on ne flaire, on ne sent que des opinions, des visages, des bouches, de la cuisine, des boissons et des immondices français. Notre bel idiome nous pue au nez. Nous avons banni le langage héroïque des Teutons, mis sur le pavois des singeries françaises. Nos enfants apprennent plutôt à lire le français que le catéchisme et le *Pater noster*, à faire des courbettes, des grimaces et compliments français, qu'à étudier la parole de Dieu. »

Le *Machiavel français* (*Machiavellus gallicus*) emploie des termes plus injurieux encore ; voici de quelle manière il caractérise notre politique : « C'est un oubli de Dieu et de ses commandements, une proscription de toute pudeur et de tout honneur, une guerre acharnée contre toutes les vertus, un anéantissement de la justice et des lois, une répudiation de la fidélité comme de la loyauté, une quintessence de toutes les hontes et de tous les vices, un modèle de trahison et de déloyauté, l'image de la corruption la plus impie. »

Un autre pamphlétaire signale les dangers de l'engouement pour la France : « Nous voulons défendre nos villes et nos campagnes, et nos adversaires dominent, asservissent depuis longtemps nos esprits ; nos mœurs, notre langage, nos habillements, notre extérieur et notre intérieur sont devenus français. Et nous prétendons traiter, poursuivre les Français comme des ennemis ! Mais nul homme de bon sens ne mettra en doute que là où les intelligences sont captives, sont envahies par l'étranger, peu d'hommes combattront sérieusement pour l'indépendance, la foi et le salut de la patrie : beaucoup souhaitent, au contraire, la domination du peuple qu'ils admirent [1]. »

« Parler presque toujours français, dit un politique de la même école, paraît une habitude sans inconvénient ; mais il y a un poison caché au fond de cet usage. Les serviteurs français qui s'expriment bien, les lettres et correspondances, les romans et autres livres font pénétrer dans le cœur une estime et une affection particulières pour le peuple modèle [2]. » Un patriote plus haineux et plus pratique chercha comment on pourrait abaisser notre pays, mettre un terme à notre influence.

---

1. *Das neugierige und verænderte Deutschland* (*L'Allemagne curieuse et transformée*), pages 208 et 213.

2. *Deutschlands Macht gegen angræzende Kœnigreiche und Lænder.*

Croyant avoir fait de précieuses découvertes, il publia, en 1689, une brochure latine qui porte un de ces longs titres conformes au goût du temps : « Moyens admirables pour résister à l'ennemi le plus invétéré de l'Empereur et de l'Empire, diminuer la puissance, abattre l'orgueil du peuple français, et recouvrer sans peine les territoires perdus, par un Allemand sincère. A Germanopolis[1]. » Les mesures que propose le gallophobe sont les suivantes :

« N'admettre aucun ambassadeur, aucun délégué français près des cours allemandes, aucun militaire de la même nation dans les troupes germaniques.

Prohiber l'usage de la langue française, l'interdire surtout aux femmes, vu qu'on ne pourrait suffisamment expliquer les conséquences désastreuses de cette peste publique.

N'employer aucun chambellan, aucun valet de chambre français dans les cours des princes teutons.

Regarder comme suspect quiconque a des rapports intimes avec les Français.

Défendre aux savants indigènes de recevoir aucune pension du roi très-chrétien, attendu qu'ils se laissent éblouir par l'or étranger, puis corrompent l'intelligence de leurs élèves.

N'admettre, au surplus, et ne tolérer aucun Français en Allemagne, les traiter avec le dernier mépris, et faire de leur nom même une expression injurieuse.

Prohiber tout ce qui vient de France, particulièrement les modes, coutumes et usages.

Pour dernière précaution, entretenir perpétuellement une armée fédérale sur les bords du Rhin. »

Ce teutomane n'y allait pas de main morte, comme on voit. Enfin, car nous ne voulons pas multiplier ces extraits, malgré leur importance pour l'histoire, l'au-

---

1. Media quibus abjuratissimo Cæsaris Imperiique hosti, Gallo, mire resisti, ejus potentia et fastus infringi, amissaque facilius recuperari possunt, a sincero Germano. *Germanopoli,* 1689.

teur de l'*Allemagne curieuse et transformée* voulait
qu'on s'abstînt de visiter notre pays. « Qu'apprend notre jeunesse, quand elle a passé la frontière, s'écrie-
t-il, sauf à baragouiner le français, à pratiquer les vains
artifices de l'escrime, à danser, à faire des compliments ? Parcourez l'Empire et demandez-vous ce que
nous avons gagné, soit dans la guerre, soit dans la
paix, depuis que nous avons reçu chez nous tant de
Français, qui manient la cuiller bien mieux que la
plume, l'épée ou tout autre honorable instrument ? On
leur accorde néanmoins de hauts emplois, parce qu'ils
mettent en œuvre la politique et les manèges de leur
pays, achètent les places, corrompent les autorités. »

Tous ces expédients infaillibles devaient cependant
échouer contre les lois qui président au développement
de la civilisation, et l'influence française, propice à
l'Allemagne, devait poursuivre dans le Nord sa marche
envahissante.

Dans le midi, l'Autriche lui barrait le passage. La
haine, la méfiance et le despotisme le plus absolu défendaient de nos idées cette Chine catholique et diplomatique. Depuis la victoire de la faction ultramontaine,
le gourdin régnait sans partage sur les diverses populations prosternées devant le trône des Habsbourgs. Les
autocrates avaient emprunté à la Turquie, leur voisine,
ce commode instrument de domination. Pour le moindre délit, on bâtonnait les dociles et humbles sujets de
la famille impériale. Le nombre régulier, officiel, des
coups était de vingt-cinq. Mais les Bohêmes, suppor-
tant avec impatience ce genre de châtiment, on l'avait
divisé pour eux en quart, demie et trois quarts de
volée.

Selon la nature des fautes, les condamnés recevaient
la schlague au pilori, dans la cour d'une prison de
femmes perdues, sous la porte cochère du palais de
justice, ou dans une cellule, sans témoins, ce qui était
regardé comme un adoucissement à la punition.

Énervé par le malheur, abruti par une éducation

perfide, le peuple recevait tranquillement ces preuves
d'intérêt et de sollicitude paternelle. Si la dignité humaine y gagnait peu, les Habsbourgs y trouvaient leur
profit. En abaissant et dégradant la nation, ils fortifiaient leur autorité. Mais un semblable régime n'ouvrait
pas la porte à notre influence, n'était guère en harmonie avec les idées qui fermentaient alors chez nous,
qui préparaient la Déclaration des droits de l'homme.

On servait, on adorait l'Empereur ni plus ni moins
qu'un dieu ; il habitait son château comme un temple,
et ne se montrait que de loin en loin aux mortels. Le
cérémonial le plus inflexible, le plus minutieux, le plus
fatigant, le plus monotone, était observé à son égard.
L'étiquette espagnole s'y mêlait aux serviles procédés
de la Turquie. Léopold et Charles VI témoignaient une
vive horreur pour tout ce qui venait de France, les
habits, le langage et les manières. Notre idiome, sous
leur règne, était banni de la cour. On y parlait l'italien
ou le dialecte spécial de Vienne, patois d'un accent très
prononcé. Le souverain et la noblesse portaient les
mêmes vêtements qu'à Madrid : haut-de-chausses,
justaucorps et manteau noir, souliers et bas rouges.

Si quelqu'un osait paraître dans le salon impérial en
habit français, avec des bas de soie blancs, Charles VI
ne se gênait pas pour dire tout haut : « Voilà encore un
de ces maudits Français ! »

Le clergé entretenait soigneusement toutes les dispositions hostiles à notre pays. Nos libres manières, notre
langage moqueur, le scepticisme que trahissaient nos
habitudes, lui inspiraient une profonde aversion. Or il
était maître absolu de l'Autriche. Les États héréditaires,
à eux seuls, renfermaient quinze cents monastères
d'hommes et cinq cents de femmes. Les ordres mendiants occupaient le plus grand nombre de ces maisons;
les Franciscains en possédaient trois cents, les Capucins deux cents. Mais nulle congrégation ne pouvait
être comparée aux Jésuites pour les revenus et les propriétés.

On déployait dans les cérémonies religieuses une pompe extraordinaire. Le pape ayant canonisé en 1729 Jean Népomuck, le plus saint homme qu'ait produit la Bohême, Prague et la capitale de l'Autriche se parèrent à l'envi pour célébrer ce grand événement. Les fêtes, auxquelles prirent part la cour, la noblesse et le peuple, ne durèrent pas moins de huit jours. A Vienne, une draperie couleur de pourpre ornait tout l'intérieur de la cathédrale. La population entière de la Bohême afflua dans les murs de Prague ; quatre cents processions y arrivèrent, l'une après l'autre, de différentes villes, bannières déployées, au son des instruments et des cantiques. Elles apportaient les produits les plus remarquables de leur territoire. Bunzlau envoyait des grenats et des rubis, Prachin ses perles et son sable d'or, Czaslau du minerai d'argent, Grudim quelques morceaux de cristal, Leitmeritz du vin, Saaz des gerbes de blé, Rakonitz son sel gemme, Kœnigsgrætz ses faisans, Pilsen un agneau blanc comme la neige, Kaurziem des arbres toujours verts. Une illumination prodigieuse fit resplendir les cent tours de Prague.

Peu de semaines, peu de jours se passaient, du reste, sans qu'une ou plusieurs processions défilassent dans les rues de Vienne, quittant une église, une chapelle ou un monastère, et s'acheminant vers un autre édifice de la capitale, gagnant un village voisin ou même un célèbre pèlerinage éloigné de quinze et vingt lieues. Beaucoup allaient adorer la statue miraculeuse de la Vierge, à Marienzell, dans la Styrie ; toutes les jeunes femmes de l'Autriche venaient lui offrir en don leur anneau de mariage, afin de ne pas le perdre, ce qui était sans le moindre doute un expédient infaillible.

Mais de plus étranges spectacles frappaient les regards. On voyait fréquemment des individus dépouillés jusqu'à la ceinture, tenant à la main un martinet, parcourir les rues et les places de la capitale, en se flagellant avec une ardeur fanatique. Les yeux tournés

vers le ciel, chantant des psaumes, remplissant l'air de
cris et de soupirs, faisant couler leur sang sous les
lanières expiatoires, ils campaient la nuit dans les carrefours, dans les cimetières et autour des couvents.
D'autres enthousiastes, pour imiter le Sauveur, traînaient sur le pavé de grandes croix pendant le carême ;
plus la croix était énorme, plus la pénitence leur semblait méritoire, et ces vastes machines gênaient la
circulation.

En 1652, Ferdinand III avait ordonné à tous les
Autrichiens de s'agenouiller sur le passage du saint-
sacrement ; la désobéissance devait être punie d'amende,
de confiscation et de peines corporelles. En 1730, la
femme de l'ambassadeur prussien, qui se crut autorisée
à ne pas tenir compte de cette injonction, vu sa foi
religieuse et les privilèges attachés aux postes diplomatiques, faillit payer cher son acte d'indépendance.

Elle était dans son carrosse avec sa fille, lorsqu'un
prêtre, portant le viatique à un malade, se trouva sur
leur chemin. Elle fit arrêter sa voiture, mais n'en
descendit pas. Ce témoignage incomplet de déférence
choqua et irrita la multitude. Elle força les dames à
quitter leur véhicule et à s'agenouiller sur la voie publique. Madame Brand résistait, criait tout haut qu'elle
était la femme de l'ambassadeur prussien, qu'on
violait à son égard le droit des gens. La foule s'animait
de plus en plus et aurait fini par la maltraiter, si des
ecclésiastiques n'avaient eu le bon sens d'intervenir.

La cour de Berlin se plaignit, comme elle devait le
faire. On arrêta quelques-uns des fanatiques, et Guillaume Ier se contenta, pour toute réparation, de l'aveu
de leur faute et du pardon qu'ils en sollicitèrent, humblement agenouillés devant son ambassadeur.

La position des diplomates qui professaient la religion orthodoxe était peut-être moins agréable encore.
L'Empereur exigeait qu'ils prissent part à toutes ses
dévotions, et elles étaient si longues, si tristes, si
monotones, qu'elles eussent effrayé un reclus. Et voyez

un peu les espiègleries de la fortune ! Dans cette cour sévère, ponctuelle, monastique, la France était représentée, en 1726, par un esprit fort, par un galant personnage, préoccupé avant tout de ses plaisirs, par le duc de Richelieu enfin ! Je vous laisse à penser la mine que faisait le spirituel seigneur, pendant les interminables offices auxquels sa charge le contraignait d'assister ! Après le carême, il eut besoin de soulager son cœur et adressa au cardinal de Polignac la lettre suivante :

« J'ai mené ici une vie pieuse pendant le carême, qui ne m'a pas laissé libre un quart d'heure par jour, et j'avoue que si j'avais connu l'existence que mène ici un ambassadeur, rien dans la nature ne m'aurait déterminé à accepter cette place, où, sous prétexte d'invitations et de représentations aux chapelles, l'Empereur se fait suivre par les ambassadeurs comme par ses valets de chambre. Il n'y a qu'un capucin, avec la santé la plus robuste, qui puisse résister à cette vie pendant le carême. Pour en donner une idée à Votre Eminence, j'ai été, de compte fait, depuis le dimanche des Rameaux jusqu'au mercredi d'après Pâques, *cent heures* à l'église avec l'Empereur ! M. le comte du Luc, qui avait été dix-huit mois ici, dont il avait passé neuf ou dix avant de faire son entrée et le reste à être malade, nous avait laissé ignorer ce trésor de dévotion, que je viens de découvrir à mes dépens. J'avoue que je pense que la dévotion veut un peu plus de liberté, et que cette contrainte inouïe que l'on éprouve ici, et qui n'est dans aucune cour du monde, est pour moi quelque chose d'insoutenable et dont je ne puis m'empêcher de marquer ma mauvaise humeur à Votre Éminence. »

Pauvre pinson des Gaules enfermé dans la cage des Habsbourgs, le duc de Richelieu, comme on voit, finissait par se désoler. Que lui répondait le dignitaire de l'Église ? Ses consolations méritent d'être lues :

« Sur la peinture que vous me faites de la manière dont vous avez rempli tous les devoirs du carême, de la semaine sainte et de Pâques, je crois ne pouvoir mieux faire que de vous féliciter d'en être sorti: peut-être n'en aviez-vous jamais fait autant de votre vie. Imaginez-vous précisément la même chose d'un cardinal à Rome. Il est vrai que nous sommes payés pour cela. »

L'aveu est leste et piquant. Un prince de l'Église déclarer à l'ami, au prôneur de Voltaire, que ses émoluments seuls lui donnent le courage de supporter les saintes expiations du carême ! Le prélat n'était point, quand il écrivait ces lignes, sous l'influence du zèle pieux qui le fit entrer en guerre contre Lucrèce.

CHAPITRE XXI

L'impératrice Marie-Thérèse; sa dévotion exaltée, son
intolérance.

Lorsque Marie-Thérèse monta, en 1741, sur le *tertre du serment*, non loin de Presbourg, on put croire
que l'Autriche allait se rajeunir, entrer dans une nouvelle ère de force, de gloire et de prospérité. Autour
de l'éminence se pressait l'aristocratie hongroise, avec
son costume pittoresque et ses magnifiques chevaux.
Les belles formes de l'Impératrice, l'éclat de son teint,
ses traits charmants, ses yeux gris qu'animait la plus
vive expression, rappelaient le noble type et les grâces
de sa mère, Élisabeth de Brunswick, et ne tenaient en
rien des Habsbourgs. L'émotion de la cérémonie, la
chaleur du jour, avaient, pour ainsi dire, coloré son
visage d'un reflet céleste. L'inquiétude que lui causait
la ligue redoutable formée contre elle, l'espoir de
vaincre, la résolution d'apporter dans la lutte un courage inflexible, ajoutaient à son prestige naturel l'élévation et l'intérêt des sentiments dramatiques. Sa haute
taille, ses longs cheveux blonds, qui tombaient en
flots d'or sur ses épaules, sa robe de brocard, son manteau de velours cramoisi doublé d'hermine, achevaient
de lui donner une physionomie imposante et presque
surhumaine. Lorsque enfin, saisissant l'épée nue de
saint Étienne avec une impatience héroïque, elle jura
d'observer fidèlement les lois et coutumes des Magyars,
puis traçant dans l'air une croix vers les quatre points
de l'horizon, promit de défendre le pays contre tous ses
adversaires, de quelque lieu qu'ils vinssent, un frémis-

sement d'admiration parcourut l'assemblée, des cris d'enthousiasme et des protestations de dévouement saluèrent la jeune reine.

Et cependant l'heureux avenir dont elle semblait le pronostic et le gage ne devait point se réaliser. Sans doute Marie-Thérèse sauva la monarchie avec l'aide des Hongrois ; mais elle ne la sauva que des ennemis du dehors. Elle ne guérit pas les maux intérieurs qui la rongeaient, elle n'anéantit pas l'influence déplorable des vieux principes, elle ne sut régénérer ni le gouvernement ni la nation. Dans ce corps jeune et gracieux habitait l'esprit des ruines ; la fraîcheur du visage masquait la décrépitude des idées ; le sombre génie espagnol, la mesquine et intolérante dévotion de Ferdinand II obsédaient Marie-Thérèse comme deux fantômes, lui inspiraient la plupart de ses actions, de ses discours, de ses mesures politiques.

Elle consacrait habituellement cinq heures par jour à de pieux exercices, et même davantage. Si étrange que cela puisse paraître dans une souveraine d'ailleurs très active, très occupée, le fait n'admet pas le moindre doute, attesté comme il l'est par de nombreux témoins. Son ardeur superstitieuse augmentait avec les années. Au mois de mars 1778, elle demeura trois heures agenouillée en public, dans la cathédrale de Vienne, pendant qu'elle priait le Seigneur de détourner la guerre dont elle était menacée pour la succession de Bavière. Une de ses filles, l'archiduchesse Élisabeth, confia un jour à une dame que, quand elle suivait sa mère à la chapelle, la séance durait si longtemps, qu'elle ne comprenait plus ni ce qu'elle disait ni ce qu'elle entendait.

Pendant le carême, l'Impératrice exécutait opiniâtrément les prescriptions de l'Église. Nulle carmélite n'observait un jeûne plus rigoureux, ne se mortifiait avec une plus ardente exaltation. Les archiduchesses étaient contraintes d'imiter son abstinence, de se livrer aux mêmes excès de piété. Cette dévotion monacale n'était pas toujours de leur goût. L'une d'elles en fut victime dans des circonstances vraiment tragiques.

L'archiduchesse Josèphe, la sixième fille de l'Impératrice, charmait tous les yeux par sa beauté, gagnait tous les cœurs pas ses manières affables. Le roi de Sicile, Ferdinand IV, avait demandé la main de sa sœur aînée, l'archiduchesse Jeanne. Mais celle-ci était morte en 1762, avant l'époque fixée pour le mariage. Au bout de quelques années, on décida que l'aimable Josèphe la remplacerait. La fiancée devait partir le 15 septembre 1767, et on avait terminé les apprêts de son voyage, lorsqu'une lugubre scène de piété les rendit superflus.

Marie-Thérèse ne voulait point qu'elle abandonnât l'Autriche sans s'être conformée à l'usage de la famille, et avoir accompli ses dévotions parmi les tombeaux de ses aïeux, dans l'église des Capucins. Elle exigea donc absolument que sa fille allât se mettre en prière sous les voûtes sépulcrales. Josèphe éprouvait une grande répugnance à obéir et comme un pressentiment de sa fin malheureuse. Elle supplia sa mère de ne pas lui imposer une si triste cérémonie, dont la détournaient une horreur insurmontable et un effroi mystérieux. L'autocrate ne se laissa pas plus émouvoir que le destin. L'archiduchesse fondit en larmes pendant qu'elle montait dans la voiture qui allait la conduire au monastère, et descendit en frissonnant les marches du caveau funèbre.

Trois mois auparavant, sa belle-sœur, la seconde femme de l'empereur Joseph II, y avait été ensevelie. Elle était morte de la petite vérole, ce fléau de la maison d'Autriche, auquel n'ont pu résister les Habsbourgs. La maladie avait exercé de tels ravages sur la princesse, que l'opération de l'embaumement avait été jugée impraticable. Sa chair répandait une affreuse odeur: le bruit courait même dans le peuple que, malgré toutes les mesures sanitaires, les miasmes du cadavre infectaient encore le souterrain. L'événement confirma cette opinion. A peine l'archiduchesse eut-elle quitté les salles ténébreuses, qu'elle fut prise d'un sourd malaise. Bientôt la petite vérole se déclara ; les efforts de la science échouèrent contre ce mal terrible, et, le 15 octobre, un mois après le jour fixé pour son départ, la jeune princesse rendait le dernier soupir. Les couronnes que l'on dépose sur les tombeaux remplacèrent pour elle la couronne nuptiale, et les cierges funèbres lui tinrent lieu d'illuminations.

Le cœur d'une mère, si fortifié qu'il puisse être contre les sentiments naturels, ne reçoit pas sans frémir de pareils coups. L'Impératrice, depuis ce temps, alla seule prier Dieu dans la sombre nécropole. Mais elle n'exempta ses filles que de cette lugubre cérémonie. Partout ailleurs, il fallait qu'elles imitassent sa dévotion exagérée. Si elles manquaient à un exercice pieux, elle témoignait hautement sa mauvaise humeur, s'informait des causes de leur absence et les réprimandait le jour suivant.

Comme le remarque très bien le touriste anglais Wraxal, son éducation et ses goûts la destinaient à porter la crosse d'une abbesse plutôt qu'à gouverner un empire.

On a récemment publié sa correspondance secrète avec le comte de Mercy-Argenteau et avec Marie-Antoinette, que le diplomate viennois était chargé de surveiller. Elle y insiste constamment pour que la reine offre à la cour de France le spectacle singulier d'une dévotion monastique. « Tant que vous pourrez rester à genoux, lui dit-elle, ce sera la contenance la plus convenable pour donner l'exemple. » Avant que sa fille quittât la grande capucinière autrichienne, elle lui avait tracé par écrit un règlement de conduite : elle s'y montre fort préoccupée des lectures qu'elle pourra faire et lui recommande de n'ouvrir aucun volume sans l'autorisation préalable de son confesseur. Ce point lui paraît d'une si grande importance qu'elle y revient plusieurs fois et termine ainsi le paragraphe : « Je vous conjure donc, ma fille, de ne lire aucun livre, même aucune brochure, sans l'avis de votre confesseur ; j'exige de vous, ma chère fille, cette marque *la plus réelle* de votre tendresse et obéissance pour les conseils d'une bonne mère, qui n'a en vue que votre salut et votre bonheur. »

Les hérétiques de toutes les confessions lui inspiraient une vive répugnance. Elle croyait fermement que pas un seul n'entrerait dans le ciel et que la miséricorde divine serait sourde pour eux. Mais elle détestait particulièrement les Anglais, qui lui semblaient plus opiniâtres que les autres, plus éloignés de la vraie croyance et du repentir. Lorsque son dernier fils, l'archiduc Maximilien, voulut visiter la France et les Pays-Bas, elle lui enjoignit de ne franchir la mer sous aucun prétexte. La crainte qu'il ne se laissât infecter par les principes et les mœurs irréligieuses de la Grande-Bretagne, qu'il ne perdît de sa foi, de son humilité catholiques, motivait cette rigoureuse défense. Elle exigea une promesse semblable de l'empereur Joseph II, lorsqu'il se rendit à Paris en 1777. » Les Anglais, lui dit-elle, sont presque sans exception des incrédules, des libres penseurs et des déistes. Je tremble que des rapports avec un tel peuple ne souillent ton caractère, n'ébranlent ta confiance dans tout ce que les chrétiens demeurés fidèles regardent comme sacré. »

Lorsque la vieillesse et une obésité monstrueuse devinrent des obstacles insurmontables, qui empêchaient Marie-Thérèse d'aller à l'église et même à son oratoire, il fallut prendre des mesures pour que ses pieuses habitudes n'en souffrissent point. Depuis la mort de son mari, elle ne quittait plus le troisième étage du palais. Au-dessous de sa chambre, on arrangea une chapelle. Quand l'heure de la messe arrivait, un mécanisme faisait ouvrir le plancher. Le prêtre montait à l'autel, et Marie-Thérèse suivait l'office divin sans quitter son fauteuil.

Son extrême dévotion eut des conséquences fâcheuses pour ses sujets. La première fut un prosélytisme violent, austère, minutieux et infatigable. Il existait en

Autriche, depuis longues années, une pieuse fondation possédant un revenu de six cent mille florins, qu'on distribuait en pensions aux renégats du protestantisme. Une grande faveur entourait cette classe d'hommes sous le règne de l'Impératrice ; pour les non-catholiques opiniâtres, c'était beaucoup d'être soufferts. Invoquant un droit prétendu de réformer les esprits et les mœurs, Marie-Thérèse poussa l'intolérance jusqu'à faire saisir les luthériens, encore assez nombreux, qui habitaient l'Autriche supérieure, la Styrie et la Carinthie, pour les interner dans le Bannat et la Transylvanie, où la race saxonne jouissait de la liberté religieuse ; elle appelait cette tyrannique mesure des transplantations, assimilant les hommes aux végétaux. Mais les végétaux meurent sans souffrir ; les hommes endurent de longues souffrances avant les douleurs suprêmes de l'agonie. Qu'importait à la fanatique souveraine ? Les pauvres dissidents étaient obligés de vendre leurs biens pour des prix dérisoires, pour les sommes qu'on voulait leur offrir. Dans les provinces où on les jetait ainsi qu'un rebut, ils ne trouvaient ni terres, ni travail, ni ressources : les pays de montagnes sont toujours très-pauvres. Ils mangeaient donc le peu de numéraire qu'ils avaient apporté avec eux, puis l'indigence ouvrait un soir leur porte, venait comme un spectre s'asseoir à leur foyer, joignait ses tortures aux chagrins de l'exil et de la persécution. Ils finissaient par succomber, après d'inutiles efforts pour lutter contre un malheur sans issue.

Dans les provinces, des commissions religieuses surveillaient âprement les luthériens et les calvinistes. On leur enlevait de force les livres où se trouvaient exposées leurs doctrines, on les empêchait de communiquer leurs principes à leurs enfants. « Malgré cela, écrit le grand-chancelier Fürst, il y a encore un nombre infini de protestants, qui gardent en secret leurs opinions et ne se soumettent au catholicisme que d'une manière extérieure. »

Mais la conséquence la plus pernicieuse, la plus regrettable, de la dévotion qui exaltait l'Impératrice, c'é-
tait les peines atroces dont elle punissait le blasphème,
l'abandon de la croyance orthodoxe et la pratique ima-
ginaire de la sorcellerie. En 1769, elle avait été contrainte
de publier un nouveau code pénal. Ce code passe pour
avoir adouci la rigueur des lois criminelles. Il y règne
cependant une cruauté digne du moyen-âge. La souveraine, par exemple, maintient la question dans toute
son étendue, depuis la vis à serrer les pouces et les cordes
à serrer les chairs, jusqu'aux instruments les plus barbares, «moyen très légitime d'obtenir des aveux,» dit le
texte, en défendant néanmoins de les employer contre
les principaux fonctionnaires publics, les personnages
importants, les conseillers, les docteurs et les nobles,
« sauf dans les cas de haute trahison et de lèse-majesté».
Cette procédure affreuse était bonne pour le vulgaire.

Si donc, en cherchant avec soin, on trouvait çà et là
quelque atténuation des vieilles règles pénales, on trou-
verait sur d'autres points un accroissement de férocité.
Des supplices odieux, qui font frissonner le lecteur, menaçaient et châtiaient le blasphème. L'article 25 en
distingue trois espèces.

Le premier outrage directement le Créateur: lorsqu'il était commis avec réflexion et préméditation, la loi
nouvelle ordonnait de couper ou d'arracher la langue au
délinquant, si l'injure avait eu lieu en paroles ; de lui
trancher la main, si elle avait eu lieu par gestes, et
dans les deux cas de le brûler [1]. Si le crime avait été
accompagné de circonstances aggravantes, le juge pouvait commander qu'on tenaillât l'impie avec des fers
rouges, qu'on lui enlevât des lanières de peau et le
traînât au supplice sur la claie.

Le second genre de blasphème consistait à se moquer
de la Vierge ou des saints, à briser, à profaner les crucifix ou des images pieuses, ce qui était regardé comme

---

1. Paragraphe neuvième de l'article cité.

une offense indirecte envers la majesté divine. En ce cas, le détenu, au lieu de périr dans les flammes, avait simplement la tête coupée ; lorsque des circonstances particulières aggravaient sa faute, on lui coupait aussi la langue ou la main.

La troisième catégorie de blasphèmes comprenait les jurons, les serments par les plaies du Christ, par le saint-ciboire, par la croix et autres objets vénérés. On daignait alors ne point faire mourir le coupable, mais on lui administrait une punition corporelle proportionnée au délit. Quant aux jurements vulgaires, toutes les autorités avaient le droit de les châtier suivant leur bon plaisir.

Marie-Thérèse avait établi des récompenses pour les Juifs et les Mahométans qui se feraient baptiser ou confirmer : on payait ponctuellement leur abjuration. Aussi quelques individus allaient-ils en plusieurs lieux renier par calcul la foi de leurs pères : la seconde spéculation de ce genre les conduisait à l'échafaud. Celui qui abandonnait la foi chrétienne périssait également sous la hache (article 57).

L'article 58 prescrit d'absurdes et barbares mesures contre la sorcellerie, la divination et autres méfaits imaginaires. Si des personnes, des bestiaux, des récoltes ont subi de grands dommages, on procédera immédiatement à l'application de la peine. Comment pouvait-on savoir que ces accidents étaient causés par des maléfices ? N'importe : on mettait le bourreau à l'œuvre. L'inceste et le viol entraînaient la mort sur le billot. L'adultère, la bigamie, l'avortement et le rapt pouvaient faire encourir le même châtiment. Pour les crimes ordinaires, l'Impératrice conservait les punitions atroces du moyen-âge : après sa révision des lois pénales comme avant, on écartelait, on empalait, on enterrait vivants, on faisait périr sur la roue les prévenus que condamnaient les magistrats [1]. Au nouveau code étaient

---

1. Gross-Hoffinger : *Die Allein-Regierung Josephs des Zweyten*, p. 181.

jointes des gravures destinées à éclaircir le texte, qui figuraient les instruments de supplice, les instruments de torture et la manière de les employer.

Voilà les règlements qu'une femme osait publier en Autriche, vingt années seulement avant la Révolution française ! Dans ce pays toujours abreuvé de sang humain, la hache du bourreau ou la pertuisane du soldat menaçaient constamment les citoyens. Pour une seule parole jugée blasphématoire, on était mutilé par l'exécuteur, puis livré aux flammes ou solennellement décapité ! Le livre de Beccaria pourtant circulait depuis peu dans toute l'Europe, où il excitait le plus vif enthousiasme [1].

Les hommes d'élite que possédait la monarchie voyaient avec douleur une pareille législation, offerte comme un adoucissement de la Caroline [2]. Le maintien de la question les affligeait surtout, à une époque où ce procédé barbare soulevait l'indignation de l'Europe entière. Le généreux Sonnenfels n'y put tenir : le 1er janvier 1776, il tomba aux genoux de l'Impératrice et, d'une voix émue, avec l'éloquence de la charité, lui demanda l'abolition de la torture. Attendrie par ce noble élan, Marie-Thérèse lui accorda une réforme devenue indispensable et que le jurisconsulte appelait du fond de son cœur. En voyant sa prière exaucée, il ne put retenir ses larmes. Que cette rosée divine fasse épanouir

1. *Le Traité des Délits et des Peines,* publié en 1764, où l'auteur flétrit les procédures secrètes, la torture, les supplices atroces, déclare la peine de mort inutile, demande l'abolition de l'emprisonnement pour dettes, une juste proportion entre la gravité des fautes et la rigueur des peines, la séparation du pouvoir judiciaire et du pouvoir législatif. Le succès extraordinaire de l'ouvrage, l'admiration témoignée par Voltaire, Diderot et les encyclopédistes engagèrent Catherine II à offrir au jurisconsulte, en 1766, une position à Saint-Pétersbourg, offre qu'il refusa. Et trois ans après Marie-Thérèse publie son nouveau code, où l'on croit voir chaque page imbibée de sang humain !

2. Code pénal de Charles-Quint. Ce livre est devenu si rare, que la bibliothèque même de notre École de droit n'en possède aucun exemplaire.

sur son tombeau la reconnaissance des populations autrichiennes !

Un autre effet pernicieux produit par l'exaltation
dévote de l'Impératrice, c'était une sollicitude oppres-
sive pour le salut et la moralité de ses sujets. Elle enlevait sans scrupules à leurs familles d'opulentes héri-
tières qui professaient le luthéranisme, les enfermait
dans des cloîtres, et les mariait ensuite avec des courtisans dévoués au système orthodoxe. Ainsi fut traitée
la comtesse Banffy, par exemple, dont le frère avait
abjuré le protestantisme et devint plus tard gouverneur
de la Transylvanie. La jeune personne était élevée dans
cette province, sous les yeux d'une parente qui lui
communiquait son zèle pour le calvinisme. Les deux
orphelins appartenaient à une puissante famille, possédant de nombreux domaines sur les bords de la Samos
et de la Maros : ils formaient les derniers rejetons de la
branche aînée. Tous ces motifs n'arrêtèrent point Marie-
Thérèse. Elle envoya un escadron s'emparer de la comtesse, la fit amener à Vienne et instruire dans les principes ultramontains. Son éducation terminée, elle l'enrôla parmi ses dames d'honneur et la maria, en 1778,
au comte Jean Esterhazy, son compatriote, mort seulement de nos jours, pendant l'année 1831.

Marie-Thérèse multipliait ces mariages forcés, qui
produisaient tantôt des effets ridicules, tantôt des effets
déplorables. Elle unit de la sorte, par mesure administrative, un homme qu'elle protégeait depuis l'enfance,
le comte François Esterhazy, d'un caractère doux et
tranquille, avec une Starhemberg, femme charmante
d'ailleurs, mais colère, farouche et indomptable. Un
hardi galant, nommé Schulenburg, ne tarda point à
l'enlever et à la conduire en Suisse. Marie-Thérèse les
fit réclamer par son ambassadeur. La Confédération
livra les amoureux transfuges. Le délinquant fut condamné à mort comme séducteur. Mais le mari, que cette
heureuse aventure délivrait pour toujours de sa femme,
ne voulut pas que le jeune homme fût si mal récom-

pensé d'un éminent service. Il intercéda, obtint sa grâce, le combla de remercîments et de prévenances.

Chaque année on saisissait des bandes de filles publiques ou de femmes légères, que l'Impératrice faisait transporter dans la Croatie et la Slavonie, sans examiner si ce n'était pas corrompre les mœurs de certaines provinces, pour améliorer celles des grandes villes et de la capitale. Une institution bizarre témoigna de son zèle pudique. Elle forma cinquante *commissions de chasteté*, qui devaient surveiller jour et nuit les mœurs de ses sujets. Les membres de cette police virginale parcouraient sans cesse les rues et les places de Vienne, arrêtaient, conduisaient au violon toutes les femmes qui osaient se montrer seules en public. Si décents que fussent leur costume et leur maintien, si pressantes que fussent les nécessités qui les contraignaient de sortir, qu'elles cherchassent des moyens d'existence ou reportassent de l'ouvrage terminé, il leur fallait suivre au corps de garde la vertueuse milice. Un seul moyen leur assurait une libre circulation, c'était de porter ostensiblement un rosaire et un livre de messe, comme si elles se rendaient à l'église.

Les jeunes débauchés, adversaires naturels des candides gardiens, subissaient de durs châtiments. Ainsi, en 1752, une société de libertins, qui ne respectaient ni les lois de l'abstinence ni celles de la modestie, furent arrêtés à Nussdorf, près de Vienne, lieu habituel de leurs réunions. Parmi eux se trouvaient les deux fils du bourgmestre de Dantzig. Leur père offrit pour les sauver une somme importante. La dernière des Habsbourgs se montra inexorable. Les prévenus expièrent au carcan leur amour de la bonne chère et des jolies filles.

---

1. Vehse : *Geschichte des œstreichischen Hofs*, t. VII, p. 306.

CHAPITRE XXII

François de Lorraine, empereur d'Allemagne ; tendresse
   passionnée de Marie-Thérèse pour lui; premières
   réformes.

Un secret motif poussait l'ardente souveraine à dé-
ployer cette rigueur. Il s'en fallait bien que son mari
se piquât de lui être fidèle. Nul visage gracieux ne le
laissait indifférent, nul aimable sourire n'échappait à
son attention. Dévote et passionnée, l'Impératrice lui
gardait toute sa tendresse, abdiquait par scrupules
religieux ses droits de représailles. Sa piété veillait sur
son amour, le concentrait dans son cœur et l'y faisait
brûler comme une flamme dévorante. Une lettre officielle, écrite en français par le comte de Podewill, le
10 janvier 1747, prouve que l'on savait à quoi s'en tenir
sur cet article :

« Il est constant, dit l'ambassadeur, qu'elle est fort
jalouse de son époux et qu'elle fait tout au monde pour
empêcher qu'il ne prenne quelque attachement. Elle a
fait fort mauvais visage à certaines dames, à qui l'Empereur commençait à en conter. Elle voudrait, par le
même principe, bannir toute galanterie de sa cour. Elle
marque beaucoup de mépris pour les femmes qui ont
des intrigues, et en témoigne presque autant pour les
hommes qui les recherchent. Je sais qu'un jour elle a
parlé fort vivement au comte d'Esterhazy, pour lequel
elle a beaucoup d'amitié et qui est de toutes ses parties
de jeu, au sujet d'une intrigue qu'il a avec la femme du
comte d'Althann. Elle cherche à éloigner de l'Empereur
tous ceux qui donnent dans la galanterie, et l'on prétend

que le comte de Colloredo (le vice-chancelier), qui en
fait profession, ne parviendra jamais à être bien dans
son esprit. Il a même été pendant un temps dans une
espèce de disgrâce, pour avoir fait quelques parties de
plaisir avec le prince. La même chose est encore arrivée
à plusieurs autres. Elle voudrait faire un ménage bourgeois. » Les commissions de chasteté lui servaient à
connaître toutes les actions, toutes les démarches de
François Ier, les pudiques agents surveillant la fidélité
du prince. De sorte que plusieurs royaumes étaient mis
en pénitence pour les galanteries de l'Empereur et pour
que son amour fût réservé, autant que possible, à la
tendresse jalouse de sa femme !

Les gardiens de la morale publique exerçant un pouvoir discrétionnaire, nous n'avons pas besoin de dire à
quelles conditions les jolies filles tombées entre leurs
mains obtenaient souvent la liberté. Une institution de
continence paraissait alors créée pour venir en aide
aux caprices libertins des agents de police.

L'exaltation religieuse, à laquelle s'abandonnait Marie-Thérèse, avait cette conséquence regrettable qu'elle
la faisait sans cesse tomber dans les pièges des hypocrites. Sa sincérité même secondait leur astuce. Comme
elle assistait publiquement aux offices, les papelards
avaient soin de s'y trouver en même temps qu'elle.
Là, ils ne négligeaient rien pour éveiller son attention. Ils s'agenouillaient à portée de sa vue, se prosternaient sur le visage, tenaient les bras levés comme
par esprit de mortification, récitaient leurs prières avec
une feinte ardeur, avec des élans et des soupirs continuels. Rédiger ou traduire des œuvres pieuses, des
traités de dévotion, était encore un sûr moyen de lui
plaire, d'obtenir sa protection et ses bonnes grâces.
Les courtisans ne dédaignaient aucun acte d'hypocrisie
pour se mettre en faveur, pour parvenir au but de leur
convoitise. Les femmes de chambre et les valets de
pied trafiquaient de leur influence sur l'Impératrice ou
du privilège de lui parler qu'ils devaient à leur place :

ils lui recommandaient de béats personnages, tout confits en sainteté, qui leur avaient d'abord graissé la patte. Marie-Thérèse leur octroyait au nom du ciel de terrestres avantages. Quelquefois cependant ses cméristes étaient, comme elle, abusées par des tartufes. Ceux-ci alors atteignaient d'autant mieux leur but qu'ils jouaient double jeu.

La piété de la souveraine prit un caractère plus sombre, plus fervent, plus espagnol, en un mot, après la fin soudaine de son mari bien-aimé. Le 18 août 1765, François mourait d'une attaque d'apoplexie dans le château royal d'Inspruck, où il était allé pour célébrer les noces de son second fils, plus tard grand-duc de Toscane, puis empereur sous le nom de Léopold II. Il tomba comme frappé du tonnerre et expira instantanément. Rien ne put consoler sa femme, malgré le courage qu'elle montra en préparant elle-même son linceul. Elle ne voulut voir personne pendant plusieurs jours et hâta les apprêts du convoi, qui devait transporter à Vienne le corps du défunt sur l'Inn et sur le Danube.

Ce malheur inopiné attrista aussi profondément la dernière maîtresse de l'Empereur, la ravissante princesse Auersperg. Elle avait suivi la cour dans le Tyrol. Une occasion solennelle mit bientôt les deux rivales en présence. La flotille mortuaire était amarrée devant Hall, attendant l'ordre du départ. L'Impératrice voulut se montrer une fois encore avant le sinistre voyage. Quand elle sortit de son cabinet, elle trouva tous les seigneurs et toutes les nobles dames rangés sur sa droite : à gauche se tenait seule la princesse Auersperg, évitée comme une proscrite par ce monde astucieux. Elle était complètement habillée de noir, et son long voile ne cachait pas les pleurs qui brillaient sur ses joues. Un sourire dédaigneux effleura les traits de la veuve, pendant qu'elle examinait la foule des courtisans. Presque tous avaient montré pour la favorite une complaisance sans bornes, quand elle exerçait une

influence due à sa beauté. Pas un seul maintenant ne
voulait avoir l'air de la connaître. Après avoir constaté
leur servile inquiétude, Marie-Thérèse, s'approchant
de la délaissée, lui tendit la main et lui adressa tout
haut ces paroles : « Nous avons réellement beaucoup
perdu, ma chère ! » Elle honora ensuite de quelques
mots, suivant l'ordre et le rang, les autres personnages
groupés à sa droite. Aussitôt la cour entière se pressa
autour de la jeune femme qu'elle évitait cinq minutes
auparavant.

Marie-Thérèse fit transformer en chapelle la salle où
était mort l'Empereur ; on construisit l'autel à l'endroit
même où il avait cessé de vivre. Une troupe de nonnes
eut mission d'y prier constamment pour l'âme du
défunt.

Pendant quinze ans, l'Impératrice porta le deuil le
plus sévère. Elle se fit couper les cheveux, comme si
elle appartenait à un ordre monastique ; ses habits, ses
tentures, ses équipages étaient invariablement noirs.
Elle abandonna le premier étage du palais de Vienne,
qu'elle habitait avec son mari, et se fixa au troisième. On
en couvrit toutes les murailles de velours noir. Le 18
de chaque mois, elle se renfermait dans ses appartements et n'était visible pour personne ; elle passait de
même tout le mois d'août, pendant lequel l'Empereur
avait si subitement échappé à son affection. Une incon-
solable douleur la tenait donc séquestrée, la rendait
inabordable, quarante-deux jours par an.

Elle avait fait construire d'avance son tombeau près
du tombeau de François, graver son inscription funèbre,
où manquait seulement la dernière date. L'heure
n'avait qu'à sonner, elle pouvait partir ; sa place était
prête dans la maison des sépulcres. Vers la fin de sa
vie, elle passait chaque jour des heures entières au
milieu d'une sombre chapelle, devant un crucifix
qu'ornaient, pour toute décoration, des têtes de mort.
A droite se trouvait l'image de l'Empereur, exécutée
après son décès ; à gauche, l'image de l'Impératrice

elle-même, comme elle devait paraître quand les crises
de l'agonie auraient terminé son règne. Incapable de se
mouvoir, elle se fit plusieurs fois descendre, au moyen
d'un fauteuil porté par des cables, dans le souterrain
où dormait pour toujours son cher François. Pendant
une dernière visite, lorsqu'on allait enlever la princesse, les cordes se rompirent. Cet accident lui parut
un pronostic. « Il veut me retenir ! s'écria-t-elle. Oh !
je viendrai bientôt ! » Quelques jours après, effectivement, elle tomba malade, et mourut le 29 novembre
1780, à l'âge de soixante-quatre ans.

Marie-Thérèse n'était point une femme ordinaire :
elle avait une intelligence forte, une imagination puissante, une activité que rien ne fatiguait, un courage indomptable. Malgré la dévotion excessive qu'on lui avait
inspirée dès son enfance, grâce aux traditions espagnoles
des Habsbourgs et aux manœuvres des Jésuites, la superstition diminua sous son règne. L'Impératrice modéra la violence de l'édit par lequel Ferdinand III avait
ordonné de se mettre à genoux sur le passage du saint-
sacrement, quel que fût l'état du ciel et du pavé. On
limita aux piétons la nécessité d'obéir. Pour les personnes
en équipage, il leur suffit de se découvrir la tête et de
s'incliner dans l'attitude d'un homme qui salue. Les
dévots ne profitaient point de cette tolérance : ils descendaient de voiture et se prosternaient devant l'osten-
soir. Les indifférents, les libres penseurs faisaient tourner bride, quand ils entendaient la clochette du sacris-
tain. Les gens riches obtinrent aussi la faveur de suivre
les processions et les pèlerinages dans leurs carrosses ;
la longueur de la route donnait souvent de l'importance
à ce privilège.

Marie-Thérèse diminua en outre, avec le concours
du Pape, le nombre des fêtes religieuses, qui s'étaient
multipliées au delà de toute mesure. Ni le clergé cependant ni le peuple ne voulurent admettre cette réforme. Elle augmentait dans les campagnes les jours
de corvée, elle blessait dans les villes le plus puissant

de tous les démons qui oppriment l'humanité: le génie
de la routine. Personne ne voulait faire usage des facilités nouvelles accordées au travail. Il fallut que le
gouvernement exigeât, comme l'accomplissement d'un
devoir, ce que la bulle octroyait comme une liberté. Il
ordonna de poursuivre la construction des monuments
publics, le théâtre du palais entre autres, pendant les
jours consacrés auparavant à l'oisiveté. La police força
les commerçants d'ouvrir les boutiques; mais cette mesure n'atteignit point le but qu'on se proposait: les boutiques demeurèrent ouvertes, seulement nul acheteur
n'y entra, ou si quelqu'un, par hasard, violait cette
muette coalition, les marchands l'arrêtaient tout court
en lui demandant des prix fabuleux. Qui l'emporta du
gouvernement ou de la sottise publique? Ce fut la sottise. L'autorité, de guerre lasse, fut réduite à laisser le
bourbeux torrent suivre son cours; mais elle empêcha
les dévots de se flageller dans les rues et d'y traîner
sur le dos des croix énormes.

Une influence décisive étouffait dans le cœur de Marie-Thérèse la vieille haine des Habsbourgs pour la
France, et lui faisait tourner en souriant les yeux vers
ce pays jadis abhorré. L'Empereur, qu'elle idolâtrait,
dont elle n'eut pas moins de seize enfants, cinq fils et
onze filles, appartenait à une vieille race française :
le sang des Guises se mêlait dans ses veines au sang
des Bourbons. Par son père, il était le petit-fils du célèbre Charles de Lorraine, qui eut, avec Jean Sobieski,
la gloire de forcer les Turcs à lever le siège de Vienne.
Sa mère était fille du duc d'Orléans, frère de Louis XIV.
Né en France le 8 décembre 1708, il avait déjà treize
ans lorsqu'il fut emmené dans la capitale de l'Autriche.
Il y vit grandir sous ses yeux sa future épouse. En 1729,
son père étant mort, il alla prendre possession de la
Lorraine et prêter, comme vassal, le serment d'allégeance à Louis XIV pour le duché de Bar. Sept ans
après, Charles VI l'unissait avec sa fille unique, Marie-
Thérèse, qui devait hériter de toutes ses couronnes et

avait alors vingt-sept ans accomplis. En 1737, le jeune prince céda la Lorraine à la France, moyennant le duché de Toscane, où venait de s'éteindre la famille des Médicis. Sa femme, devenue souveraine, le fit nommer empereur d'Allemagne le 13 septembre 1745.

L'esprit de la maison de Lorraine différait entièrement du sombre génie des Habsbourgs ; la branche de Vaudemont-Salm, à laquelle François appartenait, a produit beaucoup de souverains distingués, non-seulement par leur courage dans le malheur, par les dons de l'intelligence et par une noble fierté, mais par leur dévouement à la chose commune et par leur sincère amour du peuple. L'aventureux Charles IV, homme déloyal et presque insensé, constitue dans cette famille une exception unique. Les autres princes méritèrent vraiment et glorieusement les titres de *Désirés, Bien-aimés* et *Dieudonnés*, qu'une basse flatterie a souvent prodigués aux rois les plus détestables. Frédéric le Grand disait de cette race honnête : « Lorsque les Lorrains ont été obligés de changer de domination, toute la Lorraine était en pleurs. Ils regrettaient de perdre les rejetons de ces ducs, qui, depuis tant de siècles, furent en possession de ce pays, et parmi lesquels on en compte de si estimables par leur bonté qu'ils mériteraient de servir d'exemple aux rois. Toute l'attention d'un prince doit être de rendre son peuple heureux.»

François Ier introduisit à la cour autrichienne les manières, les goûts, l'idiome et le costume français. Les hommes de son pays n'ont point en général la mémoire des mots ; il leur ressemblait à cet égard, comme sous beaucoup d'autres rapports, et ne put jamais apprendre l'allemand. Il fallut bien que la haute société apprît la langue maternelle de l'Empereur. Elle continua cependant à faire usage de l'italien, qui avait été longtemps de mode, et commença en outre à se familiariser avec l'anglais.

François de Lorraine avait dans ses habitudes et ses façons d'agir un laisser-aller, qui dépassait souvent les bornes de la convenance. Toute espèce de gêne lui était insupportable. Il traitait si familièrement, même en public, les personnes avec lesquelles il était lié, qu'elles lui manquaient parfois de respect. L'étiquette espagnole lui inspirait la plus profonde horreur : il ne parvint cependant à l'abolir qu'en partie : la lectrice de Marie-Thérèse, pour offrir un exemple, continua de remplir ses fonctions à genoux. Mais, en ce qui le concernait personnellement, il la supprima tout à fait. Il ne voulut pas permettre, notamment, que les dames lui baisassent la main, comme l'exigeait la tradition. Il renonça d'abord au costume espagnol pour les jours ordinaires, puis pour les jours de fête. Dans les occasions les plus solennelles, il se montrait fort simplement vêtu ; ses magnifiques pierreries le distinguaient seules du moindre courtisan.

Sa sobriété formait aussi contraste avec la gloutonnerie allemande. Ses plaisirs principaux étaient la chasse, dont il raffolait, le billard, le jeu de ballon, les dés et le pharaon. Il témoignait d'ailleurs à ses compatriotes une grande amitié : on ne le voyait guère entouré que de Lorrains et de Hongrois. Pendant la guerre contre les Turcs, en 1737 et 1738, les Magyars lui avaient inspiré la plus haute opinion de leur caractère et de leur valeur : il fut toujours leur soutien et leur panégyriste auprès de Marie-Thérèse.

Lorsque la nation se fut levée en masse, pendant l'année 1742, pour sauver l'Autriche, l'estime et la préférence que leur marquait déjà la princesse, malgré la haineuse politique suivie jusqu'alors par les Habsbourgs, devint de l'affection et de la reconnaissance. Quelques minutes avant de mourir, elle exprimait encore sa gratitude pour eux et pour le prince de Kaunitz. Pouvait-elle prévoir, hélas ! qu'un jour ses descendants traiteraient comme des forçats et des bandits ce peuple de héros [1] ?

1. Allusion aux conseils de guerre, qui ont exterminé en 1849 tous les Hongrois compromis.

L'action de la France aurait été bien plus vive sous son règne, si le prince lorrain avait été dans le palais autre chose qu'un mari. La descendante de Charles-Quint se montrait en politique aussi jalouse qu'en amour : elle ne voulait partager ni l'exercice du pouvoir, ni la tendresse de François. Elle l'avait cependant fait élire empereur d'Allemagne, et l'avait de plus nommé co-régent de ses États. Mais ce n'était que des cajoleries adressées à l'époux, dans le but d'augmenter sa passion, de le rendre plus aimable et plus fidèle. L'autocrate n'entendait pas qu'il prît ses titres au sérieux. Dans les grandes solennités, il s'éclipsait, il restait avec les dames et avait coutume de leur dire : « J'attends près de vous que la cour s'en aille. L'Impératrice et mes enfants composent la famille impériale. Je suis un simple particulier. »

Il était d'ailleurs si timide qu'il baissait presque toujours les yeux ; si doux, que dans les petites querelles de ménage, il cédait habituellement, ou faisait les premières avances, pour amener la réconciliation. Il assistait aux séances du conseil aulique, mais n'y jouait guère que le rôle de comparse. Quand il voulait donner sérieusement son avis sur une affaire et que son opinion ne se trouvait pas conforme à celle de son impérieuse moitié, elle le chapitrait sans miséricorde. Dans une dépêche du comte de Podewill, écrite en français, on lit ce passage caractéristique : « Il m'a été assuré de bonne part qu'un jour, dans une conférence, l'Impératrice ayant soutenu avec beaucoup de chaleur une opinion contre l'avis de ses ministres, et l'Empereur en ayant dit son sentiment, l'Impératrice lui imposa silence d'une manière fort dure, en lui témoignant qu'il ne devait pas se mêler d'affaires auxquelles il n'entendait rien. »

Quoique tenu ainsi en tutelle, le docile empereur, par la prédilection qu'il avait inspirée à Marie-Thérèse pour les Français, n'en exerça pas moins sur la politique autrichienne une remarquable influence. Il s'opposa cependant à l'alliance de 1756 entre la cour de Vienne et la cour de Versailles. La fière souveraine eut la condescendance de flatter dans une lettre la marquise de Pompadour. Les deux États ne promirent d'abord que de se défendre mutuellement contre leurs adversaires ; mais bientôt l'alliance devint offensive et défensive et eut pour premier résultat la guerre de Sept-Ans, où Louis XV, où le duc de Choiseul, son ministre, abandonnant les sages traditions de Henri IV, de Richelieu et de Louis XIV, travaillaient à consolider notre ennemie séculaire, à empêcher Frédéric II de former dans le Nord une puissance capable de la tenir en respect, d'affranchir tous les princes germaniques. Les causes de regrets ne se firent pas attendre : la France prodigua son or et ses soldats pendant une lutte cruelle, sans obtenir le moindre avantage.

Mais la glace était rompue entre les deux cours. Cette première alliance détermina Marie-Thérèse à unir trois de ses filles avec des Bourbons.

La première fut l'archiduchesse Caroline. On la maria, en 1768, au roi de Naples, Ferdinand IV, le même qui avait dû épouser la princesse Jeanne et la princesse Josèphe, mortes toutes deux avant la cérémonie. Elles avaient peu perdu en ne portant pas la couronne nuptiale, leur futur n'ayant point les qualités qui eussent pu les rendre heureuses. L'Impératrice elle-même le jugeait ainsi ; elle écrivait en 1763 à la comtesse de Lerchenfeld : « Je regarde la pauvre Josèphe comme un sacrifice de politique ; pourveu qu'elle fasse son devoir envers Dieu et son époux, et que elle fasse son salut, dût-elle même être malheureuse, je seròis contente[1]. » Ces paroles cruelles semblaient appeler un châtiment : le sacrifice fut plus amer que ne l'avait pensé l'autocrate ; elle avait renoncé pour sa fille au bonheur en ce monde : ce fut la princesse même que le sort enleva.

1. Comme la lettre est en français, nous avons conservé la rédaction de Marie-Thérèse et ses fautes d'orthographe.

Quand on apprit à Ferdinand la mort de sa seconde
fiancée, il en témoigna beaucoup d'humeur. Ses seules
occupations, ses uniques plaisirs, étaient la chasse et
la pêche. Les convenances exigeaient qu'il s'abstînt de
l'une et de l'autre pour le moins pendant tout un jour.
Comment parviendrait-il dès lors à tuer le temps ? Ses
flatteurs cherchèrent un moyen de le distraire. Ni le
billard ni les cartes ne réussirent. Aucun projet d'amusement ne lui souriait, lorsque enfin un gentilhomme
s'avisa de dire sans trop peser ses paroles : « Si nous
imitions l'enterrement de la princesse ? » Le roi de
Sicile trouva l'idée charmante et délicate. Un jeune
courtisan imberbe et d'apparence féminine devint
l'acteur principal de la mascarade. On l'habilla en
archiduchesse, on l'étendit sur une civière, les mains et
la figure découvertes ; puis, pour imiter les marques
de la petite vérole, on lui moucheta la peau de gouttes
de chocolat. L'ambassadeur d'Angleterre fut invité à
la cérémonie. L'auguste personnage menait le deuil ;
le cortège circula dans les chambres les plus somptueuses du palais de Portici ; William Hamilton, qui chassait presque toujours avec le roi, eut mission de présider aux compliments et visites de condoléance. Le
prince fut enchanté de cette burlesque parade. Voilà
comment il déplorait la triste fin d'une jeune personne
accomplie !

Aux deux fiancées soustraites par la mort à une si
fâcheuse alliance, la cour de Vienne substitua l'archiduchesse Caroline. Le mariage eut lieu le 12 mai 1768.
Le lendemain, de très bonne heure, Ferdinand quittait
le lit nuptial pour aller à la chasse. Ses courtisans lui
demandèrent si sa femme était de son goût. — « Oh !
répliqua-t-il négligemment, elle dort comme une morte
et sue comme un pourceau (*dorme come un ammazata
e suda come un porco*). » Un des spectacles qu'il donnait
souvent à sa jeune épouse, c'était la scène triomphante
qui terminait ses chasses ; on accumulait devant lui
toutes les pièces de gibier, on en formait un monticule.

Le roi ôtait son habit, endossait une camisole de
flanelle, et, le couteau à la main, se précipitait sur la
venaison massacrée. Alors, il taillait, il dépeçait les
animaux, il leur fendait le ventre, il tirait leurs entrailles et les amoncelait près de lui, à hauteur d'homme.
Le tertre nauséabond fumait au soleil, pendant que le
prince, poursuivant sa besogne, couvrait de sang ses
mains, sa figure et ses habits.

Un épisode non moins remarquable formait le dénoûment ordinaire de ses festins : lorsqu'il s'était copieu-
sement repu et que l'abondance de la nourriture chassait le dîner de la veille, il l'annonçait tout haut à ses
convives : « J'ai bien dîné, il me faut maintenant une
bonne évacuation, disait-il (*sono ben pranzato, adesso
bisogna una buona panciata*). » Et, choisissant les personnes qu'il voulait honorer, il les menait dans un lieu
qu'environne habituellement plus de mystère. Là, pendant que Sa Majesté royale cédait aux inspirations de
la nature, ses courtisans s'efforçaient de l'égayer par
leurs propos, sans oublier le respect dû à son auguste
caractère[1].

Appréhendant pour lui les idées sombres, l'idiotisme
et les hallucinations, qui avaient répandu leurs nuages
sur l'esprit de son grand-père, de son aïeul et de son
bisaïeul, ses parents lui avaient interdit les travaux sérieux et les études pénibles. Ce personnage intéressant
et sa femme donnèrent le jour à Marie-Amélie, ex-reine
des Français.

La seconde archiduchesse, mariée avec un Bourbon,
se nommait aussi Amélie ; elle épousa, en 1769, le duc
de Parme. La troisième, on ne la connaît que trop : le
16 mai 1770, on célébrait les noces de Marie-Antoinette
et du Dauphin, quoiqu'elle n'eût pas encore tout à fait
quinze ans. Elle monta sur le trône de France ; mais,
hélas ! comment devait-elle en descendre ! Sa mère,

---

1. Le duc de Vendôme, sous Louis XIV, poussait l'inconvenance encore plus loin. Voyez les *Mémoires de Saint-Simon*.

néanmoins, désirait beaucoup voir réussir l'union projetée, quoique, d'une autre part, elle éprouvât une sourde inquiétude. Lorsque les stipulations diverses eurent été faites, elle alla consulter une nonne, qui habitait un monastère voisin de la capitale et passait pour pénétrer les secrets de l'avenir. Sa fille était alors très pieuse, et l'Impératrice craignait surtout que son zèle dévot ne s'affaiblît. Elle demanda en conséquence à la religieuse si la cour dépravée de Louis XV n'altérerait pas les mœurs et la croyance de l'archiduchesse. « Elle aura de grands revers, lui dit la pythonisse, puis elle redeviendra pieuse. » C'était tout ce que sa seconde vue discernait dans le lointain ! L'idée que la ferveur de la jeune princesse pourrait diminuer affecta si vivement Marie-Thérèse, qu'elle fondit en larmes. Elle eut ensuite toutes les peines du monde à maîtriser son chagrin, à reprendre possession d'elle-même. Cette prophétie ne lui parut pas tellement infaillible cependant qu'elle autorisât une rupture avec le cabinet de Versailles.

Ainsi l'Empereur changeait les dispositions de l'Autriche envers la France, unissait moralement les deux pays, établissait entre les deux cours des liens de famille. Malheureusement il était si peu instruit qu'il savait tout au plus lire et écrire ; l'influence française n'aurait donc embrassé, sous son patronage, que le cercle étroit des modes, des habitudes, de la langue officielle et du cérémonial. Mais auprès de lui agissaient trois hommes supérieurs, qui ouvraient à nos idées, sur le sol rebelle de l'Autriche, une carrière infiniment plus large : c'était le prince de Kaunitz et les deux fils aînés de Marie-Thérèse, devenus après sa mort Joseph II et Léopold II. Chacun de ces hommes mérite une étude particulière et doit être connu de tous ceux qui désirent comprendre la situation actuelle de l'Europe.

CHAPITRE XXIII

Le prince de Kaunitz ; son admiration pour les idées,
pour les mœurs, pour la littérature françaises ; il unit
la cour de Vienne et la cour de Versailles par un
traité.

L'ambassadeur qui vint représenter l'Autriche à Paris,
en 1751, loua, pour y établir sa demeure et ses bureaux,
le splendide palais Bourbon. Comme ses prédécesseurs
avaient donné des fêtes somptueuses dans de moins
beaux hôtels, on crut qu'il allait effacer leur luxe, tenir
table ouverte, faire danser toute l'aristocratie de l'Europe.
On fut donc bien surpris de voir transformer en ermitage sa magnifique résidence. Le prince n'adressa pas une
seule invitation. Il n'avait d'autre souci, d'autre désir,
que de plaire à Louis XV et à madame de Pompadour.
La favorite surtout le préoccupait ; l'ingénieux diplomate voyait bien que, sous une monarchie absolue, où
les cotillons gouvernaient le roi, c'étaient les cotillons
qu'il fallait gagner. Aussi n'épargnait-il ni soins, ni dépenses, ni attentions, pour bien disposer en sa faveur
la toute-puissante créature qui menait la France.

Marmontel, qu'il accueillait fort bien, lui reprocha
un jour l'espèce de solitude où il vivait. L'importance
de la monarchie dont il était le délégué, ses brillants sa-
lons et ses vastes jardins semblaient appeler la foule,
exiger des banquets et des fêtes.

« Je suis à Paris pour deux objets, lui répliqua le
prince : les affaires de l'Impératrice et mes plaisirs. Je
m'acquitte régulièrement de mes fonctions et me main-
tiens au mieux avec les seules personnes, dont les bonnes

grâces doivent me préoccuper, le roi et sa maîtresse. Je
suis donc irréprochable sur ce point. Quant à mes plaisirs, c'est une question qui me regarde uniquement :
une vie d'ostentation me fatiguerait et m'accablerait
d'ennui. »

Invariablement fidèle à son système, l'ambassadeur
ne recevait dans ses appartements, ne promenait dans
ses jardins qu'une célèbre chanteuse de l'époque, nommée Gabrieli, et la fleur des aimables aventurières que
se disputaient alors les grandss seigneurs. Elles folâ-
traient sous les ombrages, autour des bassins, avec ces
libres manières et cette gaieté insouciante qui caracté-
risent leur tribu. Les allées discrètes, les mystérieux
bocages entendaient, non point de graves discussions
sur les affaires politiques, mais de lestes couplets et de
joyeux rires, mêlés aux chansons des oiseaux.

Le galant diplomate, qui prenait si vite les mœurs de
haute fantaisie, associées par le dix-huitième siècle à
un noble amour de la justice, à une ardente passion
pour le bien, était un personnage les plus singuliers
que la nature ait produits ; mais elle lui avait donné en
compensation des talents supérieurs. Il se nommait Wen-
ceslas-Antoine de Kaunitz, et avait vu le jour dans la
capitale de l'Autriche, le 4 février 1711. Comme il avait
dix-neuf frères et sœurs, parmi lesquels il était un des
moins âgés, ses parents le destinèrent à porter la soutane. Suivant l'usage de l'époque, on le nomma dès
le maillot chanoine de Munster. Par ce fait, vous devinez
que les Kaunitz formaient une riche et puissante famille,
car les pauvres gens n'obtenaient point de pareils
bénéfices avant d'être sevrés. Les Kaunitz possédaient
effectivement des domaines très étendus dans la Moravie, où les Lichtenstein et les Dietrichstein pouvaient
seuls lutter d'opulence avec eux. Leur nom leur venait
d'une terre patrimoniale située près de Brünn[1]. Ulric, le

1. Le fief voisin d'Austerlitz leur appartenait également. Ce lieu,
devenu célèbre de nos jours par la bataille des Trois-Empereurs,

père de Wenceslas, avait été ambassadeur dans plusieurs cours, notamment à Madrid. L'homme d'État qui nous occupe ne devait donc point trouver d'obstacles au début de sa carrière. Une allée en pente douce, bordée de gazon et d'arbres antiques, s'ouvrait devant lui et semblait le soliciter à marcher vers les honneurs.

Une chance non moins heureuse le dispensa d'entrer dans les ordres. Presque tous ses frères moururent, et sa famille abandonna le projet de lui faire porter le surplis. Sa mère, craignant de le perdre comme ses autres fils, l'entoura de soins continus, le regarda vivre et l'écouta respirer. Cette inquiète sollicitude se communiqua au jeune prince, qui montra toute sa vie une superstitieuse vénération pour sa santé. Ses précautions hygiéniques dépassaient ce qu'on peut inventer de plus étrange.

A Paris, l'ambassadeur autrichien fut avant peu une des grandes curiosités du jour. Sa manière grave, méthodique, officielle, de courtiser les femmes, son imperturbable sang-froid pendant qu'il leur débitait ses sornettes amoureuses, son aveugle confiance dans la fidélité des jeunes personnes qui acceptaient ses pré-

---

avait alors une célébrité bien différente : il était un foyer de doctrines schismatiques, et l'on n'y comptait pas moins de quatorze sectes, parmi lesquels dominaient les Anabaptistes. Elles y fermentaient sous la protection d'Ulric de Kaunitz, passionné pour la Réforme. Il dirigeait la violente opposition qui luttait en Moravie contre les Habsbourgs. Ce fut dans son hôtel, situé sur la grande place du Brünn, que l'on proclama roi l'inepte Frédéric V.

Ulric eut la bonne fortune de mourir avant la funeste bataille de la *Montagne-Blanche*, dont l'Allemagne entière éprouve encore, à cette heure même, les déplorables effets. S'il n'avait point disparu si opportunément, la réaction victorieuse l'eût fait périr sur l'échafaud. Le tribunal de sang prononça contre ses deux fils la peine de mort et la confiscation de tous leurs biens. On leur octroya pourtant leur grâce, et le fils de l'un d'eux, nommé Rodolphe, épousa l'unique héritière de Wallenstein, le plus implacable bourreau des protestants. Une partie de ses immenses rapines demeura donc entre les mains des Kaunitz et augmenta leur fortune primitive.

sents et son cœur, étaient pour la société française une
source inépuisable de quolibets et de gaieté. A Bruxelles même, où il entretenait la fameuse courtisane Proli,
on s'était amusé de son libertinage solennel. Chez
nous, ce fut bien autre chose ; le petit-maître tudesque
obtint un succès d'ironie. Les dessinateurs firent à son
sujet mainte caricature, les vaudevillistes le mirent sur
la scène, on ne lui épargna point les plaisanteries dans
la conversation. Le prince se montra impassible ; non-
seulement il ne sut pas mauvais gré aux Parisiens de
leur persiflage, mais leurs escarmouches ne purent
troubler son calme olympien. A toutes les moqueries,
à toutes les charges bouffonnes, il opposait une sérénité
majestueuse et inaltérable. Sa figure demeurait immobile comme le visage d'une statue, son esprit semblait
planer dans une sphère inaccessible aux traits railleurs.
Malgré cette insouciance, il répondait d'une manière
vive, mordante et spirituelle. Les hommes les plus fins,
les plus expérimentés demeuraient interdits et ne re-
nouvelaient pas leurs attaques. Comme on avait en
France d'autres procédés stratégiques, la méthode de
l'ambassadeur ne tarda point à faire sensation, trouva
même bientôt de justes appréciateurs.

Outre son flegme naturel, une cause puissante bron-
zait le prince, le rendait insensible au sarcasme. Jamais
politique des temps anciens ou modernes ne témoigna
pour notre pays une admiration plus vive, un attachement plus sincère. Le but secret de tous ses efforts, de
toutes ses démarches, de toutes ses observations et de
tous ses stratagèmes, c'était de conclure entre la France
et l'Autriche, après deux cents ans d'inimitié, une
alliance offensive et défensive. Lorsque le peuple de son
choix le tournait en ridicule, il ne souriait point, parce
qu'on ne le vit jamais sourire, mais il considérait les
plaisants avec bonhomie, avec intérêt, comme un père
qui s'amuse des espiègleries de ses enfants.

Le prince de Kaunitz voulait prouver que la lutte séculaire entre la France et l'Autriche, que leur habitude

de se prendre aux cheveux, était tout simplement l'effet
de la routine, une sorte d'inconvenance et d'absurdité
traditionnelles. A quoi leur servait de s'affaiblir mutuellement? Ne vaudrait-il pas mieux se liguer, faire cause
commune, pour dominer ensuite l'Europe? Qui oserait
tenir tête aux deux grandes puissances continentales,
une fois qu'elles seraient unies? Les États secondaires
se réjouissaient de leur discorde, eux qui, sans cette
fatale inimitié, ne pourraient se mouvoir et seraient
contraints d'obéir. L'ambassadeur esquissait dès lors,
avec un instinct très juste et beaucoup de finesse, un
projet d'alliance auquel l'ambition de Frédéric prêtait
un double intérêt.

Ce génie militaire et administratif inspirait au diplomate viennois une anxiété continuelle. Il eût voulu le
garrotter avec l'aide de la France, le tenir immobile sur
les sables du Brandebourg.

Pendant qu'il plaidait chez nous la cause de l'Autriche,
il s'évertuait donc à rabaisser et à dénigrer la Prusse.
La cour de Versailles et la cour de Berlin étaient unies
alors par un traité. Mais Kaunitz se promettait de le
faire rompre. L'alliance du prince catholique et du
prince luthérien ne lui semblait ni durable ni très sincère. Il faisait habilement ressortir la duplicité de Frédéric pendant les deux guerres de Silésie. N'avait-il pas
conclu sournoisement avec l'Autriche, en 1741, le traité
secret d'Oberschnellendorf, après lequel il feignit de
continuer la lutte, puis signa tout à coup la paix de Breslau? Sa victoire de Kesseldorf n'avait-elle pas eu pour
conséquence une paix aussi imprévue et aussi rapide?
Le souverain schismatique avait joué la France, l'avait
hypocritement employée à tirer les marrons du feu.

Kaunitz parlait déjà dans le même sens au comte de
Saint-Séverin, pendant le congrès d'Aix-la-Chapelle, où
le seigneur français représentait son pays et où le diplomate viennois eut l'honneur de terminer la guerre de
la succession d'Espagne. Il tint un langage identique
sur les bords du Danube avec le chargé d'affaires Blon-

27

del, qu'il entourait de prévenances pour le gagner à son système. Il le fit inviter, par exemple, aux petites comédies que les archiduchesses jouaient devant une société peu nombreuse. Très flatté de cette distinction, l'envoyé ne manqua pas d'en instruire sa cour, ajoutant que le nonce du Pape, les ambassadeurs de la Grande-Bretagne, de Venise et de Hollande, avaient seuls obtenu le même honneur. Il annonçait en outre que l'Impératrice, alors dans une position intéressante, prierait Louis XV d'être parrain, si elle mettait au monde un archiduc.

Pendant son séjour en France, Kaunitz avait disposé le souverain et la nation à un rapprochement avec ses compatriotes. Pour séduire entièrement madame de Pompadour, il lui avait même donné, dans un hôtel de Versailles, des fêtes splendides, qui interrompirent momentanément sa voluptueuse solitude. Mais ce n'était là qu'un heureux début, qu'un des éléments de son œuvre. Il fallait maintenant assouplir la roideur autrichienne, attirer vers la France un peuple et une cour hostiles. Le prince, au bout de deux ans, quitta son poste et alla commencer à Vienne la seconde partie de sa tâche.

Il s'occupa surtout de gagner l'Impératrice : son argument principal consistait à lui démontrer qu'une alliance avec nous serait un infaillible moyen de recouvrer la Silésie. Or le retour de cette province sous sa domination était chez Marie-Thérèse une idée fixe. Dans le peuple et parmi les courtisans, le seul projet de cette union politique semblait un crime de haute trahison. L'Impératrice garda au clairvoyant diplomate un profond secret : ni les ministres, ses collègues, ni l'Empereur ne soupçonnèrent une manœuvre si adroitement conduite.

Trois années d'habile stratégie et d'efforts continuels furent nécessaires au prince de Kaunitz pour atteindre son but. Mais tout à coup son ingénieuse tactique obtint le succès désiré : un changement à vue s'opéra dans la

politique autrichienne. Une séance du conseil d'État,
où il opinait comme ministre des affaires étrangères,
assura son triomphe. Ce fut une scène curieuse et mémorable. Le personnel était au grand complet. L'Empereur assistait à la délibération ; Marie-Thérèse siégeait
comme présidente. La question était de savoir si l'Autriche demeurerait l'alliée de la Grande-Bretagne et
de la Hollande, qui dominaient les mers, ou si elle
chercherait en Europe d'autres associés. L'intérêt pé-
cuniaire plaidait la cause des anciennes relations : les
deux peuples, qui se partageaient le monopole de l'O-
céan, payaient aux Habsbourgs d'importants subsides.
Ce numéraire venu de l'étranger facilitait les concussions
des grands seigneurs. Une maxime, devenue avec le
temps aussi forte qu'une loi, déclarait contraire à la
dignité impériale d'examiner les comptes du trésor.
Les hauts fonctionnaires le pillaient donc sans inquiétude, et les sommes fournies par les puissances mari-
times assuraient, augmentaient leurs bénéfices clandes-
tins. Supprimer ces revenus, c'était les appauvrir,
c'était presque leur enlever un bien héréditaire. Si l'Autriche y renonçait, les services publics absorberaient la
totalité de l'impôt, et la noblesse perdrait une partie de
sa fortune. Elle n'avait garde de sanctionner une pareille
injustice, de porter elle-même atteinte à ses ressources. Le conseil tout entier se déclara pour l'Angleterre
et la Hollande.

Étant le ministre le plus jeune, le prince devait émettre son avis le dernier. Il laissa discourir ses collègues
sans les troubler par la moindre objection. Sa figure
immobile eût permis de croire que le débat ne l'intéressait en aucune manière. Uhlefeld psalmodia tant bien
que mal ses phrases embrouillées ; Bartenstein, qu'im-
patientait la lenteur de son débit et la prolixité de son
élocution, venait de temps en temps à son aide, lui
soufflait un mot, une expression qu'il cherchait péni-
blement. Colloredo et Harrach prononcèrent leurs discours d'une voix mâle et ferme : ils argumentaient avec

énergie pour l'ancienne alliance, qui intéressait leur
coffre-fort. Khevenhüller leur apporta le secours de sa
rhétorique efféminée. Le vaillant Charles Battyany,
précepteur militaire de Joseph II, qui avait remporté
plusieurs victoires sur les Français et les Bavarois, soutint les mêmes principes et jeta dans la balance le poids
de son épée. Kaunitz ne répondait mot, ne sourcillait
pas. Il taillait des plumes, corrigeait les petits désordres
qui avaient pu se produire dans sa toilette, secouait
de son jabot et de ses parements les grains de poussière,
tirait sa montre à répétition et la faisait sonner. Marie-
Thérèse affectait le même calme : nul n'aurait pu déchiffrer sur leurs traits le premier mot de l'énigme.

Enfin arriva le moment où Kaunitz devait prendre la
parole. Sans que la moindre émotion troublât la sérénité
de ses yeux bleus, il entra en matière avec une décision, une fermeté qui présageaient la victoire. Les arguments de ses confrères disparurent devant sa logique
inflexible, comme la poussière que le vent emporte.
Ses raisons nettes, précises, étaient appuyées sur l'étude
récente qu'il avait faite des divers peuples intéressés
dans le débat. Au fur et à mesure qu'il avançait, il fortifiait sa position, il prévenait les répliques. Ses collègues surpris, déconcertés, gardèrent le silence. Mais
l'Empereur, que scandalisait ce plan nouveau, frappa
sur la table et s'écria, en dépit de son origine française :
« Quoi donc ?... un traité avec la France ! c'est contre
nature... Fasse le ciel qu'il n'ait jamais lieu ! » Et,
dans le désordre où l'avait jeté la harangue du prince,
il quitta la salle.

On vit aussitôt l'Impératrice changer de contenance.
Laissant choir comme un voile sa feinte tranquillité,
elle approuva toutes les considérations, tous les
desseins du prince Kaunitz, et pour témoigner encore
mieux la confiance que lui inspirait son système, elle
lui donna sa main à baiser, puis leva la séance. Les
ministres confondus sortirent en se regardant les uns
les autres.

Trois semaines après, leur position était changée. Bartenstein, notamment, allait occuper en Bohême, dans une sorte d'exil, le poste de vice-chancelier provincial. Kaunitz devenait chef du cabinet, ministre de la maison impériale, chancelier de la cour et de l'État, en gardant le portefeuille des affaires étrangères. Il venait de conquérir le siège le plus rapproché du trône, siège d'où il commanda sans interruption pendant quarante ans.

L'union de l'Autriche avec la France était décidée en principe ; la cour de Versailles ne demandait pas mieux que de la conclure. Mais il fallait s'entendre sur les clauses du traité. Voulant qu'elles fussent aussi avantageuses que possible au gouvernement autrichien, Kaunitz eut assez d'adresse et d'influence sur Marie-Thérèse pour obtenir qu'elle écrivît une lettre autographe à la marquise de Pompadour. Il en rédigea lui-même le brouillon. Elle débutait par ces mots : « Madame ma chère sœur et cousine. » La maîtresse de Louis XV lui répondit sans façon : « Ma chère reine. » Lorsque l'Empereur fut instruit de cette correspondance et des termes qu'on y avait employés, lorsqu'il sut que l'austère, l'orgueilleuse, la prude, la dévote Marie-Thérèse avait poussé la condescendance jusqu'à traiter comme une égale la fille d'un boucher, une courtisane et une intrigante, il fut pris d'une colère frénétique, malgré sa douceur habituelle.

N'osant exprimer à l'Impératrice toute son indignation, il se jeta sur les fauteuils de la pièce où ils se trouvaient ensemble et en brisa deux, pendant qu'il poussait des éclats de rire convulsifs. Marie-Thérèse étonnée lui demanda ce qui motivait ce rire furieux. « N'ai-je pas, dit-elle, écrit précédemment à Farinelli ? » La dernière des Habsbourgs croyait cet argument décisif. Le chanteur merveilleux qui, par son talent plein d'âme, avait gagné le cœur de Philippe V et garda son affection jusqu'à la mort, dont elle avait elle-même employé les bons offices pour détacher l'Espagne de la

France et hâter la paix d'Aix-la-Chapelle, lui semblait au niveau de la Pompadour, parce qu'il ne descendait point de nobles aïeux ! Les historiens ne nous apprennent pas ce que répondit François ; mais le pauvre empereur dut ronger son frein et laisser entamer les négociations définitives, car l'Impératrice, malgré sa tendresse enthousiaste, le menait comme un écolier.

Croirait-on, si les papiers laissés par le duc de Choiseul ne le mettaient hors de doute, que le principal motif allégué au roi Louis XV, pour lui faire abandonner la politique traditionnelle de ses ancêtres, fut une considération religieuse ? On lui exposa que Frédéric était en Europe le chef du protestantisme, et que le protestantisme devait être aboli. Le prince de Kaunitz laissa employer cet argument clérical, dont il se souciait peu. Vainement le fils aîné de Marie-Thérèse, le futur empereur Joseph II, lui demanda si elle pouvait se fier à la vieille ennemie des Habsbourgs ; sa mère lui répliqua par une verte réprimande. Le 5 mai 1756, le comte George Starhemberg, ambassadeur d'Autriche à Paris, et le cardinal de Bernis, premier ministre, signèrent enfin l'acte d'alliance offensive et défensive, particulièrement dirigée contre la Prusse et l'Angleterre. Les deux États schismatiques, voyant les nuages qui s'amassaient à l'horizon, avaient pris les devants et conclu un traité de même nature, dès le 16 janvier.

Dans cette transaction, le prince de Kaunitz n'oublia pas les finances impériales. Le livre rouge, découvert aux Tuileries et publié en 93, prouve que les Autrichiens reçurent de Versailles 82,652,479 livres, durant les douze années qui s'écoulèrent de 1757 à 1769. L'article 3 du traité de 1758 [1] portait, au surplus, que la

1. Ce traité, que l'on signa le 30 décembre 1758, confirmait le précédent et stipulait de nouveaux avantages pour l'Autriche.

« Madame de Pompadour, écrit une de ses caméristes, avait fait le traité de Vienne, dont, à la vérité, l'abbé de Bernis lui avait donné la première idée. Le roi parlait souvent à Madame sur cet objet ; elle donnait les plus grands éloges à l'Impératrice et à

France leur fournirait, chaque année, un subside de 3,336,000 florins ou 8,340,000 francs. On voulait ainsi rétorquer l'argument principal dont se servaient l'Angleterre et la Hollande pour séduire l'Autriche ; mais il n'en est pas moins regrettable que la France doive toujours payer ses alliances, sa gloire et ses défaites.

Par la septième clause, Louis XV promettait d'entretenir cent mille hommes de ses troupes en Allemegne, pendant toute la durée de la guerre contre le roi de Prusse.

Le nouveau traité produisit dans la politique européenne l'effet d'un coup de théâtre : on ne s'attendait point à voir deux ennemies séculaires se jeter ainsi les bras autour du cou. Les dispositions des Français envers les Allemands du Midi changèrent aussitôt. Les Parisiens dirent alors avec une naïveté charmante : « Il paraît qu'il y a là-bas, dans le *Nord* (ils croyaient l'Autriche un pays du Nord), des individus qui ne sont pas trop bornés. On assure que le Kaunitz ressemble presque à un Français. »

L'acte une fois signé, notre ambassadeur devint sur les bords du Danube l'homme le plus influent après le prince Kaunitz.

Sans le vouloir, Frédéric II avait contribué lui-même à rapprocher la France de l'Autriche, à leur faire conclure cette alliance, qui faillit jeter dans la poussière son trône encore peu solide. Le vaillant capitaine n'estimait guère Louis XV, et tournait sans cesse en ridicule son esprit borné, son indolence, son hypocrisie religieuse et ses mœurs infâmes ; ses courtisans, ses maîtresses défrayaient également la verve moqueuse du hardi penseur, et il fustigeait madame de Pompadour avec la liberté la plus aristophanesque. Ses plaisante-

monsieur le prince de Kaunitz, qu'elle avait beaucoup connu. Elle disait que c'était une tête carrée, une tête ministérielle. » (*Mémoires de madame Du Hausset*, p. 180 et 181.)

ries avaient de lointains échos. On savait à Versailles
chaque mot railleur qu'il prononçait à Berlin. Kaunitz
en instruisait régulièrement l'efféminé Bourbon, et pendant son ambassade chez nous, et pendant son ministère. Frédéric traitait presque aussi mal le roi d'Angleterre, George II, et l'impératrice de Russie Élisabeth.
On n'eut donc pas de peine à faire entrer cette princesse
dans la ligue que l'Autriche et la France venaient de
former contre la Prusse, et la guerre fut résolue. Elle
devait durer sept ans, pousser Frédéric jusqu'au bord
de l'abîme. Mais si terrible que fût la coalition, elle ne
put lui fermer la bouche, et, comme trois femmes
avaient réuni leurs efforts pour l'accabler, il nomma
plaisamment cette lutte mortelle « la guerre des trois
jupons. »

Si une partie du clergé autrichien désirait l'union
avec la France, comme moyen d'accabler la Prusse,
d'ouvrir au prosélytisme catholique l'Allemagne du
Nord, une autre partie de ce même clergé la redoutait, à cause des principes alors répandus chez nous et
dont elle craignait l'invasion dans la monarchie des
Habsbourgs. Cette dernière fraction était la plus clairvoyante. L'orthodoxie ne gagna rien à l'alliance des
deux cours ; mais l'Autriche, depuis ce moment, fut
plus que jamais accessible aux doctrines libérales, aux
nobles aspirations qui allaient rajeunir la France. Le
prince de Kaunitz, dont Voltaire et Molière formaient
la lecture habituelle, communiqua autour de lui son
goût pour nos écrivains et prépara en secret l'abolition
de l'ordre des Jésuites.

Mais, il faut bien le dire, l'union de l'Autriche avec
la France n'a été, pour notre pays, qu'une source de
malheurs, d'humiliations et de sacrifices inutiles, pendant que notre alliée y trouvait toutes sortes d'avantages moraux et matériels. En 1789, un ancien diplomate jugeait ainsi les résultats des traités de 1756 et
1758 : — « A la longue inimitié qui a divisé, pendant
trois siècles, les maisons de Bourbon et d'Autriche, a

succédé, depuis trente ans, une union étroite et intime
en apparence, dans laquelle la sincérité, la franchise et
les charges ont été d'un côté, l'ingratitude, la ruse, la
dissimulation et les bénéfices de l'autre ; une union
qui nous a été plus nuisible qu'aucune des guerres que
la haine des deux maisons ait jamais allumées ; une
union qui a opéré la décadence et la dégradation de
la France, l'agrandissement et l'élévation de l'Autriche,
qui a porté celle-ci au rang que l'autre avait toujours
occupé dans l'ordre des puissances de l'Europe ; une
union, enfin, pendant laquelle la France n'a cessé de
faire des sacrifices, qui, bien loin d'exciter la reconnaissance de son alliée et de lui inspirer un fidèle et sincère attachement, n'ont jamais éteint en elle ses anciens sentiments d'aversion, de jalousie et de rivalité [1]. »

1. *Situation politique de la France et ses rapports actuels avec
toutes les puissances de l'Europe,* ouvrage adressé au roi et à l'Assemblée nationale, par M. de Peyssonnel, ancien consul général
de France à Smyrne, t II, p. 13 et 14 (Neuchâtel, 1789).

CHAPITRE XXIV

Lutte du prince de Kaunitz contre l'ordre de Saint-
Ignace.

Outre le dessein d'unir la France et l'Autriche, la
France qui était son idéal, l'Autriche où il souhaitait
vivement naturaliser les maximes de nos philosophes,
nos goûts, nos mœurs, notre littérature, dessein que tout
le monde jugeait inexécutable et qu'il exécuta cependant, le prince de Kaunitz voulait renverser la longue
domination des Jésuites dans son pays et même provoquer l'abolition légale de l'Ordre.

C'était, au premier coup d'œil, un plan téméraire. Les
moines de Saint-Ignace possédaient, gouvernaient l'Autriche comme un fief de leur Société. Par l'éducation,
l'intrigue, la confession et les autres sacrements, ils
dominaient la famille royale, le corps diplomatique, la
noblesse, le peuple et les soldats ; ils disposaient de
toutes les places, de tous les revenus, de tous les honneurs ; ils savaient ce qui avait lieu dans toutes les
familles. La terreur enchaînait les langues, la censure
paralysait l'imprimerie et jusqu'à la pensée. Un document latin, écrit sous le règne de Charles VI, où un
commencement de régénération avait déjà eu lieu,
contient à cet égard une plainte touchante, extraite de
Tacite, mais qui semble inspirée par les douleurs des
populations autrichiennes :

« Nous avons certes donné une grande preuve de
patience, et comme on a vu chez les anciens la liberté
parvenir à ses dernières limites, nous avons connu
les limites extrêmes de l'asservissement, les inquisi-

teurs nous ayant ravi jusqu'au droit de parler et d'é-
couter. Nous aurions perdu la mémoire en même
temps que la voix, si nous avions pu oublier aussi bien
que nous taire ! L'esprit nous revenait enfin ; mais, par
suite de la faiblesse humaine, les remèdes sont plus
lents que les maux ; les corps se développent lentement et périssent vite : ainsi on paralyse plus facilement les intelligences qu'on ne les ranime, on abolit
les études avec moins de peine qu'on ne les res-
taure[1]. »

L'histoire n'offre pas un second exemple d'un tel
empire obtenu, exercé au moyen d'une doctrine religieuse, non par une caste comme celle des brahmes,
mais par une société, par une fraction du corps sacerdotal. Comment un seul homme pouvait-il annuler
tant d'influence, détruire un monument si solide ?
D'imposantes fortifications, toutes sortes d'ouvrages
souterrains le défendaient : que de pièges à éviter, que
de bastions à prendre ! Mais les difficultés mêmes sti-
mulent les esprits supérieurs comme les âmes généreuses :

A vaincre sans péril, on triomphe sans gloire,

dit très-bien Corneille. Les dangers qui le menaçaient
n'effrayèrent donc point l'habile ministre ; seulement
il enveloppa ses desseins du plus profond secret, et
travailla dans l'ombre à les faire réussir.

Une mesure de précaution lui parut d'abord nécessaire avec les ennemis qu'il allait combattre. Dès ce

---

1. Voici le texte de ce passage important : « Dedimus profecto
grande patientiæ documentum, et sicuti vetus ætas vidit quid
ultimum in libertate esset, ita nos quid in servitute, adempto per
inquisitores etiam loquendi audiendique commercio ! Memoriam
quoque ipsam cum voce perdidissemus, si tam in nostrâ potestate
fuisset oblivisci quàm tacere ! Nunc demùm redibat animus, naturâ
tamen infirmitatis humanæ tardiora sunt remedia quam mala, et
ut corpora lente augescunt, cito extinguuntur, sic ingenia stu-
diaque oppresseris facilius quàm revocaveris. »

moment, il ne toucha plus à aucun mets qui n'eût été
accommodé par son maître d'hôtel et servi par un domestique entièrement dévoué. Nulle considération ne
put, même un seul jour, endormir ou aveugler sa prudence. Si un grand personnage, si l'Empereur, si l'Impératrice l'invitaient à dîner, il acceptait l'invitation,
mais s'abstenait de tous les aliments servis sur la table.
Son fidèle serviteur lui apportait son repas, y compris
le pain, le vin et l'eau : son extrême sobriété facilitait
l'opération. L'affreuse mort du pape Clément XIV
prouva combien le sage ministre avait raison de se
tenir sur ses gardes.

Un heureux hasard lui mit entre les mains des papiers de la plus haute importance. Nul ordre religieux
n'a provoqué plus de mécontentements, plus de défec-
tions que l'ordre de Saint-Ignace, n'a vu plus de transfuges l'abandonner et abandonner en même temps l'É-
glise catholique, pour embrasser les doctrines de la Réforme. Un de ces Jésuites, que fatiguait un joug ac-
cablant, travaillait dans la chancellerie secrète de la
société, à Vienne, où il tenait la correspondance du provincial. C'était un homme ingénieux, qui connaissait et
menait très bien les affaires. Il avait déjà sollicité
mainte fois la résiliation de ses vœux et exprimé le
désir de figurer parmi les membres du clergé séculier. On n'avait point puni ce témoignage de dégoût et
de lassitude, comme ont l'eût fait en d'autres temps,
mais on avait toujours repoussé sa demande. Il n'espérait plus parvenir à ses fins, lorsqu'un jour, dans la
boiserie de la maison professe, il découvrit une ar-
moire cachée derrière un double panneau. Cette ar-
moire, que l'on semblait avoir oubliée, contenait une
foule de papiers mystérieux, lettres, billets en chiffres,
comptes de finances et autres pièces. Le postulant,
nommé Joseph Monsperger, vit, à son extrême surprise, les confessions générales de plusieurs souverains,
ministres, princesses et grands personnages, que l'on
avait rédigées dans les derniers temps du règne de

Charles VI et pendant les dix premières années du règne de Marie-Thérèse. Les unes se trouvaient écrites de
la main des confesseurs mêmes ; les autres n'étaient que
des copies, les originaux ayant été expédiés à Rome.
Muni de ces précieux documents, le Jésuite pensa qu'il
obtiendrait enfin sa libération.

Un de ses camarades d'études, appelé Tobie Harrer,
était secrétaire particulier du prince de Kaunitz. Monsperger va le trouver, obtient qu'il le présente au clairvoyant ministre, et lui fait part de sa découverte.
L'homme d'État lut avec une extrême attention les
pièces qu'il lui apportait, les garda, comme bien on
pense, et les mit en réserve pour s'en servir quand
l'heure serait venue. Le Jésuite put dès lors quitter
Vienne, aller trouver le Pape, lui demander l'annulation
de son engagement. Si le chef du cabinet autrichien
ne l'avait protégé, le séditieux aurait, selon toute vraisemblance, disparu à jamais dans les cachots du fort
Saint-Ange. Soutenu et rassuré, il menaça Clément XII
de divulguer les secrets de l'Ordre, si on ne brisait pas
sa chaîne. Le pontife romain se vit dans l'obligation de
céder. Monsperger revint tranquillement habiter les environs de Vienne, où il mourut fort âgé, sous le règne
de Joseph II, après avoir mené, pendant toute la seconde
partie de son existence, une vie douce et champêtre.

Pour conduire à bonne fin son œuvre périlleuse, le
libérateur de l'Autriche sentait qu'il avait besoin d'appui. Les fourbes de Loyola embrassaient toute l'Europe dans leurs intrigues, étaient partout présents,
partout armés de la dissimulation, de la violence, de la
cupidité, d'une ambition inexorable. Détruire une de
leurs places fortes, ce n'était pas assez : il fallait que
toutes leurs citadelles croulassent en même temps.
Alors, peut-être, ne se relèveraient-ils pas de leur
chute. Le prince de Kaunitz l'espérait du moins, quoique l'Ordre, frappé à mort et enseveli pendant quarante ans, soit enfin sorti du tombeau, évoqué par l'esprit de réaction qui infeste notre époque.

L'habile ministre, en conséquence, travaillait les ambassadeurs des puissances étrangères à la cour d'Autriche. Pombal, Aranda et Choiseul, qui expulsèrent les Jésuites de Portugal, d'Espagne et de France, avaient tous les trois représenté leur nation à Vienne, subi tous les trois l'influence du grand politique. L'Ordre mystérieux avait enfin trouvé un antagoniste capable de le vaincre, habile, calme, silencieux, persévérant, infatigable, sans illusion, sans préjugés, sans faiblesse ; il l'attaquait dans le centre même de sa domination ; il voulait le frapper au cœur et lui arracher sa plus belle proie, cette malheureuse Autriche qu'il avait depuis cent cinquante ans réduite en servitude, séparée de la civilisation et de l'Allemagne, enveloppée de ténèbres, inondée de sang et de larmes.

CHAPITRE XXV

Système d'intrigue employé par les Jésuites à la cour de Vienne ; la ruse et la persécution ; trente mille protestants expulsés des montagnes de Salzbourg.

L'autorité absolue exercée en Autriche, pendant un siècle et demi, par les moines de Saint-Ignace, autorité que leur enleva le prince de Kaunitz, mais qu'ils ont pleinement reconquise de nos jours, est un phénomène étrange, unique peut-être dans l'histoire, et qui, par suite, demande à être examiné de près. Nous avons vu les terribles moyens dont les pieux conspirateurs firent usage pour établir leur domination. Une partie de ces expédients leur servait à la maintenir, et la persécution menaçait toujours leurs adversaires. Néanmoins, comme les Jésuites n'avaient pas dans l'État de position officielle, ne portaient point la couronne, ne pouvaient ni occuper les ministères, ni commander les troupes, ni remplir les postes d'ambassadeurs, ni même gouverner les diocèses, puisque leur règle les éloigne de toutes les dignités ecclésiatiques ou laïques, ils ne régnaient qu'à force d'adresse, au moyen de perpétuels artifices. Cette machine compliquée, laborieuse, devait fonctionner sans relâche, sous peine d'être envahie par la rouille, détraquée par la négligence, mise promptement hors d'usage. Quel système de ruses pratiquaient les révérends pères ? On pense bien qu'il ne nous ont laissé eux-mêmes aucun renseignement à cet égard, et la servitude complète de la presse n'a permis de rien publier en Autriche, d'où nous puissions tirer maintenant quelque lumière. Mais une source d'informations

nous reste : les dépêches des ambassadeurs à leurs puissances respectives et les narrations des voyageurs. Elles
nous révèlent certains manèges qui font deviner les autres.

Ainsi, nous apprenons par Freschot[1] que les Jésuites
affectaient chez l'Empereur le désintéressement et l'humilité la plus chrétienne, paraissaient indifférents à toutes
les choses de ce monde, au pouvoir comme aux richesses. Mais cette feinte abnégation ne les empêchait pas
d'exercer une influence illimitée. Si quelqu'un leur dé-
plaisait, se mettait en opposition avec eux, il était perdu
sans ressources. Quelques services qu'il eût rendus à
l'État, quels que fussent sa position ou son mérite personnel, on le destituait, on le proscrivait, on l'annulait,
non point par des mesures violentes, par une persécution régulière et manifeste, mais par des moyens si
adroits que les victimes semblaient tomber d'elles-
mêmes. On voyait la chute et on ne pouvait constater d'où partaient les coups. La société, ne paraissant
ni connaître l'individu ni songer à lui, goûtait mysté-
rieusement le plaisir de la vengeance.

Les moines espagnols tenaient donc la cour comme
assiégée : rien n'y entrait, rien n'en sortait sans avoir
subi leur contrôle. Les ministres, les chefs d'emploi,
les subalternes devaient fléchir le genou devant eux,
recevoir leurs instructions et s'y conformer. Pour leurs
adversaires, la justice devenait inaccessible comme la
faveur : c'était leur voix qui parlait dans les tribunaux,
c'était leur main qui ouvrait et fermait les prisons.

Hors du pays, dans les cours étrangères, leur influence
ne diminuait pas ; les ambassadeurs portaient le joug
de leur autorité, ne pouvaient échapper ni à leurs ob-
sessions ni à leur surveillance. Plusieurs membres de
l'Ordre allaient, venaient, rôdaient sans cesse autour
d'eux, sous prétexte de leur faire la cour, de leur rendre service, de leur communiquer des nouvelles importantes, qui n'étaient le plus souvent que des puérilités.

---

1. *Mémoires de la cour de Vienne ;* Cologne, 1706, 1 volume in-18.

Ces relations cauteleuses et tyranniques servaient, en outre, à donner du relief aux émissaires. Nul moyen d'éluder leur obséquiosité menaçante et importune ; le moindre signe d'ennui, de répugnance ou d'inquiétude était noté ; la moindre tentative de rébellion produisait les plus graves conséquences. Sur le signal donné de Paris, de Londres, de Rome, de Madrid ou de Lisbonne, les manœuvres commençaient à Vienne ; on dénigrait, calomniait l'ambassadeur récalcitrant ; les insinuations, les stratagèmes perfides allaient grand train ; avant même que le diplomate eût pu prévoir la tempête, il était révoqué de ses fonctions.

Deux cent cinquante Jésuites, qui restaient en permanence à Vienne, occupaient toutes les avenues du palais. Deux membres de la société apprenaient, par la confession, les pensées les plus secrètes de l'Empereur et de l'Impératrice. On remettait le premier entre les mains d'un homme grave, studieux, qui semblait absorbé dans la contemplation, préoccupé uniquement de son salut et des intérêts du ciel, puisque le ciel a des *intérêts*, suivant les théologiens. Aussi le béat personnage demandait-il souvent à résigner ses fonctions, à les échanger contre la paix de la solitude et les dévotes extases du recueillement. On n'avait garde de le laisser faire, on le retenait, on le suppliait de ne point enlever au monarque la lumière de ses conseils : après mainte simagrée, il cédait, il se résignait en soupirant, et ce pieux intermède, joué avec componction, fortifiait son crédit. A entendre ses collègues, d'ailleurs, il n'entretenait le souverain que du dogme et de la morale ; seulement, lorsqu'une décision avait été prise, le soir, dans le conseil des ministres, on était fort étonné d'apprendre le lendemain matin que l'Empereur avait changé d'avis. Or son confesseur lui avait seul parlé dans l'intervalle. On ne soufflait mot, on comprenait l'influence de la théologie sur la politique ; mais les secrétaires d'État se dégoûtaient si bien de leur triste rôle, qu'ils ne tenaient plus à émettre une opinion.

Pour mener l'Impératrice, on employait un frère
d'une nature opposée. Avec les femmes, la dévotion
même doit être insinuante : l'austérité du visage et des
manières, que la nature n'a point destinée à leur être
offerte en spectacle, leur cause une répugnance invincible. En conséquence, auprès de la souveraine, on
mettait un prêtre jeune, gai, souple, actif et disert. Ce
que son affidé n'obtenait pas de l'Empereur, l'aimable
religieux l'obtenait de l'Impératrice. Bien souvent
même on ne tentait pas d'autre voie. La Compagnie
aime beaucoup à employer l'influence des femmes, naturellement portées au mystère. Quel champ leur ouvrait, d'ailleurs, la piété excessive des princesses ! Éléonore de Neubourg, troisième femme de Léopold Ier,
poussait tellement loin la dévotion qu'elle se flagellait
jusqu'au sang, mettait des bracelets intérieurement
garnis de pointes de fer, suivait pieds nus les processions. L'Empereur étant passionné pour la musique,
elle l'accompagnait dans sa loge, par étiquette et par
devoir ; mais elle détournait soigneusement son attention du spectacle, elle tenait son oreille fermée aux
notes mondaines. Un livre de psaumes, relié comme le
texte de l'opéra, secondait son exaltation : elle paraissait lire la pièce, tandis qu'elle se fondait en prières. A
la lecture, elle mêlait le travail, et brodait religieusement des nappes d'autel.

Dans certaines occasions, pour se donner l'apparence
d'une sincérité complète, les moines de Saint-Ignace
soutenaient des avis différents et se séparaient en deux
troupes. L'une disait oui, l'autre disait non. Ce jeu con-
certé d'avance produisait sur les simples un effet admirable. Les clercs expérimentés y trouvaient un autre
avantage : quelque décision que prît l'Empereur, quel
que fût le dénoûment de l'affaire, la Compagnie avait
toujours exprimé la même opinion que le monarque,
toujours pressenti l'événement final. Les deux confesseurs jouaient le premier rôle dans cette comédie ecclésiastique. On en vit un exemple curieux, lorsque le roi

d'Espagne eut fait un testament pour appeler au trône de la péninsule l'archiduc Charles, le second fils de Léopold, qui fut depuis l'empereur Charles VI. Le père et la mère du jeune homme hésitaient à se séparer de lui : donc, il eût été maladroit de blesser leur tendresse inquiète, aussi bien que de prendre un parti décisif : l'ambition pouvait l'emporter sur l'affection, et *vice versâ*. Les Jésuites se séparèrent en deux chœurs, l'un desquels chantait l'affirmative et l'autre la négative ; par ce moyen, ils étaient sûrs de ne pas chanter faux.

Les mariages devenaient encore un excellent moyen d'action. Peu de noces splendides avaient lieu sans leur entremise, et les beaux yeux, les frais visages, les dots attrayantes leur soumettaient la jeunesse.

Dans le but de maintenir leur ascendant parmi le bas peuple, les Jésuites avaient formé une société secrète de pauvres étudiants. Ils leur fournissaient la pitance, et leur donnaient des instructions. Les émissaires faméliques se répandaient dans les cafés, les brasseries, les guinguettes et autres lieux de réunion, où ils écoutaient les propos des buveurs, afin de les transmettre aux doctes casuistes. Parmi ces espions se trouvaient quatre cents gaillards d'une force herculéenne, qui soutenaient au besoin la réputation de l'Ordre par des arguments péremptoires. Si une sédition avait éclaté dans la ville contre les moines tout-puissants, ils auraient eu pour garde cette troupe athlétique. On voit qu'ils n'oubliaient rien.

Comme le dénote la création d'une pareille société, l'esprit d'intolérance et de persécution animait toujours l'ordre ambitieux ; il était toujours prêt à employer la violence pour terrifier ses ennemis et les adversaires du catholicisme, pour assurer l'exécution de ses projets. Sous le règne de Charles VI, pendant l'année 1731 (notez la date, je vous prie), la congrégation en donna une preuve éclatante, qui frappa l'Europe de stupeur. Des scènes odieuses rappelèrent, à une époque si voi-

sine de nous, et la guerre de Trente-Ans et la révocation de l'Édit de Nantes.

Nulle province de l'Autriche n'offre un aspect plus
ravissant que le pays de Salzbourg. Les étrangers,
aussi bien que les Allemands, ne tarissent pas quand
ils entreprennent l'éloge de cette région enchantée. Les
lacs et les montagnes, les prairies et les bois, les
rochers et les cascades, les torrents, les pics neigeux,
les glaces éternelles y forment un ensemble admirable,
un des poëmes les mieux réussis qu'ait imaginés la
nature. Des bourgades, des villes pittoresques animent
ces riantes solitudes. A la vie pastorale des armaillis,
des laboureurs, à la chasse, à la pêche, à l'exploitation
des forêts, les habitants mêlent l'exploitation des
mines, surtout des mines de fer, qui abondent dans la
province. Or le poétique diocèse eut le bonheur
d'échapper, pendant la guerre de Trente-Ans, aux calamités de cette affreuse lutte.

Il en fut préservé par la sagesse, par la politique
supérieure de l'archevêque Pâris Lodron, primat d'Allemagne et seigneur temporel du pays. Dès le commencement des troubles, il sut apaiser sans violence l'agi-
tation des districts où les maximes nouvelles comptaient le plus de sectateurs. Il les empêcha de s'unir avec
les dissidents de Bohême, avec les paysans révoltés
que commandait Étienne Fadinger. Lui-même n'entra
jamais dans la ligue catholique, n'admit jamais l'ordre
de Loyola dans son diocèse, qui forma comme une
oasis au milieu de l'Allemagne ensanglantée. Quoique
soutenus par de puissantes familles indigènes, les luthériens y avaient une grande infériorité numérique : elle
leur conseillait la prudence, elle détournait de leur tête
la colère des Habsbourgs. Tant que dura la persécution armée, le judicieux prélat fut, pour ainsi dire,
l'ange gardien de ses vassaux, et, par une chance vraiment singulière, il occupa plus de trente ans le siège
archiépiscopal, vit le début et la fin de l'horrible
guerre.

Pendant que l'Allemagne épuisée, entrait dans une lente et pénible convalescence, le calme devenait plus profond, le bien-être augmentait sur les montagnes de Salzbourg ; le grondement lointain du canon ne troublait plus le silence des forêts embaumées. Cette paix salutaire dura vingt-cinq ans. Mais il s'en fallait bien que la lutte du passé contre l'avenir, de la routine contre l'intelligence, du despotisme contre la liberté fût close à jamais. Les pasteurs des hautes prairies, les bûcherons, les artisans, les mineurs, les charbonniers causaient entre eux des problèmes qui venaient d'agiter l'Europe. Ces hommes simples et purs se demandaient pourquoi un si grand schisme avait transformé les chrétiens en bêtes sauvages ; pourquoi on avait vu plusieurs papes et antipapes se maudire, se calomnier mutuellement ; pourquoi les chefs de l'Église avait tant disserté, argumenté dans les conciles de Constance et de Bâle ; pourquoi, enfin, les docteurs de la religion nouvelle, Luther, Zwingle et Calvin, n'étaient pas d'accord entre eux. La défense de lire la Bible, où ils auraient voulu chercher des lumières, redoublait leur curiosité, en même temps qu'elle leur inspirait des soupçons. Dès l'année 1670, de nombreux rapports furent adressés au gouvernement autrichien, pour lui révéler cet état des esprits.

Les opuscules d'un réformateur indigène accrurent leur tendance au libre examen. Joseph Schaitberger était né à Durnberg, en 1658. Ayant lu le catéchisme de Luther, il le trouva si satisfaisant que, depuis lors, il combattit sans repos et sans détours les principes catholiques. Il ne pouvait manquer d'être arrêté ; mais, dans les cachots de Hallein et de Salzbourg, il demeura inflexible. On le chassa, en conséquence, du pays. Le courageux apôtre choisit Nuremberg pour lieu de refuge, ville puissante, éclairée, qui était alors le centre intellectuel de l'Allemagne. Il y publia un certain nombre de traités religieux, que leur forme rendait accessibles à tout le monde. Sa *Lettre évangélique* adressée aux

Tyroliens du vallon de Defferegen, célèbres par leur talent pour la fabrication des tapis, eut un succès prodigieux. Leurs colporteurs l'introduisirent dans les montagnes de Salzbourg, d'où elle pénétra dans la Carinthie et dans la Styrie supérieure, grâce à la connivence de personnes discrètes, que l'on n'aurait jamais soupçonnées. Les charlatans, les marchands forains, et même les vendeurs d'images pieuses, de chapelets, de croix bénites, propageaient aussi les brochures de l'écrivain populaire, y joignant des Bibles traduites, que lisaient avidement des schlitteurs, fermiers, bûcherons et armaillis.

Le nombre des individus qui penchaient vers la Réforme, était déjà considérable sous l'administration du prince-archevêque Gandolf de Küenbourg, entre les années 1668 et 1688 ; il augmenta beaucoup pendant le règne de son successeur, le comte François de Harrach. Comme les montagnards cherchaient sincèrement la vérité, savaient mieux soigner les bestiaux ou poursuivre les chamois qu'analyser une doctrine, on les aurait peut-être facilement ramenés par la douceur, convaincus par des syllogismes et abusés par un étalage de vaine science. Mais la maison d'Autriche n'a foi que dans le sabre et les verrous ; l'ordre de Saint-Ignace ne voulait employer que la force. On commença donc à persécuter les dissidents. Le plus léger écart des cérémonies extérieures du catholicisme fut châtié avec une rigueur impitoyable. Un soupçon vous faisait traîner devant les commissions religieuses, subir un examen perfide et inquisitorial ; on fouillait la maison du prévenu pour y chercher des livres dangereux, et on le forçait à renier publiquement toutes les sectes. Refusait-il cet éclatant désaveu, on le chassait du territoire, on l'envoyait languir dans un éternel exil, et, comme pour ajouter l'ironie à l'intolérance, on lui faisait payer un *droit d'émigration !* En mai 1695, Michel Plastnigg, paysan de Windischmattray, dut ainsi abandonner sa province natale. Sa femme, qui le chérissait, voulut le suivre sur la terre étrangère, emmener avec elle ses quatre enfants mineurs. Mais on la sépara de ses fils, sous prétexte que les opinions damnables de leur père compromettraient leur salut. Le frère du banni ne put même obtenir la permission de les élever, quoique son orthodoxie ne fût pas suspecte, qu'il jurât de vivre et de mourir dans la croyance ultramontaine. On plaça ses neveux chez des étrangers, où on surveilla leur instruction. Une foule de scènes pareilles affligèrent l'Oberland.

Ces mesures oppressives n'étaient pas faites pour exciter l'enthousiasme en faveur du catholicisme. Le rude habitant des montagnes ne comprend pas la soumission à l'arbitraire. Il voit ses granits braver la fureur des tempêtes, ses coupoles neigeuses défier le soleil, ses torrents bondir par-dessus les obstacles : la nature lui enseigne la résistance. Il ne se courbe donc pas plus devant la tyrannie que ses rochers ne cèdent à la molle étreinte des nuages. Les pasteurs des hautes terres, néanmoins, n'avaient pas encore adopté de doctrine précise : ils n'appartenaient ni à la communion d'Augsbourg, ni à la communion helvétique. Mais quelques livres, quelques principes de toutes les sectes réformées circulaient parmi eux ; ils avaient emprunté certaines opinions aux vaudois, aux hussites, aux luthériens, aux calvinistes, et en avaient formé un bizarre mélange.

Elles avaient cependant une base commune : les maximes de l'Évangile ; un but commun : celui de ramener les cœurs vers la pureté des temps primitifs. Or les mœurs du clergé autrichien offraient un spectacle entièrement opposé. Il semblait avoir réduit la piété à la servile observance de quelques pratiques minutieuses, de quelques cérémonies extérieures. La justice et la charité n'entraient pour rien dans sa dévotion. « Son ignorance faisait sourire, sa corruption excitait le mépris, sa violence fanatique inspirait la haine, nous dit le baron Hormayr, son avidité effrayait, et ses débauches continuelles rappelaient une sentence de la

Bible sur les pasteurs qui tondent leurs brebis jusqu'à la peau. » L'inimitié des communes de Salzbourg et de leurs supérieurs ecclésiastiques allait donc tous les jours s'envenimant. Au lieu de corriger leurs vices, les prêtres déchaînaient la persécution dans les tranquilles vallées.

Les plus honorables citoyens furent traités comme des criminels et menacés de la potence. « Je suis un pauvre homme, disait Pierre Wallner, mais il n'y a pas un moment où je ne sois prêt à mourir pour la vérité. » L'oppression devint si cruelle que les montagnards perdirent patience. Le 5 août 1731, leurs délégués se réunirent à Schwarzach, pour conférer sur les moyens d'y mettre un terme. Réunis autour d'une table, dans l'hôtellerie du village, ils récitèrent d'abord le vingt-sixième psaume. Ils délibérèrent ensuite et arrêtèrent les mesures qu'il fallait prendre. Quelques-uns voulaient provoquer une sédition générale, occuper militairement les défilés du pays ; mais des opinions plus modérées prévalurent. Les campagnards y gagnèrent peu. Instruit de leur conciliabule, l'archevêque sollicita l'intervention de Charles VI comme prince autrichien, défenseur et patron du diocèse. L'Empereur envoya aussitôt trois mille six cents hommes, que l'on dissémina dans toutes les vallées, où, pendant un espace de quatre mois, ils coûtèrent à la province 1,039,440 florins. Le 30 août 1731, le conseil aulique prohiba comme séditieuses les réunions auxquelles assisteraient plus de trois personnes. On arrêta beaucoup de pères de famille, on en exila un grand nombre.

Dans cette calamité publique, vingt-trois paysans des dix cantons prirent le parti d'aller à Regensbourg, que les Français appellent Ratisbonne, et d'exposer leur situation aux envoyés des puissances schismatiques. Ils voyaient bien qu'il fallait se déclarer pour l'une ou pour l'autre des confessions dominantes, mais ils ne savaient laquelle choisir. Les naïfs campagnards présentèrent au synode une liste de tous les Salzbourgeois qui regardaient l'Évangile comme l'unique source de la vérité : ce rôle contenait les noms de dix-sept mille sept cent quatorze adhérents. Mais comme c'étaient des chefs de famille, ils représentaient un bien plus grand nombre de personnes lasses du joug catholique. A cette démarche répondit une mesure violente que semblaient interdire les opinions et les mœurs du dix-huitième siècle.

Le 31 octobre de la même année, le gouvernement autrichien publia un édit par lequel tous les dissidents étaient condamnés à l'exil. Les gens établis devaient abandonner le territoire dans l'espace de cinq mois, les gens non établis dans un laps de huit jours, s'ils ne reniaient point l'Eglise protestante ; les journaliers, les mineurs, les bûcherons, qui n'abjureraient point les doctrines hérétiques, seraient expulsés sur-le-champ. Une foule de montagnards vendirent leurs terres et leurs meubles, avec les pertes considérables qu'entraînait la dépréciation général des biens, vu la quantité des offres. Les pères de famille partaient les premiers, allaient chercher un lieu de refuge, où ils appelaient ensuite leurs femmes et leurs enfants. C'était une désolation presque universelle.

Les ambassadeurs des États protestants réclamèrent, en vertu du traité de Westphalie. L'article quatre du paragraphe trente-neuvième, qui n'a jamais reçu son exécution en Bavière et en Autriche, porte que les réformés auront trois ans pour quitter un pays catholique, si le souverain exige leur départ, et que, dans tous les cas, ils pourront faire librement administrer leurs biens. Suivant son usage, la cour de Vienne demeura sourde et muette. Il ne restait plus qu'à tendre une main secourable aux fugitifs.

L'électeur de Hanovre les accueillit avec empressement. Le roi de Danemark provoqua des quêtes en leur faveur dans toutes les églises. Le 2 février 1732, le roi de Prusse publia des lettres patentes où il leur offrait un asile. La cour de Berlin engagea même les prêtres

catholiques à employer partout leur influence pour
faire bien recevoir les proscrits. Un grand nombre vinrent donc s'établir sur cette terre hospitalière. Frédéric-Guillaume envoya dans leur patrie deux commissaires, chargés officiellement de recouvrer leurs dettes
actives. L'archevêque de Salzbourg, en compensation,
fit veiller de la manière la plus rigoureuse au payement
de leurs dettes passives. On retint le capital des dons
annuels qu'on leur extorquait au profit des établissements pieux, du culte paroissial et des maisons de charité. Un droit de préemption fut même dévolu à ce capital soustrait, quand l'abondance des charges faisait
vendre les biens aux enchères.

Toute l'Allemagne réformée suivit l'exemple que
donnaient les souverains. Quoique les villes libres ne
fussent plus dans l'état de force et de splendeur, où le
commerce de l'Orient les avait jadis élevées, elles se
montrèrent généreuses envers les émigrants ; beaucoup
y trouvèrent de l'emploi, beaucoup furent aidés par les
institutions philanthropiques. Dans une foule de communes urbaines, les autorités allèrent au-devant des proscrits, pendant que les cloches sonnaient à grande volées ;
le bourgmestre leur adressait un discours ; les habitants, répandus en foule hors des murs, chantaient les
fameux cantiques luthériens : « Dieu est notre forteresse. — Nul n'est abandonné du Seigneur. — Soutiens-
nous, Maître, suivant ta promesse. » On n'aurait pas
plus solennellement accueilli des princes étrangers. A
Ansbach, quand les voyageurs furent arrivés sur la
place de l'Hôtel-de-Ville, on leur distribua quatre cent
trente catéchismes de la confession d'Augsbourg. Un
vieillard de quatre vingt-sept ans, George Fœrster,
remercia la ville au nom des proscrits. Les bourgeois
se disputèrent ensuite l'honneur et la satisfaction de les
héberger. Une collecte dans les églises donna la somme
relativement très forte de 3,974 florins 6 kreutzers.

La Bavière, cette humble vassale de l'Autriche, ne
témoigna point aux bannis le même intérêt. Elle ne

leur accorda qu'une semaine pour traverser son territoire : on leur désigna la route qu'ils devaient suivre
et on fit garder tout le trajet par des soldats. Cinq cents
montagnards prirent ce chemin ; trente mille avaient
abandonné leur patrie. Un certain nombre s'embarquè-
rent pour l'Amérique, où ils fondèrent une colonie protestante sur les rives de l'Ébénezer, dans la Géorgie.

Le vaste commerce d'objets en bois sculpté, dont
Nuremberg est maintenant le centre, y fut transféré à
cette époque. On les avait jusqu'alors fabriqués au bord
du Kœnigsee ou lac Royal, dans la province de Salzbourg.
La majorité des artisans quitta le pays et alla, sous un
ciel moins inhospitalier, faire concurrence aux tailleurs
d'images restés dans les montagnes.

Cette émigration eut pour le diocèse des conséquences
presque aussi funestes que l'expulsion des Maures pour
l'Espagne. Les mines d'or, d'argent, de fer et de cuivre
furent abandonnées : les pluies, les infiltrations, les
glaces, les neiges éternelles comblèrent leurs galeries.
Le désert envahit promptement le sol. Les champs
jadis fertilisés devinrent incultes ; les fonds humides se
changèrent en marais pestilentiels, d'où s'exhalait la
fièvre. Au lieu de robustes cultivateurs, bronzés par
l'air pur des montagnes, on rencontrait çà et là quelque
berger pâle et frissonnant. Les maisons délaissées tombaient en ruine. Ceux qui avaient acheté pour un prix
dérisoire les biens de leurs malheureux compatriotes,
et qui voulurent les exploiter, durent presque tous
recourir à des hommes de peine, faire des avances plus
ou moins considérables. Leurs entreprises échouèrent,
et le peuple vit dans leur banqueroute un châtiment
providentiel.

CHAPITRE XXVI

Dernières tentatives des Jésuites pour convertir
l'Allemagne : décadence de l'Ordre.

Les Jésuites n'avaient point abandonné leur projet de
soumettre toute l'Allemagne au catholicisme : la guerre
de Trente-Ans ne leur en avait donné que la moitié ;
ils convoitaient le reste de cette proie, les lambeaux
qu'on avait arrachés de leurs mains. Ils ne pouvaient,
ils n'osaient plus procéder ouvertement par la force ;
ils n'avaient plus de Wallenstein pour promener le
deuil, la ruine et la mort de la Lombardie à la mer Baltique. Mais là où les circonstances ne leur permettaient
point de faire marcher le canon devant eux, ils se glis-
saient en rampant. Convertir les souverains schismatiques, puis susciter contre leurs peuples des persécutions plus ou moins sournoises, était devenu leur principal expédient. La dernière fois qu'ils employèrent la
violence, ce ne fut point directement, avec l'épée de
l'Autriche, mais par l'entremise de Louis XIV, le fas-
tueux monarque étant devenu leur instrument et leur
vassal. La révocation de l'Édit de Nantes avait signalé
l'importation en France du système autrichien. Quatre
ans après, les dragonnades, ce moyen de persuasion
auquel les Jésuites tiennent tant, parce qu'ils l'ont
inventé, portaient sur les bords du Rhin la foi et la
terreur.

« Au mois de février 1689, dit Voltaire, il vint à
l'armée un ordre de Louis, signé Louvois, de tout
réduire en cendres. Les généraux français, qui ne pouvaient qu'obéir, firent donc signifier, dans le cœur de

l'hiver, aux citoyens de toutes ces villes si florissantes et si bien réparées, aux habitants des villages, aux maîtres de plus de cinquante châteaux, qu'il fallait quitter leurs demeures, et qu'on allait les détruire par le fer et par les flammes. Hommes, femmes, vieillards, enfants, sortirent en hâte. Une partie fut errante dans les campagnes ; une autre se réfugia dans les pays voisins, pendant que le soldat, qui passe toujours les ordres de rigueur et n'exécute jamais ceux de clémence, brûlait et saccageait leur patrie. On commença par Manheim et par Heidelberg, séjour des électeurs ; leurs palais furent détruits comme les maisons des citoyens ; leurs tombeaux furent ouverts par la rapacité du soldat, qui croyait y trouver des trésors ; leurs cendres furent dispersées. »

Sur les ruines de dix-neuf cent vingt-deux communes jadis luthériennes, on proclama le catholicisme ; le peu d'habitants échappés aux violences de nos troupes, à la famine, aux rigueurs de l'hiver, furent contraints de prier suivant le rit dont on leur démontrait victorieusement la supériorité. Cette oppression dura huit ans. Lorsqu'on traita enfin de la paix à Ryswyk, le Palatinat crut que la liberté de conscience allait lui être rendue. Les délibérations des plénipotentiaires touchaient à leur fin, et l'espoir de la population malheureuse semblait effectivement sur le point de se réaliser. Mais les Jésuites de France, d'accord avec les Jésuites de Vienne, lui préparaient un coup de Jarnac. La veille même du jour où devait être signé l'acte définitif, les trois représentants de la France vinrent, le soir, déclarer que les négociations n'aboutiraient point, si on laissait les communes endoctrinées par le fer et la flamme retourner au protestantisme. Les envoyés des États luthériens jetèrent les hauts cris à cette nouvelle exigence ; mais on ne tint aucun compte de leurs réclamations. Toutes les parties belligérantes étant lasses de la guerre, on sacrifia les milliers d'hommes que le roi de France avait éclairés en incendiant leurs maisons.

Les protestants d'Allemagne soupçonnèrent l'Autriche d'avoir comploté cette perfidie, et lui en gardèrent rancune. Ils se trompaient si peu que Léopold regrettait de ne pas avoir obtenu davantage. Le comte d'Auersperg, son ambassadeur à Londres, dit au secrétaire d'État Blathwait que cette convention, après tout, n'avait pas octroyé aux catholiques la moitié autant de paroisses que les catholiques en avaient abandonné aux luthériens par la paix de Munster. La branche convertie de Neubourg, qui avait hérité du Palatinat dans l'année 1685, approuvait l'obstination de Louis XIV : elle aussi aimait mieux un désert qu'un pays peuplé de schismatiques.

Depuis cette époque, la milice du Saint-Siège n'eut plus l'occasion d'employer les belliqueux moyens qu'elle préfère, mais elle ne ralentit pas ses efforts et enveloppa toute l'Allemagne comme d'un filet. L'année même où l'on signa le traité de Ryswyk, l'électeur de Saxe, pour monter sur le trône de Pologne, renia le protestantisme si courageusement défendu par ses ancêtres. Les princes de Hanovre et la famille régnante de Brunswick se prosternèrent devant l'Église orthodoxe. En abattant ces rameaux dégénérés, la mort seule put mettre un terme aux progrès du papisme dans le Nord : la succession du Hanovre, tombée entre les mains de l'Angleterre, fut spécialement un grave échec pour les ultramontains ; mais les princes de Hohenlohe imposèrent la communion romaine à leurs sujets. Nous avons raconté de quelle manière trente mille montagnards furent expulsés, comme hérétiques, du pays de Salzbourg, en 1731. En 1733, un adepte de la congrégation ayant hérité du Wurtemberg, forma le dessein d'y rendre la suprématie aux vieilles croyances : le comte Schœnborn, évêque de Wurtzbourg et vice-chancelier de l'Empire, devait seconder Charles-Alexandre. La mort soudaine, qui surprit en 1737 le duc fanatique, ne lui permit point de réaliser ses projets. Son fils ayant les mêmes opinions religieuses, le Saint-Siège n'en continua pas moins de dominer le Wurtemberg pendant

soixante-quatre ans. Le prince héréditaire de Hesse-
Cassel, gagné à son tour, mais craignant d'indigner son
père, embrassa dans le plus profond secret la doctrine
catholique, en 1749. Sans la résistance victorieuse de
Frédéric pendant la guerre de Sept-Ans, la perspicacité
de son génie et ses efforts soutenus, les Jésuites eussent peut-être accompli par l'intrigue, au dix-huitième
siècle, l'œuvre pour laquelle ils avaient déployé une si
affreuse énergie dans le siècle antérieur.

Un autre obstacle néanmoins eût pu les arrêter : je
veux dire leur propre décadence. L'ordre de Loyola est
un instrument de guerre, une épée à deux tranchants.
Elle produit de terribles effets dans la lutte, cette épée
que ne tient jamais l'instigateur du combat, qu'il fait
manier par d'autres, en s'effaçant lui-même et en se
mettant à l'abri des coups. Les hostilités finies, à quoi
peut-elle servir ? Dans les temps calmes, c'est le mar-
teau du forgeron, le soc du laboureur, la navette du tis-
serand, l'aiguille de la ménagère, la houlette du pâtre,
qui ont une utilité réelle et incontestable. La lame sanguinaire ne peut alors que se rouiller, pendue aux murailles, où sa vue seule donne le frisson, tant elle évoque d'odieux souvenirs.

Tel fut le sort de la congrégation en Autriche, telle
sera toujours et partout sa destinée. Le repos, si précieux pour les nations, ruine et déconcerte l'ordre guerrier. Les arts de la paix le trouvent gauche et inhabile.
Son stratagème fondamental consiste alors à paralyser
l'entendement humain, à prévenir la réflexion et la discussion. Mais, dans l'atmosphère léthargique répandue
autour de lui, la torpeur le gagne lui-même. Les Jésuites passent pour d'excellents instituteurs : Frédéric II prétendait que, sous le rapport de l'enseignement, ses provinces catholiques perdraient beaucoup, s'il les expul-
sait. J'ai peine à croire que ce ne fût pas là un vain
prétexte [1]. Le talent des Jésuites comme professeurs me

1. En avançant ce paradoxe, le roi de Prusse, comme l'a fort bien
expliqué M. le Saint-Priest, voulait blesser les philosophes fran-

paraît un de ces préjugés qui ne soutiennent ni l'examen de la raison, ni la lumière des faits. Les partisans de l'immobilité absolue peuvent-ils enseigner la gymnastique de l'esprit ? Les contempteurs, les adversaires de la raison peuvent-ils former des intelligences saines et robustes ? Est-ce avec la scolastique du moyen-âge, avec les subtilités de saint Thomas et de Duns Scott, avec toute cette alchimie fabuleuse, qu'on explique la nature des choses, que l'on fait comprendre l'histoire, la société, le bien et le beau, l'utile et le vrai, l'homme et le monde ? Il existe de nos jours des établissements où l'on corrige les difformités de la taille : les écoles des Jésuites semblent, au contraire, avoir pour but de déformer les esprits, de les rendre contrefaits et rachitiques. Les annales de l'Autriche le prouvent péremptoirement. Dès que les moines ambitieux gouvernèrent sans contrôle le peuple et l'Empereur, les généraux et les ministres, les femmes et les enfants, une éclipse commença dans l'intelligence de la nation ; bien mieux, leur propre vue s'obscurcit, la lumière qu'ils cachaient aux autres se retira d'eux.

L'ordre de Loyola cultivait obstinément la mémoire, en comprimant la raison, l'esprit de recherche et d'initiative, sources de toute clarté, instruments de tout progrès. Leur but principal était d'engourdir les cerveaux, de plonger la race humaine dans une obéissance aveugle, comme dans une geôle, soit n fait de doctrines religieuses, soit en fait de maximes politiques et même de connaissances étrangères au principe d'autorité. Leur système d'éducation, le seul qu'ils aient jamais suivi, tendait à créer des hommes médiocres en tout genre, environnait les talents supérieurs d'un cercle infranchissable. Jamais enseignement ne fut plus sec, plus monotone, plus sépulcral ; leur science avait la régula-

çais, les punir de leurs nouvelles théories démocratiques ; aussi longtemps que la religion avait été le seul but de leurs attaques, il avait sympathisé avec eux ; lorsqu'ils frondèrent le pouvoir absolu, il se fâcha tout rouge et quitta leurs rangs.

rité d'un tombeau de famille, où chaque case reçoit un
cercueil ; une instruction morte remplissait tous les
compartiments de leurs études. Ils développaient exclu-
sivement les ressources, les facultés inférieures de
l'homme, l'instinct imitatif, la dialectique, la mimique ;
aux idées et aux faits, leur méthode énervante substituait les mots, l'étude des langues, et quelle étude ! Dans
leurs collèges on remplaçait Tite-Live par Jovius et
Natalis ; Salluste par Sadolet et Bembo ; Cicéron par
Osorius ; Virgile, Horace, Térence par Vida, Prudence,
Sannazar, les premiers étant trop païens, les seconds
plus orthodoxes. On apprenait donc aux élèves le grec
et le latin sans critique, sans pénétrer au delà des mots
pour expliquer les choses, sans donner aucune notion
de l'esprit qui animait les anciens, qui leur communiquait du goût, de la perspicacité, de la bravoure et de
la grandeur.

La théologie et la prétendue philosophie enseignées
par les révérends pères achevaient la déroute de l'intelligence : elle s'enchevêtrait dans ces formules insi-
dieuses, elle s'égarait dans ces broussailles de mots
arides, elle tombait accablée sous le poids de maximes
routinières, combinées en faveur du despotisme clérical et de l'oppression politique. Quand les professeurs
perdaient eux-mêmes le fil de leurs idées, ils se tiraient
d'affaire en déclarant que beaucoup de choses ne peuvent être comprises, parce qu'elles sont incompréhen-
sibles. La physique, lestement dégagée de ses calculs,
était réduite à quelques expériences avec la machine
pneumatique et la machine électrique, deux grandes
raretés à cette époque dans les États autrichiens et
dans la Bavière ; on la transformait donc en amusement.
La géologie et l'histoire naturelle ne figuraient même
point sur le programme. Du droit, on n'enseignait que
la lettre morte. Quand un jeune noble avait perdu trois
ou quatre ans à étudier des sciences informes, il obtenait un diplôme et s'imaginait connaître tout ce que
l'on peut savoir.

Partout l'ordre de Loyola faisait une guerre ouverte aux nationalités, dédaignant, sapant les vieilles coutumes, les anciens privilèges et les garanties locales, cherchant à étouffer les langues modernes pour les remplacer par un latin barbare. Ainsi, en Autriche, l'allemand, le bohême et le hongrois étaient en butte à leur mépris sincère ou affecté : l'idiome de l'Église devait dominer les autres systèmes d'expression, comme l'autorité du Vatican les autorités laïques. La même proscription frappait les littératures nationales, dont les racines plongent dans le sol de la patrie, dont les chants évoquent une foule de souvenirs, rappellent de glorieux exploits, protègent contre l'oubli les traditions et les droits populaires. Les Jésuites mettaient à la place leurs classiques mutilés, leurs histoires mensongères, qui travestissent les faits, suppriment les nations pour exalter les familles royales, mentionnent avec un laconisme dédaigneux les princes affranchis de leur tutelle, prônent emphatiquement les souverains agenouillés devant leur congrégation. Un roi, un homme puissant a-t-il agi comme leur vassal, demandé, suivi leurs conseils, favorisé leurs projets, porté humblement leur bannière, c'est un saint, un génie, un modèle de bonté, de vertu et de raison. Voilà comment les falsificateurs d'annales ont préconisé le fade Guillaume de Bavière, l'étroit, le cruel Ferdinand II, le grotesque et obtus Léopold Ier, auquel ils donnent le titre de Grand !

Un ecclésiastique bavarois, nommé Laurent Westenrieder, nous a conservé dans leur formule officielle les maximes qui gouvernaient l'éducation donnée par les Jésuites. C'est une recette merveilleuse pour abâtardir les esprits. « Que les nôtres n'adoptent jamais d'opinions nouvelles, se conforment aux jugements de la société, disent tous la même chose. Les hommes enclins aux nouveautés seront bannis des chaires. — Que tous suivent les mêmes données dans leur enseignement, repoussent les livres profanes et d'un bon style (*procul habeant libros profanos et politioris sermonis*). — La morale et les mathématiques ne doivent être enseignées qu'autant que l'exige notre but. — Enfin il faut interpréter la phi-losophie de manière à ce qu'elle concorde avec la théo-logie scolastique. »

Une dernière sentence trahit ouvertement leur colos-sale ambition. « Ce serait un grand bonheur pour les peuples si, après avoir détruit la race pernicieuse des hommes politiques, on réunissait le pouvoir temporel au pouvoir spirituel, de manière que tout fût gouverné et administré par nous. » (*Maximum in populi utilitatem cessurum esset, si, pestifero semini politicorum sublato et temporali dominio cum spirituali conjuncto, solummodo a nobis res regerentur et administrarentur.*)

Les conséquences de cette paralysie intellectuelle, de cet assoupissement factice, ne pouvaient tarder à se produire. La Bohême, la Hongrie, l'Autriche, la Bavière, si actives, si florissantes au seizième siècle, où abon-daient alors les talents supérieurs, tombèrent dans une atonie, dans une indigence spirituelle, dans une stérilité d'hommes supérieurs qui effrayent l'historien. Avant l'invasion des Jésuites, une douce aurore y épanchait une lumière croissante ; mais à l'aube ne devait point succéder le jour ; les prêtres espagnols ramenèrent les ténèbres, les illusions et les frayeurs de la nuit.

Le rapide abaissement des intelligences ne tarda point à devenir manifeste. On manqua bientôt de sujets capables pour travailler dans les bureaux des ministères, pour gouverner les provinces, pour remplir les fonc-tions diplomatiques à l'étranger. Les familles nobles, qui se réservaient les emplois supérieurs, voyant leurs fils sortir ignorants et inhabiles des collèges de l'Ordre, prirent le parti de les envoyer étudier au dehors. Où les jeunes catholiques allaient-ils chercher l'instruc-tion que ne pouvaient leur donner les révérends pères ? Dans les universités luthériennes de Leipzig, Wittemberg, Helmstædt et Halle, dans les universités calvinistes d'Utrecht et de Leyde. Les illustres pro-

fesseurs de la congrégation en avaient réduit là un
grand peuple ! Après avoir répandu des flots de sang
pour détruire le schisme, ils étaient contraints de
laisser les générations nouvelles déserter leurs cours,
aller prendre leçon chez les docteurs de l'hérésie. Là
cependant elles s'éclairaient plus que ne l'eussent voulu
les frères de Saint-Ignace ; elles partaient les yeux couverts d'un triple bandeau, elles revenaient sans préjugés, sans dévotion mesquine, habituées à se servir de
leur raison. Ainsi se formèrent le comte Jean-Guillaume
de Wurmbrand-Stuppach, qui devint président du
conseil aulique, secrétaire d'État, chevalier de la Toison
d'Or ; le comte d'Harrach, ambassadeur à Madrid près
de Charles II, au moment où allait disparaître la branche
espagnole des Habsbourgs ; le gouverneur Jœrger et son
fils ; Tattenbach, Stubenberg, Trautmansdorf et trois
Kaunitz : l'aïeul du chancelier, un des libérateurs de
Vienne assiégée par les Turcs, signataire du traité de
Ryswyk ; son fils, ambassadeur à la cour de Rome et
dans toutes les cours électorales ; le prince enfin qui
gouverna l'Autriche sous Marie-Thérèse et Joseph II.
L'ambitieuse communauté eût voulu travailler à sa propre chute qu'elle n'eût pas agi autrement.

L'impératrice Marie-Thérèse elle-même avait reçu
des Jésuites l'éducation la plus pitoyable. Elle ne sut
jamais l'orthographe, ni par conséquent la grammaire.
Elle avait puisé ses connaissances historiques dans les
maigres abrégés que l'Ordre affectionne. Tous les déve-
loppements de son intelligence, elle les dut à elle-
même, à sa riche nature, à l'expérience politique et au
maniement des affaires. Ses précepteurs ne lui avaient
inspiré ni le goût des beaux-arts, qu'elle manifesta pendant son règne, ni l'estime des travaux historiques,
dont elle sut faire un si habile usage pour soutenir
ses prétentions sur divers territoires, et pour fortifier
sa puissance à l'intérieur ; mais ce furent les Bénédictins qui rédigèrent ses manifestes.

La langue allemande tombait en friche, comme une

terre abandonnée ; on ne savait même plus s'en servir pour traiter des questions de droit. Arlequin, Pierrot, Polichinelle occupaient tous les théâtres, où ils débitaient les plus sottes, les plus grossières plaisanteries. Le beau monde passait du pédantisme à la frivolité ; les conversations, lourdes et banales, inspiraient un profond ennui. L'art d'écrire agonisait, pour ne pas dire davantage ; et cependant les Jésuites prohibaient tous les livres publiés dans l'Allemagne du Nord.

La religion était pratiquée, interprétée d'une manière inepte et puérile. Les processions qui avaient lieu dans toute l'Autriche le vendredi saint et le vendredi de la semaine antérieure, donneront une idée de ce culte barbare. L'immense cortège s'arrêtait devant des estrades, où l'on figurait certains épisodes de l'Ancien et du Nouveau Testament, avec un réalisme peu propre à édifier les âmes chastes. On voyait Madeleine, représentée par une jeune fille très succinctemect vêtue, qui se pâmait au pied de la croix ; Ruth et Booz, Juda et Thamar, David et Béthsabée, Suzanne et les vieillards libertins ; nul détail de ces intermèdes scabreux n'était omis. L'autorité n'osait point les défendre, parce que les Jésuites les regardaient comme nécessaires à la pompe de leurs fêtes, comme un moyen d'y attirer la foule. Plus le spectacle était inconvenant, plus en effet il charmait la multitude ; la jeunesse y accourait avec empressement et harcelait quelquefois de ses railleries les personnages bibliques. Dans la semaine sainte de de l'année 1674, les étudiants se livrèrent à une si fougueuse intempérance de langue, huèrent tellement les acteurs, que la garde urbaine fut requise pour les disperser. Mais les ferrailleurs universitaires n'obéirent point à ses injonctions. Leur résistance provoqua une lutte, qui termina par un dénouement tragique la solennité burlesque.

Une instruction pour le choix des personnes, qui devaient monter sur les estrades et y jouer un rôle, fera voir combien les moines de Loyola dégradaient la reli-

gion et quels soins frivoles les préoccupaient ; nous
traduisons littéralement :

« Pour représenter Dieu le Père, il faudra un homme
grand, droit, vigoureux et bien proportionné, avec une
longue barbe grise assez épaisse, sans teintes jaunâtres
ou rousses comme sans lacunes, formant une masse
unie sous le visage ; une personne, enfin, qui ressemble à feu le docteur Sixt ou à l'hôtelier de la *Cigogne*.
Relativement au Christ, l'organisateur de la procession
devra chercher, au moins quinze jours d'avance, dans
les rues et dans les églises, un individu de stature convenable, pas trop gros, d'un teint qui annonce la santé,
ne louchant pas, ayant le nez bien fait, toutes ses dents
et une physionomie agréable, ne portant pas une longue barbe grise, mais, au contraire, une petite barbe
châtain ou d'une nuance plus claire et terminée par
deux pointes ; bref, ne présentant aucune difformité ; de
bonnes mœurs, d'ailleurs, et craignant Dieu. Les grands-
prêtres Melchisédech, Aaron, Annas, Caïphe, etc., auront, soit des barbes grises longues et épaisses, soit de
courtes barbes frisées, ou deux houppes au menton ;
leur visage sera boursouflé par la graisse, leur corps
replet à proportion, et, s'ils n'ont pas l'embonpoint
voulu, on fera usage de coussins pour les grossir. On
mandera de Mittewald les deux frères qui tiennent la
forge, et que leur taille colossale rend propres à figurer
les géants Goliath et Urie. Outre la somme convenue,
on leur donnera douze florins de gratification. Le diable
vomissant du feu recevra un demi-florin et tous les
matériaux qui lui sont nécessaires, comme du soufre,
de l'eau-de-vie et du coton. Pour représenter saint
Georges, on prendra un bel homme et le plus fort de la
ville, attendu qu'il doit sauver Marguerite, la princesse
royale et, comme un autre Tell (le nom de Tell produit ici le plus singulier effet), percer vigoureusement
et adroitement le gosier du monstre qui le menace ; il
faut que le sang contenu dans d'énormes boyaux jaillisse
sur les dames jusqu'au second étage, et arrose les spec-

tateurs en les faisant fuir çà et là, ce qui amuse beaucoup le peuple. »

Dans les premières années du dix-huitième siècle,
on apporta de Hongrie à la cathédrale de Vienne une
statue de Notre-Dame, que l'on prétendait avoir vue
pleurer, comme une foule d'autres statues au cœur
sensible. On l'intronisa sur le grand autel, où elle devint l'objet d'une fanatique dévotion. Elle passait pour
guérir tous les maux et pour rendre l'office des médecins inutile. Des milliers de malades, espérant être
guéris par son intercession, envoyaient à la cathédrale
des *ex-voto* représentant la partie affligée ou même la
personne entière. Les dons étaient en or ou en argent,
cela va sans dire, car les saints aiment beaucoup les
métaux précieux. Ils se multiplièrent si vite que, dès
l'année 1706, les barbares offrandes couvraient les
murs, les piliers de l'église, et montaient jusqu'en haut
des voûtes.

Quand on songe que vingt millions d'hommes
avaient été sacrifiés, en Allemagne, pour rendre possibles, chez un peuple déjà éclairé par la lumière de la
Réforme, ces grotesques cérémonies, ces pratiques su-
pertitieuses !

CHAPITRE XXVII

Abrutissement, démoralisation, coutumes sauvages des
Autrichiens au dix-huitième siècle.

Pendant que les Jésuites mutilaient l'intelligence humaine dans les États autrichiens, et engourdissaient le
peu de facultés qu'ils ne supprimaient pas, sans pouvoir se préserver eux-mêmes de la léthargie répandue
autour d'eux, amélioraient-ils du moins les mœurs,
élevaient-ils les caractères, modéraient-ils les passions
turbulentes et sauvages ? Pas le moins du monde. Les
populations, au contraire, semblaient retourner vers
l'état barbare, et le tableau qu'offrait alors la monarchie cause maintenant une surprise dont on a peine à
revenir. On croirait qu'il s'agit, non point du dix-huitième siècle, mais d'une époque bien antérieure ; l'histoire du moyen-âge ne présente pas de plus sombres,
de plus étranges spectacles. L'Autriche, on va le voir,
ne dépérissait pas moins sous le rapport matériel que
sous le rapport intellectuel. Vantez-nous ensuite la
prospérité, le bien-être des peuples systématiquement
abrutis !

Jusqu'au règne de Marie-Thérèse, jusqu'en 1740, et
même un peu plus tard, les ours et les loups venaient
rôder sous les murs des villes, en faisaient le tour. Ils
se jetaient sur les hommes armés, les dévoraient, puis
mangeaient, comme supplément de pâture, le cuir de
leurs bottes. Plusieurs détachements de cavalerie, attaqués par des troupes nombreuses d'animaux féroces,
succombèrent après une lutte désespérée : les soldats
et leurs montures devinrent la proie des vainqueurs.

Les bandits ne montraient pas une audace moins grande. Il fallut éclaircir les bois le long des routes sur plusieurs points du territoire, vider les auberges suspectes et y installer des hommes de confiance ; on établit des postes militaires dans les lieux élevés, d'où le regard dominait au loin la campagne ; des patrouilles en sortaient et y rentraient à chaque heure de la nuit. Les prévôts faisaient tous les mois une tournée, surveillaient rigoureusement les défilés des frontières, entretenaient des éclaireurs bien payés, qui ne servaient pas à grand'chose : on obtenait de plus prompts, de plus sûrs résultats en achetant quelque traître de la bande, en y introduisant un faux-frère.

Une troupe de voleurs, qui s'était fixée près de Vienne, entre les deux montagnes sinistres de Gaunersdorf et de Wolkersdorf, à la fin de la guerre de Trente-Ans, et qui avait acquis une immense célébrité, s'y maintint pendant plus d'un siècle. Elle ne put être délogée que sous le règne de Marie-Thérèse ; encore fallut-il abattre la forêt, à droite et à gauche de la route, établir un poste de cavalerie sur le point le plus élevé.

Les Zingaris, les Bohémiens nomades, frappaient de terreur des provinces entières. Pendant l'insurrection des Hongrois, commandés par le prince Rakoczy, ces tribus errantes passaient pour espionner en faveur des Magyars. Une circulaire adressée à tous les baillis et capitaines leur enjoignait de procéder sommairement contre eux. « Ces vagabonds étant mis hors la loi, disait l'acte officiel, du moment qu'on pourra les saisir, il suffira qu'il avouent leur qualité : hommes ou femmes, on les fusillera, sabrera, pendra aussitôt. Les enfants seuls seront épargnés ; on les distribuera dans les maisons de charité, pour qu'ils reçoivent une éducation chrétienne. » Après le traité de Zathmar, qui mit fin à la guerre civile, beaucoup de fugitifs, de vétérans, s'associèrent aux Bohémiens et continuèrent en détail les hostilités. Les ballades et autres chants populaires ont conservé la mémoire de plusieurs chefs, d'un cer-

tain Rajnoha entre autres, qui pillait toute la chaîne
des Montagnes Blanches ; Kovast et Losy, deux brigands fameux, ont laissé de terribles souvenirs dans les
provinces de Liptau et de Thurocs.

Partout la faiblesse et l'incapacité du gouvernement
clérical se trahissaient. Les rues des villes, de la capitale même, n'étaient plus nettoyées : un éclairage in-
suffisant et maladroit y combattait avec peine les ténèbres. Le sol n'était point pavé, ou l'était d'une manière
qui prouvait le retour de la barbarie.

Les mœurs les plus cruelles, les plus sauvages habitudes, régnaient dans ces villes malpropres et mal-
saines. Les duels, les assassinats en plein jour, les luttes à main armée ensanglantaient fréquemment la voie
publique. Un général autrichien arrêta la voiture d'un
ambassadeur, et voulut le faire descendre pour se
couper la gorge avec lui : le diplomate ne fut tiré
de cette désagréable situation que par la soudaine
arrivée du guet, par la sagesse et la résolution de l'officier. Peu de temps avant que Charles VI montât sur
le trône, le domestique d'une légation ayant été arrêté
pour de justes motifs, les heiduques, laquais et postil-
lons du quartier se rassemblèrent, attaquèrent la garde
avec tant de violence, qu'elle dut se réfugier dans une
auberge et s'y barricader. Les agresseurs enfoncèrent
les portes, délivrèrent leur compagnon ; puis, entraînés
par leur exaltation furieuse, assaillirent la caserne du
Marché-Neuf et la pillèrent. Une force supérieure, dirigée contre la valetaille, la mit enfin à la raison : un
chef de l'émeute fut aussitôt saisi, livré au bourreau et
pendu sans autre forme de procès [1].

Une cause plus futile encore provoqua une sédition
où périrent quelques centaines de personnes (en
1700). Deux ramoneurs, qui jouaient devant la maison du juif Openheimer, banquier de la cour, se prirent de querelle avec un Israélite. La garde urbaine,

---

1. Mailath : *Geschichte der stadt Wien*, p. 230.

jugeant que l'un d'eux allait trop loin, le chassa en lui administrant une correction. Les spectateurs s'indignèrent de ce qu'un chrétien fût battu pour un Juif, et comme il y avait marché sur la place Saint-Pierre, lieu de la scène, les polissons, malgré les cris et le désespoir des marchands, pillèrent leurs œufs pour les jeter dans les fenêtres du banquier. Aux œufs succédèrent les cailloux. Le poste considérable, qui se trouve près de là, regardait tranquillement le tumulte, car on n'aimait point le financier. La multitude s'anima donc peu à peu, envahit l'hôtel, vola l'or, les diamants, les objets précieux, déchira les livres de caisse et tous les papiers, jeta les meubles par les fenêtres et défonça les tonneaux. Openheimer, sa famille et ses employés n'eurent que le temps de fuir dans un souterrain secret, où la foule ne put les poursuivre. Dès que la nouvelle de l'émeute fut connue à la cour, elle envoya l'ordre de la comprimer par tous les moyens. Les sommations ayant échoué, la garde tira sur le peuple, qui se dispersa promptement ; mais de nombreuses victimes jonchaient la terre. Et comme le tumulte, ayant duré jusqu'au soir, avait insensiblement gagné toute la ville, on braqua des bouches à feu dans les rues et places principales. Le lendemain, deux chefs du soulèvement, que l'on avait arrêtés à domicile, un ramoneur et un fourbisseur d'armes, furent pendus aux persiennes de l'hôtel : l'exécution terminée, on proclama, au son des trompettes, une amnistie pleine et entière pour tous ceux qui rapporteraient les objets dérobés. Openheimer éprouva cependant un dommage de cent mille florins [1].

Les duellistes avaient rendu célèbre par leurs combats furieux un endroit de Vienne nommé maintenant la Josephstadt. On s'y tuait à pied et à cheval, au pistolet et à l'épée. Des champions y venaient de fort loin, et l'usage voulait que les seconds prissent une part active à la lutte. Les passants et curieux suivaient fréquem-

---

1. Maitath : *Geschichte der stadt Wien,* p. 228 et 229.

ment leur exemple, si bien que les duels se transfor-
maient en escarmouches.

L'esprit querelleur des étudiants, les haines, les ri-
valités des corporations, étaient une autre source de
désordres. Parmi les gens de métier, ceux qui montraient
le plus de turbulence étaient les bouchers, les maçons,
les tailleurs de pierre et les pêcheurs. Ils s'ameutaient,
ils en venaient souvent aux mains dans les rues : la
garde urbaine et le guet (deux troupes différentes) ac-
couraient-ils, les braves industriels leur tenaient tête ;
de véritables combats effrayaient les citadins paisibles.
Une jalousie profonde animait d'ailleurs les deux cents
hommes du guet et les soldats de la garde urbaine : il
n'était point rare qu'ils prissent parti pour les corps
de métier, les uns approuvant celui-ci, les autres défendant celui-là. Une mêlée générale s'ensuivait ; la troupe
augmentait le mal au lieu d'y porter remède, et les
quartiers les plus populeux devenaient des champs de
bataille.

Une animosité particulière régnait entre les Juifs et les
cordonniers, artisans d'un caractère audacieux et mu-
tin : n'avaient-ils pas, dès le temps d'Albert Ier, fait
l'étrange menace de combler avec leurs formes les fossés du palais, comme avec des fascines, et de livrer
assaut à la demeure royale ? Deux fois encore, sous
Charles VI, les compagnons du tranchet engagèrent,
dans la capitale, des rixes violentes. La première fois,
un certain nombre d'entre eux furent condamnés à un
emprisonnement assez long et à des peines corporelles ;
les autorités, la seconde fois, montrèrent plus de rigueur. Les deux chefs du soulèvement expièrent par le
dernier supplice leur fougue belliqueuse ; d'autres coupables furent envoyés aux galères, incarcérés dans des
maisons de force. On distribua au reste des prévenus
de copieuses bastonnades.

La turbulence des étudiants ne le cédait en rien à la
véhémence guerrière des corps d'état. Ils avaient de fréquents démêlés avec la police. Bretteurs infatigables,

ils ne craignaient point la supériorité du nombre ; les chroniqueurs citent un de leurs chefs, un jeune homme de vingt-cinq ans, qui ferrailla seul contre vingt-quatre soldats du guet, en blessa quelques-uns mortellement et dispersa le reste. La troupe universitaire professait pour les Juifs la même haine que les cordonniers, mais elle avait pris en aversion une classe spéciale d'artisans, les tailleurs ; d'innombrables escarmouches mettaient aux prises ces ennemis invétérés. Quelquefois les disciples des Muses, comme on les nommait alors, se plaisaient à braver leurs antagonistes, à leur témoigner leur mépris par l'audace de leurs attaques : cinq ou six champions se ruaient, dans une auberge, sur soixante ou quatre-vingts chevaliers du passe-carreau, les mettaient en fuite et mangeaient le festin apprêté pour eux. Nous les avons vus dégaîner contre les sergents et interrompre une procession des Jésuites.

La passion pour la chasse était si impétueuse chez les nobles, qu'ils traitaient les braconniers avec la dernière barbarie. Les princes ecclésiastiques leur donnaient eux-mêmes l'exemple. On sabrait, on fusillait sur place les maraudeurs ; on leur coupait les mains, crevait les yeux ; on les attachait vivants sur un cerf, puis on lâchait la bête épouvantée, qui, les heurtant çà et là contre les arbres, employait tous les moyens pour s'en défaire et leur infligeait un supplice atroce. Au retour, ces lugubres scènes étaient contées parmi les aventures de chasse. Plusieurs toiles et gravures contemporaines nous en offrent des images.

La fureur du jeu avait atteint ses dernières limites. Elle ruinait un grand nombre de familles, occasionnait des duels, des suicides et même des sacrilèges. Certains coureurs de tripots, n'ayant plus ni sou ni maille et manquant de résolution pour se tuer, choisissaient ce moyen d'en finir, attendu qu'un seul blasphème était puni de mort. Il fallait de temps en temps rappeler une ancienne loi, qui défendait de jouer sa femme, ses enfants ou un de ses menbres, *formés par Dieu pour un autre usage.*

La débauche se mêlait, du reste, à la violence. Lady Montague rapporte que, dans toutes les maisons de Vienne, on regardait un sigisbé comme un auxiliaire indispensable du mari. On n'eût point osé inviter une femme à dîner sans ses deux compagnons. Les époux traitaient leurs suppléants avec une douceur, une aménité, une délicatesse admirables, et même avec une sorte de gratitude, comme leur allégeant les devoirs de leur état.

A des mœurs si farouches et si corrompues en même temps, il aurait fallu opposer une clairvoyante administration de la justice, également éloignée de la faiblesse et d'une rigueur excessive. Les magistrats, choisis par les moines de Saint-Ignace, offraient un mélange odieux d'ignorance, d'étourderie et de cruauté. Dans son code pénal, Charles-Quint avait déployé toute la barbarie qui composait le fond de son caractère, et ordonné d'affreux tourments. Les Jésuites conservèrent ces horribles peines. Au bout d'un siècle et demi seulement, Marie-Thérèse, à l'instigation du savant et généreux professeur Sonnenfels, publia un nouveau code, ayant pour but de tempérer les prescriptions du sinistre empereur. Et pourtant, d'après ces lois nouvelles, l'exécution des condamnés offrait encore un spectacle digne des cannibales. Ces féroces punitions n'empêchaient point les juges de prononcer leur sentence avec une impardonnable légèreté. Plusieurs procès criminels permirent à Sonnenfels de constater que des inductions hâtives, basées sur un concours fortuit de circonstances, avaient fait mener au supplice un bon nombre de personnes, reconnues innocentes bientôt après. D'autres individus, aussi exempts de reproche, étaient irrémédiablement mutilés par la torture. Et combien mouraient des suites de l'affreux interrogatoire !

Un fait triste et singulier, qui causa la plus vive sensation, donnera une idée de ces procédures. Le caissier d'une importante maison, homme très honorable et très estimé, s'aperçut un jour qu'il lui manquait une grosse somme d'argent. Aucune trace d'effraction d'ailleurs, aucun indice d'un vol subtilement consommé. On le jugea coupable du larcin, et toutes ses protestations furent regardées comme des impostures que terminerait la question. Par bonheur pour le suspect, son frère était un prélat bien vu à la cour. Il se jeta aux pieds de l'Impératrice et obtint qu'on attendrait trois semaines avant d'employer la torture. Les peuples enfants et les peuples sur le déclin forment les mélanges d'idées les plus bizarres : le lieutenant de police de la capitale passait donc pour sorcier ; on disait même qu'il était secrètement roi des Bohémiens, et l'on redoutait d'autant plus sa vigilance qu'on le croyait aidé d'un pouvoir surnaturel. Afin de stimuler son esprit divinatoire, l'ecclésiastique lui porta de riches présents. On touchait néanmoins au terme du délai, et cette malheureuse affaire ne s'éclaircissait pas. Enfin, comme le lieutenant passait dans une ruelle tortueuse des faubourgs, devant un cabaret mal famé, des cris, des chants, des jurons et un cliquetis de verres frappent son oreille. On célébrait une noce. Il entre, il regarde le marié, qui ne lui est pas inconnu. Aussitôt il se rappelle qu'il a servi longtemps chez le caissier en péril. C'est pour lui un trait de lumière ; il se précipite sur le héros de la fête, le saisit à la gorge, l'entraîne dans une salle voisine, et lui crie artificieusement « Tout est découvert ! On fouille en ce moment votre logis ; des aveux complets, sincères, détaillés, peuvent vous sauver encore aujourd'hui ; demain, il sera trop tard. » Le vaurien surpris tombe à genoux, demande grâce, reconnaît sa faute et restitue la somme presque entière. Il explique ensuite comment il avait profité de sa connaissance des lieux, s'était fait enfermer deux nuits de suite dans l'établissement, et avait sans peine accompli le vol. Ce hasard, cette découverte fortuite put seule préserver d'une mort cruelle un homme de bien, qui n'avait jamais donné prise au soupçon.

Enfin, pour terminer ce lugubre tableau, ajoutons

que les finances étaient dans un désordre complet, l'armée dans un dénûment qui rendait presque impossibles les opérations militaires. La nourriture, les habits, les munitions manquaient à la fois. Quand le temps était venu d'entrer en campagne, les troupes ne pouvaient quitter leurs garnisons ; si elles partaient, si on livrait bataille, les blessés mouraient faute de chirurgiens. Toutes sortes d'injustices attristaient et décourageaient les chefs. L'un d'eux allait-il à Vienne pour se plaindre, il y passait des mois avant d'obtenir audience. Les solliciteurs, les personnes chargées d'affaires languissaient indéfiniment dans les antichambres. En 1705, un officier, venu de l'armée d'Italie, ayant perdu un temps considérable et voyant, un soir, qu'on appelait une foule d'ecclésiastiques les uns après les autres, laissa échapper un juron, et dit tout haut : « César, écoute les gens qui se font tuer pour toi, et non les fainéants qui viennent te chanter des sornettes ! »

Voilà dans quel abaissement, dans quelle misère morale et matérielle la domination des Jésuites avait plongé le peuple autrichien. Tout languissait, tout périssait à leur contact ou à proximité de leur action. L'Ordre étendait sur la monarchie entière une ombre de mort ; on eût dit le bohon-upas, cette arbre mystérieux qui tue les animaux, qui stérilise la campagne à plusieurs lieues autour de lui. Mais on ne peut vivre au milieu d'un air pestilentiel sans en ressentir quelques effets. Pendant que les Jésuites abrutissaient les populations, ils subissaient une métamorphose identique. Leur manière d'étudier et d'enseigner devait produire infailliblement cette conséquence.

Leur théologie insignifiante et obscure, leur philosophie étroite et mesquine, leurs histoires mensongères, arides, sans portée comme sans intérêt, leur science futile, ne pouvaient que les endormir eux-mêmes d'un sommeil léthargique. Ceux qui avaient rédigé leurs livres de classe voyaient probablement au delà du cercle borné qu'ils traçaient ; ils choisirent dans leurs connaissances les faits et les principes en harmonie avec leur but. Mais leurs successeurs n'apercevaient plus le même horizon. Ayant été instruits avec les manuels défectueux et trompeurs de la Société, ils n'avaient que des idées fausses, restreintes, pernicieuses, qui égaraient, qui débilitaient leur intelligence. Ces maîtres aveuglés communiquaient sincèrement à leurs élèves une science déplorable.

Des indices manifestes trahirent bientôt leur décadence. Les souverains même qu'ils tenaient assiégés, qu'ils dominaient par l'adresse, furent obligés de recourir à une autre association religieuse, pour les travaux diplomatiques dont ils avaient besoin. Si une affaire, un mémoire, exigeaient une connaissance étendue de l'histoire ou du droit politique, le prince ne pouvait pas en charger un membre de la compagnie. Bien avant Marie-Thérèse, sous Joseph Ier, sous le long règne de Charles VI, on confiait cette tâche aux Bénédictins. Leur ordre prenait donc une importance croissante ; par l'étude, par le savoir, par le talent, ils éclipsaient peu à peu les Jésuites, dans le temps même où ceux-ci gouvernaient le royaume en usurpateurs.

Les derniers travaux que publièrent les moines de Saint-Ignace manquent d'intérêt comme de style (jamais, au reste, ils n'ont su écrire) ; presque personne ne lit les *Commentaires sur l'Histoire d'Albert II*, par Antoine Steyerer de Brunnecken, les *Essais archéologiques* d'Érasme Frœhlich, sur la Carinthie, la Styrie et le comté de Goritz, les *Annales des provinces qui avoisinent l'Enns*, par Sigismond Calles. Ce fut là leur coucher de soleil. Ils tombèrent après dans la nuit froide et morne de l'impuissance, ne conservèrent plus que le goût et l'habitude de l'intrigue. Le premier ministre Bartenstein fit alors avancer les Bénédictins, comme une troupe de réserve.

CHAPITRE XXVIII

Lutte des Bénédictins contre les Jésuites ;
Réformes de toute espèce.

A mesure que l'intelligence baissait dans l'ordre de Saint-Ignace, l'ordre savant et honnête des Bénédictins montrait une activité chaque jour plus grande, prenait un ascendant salutaire. Des hommes d'élite se trouvaient justement à leur tête ; Bessel, par exemple, qui, dès sa première jeunesse, avait témoigné une haine irréconciliable pour les Jésuites. Il s'était fait recevoir de très bonne heure parmi les religieux de Saint-Benoît, et, dès cette époque, avait le dessein de fortifier, de rendre illustre entre toutes l'école supérieure de Salzbourg. Malgré leurs prières, leurs stratagèmes et leurs efforts, malgré les influences qu'ils avaient fait jouer de Vienne, de Munich et de Cracovie, les moines astucieux n'avaient jamais pu s'y introduire, non plus que dans l'archevêché. Or, c'était un florissant domaine, qui excitait leur convoitise et leurs regrets. Bessel voulait donc métamorphoser cette province en place d'armes, pour y former des ennemis de l'ordre espagnol, pour combattre de là son autorité despotique.

Mais le sort lui préparait des moyens d'action plus étendus et une situation plus favorable. C'était aux portes de Vienne, dans la splendide abbaye de Gottweih, imposant manoir qui domine le cours du Danube, vis-à-vis de Krems et de Durrenstein, qu'il devait commander la lutte. Il résida quelque temps sur cette poétique éminence, à partir de 1693, sans se douter qu'il serait un jour supérieur du monastère. Envoyé bientôt à Se-

ligenstadt pour y enseigner la philosophie, son talent
frappa l'électeur de Mayence, qui le prit en affection,
le chargea d'un message à Rome, et le nomma ensuite
chancelier. Ce fut alors qu'on lui confia l'importante
mission d'endoctriner la ravissante Élisabeth de Bruns-
wick-Lunebourg, la mère de Marie-Thérèse. L'empereur Charles VI l'avait demandée, mais ne pouvait se
marier avec elle, si elle n'embrassait pas d'abord le catholicisme. Pendant qu'il instruisait la belle princesse,
le docte religieux opéra une conversion bien plus importante : il fit adopter la croyance ultramontaine par
le futur ministre Bartenstein, qui était alors très jeune.
Parvenu au faîte des honneurs, le savant diplomate
resta l'ami dévoué de Bessel, qu'il employa, conjointe-
ment avec son ordre, à l'exécution de vastes projets.

Bessel, devenu abbé de Gottweih, changea le monastère en laborieuse académie. Par ses soins, quarante
mille volumes, douze cents incunables, sept cents manuscrits furent rassemblés : on forma des collections
de toute espèce. Les religieux s'entendirent avec le
célèbre couvent de Saint-Blaise, dans la Forêt-Noire,
pour exécuter en commun des travaux considérables.
Deux bénédictins seulement, Herrgott et Rusten Heer,
entreprirent le gigantesque ouvrage qui a pour titre :
Monumenta augustæ domus Austriacæ, et d'autres publications historiques : les *Cadavera Habsburgica trans-
lata*, l'*Historia nigræ Sylvæ*, le *Codex Rudolphinus*, le
Rudolphus Anticæsar ; ils furent énergiquement secondés par Martin Gerbert, le futur prince ecclésiastique,
en sorte que toutes leurs expéditions à travers le passé
atteignirent glorieusement leur but.

Un autre monastère bénédictin, celui de Mœlk, riva-
lisait de magnificence et de zèle avec le couvent peu
éloigné de Gottweih. On le reconstruisit même de 1707
à 1746, comme on avait rebâti l'autre maison, brûlée
en 1718. Il avait pour protecteur spécial le comte de
Zinzendorf, premier ministre, qui préférait, ainsi que
Bartenstein, l'ordre de Saint-Benoît à l'ordre de Saint-

Ignace. Nommé supérieur de l'abbaye, Berthold Dit-
mayer en fit une sorte d'Escurial, un splendide monument, au pied duquel le Danube roule ses flots verts
et tranquilles. L'intelligence y alluma comme un phare,
qui répandit au loin ses brillantes émanations. Huber,
Anselme Schramb, Martin Kropf et deux intrépides
chercheurs, Bernard et Jérôme Petz, unirent leurs
efforts à ceux du prieur, pour exécuter de vastes entreprises scientifiques. Le grand-chancelier Zinzendorf
emmenait toujours avec lui ces deux frères, ainsi que
des bibliothèques vivantes, lorsqu'il devait paraître
dans un congrès. Ils ne tardèrent point à devenir célèbres, non-seulement en Allemagne, mais en France et
au delà des Alpes. Bientôt ils s'associèrent un homme
non moins érudit et non moins laborieux, Chrysostôme
Hanthaler, moine de Cîteaux, qui habitait près d'eux, à
Lilienfeld. Ils publièrent ensemble des ouvrages d'une
grande importance, mais où ne règne pas toujours la
bonne foi : on les accuse de falsifications historiques en
faveur des Habsbourgs [1]. Cette faute, que leur repro-
chent les savants, était une recommandation auprès
de Marie-Thérèse.

Pendant que les Bénédictins enlevaient aux Jésuites
l'honneur d'accomplir tous les grands travaux historiques et diplomatiques de la monarchie, d'autres
hommes regrettaient l'état déplorable où ils voyaient
l'instruction, et méditaient la réforme des études. Il
fallait tirer l'Autriche des ombres de la mort, déchirer
le suaire intellectuel dont l'avait enveloppée la congrégation. Oui, sous le règne des Jésuites, de ces fameux
instituteurs, ce fut une noble, urgente et pénible
entreprise que de rectifier l'enseignement. Nul n'en
sentait mieux la nécessité, nul n'y contribua plus fortement que le baron Gérard van Swieten, le meilleur

---

1. Voici les titres de leurs principaux ouvrages : *Monumenta
Austriaca, Anecdota, Codices epistolares, Scriptores rerum Austria-
rum, Austria ex archivis Mellicensibus illustrata.*

disciple de Boerhave. Il était né à Leyde, le 7 mai 1700 ;
mais, pour le bonheur de sa patrie adoptive, ses opinions catholiques le firent expulser de la chaire qu'il
occupait dans sa ville natale. Il se réfugia sur les bords
du Danube, où son mérite et ses connaissances lui
ouvrirent la route des honneurs. Marie-Thérèse le
choisit pour son premier médecin, le nomma commandeur de l'ordre de Saint-Étienne, directeur de la
bibliothèque du palais, président de la commission de
censure. Grâce à la haute considération et à la déférence
de l'Impératrice pour lui, van Swieten exerçait une
influence considérable, qui éclipsait même celle des
ministres et des généraux. Elle dura vingt ans, jusqu'à
sa mort, survenue en 1772. Quoique partisan des
vieilles croyances, il était né, il avait longtemps vécu
sur une terre de libres penseurs ; il en avait rapporté
de saines habitudes d'esprit, le goût de l'observation
et de la réflexion, des principes judicieux, des idées
nouvelles. Sa haute raison ne put tolérer le triste
spectacle que lui offrit l'université de Vienne. C'était
comme une ruine du moyen-âge, fréquentée par des
spectres malfaisants. Il ne se donna point de relâche
qu'il n'eût expulsé les pernicieux fantômes. La sombre
institution fut jetée dans la poussière, et un établissement moderne sortit de ses décombres, un édifice
où pénétrait la lumière du soleil, où circulaient des
brises salutaires. On imita ses réformes sur tous
les points de l'Autriche que l'ordre de Saint-Ignace
n'avait pas envahis, où les populations n'étaient pas
absolument contraintes de laisser hébéter leurs enfants.

Pour l'aider dans son œuvre de régénération, Swieten
avait appelé près de lui un Souabe que distinguaient
sa libre intelligence, l'honnêteté de son caractère, une
instruction variée, presque inépuisable. Joseph von
Riegger était né, le 29 juin 1705, à Fribourg en Brisgau.
Il avait été reçu, dès l'âge de seize ans, docteur en philosophie ; avant d'atteindre sa majorité, il était docteur

en droit civil et en droit canon. A vingt et quelques
années, il occupait, à l'université d'Inspruck, une chaire
de fondation récente, où il enseignait le droit de la
nature et des gens, l'histoire de la législation politique
en Allemagne, l'histoire des empereurs et de l'empire
germaniques. La haine que lui portaient les Jésuites,
leur manœuvres incessantes contre lui, ne l'empêchèrent
pas d'être nommé huit fois doyen de la faculté de droit,
deux fois recteur magnifique, d'être député trois fois
vers la Cour au nom de l'Université. Les principaux
établissements juridiques du pays et de l'étranger le
consultaient sur les problèmes les plus difficiles, les
plus embrouillés du droit civil et du droit criminel. En
1749, lorsqu'on réforma l'Académie noble, dite *Académie savoisienne*, fondée primitivement pour les jeunes
seigneurs qui devaient remplir un jour les hautes fonctions de l'État, Marie-Thérèse confia la chaire de droit
politique au savant Riegger, puis la chaire de droit canon, enseignement auquel les luttes religieuses donnaient une extrême importance et un vif intérêt d'actualité. En 1751, il entra dans la commission de censure,
présidée par van Swieten. Heureux temps que celui où
les hommes d'avenir sont chargés de surveiller la presse,
où la routine seule est mise à l'index ! Marie-Thérèse
elle-même employait les mots de patriote, de réformateur, de libéral et de radical, ces mots qu'on a cherché,
depuis lors, à flétrir. Ils avaient sous son règne une
expression glorieuse : on les décernait comme des titres
d'honneur. *Libéral* signifiait le contraire d'esprit mes-
quin, rampant, dominé par l'habitude, égoïste et pusil-
lanime ; *radical* signifiait le contraire de mobile, de
superficiel, d'inconséquent [1]. Le palais de Vienne trem-
b *rait maintenant sur sa base, si un étourdi osait les
p. noncer devant l'Empereur autrement qu'avec mé-
pr *.
    *' 1756, Riegger occupa enfin une chaire dans la capi-

---

1. Hormayr : *Anemonen*, t. IV, p. 135 et 136.

tale. A la même époque, on le nomma conseiller de la
chancellerie de Bohême et rapporteur général des
affaires ecclésiastiques. Bientôt ses *Institutions de jurisprudence cléricale* servirent partout de base à l'enseignement. On ne reçut pas avec une moindre faveur sa
collection des ordonnances civiles sur les affaires religieuses, ses dissertations sur les conciles, sur les châtiments ecclésiastiques, sur l'origine et les vraies bases
du droit canonique, sur l'Ordre teutonique, sur le droit
des nonces relativement au libre exercice de la religion,
sur les privilèges de la puissance laïque à l'égard des
choses sacrées, sur ceux du roi de Hongrie, comme·
légat-né du Saint-Siège. Ses autres mémoires sur l'autorité du Pape et ses justes limites, sur celle des métropolitains et des évêques, sur les relations de l'Église
et de l'État, comme sur les bornes des deux pouvoirs ;
ses argumentations lumineuses contre les exorcismes,
contre les procès pour magie, contre les prisons monastiques et les vœux éternels prononcés dans un âge
trop tendre, contre le nombre excessif des jours de
fête, obtinrent un égal succès. Nous en dirons autant
de ses discours sur la stricte observation des lois relatives aux biens de main-morte.

Ces immenses travaux, qui suffiraient à la gloire de
plusieurs écrivains, ne produisirent pas seulement un
effet théorique, ne demeurèrent point séquestrés dans
le domaine de la spéculation. Chacun d'eux provoqua
une ordonnance de Marie-Thérèse. Au fur et à mesure
qu'ils paraissaient, l'Impératrice décréta les règles suivantes : — Aucun bref, aucune bulle ne peuvent être
promulgués sans la permission de l'autorité laïque. Les
nonces figurent parmi les agents diplomatiques de première classe, parmi les ambassadeurs, mais ne doivent
point se mêler des affaires spirituelles, attendu qu'ils
représentent purement et simplement une cour étrangère ; leurs coûteuses inspections des établissements
religieux, qui empiètent sur les droits de la puissance
civile, sont à jamais interdites. Pour frapper de contri-

butions les biens du clergé héréditaire (les charges de
l'Église restaient dans les mêmes familles), on ne solli-
citera plus l'autorisation du Vatican. Défense aux évêques
d'entretenir aucune relation directe avec le Saint-Siège
ou avec le nonce apostolique; toutes les négociations entre Rome et le clergé autrichien doivent être conduites
par la Chancellerie ou ministère des affaires étrangères,
et par l'ambassadeur autrichien dans la ville aux sept
collines, pour que les papes ne franchissent point les limites nécessaires du pouvoir spirituel et du pouvoir temporel, comme ils l'ont fait si souvent et si longtemps.
Marie-Thérèse voulait en outre fixer elle-même les bornes des diocèses, soit en divisant ceux qu'elle jugeait trop
étendus, soit en réunissant ceux qui occupaient trop
peu d'espace ; elle arrêtait aussi aux frontières de son
empire l'autorité des évêques limitrophes.

Après avoir diminué le nombre excessif des jours de
fête, qui nuisaient à l'agriculture, au commerce et à
l'industrie, elle détermina le chiffre des dots que pouvaient exiger les couvents (1763), établit l'uniformité des
principes dans la théologie et le droit canonique, défendit de prononcer des vœux éternels avant que l'on eût
vingt-quatre ans accomplis (1770), obvia aux détourne-
ments des fonds des monastères, à la dissipation de
leurs ressources, les empêcha de placer leurs capitaux
hors du pays, de capter les testaments et de se faire
attribuer des legs. Elle ordonna en outre la suppres-
sion de leurs cachots et des peines corporelles qu'on
infligeait arbitrairement. Ces prisons claustrales voilaient toutes sortes d'affreux mystères : de révoltantes
cruautés, d'immondes débauches s'y accomplissaient
dans les ténèbres ; la corruption y offensait les lois de
la nature, comme elle y bravait la justice et défiait la
pitié [1].

1. Il nous est impossible de traduire les termes que le baron Hormayr emploie pour exprimer ces hideuses saturnales : « Es würde
dem missbrauch der Klosterkerker (die oftmals kaum glaubliche
Græuel grausamer Wilkühr und neronischer Wohllüste, häufig

Marie-Thérèse abolit également le droit d'asile, grâce auquel une foule de mécréants trouvaient l'impunité sous les voûtes des églises et des cloîtres. Enfin elle se réserva la collation des grands et des petits bénéfices, en prenant des mesures pour que le Pape ne pût influer d'aucune manière sur le choix des personnes.

Jamais peut-être un auteur n'exerça par ses écrits une influence plus prompte et plus décisive que Joseph Riegger. Une obscurité si complète a néanmoins enveloppé jusqu'à présent l'histoire d'Autriche, que son nom, peu connu en Allemagne, ne l'est pas du tout en France. Nulle biographie universelle ne mentionne, je crois, ce bienfaiteur d'un grand peuple. Ses divers traités, où il exposait un droit ecclésiastique contraire à celui que prônaient et observaient les Jésuites, où il invoquait l'autorité des plus savants, des plus fameux prélats, durent sans doute à leur coïncidence avec une célèbre publication de produire un double effet. On sait quel mouvement intellectuel causa le livre du suffragant de Trèves, Jean Nicolas de Hontheim, imprimé en 1765 sous le pseudonyme de Febronius [1]. Mais beaucoup de réformes que le savant professeur avait demandées étaient accomplies auparavant.

Joseph termina sa carrière en 1775, peu de temps après son ami van Swieten. Comme il était sur son lit de mort, un prélat, qui se disait envoyé par Marie-Thérèse, se glissa jusque dans sa chambre et lui adressa une exhortation insidieuse: « Au moment de franchir le redoutable passage, lui demanda-t-il, n'éprouvez-vous point quelques doutes, quelques inquiétudes relativement à plusieurs de vos opinions? S'il en est ainsi,

---

unnatürlicher Læster der Onanie, der Pæderastie, der Bestialitæt und heissglühender Tribaden verbargen) eine Schrank gesetzt. »

1. *De statu præsenti Ecclesiæ et legitima potestate Romani Pontificis liber singularis, ad reuniendos dissidentes in religione christianâ compositus.* L'ouvrage a été traduit en français et publié en 3 volumes in-12.

vous pouvez les rétracter sans craindre les jugements des hommes, qui n'ont plus pour vous d'importance. »

Un sourire doucement ironique anima les traits du noble vieillard, pendant qu'il répondait : « Je viens précisément de me réconcilier avec l'Éternel. C'est au seuil du tombeau que nous apparaît la vérité. De toutes mes doctrines je n'ai point à rétracter une syllabe. Vous venez, dites-vous, de la part de notre souveraine bien-aimée. Rapportez-lui que je meurs fidèle au Créateur, à l'Impératrice et à moi-même. O messieurs les ultramontains, quand donc saurez-vous rendre à Dieu, ce qui appartient à Dieu et à César ce qui appartient à César ? »

Un troisième personnage s'occupa énergiquement de la réforme des études. Ce fut un juif de Nickolsbourg, nommé Joseph de Sonnenfels, né en 1733. Son grand-père, rabbin supérieur dans la marche de Brandebourg, possédait une instruction qui l'avait rendu célèbre parmi les Israélites. Son père ayant embrassé le dogme romain, lorsque ses deux fils étaient encore en bas âge, ceux-ci purent étudier au collège philosophique de Nickolsbourg, fondé par le généreux prince de Dietrichstein, grand-maréchal de la cour. Se trompant sur sa vocation, Joseph de Sonnenfels porta d'abord le mousquet : il fut ensuite traducteur et interprète, clerc de notaire dans une étude de Vienne, puis maître comptable dans un nouveau régiment des gardes du corps, dits Gardes-nobles. Pendant qu'il errait ainsi de profession. en profession, il apprenait les langues, amassait des connaissances peu ordinaires. Mais, calomnié par des envieux auprès de Marie-Thérèse et de van Swieten, ses talents demeuraient inutiles. Le lieutenant général de Petrasch, qui l'aimait et le soutenait, parvint à dissiper les préventions. Le jeune homme sortit enfin de sa position obscure : on le choisit pour professer les sciences politiques à l'université de Vienne.

Swieten se préoccupait surtout de rétablir l'intelligence humaine dans son droit divin de libre recherche

et de libre pensée ; Riegger combattait avec persévérance le fanatisme, les empiétements des ultramontains ; Sonnenfels traitait les questions d'humanité. Il
voulait principalement tarir les pleurs, calmer les souffrances. Il avait peu d'initiative, peu de hardiesse spirituelle, mais il possédait une érudition encyclopédi-
que. Sincère, loyal, désintéressé, payant toujours de sa
personne, animé des sentiments les plus philanthropiques, il s'appropriait avec une facilité merveilleuse
l'expérience et les idées d'autrui, les transformait, leur
donnait immédiatement un caractère pratique. La langue allemande, corrompue et viciée dans les États autrichiens par l'enseignement des Jésuites, leur mauvais
style et leur mauvaise volonté, reprit entre ses mains
une vie nouvelle, sembla se relever comme une plante
meurtrie. Or, la langue, c'est le verbe ; ses qualités et
ses défauts signalent l'état des esprits, suivent toutes
leurs vicissitudes, contribuent à leur progrès et à leur
décadence. Sonnenfels changea l'élocution des entre-
tiens, où régnaient la pesanteur et la monotonie ; sur
la scène, où l'on ne jouait plus que d'ignobles farces, il
introduisit un meilleur goût.

Il améliora le commerce et les finances, d'après les
idées saines que l'Angleterre et la France propageaient
alors.

C'est à lui surtout et au chancelier du Tyrol, le baron
Joseph von Hormayr, que l'on doit l'abolition de la
torture, peu de temps après la publication du livre de
Beccaria sur les délits et les peines. Il fit graduelle-
ment adoucir les effroyables supplices que l'on infligeait
aux condamnés à mort.

Malgré son mérite, son savoir, sa probité, son amour
de la justice, ou, pour mieux dire, à cause de ses vertus et de ses talents, Sonnenfels, le régénérateur, fut
bien des fois dénoncé comme un impie, un sceptique,
un criminel d'État, le fléau de la monarchie ; mais l'Impératrice n'écouta jamais les délateurs, et le protégea
contre toutes les inimitiés.

Les hommes habiles sont moins rares que les hommes capables d'apprécier le mérite : le jugement est la faculté dont la nature se montre le plus avare. Le discernement de Marie-Thérèse, sa fermeté à soutenir ceux qu'elle croyait supérieurs et utiles, lui font donc le plus grand honneur. Elle avait toujours du loisir pour les recevoir et les écouter ; elle négligeait même dans ce but sa distraction favorite, elle abandonnait ses cartes ! Ce n'était pas seulement Swieten, Riegger, Sonnenfels, qu'elle traitait avec distinction : Rautenstrauch, Bessel, Conrad Celtes, Schmidt, Spiesshammer [1] obtenaient les mêmes marques d'intérêt et les mêmes preuves d'estime, auxquelles les chefs de l'aristocratie nobiliaire eussent en vain aspiré.

Une de ses lectrices, mère de Caroline Pichler, contait un jour la scène suivante au baron Hormayr.

Un censeur envieux et hargneux avait biffé des pages entières dans un traité important de Sonnenfels. Indigné de cette conduite, l'auteur résolut de tout braver pour soustraire son œuvre à la mutilation. Il arrive chez l'Impératrice au moment où une partie l'absorbe et la passionne ; il n'hésite point cependant et se fait annoncer par son amie la lectrice.

La moindre circonstance qui surprenait Marie-Thérèse, qui la troublait au milieu de ses plaisirs ou de ses occupations, lui causait de vives impatiences, même dans un âge avancé. Elle quitta donc la table de jeu avec une certaine irritation, et parut dans l'antichambre, au bout de quelques minutes, tenant d'une main ses cartes, éloignant de l'autre son bonnet et ses cheveux, qui lui tombaient sur la figure.

---

1. Jean Cuspinian ou Spiesshammer, de Schweinfurt, organisa les archives autrichiennes et la bibliothèque de la cour ; Celtes fonda la Société littéraire du Danube ; Ignace Schmidt a écrit une histoire d'Allemagne. Étienne de Rautenstrauch, né à Platen, dans la Bohême, était supérieur du monastère bénédictin de Braunau ; il seconda Joseph II dans toutes ces réformes ecclésiastiques, et passe pour avoir été empoisonné en 1785.

— Eh bien ! qu'y a-t-il ? demanda-t-elle. Est-ce qu'on vous tourmente encore ? Que vous veulent-ils donc ? Avez-vous écrit quelque chose contre moi ? Je vous pardonne du fond de mon âme ; un vrai patriote doit fréquemment éprouver des accès d'humeur ; mais je connais vos bons sentiments. Ou bien avez-vous attaqué la religion ? Vous êtes un sot, dans ce cas. Je ne puis croire que vous ayez porté atteinte aux bonnes mœurs : vous n'êtes pas un animal immonde. Mais si vous avez critiqué mes ministres, oh ! alors, mon cher Sonnenfels, vous serez contraint de vous rogner les ongles: je ne puis vous être d'aucune utilité. Je vous ai, je crois, assez souvent prévenu. »

Et la noble femme courut terminer sa partie.

Sonnenfels et Riegger étaient tous deux de beaux hommes, portant sur leur figure l'indice du courage, modelés en vrais champions de l'avenir, quoique leur beauté ne se ressemblât point. Riegger avait une physionomie tout allemande, une carnation fraîche, brillante, une expression de droiture et d'impétuosité ; Sonnenfels, qui charmait par son noble type, par sa nature active, impressionnable, offrait un mélange singulier du savant germanique et du philosophe français. Heureux accord de la beauté des formes avec la supériorité de l'intelligence et l'élévation du caractère !

Mais, si bien doués que fussent ces hommes de talent et leurs collègues, tous leurs efforts auraient échoué, s'ils n'eussent trouvé la protection et le concours de Marie-Thérèse, de Joseph II, du prince de Kaunitz, qui les soutint quarante ans. Jamais l'instruction publique, la science, les belles-lettres ne fussent sorties de leurs ruines, tant l'ordre de Saint-Ignace avait accumulé de ténèbres sur la malheureuse Autriche, tant il avait amoindri, déformé, paralysé les intelligences sous son haleine de mort !

CHAPITRE XXIX

Affaiblissement graduel du pouvoir des Jésuites ; l'ordre
est expulsé d'Autriche et aboli par Clément XIV ;
tragique empoisonnement du pape.

L'heure approchait où les Jésuites allaient perdre enfin leur plus précieuse conquête, cette monarchie autrichienne qu'ils accablaient sous le poids d'une double
tyrannie. Le système d'abrutissement pratiqué sur la
population était, depuis longtemps, combattu par des
hommes généreux, avec une persévérance infatigable.
Attaquées moins ouvertement, leur domination religieuse et leur puissance politique rencontraient néanmoins çà et là une sourde opposition. Le prince de Lobkowitz leur avait même fait sur ce terrain une guerre
ouverte, dès la seconde motié du dix-septième siècle.
Mais, vaincu dans la lutte, arraché de Vienne et mort
interné dans un de ses propres châteaux, comme nous
l'avons raconté, sa défaite avait enjoint la prudence aux
ennemis de l'Ordre. Pour renouveler le combat, il ne fallait rien moins qu'un empereur.

Joseph Iᵉʳ détestait la congrégation. Il avait eu pour
gouverneur, dès sa huitième année, le prince de Salm,
homme clairvoyant, réfléchi et sans préjugés, qui n'aimait ni les frères de Saint-Ignace, ni la superstition, et
occupait dans l'armée le poste de feld-maréchal. Il éloigna de son pupille les moines rusés, lui inculqua des
maximes de tolérance et fut toujours présent à ses leçons.
Il fit d'ailleurs instruire avec l'archiduc son propre héritier, Louis-Otto de Salm. Les précepteurs du fut ur souverain pensaient de la même manière et lui nspiraient

les mêmes sentiments. L'un était le docteur en droit Wagner, qui lui enseignait l'histoire et la politique : le feld-maréchal mêlait souvent au discours du maître les résultats de sa propre expérience. L'autre précepteur, chargé de l'instruction religieuse, n'appartenait point à l'ordre des Jésuites (c'était la première fois qu'on voyait cette anomalie) ; le baron François-Ferdinand de Rummel, originaire du haut Palatinat, qui fut nommé évêque de Vienne en 1706, avait des idées libérales, une intelligence droite et un cœur honnête. Il se plaisait à éventer les intrigues des Jésuites, à éclairer leurs manœuvres souterraines ; les révérends pères, de leur côté, lui portaient une haine cordiale, et cherchaient par tous les moyens à le faire révoquer de ses fonctions.

Leur dépit augmentant de jour en jour, la fureur les aveugla, et ces maîtres subtils employèrent un expédient pitoyable. Pendant plusieurs nuits, une voix mystérieuse intima au prince, déjà grand, de congédier son précepteur ecclésiastique. L'archiduc, ennuyé de ce manège, retint un soir l'électeur de Saxe, Frédéric-Auguste, qui possédait une force herculéenne. Ils éteignirent les lumières et attendirent. Le timbre caverneux ne tarda point à gronder dans le silence de la nuit. Les deux princes courent aussitôt vers l'endroit d'où partaient les notes lugubres, saisissent le conseiller officieux et le précipitent dans les fossés du château. Le bruit de sa chute leur prouva que ce n'était pas un pur esprit. Ferdinand de Rummel ne tint pas l'aventure secrète. A la mort de l'empereur Léopold, le Jésuite Wiedemann, dans une emphatique oraison funèbre, ayant voulu prouver, par une suite de faits entremêlés de nombreuses erreurs, que les princes élevés sous la direction de l'Ordre avaient seuls été heureux et victorieux, Joseph le bannit de tous ses États. Une série de batailles gagnées au bord du Rhin, en Italie et en Belgique, montrèrent combien le faux prophète avait mal lu dans l'avenir.

Pour mettre le comble au désappointement des tartufes de Saint-Ignace, Joseph Ier osa rompre avec la cou-

tume et choisir un confesseur qui n'appartenait point à
la congrégation. Les Jésuites furent transportés de
colère. Aussitôt on s'occupa de soulever le Pontife
romain contre la mesure et contre l'ecclésiastique préféré. Le chef de l'Eglise le somma de comparaître
devant lui. Mais Joseph II ayant raconté cette aventure
dans une lettre au duc de Choiseul, écrite pendant le
mois de janvier 1770, nous allons lui laisser la parole.
« Le confesseur prévoyait le terrible sort qui l'attendait à Rome, s'il se mettait en chemin, et il supplia
l'Empereur de l'exempter du voyage. Le monarque
s'efforça vainement de détourner le coup ; le nonce
apostolique exigea au nom de son maître le départ de
la victime. Indigné de cette persécution, le prince dit
que si son confesseur devait absolument partir, il ne
partirait point seul, et qu'il aurait pour escorte tous
les frères de Saint-Ignace, qui ne rentreraient plus dans
ses États. Cette déclaration énergique, d'une hardiesse
inouïe relativement à l'époque, fit cesser les démarches
des Jésuites. »

Dans plusieurs affaires politiques déjà, on avait soupçonné la droiture des révérends pères, notamment dans
l'insurrection triomphante des Hongrois, commandés
par le jeune prince Rakoczy. On les soupçonna encore
d'avoir favorisé l'invasion du Tyrol, quand les troupes
bavaroises y pénétrèrent sous les ordres de Max-Emmanuel. L'Ordre, au surplus, ne peut être fidèle à aucune
nation, les intérêts généraux de la société dominant de
beaucoup ses intérêts en un seul pays. Après la défaite
de Max-Emmanuel à Blindheim, les Jésuites se hâtèrent de sacrifier les vaincus (méthode peu heroïque,
mais adroite et prudente), et livrèrent sans regret la
Bavière aux Habsbourgs. Nulle puissance néanmoins
n'avait fait autant pour leur ingrate communauté.
Joseph se félicita de cette trahison, qui lui était avanta-
geuse ; il en profita comme un homme politique, mais
il jugea et méprisa dans son cœur les fourbes dont la
bassesse lui rendait service.

Le malheur de l'Autriche voulut que Joseph Ier eût un règne très court. Au mois d'avril 1711, il mourait âgé de trente-trois ans, précipité du trône dans le tombeau par la petite vérole et par une médication absurde. Le peuple crut à un empoisonnement.

Charles VI ne témoigna pas la même répugnance pour les Jésuites. Comme son père Léopold, on l'avait destiné au service des autels ; la mort imprévue de son frère Joseph le détourna seul de la sacristie et l'affubla du manteau impérial. Un membre de la congrégation, André Braun, avait été son précepteur. Il se montra moins docile que ne l'espéraient les sycophantes de Loyola, et restreignit leur action politique : l'Ordre ne devait plus revoir les beaux jours de sa toute-puissance. Charles VI maintint la liberté religieuse que son prédécesseur avait accordée à la Silésie, empêcha de persécuter les Frères Moraves et de troubler les protestants hongrois dans l'exercice de leur culte, la paix de Zathmar, conclue en 1711, leur ayant garanti l'indépendance spirituelle. Son long règne fut une époque de transition. Il corrigea les abus qui s'étaient glissés dans les cloîtres, força leurs administrateurs à rendre des comptes, fit surveiller par des curateurs les abbés et les abbesses prodigues, soumit à l'inspection des évêques les monastères qui s'en prétendaient exempts, limita l'usage des prisons claustrales, ressource cruelle d'un mystérieux despotisme, que Marie-Thérèse supprima tout à fait.

La licence des moines et des nonnes en voyage fut sévèrement réprimée : on chassa de l'Autriche les Frères mendiants, qui venaient du dehors exploiter les populations ; les cénobites indigènes, qui voulaient se rendre aux chapitres généraux de leurs ordres, en France ou en Italie, durent solliciter auparavant l'autorisation de l'Empereur et celle des évêques. La femme de Charles VI, la ravissante Élisabeth de Brunswick, n'ayant embrassé la foi romaine que pour monter sur le trône des Habsbourgs, n'était point animée d'un grand zèle ca-

tholique. On la soupçonnait même de prédilections peu
orthodoxes, et le bruit courait dans le peuple qu'elle
lisait secrètement des ouvrages contraires au dogme
ultramontain. Or, la blanche Élise, ainsi que la nommait son mari, exerçait sur l'Empereur une influence
due à son ambition comme à sa beauté. Elle aimait le
pouvoir, elle s'occupait des affaires politiques, et voulait
jouer un rôle dans l'État. Ses aimables sourires profitaient aux partisans des doctrines nouvelles.

Le mécontentement de l'armée, qui supportait avec
peine l'administration défectueuse, le gouvernement
hypocrite des diplomates en soutane, et qu'on laissait
d'ailleurs manquer de tout, ébranlait aussi la domination des Jésuites. Deux militaires, le prince de Lobkowitz et le prince de Salm, avaient inauguré la lutte
contre les ambitieux casuistes.

Enfin, la rivalité des autres congrégations leur portait, par moments, de rudes atteintes. Les différents
ordres monastiques ne voyaient pas sans jalousie le
pouvoir excessif, les immenses richesses de l'adroite
Société. Ils cherchaient donc à miner sa position, à
lui enlever la suprématie. Les Bénédictins leur disputaient hautement la première place, non par l'intrigue,
mais par le savoir, le talent, le travail, par les moyens
les plus dignes d'approbation. D'autres compagnies
religieuses y mettaient moins de scrupules, employaient
la dissimulation et la ruse, dans l'espoir de supplanter
les docteurs en astuce. Un Recollet fut bien près de
réussir pendant le règne de Léopold Ier.

Ses supérieurs l'avaient dépêché à Vienne, où l'austérité de ses mœurs, son zèle pour le salut des âmes,
la ferveur de ses discours excitèrent une admiration
générale. L'Empereur voulut voir le saint homme :
l'apôtre, comme on le devine, ne demandait pas mieux
que de satisfaire son désir. Le prince fut si touché de
son onction, si émerveillé de sa pieuse ardeur, qu'il le
retint à la cour, afin de pouvoir sans cesse conférer
avec lui, non-seulement sur des problèmes de haute

dévotion, mais encore sur les affaires politiques. Les deux personnages ne se quittaient plus, et le moine était au comble de ses vœux. Il fallait seulement mettre à profit cette chance admirable. Le pieux émissaire ne perdit pas de temps.

Peu à peu, en utilisant avec adresse les circonstances favorables, il montra au souverain les nombreux inconvénients du pouvoir illimité qu'exerçaient les Jésuites, les abus de tous genres qu'ils commettaient ; l'Empereur l'ayant écouté sans déplaisir, le frère entra ouvertement en campagne. Il peignit les Jésuites comme une association d'intrigants qui exploitaient la monarchie, ne travaillant que pour eux-mêmes, et sacrifiant au besoin la gloire, la conscience, l'intérêt de l'Empereur. Aussi lui déguisaient-ils presque toujours la vérité. Cependant, ils accumulaient d'immenses richesses, disposaient des charges et des revenus de la couronne, distribuaient les emplois civils et les grades militaires. Le peuple, se voyant abandonné à ces maîtres impérieux, voyant les plaintes, les réclamations inutiles et le prince gardé à vue, se détachait de lui, le prenait même en aversion. Tant d'avantages matériels possédés par les Jésuites, tant de faveurs obtenues, tant d'influence usurpée assuraient-ils au moins leur dévouement à l'Autriche ? Pouvait-elle compter sur leur affection et leur zèle ? Bien loin de là ; comme leurs plans, leurs intrigues embrassaient le monde entier, ils étaient toujours prêts à la trahir, à se concerter avec ses ennemis dans un but d'intérêt supérieur : plus ils gagnaient de terrain, plus en conséquence ils devenaient dangereux. Si un jour la maison d'Autriche, qui depuis longtemps secondait leurs efforts, leur paraissait un obstacle, ils n'hésiteraient point à machiner sa perte. Leur accorder tant de grâces, leur laisser prendre tant d'autorité, c'était donc leur fournir des armes, c'était presque les induire en tentation.

« Sans doute, ajoutait le rusé Franciscain, ils manœuvrent d'une si adroite façon qu'ils paraissent ne pas y toucher. Leur astuce trompe les hommes superficiels ; mais les gens éclairés voient nettement leur tactique. Vous ne pouvez, en conscience, mettre vos royaumes à la merci d'une pareille congrégation, qui, au besoin, vous pousserait dans l'abîme, et qui, en attendant, vexe, fatigue, appauvrit les peuples dont le ciel vous a confié la garde. »

Ces justes observations rendirent l'Empereur soucieux ; son imprudence lui apparut dans tout son jour. Le frère mineur revint donc à la charge, finit par tourner contre les Jésuites l'esprit et le cœur de Léopold. Il leur témoigna une froideur croissante, qui parut un présage certain de leur chute. Un vieux reste d'affection les maintenait encore près de lui, mais chacun pensait les voir bientôt expulsés de la cour.

Dans un si grave péril, les moines de Loyola se conduisirent avec une profonde habileté. Ils feignirent de ne pas voir baisser leur crédit et agoniser leur faveur. Humbles, doux, patients, ils circulaient comme d'habitude autour de Léopold. Sur leurs visages souriants et calmes, on n'apercevait pas la moindre trace de dépit ou d'inquiétude. Ils employaient avec tout le monde des manières polies et obligeantes, qui témoignaient d'une imperturbable sérénité. Cependant ils guettaient l'occasion de la vengeance, ils épiaient leur antagoniste d'un œil à demi voilé, où la plus ardente haine se cachait sous une feinte inattention. Le frère mineur ne pouvait dire un mot, faire un pas, sans que la Société en fût instruite.

Malheureusement pour lui, le saint homme avait des faiblesses. Acharnés à suivre ses traces, les agents de l'ordre espagnol le prirent en faute, et même la faute devait être grave, car elle entraîna sa perte. On donna toutes les preuves, tous les détails nécessaires à Léopold, qui bannit le religieux de sa cour, en défendant néanmoins de le molester, en lui permettant d'exercer dans la province l'art qu'il possédait de capter l'estime et l'affection. Quel péché avait-il commis ? S'était-il laissé

prendre aux doux pièges d'une Elmire autrichienne ? On
l'ignore et on l'ignorera toujours, car ce dénoûment
d'une lutte secrète fut enveloppé d'un mystère impénétrable. Les moines espagnols demeuraient maîtres du
terrain ; ils ne voulaient pas autre chose. Mais je vous
laisse à penser avec quelle joie ils reprirent leur ascendant, leur béate omnipotence, remontèrent, pour ainsi
dire , sur le trône qu'ils avaient un moment quitté !
Comme les petites querelles de ménage raniment la tendresse, la froideur passagère qui avait régné entre eux et
Léopold accrut leur intimité, redoubla leurs effusions
de cœur. L'astre lugubre de Saint-Ignace, éclipsé pendant quelques jours par la tempête, recouvra toute sa
morne splendeur, toute sa pernicieuse influence.

Bien des causes avaient donc préparé le succès du
prince de Kaunitz et la chute de l'ordre artificieux, qui
a séparé l'Autriche de la communion européenne. Lorsqu'enfin l'opinion publique se souleva contre lui dans
tout le monde civilisé, ces tortueux spéculateurs, alour-
dis, énervés par leurs propres doctrines et par leur système d'éducation, n'étaient plus capables de tenir tête
à l'orage. Quelle tactique employèrent-ils pour se défendre ? Quelles machines de guerre firent-ils jouer ?
Quelles mines creusèrent-ils sous les pas de leurs antagonistes ? L'ordre entier était debout, au nombre de
vingt mille hommes, sans autre emploi que celui de
l'intrigue ; partout il avait des églises, des séminaires,
des écoles, des maisons professes ; d'immenses trésors
facilitaient ses entreprises, secondaient ses manœuvres
ambitieuses et ses rancunes. Il tomba cependant comme
un arbre pourri à la base, que l'on croyait d'une solidité invincible et que le moindre vent couche sur la
terre, où le passant admire ses gigantesques proportions.

En Portugal, dans ce pays qu'ils opprimaient depuis
deux cents ans, dont ils dégradaient, abrutissaient et
ruinaient la population, ils se laissent enlever sans résistance le pouvoir absolu par une de leurs créatures,

un homme violent et borné, le marquis de Pombal. Leur domination le fatiguait, et il voulait exercer lui-même une autorité plus que royale, grâce au faible caractère de Joseph Ier. Tout d'un coup il fait cerner militairement leurs maisons (en 1759), y interne les simples frères, jette dans les prisons les chefs de l'Ordre, et accuse trois d'entre eux d'avoir formé un complot, attenté aux jours du roi. Bien mieux, *il livre à l'Inquisition le père Malagrida, qui meurt sur le bûcher*. En France, la congrégation abandonne aux tribunaux un de ses membres, le nommé Lavalette, agioteur entreprenant, dont les spéculations avaient mal tourné. De là un scandale immense, une *exaltation générale contre l'institut*. La grand'chambre du Parlement de Paris condamna solidairement les moines de Saint-Ignace à payer 1,502, 266 livres et tous les frais. Pour eux, c'était une misère, et l'on ne conçoit point le manque de jugement, l'accès d'avarice, *qui les empêchèrent d'étouffer ce malheureux procès.*

Autre maladresse plus grave encore : Pérusseau et Desmarets, successivement confesseurs du roi, exigent absolument qu'il cesse de fréquenter madame de Pompadour, *lui interdisent même toute relation innocente* avec elle, et, pour le contraindre, lui refusent les sacrements. Le prince dissolu et bigot ne voulait ni abandonner sa maîtresse, ni suspendre ses dévotions. Il souhaita dès lors un prêtre moins scrupuleux ; madame de Pompadour *et le duc de Choiseul le préparèrent* facilement à l'expulsion des Jésuites. Pour les inventeurs d'une morale plus que relâchée, pour les disciples d'Escobar, ne voilà-t-il pas une rigueur bien judicieuse et bien opportune ! Eux qui s'étaient montrés si accommodants *avec madame de Maintenon*, qui faisaient si bon marché de toutes les vertus, pourquoi devenaient-ils en un moment si chatouilleux ? C'est que leur intelligence affaiblie n'avait même plus le degré de clairvoyance nécessaire à l'intrigue. Ces maîtres dans l'art de louvoyer, de glisser *entre les écueils*, avaient perdu leur principale ressource.

Lorsque la tempête se déchaînait contre eux, ils ne savaient plus faire usage ni de la rame ni du gouvernail. Leur conduite à Madrid et à Rome prouva aussi leur décadence intellectuelle.

Leur adresse ne semble pas avoir été plus grande sur les bords du Danube. Nulle part je n'ai trouvé les indices d'une résistance habile et opiniâtre. Les préjugés de Marie-Thérèse en leur faveur, son attachement pour eux, la puissance de la tradition et de l'habitude les défendaient mieux que leurs propres manèges. Longtemps, bien longtemps, l'Impératrice ne voulut pas suivre l'exemple du Portugal, de la France, de l'Espagne et de la cour de Naples. Chaque fois que le prince de Kaunitz lui proposait d'expulser l'ordre ambitieux, lui demandait sa signature, elle répondait : « Les Jésuites sont le boulevard de toutes les autorités. » Quand le ministre insistait, la pressait d'arguments victorieux, elle avait recours aux larmes. Il fallut donc employer les grands moyens, faire usage des papiers que le prince tenait du jésuite Monsperger. Il mit sous les yeux de l'Impératrice sa confession générale, écrite par son directeur, le père Hambacher, et envoyée par lui à Rome au chef de la Société. D'autres pièces curieuses édifièrent la souveraine, portèrent dans son esprit une conviction irrésistible. Elle essuya ses pleurs et parapha le décret de bannissement.

Les Jésuites quittèrent donc cette malheureuse Autriche, contre laquelle s'était si impitoyablement exercée leur fatale adresse, où ils avaient rassasié de sang la haine que leur inspirait le protestantisme. Ils voulaient se venger de l'Allemagne, de cette Allemagne qui avait enfanté l'hérésie, et jamais plus cruelle immolation n'assouvit une fureur implacable. Genseric, Odoacre, Attila, Gengis-Khan, les Suèves, les Huns, les Goths, les Vandales n'étaient, en comparaison de l'ordre funèbre, que des bergers de Théocrite ; ils n'ont pas, sans compter le reste, détruit, comme les moines lugubres, vingt millions d'hommes dans un espace de

cinquante ans. Ah ! si toutes leurs victimes avaient pu
sortir de la tombe pour leur former un cortège insul-
tant et ironique ! si on avait pu voir ces légions de
fantômes se lever dans toute l'Allemagne, depuis la
Croatie jusqu'au Mecklembourg, les héros morts par le
glaive, les martyrs sacrifiés sur les échafauds, les populations englouties sous les ruines des villes incendiées,
les familles entières exterminées par la faim, les jeunes
filles assassinées après mille outrages, les enfants
mis à la torture pour obtenir la conservation de leurs
parents, jamais si horrible spectacle n'aurait épou-
vanté la conscience et le regard des hommes ! L'interminable procession aurait couvert soixante lieues
de terrain.

Un dernier exploit devait signaler la chute des Jésuites. Le 21 juillet 1773, Clément XIV publiait le bref
Dominus ac Redemptor, qui abolissait la Compagnie.
C'était un homme robuste, comme l'attestaient son
visage, son maintien, ses proportions et sa parfaite santé.
Huit mois encore on le vit se promener dans Rome avec
les allures de la jeunesse. On ne voulait pas, en le frappant trop tôt, déceler la main d'où partait le coup. Mais
un soir, en quittant la table, le Pape éprouva une
commotion intérieure, suivie d'un grand froid. Dès lors
tous les signes d'un empoisonnement se manifestèrent :
des vomissements, des faiblesses dans les jambes inter-
dirent la marche au Souverain Pontife ; un enrouement
singulier voila sa parole, et une inflammation du larynx
le força de tenir la bouche constamment ouverte. Des
songes affreux tourmentaient son sommeil, des douleurs continues lui tordaient les entrailles. Bientôt la
raison l'abandonna : il se levait, il se prosternait devant
une image de la Vierge en criant : « Grâce, grâce ! on
m'a fait violence ! » Six mois entiers dura cette œuvre
de haine, cette agonie de toutes les heures. Enfin, au
moment de mourir, les nuages qui enveloppaient son
intelligences se dissipèrent : il voulut prononcer quelque mots ; un moine aposté près de son lit se pencha

vers son oreille, la parole expira sur sa bouche, et il
rendit le dernier soupir.

La vue de son cadavre justifia tous les soupçons. « Il
avait perdu jusqu'à cette forme humaine que la nature
laisse encore à nos dépouilles au moment où elle les
livre à la mort, nous dit M. le comte Alexis de Saint-
Priest. Déjà, quelques jours avant sa fin, ses os, suivant l'expression énergique de Caraccioli, s'exfoliaient
et diminuaient, comme un arbre qui, piqué dans sa ra-
cine, se flétrit et perd son écorce. Les hommes de l'art
appelés pour l'embaumer trouvèrent un cadavre au visage livide, aux lèvres noires, à l'abdomen enflé, aux
membres amaigris et couverts de taches violettes. Le
volume du cœur était très-diminué, tous les muscles
détachés et décomposés le long de l'épine dorsale. On
eut beau remplir le corps d'aromates et de parfums,
rien ne put dissiper l'horrible exhalaison. Les entrailles
de la victime rompirent le vase qui les contenait. Lorsqu'on dépouilla le corps des vêtements pontificaux, une
grande partie de la peau y demeura collée. La cheve-
lure resta tout entière sur le coussin de velours qui
soutenait la tête, et un simple frottement fit tomber
tous les ongles l'un après l'autre [1]. » Assurément les
missions des Indes avaient fourni à la Société une dro-
gue merveilleuse ou, pour mieux dire, un poison effroyable.

O charité chrétienne ! ô pardon des injures ! ô fraternité de la primitive Église, douces légendes du bon
Samaritain, de l'Enfant prodigue, du méchant Serviteur,
exemple du Christ lui-même s'offrant en sacrifice et
priant pour ses bourreaux, était-ce là les spectacles que
vous prépariez au monde ?

---

1. Tous ces détails se trouvent consignés dans un rapport officiel
envoyé à Madrid par l'ambassadeur d'Espagne. Voyez les *Mémoires de Scipion Ricci.*

CHAPITRE XXX

Caractère, habitudes, singularités du prince de Kaunitz ; ses regrets d'avoir contribué au partage de la Pologne.

Le dix-neuvième siècle a produit un grand nombre de types originaux ; mais ni à cette époque, ni en d'autres temps, la nature n'a peut-être mis au jour une individualité plus frappante que celle du prince de Kaunitz, associé plus de bizarreries à des dons vraiment supérieurs.

Pour première singularité, ce diplomate, rompu aux manœuvres politiques, avait en horreur le mensonge, et le regardait même comme un expédient pratiqué par les sots. Dutens rapporte que, dans un salon plein de visiteurs, le ministre, debout devant lui, le retint longtemps, quoiqu'il n'eût rien de particulier à lui dire. Comme le narrateur voulait enfin s'éloigner, Kaunitz l'arrêta : « Demeurez, lui dit-il, je vois là-bas le prince de***, qui guette le moment où je serai seul pour m'aborder : c'est un menteur, je ne puis le souffrir et voudrais éluder son approche. » Le touriste anglais Swinburne écrit d'une autre part : « Dans les affaires, le chancelier montre une haute intelligence, dédaigne les petits artifices et les mensonges. Il garde le silence lorsqu'il ne veut pas exprimer sa véritable opinion. » Jamais, certes, aversion ne fut plus légitime et plus honorable : le mensonge est le serviteur infâme de tous les crimes ; ou il les précède pour aplanir le chemin, ou il les suit pour les couvrir de sa protection et les envelopper de ses ténèbres.

Le prince autrichien poussait jusqu'au ridicule l'imitation des manières françaises. Il écorchait même sa langue maternelle pour se donner l'air d'un Parisien en voyage. Aussi faisait-il venir de Paris ses objets de toilette et de décoration, habits, linge, ustensiles, meubles, bijoux, verrerie, montres, pendules et autres ornements. Le français était l'idiome qu'il parlait d'habitude ; il ne lisait guère que les livres publiés chez nous, et spécialement les écrivains du dix-huitième siècle. Nos compatriotes et les personnes élevées à la française obtenaient toujours de lui la préférence sur les Allemands. Il traitait l'ambassadeur de notre cour avec une distinction particulière. Lui et le prince Eugène furent les premiers en Autriche qui firent succéder la politesse, les prévenances, à la grossièreté de l'aristocratie envers les auteurs, les savants et les artistes. Il leur témoignait une faveur honorable pour lui comme pour eux. Non-seulement il les invitait à sa table avec des comtes, des princes et des barons, mais ses marques d'estime leur donnaient l'avantage sur ces derniers. Lorsque le célèbre Gluck était au nombre des convives, la plus fière noblesse disparaissait devant lui. Kaunitz retarda même un jour l'heure de son dîner pour Noverre, danseur français d'une immense réputation, quoique, le jour précédent, il eût ordonné de servir sans attendre un ambassadeur qu'il avait invité. Il donnait d'ailleurs aux savants et aux artistes des preuves plus solides de ses bienveillantes dispositions. Il les recherchait, il allait au-devant de leurs désirs ; il soutenait même des auteurs étrangers, comme l'historien anglais Robertson.

Malgré son désir de paraître un Lauzun ou un duc de Richelieu, son attitude seule prouvait l'inutilité de ses efforts ; elle avait une roideur toute germanique. Le prince, du reste, était assez grand de taille, bien fait, musculeux et maigre ; la blancheur de son teint, ses cheveux blonds, ses yeux bleus, profonds et tranquilles, attestaient son origine slave ; son regard d'aigle annon-

çait l'homme supérieur. Il avait le nez aquilin, le front
uni, le menton un peu saillant, la bouche d'une forme
élégante. Une perruque de forte dimension lui couvrait
la tête, et il tenait à ce que toutes les boucles du volu-
mineux appareil fussent également poudrées. Des serviteurs armés de houppes se plaçaient donc sur deux
lignes dans une chambre particulière ; le prince allait
et venait au milieu d'eux en songeant aux affaires politiques. Chaque serviteur lui lançait un nuage de poudre
à mesure qu'il passait. Après quelques tours de promenade, sa coiffure était d'une blancheur immaculée. Aussitôt qu'il fut premier ministre, les nobles autrichiens s'empressèrent d'imiter cette perruque hété-
roclite.

Sous la licence affectée de ses mœurs, sous des airs
de petit-maître, il cachait une intelligence sérieuse et
une grande force d'application. Sa volonté inflexible
n'abandonnait jamais un dessein, et nulle cause n'était
assez puissante pour en distraire son esprit. La frivolité
dans la politique, dans les affaires, lui inspirait une vive
répugnance ; il analysait, il approfondissait les questions, les envisageait sous toutes leurs faces. Sa vie
entière se passait à réfléchir, à travailler. Aussi prenait-
il les plus grands soins pour conserver cette égalité
d'humeur nécessaire au libre exercice de la pensée ;
l'économie de sa maison, ses habitudes, son régime
étaient calculés dans ce but. Jamais homme ne fut plus
sobre. On pesait, comme des substances dangereuses,
le lait, le café et le sucre qui formaient son déjeuner.
A une heure, il prenait une tasse de chocolat. A dîner,
il ne mangeait qu'un petit nombre de plats ; dans sa
vieillesse, on lui servait tous les jours un poulet au riz
comme aliment principal. Il s'abstenait ensuite de toute
nourriture.

Après chaque repas, qu'il eût mangé chez lui ou
dehors, le prince tirait une boîte qui renfermait une
quantité d'instruments pour se nettoyer la bouche, de
petits miroirs pour l'examiner dans tous les recoins et

des linges pour l'essuyer. Il procédait à l'opération
devant la compagnie. Ce travail, qui occasionnait une
foule de bruits peu attrayants, durait au moins un
quart d'heure. Un jour, il voulut l'exécuter avec un sans-
façon aristocratique chez le baron de Breteuil, ambassadeur de France ; mais, pendant qu'il faisait ses préparatifs, le seigneur se leva en disant à ses hôtes :
« Sortons, messieurs : le prince veut être seul. » Livré
à lui-même, le ministre tout-puissant accomplit son
œuvre de purification, mais depuis ce moment jamais
personne ne l'eut pour convive.

Par la solidité de sa raison, la souplesse de son esprit et son labeur continuel, le chancelier sut se rendre
tellement indispensable qu'il exerça une autorité presque souveraine jusqu'à la mort de Marie-Thérèse, puis
jusqu'à celle de Joseh II, et ne quitta jamais son poste,
même quand les années eurent obscurci son intelligence. Quoique spécialement chargé des affaires étrangères, il exerçait sur les affaires intérieures une action
illimitée. On lui doit le rétablissement des finances autrichiennes, que les Jésuites avaient laissées choir dans
le plus affreux désordre. En 1765, l'intérêt payé par
l'État fut réduit de six pour cent à cinq ; le taux du
prêt commercial à quatre pour cent, sous peine de confiscation. Le prince abaissa peu à peu le chiffre de la
rente : il n'était plus que de trois et demi pour cent dès
l'année 1777, cinq ans après l'expulsion des moines de
Saint-Ignace. Les plus habiles mesures avaient entièrement relevé le crédit autrichien. Avec quelques mots
seulement, le ministre obtenait du baron Fries, banquier de la cour, des emprunts énormes, si grande
était la confiance qu'inspiraient la sagesse, la régularité de son administration. Il faisait alors venir le prê-
teur et lui disait : « Il nous faut tant de millions, que
le gouvernement vous remboursera dans tel délai. » Le
financier n'en demandait pas davantage : des lettres
partaient pour madame Nettine, à Bruxelles, pour le
sieur De la Borde et pour quelques autres banquiers

fameux. La somme arrivait au ministre, et le payement
de la dette avait toujours lieu aux termes indiqués.

Une des causes qui fortifiaient la position du prince,
qui augmentaient son ascendant, c'était sa probité in-
corruptible. Autour de lui, à la cour, dans les bureaux
des ministères, dans l'Église et dans l'armée, on ne
trouvait que des consciences vénales. Celle du chancelier demeurait inaccessible. Un seul homme triompha
de son désintéressement, mais il employa pour y parvenir une si ingénieuse adresse, que le diplomate ne
put résister.

Les fournitures donnaient lieu à d'incroyables profits.
Dans une séance du conseil des ministres, où l'on traitait cette matière, le prince de Kaunitz parla fortement
contre un individu que tous ses collègues soutenaient,
auquel Joseph II lui-même se montrait favorable, les
conditions offertes par le spéculateur lui paraissant
bien plus avantageuses que les autres. Le soumission-
naire était un homme très fin. Il résolut de tout mettre
en œuvre pour pénétrer jusqu'au chef du cabinet, non
point dans l'hôtel de la chancellerie, mais dans sa demeure, où il ne recevait jamais pour affaires. Il se présente donc au logis du ministre, s'empare du chambellan et lui offre une somme importante, de la main à la
main, s'il veut l'introduire auprès de son maître, auquel
il apporte, dit-il, une somme bien plus considérable,
pourvu qu'il obtienne la faveur de lui dire un mot, un
seul mot.

Cette proposition étrange piqua vivement la curiosité
du prince ; il voulut déchiffrer l'énigme et accorda l'audience sollicitée, en exigeant que la condition fût observée avec la dernière rigueur ; le trafiquant ne devait
prononcer qu'un seul et unique mot. On introduit le
fournisseur, qui salue Kaunitz, puis demeure immobile.
Le chancelier attend quelques minutes et lui demande
enfin ce qu'il désire. L'homme d'affaires s'approche alors
d'un pas solennel, se place droit devant le prince et lui
dit en mettant le doigt sur sa bouche : « Silence ! » Le

diplomate, non sans admirer sa finesse, le congédie, et bientôt après se rend au Conseil. On allait décider la question précédemment agitée. Les ministres parlèrent tous dans le même sens et continuèrent à soutenir leur protégé : l'Empereur se déclara de nouveau pour lui. Kaunitz n'ouvrait pas la bouche. « Pourquoi donc, lui demanda enfin Joseph, restez-vous muet aujourd'hui, vous qui dernièrement vous êtes prononcé avec tant de force contre le personnage dont on s'occupe?—C'est qu'on a payé mon silence, répondit le prince. On m'a donné une somme très-forte pour me taire ; jugez par là de ce que mes collègues doivent avoir reçu pour parler ! » Puis il raconta la visite du spéculateur. Le tour fut trouvé tellement spirituel, que le financier garda la fourniture.

Décrirai-je certaines manies du prince, qui en faisaient un personnage excentrique, une figure comme celles qu'on voit passer dans les récits de Jean-Paul et dans les contes d'Hoffmann ? La réserve à cet égard serait inopportune. Rien au monde n'est aussi curieux, aussi instructif que les combinaisons variées de la nature en fait de caractères humains ; elle dépasse, elle laisse bien loin derrière elle tous les dramaturges et tous les romanciers.

La toilette fut toujours pour le prince de Kaunitz une affaire capitale. Il avait bon goût d'ailleurs, savait unir la simplicité à l'élégance, et ne déployait de luxe que dans les grandes occasions ; encore ne portait-il jamais de broderies. Le matin même du jour qui devait terminer le règne de Marie-Thérèse, pendant que l'Impératrice se débattait contre la mort, il se fit habiller avec un soin minutieux. Il ne laissa oublier, négliger aucun détail.

Pour se mettre en garde contre les variations de la température, il avait sans cesse à portée de la main neuf manteaux de soie noire ; dans toutes ses chambres, des thermomètres lui indiquaient les degrés de chaleur. Se laissant guider par leurs avis, le prince endossait ou retirait un nombre de surtouts proportionné à l'état de l'atmosphère. C'était une gamme ascendante et descendante qu'il parcourait indéfiniment.

En toutes choses, il montrait un amour excessif de l'ordre et de la symétrie. Chaque jour, le matin et le soir, il rangeait avec une scrupuleuse attention les différents objets dont son bureau était couvert. Les plumes et les crayons, par exemple, y devaient former des lignes entièrement parallèles. Pendant qu'il dictait à ses secrétaires, il époussetait souvent les meubles, les vases, les tableaux, les curiosités. Il écrivait invariablement le soir ce qu'il se proposait de faire le lendemain.

Le grand air lui inspirait la plus profonde horreur. Ses carrosses même étaient hermétiquement fermés. Durant la belle saison, lorsqu'il régnait une chaleur étouffante, que pas une haleine ne remuait le feuillage, il s'asseyait parfois quelques moments sur un fauteuil dans le jardin de la chancellerie, ou le traversait à la hâte pour se rendre au château impérial ; mais, en l'une et l'autre circonstance, il tenait soigneusement son mouchoir contre sa bouche. Marie-Thérèse avait justement des habitudes opposées. Dès que la température le permettait, ses fenêtres demeuraient ouvertes, et le courant d'air le plus violent ne lui portait aucun préjudice. Aussi, dès qu'on apercevait le chancelier : « Le voilà ! le voilà ! » s'écriait-on, et les domestiques s'empressaient de fermer les croisées.

Que sa perpétuelle privation de grand air lui rendît le teint pâle, cela ne pouvait surprendre. Il avait cependant une très bonne santé, n'était jamais malade et atteignit l'âge de quatre-vingt-quatre ans. Les indispositions légères qui lui survenaient comme à tout le monde, il les guérissait en prenant certaines drogues, dont il avait conçu l'opinion la plus favorable pendant son séjour à Paris, et dont chaque courrier, pour ainsi dire, lui apportait une nouvelle dose.

Le billard et l'équitation étaient les seuls genres d'exer-

cice qui lui fussent agréables. Toutes les après-midi,
avant le dîner, il montait trois chevaux différents, chacun pendant un même nombre de minutes. Cette promenade avait lieu dans un manège, illuminé pendant
l'hiver d'un grand nombre de quinquets ; bien rarement,
lorsque la chaleur devenait excessive, le prince se hasar-
dait à trotter sous les arbres de son jardin. Des chevaux
de toutes les races peuplaient ses écuries, et il se donnait
pour le meilleur écuyer de l'Europe, prétention que
rien ne justifiait. Dans une lettre datée de Vienne, Schlos-
ser écrivait en 1783 : «Nous avons été au palais du prince
de Kaunitz, à Mariahilf, où nous l'avons vu monter à
cheval. Le ministre a soixante-dix ans passés. Il chevau-
che néanmoins tous les jours dans son manège, et se
donne pendant ce temps les airs les plus ridicules : il se
démène sur sa bête comme un possédé. Lorsqu'il veut
aller à droite ou à gauche, il tire les rênes à tour de bras,
et, dès que l'animal trotte, se renverse en arrière. Il
nous dit pourtant, avec le plus naïf orgueil : « C'est
» ainsi qu'il faut s'y prendre : on ne doit jamais voir
» comment le cheval est gouverné. Le spectateur
» doit croire qu'un ressort intérieur règle son allure et
» dirige ses mouvements. »

L'amour-propre excessif du chancelier ne lui laissait
aucune trêve. Il pensait tout faire mieux que n'importe
qui. A table, il se réservait l'assaisonnement de la salade,
et, dans cette simple opération, prétendait effacer tous
les artistes culinaires. Afin de mieux mêler l'huile et
le vinaigre, il se servait d'une bouteille en spirale,
confectionnée exprès. Il eut un jour la maladresse de
la briser et de répandre le contenu sur ses deux voisines, qui en furent médiocrement charmées. Il se
croyait aussi un talent prodigieux pour faire sauter les
bouchons du vin de Champagne, ce qui ne l'empêchait
pas de répandre à l'occasion l'impétueux liquide dans
ses manches et dans son gilet.

Cet homme si froid, si résolu, si plein de confiance
en lui-même, si habile à vaincre les obstacles, à calculer

les chances de succès, à organiser dans sa vie le bien-
être et le plaisir, tremblait toutefois devant un adversaire dont l'irrésistible puissance le confondait. Ce
redoutable ennemi, c'était la mort. Elle inspirait au
clairvoyant ministre une horreur tellement profonde,
qu'il ne pouvait même entendre le nom du vieux
spectre. Bien mieux, tout ce qui rappelle la fin de
l'homme le déconcertait et le frappait de terreur. Ainsi
les mots de *petite vérole* lui donnaient le frisson. Il
avait eu cette maladie pendant sa jeunesse et avait vu
l'impératrice Marie-Thérèse sur le point d'y succomber.
Son entourage, ses inférieurs avaient ordre de ne
jamais prononcer devant lui les funèbres syllabes, non
plus que l'autre terme, celui qui exprime la catastrophe
dernière, où vont aboutir nos luttes et nos efforts, nos
douleurs et nos espérances. Il avait recommandé lui-
même, par écrit, à ses lecteurs de s'en abstenir, de les
passer, quand ils les rencontraient dans un livre ou
dans une pièce diplomatique. Les mots d'*inoculation*,
de *vaccine*, lui étaient encore spécialement odieux.

Aussitôt qu'un étranger de distinction arrivait dans la
capitale autrichienne, on l'avertissait de se conformer,
sur ce point, aux désirs du chancelier. Il était aussi défendu de lui rappeler le jour anniversaire de sa naissance.
On n'osa point lui annoncer la mort de Frédéric II, malgré l'extrême importance de cet événement pour un
ministre des affaires étrangères ; seulement un de ses lecteurs raconta devant lui, comme par inadvertance, que
le courrier de Berlin avait apporté les lettres de notifica-
tion du roi Frédéric-Guillaume. Le prince demeura quelque temps muet et immobile dans son fauteuil, ne ma-
nifestant par aucun signe qu'il eût compris l'insinuation ;
enfin, il se leva, fit quelques tours dans la chambre de
son pas lent et solennel, puis, se rasseyant tout à coup,
leva les mains vers le ciel : « Ah! dit-il, quand verra-t-on
un pareil monarque honorer le trône ? » Lorsque Joseph II
eut cessé de vivre, le chambellan de Kaunitz plaça devant lui un acte que le souverain aurait dû signer, en

lui disant, pour toute explication : « L'Empereur ne signe plus. »

Il n'apprit la mort de sa sœur, la baronne de Questenberg, qui avait nommé le second fils du prince son légataire universel, qu'en voyant toute sa famille vêtue de deuil. Un autre de ses fils étant tombé malade, on se garda bien de l'en avertir : la première visite du jeune homme lui fit seule connaître et le danger qu'il avait couru et son rétablissement. Quelquefois il envoyait à une de ses tantes certains plats qu'elle aimait beaucoup et qu'on enlevait pour elle de sa table : cette chère femme étant décédée sans que personne osât en instruire le prince, il continua de lui faire porter ses mets favoris : elle était depuis quatre années dans la tombe que ces prévenances posthumes duraient encore.

Et pourtant (qui le devinerait ? qui peut prévoir comment il finira ses jours ?) le craintif chancelier devait prendre la vie en dégoût, terminer lui-même son existence !

Il avait vieilli sur le trône ministériel qu'il occupait depuis quarante ans, et nul empereur n'osait lui demander sa démission, personne n'essayait de lui arracher le pouvoir. L'âge, cependant, avait changé son caractère et obscurci son intelligence. Cet homme, autrefois si calme, ne se dominait plus ; il se livrait à des colères subites et violentes. Il était, en outre, devenu sourd, ce qui rendait les relations avec lui très difficiles, car il n'accordait point d'audiences particulières, et il fallait crier très haut pour qu'il entendît, avoir malgré soi de nombreux confidents. On était ainsi exposé à subir devant témoins ses accès inattendus de mauvaise humeur. Lui, qui semblait jadis la réserve, la discrétion mêmes, ne pouvait plus garder un secret ni contenir sa langue. Le soir, il parlait aux diplomates étrangers des nouvelles qu'il avait apprises le matin, par l'interception de leurs dépêches et leur transcription dans le cabinet noir, où l'on avait la clef de leur chiffre ; avec la même étourderie enfantine, il trahissait les mystères de la

police, les renseignements qu'elle lui communiquait sur
les goûts, les mœurs, les dépenses, les relations des ambassadeurs. On prit donc peu à peu l'habitude de se
passer de lui, tout en lui conservant son titre et l'apparence de l'autorité. Le baron Philippe de Cobenzel, vice-
chancelier, dirigea toutes les affaires sous son nom, à
partir de l'année 1779, où, avec l'aide du référendaire
Spielmann, il conclut la paix de Teschen, entre Marie-
Thérèse et Frédéric II, acte important qui termina la
guerre de la succession de Bavière, en constatant les
droits de la maison palatine. On signa de même sans lui
le traité de Pillnitz, dirigé contre la France, qui amena
l'invasion de notre pays par le duc de Brunswick. Le
prince était alors presque entièrement délaissé.

On s'avisa enfin d'un expédient pour l'annuler avant
sa mort et l'ensevelir dans sa position officielle. Ses
deux acolytes chargèrent un calligraphe d'imiter sa
signature, que l'on apposa ainsi frauduleusement sur
les pièces les plus contraires à ses principes et à ses
opinions. Lorsque le vieux diplomate apprit cette insulte, lorsqu'il ne put mettre en doute qu'on eût poussé
jusque-là le dédain, il se sentit blessé au cœur. Dès
lors il refusa toute nourriture, s'abstint de tous les
remèdes qu'on lui prescrivait, et, comme le cardinal
Ximénès indigné, se laissa mourir de faim. Il expira
le 26 juin 1794, le lendemain de la bataille de Fleurus,
qui venait d'inaugurer une lutte presque interminable
entre la France et l'Autriche, par la défaite de l'armée
impériale. Son corps fut transporté dans son domaine
d'Austerlitz, dans ce lieu qu'une seconde victoire de nos
troupes a depuis lors rendu si célèbre, comme pour
justifier le système du prince de Kaunitz, son désir perpétuel de rester l'ami et l'allié de notre nation.

La seule faute grave commise par l'habile politique,
c'est d'avoir donné les mains au premier partage de la
Pologne, de l'avoir non-seulement désiré, mais facilité.
Il est vrai que Frédéric II n'avait rien épargné pour le
séduire. Plus clairvoyante que son ministre, Marie-

Thérèse blâmait instinctivement cette mesure inique et appréhendait le voisinage de la Russie. Sur l'acte même où elle apposait sa signature, au nom de la très sainte et indivisible Trinité, selon sa formule habituelle, l'Impératrice écrivait la protestation suivante :

« Je ratifie le traité, puisque tant d'hommes supérieurs et savants le désirent, mais quand je serai morte depuis longtemps, on verra les conséquences d'une usurpation qui blesse tous les principes regardés comme justes et sacrés. »

Dans la copie de l'acte que devait garder le prince de Kaunitz, elle avait glissé entre les feuilles, sur un morceau de papier, cette note remarquable :

« Lorsque toutes mes provinces étaient assaillies à la fois et que je ne savais plus où reposer ma tête, j'avais pour me soutenir le témoignage de ma conscience et l'aide de Dieu. Ici, quelle différence ! Non-seulement le droit public de l'Europe crie vengeance contre nous, mais nous sommes en guerre avec la raison, avec l'équité. Jamais, je l'avoue, je n'ai ressenti un pareil malaise, et j'ai honte de me faire voir. Songez, prince, quel exemple nous allons donner au monde, si, pour un misérable morceau de la Pologne, peut-être de la Moldavie et de la Valachie, nous compromettons notre honneur et sacrifions l'estime de l'univers ! Je m'aperçois bien que je suis seule, que l'âge m'a enlevé ma résolution : aussi, je laisse aller les choses, mais ce n'est pas sans un profond chagrin. »

Tout en donnant sa signature, l'Impératrice pleurait avec la comtesse polonaise Wielopolska, jeune héroïne qui mit fin à ses jours quand l'œuvre d'iniquité fut accomplie.

Le chancelier, par la suite, reconnut son erreur ; il forma un plan pour la restauration de la Pologne, dont il voulait rendre le trône héréditaire sous un prince de la maison de Saxe. Il était trop tard : ni la Russie ni la Prusse ne consentirent à lâcher leur proie.

CHAPITRE XXXI

Rétablissement de la domination cléricale en Autriche ;
le Concordat. Effet qu'il produit dans toute l'Allemagne.

A la mort de Marie-Thérèse, à l'avénement définitif
de l'empereur Joseph II, presque annihilé jusqu'alors
par sa mère, commence une nouvelle époque dans
l'histoire d'Autriche. Les idées françaises montent sur
le trône, essayent de régénérer la monarchie ; mais partout elles soulèvent une formidable opposition. Avant
de mourir, le messie couronné voit ses meilleurs projets échouer l'un après l'autre, éprouve l'amère douleur de révoquer lui-même ses plus salutaires ordonnances. Léopold II maintient encore un certain nombre
de ses réformes, mais il cesse de vivre en 1792, et
alors, avec le chancelier Thugut, avec l'empereur François II, l'ancienne politique ceint de nouveau la couronne, exerce de nouveau sa détestable influence. Les
Jésuites, chassés de l'Empire, avaient laissé derrière
eux leur système : il continua de gouverner en leur
absence les populations qu'il avait abruties, les hautes
classes qu'il avait démoralisées. Quand l'Ordre sortit du
tombeau, dans les premières années de notre siècle, il
put s'enorgueillir de voir son œuvre encore debout.
Il ne s'agissait plus que d'en reprendre possession, de
s'installer comme autrefois au milieu de ce monument,
où régnait toujours la peur, l'ignorance, la misère, la
bigoterie et l'idiotisme, où ils pouvaient retrouver sur
les dalles les traces du sang qu'ils avaient répandu. Ils

ne négligèrent rien, ils ne dédaignèrent aucun moyen pour y parvenir, comme on se le figure sans peine. Et leurs efforts ont été couronnés de succès. Ils dominent, à l'heure qu'il est, le gouvernement autrichien, ils lui ont fait accepter le pacte religieux de 1855, et ne sentant pas que la terre fuit sous leurs pieds, que les intelligences leur échappent, que leurs doctrines religieuses et leurs menées perfides sont des armes rouillées, ils croient pouvoir renouveler les anciennes luttes, aspirer encore à subjuguer le monde.

Il entrait dans mon dessein de raconter cette série d'événements curieux et tragiques, de suivre pas à pas la cour de Vienne, depuis 1780 jusqu'en 1859. Mais les travaux historiques ne s'improvisent point : il faut déjà un temps considérable pour lire les documents et pour les méditer. Mon *Histoire de la politique autrichienne depuis Marie-Thérèse,* publiée en 1861, raconte les nobles efforts par lesquels Joseph II et Léopold essayèrent de régénérer les peuples qu'ils gouvernaient, en deçà comme au delà des Alpes [1] ; une *Histoire de l'Autriche et de ses possessions en Italie au dix-neuvième siècle,* que j'ai commencée, aurait peint l'inepte et sanglante réaction qui a triomphé depuis leur mort. Toutes sortes de publications et de recherches m'ont entraîné si loin, que je n'exécuterai jamais ce dernier programme. C'est le plan d'une œuvre lugubre, qui aurait achevé de démasquer la politique du cabinet de Vienne. J'ai raconté dans une brochure comment elle ruine, désespère et abrutit les 5,500,000 habitants d'une grande province polonaise, la Galicie, annexée à l'empire des Habsbourgs par un crime politique. Un seul passage donnera une idée nette de leur situation.

« Quel respect d'elle-même, quel espoir dans l'avenir peut conserver une nation traitée sans cesse comme on ne traite pas les plus vils animaux ? Les paysans, les domestiques des deux sexes, les ouvriers et les

---

1. Un volume in-8 de 547 pages, publié chez Dentu.

ouvrières, en un mot toutes les personnes qui ne possèdent ni terrains, ni maisons, ni établissement commercial, ni fabrique, sont soumises par les règlements d'administration et de police à des peines corporelles : les hommes aux coups de bâton, les femmes aux coups de verge sur les fesses nues. Les bourgmestres, les agents de police, les employés de cercle ou de district, les seigneurs ou leurs mandataires ont le droit de faire administrer, sans enquête et sans jugement, cette peine dégradante. Aussi tous les agents de police, tous les gendarmes autrichiens (*landsdragoñen*) portent-ils une canne suspendue à une pièce de buffleterie, pour rosser immédiatement qui bon leur semble. Et comme un certain nombre de coups peuvent occasionner la mort, les plus fiers tremblent devant eux, s'abaissent et s'avilissent, perdent tout sentiment de dignité humaine [1]. »

Silvio Pellico, Maroncelli, Andryane, dans leurs livres bien connus, Atto Vanucci dans son gros volume intitulé : *Les Martyrs de la Liberté italienne,* Giuseppe Ricciardi dans son *Martyrologe italien de* 1792 *à* 1847, Orsini dans ses *Mémoires,* ont décrit les tortures de leurs compatriotes sous l'implacable tyrannie du cabinet de Vienne. Je n'ajouterai qu'un fait à leurs récits dramatiques et je l'extrais d'une publication allemande. Quoique favorable au gouvernement autrichien, George Kohl, dans un livre plein d'intérêt : *Cent jours en Autriche* (1842), cite un remarquable exemple du système d'extermination préventive que les Habsbourgs pratiquent depuis trois cents ans. A Szegedin, une forteresse hongroise, il vit cinq cent soixante prisonniers italiens, détenus sans jugement, vêtus de grosse toile grise et coiffés d'un bonnet de même étoffe. Quel était leur crime ? On ne leur imputait aucune faute. Seulement, comme c'étaient des hommes de mérite, qui aimaient leur patrie, et qu'à l'occasion *ils auraient pu*

---

1. *L'Autriche dans la question polonaise,* p. 11 (E. Dentu, 1863).

devenir dangereux, on les avait enlevés, séquestrés, on les retenait indéfiniment sous les verrous. « Ce qu'il y a de plus douloureux dans leur position, dit le voyageur, c'est que n'étant pas même accusés, nul d'entre eux ne sait combien de temps il restera captif. Ils sont perpétuellement torturés par le doute. Leur agonie d'anxiété serait moins cruelle, s'ils pouvaient entrevoir un terme à leur emprisonnement arbitraire, ne dussent-ils recouvrer leur indépendance qu'au bout de trente ans. » Ainsi l'élite des populations italiennes, que régentait le gouvernement impérial, consumait sa jeunesse, usait son âge mûr, voyait arriver la vieillesse dans l'ombre des cachots, ou mourait de chagrin, sans avoir même fourni le prétexte d'une accusation, parce que les mérites, le noble caractère de ces hommes supérieurs inquiétaient la politique viennoise !

Ne pouvant parcourir tous les cercles de son enfer, je me restreindrai au sujet principal, essentiel, qui m'a occupé jusqu'ici.... et indigné. Une étude sur le Concordat, sur la famille impériale, sur les projets de l'Autriche sera le complément naturel de ma longue et tragique investigation. Je reproduis ce texte comme il a paru d'abord dans le journal *le Siècle*, sans y rien changer.

Le concordat autrichien, signé le 18 août, promulgué le 5 novembre 1855, a eu pour première conséquence de réveiller en Allemagne les passions théologiques. Le pays de Jean Huss, de Luther et de Mélanchthon, a été troublé de nouveau comme par l'approche et le début d'un orage, dont on ne peut ni prévoir la fin ni mesurer la violence. Les luthériens, les calvinistes, les sectes nombreuses sorties de la Réforme, expriment toutes leur anxiété. On ouvre les fenêtres, on se tient sur le seuil des portes, et l'on regarde les nuages sombres qui défilent dans le ciel, avec des bruits sourds entremêlés d'éclairs. Les souvenirs effroyables de la guerre de Trente-Ans se raniment dans toutes les mémoires : « Que va-t-il advenir? se demande-t-on d'une voix triste.

Un autre Wallenstein, un autre Tilly, un autre Ferdinand II vont-ils saccager l'Allemagne ; vont-ils, comme leurs prédécesseurs, faire reculer d'un siècle et demi la civilisation ? »

Le concordat autrichien est, en effet, l'acte de soumission le plus humble, l'hommage le plus illimité que le Saint-Siège ait encore obtenu d'un pouvoir temporel. Depuis le dur hiver de 1077, où le Rhin demeura gelé du mois de novembre au mois d'avril, et où l'empereur Henri IV passa trois jours, nu-pieds, en chemise, sans prendre de nourriture, dans la cour du château de Canossa, implorant son pardon du fanatique Grégoire VII, le monde n'a rien vu de semblable ni même d'analogue. Les partisans du Concordat n'essayent point d'en cacher, d'en atténuer l'extrême importance. J'ai là, sous les yeux, une brochure publiée à Vienne sans nom d'auteur, et qui a toute l'apparence d'une pièce officielle ; on y trouve ces phrases remarquables : « D'amples concordats, touchant à des questions de principes, ont réglé, en 1851, les affaires spirituelles de l'Espagne et de la Toscane ; mais la convention autrichienne du 18 août dernier a une bien autre importance, est vraiment unique dans son espèce ; elle annule complètement les prétentions du pouvoir temporel, suscitées en Allemagne par l'exemple de l'Église gallicane et rend au catholicisme ses droits primitifs, depuis longtemps violés [1]. »

Le début de cette brochure ne paraîtra pas moins curieux hors de l'Autriche :

« Le Concordat est un acte qui marquera dans l'histoire de notre empire. L'Empereur et le Pape se félicitent également de l'avoir signé : il substitue une paix définitive à un long et fâcheux malentendu.

» L'Empereur a lieu de se réjouir : il a fait un acte de magnanime équité, dont le souvenir sera pour lui

1. *Studien ueber das œstreichische Concordat* (Wien, 1856), page 41.

comme une glorieuse couronne jusque chez nos derniers neveux, et le placera entre Constantin et Charlemagne, illustres dans l'histoire à cause de leur générosité envers l'Église orthodoxe, source réelle de toute
leur grandeur (*worin wesentlich ihre ganze Græsse wur-
zelt*). Le Souverain Pontife a également lieu d'être content : il doit espérer que, de cette nouvelle semence,
naîtra et fleurira un meilleur avenir pour l'Autriche.
Ce que Pie VI tâcha d'obtenir dans un mémorable
et difficile voyage, la grâce du ciel vient de l'accorder à
Pie IX. Si le concordat de 1448 avait été aussi radical,
la prétendue Réforme, avec ses effroyables perturbations et ses sanglants résultats, n'eût peut-être pas agité
le monde. »

Voilà certes une déclaration des plus significatives.
Un pacte que l'on juge assez fort pour avoir pu comprimer, au seizième siècle, l'immense révolution du
protestantisme, s'il avait été conclu avant cette époque,
a nécessairement une valeur et une portée considérables ; l'historien, l'homme d'État doivent l'examiner de
près. Quant aux ultramontains, *aux vrais croyants*,
nous dit l'auteur anonyme, ils l'accueillent avec un
sentiment de triomphe et avec des cris de joie.

Il excite chez leurs adversaires, et même chez un
bon nombre de prêtres orthodoxes, une émotion bien
différente. Sur le sol de l'Empire, dans le reste de l'Allemagne, dans toute l'Europe calviniste et luthérienne,
en Suisse, dans le Piémont, une clameur inquiète s'est
élevée, pareille aux avertissements des sentinelles sur
les bastions d'une place investie. Les uns n'ont pu
voir sans trouble et sans indignation *cet abaissement de
la couronne, cette volontaire abdication de la souveraineté impériale* [1] ; les autres déplorent la nouvelle
puissance dont elle arme les Jésuites, dominateurs séculaires d'un peuple malheureux ; d'autres encore re-

---

1. Nous nous servons ici des termes mêmes par lesquels le
gouvernement autrichien constate l'effet produit sur les dissidents.

grettent que l'Empire se soit aliéné pour jamais les
sympathies de l'Allemagne luthérienne. Le gouvernement, disent ceux-ci, a perdu toute indépendance politique et ne sera désormais que le feudataire du Saint-
Siège ; bien mieux, répondent ceux-là, il fléchit le genou devant la France, dont le Pape reçoit les ordres et
subit l'influence souveraine, car il lui doit le rétablissement du trône pontifical. Certains publicistes, au
contraire, jugent cette grave mesure un acte d'hostilité secrète envers nous, de si étonnantes concessions
devant lier et enchaîner Rome aux intérêts de l'Autriche. Plusieurs feuilles la considèrent comme une ligue
entre le pouvoir temporel et le pouvoir spirituel, formée dans le but d'appesantir le joug qui opprime la nation. Les patriotes suisses en redoutent pour leur pays
les effets indirects. L'*Opinione* (de Turin) a été jusqu'à
dire que l'empereur d'Autriche n'aurait point la faiblesse
d'exécuter une pareille convention. Bref, tous les hommes éclairés jettent le cri d'alarme, pendant que les
feuilles ultramontaines, *l'Univers* et le *Journal de
Bruxelles,* entre autres, allument des feux de joie et
dansent alentour, comme les Hurons autour des bûchers où allaient périr leurs ennemis.

Mais les récriminations les plus vives sont celles que
font entendre les Prussiens. Le concordat leur semble
un piège tendu au protestantisme, une basse-fosse où il
doit périr, au moins dans les vastes domaines de l'empereur François-Joseph. On n'y trouve pas un mot
concernant les luthériens et les autres sectes réformées,
nulle stipulation en leur faveur. Un tel silence est du
plus mauvais augure. Le pacte du 18 août ajoute donc
un principe de discorde à ceux qui animaient déjà l'un
contre l'autre les deux grands États germaniques.

En Autriche même, les plaintes ne manquent pas. Un
bon nombre d'individus, soit laïques, soit ecclésiastiques, restent fidèles aux maximes de l'Église gallicane,
introduites dans le pays par Joseph II, et répandues
dans l'Allemagne du nord depuis vingt ans, lorsqu'il

monta sur le trône. Nicolas de Hontheim, vicaire général de l'archevêque de Trèves, fit paraître en 1763 un ouvrage intitulé : *Justini Febronii de Statu Ecclesiæ et legitima potestate Romani Pontificis, liber singularis*, c'est-à-dire : « De l'état de l'Église et de l'autorité légitime du Pontife romain, en un seul livre, par Justinus Febronius. » Febronius, comme on le voit, était un pseudonyme que prenait le pieux auteur. Il a servi à dénommer ses partisans, que l'on appelle en Allemagne les *Fébroniens*. Son système a pour base les principes formulés par Bossuet : 1° Indépendance complète des souverains dans les affaires temporelles ; les chefs de l'Église ne peuvent les déposer, soit directement, soit indirectement, ni dispenser leurs sujets de l'obéissance ; 2° Autorité suprême des conciles, promulguée à celui de Constance, dont les décrets ont été approuvés par le Saint-Siège lui-même, observés dans leur esprit à toutes les époques par l'Église gallicane : or ces décrets portent expressément que si le Pape ou toute autre personne refuse de se soumettre aux décisions des conciles, *on doit leur infliger une pénitence proportionnée à leur entêtement, et les punir comme ils le méritent, en sorte que l'on recoure, s'il est nécessaire, aux autres voies de droit ;* 3° Quoique le pape exerce l'influence principale dans les questions de foi, et que ses décrets s'adressent à l'ensemble des fidèles, son jugement n'est pas infaillible, s'il ne s'appuie sur le consentement de l'Église tout entière ; 4° L'autorité apostolique ne peut enfreindre les lois inspirées par l'esprit de Dieu et consacrées par le respect général des hommes ; les principes, les coutumes et les institutions établies dans les divers royaumes, dans les Églises particulières, doivent rester inébranlables.

Telles furent les déclarations des prélats français en 1682. C'était une révolution démocratique au sein de l'Église. Le pontife romain perdait son autorité absolue, se trouvait repoussé du monde temporel dans le monde religieux, et là, on organisait contre lui une

espèce de suffrage universel. La prérogative de faire et
de publier les lois fondamentales lui était enlevée ; quand
le corps ecclésiastique avait besoin de statuts nouveaux,
une assemblée constituante pouvait seule les voter. Le
pape leur refusait-il obéissance, on était en droit de le
punir. Le clergé, si hostile en politique à la démocratie, la jugeait donc bonne et profitable dans le sein
de l'Église ; l'aristocratie des prélats et le peuple des
clercs inférieurs se soulevaient contre leur chef, contre
leur monarque tonsuré. En vertu de principes républi-
cains, ils se partageaient son autorité suprême. A voir
le rôle que Bossuet joua pendant cette lutte, croirait-on
qu'il fut si humble et si servile en face de Louis XIV ?
C'était pour affranchir le roi, pour augmenter ses privilèges, qu'il se montrait ennemi du pouvoir absolu
dans le domaine ecclésiastique, réformait la constitution de Grégoire VII, renversait du trône pontifical
la théorie du droit divin, et lui substituait le consentement universel.

La doctrine gallicane obtint donc l'assentiment de
Febronius, qui la développa et la fortifia de plusieurs
maximes nouvelles : il détruisait, ou peu s'en faut, la
juridiction des papes, leur droit du châtiment ; conférait
à l'autorité civile la direction et la surveillance des
séminaires, l'investiture des dignités pastorales et,
autant que possible, l'administration des biens ecclésiastiques. Les protestants accueillirent avec faveur un
système qui rapprochait le catholicisme de leurs idées.
Les princes-archevêques de Mayence, de Trèves, de
Cologne, tous trois électeurs du Saint-Empire, et l'archevêque de Salzbourg le trouvèrent aussi à leur gré,
parce qu'il les affranchissait de la suprématie romaine.
Pendant l'année 1786, ils eurent à Ems une conférence,
où ils l'adoptèrent définitivement et résolurent de le
mettre en pratique.

Depuis quelques années déjà, il remuait toute l'Autriche. A peine monté sur le trône, en 1780, l'empereur Joseph II, ce missionnaire couronné de la philoso-

phie française, voulut appliquer les maximes proclamées
chez nous par les penseurs du dix-huitième siècle. Il
publia son édit de tolérance, qui établissait la parfaite
égalité des cultes. Les protestants, jusque-là persécutés,
eurent le droit de pratiquer publiquement leur religion :
le monarque leur fit même élever des temples. Les
Juifs furent déclarés admissibles à tous les emplois.
Pour les catholiques, on les sépara autant que possible
de la cour de Rome, en donnant force de loi aux principes du *fébronisme*, ou, si l'on veut, de l'Église gallicane. Les évêques obtinrent l'autorisation d'accorder
les dispenses que l'on demandait jusque-là au Siège
apostolique. Les bulles ambitieuses qui commencent
par ces mots : *In cœna Domini* et *Unigenitus*, furent
annulées. L'Empereur ferma sept cents monastères et
employa leurs revenus au profit du clergé séculier,
imposa aux nonnes des travaux charitables, défendit
le commerce des indulgences, des amulettes et des
prières. Le nombre des ecclésiastiques, pendant son
règne, fut réduit de trente-six mille. Enfin, il raya du
bréviaire l'oraison adressée à Grégoire VII, qui rappelait, depuis si longtemps, l'humiliation de Henri IV.

Tant d'innovations, effectuées aussitôt que décrétées,
troublèrent profondément la cour romaine. Le Pape
écrivit lettre sur lettre à l'Empereur : ses remontrances
ne produisirent aucun effet. Pie VI prit alors la résolution de partir pour Vienne, d'aller personnellement conférer avec le disciple révolutionnaire de la France. La
démarche de Henri IV et la scène de Canossa eurent
leur contre-partie : au onzième siècle, le pouvoir temporel avait courbé la tête devant l'insolence du pouvoir
clérical ; c'était maintenant l'Église qui comparaissait
devant le trône de l'Empereur, lui soumettait une re-
quête et sollicitait ses bonnes grâces.

Joseph II, comme Grégoire VII, se montra inexorable.
Le pape fut reçu avec des marques de déférence, avec
la politesse des temps modernes, mais n'obtint pas de
concessions. L'œuvre du monarque philosophe resta

debout ; ni l'invasion française, ni le congrès de Vienne,
ni les trente-trois années qui suivirent ne l'ont ébranlée.
Elle forma le code ecclésiastique de l'Empire jusqu'à
l'année 1849. Le 23 avril 1850 seulement, un rescrit du
prince actuel y porta une première atteinte ; le pacte
nouveau l'a détruite de fond en comble.

Mais après soixante-dix ans d'existence, une institution ne disparaît pas tout à coup sans laisser de traces.
Le *fébronisme* ou le *joséphisme*, comme on l'appelle encore, a donc dans les États autrichiens un grand nombre
de partisans, qui blâment le concordat. Le gouvernement ne peut dédaigner leurs objections, car elles s'ap-
puient sur des principes respectables et déjà sanctionnés
par l'usage. Il leur fait répondre en attaquant l'Église gallicane et les tendances religieuses des Bourbons. Cette
polémique, avouons-le, est conduite avec beaucoup
d'intelligence et d'adresse ; elle compose le fond des
brochures et des articles de journaux publiés sur les
bords du Danube. La France, qui ne s'en doute pas, sert
de but aux ultramontains allemands.

Le clergé secondaire n'a pu lire sans inquiétude le
traité conclu avec le Siège apostolique. Il garantit au
clergé supérieur toutes sortes de droits et de privilèges,
mais ne renferme aucune stipulation en faveur des simples ecclésiastiques, ne leur laisse aucun refuge contre
l'oppression et l'arbitraire. Leurs chefs peuvent les appeler à des fonctions lucratives, ou les révoquer, les
punir, les enfermer, suivant leur caprice. L'article 11
est ainsi conçu ; « Les évêques auront *toute liberté* d'infliger les peines désignées par les sacrés canons, *ou autres
qu'ils jugeront convenables*, aux clercs qui ne porteraient
pas un costume ecclésiastique décent, conforme à leur
ordre ou à leur dignité, ou qui, d'une manière quelconque, mériteraient le blâme, et de les incarcérer dans
les monastères, séminaires ou édifices spéciaux. » C'est
l'organisation du despotisme épiscopal. Nul recours, nul
appel en cas d'abus et d'injustice. Les victimes n'auront
qu'à baisser la tête et à souffrir en silence.

Un certain nombre d'hommes politiques forment une dernière classe de mécontents. Parmi eux se trouve M. de Bruck, le ministre des finances. Les prodigieuses concessions faites au gouvernement pontifical les remplissent de crainte. Le concordat leur semble gros d'orages, et la cour de Vienne dominée par une illusion fatale. L'Empereur, suivant eux, a constitué dans ses États une puissance qui étouffera bientôt la sienne, ou lui disputera du moins la suprématie. Des luttes prochaines sont inévitables. Quelles graves perturbations peuvent sortir d'un pareil conflit ! Dès le mois d'avril 1856, les premiers coups de tonnerre grondaient à l'horizon. Un synode fut convoqué par l'Empereur, qui voulait y faire présider l'archevêque de Vienne ; Pie IX convoqua ce même synode, sans mentionner la circulaire ministérielle, et prétendit y donner la haute main au nonce apostolique. L'archevêque Othmar ne devait y paraître que comme membre de l'Église. On trouva un subterfuge pour aplanir le différend, mais la guerre n'en était pas moins commencée.

Nous passons sous silence le trouble apporté dans l'instruction publique, dans la librairie, dans les unions projetées par les familles et subordonnées maintenant aux décisions des évêques. A l'inquiétude générale se mêlent une foule d'inquiétudes et de griefs particuliers.

Le gouvernement autrichien ne dédaigne ni les objections ni les plaintes, comme on serait tenté de le croire. Il y répond, au contraire, dans des articles, dans des brochures soigneusement élaborés. Ces opuscules révèlent toute la portée du concordat, expliquent les intentions de l'Autriche, font connaître ses espérances et ses projets. On ne peut les étudier avec trop d'attention. Ils prouvent que le pacte récent est un des phénomènes intellectuels et politiques les plus graves, les plus curieux de notre époque.

CHAPITRE XXXII

Le concordat autrichien justifié aux dépens de la France;
l'histoire des Bourbons racontée par un diplomate
viennois.

C'est surtout aux dépens de la France, par des arguments tirés de notre histoire civile et religieuse, que
le gouvernement autrichien ou ses admirateurs essayent
de justifier le concordat, en louent la sagesse et en démontrent l'opportunité. S'ils font les raisonnements les
plus naïfs, ils y mêlent, avouons-le, des considérations
très ingénieuses. Rien d'absurde comme de dédaigner
ses antagonistes, quand ils se présentent tout armés
dans le champ clos. Nous analyserons donc les brochures publiées sous les auspices du gouvernement impérial ; nous en signalerons le fort et le faible, les pensées vraies, les illusions et les faux principes.

Quelle est la cause fondamentale de la grande révolution française, des révolutions supplémentaires de
1830 et de 1848 ? demande un des auteurs, ancien diplomate retiré du service[1]. Et il entre de plain-pied dans
la philosophie de l'histoire pour répondre à cette question. Louis XIV, dit-il, a évidemment préparé la chute
de sa dynastie et les bouleversements de notre époque,
en enlevant toute force, toute indépendance aux classes
et aux corporations qui avaient jusqu'alors exercé des
droits, possédé des privilèges. La royauté est ainsi devenue un monstrueux pouvoir, sans limites et sans con-

---

1. *Das œstreischiche Concordat und der Ritter Bunsen, von einem
Diplomaten ausser dienst* ; Regensburg, 1856.

trôle, que sa disproportion même devait culbuter, comme une tête trop lourde fait tomber un corps grêle et chétif.

Ses mesures despotiques atteignirent principalement trois classes et une secte religieuse : la noblesse, le clergé, les parlements, les calvinistes. Nous ne nous occuperons pour l'heure que de sa conduite envers l'Église orthodoxe.

Depuis le concile de Constance, plusieurs juristes français avaient soutenu que la couronne était indépendante du Saint-Siège, et que les ecclésiastiques devaient, *en toute circonstance*, obéir au souverain. Pendant les premières années du règne de Louis XIV, certains personnages qui convoitaient la faveur du prince et acquirent effectivement ses bonnes grâces, développèrent, fortifièrent cette doctrine. Le souverain s'en empara, et un édit, promulgué le 18 avril 1673, lui donna une valeur légale.

Charlemagne avait ordonné que tous les évêchés, que tous les monastères de l'Empire se choisiraient un prévôt, un défenseur laïque, nommé habituellement vidame. En des temps de guerres et de désordres continuels, ces tuteurs armés obtinrent de leur pupilles ou leur extorquèrent les plus importantes prérogatives. Elles tentèrent l'ambition royale, et le prince se substitua insensiblement aux vidames dans les domaines de la couronne : l'ancien usage fut néanmoins respecté dans les fiefs. Par le rescrit de 1673, Louis XIV allait plus loin, se déclarait le protecteur de toutes les églises, de toutes les abbayes françaises, s'attribuant le droit de toucher les revenus des sièges vacants, et de nommer aux bénéfices dépendant de leur collation, jusqu'à ce que les nouveaux dignitaires eussent non-seulement prêté leur serment de fidélité, mais l'eussent fait enregistrer par la Cour des comptes. Cette adroite mesure lui soumettait le clergé de France, le constituait primat de l'Église gallicane.

Deux évêques, ceux d'Alet et de Pamiers, résistèrent

seuls à ces prétentions et les déclarèrent injustes. Ils furent sinon bannis de leur siège, au moins dépouillés de leurs fonctions. Les prélats en appelèrent à leurs métropolitains, l'archevêque de Narbonne et l'archevêque de Toulouse. Leurs supérieurs les condamnèrent, aimant mieux obtenir l'approbation du roi que celle de la cour apostolique. Les deux opposants réclamèrent alors l'intervention du pape Innocent XI, qui déploya dans cette occasion une fermeté digne de Grégoire VII. Il adressa au monarque les plus vives remontrances, et excommunia l'archevêque de Toulouse, trop docile envers le prince, les grands-vicaires de Pamiers établis par le métropolitain, et tous les prêtres qui tiendraient leurs bénéfices de ces grands-vicaires. Pour dompter les résistances, Louis XIV assembla le concile national de 1682. Sous la présidence de Bossuet, il constitua démocratiquement l'Église de France à l'égard du Pape, mais la soumit au pouvoir temporel. Nous avons résumé plus haut les principes de sa fameuse déclaration, charte révolutionnaire du clergé gallican.

Cette charte ne renfermait en apparence que quatre articles, mais un cinquième s'y trouvait sous-entendu. Le synode mettait l'autorité des conciles au-dessus de l'autorité pontificale, établissait le suffrage universel dans les questions de dogme. Il n'enseignait pas comment devaient être composées ces réunions générales de l'Église, s'attribuait à lui-même les droits d'un concile œcuménique, et décidait les problèmes en conséquence. Les assemblées de nos prélats, à partir de ce moment, se substituaient aux assemblées universelles, qui avaient jusqu'alors débattu les articles fondamentaux de la doctrine catholique. Or, l'Église gallicane étant régie, dominée par le pouvoir temporel, Louis XIV, d'une manière subtile et indirecte, usurpait l'autorité spirituelle, devenait en même temps, comme Henri VIII et le Czar, chef de la religion et chef de l'État [1].

---

1. *Das œstreichische Concordat, von einem Diplomaten ausser dienst*, p. 12.

Cet empiétement a produit tous les malheurs de la France et, par suite, le bouleversement de l'Europe, à en croire les interprètes de l'Autriche. Louis XIV ayant abaissé toutes les classes supérieures, triomphé de tous les obstacles, réduit en servitude la noblesse, le clergé, les parlements, dompté, annulé l'opposition religieuse et politique du calvinisme, fut pris de la démence inhérente au pouvoir absolu. Voilà, certes, une expression étrange dans la bouche d'un diplomate viennois ; mais le gouvernement autrichien a toujours la prétention de ne point exercer une autorité despotique. Le roi de France donc, livré à lui-même, commit les excès les plus pernicieux, les fautes les plus graves, et entraîna les Bourbons dans la voie funeste où il s'était précipité. En quoi consistent ces erreurs et ces abus ?

Louis XIV et ses héritiers purent, suivant leur bon plaisir : 1° déclarer la guerre ; 2° disposer des biens et du sang du peuple ; 3° changer les lois ; 4° abaisser les grands, élever les petits ; 5° ne consulter que leurs passions dans la vie privée, licence des plus préjudiciables. Eux seuls étaient libres ; les autres Français avaient perdu toute indépendance, étaient à demi esclaves. On connaît le règne des favorites, le libertinage officiel, pour ainsi dire, engendrés par la singulière prétention d'abaisser devant le trône, d'abord les lois inflexibles de la morale, puis les règles plus délicates de l'honneur et des convenances.

Mais cet arbre d'iniquité, poursuit le diplomate anonyme, n'avait pas porté encore tous ses fruits, que déjà les hommes les plus sagaces, les plus éclairés, les plus honorables, manifestaient une vive inquiétude : « La France est pourrie de la tête aux pieds, disait le maréchal Catinat ; elle sera mise sens dessus dessous. » Des prêtres éminents, comme Massillon, Fléchier, Bourdaloue, partageaient cette opinion et l'exprimaient hautement jusque dans la chapelle de Versailles. Peut-être la domination illégale du pouvoir temporel et le malaise, qui en était la suite, leur inspiraient-ils ces lugubres pressentiments.

La révolution de 89 justifia leurs craintes. Le système politique des Bourbons produisit peu à peu ses conséquences rationnelles. Ils avaient détruit les pouvoirs les plus respectables : ils furent renversés à leur tour, et ne trouvèrent ni aide ni consolations au jour du malheur.

Pour ne parler que de l'Église orthodoxe, où l'épiscopat, où le clergé monastique et séculier puisent-ils leur force ? Dans la rigidité des mœurs, dans la connaissance approfondie de l'Écriture sainte et des traditions catholiques, dans une foi vive et inébranlable. Mais ces qualités leur eussent fait prendre le parti du Souverain Pontife, blâmer les mœurs de la cour, leur eussent enlevé la souplesse que cherchait en eux la royauté. Le gouvernement choisissait donc de préférence, nommait donc aux sièges vacants les hommes les moins dignes de les remplir, les ecclésiastiques ambitieux qui montraient une docilité vile et une finesse mondaine. Les abbés du dix-huitième siècle ont laissé un triste renom. Le misérable Dubois, l'ancien laquais, le débauché sans vergogne, ne fut-il point élevé à la prélature, admis, par l'influence de la cour, dans la suprême assemblée des cardinaux ?

La force, le mensonge, l'hypocrisie peuvent beaucoup en ce monde, mais ils ne peuvent donner de la considération, de l'influence à un corps sans prestige et sans mœurs, fût-il revêtu du caractère sacerdotal et entouré des pompes de la religion. La servitude, si habilement qu'on la déguise, engendre le mépris. Les maximes gallicanes avaient abaissé, humilié l'Église de France. Elle perdit tout son ascendant et porte encore la marque de ses fers. Depuis 89, l'autorité a plusieurs fois voulu la prendre pour appui ; mais c'était un roseau battu des vents, qui a fléchi sous la main des rois et n'a pu secourir leur faiblesse.

Les princes et les nobles dissolus, que fréquentait

le clergé, l'avilissaient par la contagion de l'exemple, par le prosélytisme de la débauche et par la complicité morale qu'ils lui imposaient. Créatures du souverain et de l'aristocratie, les prélats, les simples pasteurs pouvaient-ils tonner contre les vices du siècle, prêcher les lois austères du Décalogue et montrer le zèle d'une âme vraiment chrétienne ? Non, certes : ils faisaient preuve d'une indulgence coupable, étendaient leur manteau sur l'iniquité, la protégeaient de leur connivence impie. Sans doute il existait encore des prêtres vertueux et honorables ; mais s'ils voulaient censurer les mœurs, blâmer les fautes de leurs paroissiens, ces derniers ne pouvaient-ils répondre : « Eh quoi ! vous vous arrêtez à nos délits véniels, quand vous tolérez les plus graves désordres, la corruption la plus scandaleuse dans le palais du roi, dans les châteaux de la noblesse et parmi vos propres collègues ! Adressez-vous d'abord aux grands du monde ; réprimandez, humiliez les superbes, et ne tourmentez point les colombes, puisque vous épargnez les vautours. » Que ces récriminations fussent exprimées dans le langage ordinaire ou dans les livres, ou retenues par la prudence au fond des cœurs, elles n'en dépouillaient pas moins la chaire de son autorité, les ministres de leur influence : leurs discours étaient de vains propos qui frappaient les murailles des églises, mais ne touchaient point les auditeurs.

Louis XIV avait semé le vent, ses petits-fils recueillirent la tempête. Le clergé du dix-huitième siècle exécuta sans doute ponctuellement le précepte de l'Évangile : « Rendez à César ce qui appartient à César. » Il fit tout ce qu'il put pour soutenir le trône chancelant. Fidèle au roi, mais infidèle au souverain arbitre qui juge les puissances de la terre, il excita la haine en même temps que le mépris. Sa servilité à l'égard de la cour, sa dureté envers les classes laborieuses, son avarice, son libertinage, le rendirent complètement impopulaire. Il donnait prise de toutes parts à la censure, à l'indignation. En subjuguant la milice spiri-

tuelle, en la pervertissant et la discréditant, le gallicanisme avait préparé le voltairianisme. Par la brèche
qu'il avait ouverte, la philosophie donna l'assaut à la
religion. Voilà les seuls effets que pouvait produire cette
doctrine pernicieuse.

Les novateurs du siècle dernier souhaitaient évidemment, dès le premier jour, culbuter l'ancien ordre
de choses , mais ils se gardaient de manifester ouvertement leurs intentions : le pouvoir politique était trop
vigoureux, trop bien armé ; les lettres de cachet et la
Bastille inspiraient la prudence. N'osant canonner de
front la royauté, les philosophes l'attaquèrent par des
théories abstraites, comme Rousseau, ou la prirent de
flanc, comme les voltairiens. Le catholicisme était un
des remparts de la place : on pouvait donc pénétrer dans
la citadelle en ruinant ce boulevard déjà entamé. Le
corps sacerdotal, rompu au joug, dépouillé de ses droits
antiques, n'avait plus assez de consistance, de force
intrinsèque, pour le défendre avec succès. Un grand
nombre de prêtres d'ailleurs avaient adopté les opinions nouvelles et tendaient la main aux assiégeants.
La troupe philosophique se précipita sur ce point vulnérable : elle emporta un des bastions de la monarchie,
sans que la royauté fût prise d'inquiétude.

Tant qu'ils n'eurent pas assuré leur triomphe, les
novateurs employèrent le gallicanisme ainsi qu'une
batterie provisoire : cette doctrine ne leur suffisait pas,
sans doute, mais c'était un à-compte. C'était aussi une
bonne tactique de la mettre en avant, pour leurrer,
flatter, duper le souverain, qui l'aimait comme une fille
des Bourbons. Les principes de l'Église française pénétrèrent donc partout à la suite du voltairianisme, formant, pour ainsi dire, partie de ses bagages. Bruxelles,
Berlin et Vienne furent leurs conquêtes les plus importantes. Nous avons vu comment Joseph II leur ouvrit
son empire et leur donna force légale. Ils le mirent en
position de réformer des abus criants, des injustices
séculaires. La noblesse, par exemple, s'était approprié

tous les bénéfices ecclésiastiques, et les regardait comme
un supplément à ses domaines. Ils servaient de fiefs aux
cadets de l'aristocratie. Nul ne pouvait obtenir une dignité pastorale, s'il ne témoignait de quatorze quartiers.
Les enfants au maillot étaient pourvus de prélatures
considérables : on les élevait en qualité de chanoines,
d'évêques, d'archevêques, d'électeurs mîtrés du Saint-
Empire. La roture se trouvait bannie des hautes fonctions, le mérite ne comptait pour rien. Joseph II changea un ordre de choses contraire aux lois de l'Évangile
et rétablit dans le sacerdoce l'égalité chrétienne. Mais
que de fureurs éveilla cette réforme salutaire ! que de
malédictions lui valut cet acte de justice !

Maintenant encore, les amis de Rome, les politiques
autrichiens l'accusent d'avoir corrompu, énervé les
ministres de l'Église impériale, comme les Bourbons
ceux de l'Église française. « Il est incontestable, dit l'un
d'eux, qu'au moment où la révolution de 1848 a bouleversé l'Allemagne, le clergé inférieur, en Autriche, avait
peu de zèle, suivait peu exactement la discipline et
trahissait une grande tiédeur, à part quelques exceptions
glorieuses ; les prélats, de leur côté, montraient une
foi languissante, et se conduisaient bien moins comme
les serviteurs de Dieu que comme des fonctionnaires
publics. Aussi le clergé autrichien n'a-t-il eu, pendant
l'orage, qu'une action très faible sur le peuple, et bien
inférieure à celle qu'il exerçait en des temps plus heureux. »

D'où venait la somnolence générale, qui assoupissait
les évêques dans leurs fastueuses demeures, les curés
dans leurs presbytères ? Pourquoi les langues de feu ne
descendaient-elles point sur leurs fronts ? Pourquoi la
trompette de saint Jérôme ne les éveillait-elle pas tout
à coup ? Le système gallican les avait frappés d'une
sorte de paralysie morale et intellectuelle. Ce n'était
plus les pasteurs libres d'une communauté religieuse,
les interprètes du ciel, les ministres de ses volontés :
ils faisaient partie intégrante de la bureaucratie, dépen-

daient de l'État et figuraient au nombre de ses employés.

Le pacte conclu le 18 août doit les relever de leur déchéance, faire cesser les maux produits par les doctrines de l'Église gallicane, église à peine catholique, suivant les Autrichiens. Le Pape et l'Empereur ne cachent nullement qu'ils opposent leur traité, comme une digue suprême, aux flots de la démocratie, aux empiétements de la révolution. Toutes les tempêtes viendront échouer contre ce môle inébranlable, et le gouvernement pourra se mettre en panne, dormir dans un calme éternel. L'autorité absolue n'a aucune force véritable, ou du moins n'est pas amarrée à une ancre assez solide, quand elle repose entre les mains d'un seul. Il faut que des corps vigoureusement constitués l'environnent, la soutiennent et l'éclairent. Nul ne remplira mieux cette mission que le clergé ; il pénètre partout, il se mêle à tout. Il sera l'appui du trône, le conseiller de l'Empereur, surveillera et guidera les classes populaires.

Voilà quelles considérations historiques les diplomates autrichiens allèguent en faveur du concordat ; tel est le point de vue auquel se place le gouvernement impérial. On ne peut méconnaître dans ce système l'ouvrage d'un esprit distingué ; mais il pèche par omission, plusieurs chiffres manquent au calcul.

Il est injuste d'abord, et conséquemment déraisonnable, de prétendre que les Bourbons, que les maximes de l'Église gallicane, aient seuls affaibli le clergé catholique dans toute l'Europe. Son relâchement moral et sa décadence politique avaient commencé bien avant Louis XIV. Wiclef, Jean Huss et leurs nombreux prédécesseurs, qui ont fourni à Ullmann la matière de deux volumes, suffiraient pour attester que, dès le quatorzième siècle, le monument pontifical se lézardait. Luther, Calvin, Henri VIII en abattirent des ailes tout entières. La France fut bien près d'échapper au Saint-Siège. Dans les pays même où la cour de Rome conserva son autorité, elle ne la conserva pas intégralement. Elle avait perdu de son prestige, de son influence sur les populations. Louis XIV, Louis XV persécutaient, martyrisaient les protestants, mais n'avaient plus la foi enthousiaste du moyen-âge, la chasteté, l'abnégation et les autres vertus chrétiennes. Au lieu de prendre parti contre le chef de l'Église, Bossuet, trois cents ans plus tôt, se serait déclaré pour lui, eût employé à le soutenir toute son érudition et toute son éloquence. Le temps est un fleuve rapide, qui entraîne l'humanité sur ses flots : les uns le descendent avec joie, avec impatience ; les autres essayent de le remonter, mais ils glissent à leur insu et ne font que ralentir leur mouvement progressif. Les électeurs mitrés du Saint-Empire avaient suivi le cours des siècles, lorsqu'ils adoptèrent les principes de l'Église gallicane ; Joseph II en hâtait la marche ; le clergé autrichien se laissait emporter, quand la révolution de 1848 le surprit au milieu de sa nonchalance. L'opinion publique gouverne le monde : elle seule donne de la force aux institutions, elle seule les renverse d'une manière définitive.

Or les diplomates ultramontains avouent, sur les bords du Danube, qu'elle s'est déclarée contre le pacte nouveau. Plusieurs même doutent qu'il soit pleinement exécutable. S'il pèche par la base, pourra-t-il être d'un grand secours à l'autorité temporelle ? Raffermira-t-il le gouvernement impérial, ou celui-ci se compromettra-t-il, épuisera-t-il ses forces pour le soutenir ? Les politiques autrichiens se font tant d'illusions, qu'ils semblent toujours perdus dans un rêve. Le concordat leur inspire les plus naïves espérances. Elles nous fourniront le sujet d'un troisième chapitre. Ayant reproduit avec fidélité les meilleurs arguments du système, il est juste que nous en montrions les erreurs et les faiblesses.

CHAPITRE XXXIII

Illusions de l'Autriche sur l'utilité du Concordat ; il annonce et prépare le retour de l'âge d'or. Menaces guerrières adressées à l'Europe.

Les illusions de l'Autriche relativement au concordat sont si étranges, si naïves, qu'elles forment dans la politique de nos jours un phénomène exceptionnel. Après trente siècles d'expérience, après tant d'événements historiques trempés de sang et de larmes, se laisser éblouir par de telles chimères ! Une simple exposition suffirait presque pour montrer combien elles sont futiles, quels désenchantements elles préparent aux diplomates viennois. Nous avons loué franchement leurs vues rétrospectives, leurs jugements sur quelques faits du passé ; leurs considérations sur le présent et l'avenir sont loin de mériter les mêmes éloges. Continuons cependant notre étude impartiale, écoutons rêver tout haut les publicistes autrichiens.

Les reconstructions entreprises dans l'édifice monarchique des Habsbourgs, depuis la victoire du parti impérial, n'ont pu se faire, disent-ils, sans léser beaucoup d'intérêts : il a fallu abattre d'anciens piliers, de grosses murailles même et des galeries importantes. Ces travaux en sous-œuvre ne s'exécutent jamais sans péril ; mais le pacte du 18 août préviendra les catastrophes, consolidera le monument. Il forme un système de voûtes qui en supportera les combles, en raffermira la structure générale et en liera les diverses parties. Une complète unité y règnera désormais. Les instructions, les ordres venus d'en haut ne retentiront point comme de vaines paroles : une foule d'agents laborieux, empressés, partout répandus, les ecclésiastiques en un mot, se hâteront de les faire exécuter, seconderont les projets du souverain.

Comment l'État pourrait-il n'y point gagner ? Suivant les préceptes de son fondateur, l'Église doit rendre tous les hommes bons et pieux, justes et intègres, chastes et tempérants ; elle doit leur rappeler sans cesse et graver au fond de leur cœur la loi divine de la charité ; elle est encore tenue de leur enseigner l'obéissance, le respect envers les autorités laïques, pourvu que ces dernières ne se mettent point en opposition avec les ministres du Seigneur. Sa mission l'oblige à prouver qu'il faut, sous peine de damnation, payer exactement les impôts, prier pour le souverain et pour les fonctionnaires publics, demander au Créateur qu'il les illumine, les dirige vers le bien et les comble de prospérités. Si l'Église répand cet esprit, ces dispositions dans toutes les classes, les empires, les royaumes ne peuvent qu'y trouver leur compte. Un pays habité par des bourgeois doux et honnêtes, sobres et pudiques, charitables et affectueux, qui obéissent toujours, qui ne mentent jamais, qui prient pour leur chef temporel et pour ses serviteurs, qui aiment enfin la paix et la concorde, un tel pays offre assurément l'idéal de la société politique. Or l'Église tâche sans cesse de réaliser cet idéal. Même quand elle n'atteint pas pleinement son but, par suite des obstacles qui entravent toutes les choses humaines, elle s'en approche avec persévérance, et plus ses efforts réussissent, plus les États sont tranquilles et prospères.

Puisqu'elle est si utile, comment lui refuser les moyens d'action qu'exige son œuvre ? Une Église qui a les mains liées rend de faibles services ; une Église puissante, opulente, douée de nombreux privilèges et entourée d'honneurs, travaille fortement au bien de la nation. Elle fait d'un pays quelconque l'image du ciel sur la terre. Ceux qui ne veulent pas le croire sont des gallicans et des sceptiques. L'expérience ne tardera pas à les convaincre d'erreur. Ouvrez les yeux, libertins, hommes sans foi, railleurs endurcis : vous allez voir des prodiges incomparables !

Qu'on ne s'effraye donc point des nombreuses prérogatives conférées au Saint-Siège par le traité du 18 août, s'écrient les interprètes du gouvernement impérial. Il lui assure les communications les plus libres, les plus fréquentes, les plus directes, les plus étendues avec le clergé autrichien et avec les fidèles. Pense-t-on qu'il en abuse ? Il ne s'en servira que pour le bonheur de l'Autriche, pour moraliser le corps sacerdotal. L'héritier de saint Pierre n'a-t-il pas intérêt à ce que tous les prêtres soient des modèles de vertu ? Il peut alors compter sur leur obéissance et leur dévouement, faire manœuvrer cette milice en robes noires, au moindre signal, avec une régularité prodigieuse. Donc le Pape surveillera les ecclésiastiques de l'Empire, les courbera sous le joug d'une austère discipline, les maintiendra dans le sentier de la justice. Les évêques, les curés autrichiens seront désormais des anges d'abnégation et de pureté.

Eux-mêmes s'efforceront d'exciter l'enthousiasme par leur conduite. Les gouvernements populaires ont un immense désavantage : ils accordent les droits les plus précieux à des individus qui n'en sentent pas la valeur, qui ne savent point en faire usage, et, ne comprenant que l'utilité immédiate, ne soupçonnent pas les conséquences funestes de leurs erreurs, ne devinent point les résultats féconds d'une politique judicieuse. Les prêtres ont infiniment plus de clairvoyance : ils se garderont d'agir contre leur intérêt bien entendu, de compromettre une brillante position. Il est pour eux de la dernière gravité qu'on les estime, qu'on les aime, qu'on subisse pleinement leur influence : ils feront donc un emploi sage et modéré de leurs prérogatives. Les séminaires autrichiens vont devenir autant de bercails d'où ne sortiront que des brebis sans tache ; les saints germaniques pulluleront tellement que l'Église ne saura où donner de la tête, se mettra sur les dents pour les canoniser.

Les ecclésiastiques seront d'autant plus irréprochables, disent les politiques autrichiens, s'efforceront d'autant plus d'apparaître aux fidèles avec le nimbe pieux qui couronne les têtes prédestinées, que l'envie est la compagne éternelle du privilège, l'infatigable adversaire des classes puissantes. Tout le monde épiera désormais leur conduite, observera leur visage, interprètera leurs discours. Les fonctionnaires surtout les poursuivront de leur maligne vigilance ; car il y a dans l'Empire une vieille inimitié, un antagonisme implacable entre la bureaucratie et les porte-soutanes. Les nouveaux droits, les faveurs extraordinaires que ceux-ci ont obtenus, envenimeront la haine du corps administratif. Une jalousie profonde va exciter l'une contre l'autre ces deux classes influentes. Les prêtres devront se tenir sur leurs gardes, ne point s'exposer aux traits de la malveillance et de l'ironie.

Mais quels avantages le peuple trouvera-t-il dans ce pacte religieux et politique ? demandera-t-on, car c'est toujours là qu'il faut en revenir. Les lois, les traités qui n'améliorent point le sort des masses n'ont aucune valeur. De quelle utilité donc peut être le concordat, pour les différentes nations groupées autour de l'empereur François-Joseph ? A cela les polémistes autrichiens répondent que jamais institution n'aura fait pleuvoir sur un pays un tel déluge de grâces et de félicités. Leur démonstration est originale.

Pour qu'un peuple soit mal gouverné, il faut que des principes pernicieux, que des abus criants infectent les sources de l'autorité, sans que personne ait le droit d'y porter remède ; ou bien que les agents du pouvoir, n'étant pas soumis à une rigoureuse surveillance, tombent dans l'arbitraire, négligent leurs devoirs, froissent les intérêts de leurs subordonnés.

La France et les Bourbons eux-mêmes eussent beaucoup gagné à ce que les ecclésiastiques du royaume fussent plus influents et plus libres, eussent pu réprimer *silencieusement et secrètement* la prodigalité de Louis XIV, suspendre ses guerres désastreuses, renverser la domination des courtisanes, qui atteignit, sous Louis XV, aux derniers excès de la folie et de l'impudence.

Ce serait faire injure à la dynastie des Habsbourgs que de la mettre en parallèle avec les Bourbons. La famille impériale d'Autriche s'est toujours distinguée par ses mœurs irrépréhensibles. Le traité du 18 août la maintiendra dans ces dispositions vertueuses. Mais si quelque jour le prince abandonnait le lumineux sentier où marchent les justes, commettait des fautes politiques, se livrait aux déréglements des passions, la caste sacerdotale, organisée comme elle l'est maintenant, stimulée par sa conscience et autorisée par Dieu même, pourrait lui adresser des remontrances, lui exposer ses devoirs, et, sans bruit, sans scandale, sans compromettre la dignité du monarque, lui inspirer de meilleurs sentiments ou de meilleurs desseins. N'a-t-on pas vu les rois d'Espagne prendre pour guides le nonce apostolique, l'archevêque de Tolède, le grand-inquisiteur?

Quant aux fonctionnaires publics de tous les grades, ils pourront difficilement molester le peuple, fausser les lois, faire un coupable usage de l'autorité que leur confie le gouvernement. Le clergé aura l'œil sur eux, découvrira, signalera leurs plus légères infractions. Ce qui échapperait à la vigilance des chefs ne saurait lui échapper. Son pieux ministère lui ouvre toutes les portes, toutes les consciences, lui donne un moyen de pénétrer partout. Il planera sur la hiérarchie administrative comme ces chérubins que Dieu préposait aux destinées d'une ville ou d'une nation, qui tenaient dans une main le livre de la loi, dans l'autre l'épée flamboyante, et observaient les actions des hommes.

Le concordat autrichien a donc la valeur d'une charte libérale, à en croire les publicistes du pays. Pourquoi demande-t-on depuis soixante ans, avec une ardeur fiévreuse, des constitutions politiques? Un peu par

mode, mais beaucoup aussi par prudence. La foi ayant
décliné dans les âmes, les châtiments d'une autre vie
n'inspirant plus de terreur, les peuples sentent que
des garanties matérielles leur sont nécessaires contre
l'oppression et l'injustice. Or le clergé autrichien forme
dès ce moment une représentation nationale. Il défendra
mieux les intérêts populaires, il expliquera mieux au
chef temporel la situation des esprits, les vœux, les
besoins de la foule, que ces assemblées délibérantes où
jasent de cupides avocats, où dorment de serviles employés, où votent des industriels obtus, où se pavanent
des lecteurs de romans et de journaux.

Mais le traité du 18 août ne sera pas avantageux
seulement pour l'Autriche. Comme l'antique Janus, il
a deux faces, l'une tournée vers l'intérieur du pays,
l'autre vers le dehors. Quand un monarque puissant,
derrière lequel sont rangés cinq cent mille hommes,
avec fusils, sabres, lances et baïonnettes, avec leurs
chevaux, leurs canons et leurs mortiers ; quand ce
prince donc élève la voix dans une pareille circonstance
et pour un motif d'une gravité suprême, il est manifeste
qu'on doit l'entendre au loin. Elle a infailliblement
pénétré jusqu'à Madrid, sous les voûtes de deux palais,
l'un desquels abrite le trône de la reine, pendant que
l'autre sert de lice aux tumultueux débats des Cortès.
Elle a retenti de même dans l'appartement royal et dans
les chambres législatives du Piémont. Ces accents ont
annoncé que l'Église avait enfin un protecteur capable
de la défendre ; ils ont dû, çà et là, faire naître de
mauvais rêves [1].

_____

1. Nous appelons particulièrement l'attention du lecteur sur ces
menaces adressées au Piémont en 1855. Elles concordent avec le
manifeste du Pape, publié la même année à Rome, manifeste de
trois cents pages, qui contient un discours agressif prononcé
devant le sacré-collège, le 22 janvier. Voici le titre de cette pièce
importante : « Allocuzione della Santità di nostro signore Pio nono
all sacro Collegio nel consistorio segreto dell 22 Gennaio 1855,
seguita da una esposizione corredata di documenti sulle incessanti

L'Allemagne aussi, l'Allemagne tout entière, s'en est émue. Avant la conquête de Bonaparte, nos princes gouvernaient des populations homogènes. Les souverains catholiques n'avaient sous leur tutelle que des sujets catholiques ; les rois et ducs protestants ne voyaient autour d'eux que des protestants. Mais le congrès de Vienne a changé cet ordre de choses : il a soumis des provinces catholiques à des gouvernements luthériens, et des provinces luthériennes à des gouvernements catholiques. Les partisans couronnés de la Réforme ont dès lors, secrètement et par d'habiles artifices, miné dans leurs États le système orthodoxe : ils voulaient obtenir l'unité de croyance. Leurs tentatives cesseront maintenant ou ne produiront aucun résultat. Leurs sujets catholiques savent qu'ils ont dans l'Autriche une vigilante et martiale patronne : ils ne cèderont ni aux mesures comminatoires, ni aux stratagèmes. Il faudra donc, si on ne change pas de dessein, employer contre eux la violence ; il faudra, comme le proposait un journal de Francfort, chasser les évêques de leurs diocèses, confisquer les biens du clergé papiste. Mais alors l'Autriche, debout dans sa force, animée par l'esprit même de Dieu, réclamera l'exécution du traité de Westphalie et des pactes subséquents. « Gloire et triomphe aux aigles de l'Empereur, s'écrie un de ses panégyristes, si on le force à tirer l'épée ! »

Ce langage est bien clair, il me semble : il contient une menace, un avis belliqueux adressé à l'Europe entière, mais surtout aux populations luthériennes et calvinistes. Le gouvernement autrichien ne désigne que l'Espagne et la Sardaigne, sans doute par excès de bravoure, les forces militaires de ces deux pays n'étant point redoutables ; mais il ne veut pas intimider seu-

---

cure della stessa Santità sua a riparo dei gravi mali, da cui è afflitta la Chiesa cattolica nel regno di Sardegna. » Le comte de Cavour eut l'obligeance de m'adresser à Paris un exemplaire de ce manifeste.

lement les petits : malgré ses précautions oratoires, il
a en vue tous les adversaires de la cour apostolique,
tous ceux qui convoitent, mettent aux enchères les
propriétés de l'Église romaine, ou discutent la vérité de
ses dogmes.

Voilà quelle est la pensée intime de l'Autriche, voilà
les fruits qu'elle se promet de son traité avec Rome.
On ne découvrira pas autre chose dans ses brochures
semi-officielles, dans la lettre pastorale de l'archevêque
Othmar, primat de l'Empire. Comment des hommes
d'État, des hommes vieillis dans les affaires, peuvent-
ils se bercer de pareilles illusions, peuvent-ils conce-
voir d'aussi vaines espérances ?

Elles ont pour base cette idée enfantine que les droits
nouveaux, les moyens d'action, les privilèges de toute
espèce obtenus récemment par le clergé autrichien,
vont élever le peuple, l'aristocratie, l'Empereur et le
corps sacerdotal au-dessus de la nature humaine. Plus
de vices, plus d'aberrations, plus d'ambitieux projets
ni de coupables désirs. Les ouvriers et les bourgeois
offriront dans leur conduite l'image de toutes les vertus. La noblesse ne sera pas moins chaste, moins sobre, moins docile et moins pieuse ; elle courbera humblement la tête devant la mitre et l'aumusse. Les prêtres accompliront littéralement les lois du Décalogue,
les maximes de l'Évangile, les préceptes des casuistes.
Le souverain, pudique, laborieux, doux et modeste,
écoutera sans impatience tous les avis que daigneront
lui donner les prélats, toutes les semonces qu'ils se
croiront tenus de lui adresser. Les fonctionnaires publics seuls ne suivront point constamment la bonne
route ; mais le clergé saura les mettre au pas. L'Autriche sera donc, avant peu, une terre de promission,
où l'âge d'or étalera ses merveilles. Les hommes intelli-
gents, quelle que soit leur patrie, pleureront de n'avoir
pas vu le jour sur les bords de la Drave, de la Theiss
et du Danube.

Le principal argument dont on étaye ces brillantes

suppositions, c'est l'étendue même des privilèges accordés aux ministres de l'Église. Ils mettront leur délicatesse à n'en point abuser ; tout, dès lors, sera pour le mieux dans le meilleur des mondes. Comme si l'histoire ne prouvait pas justement le contraire ! Donnez à une caste, à une simple corporation, un droit, une prérogative quelconque, elle en fera un usage illimité, ne s'arrêtera que devant un obstacle, devant une résistance, faute de pouvoir aller plus loin. L'orgueil, l'avarice, toutes les passions humaines l'y poussent, et même les nobles facultés de notre espèce, que les bornes chagrinent, qui s'élance constamment vers l'infini. Qu'un roi gouverne trente millions d'hommes, il envie le prince auquel soixante millions de sujets obéissent ; ce dernier, à son tour, rêve la monarchie universelle, et Alexandre le Grand désirait des mondes inconnus pour y étendre ses conquêtes. Rien ne détruit, ne modère, ne satisfait l'ambition, le plus indomptable, le plus insatiable des penchants qui bouleversent le monde et foulent aux pieds la race humaine.

Ne dirait-on pas, vraiment, que les prêtres catholiques ont été jusqu'ici tenus dans la dépendance, ont toujours occupé une situation inférieure ! Les annales du moyen-âge nous racontent autre chose, et l'expérience téméraire dont l'Autriche attend son salut a déjà été faite. Les horribles scènes, les actes d'oppression effroyable que décrit ce volume, la barbarie, la duplicité sans bornes, la dépravation hypocrite ou imprudente du clergé orthodoxe, le pouvoir absolu qu'il avait usurpé sous l'inepte domination des Habsbourgs, sont une réponse triomphante aux considérations vaines, aux folles hypothèses, aux naïves espérances des politiques de Vienne. Je pourrais m'en tenir là et dire à ces grands théoriciens, qui paraissent ignorer l'histoire de leur pays : « Retournez-vous, et dans le miroir magique du passé, où l'on évoque enfin des images fidèles, voyez les crimes sans nom, les perfidies atroces, les spectacles révoltants, qui ont signalé l'ordre

de choses dont vous demandez le retour. Les prêtres
catholiques ont exercé pendant deux siècles en Autriche
l'omnipotence que vous réclamez pour eux. Eh bien !
avec les os de leurs victimes, on dresserait une pyramide funèbre aussi haute que les Alpes, avec le sang
qu'ils ont fait verser, on remplirait le bassin du lac
Majeur ou du lac de Genève. » Mais à cet argument
particulier, il faut joindre quelques observations d'un
caractère plus général.

L'ordre ecclésiastique possédait encore, il y a deux
cents ans, tous les privilèges qu'on lui octroie de
nouveau, des biens et des trésors qu'on ne lui rend
pas, une influence qu'on ne peut lui restituer ; il
a, pendant plusieurs siècles, dominé l'Europe, age-
nouillé les princes devant la chasuble et le rabat, sou-
levé au nom du Christ des populations entières, fait le
calme et la tempête dans les esprits. En était-il plus
modeste, plus juste, plus vertueux, plus désintéressé,
plus charitable ? Les massacres des Albigeois, la Saint-
Barthélemy, les supplices ordonnés par Philippe II, les
Borgia, la guerre de Trente-Ans, l'Inquisition, les
louches menées des Jésuites, la révocation de l'Édit de
Nantes, les dragonnades françaises et autrichiennes,
les milliers d'hommes, de femmes et d'enfants torturés,
décapités, brûlés en Espagne et en Belgique, pour avoir
eu des communications impossibles avec le diable,
prouvent le contraire, démontrent que l'étendue des
privilèges ne purifie point ceux qui les possèdent.
L'histoire intérieure du clergé le prouve mieux encore :
une telle dépravation se glissait, de jour en jour, au sein
des monastères, pendant le moyen-âge, qu'une réforme
devenait indispensable tous les quinze ou vingt ans.
Pierre Damiani, évêque italien du onzième siècle, nous
a laissé, sur les mœurs des ecclésiastiques, un livre
détaillé qui fait rougir les hommes les moins chastes.
Le pape Victor II ayant pris des mesures pour combattre ces excès, pour mettre un terme à ces déréglE-
ments, les prêtres romains formèrent une conspiration :

un sous-diacre lui versa dans le calice du vin empoisonné ; mais, n'ayant pu accomplir sans trembler cette profanation des saints mystères, son émotion le trahit, et il expia sous la hache ses intentions criminelles. Non-seulement l'ordre clérical envahissait le territoire de l'Europe ; non-seulement il montrait une avidité insatiable, un goût scandaleux pour le luxe et les plaisirs ; non-seulement il possédait, malgré l'Évangile, des troupeaux de serfs, mais il voulait encore mettre le pied sur la tête des rois !

Les papes affichèrent cette prétention dès le neuvième siècle. Grégoire IV et Nicolas Ier ouvrirent la route dans laquelle leurs successeurs devaient lancer leur char triomphal. Grégoire VII constitua au sein de l'Église le pouvoir absolu, et, hors de l'Église, aspira ouvertement à la monarchie universelle. Les rois tremblèrent devant ce maître en surplis, couronné de la tiare symbolique. Son œuvre fut consolidée par Innocent III ; Boniface VIII en posa le couronnement. L'autorité pontificale domina quelques années toutes les puissances temporelles, comme la cime du mont Blanc domine la chaîne des Alpes. Elle déclina dès cette époque de génération en génération ; mais la cour apostolique ne se laissa point abattre par les revers, conserva le même orgueil et la même ambition. La fameuse bulle *In cœna Domini* prouva, en 1568, qu'elle n'abandonnait point ses plans de suprématie religieuse et politique. Trois cents ans se sont écoulés depuis lors, et la teneur du concordat montre que le génie altier de Grégoire VII anime encore l'Église.

On dit que les empiétements du Saint-Siège, l'espèce d'usurpation commise par lui dans le premier synode et l'exigence croissante du clergé autrichien, ont rendu soucieux le jeune Empereur, qui a conclu le pacte nouveau sous l'influence de sa mère. On lui demande aujourd'hui contre la presse des lois impitoyables ; demain on réclamera d'autres mesures. Peu à peu on resserrera le domaine du pouvoir temporel, on en fera une simple

annexe du pouvoir spirituel. Si alors le prince veut revendiquer ses droits, il n'est pas improbable qu'on lui
réponde :

La maison m'appartient ; c'est à vous d'en sortir.

Qu'il se rappelle les interminables luttes des empereurs d'Allemagne contre le Siège apostolique, la fin
douloureuse de Henri IV, mort de misère dans l'évêché
de Liège, Philippe Ier de France et tant d'autres rois
excommuniés. La théocratie est le fond même de la
politique des papes. Tous les arguments dont se
servent les diplomates autrichiens la contiennent en
substance.

CHAPITRE XXXIV

Politique traditionnelle de l'Autriche à l'égard des provinces danubiennes.

On s'étonne généralement de voir l'Autriche contrarier tous les vœux des Moldo-Valaques, s'opposer à toutes les mesures qui peuvent accroître la force et le bien-être des principautés danubiennes, comme on s'étonnait, en 1856, de l'obstination avec laquelle cette puissance déloyale maintenait ses troupes dans le pays, les augmentait sournoisement, au lieu de les diminuer, ainsi que le réclamaient la France et l'Angleterre. Elle avait envahi les provinces roumaines, sous prétexte de les défendre contre les Russes ; elle s'y installait et ne voulait plus en déguerpir. Cette violation évidente du traité de Paris faisait suspecter sa bonne foi : derrière ses subterfuges, on entrevoyait, non sans indignation, de secrets desseins. Toute sa conduite, depuis le commencement de la guerre, semblait n'avoir eu qu'un but : l'annexion des provinces danubiennes à l'Empire. Si on avait examiné ses actes l'un après l'autre, si on avait connu l'histoire de la maison d'Autriche, les doutes se seraient bientôt changés en certitude. A l'heure qu'il est, elle ne veut pas que la prospérité, le calme et l'union règnent dans les provinces danubiennes, parce que ces avantages les fortifieraient, consolideraient leur existence et hâteraient le moment où elles pourront jouir d'une complète autonomie. La cour de Vienne cherche toujours des victimes, ambitionne toujours un agrandissement territorial : elle désire étendre sur les populations moldo-valaques le régime paternel dont elle accablait l'Italie.

L'occupation des provinces danubiennes, au reste, n'est pas pour l'Autriche un plan nouveau : elle a manifesté ses intentions, il y a plus de cent ans, et une pièce officielle, dont nous allons extraire la substance, ne laisse aucun doute à cet égard. En 1771, les Russes ayant envahi les principautés, Marie-Thérèse occupa un district de la Moldavie appelé la Bukovine. C'était une première satisfaction ; mais l'Impératrice ne voulait passe contenter de si peu. Elle envoya donc sur la rive gauche du grand fleuve une commission chargée d'étudier le pays, de déterminer quels avantages on retirerait de sa conquête. Les membres de la commission étaient des officiers de l'état-major, preuve de l'importance que l'on attachait à leur travail. Cinq questions leur avaient été posées : les deux premières concernant un chemin qu'il semblait urgent d'ouvrir à travers les principautés, l'Autriche parlant déjà comme si l'annexion avait eu lieu. Les autres paragraphes ne sont pas moins péremptoires. Nous les reproduisons textuellement.

Troisième question. — La monarchie autrichienne pouvant, avec l'aide de Dieu, s'incorporer d'une manière ou d'une autre ces provinces, si elle y trouve des avantages réels, il faut évaluer leur étendue, leur population et considérer la nature de leur sol. Il faudrait aussi apprécier en argent la valeur de toute la contrée, afin de savoir combien on pourrait dépenser à l'acquérir.

Quatrième question. — En supposant que l'Autriche, après cette enquête, fût décidée à s'emparer du pays, il faut examiner si cet accroissement du territoire serait utile seulement pour une de ses provinces, ou s'il profiterait à la monarchie entière, et en quoi consisteraient les avantages qu'elle en retirerait.

Cinquième question. — Quel dommage causerait à la Turquie ou à la Russie la perte de ces territoires, si on forçait l'une ou l'autre d'y renoncer ? Enfin, quelles sont les dispositions des habitants ; montrent-ils du penchant ou de la répugnance pour le gouvernement autrichien ?

Ces demandes étaient catégoriques ; les réponses des officiers de l'état-major ne le furent pas moins. Elles ont été imprimées pas Schlœtzer dans le premier cahier de ses *Staats Anzeigen*, pages 38 et suivantes. Le fameux Mirabeau les traduisit tant bien que mal et les publia dans son livre *De la Monarchie prussienne sous Frédéric le Grand*, tome VI, pages 279 et suivantes. Nous marchons donc ici en pleine lumière et non pas dans le demi-jour des hypothèses. L'ouvrage du célèbre orateur fut imprimé à Londres en 1788 ; il est remarquable assurément qu'il ait cru devoir signaler dès cette époque les projets de l'Autriche. Il appelle même l'attention du lecteur sur un fait constaté dans les réponses de la commission. Avant son insidieuse enquête sur les provinces danubiennes, la cour impériale avait commencé à les envahir frauduleusement. Elle faisait reculer pendant la nuit les poteaux qui marquaient les limites de son territoire. Mirabeau trouve *fort étrange* cette manière de s'agrandir, et ajoute qu'elle dénote l'esprit du cabinet de Vienne.

Les réponses des officiers autrichiens forment un document trop étendu pour que nous puissions le donner ici intégralement, pour que nous puissions même en offrir un résumé complet. Nous nous bornerons donc à étudier les passages les plus importants. On voit d'abord, dans l'évaluation de la superficie territoriale, que les recherches de la commission s'étendent jusqu'au Dniester ; la Bessarabie, dont il constitue la limite septentrionale, éveillait par conséquent les désirs ambitieux de la maison d'Autriche. Quant à la nature du sol, le tiers seulement paraît cultivable aux délégués, des montagnes infécondes, des marais et des terres basses, inondés pendant l'hiver, composant le reste. Ils l'estiment vingt millions de florins. « Si on voulait de même estimer la population, à prix d'argent, dit ensuite la commission, vu que

les habitants sont sujets de la Porte, on pourrait évaluer
chaque famille, bonne, médiocre ou mauvaise, à cinquante florins, prix auquel les gentilshommes de la
Transylvanie se vendent mutuellement leurs serfs ; on
obtiendrait ainsi un total de vingt et un millions cinq cent
mille florins. »

Voilà des créatures humaines cotées bien bas, il me
semble : toute une famille pour cent vingt-cinq francs,
ce n'est pas cher ! Une famille de moutons coûterait
davantage. Mais les rois étant les pasteurs des peuples,
ils évaluent leurs troupeaux de bipèdes suivant leur
bon plaisir.

Quant aux avantages que peut offrir l'annexion des
provinces danubiennes, la commission en distingue trois
espèces : les uns relatifs à la guerre, les seconds au fisc,
les troisièmes au commerce. Les agents de l'Autriche
étant des militaires, insistent beaucoup sur l'utilité stra-
tégique de la Moldavie et de la Valachie pour défendre
l'Empire du côté de l'Orient. Dans cette direction, les
frontières autrichiennes partagent en deux les montagnes de la Transylvanie. La cour de Vienne n'en possède
que le versant occidental ; l'autre versant appartient à
la Turquie. Or les commissaires allèguent que cette
position est très défavorable au point de vue militaire.
Une armée campée au bas ou sur le flanc d'une montagne, dont ses avant-postes occupent les sommets, ne
peut empêcher un ennemi de la franchir. Les patrouilles
même servent peu. Il y a toujours une foule de gorges
et de vallons par où il est facile de marcher sans être
vu. Les troupes se glissent dans l'intervalle de deux
postes et dans les défilés nombreux que ne surveillent
point momentanément les patrouilles. Pour abriter
l'Autriche vers l'est, il faut donc s'emparer du versant
oriental des montagnes. Celles-ci formeraient alors le
point d'appui des armées autrichiennes et faciliteraient
leur retraite en cas de déroute. Les hauteurs seront
une espèce d'observatoire d'où on dominera l'ennemi
et d'où l'on apercevra tous ses mouvements. Le retour

étant assuré, on pourrait vivre hors des frontières actuelles jusqu'au moment d'un échec. La Valachie et la
Moldavie fourniraient abondamment aux besoins des
troupes, avantage que l'on ne trouve pas dans les montagnes : il faut y transporter les vivres à grands frais.

Il est donc indispensable d'agrandir la monarchie
vers l'Orient. Cette nécessité une fois reconnue, ne
vaut-il pas mieux en reculer les bornes pendant la paix,
soit par un traité, soit de toute autre manière, que
d'attendre au dernier moment? Reculer les poteaux ne
suffit pas : il serait bon d'employer un moyen plus
décisif.

La possession de la Moldavie aurait une importance
spéciale : elle mettrait en communication directe les
provinces de Galicie et de Lodomérie, nouvellement
acquises, avec la Transylvanie. Les armées passeraient
de l'une dans l'autre par un chemin plus court et plus
facile ; quelques défilés rendraient aussi le transport de
l'artillerie et la marche de la grosse cavalerie infiniment moins pénibles. Les troupes levées dans le pays
même serviraient d'ailleurs, en temps de guerre, à
protéger ces manœuvres.

La Moldavie et la Valachie ne rapporteraient pas au
fisc des sommes considérables, mais ces provinces
auraient pour le négoce une extrême importance. Tout
le commerce de la Turquie avec la Pologne, l'Ukraine,
la Russie et l'Allemagne, passe par Bucharest et Jassy.
Or, les expéditions se feraient plus aisément et plus
promptement par la Transylvanie ; Bucharest serait
l'entrepôt d'où on acheminerait les denrées vers Terz-
burg, Cronstadt et Bistrictz, ou vers Hermanstadt,
Czernowitz et Syatin.

La Valachie et la Moldavie renferment, en outre, des
mines de cuivre très riches : on y voit des filons à
fleur de terre. Si on ne les a pas mieux exploitées
jusqu'à présent, si même les princes et les boyards en
ont caché l'existence aux Turcs, c'était pour ne pas
attirer les Musulmans dans le pays. Les provinces

danubiennes possèdent encore des mines de sel gemme et un grand nombre de sources salées ; elles approvisionnent les basses terres du Palatinat de Braclaw, une partie du gouvernement d'Oczakow, presque toute la Moldavie, toute la Valachie et toute la Bulgarie. Quelques districts des Principautés fourniraient de bons vins ; sur les terres fécondes, les troupeaux sont nombreux et composés de belles races. Mais les avantages commerciaux, les mines de cuivre et les mines de sel doivent surtout fixer l'attention du gouvernement impérial.

Quand on songe de quel côté l'Autriche est le plus vulnérable, de quel côté elle a le plus à craindre l'envie et les projets hostiles, il semble urgent de tout mettre en œuvre pour abriter, pour fortifier son flanc oriental. Elle pourrait même porter ses regards au delà des provinces danubiennes, tâcher de s'agrandir encore davantage ; car si une puissance comme la Russie médite la conquête de l'empire ottoman, veut s'en rendre maîtresse par ses armées de terre et par ses escadres, en faisant faire à celles-ci le tour de l'Europe, nous aurons peut-être l'occasion d'étendre nos frontières le long du Danube, depuis Orsowa jusqu'à Silistrie. Tirant de là une ligne sur Varna, au bord de la mer Noire, et du confluent de la rivière Podhorze, dans le Dniester, jusqu'à l'embouchure de ce fleuve, en suivant son cours, nous occuperions, très profitablement pour nous, le rivage occidental de l'Euxin.

Après avoir complété le rêve ambitieux de l'Autriche, la commission examine quels dommages résulteraient, soit pour les Turcs, soit pour les Russes, de son installation dans les provinces danubiennes et au bord de la mer Noire. Cette question ne nous offrant aucun intérêt, nous omettrons les aperçus des officiers allemands.

Reste à connaître les dispositions des habitants pour l'Autriche. Les agents de cette puissance divisent la population en trois classes : les prêtres, les nobles ou boyards, les paysans. On doit supposer aux premiers

la plus vive répugnance pour la domination impériale ;
la différence de religion, l'inquiétude à l'égard de leurs
biens, et la crainte de perdre en partie leur influence
sur la multitude, ne peuvent leur inspirer que de l'a-
version. Les conséquences heureuses du nouveau régime ne sont point de nature à les toucher, ou même
à être comprises par eux.

Les boyards redoutent et désirent la conquête autrichienne. Ils appréhendent de voir finir l'oppression
illimitée qu'ils exercent sur le paysan, dont leur volonté
règle entièrement le sort ; ils partagent, d'ailleurs, les
passions, les préjugés de la caste sacerdotale. Mais
l'anxiété que leur causent les Russes, leur fait souhaiter
l'annexion de leur pays au nôtre.

« Les campagnards, poursuivent les rapporteurs,
sont mieux disposés envers nous. N'ayant jamais connu,
avant la guerre actuelle, la régularité dans les contributions, n'ayant jamais eu le moyen d'exprimer leurs
griefs, ne pouvant compter sur le fruit de leur travail,
sur l'aisance et le repos, ni procurer le bien-être à leur
famille, ils souhaitaient avec ardeur l'invasion des
Russes, espérant toujours qu'un changement quelconque améliorera leur destinée ; mais à présent qu'ils
connaissent le joug moscovite, ils le détestent et, malgré l'opposition du clergé, ils invoquent la maison d'Autriche, car ils apprennent de leurs voisins que, chez
nous, on protège les paysans, on ne leur demande que
des taxes raisonnables, on les laisse vivre tranquillement, lorsqu'ils les payent, et on les traite en toutes
choses avec justice.

» Nous croyons en outre que, par des raisonnements
et des explications, il serait possible d'amener les prêtres à de meilleurs sentiments pour nous. On éclaire-
rait aussi les boyards ; on leur ferait comprendre que
les vexations dirigées contre les cultivateurs, diminuant
leurs ressources, produisant un malaise et une perturba-
tion générale, causeront tôt ou tard leur ruine et celle
de leur famille. Quand ces lumières auront pénétré dans

les différentes classes, le peuple entier baisera avec joie, avec un respectuenx empressement le sceptre de nos souverains, célèbres par leur humanité comme par leur équité. »

Ce document, on le voit, est des plus nets : la cour de Vienne n'y déguise pas ses projets. Le partage de la Pologne, exécuté en 1772, sanctionné par la diète nationale de Varsovie en 1773, calma, gorgea un moment son ambition. Les Russes avaient quitté les provinces danubiennes, rachetées à ce prix ; mais l'Autriche n'abandonna point la Bukovine. Le 25 février 1777, la Turquie, engagée dans une lutte terrible avec Catherine II, et voulant s'assurer les bonnes grâces de sa voisine occidentale, lui en fit cession. Le gouvernement impérial l'a conservée depuis.

En 1856, il crut pouvoir accomplir un dessein ajourné depuis un siècle par des circonstances défavorables. Ses intentions secrètes se trahirent de plus en plus ; il s'installait sans vergogne dans les principautés danubiennes. Espérait-il que la France et la Grande-Bretagne lui laisseraient carte blanche ? Tout le sang qu'elles avaient perdu, tous les millions qu'elles avaient prodigués pendant deux ans, n'auraient-ils servi qu'à satisfaire l'ambition autrichienne ? Une guerre si pénible et si coûteuse n'aurait-elle produit que pour les Habsbourgs des avantages positifs, et aurions-nous été les dociles instruments de leurs convoitises ? Ils le croyaient sans doute ; mais il fallut céder aux pressantes réclamations de la France et de l'Angleterre. L'Autriche se résigna de mauvaise grâce à lâcher sa proie, en attendant une meilleure occasion. Depuis lors, elle n'a point suspendu ses manœuvres perfides. Quand vint le moment d'organiser la Moldavie et la Valachie, quand elles témoignèrent hautement le désir de n'avoir qu'une seule administration et qu'un seul chef, la cour de Vienne employa tous ses moyens d'action, toute son influence et toute sa ruse pour faire avorter un plan judicieux, qui devait fortifier les deux provinces, leur donner l'habitude d'un gouvernement national et d'une existence indépendante. Elle n'abandonnera point cette politique déloyale, parce qu'elle veut envahir un jour ou l'autre les principautés, comme elle voulait posséder l'Italie entière, depuis les Alpes jusqu'au golfe de Tarente, et même arborer son drapeau sur les tours de Palerme. Elle suit opiniâtrément la vieille ornière des ambitions royales ; jamais les Habsbourgs ne sont satisfaits des territoires où leur félonie répand le deuil, la misère, l'oppression et l'idiotisme ; jamais ils ne perdent de vue leur emphatique devise : *L'Autriche a le droit de commander à tout l'univers.*

P. S. Ce chapitre publié d'abord dans le journal *Le Siècle*, puis réimprimé en 1859, semble avoir fixé l'attention de la Prusse : elle a dès lors contrarié les projets de l'Autriche, inventé d'adroites mesures pour les rendre à jamais impraticables. Ses agents facilitèrent la réunion des deux provinces en un seul État, auquel fut annexée la Bessarabie ; un prince de Hohenzollern, élu par ses soins chef des populations danubiennes, fit prévaloir sur les bords du grand fleuve les opinions, les intérêts de sa famille, organisa le pays, l'administration, mais surtout le régime militaire, conformément au système prussien. L'Allemagne du Nord lui envoya des officiers pour apprendre aux soldats les manœuvres prussiennes, des canons, des mortiers, des obus, des fusils à aiguille. Bien loin de pouvoir exécuter les plans de Marie-Thérèse, l'Autriche fut désormais tenue en échec dans les provinces danubiennes. Et la cession de la Bessarabie au Czar forme maintenant un nouvel obstacle à ses desseins.

CHAPITRE XXXIV

Folie chronique ou intermittente des Habsbourgs ;
leur inflexible opiniâtreté. — Plans secrets du Gouvernement autrichien. — Épilogue.

Le concordat autrichien et les réflexions qu'il suggère
aux publicistes viennois, les perpétuelles menées du
gouvernement pour préparer l'annexion des provinces
roumaines à l'Empire, mettent en pleine lumière la puissance de la tradition sur les bords du Danube et l'in-
corrigible opiniâtreté des Habsbourgs.

Cette famille étrange, presque fantastique, emprunte
souvent au monde des visions les motifs de ses actes
les plus graves et ses conceptions les plus durables. Son
histoire ou, pour mieux dire, sa physiologie, explique
le spectacle singulier dont elle frappe les esprits studieux. Par Marie de Bourgogne, elle descend de Charles
le Téméraire ; par Jeanne la Folle, des rois catholiques
Ferdinand et Isabelle. On connaît l'esprit sombre, violent, terrible et audacieux du prince bourguignon, que
Louis XI, après la bataille de Saint-Jacques, mit aux
prises avec les montagnards des Alpes, qui ne découvrit
jamais le piège, et brisa toutes ses forces contre leur
intrépidité, mourut victime de son obstination comme
de son imprévoyance. Jamais figure plus tragique n'a
étonné les hommes, jamais emportements plus douloureux n'ont torturé un esprit d'élite, une organisation
trop irritable. Le mariage de son petit-fils avec Jeanne
d'Aragon associa deux éléments funestes, l'exaltatiou
frénétique, l'impatiente volonté du souverain flamand et
l'inexorable fanatisme des monarques espagnols.

Dans ce sang maladif et déjà surexcité, la démence
de Jeanne la Folle mêla un nouveau principe de perturbations morales. Ce n'était pas un délire doux et triste
que celui de la reine jalouse : lorsqu'elle eut empoisonné
son mari, Philippe le Beau, parce qu'elle le supposait
infidèle, lorsque des preuves convaincantes lui eurent
démontré son erreur[1], elle fit tirer son cadavre du tombeau, le fit richement habiller et mettre dans un cercueil
de verre, qu'elle garda sans cesse près d'elle. Ni le jour,
ni la nuit, sauf pendant quelques heures d'un sommeil
agité, elle ne détournait les yeux de ces restes livides.
Elle n'en laissait approcher aucune femme, par un instinct de jalousie qui survivait à sa raison. De peur qu'on
ne lui ravît cette dépouille inanimée, elle entreprenait
de fréquents voyages, où elle cheminait surtout après
le coucher du soleil On portait devant elle, à la lueur
des torches, le cadavre sans repos. Un moine lui ayant
persuadé que le prince ressusciterait au bout de quatorze ans, la reine attendait avec une crédulité enfantine l'accomplissement de la prophétie. Le miracle n'eut
pas lieu, comme on pense bien, et alors, d'une lugubre
folie elle tomba dans une démence furieuse. Ses accès
de rage contraignirent de lui donner pour prison une
tour solitaire. Là, pendant un espace de trente-six ans,
elle ne cessa de rugir, de s'abandonner aux plus affreuses
extravagances. Elle mourut seulement le 12 avril 1555,
trois mois avant l'abdication de Charles-Quint.

Ce prince taciturne, féroce et glouton, d'un amour-
propre insatiable, d'une bigoterie funèbre, sujet à des
caprices singuliers, révélait par des signes flagrants sa
malsaine origine. Sa figure, constamment pâle, lui donnait l'air d'un spectre. Jeune, il tombait du haut-mal;
plus tard, ses fréquentes migraines le forçaient de porter

1. Cet empoisonnement de Philippe le Beau était jusqu'ici demeuré inconnu ; mais une lettre du comte de Fürstenberg, qui
avait escorté le prince en Espagne avec trois mille lansquenets,
pièce découverte et publiée en 1849, a mis hors de doute la cause
de sa mort prématurée. Il n'avait que vingt-huit ans.

les cheveux très courts ; la goutte, pendant sa vieillesse, lui montait souvent à la tête et le menaçait de mort subite : il avait manifestement au cerveau un principe d'irritation morbide. Longtemps avant son abdication, il restait des journées entières plongé dans une humeur noire, ne prononçant pas une parole et fondant tout à coup en larmes, sans vouloir dire pour quel motif. Comme sa mère faisait partout porter avec elle la dépouille de Philippe le Beau, Charles-Quint, l'empereur nomade, qui avait neuf fois résidé en Allemagne, visité sept fois l'Espagne, six fois l'Italie, deux fois l'Angleterre, dix fois les Pays-Bas, qui avait mis quatre fois le pied sur la terre de France et vu deux fois l'Afrique, voyageait perpétuellement avec son cercueil. Il proposa un jour à sa femme Isabelle de se retirer chacun dans un couvent. Il s'y retira lui-même, comme personne ne l'ignore, après dix-sept ans de veuvage, et eut l'idée fantasque de célébrer ses propres funérailles. On dressa un catafalque sous les voûtes de l'église des Hiéronymites, à laquelle était adossée sa maison de bois. Ses courtisans et ses domestiques s'y rendirent en procession, tenant des cierges noirs ; il les suivait, enveloppé d'un linceul. On l'étendit dans une bière et on commença l'office des morts. « Charles joignait sa voix aux prières qu'on récitait pour le salut de son âme, nous dit Robertson d'après Strada, et mêlait ses larmes avec celles que répandaient les assistants, comme si on célébrait de véritables funérailles. » La solennité burlesque ne dura pas moins d'une journée entière ; les personnes présentes finirent par jeter, suivant la coutume, de l'eau bénite sur le cercueil. Charles-Quint en sortit alors et alla s'asseoir, aux derniers rayons du soleil, dans le jardin de son ermitage. Comme il s'était refroidi pendant la mascarade, il éprouva bientôt un frisson violent, et il fallut le porter au lit. Le fanatique empereur ne le quitta plus ; il expira vingt-deux jours après, non sans avoir enjoint à son fils, par un codicille, d'exterminer tous les hérétiques.

Je le demande en conscience, de pareilles lubies
annoncent-elles un cerveau bien sain ? Ne reconnaît-on
pas ici, au premier coup d'œil, les divagations de Jeanne
la Folle ? M. Michelet, qui a traité cette question de
démence héréditaire chez l'Empereur, ajoute à l'action
de la race l'influence désastreuse que le gouverneur du
prince, M. de Chièvres, exerça sur lui pendant sa jeunesse. « Il ne combattit par Charles le Téméraire, dit-
il, mais le refit. Charles-Quint, son élève, fut laborieu-
sement, *sagement* élevé par lui dans la folie de l'autre.
Les visions de monarchie universelle, étranges et roma-
nesques pour un duc de Bourgogne, semblaient l'être
bien moins pour un homme en qui la fortune unissait
les Espagnes, les Pays-Bas, les États autrichiens. Le rêve
de Pyrrhus et de Picrochole, ce n'était plus un rêve ;
il se trouvait déjà plus qu'à demi réalisé par ce caprice
du sort. » Hélas ! des influences de même nature devaient obscurcir, égarer l'intelligence de presque tous
ses descendants. Les Habsbourgs d'Autriche et ceux
d'Espagne furent façonnés, montés comme des automates par les mécaniciens les plus habiles et les plus
pernicieux. Qu'était-ce que ce pauvre M. de Chièvres,
comparativement aux Inquisiteurs et aux Jésuites ?

Aussi, les fâcheux symptômes que nous venons de
signaler s'aggravèrent-ils dans Philippe II. Peut-on
croire que sa piété sauvage, que sa soif de meurtre,
son libertinage sinistre, son implacable orgueil fussent
exempts d'aliénation mentale ? Sa mort entre les murs
d'une cellule, devant une image de l'enfer peinte par
Jérôme Bosch, son agonie tourmentée de hideuses
hallucinations, forment un drame qu'eût à peine inventé
le Dante. Presque tous ses successeurs, presque tous
les héritiers de son oncle Ferdinand Ier, frère de Charles-
Quint et empereur d'Allemagne, ont trahi par quelques
marques l'infirmité secrète de la famille.

Chez Rodolphe II, elle se montra sans voiles. Les
affaires lui inspiraient le plus profond dégoût : il ne
s'en occupait que par jalousie, pour les brouiller, quand

il les voyait entre les mains d'un habile secrétaire
d'État. Des curiosités, l'alchimie, l'astrologie, la magie
blanche occupaient d'ordinaire tout son temps. Invi-
sible, inabordable dans le palais du Hradschin, il gouvernait si mal son intérieur, que l'on y manquait parfois d'argent pour acheter des vivres. Mais ce que le
prince ne négligeait pas, c'était son lion, ses léopards
et ses aigles ; il les apprivoisait avec une patience exemplaire et s'en faisait suivre dans les salles du château. Toutes sortes de prétendus sorciers y vivaient
pêle-mêle avec l'Empereur : il s'imaginait pouvoir créer
des hommes par le moyen d'un alambic, ressusciter
les momies, prédire les choses futures, voir à l'aide
d'un miroir les objets éloignés de cent lieues, faire de
l'or et commander aux éléments. Ses favoris seuls
l'approchaient pendant des mois entiers, si bien qu'on
ignorait dans l'Empire s'il était mort ou vivant. Après
avoir passé quelques heures immobile et silencieux, il
se levait parfois et mettait en pièces les meubles, les
statues, les pendules, les tableaux, les vases précieux.
La mort d'un vieux lion et celle de deux aigles, qu'il
nourrissait tous les jours de ses propres mains, lui
brisèrent le cœur ; il ne put se consoler de leur perte
et ne tarda point à rendre le dernier soupir.

Il n'avait pas encore cessé de vivre que l'hypocondrie
sanguinaire de Philippe II reparaissait dans l'archiduc
Ferdinand, qui devait occuper un jour le trône impérial. Malgré les édits de tolérance, il conservait le dessein d'anéantir la Réforme, et se mettait à l'œuvre sans
scrupules et sans pitié. Nous avons fait connaître à nos
lecteurs cette figure sépulcrale, ce dévot patibulaire,
que l'on nommerait avec justice le plus grand meurtrier
de l'histoire. Ce fut lui qui extermina les deux tiers de
la population germanique, et, par l'excès de l'oppression, du dénûment, de la famine, ramena ses sujets
aux mœurs des cannibales, les réduisit à manger de la
chair humaine. On était obligé de surveiller pendant la
nuit les cimetières, pour qu'on n'y vînt pas déterrer les

morts. Son atroce démence continua de sévir dans ses
deux héritiers, Ferdinand III et Léopold. Hoffmann n'a
pas inventé de caractères plus bizarres, ni Tacite décrit
de règnes plus hideux que les leurs.

Sous Charles VI, quelques rayons de lumière glissent
à travers les nuages qui enveloppent habituellement les
esprits de cette famille : encore l'expulsion de trente
mille protestants rappelle-t-elle le sombre fanatisme
des Habsbourgs. Marie-Thérèse, plus intelligente que
ses prédécesseurs, trahit elle-même par des indices
manifestes les penchants de sa race. Elle pousse la bigoterie jusqu'aux dernières limites de l'exagération,
traite quelquefois ses sujets avec une férocité implaca-
cable. La Bohême, qui, pendant la guerre de la Succession d'Autriche, avait montré peu de zèle pour la dynastie de ses oppresseurs, en fut châtiée d'une façon barbare. Malgré l'amnistie promise, stipulée avec le général
français Chevert, on abandonna tout le pays aux fureurs
de la soldatesque impériale, comme une ville prise
d'assaut. Une foule d'individus appartenant au clergé
supérieur, à l'ancienne et à la nouvelle noblesse, des
femmes même de la haute société, périrent sous la
hache et dans les tortures. En plein dix-huitième siècle,
on renouvela les supplices du moyen-âge. Le fouet, la
bastonnade, les travaux forcés, la prison perpétuelle
furent les punitions les plus douces prononcées contre
des personnes coupables seulement d'indifférence pour
les Habsbourgs, car on ne leur imputait aucun acte de
rébellion. Vingt-et-un suspects furent condamnés sans
témoins et décapités secrètement. Des familles entières, dont on n'eut jamais la moindre nouvelle, disparurent au fond des cachots. Ainsi fut exterminée l'ancienne race des comtes de Wrtby. Pendant le séjour de
Marie-Thérèse à Prague, où elle venait ceindre la couronne de Bohême, un jour qu'elle sortait du château,
un ecclésiastique eut le courage de lui présenter plus
de cinquante enfants et femmes enceintes, qui tremblaient pour leurs pères, pour leurs maris, incarcérés

par la commission aulique. Ces malheureux se jetèrent
aux pieds de l'Impératrice, et, avec des larmes, des
sanglots, en invoquant le nom du Seigneur, la pitié
naturelle aux femmes et la clémence prescrite par l'É-
vangile, implorèrent la grâce des captifs. Tous les assistants pleuraient. La fille de Charles VI repoussa leurs
prières et continua son chemin.

Le mélange du sang français avec le sang autrichien,
par l'union de Marie-Thérèse avec François de Lorraine, produit deux nobles caractères, deux empereurs
qui honorent le trône, Joseph II et Léopold II. Mais
le prince-époux avait un caractère faible et timide, une
nature voluptueuse et indolente ; le sombre génie des
Habsbourgs ne se laissa point dompter, accabler par le
génie de la France si mollement représenté. Il travailla
sourdement la constitution de la nouvelle famille, et
tout à coup, dans le fils de Léopold, dans ce François Ier,
qui régna quarante-trois ans et soutint contre Napoléon
une guerre colossale, on vit reparaître sans altération
et sans voile l'esprit sinistre de Philippe II. Il anime,
conseille, dirige également le nouvel empereur François-Joseph. Les débuts de ce prince ont fortifié en lui
les mauvais instincts de sa race.

Quel triste noviciat pour un jeune homme, pour un
souverain absolu, que les campagnes d'Italie et de Hongrie, en 1848 et en 1849 ! Quels modèles, quels instituteurs, quels compagnons d'armes que les Radetzky et
les Haynau ! C'est au milieu du sang, du carnage, des
exécutions militaires, que son esprit s'est formé ; les
victoires des Russes sur ses propres sujets ont raffermi
son trône. De pareils spectacles, de pareilles leçons ne
purent lui inspirer ni la clémence, ni l'amour de la justice, ni le dévouement pour ses peuples ; ils sont loin
d'avoir conjuré les funestes influences qui couvent dans
ses veines.

Au lieu d'être atténuées, combattues en lui par un
antidote, elles ont été malheureusement fortifiées par
des circonstances néfastes. Après son retour de Lom-

bardie, pendant que la cour résidait à Olmütz, on espéra un moment qu'il abandonnerait les vieilles traditions de sa famille. Déjà il avait répudié l'étiquette espagnole. Plusieurs fois il avait pris la licence inouïe de fumer un cigare dans le salon impérial, ce qui avait scandalisé bien des narines patriciennes ; jamais un archiduc ne s'était émancipé à ce point ! Mais le cérémonial rentra bientôt en faveur, ramenant sur ses pas la dévotion exagérée, les humeurs noires, l'amour-propre titanique, la dureté des Habsbourgs. On vit le jeune monarque suivre les processions, un cierge à la main. En 1855, il revêtait le cilice du concordat. Les ombres de Charles le Téméraire, de Jeanne la Folle, de Charles-Quint, de Ferdinand II et de Léopold Ier lui forment maintenant un sinistre cortège, l'éloignent du bien et le poussent vers le mal.

Quand on étudie la politique, les actions du gouvernement autrichien, quand on cherche à deviner ses projets, on ne doit pas raisonner d'une manière absolue, d'après les vraisemblances ordinaires. La folie partielle ou complète de presque tous les Habsbourgs est un élément irréductible, dont il faut tenir compte. Le mauvais génie de cette maison peut toujours lui conseiller des entreprises téméraires, qui déjoueront les calculs les plus sensés. Quoiqu'elle opprime la terre de sa base massive et pesante, son faîte capricieux se perd dans les nues. Elle y cherche la tempête et y brave la foudre. Vingt fois déjà elle a failli périr au milieu des orages qu'elle a provoqués. Un bonheur étrange, que Louis XIV nommait un miracle, l'a sauvée depuis plusieurs siècles, et jusque sous nos yeux, en 1849. Elle compte sur la perpétuité de cette chance merveilleuse, et appréhende moins que les autres familles royales les douteuses aventures. Elle ressemble aux hommes qui croient posséder un talisman infaillible. Les plus graves obstacles ne lui font donc pas abandonner ses projets. La guerre de 1859, entreprise contre toute justice et toute raison, suffirait pour le démontrer.

L'Autriche ne s'y proposait pas seulement d'annexer

le Piémont à l'Empire, de soumettre définitivement l'Italie : un effet partiel, une victoire bornée, tel ou tel avantage spécial ne pouvait la contenter. Elle ne dédaigne point assurément les avantages de cette espèce : la ruse se mêle toujours, dans ses conseils, au fanatisme et à la violence. Mais elle portait plus loin ses vues, elle embrassait du haut de son orgueil un plus large horizon. Le but qu'elle a poursuivi pendant soixante-dix ans, avec une persévérance infatigable, c'était l'anéantissement de la démocratie en Europe. Jadis, elle avait adopté pour devise : « Plutôt un désert qu'un pays peuplé d'hérétiques ! » Maintenant, elle s'écriait : « Plutôt un désert qu'un pays peuplé de démocrates ! » Au dix-septième siècle, après avoir étouffé le schisme dans ses propres domaines, elle l'attaqua au dehors, essaya de détruire tous les partisans du libre examen ; après avoir, de nos jours, comprimé chez elle et en Italie les soulèvements, les aspirations vers la justice et l'indépendance, elle voulait susciter une croisade européenne contre tous ceux qui admettent la souveraineté du peuple, ne fût-ce que par le suffrage universel et le système représentatif. Un passage du manifeste de l'empereur d'Autriche le prouve péremptoirement : « La couronne, que mes » aïeux m'ont transmise sans tache, a eu déjà de bien » mauvais jours à traverser : mais la glorieuse histoire » de notre patrie prouve que souvent, lorsque les » ombres d'une révolution, qui met en péril les biens » les plus précieux de l'humanité, menaçaient de s'é- » tendre sur l'Europe, la Providence s'est servie de » l'épée de l'Autriche, dont les éclairs ont dissipé ces » ombres.

» Nous sommes de nouveau à la veille d'une de ces » époques, où les doctrines subversives de tout l'ordre » existant ne sont plus prêchées seulement par des » sectes, mais sont lancées sur le monde du haut même » des trônes.

» Si je suis contraint de tirer l'épée, cette épée est » consacrée à défendre l'honneur et le bon droit de

» l'Autriche, les droits de tous les peuples et de tous
» les États, et les biens les plus sacrés de l'humanité. »

Les menaces du cabinet de Vienne en 1855, menaces
reproduites plus haut, avaient le même sens et la même
portée. C'était une guerre de Trente-Ans qu'il voulait
déchaîner sur le monde.

Une telle conduite peut sembler imprudente, mais
elle est d'accord avec toute l'histoire des Habsbourgs.
Jamais cette famille n'a consulté la prudence ou la raison, quand elle a cru ses droits imaginaires et ses faux
principes en péril. Elle se jette alors tête baissée dans
les aventures. François Ier, l'adversaire de Napoléon, a
fait graver sur les monuments de Vienne une maxime
énergique et menaçante : « *Fiat justicia et pereat mun-
dus !* — Que justice soit faite et que le monde pé-
risse ! » La cour de Vienne, bien entendu, comprend
l'équité à sa manière. La justice, pour elle, c'est l'autorité absolue, c'est le triomphe du droit divin, c'est
l'application illimitée de son propre système.

A cette grande prêtresse de l'oppression, comme l'a
si bien nommée de Montalembert, il ne suffisait point
que le despotisme régnât sans partage entre ses frontières, dans les États romains, à Naples et dans la Sicile. Tant qu'un mot de liberté résonnait quelque part,
elle se sentait troublée, inquiète ; elle éprouvait des impatiences furieuses. Les discours des Chambres pié-
montaises, si voisines de sa frontière, lui causaient
sans doute les crispations les plus vives. Mais les paroles généreuses que l'on prononçait au loin ne laissaient
pas de l'irriter. L'aspect des gouvernements fondés sur
les droits populaires blesse sa vue, comme le spectacle
d'une impiété scandalise et met en fureur les dévots.
Pour que le calme lui soit rendu, il faudrait que le
nom même de la démocratie fût rayé de la mémoire
des hommes.

L'amour-propre insensé des Habsbourgs contribue
pour une grande part à cette haine illimitée des principes chers aux nations. Ils se croient les vrais représen-

tants de Dieu sur la terre. Mais, entre eux et leur maître, ils font peu de différence, et il leur en coûterait de s'avouer inférieurs à lui. La ligne de démarcation qui les sépare leur semble presque imperceptible. Chaque souverain que produit cette famille se tient, dans le fond de sa conscience, pour la quatrième personne de la divinité. Quelle idée peut-il donc se faire des nations ? Ne doit-il pas les regarder comme d'humbles troupeaux, comme des hordes viles, trop heureuses d'obéir au chef qui les gouverne, qui les honore de ses commandements ? Tout essai, toute velléité de désobéissance devient alors non-seulement un crime de lèse-majesté, mais un véritable sacrilège. On ne saurait faire tomber sur les impies un châtiment trop cruel. De là les affreuses répressions qui ont ensanglanté le sol de l'Autriche. Les hommes, cette race infime, ne sont que des grains de poussière devant la maison de Habsbourg. Elle les sacrifie, elle les disperse à tous les vents, lorsque ses projets le réclament ou qu'ils veulent se mettre en opposition avec elle.

Cet orgueil, cette haine de la liberté de conscience et de la liberté politique, ont dû fortifier en elle sa vieille animosité contre la France. Lorsque l'empereur Maximilien Ier, se trouvant à Malines avec Lucas Cranach, voulut faire peindre son petit-fils Charles-Quint, âgé de huit ans, on ne put obtenir du jeune prince qu'il restât tranquille. Son précepteur, Adrien d'Utrecht, eut alors l'idée de suspendre devant lui une armure et le portrait du roi de France. Aussitôt l'enfant demeura immobile, les yeux fixés sur l'ennemi héréditaire de sa maison et sur la brillante panoplie. L'aversion avait produit plus d'effet que tous les ordres et toutes les prières. Ce même héritier de la maison d'Autriche n'avait pas encore quinze ans, lorsqu'on lui vint dire que sa fiancée, la princesse Claude, épousait le comte d'Angoulême, plus tard François Ier. « Vous pensez peut-être que cela me chagrine ? dit-il. Au contraire, je m'en réjouis. Aucun lien ne m'unissant plus avec la France, je pourrai la combattre ouvertement, selon le désir de mon cœur. »

Depuis lors, les hostilités entre les deux races n'ont été
que momentanément suspendues, sous le ministère du
prince de Kaunitz. Avant la mort de celui-ci, en 1792,
elles recommençaient de plus belle : l'Autriche concluait
avec la Prusse une alliance offensive contre nous, qui
amenait l'invasion de la Champagne. On sait le reste,
et l'on croira sans peine que les guerres de l'Empire
ont laissé dans le cœur des Habsbourgs de profonds ressentiments.

Mais ce qui a le plus envenimé la haine de l'Autriche,
ce sont les tendances générales de l'esprit français. Elle
regarde notre pays comme le grand cratère des révolutions, d'où elles roulent en flots brûlants sur toute
l'Europe. La liberté absolue de penser, introduite chez
nous par le dix-huitième siècle, les théories démocratiques formulées depuis 1789, la propagande universelle
de notre littérature, ont persuadé au cabinet de Vienne
que le repos de l'Europe, que le salut des monarchies
demandaient l'abaissement ou l'anéantissement de la
France. Il n'y a pas de compromis possible entre les
prétentions illimitées des Habsbourgs et les droits populaires ; il n'y a pas d'accord, de transaction possibles,
entre une cour exaltée par la haine la plus furieuse des
doctrines nouvelles et la nation qui représente ces
doctrines. Pendant son séjour à Londres, en 1848, le
prince de Metternich disait ouvertement qu'on ne ver-
rait pas la fin des troubles de l'Europe, si on ne formait
point une seconde coalition contre la France, si on ne
la domptait d'une manière définitive ou ne partageait
son territoire. L'astucieux diplomate, rentré depuis lors
à Vienne, y exerça longtemps encore une influence considérable [1]. On pense bien qu'il n'y parlait pas en faveur
de notre nation ; que sa chute du pouvoir, que sa fuite,

---

1. Tout le monde sait que le prince de Metternich est mort
pendant la guerre d'Italie. La victoire de Magenta, la retraite continue des légions impériales l'accablèrent de désespoir ; il rendit le
nier soupir le 11 juin 1859, le jour même où l'armée franco-sarde
entrait dans Milan.

occasionnées par la révolution de 1848, ne lui avaient inspiré aucune sympathie pour nous.

La maison d'Autriche, cette grande ennemie du genre humain, comme l'appelle Joseph de Maistre, dépasse de beaucoup les Czars dans la théorie et la pratique de l'oppression. La tyrannie est chez elle un fanatisme. La famille impériale de Russie n'a point la haine du progrès et de la civilisation : Pierre le Grand, Catherine II, Alexandre Ier, le prince régnant, ont montré des dispositions toutes contraires. Quand un despotisme brutal règne au bord de la Néva, c'est une affaire de complexion personnelle plutôt que le résultat d'un système politique permanent et invariable. Sur les bords du Danube, il a été depuis longtemps réduit en doctrine, il forme une tradition immuable.

Les hommes peuvent changer ; les maximes, les tendances, les moyens d'exécution ne varient point. Une seule fois, pendant un intervalle de douze ans, sous Joseph II et Léopold second, les idées françaises modifièrent la marche du gouvernement. Mais avec quel enthousiasme, avec quelle fureur, avec quelle rancune perfide, s'installèrent de nouveau dans le palais impérial l'obscurantisme et la tyrannie ! Le chancelier Thugut, le successeur de Kaunitz, trouvait la langue allemande trop pauvre pour exprimer toute sa haine contre les Français, contre les apôtres des maximes libérales. Quiconque parlait à Vienne de conclure la paix avec notre nation menait une existence de proscrit. Le 13 avril 1798, ce farouche diplomate essaya de faire assassiner par la multitude notre ambassadeur Bernadotte ; l'année suivante, il organisait le meurtre des plénipotentiaires de Rastadt.

Quand la famille impériale d'Autriche manifeste quelque intérêt, quelque pitié pour les nations, quelque respect pour les travaux de l'intelligence, quelque sympathie pour le progrès et la civilisation, c'est qu'elle forligne, c'est qu'elle subit une crise et une espèce de mue. Elle revient promptement à son naturel : son

amour-propre olympien, son égoïsme, sa dureté de
cœur, ses traditions historiques lui mettent toujours
en main le bâton, la corde et la hache.

Définitivement constituée par Ferdinand II au commencement du dix-septième siècle, la politique autrichienne a gardé le caractère de l'époque où elle vit le
jour. Elle est contemporaine de la grande réaction catholique, dont Wallenstein fut l'instrument principal.
Née dans le sein du fanatisme, elle en a toutes les allures, toute la violence immodérée, toute l'obstination,
toute la barbarie hautaine et inflexible. Ne lui demandez pas de ménagements, de concessions. Elle invoque
sans cesse l'autorité de Dieu ; elle en fait son garant
et son complice. Sanctifiant ses projets, ses erreurs et
ses crimes, elle n'écoute ni plaintes, ni observations,
ni prières. Elle foule aux pieds les nations, renverse
les obstacles, et, le sourire sur les lèvres, marche dans
le sang avec la tranquillité de la vertu.

Ce qui achève de la rendre fatale, c'est son opiniâtreté
aveugle et sourde. L'histoire n'a point de leçons pour
elle : son esprit systématique dédaigne les faits comme
les sentiments. Elle accomplit le mal avec la régularité
d'une machine. Bonaparte, qui avait eu occasion de
l'étudier, l'a décrite ainsi dans une conférence célèbre ;
pendant le mois de juin 1813, il adressait au prince de
Metternich, à Dresde, ces remarquables paroles :

« Je pourrais peut-être avoir confiance dans l'attachement personnel de mon beau-père ; mais la politique
de son cabinet me fait subir, en ce moment, une dure
épreuve. Cette politique ne varie jamais. Les traités,
les mariages peuvent ralentir son cours, ils ne chan-
gent pas sa direction. En aucun temps, l'Autriche ne
renonce à ce qu'elle est forcée d'abandonner. Quand
elle a le dessous, elle cherche dans la paix un refuge ;
mais ce n'est pour elle qu'un armistice, et, au moment
même où elle le signe, elle médite une nouvelle guerre.
Examinez sa conduite pendant les vingt dernières années. Après s'être violemment battue contre nous dans

six campagnes, elle n'accepte à Léoben la suspension
des hostilités, en 1797, que faute de pouvoir nous fermer
la route de Vienne. L'année suivante, lorsqu'elle me
sait en Égypte avec mon armée, elle reprend aussitôt
l'offensive, et ne signe la paix de Lunéville, en 1801,
que pour éloigner de sa capitale les vainqueurs d'Hohen-
linden. En 1805, elle croit pouvoir nous surprendre au
milieu de nos préparatifs contre l'Angleterre ; mais, cette
fois, elle perd réellement Vienne et subit la castastro-
phe sans exemple d'Ulm et d'Austerlitz. Il faut alors
qu'elle se soumette encore ; eh bien ! trois ans se sont
écoulés à peine qu'elle a oublié déjà ces rudes leçons.
En 1809, nous voyant occupés au fond de l'Espagne,
elle nous attaque avec une confiance plus grande qu'auparavant ; la prise de Vienne, la défaite de Wagram lui
font·seules conclure la paix. Maintenant, elle s'imagine
que les chances lui seront plus favorables, et vous voyez
comme aussitôt elle agit contre nous. En ouvrant aux
alliés les passages de la Bohême, elle leur permet de
tourner la position des troupes françaises, de leur couper la retraite.

» En un mot, l'Autriche ne peut rien oublier. Elle
demeurera notre ennemie non-seulement tant qu'elle
aura des pertes à réparer, mais aussi longtemps que
notre puissance la menacera de nouvelles humiliations.
Son instinct jaloux l'emporte sur tous les intérêts, sur
toutes les affections : il annule tous mes efforts. »

Le négociateur écoutait sans mot dire cet exposé historique, et son silence en confirmait la justesse. Loin
de nier l'obstination autrichienne, il semblait l'envisager comme un titre de gloire. Napoléon s'exprimait ainsi
en 1813 : 1815 devait corroborer d'un nouveau fait son
argumentation. L'Autriche rêvait sa chute, et elle parvint à lui tendre un piège où il tomba. Non-seulement
des causes d'inimitié personnelle et politique lui inspiraient le désir de culbuter son trône, mais l'orgueil des
Habsbourgs ne voulait pas admettre dans la famille des
rois européens un fils de la Révolution. Ils considéraient

le neveu d'un œil aussi superbe. Le peuple adopte avec enthousiasme et bonhomie le talent ou le succès ; il montre le même dévouement pour les hommes d'hier que pour les hommes nés d'une longue suite d'aïeux. Les familles royales et aristocratiques s'enveloppent, au contraire, dans un inflexible dédain ; elles ont toujours à la bouche le mot de parvenu, et serrent leurs rangs, présentent un front inabordable, quand on veut pénétrer parmi elles sans avoir une suffisante généalogie, sans posséder un pouvoir consacré par plusieurs siècles d'exercice. Bien vaine serait l'espérance de les fléchir : leur amour-propre ombrageux n'admet point de transactions.

Tous ces motifs réunis poussent au combat le gouvernement autrichien, enveniment la haine séculaire qu'il nous porte. Il est las de la France, las de nos idées de nos révolutions, de notre propagande. Il nous considère toujours comme les apôtres de la liberté politique et intellectuelle. Son principal but est d'ameuter l'Europe contre nous. Personne, non, personne n'approuve plus que moi la guerre entreprise pour chasser les Autrichiens de l'Italie ; elle honore la France, elle la grandira aux yeux des nations ; mais je ne crois pas qu'on puisse la restreindre dans ces limites, je ne pense pas qu'on doive le faire. Elle s'étendra, elle prendra, malgré tous les efforts et tous les calculs, de vastes proportions. Tôt ou tard on sera obligé d'en finir avec l'Autriche, car l'Autriche voudrait en finir avec nous. La mesure est comble, d'ailleurs : il faut que l'Europe entière, que le monde civilisé prononce la déchéance des Habsbourgs ; il faut que cette famille disparaisse du globe, ou tout au moins du pouvoir, car jamais race criminelle n'a commis tant de forfaits, abusé si lâchement et si impitoyablement d'un avantage fortuit, l'avantage de la naissance, inventé plus de mensonges, avili et martyrisé un plus grand nombre d'hommes, fait verser plus de larmes, provoqué plus de malédictions et répandu plus de sang.

ÉPILOGUE

La politique a des fatalités inexorables. Les vœux que je formais en terminant ce livre, quand il parut pour la première fois, sembleraient maintenant dénués de sens, d'intérêt et d'à-propos. « Le temps a fait un pas, comme dit Châteaubriand, et la face de la terre a été renouvelée. » L'Autriche, menaçante encore en 1859, au moment où elle tirait l'épée contre la France, n'inquiète plus personne, a juste la vitalité nécessaire pour ne pas mourir. Elle porte avec effort le poids de sa propre existence. Toutes sortes de difficultés intérieures la travaillent : la Hongrie, comme un lion à demi apprivoisé, qu'elle contient avec peine, menace sans cesse de dévorer la population germanique et le gouvernement central. Le système de Henri IV, de Richelieu et de Mazarin, qui combattaient avec obstination une famille trop puissante, n'a donc plus aucune raison d'être. En 1859, les Habsbourgs possédaient depuis longtemps, outre les territoires qui composent l'Autriche proprement dite, la Lombardie, la Vénetie, plusieurs duchés italiens ; elle dominait le reste de la Péninsule et la Cour pontificale ; par delà ses frontières du nord, elle présidait la Diète germanique, où le nombre de ses voix lui assurait la prépondérance ; elle intimidait et influençait tous les petits princes allemands, surveillait la Prusse du haut de sa grandeur et lui imposait une humble attitude. Sept années ont suffi pour abattre son orgueil, restreindre ses possessions, diminuer son ascendant au delà des Alpes, lui arracher la suprématie en Allemagne, pour la renfermer en elle-même et l'isoler. Elle figure encore parmi les grandes puissances, mais uniquement par sa force intrinsèque, par l'étendue de son territoire et le chiffre de sa population. Elle ne régente plus au dehors toute l'Europe centrale, depuis la Calabre et la Sicile jusqu'aux grèves de la mer Baltique ; elle n'encourage, ne stimule, ne protège plus à l'extérieur les menées de la réaction, l'aveugle haine du progrès.

Ainsi limitée, devenue presque inoffensive, des événements tragiques l'ont rendue nécessaire à l'équilibre européen. Il faut dans le midi de l'Allemagne, au centre du continent, une digue à l'ambition prussienne et aux convoitises russes. Une fois encore, et plus que jamais peut-être, l'expérience montre quelle faute ont commise les puissances occidentales en laissant écarteler la Pologne. Ce peuple de vingt-quatre millions d'hommes, braves et actifs, occupant un territoire beaucoup plus grand que celui de la France, aurait tenu en échec d'une part les Moscovites, de l'autre les Allemands ; il aurait empêché les ligues des cours du Nord et de la cour de Vienne, aussi germaniques les unes que les autres, car depuis l'avénement des Romanoff en 1613, la Russie est gouvernée par une famille tudesque, chez laquelle d'incessantes alliances avec les princes d'Allemagne ont fortifié l'élément primitif et les caractères essentiels. La France, l'Angleterre, les Pays-Bas, l'Italie auraient eu pour alliée, pour gardienne, cette nation intrépide, qui aurait surveillé ses dangereux voisins, séparé leurs frontières et gêné tous leurs mouvements. Marie-Thérèse craignait la proximité de la Russie, déclarait qu'après sa mort on se repentirait d'avoir sacrifié la Pologne. Ses avis prophétiques n'éveillèrent ni scrupules ni anxiété : on démantela cette grande place d'armes, créée par la nature dans l'intérêt commun de l'Europe, et c'est l'Autriche maintenant qui doit en tenir lieu, qui doit servir de rempart contre la félonie prussienne et l'avidité russe. La bataille de Solférino, la tempête de Sadowa, les malheurs de la France ont changé en Europe le centre de gravité : une situation nouvelle exige de nouveaux plans et une nouvelle politique.

L'empire austro-hongrois, d'ailleurs, a subi d'im-

portantes métamorphoses. Deux groupes contraires
d'opinions s'y disputent l'autorité, dominent tour à
tour les esprits, les conseils et les événements. L'un,
sombre, farouche, opiniâtre, a pour bannière les traditions du moyen-âge, intimement unies aux maximes
des Jésuites ; l'autre, qui se forma peu à peu sous
Marie-Thérèse, qui se compléta sous Joseph II et Léopold II, relève de la philosophie française, proclame
les droits de la raison, a foi dans la justice, considère
la routine comme une abdication de l'intelligence.
Quoique ce noble système n'ait occupé le trône que
douze ans, quoique la haine de toute innovation ait
régné à son tour pendant un laps de temps bien
plus considérable, de 1792 à 1851, la lumière n'a pas
en vain pénétré dans le sombre édifice des Habsbourgs. Une partie de la nation resta fidèle aux principes des deux empereurs, continue de les invoquer
depuis leur mort. Et comme ils sont en harmonie avec
la logique, avec les données de la science, avec les aspirations et les besoins des temps modernes, comme
les théories contraires produisent toutes sortes de ma-
laises, d'inconvénients et de dommages, ils gagnent
insensiblement du terrain, ils fortifient par degrés leur
pouvoir légitime.

Les défaites de 1859 prouvèrent à la cour de Vienne
que l'immobilité des esprits affaiblissait, engourdissait
la nation, qu'un autre régime était nécessaire pour
la ranimer, pour la préserver de la conquête ou de la
mort. Au mois de février 1861, en conséquence, le
gouvernement impérial promulgua une constitution
nouvelle, qui pactisait avec l'esprit démocratique,
abolissait une foule de contraintes, établissait la liberté
des cultes. Elle excita dans les palais de la haute prélature, dans les couvents et les presbytères, de sourdes
fureurs, provoqua un déluge de récriminations, d'argumentations, d'homélies agressives. Et lorsque François-Joseph, en 1862, ordonna de célébrer dans toutes
les églises l'anniversaire du jour où il avait placé l'Em-

pire sur les rails de la civilisation moderne, le clergé
refusa d'obéir. Le chef du cabinet, M. de Schmerling, ne
pouvant tolérer cet acte public de rébellion, envoya aux
membres du clergé supérieur une circulaire, pour leur
exprimer son mécontentement. Mais loin d'obtenir
leur soumission, il provoqua une réponse qui avait
l'air d'un défi : l'évêque de Bude lui déclara, de la manière la plus positive, que l'autorité laïque n'avait
absolument rien à voir dans les matières de ce genre,
que l'autorité ecclésiastique devait seule en connaître et
les décider. Lui et ses soixante-trois collègues s'appuyaient sur un paragraphe du Concordat, qui leur
garantit le droit exclusif « de commander des prières
publiques et autres pieuses cérémonies, quand le bien
de l'Église, de l'État ou *du peuple* les réclame, d'or-
donner les processions et pèlerinages, de régler les
funérailles et autres actes religieux, conformément aux
lois canoniques, d'assembler suivant leur bon plaisir
des conciles provinciaux, des synodes diocésains et
d'en publier les résolutions ».

Dans son mandement sur le Concordat, l'archevêque
de Vienne, Joseph Othmar, avait fait ressortir à ce propos la toute-puissance des évêques: « Ils ont été insti-
tués par l'Esprit-Saint, disait-il, pour gouverner l'Église
du Seigneur : celui qui les empêche de remplir leurs
fonctions ne s'oppose pas seulement au règne de Dieu
sur la terre, il affaiblit et relâche en même temps les
liens de la société civile, dont la meilleure et la plus
solide consécration est dans le sentiment illimité des
devoirs que le christianisme impose aux fidèles. »

Le clergé de l'Empire se trouvait donc armé contre
le gouvernement des privilèges mêmes que la cour lui
avait octroyés par un acte solonnel, des concessions imprudentes qu'elle lui avait faites. Mais pour quelle raison
les fiers prélats ne voulaient-ils point honorer la Constitution d'une fête religieuse ? En quoi soulevait-elle
leurs scrupules ? Quels dangers y trouvaient-ils pour
la salut des âmes ? Un danger très grand, à leur point

de vue : elle consacrait la liberté de conscience, elle permettait aux protestants d'adorer Dieu suivant les rites de la confession d'Augsbourg et de la confession helvétique ; bien mieux, elle leur garantissait ce droit *pour l'éternité* (FUR IMMERWÆRENDE ZEITEN). Joseph II, en promulguant son édit de tolérance, avait réservé certains privilèges aux catholiques, l'usage des cloches, par exemple ; il avait interdit aux cultes dissidents d'ouvrir sur la rue les portes de leurs temples. Le jeune souverain, plus hardiment libéral, avait supprimé les restrictions, assimilé complètement les divers systèmes religieux. C'est là ce qui révoltait les dignitaires de l'Église autrichienne. Tous les hommes sages, tous les hommes éclairés de l'Empire avaient salué avec joie ce retour aux principes de la justice et aux lois du bon sens. N'importe ! le clergé ultramontain maudissait ce qu'approuvent la raison et la charité. Il voyait une confusion adultère, une espèce de sacrilège dans la communauté de droits que la charte impériale assurait aux doctrines moins anciennes. Loin d'admettre avec empressement un décret salutaire, qui rapprochait les hommes d'un même pays, les engageait à se traiter en frères, il boudait, il attisait ses rancunes, il faisait, pour ainsi dire, provision de haine, dans l'espoir de quelque persécution future. L'esprit de l'Église est invariable : elle aspire toujours à une domination illimitée.

Voilà où en était la lutte au mois d'avril 1862. Elle a continué depuis lors avec des péripéties diverses. Il n'entre point dans mon sujet de les raconter. J'ai voulu éclairer une période de l'histoire d'Autriche demeurée inconnue, montrer quelle influence désastreuse le fanatisme et l'ambition des Habsbourgs ont exercée, nonseulement au bord du Danube, dans les États héréditaires de la monarchie et dans les provinces annexées, mais dans toute l'Allemagne et dans une grande partie de l'Europe. Ce but, je l'ai atteint ; mon œuvre est terminée. On aura maintenant des idées justes sur les annales d'un grand empire, sur les vertus de la race germanique, sur les conséquences effroyables que peuvent engendrer l'application rigoureuse des doctrines cléricales et les fureurs de l'esprit théologique, sur les descriptions insensées de M. de Staël enfin, qui représente constamment l'Autriche comme *un pays où il n'y a que du bonheur.*

FIN.

TABLE DES MATIÈRES

Préface. . . . .

Chapitre Ier. — L'empereur Ferdinand II inaugure la politique autrichienne. — Installation des Jésuites en Autriche. — Premières persécutions. . . . .　　1

Chap. II. — Invasion de la Bohême par les troupes catholiques ; bataille de la Montagne-Blanche. . . . .　18

Chap. III. — Le système autrichien appliqué en Bohême ;
les quarante-sept martyrs de Prague . . . .　31

Chap. IV. — Résistance partielle des populations ; Ferdinand II complète l'asservissement de l'Autriche. . . . . .　60

Chap. V. — Tentative pour subjuguer l'Allemagne du Nord
et de l'Ouest. — Wallenstein. . . . .　69

Chap. VI. — Dévastations commises par les Autrichiens
en Allemagne ; assassinat de Wallenstein, mort de Ferdinand II. . . . .　84

Chap. VII. — Ferdinand III imite son père ; bataille d'Yankau et siège de Brünn ; effets de la guerre de Trente-Ans.　94

Chap. VIII. — Introduction de la Réforme en Hongrie. . .　116

Chap. IX. — Projet pour l'asservissement de la Hongrie ;
l'empereur Léopold Ier. . . . .　126

Chap. X. — La réaction catholique en Hongrie. — Bataille
de Saint-Gothard. — Traité honteux conclu avec la Porte.　135

Chap. XI. — Motifs secrets du traité de Vasvar. — Insolence
et tyrannie des Turcs. — Avertissement de la Hongrie. .　152

Chap. XII. — Exécutions capitales ; mesures tyranniques. . .　166

Chap. XIII. — La Hongrie au pillage ; les dragonnades et
les conversions forcées. . . . .　177

Chap. XIV. — Première tentative de résistance à l'oppression
cléricale : chute du prince de Lobkowitz. Insurrection de
la Hongrie. . . . .　190

Chap. XV. — Le comte Tékéli. Invasion de l'Autriche par les
Hongrois et les Turcs ; siège de Vienne. . . . .　204

Chap. XVI. — Délivrance de Vienne par Charles de Lorraine
et Jean Sobieski ; ingratitude de la cour impériale. . . . .　215

Chap. XVII. — Retraite des Turcs ; leur expulsion de Hongrie.　224

Chap. XVIII. — Vengeance de la cour impériale et des Jésuites ; le carnage d'Éperies. . . . .　238

Chap. XIX. — Le Manuel des Inquisiteurs devenu le code
politique de l'Autriche. . . . .　249

CHAP. XX. — L'influence française en lutte contre l'oppression cléricale. 272

CHAP. XXI. — L'impératrice Marie-Thérèse, sa dévotion exaltée, son intolérance. 286

CHAP. XXII. — François de Lorraine, empereur d'Allemagne ; tendresse passionnée de Marie-Thérèse pour lui. Premières réformes. 295

CHAP. XXIII. — Le prince de Kaunitz ; son admiration pour les idées, pour les mœurs, pour la littérature françaises ; il unit la cour de Vienne et la cour de Versailles par un traité.

CHAP. XXIV. — Lutte du prince de Kaunitz contre l'ordre de Saint-Ignace. 322

CHAP. XXV. — Système d'intrigue employé par les Jésuites à la cour de Vienne ; la ruse et la persécution ; trente mille protestants expulsés des montagnes de Salzbourg. 327

CHAP. XXVI. — Dernières tentatives des Jésuites pour convertir l'Allemagne : décadence de l'Ordre. 341

CHAP. XXVII. — Abrutissement, démoralisation, coutumes sauvages des Autrichiens au dix-huitième siècle. 352

CHAP. XXVIII. — Lutte des Bénédictins contre les Jésuites : réformes de toute espèce. . . . . , . . 362

CHAP. XXIX. — Affaiblissement graduel du pouvoir des Jésuites ; l'Ordre est expulsé d'Autriche et aboli par Clément XIV ; tragique empoisonnement du pape. 374

CHAP. XXX. — Caractère, habitudes, singularités du prince de Kaunitz ; ses regrets d'avoir contribué au partage de la Pologne. . . . . , ... 386

CHAP. XXXI. — Rétablissement de la domination cléricale en Autriche ; le Concordat. Effet qu'il produit dans toute l'Allemagne. 398

CHAP. XXXII. — Le concordat autrichien justifié aux dépens de la France ; l'histoire des Bourbons racontée par un diplomate viennois. . . . . , . . . 410

CHAP. XXXIII. — Illusions de l'Autriche sur l'utilité du Concordat ; il annonce et prépare le retour de l'âge d'or. Menaces guerrières adressées à l'Europe. 420

CHAP. XXXIV. — Politique traditionnelle de l'Autriche à l'égard des provinces danubiennes. 432

CHAP. XXXV. — Folie chronique ou intermittente des Habsbourgs ; leur inflexible opiniâtreté. — Plans secrets du gouvernement autrichien. — Épilogue. 441

FIN DE LA TABLE DES MATIÈRES.

Châteauroux. — Typographie et Stéréotypie A. Nuret et Fils.